U0680253

本书系国家社科基金项目（11BZW102）
优秀结项成果

中国浪漫主义文学研究

（1950—1960）

石兴泽　石小寒◎著

人民出版社

责任编辑：李　惠
助理编辑：程　露

图书在版编目（CIP）数据

中国浪漫主义文学研究（1950—1960）/ 石兴泽，石小寒　著．—北京：
　人民出版社，2021.8
ISBN 978－7－01－023013－9

I.①中⋯　II.①石⋯②石⋯　III.①中国文学－当代文学－浪漫主义－
　文学研究　IV.① I206.7

中国版本图书馆CIP数据核字（2020）第 266239 号

中国浪漫主义文学研究（1950—1960）

ZHONGGUO LANGMAN ZHUYI WENXUE YANJIU (1950-1960)

石兴泽　石小寒　著

人民出版社 出版发行
（100706　北京市东城区隆福寺街 99 号）

北京建宏印刷有限公司印刷　新华书店经销

2021 年 8 月第 1 版　2021 年 8 月北京第 1 次印刷
开本：710 毫米 ×1000 毫米 1/16　印张：22.25
字数：397 千字

ISBN 978－7－01－023013－9　定价：78.00 元

邮购地址 100706　北京市东城区隆福寺街 99 号
人民东方图书销售中心　电话（010）65250042　65289539

版权所有·侵权必究
凡购买本社图书，如有印制质量问题，我社负责调换。
服务电话：（010）65250042

目　　录

1

引　论

历史张势：20 世纪五六十年代
浪漫主义文学的现代基础（以诗为中心）

本书意在考察 20 世纪五六十年代中国浪漫主义文学的创作和发展情况。20 世纪文学是个整体，五六十年代是前数十年的因袭和延伸。其因袭内容和延伸情状，与前数十年的创作张力和发展蓄势密切相关。因此，有必要对 50 年代以前即"现代"阶段的浪漫主义文学作简要梳理，看看"现代"阶段为五六十年代浪漫主义创作发展提供了怎样的条件，预设了怎样的张势。浪漫主义存在于各种文学体裁，因偏重主观表现，所以在诗中表现得最充分，或者说诗最能反映浪漫主义创作和发展情况。故我们的考察以诗为中心，兼及其他体裁。

中国"现代"阶段的浪漫主义诗歌经历过很多坎坷，但总体来说，取得了显著成绩，也有长足的发展。虽不能说流派叠现，名家纷呈，数十年间也山脉连绵，高峰不断。在发展演变过程中形成了个性浪漫主义、现代浪漫主义和革命浪漫主义以及审美浪漫主义等诸多诗体。它们以不同的情势影响着五六十年代浪漫主义创作和发展。

一、郭沫若的"狂飙突进"与冯至的
"沉钟""笙簧"

20 世纪开初，梁启超在《新小说》上刊出雨果和拜伦专号，介绍并盛赞诗人拜伦，西方浪漫主义开始进入国人视野。稍后几年，王国维撰写《英国大诗人白衣龙小传》，称拜伦为"纯粹的抒情诗人"，其生平创作为更多人熟悉。[1] 鲁迅著《摩罗诗力说》，对拜伦、雪莱、普希金、莱蒙托夫、裴多菲等浪漫主义诗人给予热情推介和高度评价，说他们是"刚健不挠，抱诚守真；不取媚于群，不随顺旧俗"[2] 的"精神界之战士"，他们的创作"超脱古范，直抒

---

[1]　王国维：《英国大诗人白衣龙小传》，《王国维文集》第三卷，中国文史出版社 1997 年版，第 398 页。

[2]　鲁迅：《摩罗诗力说》，《鲁迅全集》第一卷，人民文学出版社 2005 年版，第 101 页。

所信，其文章无不函刚健抗拒破坏挑战之声"①，其诗力"如巨涛，直薄旧社会之柱石"②。因时值清末，国势垂暮，时代缺乏浪漫激情，鲁迅的文章并没有产生多大影响。但浪漫主义的种子却播撒在中国文学的精神沃土上，他本人多年后"救救孩子"的呐喊也正是基于这种浪漫主义热力和激情。

在鲁迅激情呐喊的前后，众多思想界战士悲情高歌。陈独秀、李大钊、钱玄同、胡适以及傅斯年满怀"青春"激情发动新文化运动，显示出"勇猛精进"的精神。陈独秀创办《新青年》，发挥"猛烈的透辟的自由主义"精神，拖着"四十二生的大炮"，向"十八妖魔宣战"。③李大钊敲响新世纪之"晨钟"，号召青年"奋青春之元气"，"本自由之精神"，创造青春之中华。④傅斯年率真霸气，《新潮》将混合着血性和本性的"兽性主义"发挥得淋漓尽致。思想文化界的激情呐喊唤醒了"人的自觉"，浪漫主义思潮呈现出蓬勃发展的态势。因处在除旧布新的"理论建设期"，在创作实践中，倡导者虽然以勇猛的创造精神进行自由尝试，却没有贡献出像样的浪漫主义作品。而远在东瀛的郭沫若却"师法造化"，以"狂飙突进"的气势推出《凤凰涅槃》《炉中煤》《女神之再生》等诗篇，以驰骋的想象、喷涌的激情、雄奇的夸张、自由的创造以及吞吐日月星辰的气魄、摇撼地球宇宙的强力……开创了中国现代浪漫主义先河，为诗体解放、创作自由打开了新异的天地。

《女神》是充分的浪漫主义诗集。郭沫若天马行空，恣情纵横，汹涌的诗情得到酣畅淋漓的表现。对此，研究界作了海量阐释。我们要说的是，《女神》是"绝端"的个性主义和"绝端"的国家民族情绪的燃烧。诗人用极度夸张的方式塑造了极端的抒情形象，虽绝世逆天却并非宣泄私欲独尊自我。无论讴歌"匪徒"蔑视"偶像"，还是"立在地球边上放号"还是如天狗狂啸吞日月，也无论《凤凰涅槃》歌唱"中国之再生"还是《炉中煤》"眷恋祖国的情绪"，是诅咒还是礼赞，破坏还是建设，毁灭还是新生，叛逆还是牺牲，都基于"个人积郁"和"民族积郁"。《女神》是个性主义者追求自由、勇敢抗争情绪的无遮拦宣泄，也是青年觉醒者爱国情怀和民族感情的强力喷发。"个人积郁"和"民族积郁"的高密度、无缝隙融合，既是浪漫主义诗人的个性追求，也是爱国青

① 鲁迅：《摩罗诗力说》，《鲁迅全集》第一卷，人民文学出版社 2005 年版，第 75 页。

② 鲁迅：《摩罗诗力说》，《鲁迅全集》第一卷，人民文学出版社 2005 年版，第 102 页。

③ 陈独秀：《文学革命论》，《新青年》1917 年第 6 期。

④ 李大钊：《"晨钟"之使命》，《晨钟报》1916 年 8 月 15 日创刊号。

年的胸怀和觉悟。任何个性浪漫主义创作都饱含着国家民族情怀，而《女神》的国家民族元素更加强烈突出。郭沫若"更大的贡献是将浪漫主义的抒情政治化"①，《女神》初现端倪。随着时代变革，他本人将"抒情政治化"推向极致，中国现代浪漫主义文学的抒情向度也出现严重倾斜，至五六十年代，"抒情政治化"演变为革命理性，革命浪漫主义成为时代文学的"常态"，郭沫若推波助澜却又始料未及。

《女神》的浪漫主义气势磅礴，"诗力"沉雄，但缺少节制和凝练，缺少诗美和意蕴。而在中国这个"诗的国度"里，缺少"诗美"的支撑很难延续。即使诗人自己，也在积郁宣泄过后心里发虚，甚至达到"浃背汗流"的程度。至 20 年代中期，随着个人生活境况和思想感情的变化，他径直地站到《女神》对面，将浪漫主义斥之为"反革命的文学"。② 这是典型的浪漫主义诗人气质——易受外力和情绪左右，多变化且好走"绝端"，从推崇到远离，既不需要理性权衡，也缺少眷顾和犹豫。

尽管如此，也不能说这只是郭沫若个人情绪变化的表现，实是时代文学主潮运演所致，是革命文学倡导期的风向和幼稚使然。虽说非议和否定显得简单和武断，但放宽了看，持此论者并非限于革命文学阵营，"新月"诗人也明确表示要对浪漫纵情加以节制。审美追求不同，反对的根由也不同。郭沫若反对浪漫主义意在倡导革命文学，其诗和诗剧表明，即使否定浪漫主义期间的创作也表现出了浪漫主义特点，因为他原本就是浪漫气质的诗人。彼时个性浪漫主义和革命浪漫主义的界限还不严明，他的否定和转向显得笼统模糊。革命文学大潮没有阻遏个性浪漫主义发展者，概因那是主体精神张扬、个性意识自觉的时期，也是"人的自觉"和"诗的自觉"时代。革命文学倡导者的阶级立场和社会觉悟还没有力量与"自我"和"自由"抗衡。他们从革命出发看世界，满眼黑暗污浊，满怀忧愤深广，用创作宣泄个人和阶级激愤，浪漫主义仍是自然而然的选择。

20 年代是浪漫主义多向发展的年代。在郭沫若狂喊怒吼的"间歇期"，另

---

① 王德威：《"有情"的历史：抒情传统与中国文学现代性》，《抒情传统与中国现代性：在北大的八堂课》，生活·读书·新知三联书店 2010 年版，第 31 页。

② 郭沫若在《革命与文学》中说，无产阶级兴起之后，"浪漫主义的文学早已成为反革命的文学"，最新最进步的革命文学"在形式上是彻底反对浪漫主义的写实主义的文艺"。载《创造月刊》1926 年第 3 期。

有诗人走上浪漫主义诗坛。如汪静之、冯雪峰、潘漠华、应修人等"湖畔诗人"，年轻、敏感、多情，却又经历着"生的苦闷"和"爱的渴望"，冷漠的现实导致心灵的矛盾和苦痛，成就了感伤的浪漫主义诗风。朱自清说他们"真正专心致志作情诗"，大致概括了他们的抒情内容。其作品如汪静之的《她底眼睛》、应修人的《妹妹你是水》等，无论温情的咏叹还是浅淡的叙述，均简单质朴，纯净明丽，弥漫着忧伤哀怨的情绪，显示着青春的单纯和稚气。而"妹妹你是水"，"引我忘了归路"般大胆率真的表白，固然没有拜伦那般惊世骇俗，却也"抱诚守真"，脱俗叛逆，带有纤秾绮丽的浪漫主义色彩。汪静之的诗集《蕙的风》出版后曾引发嘲笑讥刺，有人说"堕落轻薄"，"有不道德的嫌疑"[①]，正反映了"礼俗崩坏"时期中国浪漫主义爱情诗的必然命运。

　　冯至和"浅草""沉钟"社青年诗人也在此时走上诗坛。"浅草""沉钟"这是密切关联的两个社团，成员不尽相同，诗学主张也有"荒原浅草"与"旷野沉钟"的区别，但都把创作当作诉说幽怨的方式，都侧重主观表现，其创作是"自叙传""泪泉书"和"忏悔录"，表现出个性浪漫主义特色。杨晦是这一诗群的重要成员，其在分析剧本《沉钟》时曾说："艺术家在社会里最是一个四不像的东西。他的理想超出了现实，他的生活却离不开现实。他厌恶着群众的生活，却又没法超脱……他最善于制造圈套来套自己，他又最不耐烦那圈套底上的生活。所以，艺术家的生活，往往是一个冲突——一个不幸而可怜的冲突。"[②] 他们的诗所表现的便是厌倦现实、用理想编织"圈套"却又失望于"圈套"生活的心境。冯至是这两个社团的核心诗人，无论"浅草"还是"沉钟"时期，他都致力于内心世界的真切表现。而家运败落的刺激，冷漠少爱的身世，贫苦寂寞的处境以及迷茫的前景、幻想的虚无，都使他心境灰淡，而青春期对爱情的渴望以及失恋的挫伤，更使他的情感世界笼罩着幽怨感伤而又寂寞无助的情绪。但他失望却不绝望，哀伤而不沉沦。如《湖滨》所写，他"心里蕴积着地狱的阴森"，眼前却又"闪烁着天国的晴朗"，他因无法逃出"阴森的地狱"而忧伤悲切，却又蓬勃着追求和探索的力量。在人生道路上，他是一个孤独苦寂的行走者，也是一个执著的追求者。他在追求中受挫，也在挫伤中自责和自励。他的诗宣泄了郁闷迷茫的情绪，表现出忧伤的浪漫主义情调。

---

① 胡梦华：《读了〈蕙的风〉以后》，《时事新报·学灯》1922 年 10 月 24 日。
② 《沉钟》周刊 1925 年第 1 期；转引自周棉著《冯至传》，江苏文艺出版社 1993 年版，第 70 页。

历史张势：20世纪五六十年代 浪漫主义文学的现代基础（以诗为中心）

　　冯至大学期间读的是外国文学，受德国浪漫主义文学影响很大。他虽有《蚕马》那般酣畅淋漓的作品，但更擅长低吟浅唱，讲究抒情艺术，追求含蓄蕴藉，受"现代派"艺术影响，他"就近"求助于象征和意象，用奇异的想象营造别样的艺术效果，故有时被视为"现代"诗人。他的创作属于席勒所说的"感伤的诗"——诗情是深切的、缠绵的、沉实的、隐潜的，是荒原上嫩绿的浅草的挣扎呼叫，是心灵深处发出的"幽婉"的"鸣动"。《昨日之歌》和《北游及其他》是冯至的代表作，为他赢得了"中国最杰出的抒情诗人"的美誉。鲁迅对"浅草—沉钟"社给予诗意的评价，说"浅草""每一期都显示着努力：向外，在摄取异域的营养；向内，在挖掘自己的灵魂，要发见心里的眼睛和喉舌，来凝视这世界，将真和美的歌唱给寂寞的人们。"[1]在鲁迅心目中，沉钟社"是中国的最坚韧，最诚实，挣扎得最久的团体。它好像真要如吉辛的话，工作到死掉之一日；如'沉钟'的铸造者，死也得在水底用自己的脚敲出洪大的钟声。然而他们并不能做到，他们是活着的，时移事易，百事俱非，他们是要歌唱的，而听者却有的睡眠，有的槁死，有的流散，眼前只剩下一片茫茫白地，于是也只好在这风尘洞洞中，悲哀孤寂地放下了他们的箜篌了。"[2]

　　从20世纪初的个性浪漫主义到50年代的革命浪漫主义，是中国浪漫主义文学自然而必然的发展。冯至曾经是"纯正"的个性主义诗人，他撞"沉钟"、奏"箜篌"，却也像将"抒情政治化"的郭沫若那样，随着国家民族的历史需要而改变诗风，走进50年代后迅速融入时代，成为革命浪漫主义的抒情诗人。

二、"新月"诗人"戴着镣铐舞蹈"的
　　　浪漫诗情

　　"新月派"与"湖畔""浅草"两个诗社相继走上诗坛。"新月派"是新诗坛上持续时间较长、影响颇大的群体。在近十年的发展路程中，他们的诗学主

---

① 鲁迅：《中国新文学大系·小说二集序》，《且介亭杂文二集》，人民文学出版社1973年版，第23页。

② 鲁迅：《中国新文学大系·小说二集序》，《且介亭杂文二集》，人民文学出版社1973年版，第24、25页。

张和创作风格发生了某些变化。这里关注的是他们诗创作的浪漫主义特点及其贡献。

"新月派"集结了具有开阔的知识视野、良好的理论修养和自觉的审美追求的诗人，算得上是"有钱有闲有品位"的诗群。在人生自觉和个性意识觉醒、诗学修养和艺术追求的诸多方面不仅优于"湖畔"和"浅草—沉钟"诗群，即使与有留学经历的"创造社"相比，也显示出优越感和"绅士气"。他们或许欣赏郭沫若"狂飙突进"的勇猛精神，却对其纵情宣泄而罔顾"诗美"的抒情方式颇有非议，批评其感情泛滥，失去控制，重心轻头。"如果只在感情漩涡里沉浮着，旋转着，而没有一个具体的境遇以作直觉皈依的凭借，结果不是无病呻吟，便是言之无物了"。① 他们要用理智节制和驾驭感情，把浪漫装在"整饬"的格式里。"新月"诗人主张"理性节制情感"，强调格律的重要性，甚至宣称"乐意戴着镣铐跳舞"。闻一多提出的"三美"理论大致反映了"新月派"的诗美追求。这些主张是对"感伤主义"和"伪浪漫主义"的表态和规避，有助于现代浪漫主义的诗艺提升。"新月"诗人致力于诗美建设，其创作兼具审美浪漫主义"风情"。

"新月"诗人的创作风格多元，前后期有明显差异，但无论前期还是后期在崇尚自我表现、追求自由创造、讲究诗美品位方面却有相同的追求。闻一多以"红烛"命名诗集，表现出对祖国的殷殷深情，与郭沫若的《凤凰涅槃》《炉中煤》"异曲同工"，无论是抒发对祖国的思念还是表现对妻子的情思，大都热烈真诚。如《一句话》中，"有一句话说出就是祸，/ 有一句话能点得着火。/ 别看五千年没有说破，/ 你猜得透火山的缄默？/ 说不定是突然着了魔，/ 突然晴天里一个霹雳，/ 暴一声：'咱们的中国'！"他想象着骑上太阳那只"神速的金鸟""每日绕行地球一周"，"天天望见一次家乡！"（《太阳吟》），而思念新婚即别的妻子则是"一字一颗明珠，一字一滴热泪"（《红豆》）。奇特的想象、激烈的情绪、夸张的表达与《女神》颇相近。区别在于，闻一多是"戴着镣铐跳舞"，他将喷涌的诗情浓缩在精致整饬的形式里，既表现出建筑美、旋律美和音乐美，也表现出《女神》那般汹涌的激情和磅礴的热力。他最得意的《死水》形式均齐，格律严整，规范有序，而在精致的格式、深沉的蓄势和凝练的诗行里却藏着火样的激情。他说"我只觉得自己是座没有爆发的火山，火烧得我痛，却始终没有

① 邓一哲：《诗与历史》，《晨报副刊·诗镌》1926 年 4 月 8 日。

能力（就是技巧）炸开那禁锢我的地壳，放射出光和热来。只有少数跟我很久
的朋友（如梦家）才知道我有火，并且就在《死水》里感觉出我的火来"。[1] 这
也就不难理解，他虽然不赞成郭沫若的放纵无节制，却对《女神》给予高度评价，
皆因他与郭氏一样储蓄了火山般的情感，要借助诗的创作发泄出来。浪漫主义
精神与"三美"理论并举，提升了诗艺品位，也强化了艺术魅力。

朱湘同样块垒厚积，其诗如《热情》，音节匀称，形式整饬，满是"新
月"气韵，而强烈的抒情、奇特的想象和大胆的夸张却有《女神》的风采。
孙大雨的《自己的写照》属于"新月派"后期的创作，被徐志摩称为"十
年来最精心结构的诗作"，这是就形式整齐、音节匀称、韵律顿挫有序而言
的，而他所激赏的"感情深厚，关照严密，笔力雄健，气魄莽苍"却属于
浪漫主义美学范畴。[2] 徐志摩纯净如水，其诗"是跳着溅着不舍昼夜的一道
生命水"，[3] 活泼，清新而灵动。他没有郭沫若、闻一多那般浓烈深厚的爱
国情绪，也没有冯至那般暗淡枯寂的情感经历，却有拜伦雪莱的自由精神。
他敏感多情，善于抓住生活中刹那间的感觉和意趣，细细品味，用优美的
诗句表现诗情。明媚的心理世界和阳光的写作心境使他的诗缺少愤世嫉俗
的怒吼和呼天抢地的哀号，也缺少揭露社会黑暗的"诗力"和感叹人生艰
难的悲情，其诗美源于纯真爱情、自由精神和飘洒诗性以及奇异的想象和
比喻——他善用比喻，其比喻情趣盎然，充满灵性。他的诗少寄托，多诗
艺，如一钩新月，遥挂在清丽的天幕，而淡淡的忧伤，潇洒的风度，飘逸
的柔情，更为浪漫主义诗国增添了蕴藉飘逸的美。《再别康桥》开头说"轻
轻的我走了，/ 正如我轻轻的来；/ 我轻轻地招手，/ 作别西天的云彩"；结尾
却是"悄悄的我走了，/ 正如我悄悄的来；/ 我挥一挥衣袖，/ 不带走一片云彩。"
其潇洒的风度正应了司空图所说的"飘逸"之境。

20世纪20年代，诗国上空群星灿烂，"创造""浅草""沉钟""新月""湖
畔"异彩纷呈，个性浪漫主义和审美浪漫主义诗潮波浪翻滚，蔚为壮观。但这
种情形并没有延续下去。

变局源于诗人队伍分化。"浪漫"在很大程度上属于在现实土壤里没有扎

---

① 闻一多：《闻一多书信选集》，人民文学出版社1986年版，第316页。

② 参见蓝棣之：《巴那斯主义浪潮：新月派》，《现代诗的情感与形式》，人民文学出版社2002
　年版，第224页。

③ 朱自清：《中国新文学大系·诗集·导言》，上海良友图书出版公司1936年版，第7页。

下根基的漂泊青年。20 年代后期，上述诗人逐渐由人生道路上的"漂泊者"变为肩负家庭生活重担的"劳作者"。"生活角色"的变化使他们从追求理想的"天国"降落到由社会职业和家庭生活混合而成的世俗人生。生活理性远比审美理想强大有力。尽管多数诗人具有浪漫主义精神气质，但面对生活旅途的困境琐碎也不得不垂下昂扬的头颅。"浅草—沉钟"社诗人风流云散，陈翔鹤、陈炜谟、杨晦完成了由学生到先生及其他社会角色的转变，他们忙碌着，生活着，少有创作精力，也缺少浪漫主义诗情。冯至仍坚守诗学这方圣土和自我抒情的追求，却因生活和心境的变化，自我内容和诗情也发生了变化——受"现代派"艺术浸染，其创作如《十四行诗》接近"现代主义"而"疏远"浪漫主义。"新月派"随着徐志摩逝世、《新月》停刊而云散，闻一多在高校从事教学和研究，诗兴锐减，浪漫诗情淡然；其他诗人或者还在诗坛耕耘，但缺少幻想浪漫的雅兴，甚至缺少创作激情。随着众多"浪漫盛世"营造者的退出，浪漫主义出现严重变局。

三、蒋光慈、白莽的革命激情"和着大群燃烧"

从 20 年代后期开始，国事日趋危难，民族危机加剧，"革命"和"救亡"成为时代主题。社会革命思潮将"创造"和"湖畔"两个社团的诗人推向阶级革命的斗争现实。他们虽然没有像郭沫若那样公开宣布与浪漫主义决裂，也大都致力于革命文学倡导，或者从事艰苦而实际的革命工作，社会觉悟挤压并替代了个性追求，抒情内容宏阔辽远但缺少个性自我，抒情基调豪迈高亢但不复忧伤缠绵。"革命"诗人沐浴着时代革命的风雨走上诗坛。他们用阶级革命的豪情高筑诗坛，架起"主义"和"功利"的长枪火炮打击异己，以表现自我、主观抒情为旨趣的"个性"和"审美"两大浪漫主义诗潮受到打压，革命浪漫主义诗歌逐渐显示出创作强力。

与个性浪漫主义诗人相比，"左翼"诗人的自我意识与社会自觉几乎同时觉醒。他们看重自我，也看重革命，要个性主义，也要集体主义；要表现自我意识，也表现阶级觉悟。在他们热烈而激进的情感思维里，个性主义和革命意识相互矛盾却又融为一体。他们的创作饱含着个性内容——没有个性自我就没有浪漫主义；但主观意图却是宣传革命，用革命理性影响个性意识。如蒋光慈所说，"如果我这个说着中国话的诗人，不为着中国，而为谁个去歌吟呢？"他要"在群众痛苦的反抗的声中""找到所谓伟大的东西"①，而拒绝做"在象牙塔中漫吟低唱的诗人"。他们尽情地歌吟"民众的悲欢"，其创作表现出鲜明的革命浪漫主义色彩。

蒋光慈是具有浪漫主义气质的革命诗人，曾出版《新梦》和《哀中国》两部诗集。前者表现诗人在苏联时的感受，歌颂十月革命和列宁，赞美苏联人民的新生活；但形象单薄，直白奔放，激情有余，韵致不足，带有"粗暴的抱不平的歌者"的特点。《哀中国》是回国后所作，就像闻一多由想象的"红烛"到眼见的是"死水"、郭沫若由想象的"葱嫩姑娘"到亲历的是血污现实一样，蒋光慈看到的现实与其在苏联时的想象相去甚远。反差挫伤了情绪，诗的感情基调由高亢而哀伤，因悲愤而深沉。但作为革命诗人，他政治信仰坚定，革命理想依旧，创作仍表现出浓烈的革命情绪。"寒风凛冽啊，吹我衣；／黄河低头啊，暗无语；／我今枉为一诗人，不能保国当愧死。拜伦曾为希腊羞，／我今更为中国泣。""蒋光慈诗歌的基调……从新'梦'、'哀'中国，乡'情'、'哭诉'等这些标题，以及从他每篇诗的结尾都要直抒怀抱，表现自己，都可以明显看出他的诗的基调是浪漫主义的"。② 蒋光慈的诗是中国现代诗歌由表现自我转向追求革命的"中介"，也是个性浪漫主义向革命浪漫主义过渡的"点划线"。

白莽是革命浪漫主义诗人。他十几岁开始写诗，早熟也早逝。生命虽然短暂，却在革命浪漫主义诗歌史上留下了浓烈的一笔。早期创作表现自我，带有强烈的反叛情绪；投身革命后社会觉悟与自我意识相长，既有旗帜鲜明的革命觉悟，也有未泯的个性意识。革命觉悟激发了斗志，他急切地告别自我，宣布"我已不是我"，"我的心和着大群燃烧"，渴望融入工人阶级队伍，成为人民大众的一员；但"新我"确立了，"旧我"却没有消失，创作中仍然饱含着个性主义成分。他选取"自叙传"的抒情方式，坦陈自己的生活和情感经历，抒情主人公却是激情澎湃的"大我"形象。如《孩儿塔》《别了，哥哥》《血字》等，都洋溢着革命浪漫主义诗情。"别了，哥哥，别了，／此后各走前途，／再见的

---

① 蒋光慈：《我应当归去》，《新流月报》1929年第4期。

② 蓝棣之：《关于诗歌中的现实主义问题》，《贵州社会科学》1987年第2期。

机会是在，/当我和你隶属者的阶级交了战火"；"我是一个叛乱的开始，/我也是历史的长子，/我是海燕，/我是时代的尖刺"。这些决绝的诗句是与旧世界决裂的宣言书，也是出征迎战者的墓志铭，充分表现了为革命献身的"大我"精神。

革命浪漫主义创作重视革命宣传而缺少艺术锤炼。白莽的诗也存在抒情直白、形象骨感等问题。诗人自诩"历史的长子"和"时代的尖刺"，表现出崇高豪迈的英雄气概，但高亢的战斗呼喊背后缺少深切的生命内容，即便是情绪低沉时的感怀也因革命意识的强行介入而缺少诗情顾盼。他没有回避自我，却也没有深刻地表现出生命内涵。他的诗是抒情的，强烈的，内容单纯热烈，充分显示出倾向鲜明而诗意欠缺的革命浪漫主义表征。鲁迅为他的《孩儿塔》作序说："这是东方的微光，是林中的响箭，是冬末的萌芽，是进军的第一步，是对于前驱者的爱的大纛，也是对于摧残者的憎的丰碑。一切所谓圆熟简练，静穆幽远之作，都无须来作比方，因为这诗属于别一世界。"[①] 在肯定其革命价值的同时，也委婉地道出了其艺术表现的不足。

白莽的诗是革命浪漫主义典型，但并非极致。在他选定的道路上还有不少诗人，他们也像白莽那样致力于"红色鼓动诗"的创作，艺术表现和审美影响甚至还不如白莽。这"别一世界"的抒情向度随着社会革命的蓬勃发展而产生了深远影响，至50年代成为主流世界的抒情范式，在政治抒情诗中得到集中甚至极致的表现。

蒋光慈和白莽均属于早期革命浪漫主义诗人。他们如流星划过诗坛上空，刚进入30年代就不幸陨落。革命浪漫主义仍在继续，特色鲜明者是蒲风的创作。蒲风是"中国诗歌会"的重要成员，《茫茫夜》是叙事长诗，副题为"农村前奏曲"。叙述主体为母子，儿子离开母亲和爱人投身革命，参加了"穷人军"，母亲思念儿子，与其深情对话，经过一唱三叹的渲染，形成浓郁的抒情氛围；儿子没有在场，对话却情感真挚，掷地有声。"为着我们大众我离开了家，/为着我们的工作离开了你和她，/母亲，母亲，别牵挂！"作品借母子对话展示了农村变革的前景，表现了农民革命者的觉悟和觉醒。《六月流火》也是长篇叙事诗，写王家庄农民反对国民党修筑工事攻打红军，揭露了国民党围

---

① 鲁迅：《且介亭杂文末编·白莽作孩儿塔序》，《鲁迅全集》第六卷，人民文学出版社 1981 年版，第 512 页。

剿革命的罪行，表现了工农红军领导人民革命的热情。蒲风"善于渲染革命情
绪，谱写大规模的群众斗争场面，气魄雄伟，情调高昂，采用自由诗的形式，
常取得直接的鼓动效果"，表现出"强烈的理想主义和英雄主义色彩"。[①] 这对
五六十年代的叙事诗产生了很大影响。

与白莽、蒋光慈的抒情诗相比，蒲风的叙事诗主观色彩相对较弱，浪漫
主义诗情似显不足。诚然却又非然。因为叙述故事、描写人物皆为抒情，是
感情抒发的别种方式——正如"现代派"通过营造意象表现主观自我一样，
叙事诗中的人物、故事其实是抒情策略。故事和人物是诗人想象和创造的情
景，背后燃烧着主观激情。而饱满的情绪，粗犷的风格，壮阔的气势，也为
蒲风的诗增添了革命浪漫主义色彩。就 20 世纪前半期浪漫主义发展演变而
论，蒲风叙事诗的抒情式样似乎更能适应"二为"方向主导的政治诗学语境，
故在五六十年代蔚为壮观，与政治抒情诗联袂成为时代浪漫主义诗歌的主体
构成。

四、戴望舒、何其芳的"现代"
浪漫主义及其变异

浪漫主义是开放的审美思潮，弃旧容新是其发展规律。20 世纪 30 年代浪
漫主义诗坛上出现了"革命"和"现代"两大"变体"。前者适应社会革命的
需要，后者本于新诗调整的内在需求，两者均具有历史合理性。社会需要促使
革命浪漫主义强势发展，"摧枯拉朽"，却也有影响不动的诗人和改变不了的诗
歌流向。革命诗潮之外，诗坛上还有偌大空间，很多诗人在自己园地上自由耕
耘。他们承袭了五四传统，张扬个性主义，隔膜革命和革命文学，失望于现实
却又看不到光明，失望于人生也找不到出路，于苦闷迷茫中创作。如戴望舒、
何其芳，借助"现代派"的抒情形式，重视感觉、幻觉和直觉，运用象征、隐
喻、暗示营造意象，宣泄块垒积郁，推动了"现代"浪漫主义诗歌的发展。

"现代派"与浪漫主义同源异表，都重视主观表现。"现代派"限于苦闷迷茫，

---

① 钱理群等：《中国现代文学三十年》，北京大学出版社 1998 年版，第 272 页。

而浪漫主义虽然苦闷感伤却不失激情和理想。阅读戴望舒、何其芳的诗作，可以感觉到"现代派"影响的痕迹，也可以读出"现代元素"对浪漫主义的剥蚀，但细细品味即可发现，就抒情意象的整体性和情感倾向而言，却与李金发、穆时英的"现代派"诗歌有明显区别。故我们称其为"现代"浪漫主义。

《望舒草》是戴望舒的重要诗集，作于22—27岁之间。在此期间，诗人经历了理想幻灭和爱情受挫的打击，内心十分痛苦，诗集所表现的便是追求、失望、迷茫、困惑乃至沮丧、颓废、幻灭的情绪，如《单恋者》《寻梦者》《夜行者》《游子谣》《乐园鸟》等。杜衡认为戴望舒"以真挚的情感做骨子，铺张而不虚伪，华美而有法度"，在抒情方式上把"象征派的形式与古典派的内容"统一起来。[1]这是精准的概括。戴望舒曾留学法国，受法国象征派诗人魏尔伦、保尔·福尔影响很大很深。他用"铺张而不虚伪"的语言营造优雅无序的意象，而将忧伤低沉的情绪隐藏在意象背后。《望舒草》意象朦胧，主要营造了两个意象：孤单徘徊的流浪者和飘逸愁怨的姑娘，在幽静雅致的氛围中用低吟浅唱的旋律倾诉深深的爱，在如诗似梦的情景中抒发忧伤的情。这里有中国文人的传统情结，即杜衡所说的"古典的内容"；而这情结装在"华美而有法度"的格式里，用象征和暗示的方法表现出来，实现了"古典"与"现代"的嫁接，含蓄而羞怯地"泄露了隐秘的灵魂"，显示出优雅浅淡的现代浪漫主义蕴藉。

戴望舒的成名作是《雨巷》，并因此被誉为"雨巷诗人"。作品因爱情失意而写，充盈着悲苦惆怅的情绪。他用"丁香"暗喻爱情对象，"丁香一样的姑娘"激发了美好的遐思和幻想。"我"追求"丁香一样的姑娘"，痴醉而甜蜜；追求无果却又孤独、惆怅和感伤。"雨巷"是爱情发生的场所，也是令人忧伤的情境，既为美好追求增添了浓浓诗意，也烘托了孤独忧伤的情绪。所谓"细雨添忧愁，狭长更孤单"。诗人追求无果却不放弃，爱虽去情还在，单相思愁更苦，意更浓。"雨巷""泄露"了无可奈何、万般悲苦之情。"丁香一样的姑娘"既是优美的形象，也是朦胧的意象，飘然且飘忽，优雅而幽远，既可以作出"现代性"阐释，也可以按照审美传统阅读——中国诗歌恒有以香草喻美人的传统，按照传统审美习惯足以感触到"表现而又隐藏"的情思，感受到幽美寂静的意境，获得美的艺术享受。《雨巷》语言清新明丽，感情真挚沉郁，意象古朴素雅，

---

[1] 参见杜衡：《望舒草·序》，《戴望舒诗全编》，浙江文艺出版社1989年版，第54页。

意蕴幽静悠远，是一曲感伤的现代浪漫主义之歌。

何其芳也有从浪漫主义到象征主义的诗学经历。《爱情》《雨天》《赠人》《欢乐》《祝福》《预言》大都写于 30 年代初期。诗人咏叹青春，赞美爱情，表现爱的欢愉和追求的诗意，情感浓郁，渲染夸饰，浪漫主义色彩艳丽。他是内敛自闭的诗人，即使抒情夸饰，也与郭沫若、闻一多迥然不同。《预言》（1933）之后的创作注重感觉，情感内容细密，表现含蓄隐晦，象征主义倾向鲜明，浪漫主义色彩渐减。其抒情没有戴望舒的沉郁忧隐，更没有徐志摩的洒脱轻灵，犹如夏天的鸣蝉歌唱太阳，多是单纯宁静的独语。他在独语中悄悄打开心灵世界的帷幕，低声轻诉，细语柔情缓缓流泻，颇有司空图描绘的"纤秾"意味："采采流水，蓬蓬远春。窈窕深谷，时见美人。碧桃满树，风日水滨。柳阴路曲，流莺比邻。乘之愈往，识之愈真。"[1] 如诗中说"让我烧起每一个秋天拾来的落叶，/ 听我低低地唱起我自己的歌。/ 那歌声像火光一样沉郁又高扬，/ 火光一样将我的一生诉说。"多少年后，何其芳成为共和国诗学的引领者和建设者，他要按照时代要求热情欢呼，但真正代表其创作风格和成就的还是孤独忧伤情绪的缠绵密泻。

戴望舒、何其芳的个性浪漫主义诗作大都是孤独的青春创作。他们没有汇入革命文学大潮，却沿着表现自我的道路走近"现代派"的边缘。这种选择背后有复杂的原因。生活环境、个性气质、学业浸润（海外留学或国内修外文专业）对他们的审美追求影响很大，而时代在他们心灵的投影以及爱情追求的失落也是重要因素。他们表现怅惘失落的青春情绪和生命感悟，困惑却不沮丧，苦闷也不颓废，失落却仍在追求，感伤而不失热情，其创作饱含幽幽的浪漫诗情。他们咀嚼人生况味，泄露不满情绪，也睁眼顾念现实，对社会对人生都怀有温暖的情怀。他们饱受传统文化和文学熏陶，内心深处是传统文人意识，其创作偏重"古典的内容"却又"规避"西方现代意识。

抗战开始后，他们在时代影响下走出个性主义园地，融进民族抗战和革命洪流，作品的时代内容愈加丰富，浪漫主义色彩发生变异。

受民族危机和战时舆情影响，戴望舒从个人生活困境和沉郁忧伤的情绪中挣脱出来，置身时代洪流，诗风发生激变，"古典内容"转化为热烈的爱国情

---

[1]　孙联奎、杨莲芝：《司空图〈诗品〉解说二种》，孙昌熙、刘淦校点，齐鲁书社 1980 年版，第 15 页。

绪，传统诗艺替代了"象征派的形式"。①1939 年元旦他对苦难的土地和人民送上深情的祝福："祝福！我们的土地，血染的土地，焦裂的土地，/ 更坚强的生命将从而滋长。// 新的年岁带给我们新的力量。/ 祝福！我们的人民，/ 艰苦的人民，英勇的人民，苦难会带来自由解放。"②饱满的激情，热烈的呐喊，悲情的理想，竟有些郭沫若《女神》的浪漫主义"遗韵"。他因拒做汉奸而被关进监狱，监狱的特定情境使得他产生了深厚的诗情，并化作"用残损的手掌抚摸祖国版图"的意象——"我用残损的手掌，/ 摸索这广大的土地：/ 这一角已变成灰烬，/ 那一角只是血和泥；/ 这一片湖该是我的家乡，/（春天，堤上繁花如锦障 / 嫩柳枝折断有奇异的芬芳）/ 我触到荇藻和水的微凉；/ 这长白山的雪峰冷到彻骨，/ 这黄河的水夹泥沙在指间滑出；/ 江南的水田，你当年新生的禾草 / 是那么细，那么软……现在只有蓬蒿；/ 岭南的荔枝花寂寞地憔悴，/ 尽那边，我蘸着南海没有渔船的苦水……"③触摸动作迟缓，神情庄重悲壮，感情炽热沉郁，"残损的手"触摸出深厚的爱国热情，标志着诗人从"现代"浪漫主义走向"传统"浪漫主义。

这种"走向"在何其芳创作中表现得更明显。抗战开始后，他走出校园投奔延安参加革命斗争，在那个艰苦而热烈的革命环境里淬火锻压，思想感情发生了深刻变化——苦闷孤独的意绪渐渐消散，昂扬兴奋的情绪和骨感的内容逐渐加强，诗学主张和美学追求发生了深刻变化。他愧悔过去生活天地和情感世界的狭小，愧悔"诗力"羸弱纤细，积极融进时代精神和抗战军民斗争生活的内容，抒情内容变得质朴厚重，甚至有些明朗欢快。如《快乐的人们》《我们的历史在奔跑着》《生活多么广阔》《我为少男少女们歌唱》，抒发了欢快昂扬的感情，表现了与大众一起前进的决心和勇气。但他的转变并不彻底，创作仍以表现自我为主，社会内容多是"外在"元素游离表面，基本内容却是源自内心的人生感受，甚至《夜歌》《解释自己》《叹息三章》等所表现的仍是"旧我"小情绪。当然，即便是"旧我"小情绪，与"汉园诗"相比也有显著变化，如《夜歌·四》有缠绵悱恻、低沉幽怨的个人抒怀，也有讲述快乐故事、抒发人民感

---

① 杜衡在《望舒草·序》中说，戴望舒的诗是"象征派的形式与古典派的内容"的统一。战争开始后，"古典的内容"和"象征派的形式"均出现变异。
② 戴望舒：《元旦祝福》，转引自严家炎主编《二十世纪中国文学史》（中册），高等教育出版社2010 年版，第 141 页。
③ 戴望舒：《我用残损的手掌》，《现代百家诗》，宝文堂书店 1984 年版，第 234 页。

情、表现时代革命精神的"金声玉振"。"大时代"与"小情绪"、"新元素"和"旧内容"相互矛盾，何其芳在诗学蜕变中痛苦并欢乐着。如他所说，"一个旧我与一个新我在矛盾着，争吵着，排挤着。"[①]"我是如此快活地爱好我自己，/而又如此痛苦地想突破我自己，/提高我自己"。[②] 这是诗人创作转变的真实写照和必然过程。而正是这个过程的存在和延续，使延安时期的何其芳及其诗作还保持着浪漫主义气韵和个性风格。而突破自己，将自己的歌声汇入时代的巨大合唱里，"在那里面谁也听不出/我的颤抖，我的悲伤，/而且慢慢地我也将唱得更高更雄壮"，[③] 无疑是发展趋势。

戴望舒、何其芳创作的变化是时代大潮冲击下众多诗人的必然选项，也是浪漫主义呼应时代发展变化及历史包容性的标识。

五、战火中茂长的革命浪漫主义和艾青的创作

战争改变了诗人的生活道路和思想感情，也改变了诗人的诗学观念和审美追求。救亡图存，匹夫有责，保家卫国，义不容辞，这是中国诗人的精神传统。无论诗人坚持什么人生信念和诗学主张，有何种社会倾向和创作追求，都聚集在抗战旗帜下，为民族生存发展呐喊助力。走出个人生活的圈子，放弃单纯表现自我的诗学主张，为民族解放和阶级翻身而创作成为众多诗人的审美自觉和创作追求。在此变局中，革命浪漫主义要适应时代需要进一步发展壮大，现代浪漫主义强化了与社会现实的联系，个性浪漫主义被注入了更加丰富的社会内容——战争期间，浪漫主义三大诗体的"诗力"和命运也迥然不同。

抗战初期，怒吼和呐喊替代了象征和含蓄，血泪和死亡替代了意象和意境，以宣泄民族感情、点燃抗战烈火为主旨的浪漫主义创作成为抗战初期的主旋律。具有进步和革命倾向的诗人应运崛起成为时代浪漫主义诗潮的主体。高

---

① 何其芳：《〈夜歌〉（初版）后记》，《何其芳全集》（1），河北人民出版社2000年版，第517页。

② 何其芳：《夜歌》（二），《何其芳全集》第一集，河北人民出版社2000年版，第346页。

③ 何其芳：《夜歌》（四），《何其芳全集》第一集，河北人民出版社2000年版，第381页。

兰与冯乃超、锡金等发起诗朗诵运动，《我的家在松花江上》《哭亡女》感情真挚，旋律沉雄，热切的呼唤，悲痛的倾诉，显示出浪漫主义的抒情优势和情感强力。而反响最大的则是光未然的组诗《黄河大合唱》。

《黄河大合唱》共有《黄河船夫曲》《黄河颂》《黄河之水天上来》《黄河对口曲》《黄水谣》《黄河怨》《保卫黄河》《怒吼吧，黄河》八个乐章。诗人用饱蘸激情的笔墨塑造了与惊涛骇浪奋勇搏战的英雄黄河形象，刻画了黄河的坚强性格和无坚不摧的力量，诉说了中华民族的历史灾难，揭露了日本侵略者的罪行，抒发了中华民族奋起抗战的激情。诗人呼吁中华民族要团结奋进，同仇敌忾，投入到保卫黄河、保卫华北、保卫全中国的伟大斗争。作品气势磅礴，旋律激越，情感沉雄，形象鲜明。这是诗人热切的呼唤，也是民族伟力的展示——"风在吼，马在叫，黄河在咆哮，黄河在咆哮"，青纱帐里游击健儿"端起了土枪洋枪，挥动着大刀长矛，保卫家乡！保卫黄河！保卫华北！保卫全中国！""啊！黄河！怒吼吧！怒吼吧！怒吼吧！向着全中国受难的人民发出战斗的警号！向着全世界劳动的人民，发出战斗的警号！向着全世界劳动的人民，发出战斗的警号！向着全世界劳动的人民，发出战斗的警号！"《黄河大合唱》酣畅淋漓地展示了中华民族的英勇气概，充分显示出革命浪漫主义的"诗力"。

革命浪漫主义的主体是"延安诗人"和包括何其芳、光未然在内的具有延安生活经历的诗人。

"延安诗人"主要由两部分组成：诗坛新人和有创作成就的诗人。资质不同，诗学理念和创作追求也有差异。但社会环境和诗学语境显示出强大的同化力，无论"诗龄"长短都统一在"革命圣地"这个大熔炉里，进而表现出相同的创作旨趣。其中，有些诗人诗作呈现出鲜明的革命浪漫主义特色。

诗坛新诗人指没有或者少有诗歌创作经历和经验者。他们在投奔延安参加革命的过程中走上诗坛，成为革命战士的同时也成为诗人，被延安的生活和战斗气氛感染，根据需要创作了具有革命浪漫主义特点的作品，如冲锋号般嘹亮的"街头诗"和"朗诵诗"。冲锋号为冲锋杀敌而吹响，诗人将诗的战斗性发挥到极致，但缺少韵味和意境。比较活跃的是晋察冀诗人群，如魏巍、陈辉、张志民、邵子楠、李季等。无论是叙事还是抒情，也无论表现边区人民生活还是歌颂为民族解放、阶级翻身而浴血奋战的军民，均具有"浓厚的生活气息，鲜明的战斗色彩，饱满的革命热情"，①也洋溢着素朴的浪漫主义诗情。魏巍写革命战士激战后的酣睡和梦境，说他们在梦里看到手榴弹开出美丽的花朵，看到"战马奔回失去的故乡是怎样欢腾，/烧焦的土地上有多少蝴蝶又飞上了花丛"②，谱写革命战争畅想曲。陈辉深情地歌颂饱经苦难的母亲，赞美战火中的生死爱情，歌颂抗战军民英勇的战斗精神，诗中洋溢着革命战士的乐观忠诚和浪漫诗人生命的纯真。他把"燃烧着战火"的晋察冀边区比作伊甸园，说要将自己的血肉化作"芬芳的花朵"，开在晋察冀的道路上，表现了革命诗人的崇高品质。《为祖国而歌》写"我高歌，/祖国呵，/在埋着我的骨骼的黄土堆上，/也将有爱情的花儿生长"，③感情真挚强烈，格调欢快明朗，语言通俗质朴，情绪饱满高昂，表现出单纯而豪迈的革命乐观主义特点。

适应表现人民群众生活和精神风貌的要求，延安叙事诗取得显著成果。李季的《王贵与李香香》和张志民的《漳河水》成就突出，影响广泛。这是两首爱情叙事诗，人物命运和故事情节略有不同，都翻新了"革命＋爱情"的创作模式，表现了"革命使有情人终成眷属"这一主题。革命与爱情的艺术对接，丰富了革命内容，也规范了爱情模式；而民间艺术资源的开发利用和民间形式及手法的成功借鉴，则增强了艺术表现力。他们的成功，为爱情浪漫主义创作拓宽了走向人民群众生活、表现革命政治主题的道路。这类简单通俗的艺术形式适应了时代需求，对五六十年代的叙事诗和爱情诗产生了很大影响。

比较起来，值得重视的还是那些有创作基础和艺术经验的诗人诗作。抗战开始后，延安汇集了很多有才华的作家诗人，在那个生活条件艰苦却欢快明朗的环境里，他们生活、战斗和写作，思想感情逐渐革命化，诗创作也蓬勃着革命浪漫主义元素。其中成就最大的是艾青。

抗战开始后，艾青辗转杭州、临汾、西安、武汉等地，1941 年到达延安，在这里实现了创作变化，且将这种变化直接延伸到 50 年代。《北方》《他死在

---

① 邹获帆语，转引自魏巍：《继承传统，开拓未来：〈晋察冀诗抄〉重版后记》，《诗刊》1984 年第 8 期。

② 魏巍：《蝈蝈，你喊起他们吧》，见周良沛编序《中国新诗库》第七集，长江文艺出版社 2000 年版，第 659 页。

③ 陈辉：《十月的歌》，作家出版社 1958 年版；其中有《亚当和夏娃》《母亲》《为祖国而歌》等，本段引文均出自此。

第二次》《向太阳》《旷野》等诗集构建了博大丰富的诗歌世界，以雄健笔力塑造了"现实中国"的形象，"饱含着对多灾多难的祖国土地与人民之深切关爱的感时忧国情怀，以及由此而执著探求民族解放、社会革命的光明前景以及为此而不断自我探索追求进步的理想主义情怀。"①艾青的诗混合着现实主义、浪漫主义以及象征主义多种元素，我们看重的是浪漫主义元素。

但艾青曾明确说他"最不喜欢浪漫主义诗人们的作品"，因为浪漫主义诗人"把感情完全表露在文字上"。他说他"比较喜欢""以更艺术的方式"表现"近代人的明澈的理智与比一切时代更强烈更复杂的情感"的"近代诗人们的作品"。②其实，艾青所拒绝的，是感情浮露、表现直白的抒情方式，是没有将感情经过理性沉淀、缺少艺术加工、尚未化为诗美形象、缺少诗美形式的纵情宣泄型的浪漫主义——即使在浪漫主义诗界，这类创作也非"上品"。他所厌倦的是某种差强人意的抒情方式，而不是浪漫主义本身。而且这种态度在民族抗战和阶级革命的战火中发生了深刻变化。

艾青喜欢"现代派"艺术，欣赏"现代派"的抒情方式，却无意横向移植。他关注自我，营造意象，但这意象并非深奥费解的感觉和变动不居的意绪，而是现实形象——大堰河是艾青保姆的形象，扩大些便是像大堰河那样的下层劳动妇女。这个意象完整、单纯、集中，是易于理解的中国式意象。事实上，艾青对"现代派"也不怎么推崇。在八十年代关于"朦胧诗"的讨论中，他曾经批评其晦涩难懂，并对意象发表过意见，说诗的意象要单纯、明快、集中——这是他的诗学主张，也是经验总结。艾青借鉴了"现代派"的艺术手法，却将艺术之根扎在中国土地上。

从考察浪漫主义的角度看，值得重视的主要是以下两个方面。

其一，对自我的执著。艾青致力于表现思想、意志、感情、追求等主观内容，核心是对土地的深切热爱和对光明的热情礼赞。由此形成两个主体意象：土地和太阳，借此表现对古老土地上艰难生存挣扎的人民的热切关心，对民族独立、阶级解放、国家民主和人民自由的光明中国的热切向往。这是艾青浪漫主义诗情的经纬。"在这个茫茫的世界上／我曾经为被凌辱的人们歌唱／我曾经为受欺压的人们歌唱／我歌唱抗争，我歌唱革命／在黑夜把希望寄托给黎

---

① 严家炎主编：《二十世纪中国文学史》（中册），高等教育出版社 2010 年版，第 201 页。

② 严家炎主编：《二十世纪中国文学史》（中册），高等教育出版社 2010 年版，第 209 页。

明/在胜利的欢欣中歌唱太阳"①。战乱期间几乎所有抒情都可以纳入这个经纬。前者如《我爱这土地》《雪落在中国的土地上》《复活的土地》等情感浓烈深沉，后者如《火把》《向太阳》《黎明的通知》等基调热烈奔放。而贯穿始终的是"忧郁"——艾青创作的"恒音"，本于情感气质，基于自觉的审美追求。"叫一个生活在这年代的忠实的灵魂不忧郁，这犹如叫一个辗转在泥色的梦里的农夫不忧郁，是一样的属于天真的一种奢望"。② 而所以沉郁，所以忧伤，则源于现实中国的苦难及其对苦难现实的深切忧虑，源于对劳动人民的深切同情——"为什么我的眼睛里常含泪水？/因为我对这土地爱的深沉"。"忧郁与悲哀是一种力"，艾青的抒情因忧郁而富有诗力。

其二，对自由的执著。艾青说"我们写诗，是作为一个悲苦的种族争取解放、摆脱枷锁的歌手而写诗。诗与自由，是我们生命的两种最可贵的东西，只有今日的中国诗人最能了解它们的价值"。③ 自由包含着两个方面。一是民族自由——这是思想倾向。艾青为悲苦民族的解放而写，把争取民族解放当作创作目的。他忠实自我而情系民族，其创作与民族解放密切相关，从而表现出深沉悲情的诗美。二是创作自由——这是审美追求。无论流亡时期还是延安期间，他都坚定地走自己的路，并因此受到批评，说他所写"总是'我的歌'"（胡风），说他的诗带着"智识分子气"（周扬），胡风甚至希望他像柯仲平、田间那样成为"抛弃了知识分子底灵魂的战争诗人和民众诗人"。④ 但他行素自处，表现出独立坚持、不依不移、自由创作的精神。这种精神使他的创作融合了自我追求和时代要求，也采撷了象征主义和现实主义艺术资源而提升了浪漫主义境界，最终成为个性鲜明的诗人。

但他无法坚持太久。延安整风运动对艾青触动很大，整风之后，他的思想感情和审美追求均发生了很大变化。他开始作为革命诗人出现在诗坛上，实践工农兵方向，为政治服务的创作意图日渐明显。他汇入革命文学大潮，成为"二为"方向的自觉响应者和积极实践者。而随着自我意识的浅弱，其创作也像何其芳等诗人那样融入革命浪漫主义大潮。

---

① 艾青：《光的赞歌》，《人民文学》1979年第1期。
② 艾青：《诗论》，三户图书社（桂林）1942年版，第62页。
③ 艾青：《诗论》，三户图书社（桂林）1942年版，第79页。
④ 参见严家炎：《二十世纪中国文学史》（中册），高等教育出版社2010年版，第206页。

六、"中国新诗派""立起知觉的
天线"接受现实信号

    战争期间诗人多处于流亡和迁徙状态，居无定所。诗人的生活地域不同，诗学场域和创作追求也就不相同。就"诗学场"而言，如果说"延安诗人"是"广场诗群"的话，则"中国新诗派"可谓"校园"或曰"知识分子"诗群。在战争诗坛上，"中国新诗派"与"延安诗群""七月诗派"鼎足而立，共同筑起浪漫主义诗歌大厦。

    "中国新诗派"因创办《中国新诗》而得名。诗人曾经云集在由戴望舒、卞之琳主编的《新诗》和《繁星》旗下，1947 年汇入杭约赫主持的《诗创造》。《诗创造》兼容并包，诗学主张有较大分歧。1948 年 6 月《中国新诗》创刊，标志着"中国新诗派"的形成。该派诗人的生活经历和诗学修养、知识构成和审美追求使他们成为一个"综合性"很强的诗群——融合了现代主义、现实主义和浪漫主义多家"诗艺"成就了自身，显示出复杂的创作特点。他们创作的"不少作品尚带有浪漫主义风采"。[1] 我们考察的便是这种"风采"。

    "中国新诗派"多是在战争硝烟中走上诗坛的校园诗人。读书期间，他们先是醉心于浪漫主义，后又崇尚现代主义。如唐湜所说，经历了"由雪莱、济慈飞跃到了里尔克与艾略特们的世界"的过程。[2]"其他'中国新诗'派的诗人都经历了类似的过程"。[3] 这个"过程"给他们留下深刻印痕，即使"飞跃"之后雪莱济慈也没有远离开他们。学识和修养使该诗群即使在民族危亡的严重时期，也保持着知识分子的审美追求和优雅的精神向度。他们本着自己的诗学主张和审美追求创作，与其他诗人相比，以更自我的形式表现独到的社会感悟和人生思考。因为崇拜里尔克、艾略特而被视为"现代派"，战争期间经历了与其他诗群迥异的命运遭际。

    "校园"是重要的"诗场"，既决定了艺术资源也影响到抒情向度。在民族

---

① 孙玉石：《中国现代主义诗潮史论》，北京大学出版社 1999 年版，第 271 页。

② 唐湜：《我的诗艺探索历程》，《新文学史料》1994 年第 2 期。

③ 钱理群：《1948：天地玄黄》，中华书局 2008 年版，第 103 页。

生死存亡、国家向何处去的大背景下，"中国新诗派"感受着抗拒外敌入侵、两大政治集团生死交战的严峻现实，创作中弥漫着忧思悲情的时代情绪。如叶公超所说，他们生活在校园书舍，却把"知觉的天线立起来，接受着全民抗战中的一切"。① 他们的创作既表现了"强烈的自我意识"，也表现出"同样强烈的社会意识"。②

"现代派"和浪漫主义都本于自我表现，其主张有很多重合的地方，区别在于情感倾向和抒情方式。浪漫主义对现实多取批判态度，并积极探索改变途径，有激情，有理想，意在"建构"；而"现代派"对现实多是无可奈何的愤懑和慨叹，有呈现，有赞美，但侧重于"解构"。"中国新诗派"浸淫在象征、暗喻、抽象、通感的诗歌世界，习惯于形而上的思考，受象征主义反抒情、重智性的影响，拒绝直接抒情，尤其拒绝情感浮露的抒情方式，带有重思想轻情感的倾向。他们喜欢将情感化作意象，通过营造意象表现出来。其意象丰赡，带有跳跃性和无序性，没有明显的因果关联和起承转合，语言隐晦且多变异，显得扑朔迷离，抽象玄奥。他们自觉地学习"现代派"艺术，却又植根于中国社会和文化土壤；既区别于"古典内容"稀少的李金发、穆时英，也与"现代形式"单薄的戴望舒、何其芳有所区别——与后者相比，他们是更具"现代"特色的浪漫主义。

穆旦是在现代艺术道路上走得较远的诗人，被视为"现代派的旗手之一"。他经历了残酷战争的历练，目睹了现代文明的荒凉，对社会现实有深切而痛苦的感受。其创作包含着沉重的社会内涵。《隐现》③是其著名作品，表现了复杂的情绪和悲痛的现实。"我们站在这个荒凉的世界上，/ 我们是二十世纪的众生骚动在它的黑暗里，"/"我们有机器和制度却没有文明，/ 我们有复杂的感情却无处归依 / 我们有很多的声音而没有真理 / 我们来自一个良心却各自藏起，/"" 我们已经有太多的战争，朝向别人和自己，/ 太多的不满，太多的生中之死，死中之生，/ 我们有太多的利害，分裂，阴谋，报复"。面对这令人悲观的存在，诗人不满也不甘，尽管知道"等我们哭泣时已经没有眼泪 / 等我们欢笑时已经没有声音 / 等我们热爱时已经一无所有"，但仍揣着希望，"一切已经晚了然而还没太晚，当我们知道我们还 / 不知道的时候"，就有希望。诗人寄希望于"上

---

① 叶公超：《文艺与经验》，《今日评论》1939年第1期。

② 袁可嘉：《新诗现代化——新传统的寻求》，《大公报·星期文艺》1947年3月30日。

③ 穆旦：《隐现》，《穆旦诗文集》第一集，人民文学出版社2007年版，第243—253页。

帝"，但这个上帝不是宗教神学的上帝，而是肉体和现实之外的精神力量。这既是自我安慰，也是精神理想，看上去虚无缥缈，细读方见真切和执着。

比较而言，《赞美》的格调更加激昂。诗人从民族抗战的滚滚洪流中感受到饱经苦难的中华民族崛起的力量，为之欣慰，热情赞美。他用"在天空飞翔的鹰群""起伏的山峦""河流和草原""密密的村庄，鸡鸣和狗吠"以及"荒凉的沙漠""坎坷的小路""骡子车""槽子船""蔓山的野花，阴雨的天气"等意象酣畅淋漓地描绘民族的苦难命运，歌颂他们英勇抗战的悲怆情形。每段都用"一个民族已经起来"结束，压住了感伤的阵脚，消解了苦难和绝望，于沉重中见力量。"痛哭吧，让我们在他身上痛哭吧。因为一个民族已经起来"。①虽然色彩灰暗，满目都是阴郁、悲痛、苦难、粗陋的意象，但气势磅礴恢宏，笔力深沉雄健，充满昂扬奋进的力量。

其他诗人诗作各具形态，但浪漫主义"诗力"大抵深沉如是。杜运燮的《滇缅公路》②写挥动原始工具建筑滇缅公路的民工"冒着饥寒与疟蚊的袭击"，"不惜仅有的血汗，一厘一分地"垦荒筑路。诗人悲悯他们劳动的艰辛，赞美他们"为民族争取平坦，争取自由的呼吸"的伟大精神。原始劳作和伟大精神形成比对，彰显了浪漫主义豪情。杭约赫《复活的土地》③描绘了"沉睡的人民醒来"的现实，也表现了"新世界就要在人民的觉醒里到来"的光明前景。郑敏将中国比作一只刚刚"解缆的小船"，在风雨中飘摇，但坚信"不会沉灭，你的人民第一次 / 助你突破古老的躯壳，第二次助你把 / 自卫的手臂举起，第三次，现在，他们向 / 你呼唤，噢中国！觉醒！"并且认为"这一次是自你的血液里升出真的觉醒"。她知道祖国正处在苦难之中，也知道眼前的痛苦是复活前的痛苦——祖国"正为了一个更透彻的复活忍受诞生的痛苦！"④无论情感基调还是艺术风格，思想倾向还是语言形式，都表现出昂扬的浪漫主义"诗性"。

抗战结束后，诗人期望的民族复兴并没有如期而至，他们也不再是单纯的

---

① 穆旦:《赞美》,《现代百家诗》,宝文堂书店 1984 年版, 第 338—341 页。

② 杜运燮:《滇缅公路》,见周良沛编序《中国新诗库》第九集,长江文艺出版社 2000 年版,第 662—665 页。

③ 杭约赫:《复活的土地》,见周良沛编序《中国新诗库》第九集,长江文艺出版社 2000 年版,第 839—867 页。

④ 郑敏:《噢,中国》,转引自严家炎主编《二十世纪中国文学史》(中册),高等教育出版社 2010 年版, 第 174 页。

学生，即便还在书斋校园，也改变了社会身份。感受着现实的沉重压迫，他们的创作更富有时代内涵。他们揭露黑暗丑恶，期待社会变革，却因对政治的隔膜而表现出复杂的思想情绪。唐祁痛斥"阴谋家、战略家、军火商人／利用和平做白色烟幕"，用人骨在自己的国土上划地图。[①] 辛笛说"让我给你以最简单的回答／除了我对人类的热情绝灭／我有一份气力总还要嚷要思想／向每一个天真的人说狐狸豺狼"，《回答》表现了时代重压下诗人的社会良知。杭约赫控诉了战争给人民带来的灾难，揭示了噩梦般的现实——"百年的冤仇不去报，教你们／举着来自海外的凶器，厮杀／自己的兄弟，听号音的'帝达'。／／兄弟们的血流在一起，母亲的／泪流在一起。遍地狗哭狼嚎，／从此'英雄'有了用武之地。"[②] 他们没有深入肌理揭示社会病灶，也没有昭示消灭豺狼的力量和路向，甚至没有"嚷出"抗争和推翻的情绪，但淋漓的揭露，勇敢的陈尸，理性的剖析，较之抗战初期血火焦灼的陈情都显得沉实有力。

作为一个组织不甚严密、自由度较大、包容性较强的派别，"中国新诗派"是诗学修养深厚、创作潜力沉实的诗群，也是创作多元、审美复杂的存在。他们有自觉的现代取向，也有自然的传统浪漫主义皈依，笔墨在"自觉"和"自然"之间游移。他们自觉地解构和颠覆传统诗学，却又自然地植根于现实和民族文化土壤，由此决定了他们"飞跃"的形态和质地。他们在解构和颠覆中思考，也在思考中寻求希望，但他们思考和寻求的结果却显得混杂和模糊。他们抑情重思，因"抑情"而缺少激情，虽"重思"却又不见理想，故与西方现代浪漫主义相比，"中国新诗派"的浪漫主义"诗力"稍显幽沉。

七、"七月"诗派的主张、"劫数"和中国现代　浪漫主义的"定局"

"七月"诗派因1937年创办《七月》杂志而得名[③]，《七月》停刊后，诗人

① 唐祈：《雾》，《现代百家诗》，宝文堂书店1984年版，第401页。
② 杭约赫：《噩梦》，见周良沛编序《中国新诗库》第九集，长江文艺出版社2000年版，第811页。
③ "七月"派是综合性文学流派，我们在此"以诗论派"，只考察他们的诗歌创作。

们聚集在《希望》《诗垦地》《诗创作》等杂志繁衍生息，形成阵容庞大的诗人群体。战争期间他们散落各地，生活经历、思想感情、诗学语境和审美追求诸项殊异，但在理论上大都受到了胡风主观战斗精神的影响。受其影响，"七月"诗派的理论和创作均表现出主观浪漫主义特点。

"七月"诗派诞生在抗战硝烟战火中，他们为被侮辱者、被损害者而创作，诗学主张融合了现实主义和浪漫主义，也夹杂着现代主义成分。在创作上，他们标榜和尊崇现实主义，反对客观主义创作态度，对无可奈何的忧伤、无所作为的喟叹也深表不满，视其为"犬儒主义"。他们尊崇主观自我，用燃烧的主观战斗精神拥抱客观现实并努力影响和改造现实；主张"突入生活"底层，将自己的思想感情、人格精神和审美趣味渗透到创作对象中，并与之相融合——将主观自我与创作对象、个人感受和社会历史内容融为一体。"七月派可以说是这一时期最具有浪漫主义、理想主义和英雄主义色彩的一个诗歌流派"。①

"七月"诗派的浪漫主义源于并表现为主观抒情性。"诗的主人公正是诗人自己，诗人自己的性格在诗中必须坚定如磐石，弹跃如心脏，一切客观素材都必须以此为基础，以此为转机，而后化为诗。不论字面有没有'我'字，任何真正的诗都不能向读者隐瞒诗人自己，不能排斥诗人对于客观世界的主观抒情；排斥了主观抒情，也就排斥了诗"。②且不说那些激情如火、直抒胸臆的诗，即使有人物、情节和场景，写实性明显的作品，也具有很强的主观抒情性。蓝棣之所说的"诗是浪漫主义的"在此得到有力的证明。③概因他们创作的整个过程是主观拥抱和燃烧对象、使之成为艺术形象的过程。在此过程中，主观精神发挥着强有力的作用，决定和改变着对象，也影响和融化着对象，使之成为主观精神的外化，成为抒情和表现的载体，所以诗中的人物、故事、场景大都简单"残缺"——这是就"支流"而言的。事实上，"七月"诗人更倾向于直

---

① 钱理群：《1948：天地玄黄》，中华书局 2008 年版，第 98 页。

② 绿原：《白色的花·序》，《当代》1981 年第 3 期。

③ 蓝棣之认为，诗可以分为若干类型，但没有现实主义型。其理论依据是，黑格尔将诗分为象征、古典和浪漫三种类型；韦勒克和沃伦的《文学原理》将诗分为文艺复兴、古典主义、浪漫主义、象征主义以及巴洛克艺术风格等几种类型，都没有提及现实主义。在他看来，这不是理论家的疏忽，而是诗与现实主义原本就没有关系的佐证。据此，他认为长篇叙事诗《王贵与李香香》《漳河水》也都是主观的，理想的，抒情的，浪漫的（见蓝棣之：《关于诗歌中的现实主义问题》，《贵州社会科学》1987 年第 2 期）。

抒胸臆，借助抒情主人公形象塑造和简单的事实叙述实现揭露和批判、歌颂和赞美的目的。

"七月"诗人的抒情内容，前期猛烈抨击日本侵略者给民族和国家带来的灾难，表现中华民族在苦难中坚持抗争的精神；后期致力于揭露和批判国民党统治，讴歌底层生命活力和推翻旧世界的力量。前期后期都植根民族生活沃土，对民众生活和命运给予深切关注和表现，复将主观自我"奔突"到人民生活和民族命运的深层上，在强烈抒情中表现坚韧、抗争和革命等诗性内容。如阿垅的《纤夫》"着力描绘了人民群众向着一个光明的前景而齐心协力、艰苦奋进的感人情景"，表现了"人底力和群底力"组织起来一寸一寸迫近"炽火飞瀑的清晨的太阳"。① 该派诗人较早地走上社会，对民众苦难和精神创伤以及人生艰辛有着深切感受，他们基于表现和宣泄而创作，无论高亢还是深沉，也无论爱还是憎，大都酣畅淋漓，富有感染力。如绿原的《春雷》，激情如春雷炸响，震撼寰宇，"呼喊吧，呼喊吧，春雷 / 凑近那些可怜的聋子们的耳朵 / 用你尖锐的智慧的钢针 / 划在你宽阔的气魄的铁板上 / 撕破那些衰弱的心脏吧，春雷 / 我们需要大胆的春天，这个世界需要 / 在你起死回生的霹雳里 / 突变！"② 田间的《给战斗者》诗句简短，节奏急促，旋律高亢，如擂响的战鼓显示出很强的鼓动性和感召力。

"七月"诗派是主观的，表现的，其创作是强大的主观精神发射的炽热的光。但浪漫主义表征却很难概括和定性。他们看重主观表现却又强调社会内容，认为诗人的自我不是孤立的存在，诗的表现内容也不是"与世隔绝的孤芳自赏或顾影自怜的独白"；诗人的自我是与人民血肉相连的自我，诗的内容是诗人对于社会的义务和责任，甚至认为即便是最私密的爱情内容也应该"折射出时代和人民的精神光泽"。"脱离了自己所处时代的血肉内容——中国人民在共产党的号召和领导下同国内外敌人进行生死搏斗的血肉内容，是不可能产生真正的诗的；同样，脱离了后者，即脱离了诗人为人民斗争献身的忠诚态度，把人民大众的解放愿望当作自己的艺术理想的忠诚态度，也是不可能产生真正的诗的"。③ 他们既非"诗情独幽"的个性浪漫主义，也非"公而无私"的革

---

① 参见严家炎主编：《二十世纪中国文学史》（中册），高等教育出版社 2010 年版，第 148 页。

② 绿原：《春雷》，引自周良沛主编：《中国新诗库》第 10 集，长江文艺出版社 2000 年版，第 79 页。

③ 绿原：《白色的花·序》，《当代》1981 年第 3 期。

命浪漫主义，更非"形式至上"的审美浪漫主义，因主导倾向偏重主观自我，可谓个性主义的革命浪漫主义。而这既决定了他们的自我定位与社会定位存在巨大差异，也注定了其存在的尴尬和发展的困境。

从中国现代浪漫主义诗歌发展道路上看，"七月"诗派赓续了"五四"个性浪漫主义精神，对推助浪漫主义发展乃至整个诗学建设作出了突出贡献。他们奉行的诗学主张，既不因偏重功利而失却诗美要求，也没有因重视自我而躲进个人生活和情感的小天地，忘却时代。其理论表述或许存在尖刻偏激问题，但诗学主张却是富有建设性的，既符合诗美原则，也符合浪漫主义创作规律。在民族危机四伏、战争硝烟弥漫的岁月里，在现实主义、浪漫主义和现代主义三足鼎立、争夺文坛霸主的矛盾斗争中，他们汲取了现实主义和现代主义艺术资源，拓宽了浪漫主义文学道路，助燃了个性浪漫主义薪火，也烧旺了革命浪漫主义烈焰，在理论、创作和诗人队伍等方面做足了进入新时代、影响新时代诗学建设的准备。

但他们的"薪火"没有延续到 50 年代。这与胡风的理论及个性相关。胡风对"五四"传统的忠实坚守赢得了青年诗人的拥戴，却遭到主流文学队伍的挤压。他与"左翼"阵营核心人物的分歧和积怨甚深，谁都不肯妥协。这也许源于浪漫主义个性过于张扬，也许是诗学主张分歧严重所致，当然还掺杂了更加复杂而深密的原因，致使他所领导的"左翼"诗群与"左翼"文学的大队人马总走不到一条路上。开始，因战争爆发、形势发展迅疾、政治军事斗争惨烈等原因，矛盾没有提到"时代议程"，也没有纳入政治斗争程序，胡风和"七月"诗派有足够的发展空间。革命文艺阵营虽然对胡风不满，却因政治军事没有统一天下，也无暇顾及文艺主张的对立统一，胡风和"七月"诗派得以任性发展，呼啸前进。

命运改变是在 40 年代末。人民革命战争胜局既定，《大众文艺丛刊》集中了未来中国文坛的领袖人物，郭沫若、邵荃麟、乔木（乔冠华）、胡绳、林默涵纷纷登场，开始纯洁队伍，校正方向，清除障碍，为新中国文艺事业的建设和发展扫平道路，对胡风及"七月"诗派进行了猛烈攻击。邵荃麟的《关于当前文艺运动的意见》《论主观问题》、乔木的《文艺创作与主观》以及胡绳的《评路翎的短篇小说》《鲁迅思想的发展道路》等对胡风的理论和创作进行了严厉批判，甚至有文章认定胡风曲解马列主义和毛泽东文艺思想，"以自己的小资产阶级观点曲解了无产阶级文艺思想的基本原则方针，自行提出一套思想、一

套理论，以此来团结与我相同或有利于我的人，自成一个小集团"①。批判者旗
帜鲜明，言辞激烈，态度强硬，充满火药味和杀伤力。文坛如战场，霎时间天
地玄黄，风狂雨骤。

胡风撰写的《论现实主义的路》，系统地阐述了自己的理论主张，回击批
判，并就文艺创作和发展问题发表了意见。他坚信自己的理论符合革命文艺发
展方向，符合政治领袖的文艺思想——甚至"处处以马列主义的文艺思想自
命"②，坚信他的所作所为是坚持和捍卫毛泽东文艺思想。他对某些革命理论家
的主张心存不满，觉得他们所论既不符合创作规律，也不符合时代发展需要。
他甚至存有为新中国文学清除障碍、开通道路的雄心，存有用自己的理论统一
其他理论主张的雄心——起码，在他看来，未来中国文学发展格局中，他和他
的理论要有一席之地，且位置显赫，地盘硕大。这当然是一厢情愿的幻想。

"七月"诗派和"中国新诗派"也算是"理论盟友"——在诗学理念和创
作精神上都偏重主观，都致力于自我表现。但区别也很明显。"七月"诗派强
调用主观战斗精神拥抱和融化创作对象，"中国新诗派"更重视内心世界的诗
性表现；前者看重人民性和革命功利性，后者"接受现实信号"更看重表现的
艺术。"七月"诗人用燃烧的激情融化对象，强调抒情，甚至直抒胸臆；"中国
新诗派"重视理性表现，其抒情是含蓄和隐蔽的。他们的创作都是诗人心灵世
界的"灯"，但"灯光"的强度、亮度、色彩和"发射方式"均不相同。"中国
新诗派"植根于具有现代诗学修养和现代人生追求的主观世界，"七月"诗人
则扎根在劳苦大众生活和精神世界的泥土中。"中国新诗派"的主张比"七月"
诗派的主张还要"自我"，还要个性主义，但他们保持着文人风度，不张狂，
不斗勇，没有"侵略"和"称霸"的雄心，也不主动树敌。他们兀自耕耘自己
的诗歌园地，不太关注政治，对于关乎诗歌发展大局的问题，如诗与劳苦大众
相结合、服从革命需要等，也未置然否。他们的园地封闭而幽静，较少涉及派
别恩怨和人事纠纷。

"七月"诗派很恼火这种优雅的姿态和高蹈的追求。他们指责袁可嘉、郑
敏"玩弄玄虚的技巧"，"在现实面前低头，无力，慵惰，因而寻找'冷静地

---

①　萧恺：《文艺统一战线的几个问题》，《大众文艺丛刊》1948年第2辑。

②　邵荃麟批判胡风的话，比较符合胡风的实际。见《论主观问题》，《邵荃麟评论选集》（上册），
　　人民文学出版社1981年版，第238页。

忍受着死亡'的奴才式的顺从态度"，并号召"扫除这些壅路的粪便，剪断这些死亡主义和颓废主义的毒花"。① 用语粗暴意在激起对方怒火参与诗坛论战，但"中国新诗派"虽然强烈不满，但其反击似乎也显示着他们的身份和修养。《诗创造》的《编余小记》在逐一反驳之后说，"生活在这个窒息的地方，黑色的翅膀时时都在我们旁边闪动着。还能够呐喊、能够呼号的，我们当然向他们学习；在挣扎痛苦之余发出一点'呻吟'，或有时为了烦恼和忧患发出一点'低唱'，这也是很自然的事。编者固然希求'鼓声'和'号角'，但得不着时让读者来听听这'呻吟'和'低唱'，我们想，这也不致就会把读者带入地狱吧"。②

尽管"中国新诗派"不招惹是非，优雅地在诗坛上耕耘播种，却也与具有进攻性格的"七月"诗派一样，创作道路延伸至40年代末就无法赓续，对五六十年代浪漫主义的影响力十分微弱。因为五六十年代文学的哲学基础是唯物主义，宗旨是为社会主义政治服务、为工农兵服务，强调诗的"反映"和"再现"功能，提倡和流行的是"镜子"艺术、"照相"艺术。而浪漫主义，无论是"中国新诗派"还是"七月"诗派都强调自我，注重主观表现，都是放射"心灵之光"的艺术。而那个时代社会需要给现实照相的"镜子"，而不是个人心灵的"灯光"。

综合上述，五六十年代的浪漫主义承袭了始于20年代、扩张于30年代、盛行于40年代延安的革命浪漫主义传统。这与革命时代的语境以及这个语境中浪漫主义的自我、主观、个性、自由均受到限制有关，也与时代语境对"个性""审美""现代"诸浪漫主义的创作成就、艺术传统和审美资源的拒绝有关。在特殊的时代语境中，诗的"反映"和"再现"功能得到充分发挥，而"表现"和"抒情"功能却被限制在特定的社会政治层面，以革命激情、社会理想为主要内容的革命浪漫主义获得充分发展的空间。诗人以革命的名义创作，以时代的名义抒情，以人民的名义想象，"个性""审美""现代"诸浪漫主义形态受到遏制，革命浪漫主义奇花独放，特色鲜明，且随着革命和建设事业的发展成为时代浪漫主义文学的"常态"和主流。

---

① 见《诗创造》第五辑《编余小记》，转引自钱理群著《1948：天地玄黄》，中华书局 2008 年版，第 90 页。

② 见《诗创造》第五辑《编余小记》，转引自钱理群著《1948：天地玄黄》，中华书局 2008 年版，第 92 页。

上　编

20世纪五六十年代中国浪漫主义文学发展论

第一章　浪漫主义与社会主义现实主义"两结合"

　　本章讨论 20 世纪五六十年代浪漫主义的理论形态问题。在政治话语以强大力量抢占思想理论阵地和主体心灵空间的背景下，在抑制自我、限制主观表现的文学时代，浪漫主义始终处于尴尬境地。文学的理论口号是"社会主义现实主义"和"两结合"。这两个口号虽被冠名为"创作方法"，事实上却是方针政策问题，是统一思想、指导创作的原则问题。浪漫主义理论探讨、文学批评和创作实践处在两个口号"寰罩"下，处境十分尴尬。比较而言，"两结合"提出后情况略好一些，甚至出现了"我们需要浪漫主义"的呼唤，^①但"革命"当头，仍缺少自由生存和发展空间——具体情况将在后面论述，在此仅就浪漫主义的理论情形作粗略考察。

一、浪漫主义与社会主义现实主义

　　社会主义现实主义是由苏联作家协会提出、斯大林亲自"钦定"的创作口号。史料记载，20 世纪 30 年代初期，苏联筹建作家协会，基于对"拉普"（苏联无产阶级作家联合会）推行的"唯物辩证法的创作方法"的不满，组委会主席伊·米·格隆斯基提出将苏联文学的创作方法改为"无产阶级社会主义的现实主义，或者更确切地称为共产主义的现实主义"，就此请示斯大林。斯大林

---

① 见晴空：《我们需要浪漫主义》，《诗刊》1958 年第 6 期。

对理论家提出的问题非常慎重，思考片刻后，若有所思地说："共产主义现实主义……共产主义现实主义……也许为时尚早……不过如果您同意的话，那么社会主义现实主义应该成为苏联文学的口号。"①斯大林一言九鼎，社会主义现实主义就此敲定。当时日丹诺夫掌管意识形态，深得斯大林信赖，有"强硬的意识形态理论家"之称，极力推行社会主义现实主义。经苏联作家代表大会审议通过，将其写进《苏联作家协会章程》。其"完整的表述"为："社会主义现实主义，作为苏联文学创作和文学批评的基本方法，要求艺术家从现实的革命发展中真实地、历史具体地去描写现实；同时，艺术描写的真实性和历史具体性必须与用社会主义精神从思想上改造和教育劳动人民的任务结合起来。"这个定义被广泛引用，在中国文艺界也产生了深远影响。

新中国成立后，中国学习苏联经验建设社会主义文艺事业，并将社会主义现实主义作为"最高准则"。1951年5月周扬提出"我们必须向外国学习，特别是向苏联学习，社会主义现实主义的文学艺术是中国人民和广大知识青年的最有益的精神食粮"。②次年5月，他明确提出"社会主义现实主义应当成为我们创作方法的最高准绳"，③并在《社会主义现实主义——中国文学前进的道路》中说，全世界一切进步作家都在社会主义现实主义这个旗帜下前进，中国人民的文学是世界社会主义现实主义文学的组成部分，"追踪在苏联文学之后，我们的文学已经开始走上社会主义现实主义的道路；我们将在这个道路上继续前进。"④1953年9月周扬在中国文学艺术工作者第二次代表大会上正式宣布，"我们把社会主义现实主义方法作为我们整个文学艺术创作和批评的最高准则"，并且指出《在延安文艺座谈会上的讲话》以后，我们的文学艺术是"社会主义现实主义的文学艺术"，就连鲁迅后期的创造也被赋予"社会主义现实主义的伟大先驱者和代表者"⑤意义。此后中国文艺界开展大学习大宣传大实

① 汪介之：《"社会主义现实主义"在中国的理论行程》，《南京师范大学文学院学报》2012年第1期。
② 周扬：《坚决贯彻毛泽东文艺路线》，《周扬文集》第二卷，人民文学出版社1985年版，第61页。
③ 周扬：《毛泽东同志在延安文艺座谈会上讲话发表十周年》，《人民日报》1952年5月26日。
④ 周扬：《社会主义现实主义——中国文学前进的道路》，原载苏联文学杂志《旗帜》1952年12月号，《人民日报》1953年1月11日转载。
⑤ 周扬：《为创造更多的优秀的文学艺术作品而奋斗：一九五三年九月二十四日在中国文学艺术工作者第二次代表大会上的报告》，《周扬文集》第二卷，人民文学出版社1985年版，第249、247页。

践，社会主义现实主义充分发挥着"最高准则"的作用，直到 80 年代。

在较为漫长的历史演进中，在并不复杂的理论阐释中，社会主义现实主义开始影响浪漫主义的存在形态和发展命运。浪漫主义"缺席"中国文学现场很多年，在很大程度上与其密切相关。因此，如何看待社会主义现实主义和浪漫主义的关系？社会主义现实主义中是否存在浪漫主义因素？就成为我们考察的重要问题。

本来，社会主义现实主义产生之初，提倡者尝试用其取代"唯物辩证的创作方法"的时候，浪漫主义就与社会主义现实主义同时进入了其关注视野。格隆斯基曾就新口号请示斯大林，后者做了如下解释："应该写真实。真实对我们有利。不过真实不是轻而易举能得到的。一位真正的作家看到一幢正在建设的大楼的时候，应该善于通过脚手架将大楼看得一清二楚，即使大楼还没有竣工，他决不会到'后院'去东翻西找"。[①] 这是政治权威对社会主义现实主义的理解。他权衡这个组合关系后，要求"真正的作家""善于通过脚手架将大楼看得一清二楚"，而鄙视了为了真实而跑到后院"去东翻西找"的行为，其中就涉及社会主义现实主义与浪漫主义的关系。在他心目中，社会主义现实主义不仅饱含着浪漫主义，而且是重要内容，无须特别提出。格隆斯基心领神会，向莫斯科文学小组积极分子传达斯大林指示时也突出了这一创作方法所包含的政治意图，指出其核心内涵是修饰现实主义的社会主义，而非现实主义。掌管意识形态的日丹诺夫则秉承斯大林的旨意，要求苏联社会主义文学既要表现苏联人民的今天，也要展望明天，像探照灯一样照亮前进的道路。作家应当走在先进队伍中，给人民指出发展道路，教育人民，武装人民。这说明，钦定者、传达者和推行者都有意识地含混了社会主义与浪漫主义的关系，又都"巧妙地"把浪漫主义"包含"在社会主义现实主义之中。

中国作家也注意到社会主义现实主义"包含"着浪漫主义成分。1953 年全国文学创作委员会组织在京文艺工作者学习社会主义现实主义会议，茅盾就指出，"一个社会主义现实主义作家必须要求自己善于觉察出生活发展的方向和新事物的萌芽，善于从革命发展中去表现生活；一个社会主义现实主义作家的职责正是必须要把在今天看来还不是普遍存在，然而明天将普遍存在的事

---

① 《奥普恰连科致格隆斯基的信》，见倪蕊琴《论中苏文学发展进程》，华东师范大学出版社1991 年版，第 341 页。

物，加以表现。"①茅盾的理解似乎更接近斯大林和日丹诺夫以及苏联理论家的原意：包含，无须提及。在"两结合"口号如日中天的时候，中国作家协会党组书记邵荃麟阐述"两结合"和"社会主义现实主义"的关系，径直地说"在文学上提出了革命的现实主义与革命的浪漫主义相结合的问题……是为了更好地去探讨和阐明社会主义现实主义方法中现实主义与浪漫主义的相互关系。"②这就意味着"两结合"中包含着社会主义现实主义的内容，而社会主义现实主义中也包含着浪漫主义内容。

几十年后，社会主义现实主义指导中国文学创作和批评的时代已经成为历史，研究者在自由开放的学术环境中冷静思考其影响下的创作实际，对其理论内涵有了更透彻的认识，对其中的浪漫主义成分看得更清楚。洪子诚认为，"在社会主义现实主义中，浪漫主义是其中重要的组成部分，且在这一创作方法中，具有某种结构性的主导意义。"③

周扬当然注意到社会主义现实主义包含着浪漫主义成分。他在 1933 年正式介绍这一创作方法时就明确表示，"革命的浪漫主义""不是和'社会主义的现实主义'并立的，而是一个可以包括在'社会主义的现实主义'里面的，使'社会主义的现实主义'更加丰富和发展的正当的，必要的要素"④——二十多年后，毛泽东提出"两结合"，社会主义现实主义的理论地位受到影响，周扬在 1962 年 10 月的一次讲话中仍然毫不含糊地指出："社会主义现实主义则是创作方法的新发展。它继承了现实主义和浪漫主义的好东西"，意在将两个口号进行对接；虽然有些生硬，但不牵强，显示出周扬非凡的理论慧眼和变通能力。但在当年，周扬却有所保留，特别提醒人们：社会主义现实主义"这个口号是由现在苏联的种种条件做基础，以苏联的政治——文化的任务为内容的。假使把这个口号生吞活剥地应用到中国来，那是有极大的危险性的。"⑤

30 年代的中国虽然不像 50 年代那样崇拜苏联经验，但革命阵营对其却是

---

① 茅盾：《茅盾全集》第 24 卷，人民文学出版社 1996 年版，第 264 页。

② 邵荃麟：《邵荃麟评论选集》（上），人民文学出版社 1981 年版，第 370—371 页。

③ 洪子诚：《1956：百花时代》，山东教育出版社 1998 年版，第 260 页。

④ 周扬：《关于"社会主义的现实主义与革命的浪漫主义"："唯物辩证法的创作方法"之否定》，《现代》杂志 1933 年第 1 期。

⑤ 周扬：《关于"社会主义的现实主义与革命的浪漫主义"："唯物辩证法的创作方法"之否定》，《现代》杂志 1933 年第 1 期。

神往而憧憬的。那么，周扬为何对这一"先进的""高级的创作方法"如此谨慎呢？斯大林被中国革命阵营视为导师，周扬为何对他钦定的口号如此戒备？从上下文看，他强调"苏联条件"和"政治——文化任务"，可以说是理论家的科学态度和独立思考的勇气，但如果考虑到当时浪漫主义的处境，便不难发现，这与其说是周扬的审慎和勇气，倒不如说是浪漫主义的悲哀。

在现代文学史上，尤其是 30 年代前后，浪漫主义命运蹉跎。浪漫主义强调主观，突出自我表现，张扬个性主义和自由主义，这些鲜明特点都是强调阶级性的无产阶级文学所避讳和反对的，担心提倡浪漫主义会滑向唯心主义和自由主义，消解阶级意识，给革命事业带来危害。郭沫若就曾铿锵有力地宣布："浪漫主义的文学早已成为反革命的文学"，"我们对于浪漫主义的文艺也要取一种彻底反抗态度"，"凡是表同情于无产阶级同时是反抗浪漫主义的便是革命文学。"① 革命文学阵营反对，自由主义文学阵营也反对，如梁实秋就反对浪漫主义文学中暴躁凌厉、悲怀伤感的抒情方式，也反对自由、天才、独创、灵感等浪漫主义诗学的主要观念。从理论上说，革命和浪漫主义是同盟军；或者说浪漫主义具有很强的感染力和煽动性，是革命的有力武器，革命文学阵营理应大力提倡。但革命文学初创时期肤浅而幼稚，倡导者只看到浪漫主义的自我、自由与革命文学理论相左，却看不到其间的一致性，更不敢放胆吸收浪漫主义理论资源来充实自己。因此，周扬虽然认为社会主义现实主义具有先进性，却对能否用其要求中国作家存有疑虑和忌惮，而且这种警惕和审慎延续了很长时间。40 年代延安要把郭沫若树为鲁迅之后的旗帜性人物，却又无法回避其浪漫主义创作个性，谨慎地将其定性为"小资产阶级"以示保留。毛泽东提出"两结合"之前，在主流意识层面，社会主义现实主义喊得天响，却一直慎提与浪漫主义相关的话题，以至于连屈原、郭沫若这样典型的浪漫主义诗人也被硬性地当作现实主义诗人解读！

值得注意的是苏联理论家对浪漫主义的态度。20 年代苏联"拉普派"把浪漫主义等同于唯心主义，法捷耶夫喊出了"打到席勒"的口号。瞿秋白在《革命的浪漫谛克》中引述法捷耶夫的观点，批评左翼作家创作中的问题，规范左翼文学建设；郭沫若也正是在此理论背景上将浪漫主义文学视为"反革命文学"。几年后"拉普派"理论虽被清算，但浪漫主义仍处境艰难。季摩菲耶

---

① 郭沫若：《革命与文学》，《郭沫若全集》第 16 卷，人民文学出版社 1989 年版，第 41 页。

夫在《文学发展过程》中指出，"浪漫主义和现实主义完全不同"，"它是另外一种塑造形象的艺术方法。这个方法的特征在于艺术家以梦想和现实之间的矛盾作为出发点，创造了例外环境中的例外性格，并且使用主观性的叙述。"其理论要点有三，其一，浪漫主义不是从现实中而是从作家的想象中提取塑造形象的材料，"它不能吸取生动而发展的现实的色彩"，意为浪漫主义离开发展的现实，就没有了根基和生命活力；其二，浪漫主义创造的形象是"例外环境中的例外性格"，而不是典型环境中的典型形象，而马克思文艺理论的核心命题之一是"典型环境中的典型人物"，浪漫主义塑造的形象既非典型形象，也非真实形象；其三，浪漫主义"使用主观性的叙述"，这似乎是中性概述，但在把唯心主义与唯物主义、主观精神与客观世界对立起来，并彻底批判和否定前者的语境中，"主观性叙述"也与前两个要点一样，否定意图非常明确。季摩菲耶夫是苏联重要的文学理论家，在文学界享有崇高声誉与地位。其著作《文学原理》于1934年出版，是20世纪40—70年代苏联高校正统的文艺学教科书，也是50年代中国大学中文系的文艺教科书。季氏理论对培养中国文学理论人才、促进中国文学理论建设、开展文学批评均具有重要影响。50年代中国文艺界对浪漫主义的冷落与其密切相关。

明乎此，也就不难理解，为什么在很长的时间里没有人正面提及浪漫主义。社会主义现实主义包含着、无须提及是心照不宣的理由，而"不提及"其实就是淡漠和遮蔽，并且这种淡漠也与周扬的审慎和警惕一样，具有历史原因——革命文学初建时期的幼稚导致浪漫主义长期缺席；后来又因害怕危及作为主流话语方法论基础的辩证唯物主义普及而自觉回避。

那么，浪漫主义以何种形态"包含在"社会主义现实主义之中？就理论阐释而言，社会主义现实主义存在深刻的矛盾性，就像苏联作家50年代所指出的那样，社会主义和现实主义的自身矛盾让作家无所适从。但问题在于，它不是单纯的创作方法，不能按纯理论问题理解。故既无法从理论上说明口号内涵，更无法说明其所产生的实际影响。无论指导创作还是理论批评，也无论在观念形态上还是具体实践中，社会主义现实主义都发挥着方针政策的指导作用。在人们的意识中，社会主义现实主义从来都是政治问题，而非纯理论问题。因此，口号的中心是社会主义，这是口号的原则和前提；现实主义是被修饰和限定的，是被社会主义统帅指导的。而社会主义是政治概念，浪漫主义虽然与政治相关联，却主要是文学概念。故所谓社会主义现实主义中包含着浪漫主义，其实是概念的混淆和逻辑的混乱，并在混乱中把浪漫主义等同于对文学的政治性要求，而且是主导性政治要求，继而把浪漫主义等同于社会主义，等同于社会主义政治，等同于政治理想和政治倾向。当创作方法等同于指导思想和方针政策的时候，浪漫主义就已经不再是文学浪漫主义，而是社会主义政治浪漫主义。

继续探究就会发现，浪漫主义的悲剧在口号提出之时就注定了。浪漫主义包含在社会主义现实主义之中，失去了"名分"，也失去了位置。没有位置和名分就失去了独立性，失去了自身的规定性。其丰富的内容易被抽空，并因此变得模糊不清。其结果只能是：或者走向宽泛，宽泛得没有边际，因无特指而失去其存在意义；或者无名"有份"，但无所作为，在被淡化忘却。无论哪种情况，都走向"消亡"。五六十年代浪漫主义在"包含"中被忘却。查阅那时代的理论文章，涉及浪漫主义的文章很少，专门文章和正面提倡者更是罕见。这就不难理解，当苏联作家希望将浪漫主义作为"单项"提出来，作为社会主义现实主义的补充，以避免出现偏颇的时候，斯大林坚决反对，用富有杀伤力的语言砍掉了浪漫主义。从 30 年代到 50 年代，从苏联到中国，几十年时空转换，浪漫主义始终"包含"在冠冕堂皇的口号里，也始终沦为等同于社会主义的存在。而无论"包含"还是"等同"，都属于社会主义的政治范畴，其所指和能指都是政治方面的内容。浪漫主义在"包含"中被政治同化和融化，演变成政治浪漫主义。这是浪漫主义的悲剧，也是文学的悲剧。

1958 年毛泽东提出"两结合"问题，情况开始发生变化。浪漫主义走出社会主义现实主义的严密遮掩，获得自己的"名分"。那么，有了"名分"之后，作为理论形态的浪漫主义的境况又怎样呢？

二、浪漫主义与"两结合"

所谓"两结合"，即"革命的现实主义和革命的浪漫主义"相结合，由此形成的创作方法，简称"两结合"的创作方法。这种创作方法，向来被认为是毛泽东最先提出来的，时间是 1958 年 5 月。作为创作口号，此说成立；作为理论问题，与事实不符。

　　史料显示，很早就有人表现出"两结合"的意思，[1] 明确提出文学创作需要"两结合"的也不乏其人。1950 年年初，茅盾在对北京市文艺干部谈话中就曾经提出并强调"现实主义与革命浪漫主义"相结合的问题。[2] 而对此作出系统而有深度阐述的是竹可羽。他认为，无产阶级登上历史舞台后，现实主义和浪漫主义的关系发生了变化，新生活、新人物出现了，用现实主义无法表现新现象。我们需要在革命运动的初始阶段看到即将降临的革命风暴，需要将浪漫主义提升水平——从发展的现实出发，越过现实发展的自然阶段，表现即将实现的目标——将来可能实现和应当实现的目标。把对现实的深刻理解和对于梦想的巨大信心结合起来，现实主义和浪漫主义结合起来，现实主义是浪漫主义的现实主义，浪漫主义是现实主义的浪漫主义。现实主义是从现实所达到的高处和未来巨大目标的高处呼应最本质的现实要求；浪漫主义是在现实主义的基础上说出人民对于明天的愿望，描写带动现实前进的远景。在此情况下，二者不应该分离也无法分离。当前就是要解决呼应现实和描写远景的问题，也就是现实主义和浪漫主义相结合的问题。[3] 文章长达两万言，较为详尽地阐述了"两结合"问题。

　　竹可羽是颇有才华的理论家。他所提出的问题具有现实针对性，强调了浪漫主义对于建设社会主义文学的意义，有助于改变浪漫主义被轻视被遮蔽的困境，也有助于避免创作的简单平庸，与苏联文学界在提出社会主义现实主义的同时建议提出浪漫主义的初衷异曲同工。苏联文学界提出浪漫主义遭到斯大林的否定，竹可羽的长篇论述也没有产生应有的影响。竹可羽的理论对社会主义文艺的健康发展具有建设性和必要性，但不合时宜。他自己对此充满信心，却被视为革命时代的杂音，受到批判——1953 年敏泽在《文艺报》上发表文章，认为"两结合"是对社会主义现实主义的误解。竹可羽对其批评不以为然，但他后来被打成右派，失去了话语权，再后来远离文学，"两结合"问题遂被搁置。

---

① 1950 年张光年在谈剧本创作问题时曾说，"我们的现实主义还没有和革命的浪漫主义结合起来"，以至于没有把现实生活中的英雄人物提高到应有的高度。见光未然《谈剧本创作的几个问题》，《文艺报》1950 年第 1 期。

② 茅盾：《文艺创作问题》，见《茅盾全集》第 24 卷，人民文学出版社 1996 年版，第 118 页。茅盾在此使用"革命浪漫主义"，耐人寻味。

③ 竹可羽：《现实主义与浪漫主义相结合》，载《光明日报》1950 年 3 月 12 日。

其实，不仅茅盾、竹可羽的提倡没有得到响应，即使是共和国总理周恩来提议，也无力改变理论格局。周在1953年提出，现实主义是理想主义的现实主义，理想主义是建立在现实基础之上的理想主义，二者应当结合。革命现实主义和理想主义结合就是社会主义现实主义。[①]周所说的理想主义含有浪漫主义的意思，其谈文艺，大都用现实主义和理想主义的概念，并力促二者结合，但没有引起重视。"两结合"这样影响文学发展方向的大问题，只有毛泽东提出来才能产生扭转乾坤的效果。如此，"两结合"的理论意义便拖延了好多年。

毛泽东正式提出"两结合"是在1958年，但他很早就有"两结合"的思想，或者说将现实主义和浪漫主义结合在一起是其一贯主张。史料记载，1939年5月10日他为鲁迅艺术学院成立一周年的题词就是"抗日的现实主义，革命的浪漫主义"，并在纪念大会上说，"我们的文艺创作要有抗日的现实主义和革命的浪漫主义。"他在1958年提出"两结合"，既是文艺主张的延续，也是浪漫主义心态使然。1957年"反右"斗争取得胜利，激发了原本昂扬的浪漫主义情绪；1958年农业合作化运动出现高潮，随后出现人民公社，毛泽东找到了不同于苏联集体农庄的农村经济模式和发展方向，这一"创举"更激发了浪漫主义情绪。如《送瘟神》二首中所流露的那样，他"红雨随心翻作浪"，感慨革命斗争和经济建设的大好局面和巨大成就，有时"浮想联翩""夜不能寐"，有时豪情万丈，意气风发，诗意昂扬，以至于用浪漫主义精神和思维领导工农业生产和政治革命，出现了"钢铁元帅升帐"和人民公社高潮，出现了新民歌运动和"共产主义文艺"。正是基于这样的背景和心境，他提出"无产阶级的文学艺术，应采用革命的现实主义和革命的浪漫主义相结合的创作方法"。

"两结合"显示出毛泽东的政治策略和思维艺术。他早就对移植苏联文学口号心有不甘，只因国务政务繁忙无暇思考找不到替代者，现在有了"两结合"，中国作家就可以按照自己的口号建设文艺事业。其策略性在于，口号变了，提法变了，实质没有变，正如理论家们反复强调的那样，"两结合"与社会主义现实主义的主旨是一致的。毛泽东提出这个口号，是对社会主义现实主义作了"民族化"的移植和创造。

"两结合"引起巨大社会反响。文艺界闻风而动，座谈会，讨论会，学习

---

① 周恩来：《为总路线而奋斗的文艺工作者的任务》，《周恩来论文艺》，人民文学出版社1979年版，第53页。

文章，发言表态，理论研讨，纷纷称赞其英明卓见。理论界从政治哲学、思想方法到艺术手法，从中外古今文学发展历史到社会主义需要，引经据典，高度评价。"两结合"成为独立于现实主义和浪漫主义之外而自成体系的革命理论。1958 年《文艺报》发表社论指出："革命的现实主义和革命的浪漫主义相结合的方法，要求真实地反映出不断革命的现实发展，并且充分表现出崇高壮美的共产主义思想；要求文艺创作者创作出最真实的同时又是具有最高理想的文艺，忠于现实而又比现实更高的文艺。"① 这是对"两结合"概念的理论阐释。

与社会主义现实主义相比，在"两结合"中，浪漫主义从遮蔽中堂而皇之地凸显出来，获得独立的位置和"名分"，不再是虚拟的、可有可无的存在，也不是等同于社会主义政治的存在。而且就提倡者在此前后的主观情绪、思考倾向和诗词创作实践而言，浪漫主义在"结合"中占据了比现实主义还重要的位置。这是毛泽东的一贯主张，他在《讲话》中曾经连用六个"更"字，说明他心目中的文学不是对现实生活的反映和再现，而是高于生活现实的艺术世界。毛泽东的思想倾向是时代主导倾向，影响了意识形态和时代情绪，也影响了文艺界对于"两结合"的阅读理解。在很多人的心目中，说是"两结合"，其实是突出浪漫主义。退一步说，即便二者是并列关系，毛泽东把浪漫主义从强光笼罩中解放出来，给其地位和"名分"，也是了不起的创举。

鉴于浪漫主义表现主观自我的特点以及其在革命文学发展过程中一直被防范和避讳，鉴于革命意识形态及其指导思想的理论基础即马克思主义推崇辩证唯物主义、反对主观唯心主义，故为避免理解偏差和实践失误，毛泽东特意加上了限制词"革命的"。这个前置词绝非虚设，带有强调和规范意义。毛泽东是革命家和政治家，其心目中的"结合"必然以"革命"为前提。限制词的添加，突出了政治方向，也改变了两种创作方法及一般性结合的性质。现实主义不再是广阔的现实主义，浪漫主义也不是原来的浪漫主义。"革命"突出了特点，也规范了内容。故人们在阐释"两结合"的时候，不约而同地指出，"两结合"等同于社会主义现实主义。正因如此，"两结合"提出之后，文学界也没有废弃社会主义现实主义。1959 年《文艺报》发表社论继续肯定社会主义现实主义的"准则"作用，指出"两结合"和社会主义现实主义具有一致性。② 1960

---

① 《掀起文艺创作的新高潮，建设共产主义的文艺》，载《文艺报》1958 年第 19 期。
② 《向时代的艺术高峰迈进》，载《文艺报》1959 年第 18 期。

年《文艺报》发表社论,直接把两个口号统一起来:"革命的现实主义和革命的浪漫主义相结合的创作原则,创作方法,肯定是经得起考验的,它将促进我国社会主义现实主义文学艺术的新发展"。[①]"两结合"与社会主义现实主义一样,把浪漫主义"等同于"社会主义。"革命"的前置词明确无误地表明了这一原则立场。

当然,"革命"不完全等同于政治,更不完全等同于社会主义政治。从理论上说,革命比政治宽泛得多。因此需要对其进一步理解和辨析,"两结合"中的革命浪漫主义是何种层面上的浪漫主义?无论事实上还是理论上,此处的"革命",既不是"五四"文学革命即启蒙层面上的,也不是备受推崇的审美层面上的,更不是欧洲文学史上主观个人主义的——这种原初的浪漫主义革命是自我层面的革命,是唯我独尊的革命。而 20 世纪五六十年代的革命是无产阶级革命,是社会主义政治革命。在限制甚至取消个人主义、抑制自我表现的时代,浪漫主义的"质性"内容,诸如主观主义、自由主义、叛逆性和批判精神等均被视作无产阶级革命的反动。故此处的"革命"意即取缔自我主义,提倡集体主义;限制自由任性,统一思想意志;消灭个人意识,确立阶级意识;取消个性主义,张扬无产阶级个性。

在审美层面上,艺术创新也因服从政治需要而受到限制,而被纳入统一轨道,比如在风格上取消感伤,独尊豪放;在人物塑造上强调类同性;在性格刻画上出现同一性;在人物关系上设置程式化;在矛盾解决方式上出现模式化以及由此形成的"三突出""三陪衬",等等。如此,浪漫主义实际上成为高度政治化的浪漫主义。如此,"两结合"成为彻头彻尾的"革命的"创作方法。如此,在讨论和阐述这一方法的海量文章中,几乎都在社会主义革命层面上,也就是在强调坚定的政治立场和鲜明的政治方向上做文章,思路的延展和结论的归纳,材料的选取和意义开掘,都明显地指向革命政治。当时有关于典型性的大讨论,而对典型性的理解则是"一个阶级一个典型",典型性就是阶级性,典型人物必须符合革命标准。浪漫主义强调夸张、想象和幻想,这纯属创作方法问题,也被纳入革命话语系统,用于反映革命现实,表现革命思想。抒政治之情,谈革命理想,表现共产主义思想,塑造革命人物,一切的一切,均被限于阶级革命范围内。如当时隆重推出的"两结合"创作范式——大跃进民歌,被

[①] 《用毛泽东思想武装起来,为争取文艺的更大丰收而奋斗》,载《文艺报》1960 年第 1 期。

视为共产主义文艺萌芽和中国诗歌发展方向，评价之高可谓登峰造极，其实是高调浮夸、简单粗糙的革命书写，既没有多少艺术含量，也缺少真挚的生命内涵。其在反映了"两结合"时期浪漫主义创作成色的同时，也昭示了浪漫主义的实际处境。

三、研究五六十年代浪漫主义的尴尬

由此便决定了研究五六十年代浪漫主义理论的建设和创作实践，进入真实的历史现场，将面临许多尴尬。从理论层面说，尴尬主要有三。

第一个尴尬，五六十年代浪漫主义长期处于"无名"状态，面临研究对象"缺席"的尴尬。五六十年代是政治运动频繁、急遽除旧布新的时代。新旧更替，作家面临艰难的社会思想和创作机制调整，而在旧社会废墟上兴建社会主义大厦，却要清除作家灵魂深处的旧思想旧意识，按照时代需要填充新内容。政治运动不断，作家和批评家随着社会发展奔波在思想文化战线，没有多少精力去研究理论问题。浪漫主义也好，现实主义也罢，都被政治权威的文艺思想和社会主义现实主义挤到边缘。进入五六十年代的历史现场，感受时代文学氛围，会觉得理论界十分热闹，讨论热烈，气氛火爆，争端纷呈，大浪滔天，但走近细察就会发现，多数是在伪问题上大做文章。大家严肃认真，吵得热火朝天，但其观点论证却幼稚可笑。而当人们才华和精力耗费在诸多伪问题上的时候，待垦的理论园地荒芜冷落，有价值的理论命题如竹可羽的"两结合"就被打入冷宫，很多普通常识也被视为异端遭到扬弃。浪漫主义被搁置在角落，或者被曲解，或者流散在理论碎片中。

五六十年代的理论兴趣主要集中在三个方面。一是毛泽东《讲话》的思想，这被视作制定方针政策的理论依据，指导创作和批评的准则，文艺界的理论热情和精力花费在学习、讨论、阐释上。二是苏联文学理论，主要是社会主义现实主义，视其为指导创作的"最高准则"，文学批评的标准和武器，文艺界的热情和精力耗费在学习、阐释和维护上。三是"两结合"，这被视为毛泽东文艺思想在社会主义阶段的新发展，文艺界学习讨论拥护赞成，耗费了很多精力和热情。伴随着三大理论及衍生的理论文献的学习宣传和贯彻落实，文艺界做了很多文章，也消耗了很多精力和热情，人们被这些理论牵制着，充塞着，没有时间和精力关注浪漫主义问题。"两结合"中虽然涉及浪漫主义，但如前所述，因前置词而被限定在对"革命"的强调上。当时也提到继承文学遗产的问题，翻译出版了一些外国文学理论典籍，涉及浪漫主义创作和理论问题，却没有引起讨论深入，浪漫主义理论建设几乎毫无进展。

五六十年代缺少浪漫主义理论层面的研究和探讨是苦涩的事实，意味着遭遇研究对象被冷落甚至"缺席"的尴尬。因此，我们的笔墨多用于考察浪漫主义在时代理论影响下的真实处境以及在这处境中的变异，很难对其理论形态作出具有说服力的论述。当然，遮蔽和包含、尴尬和变异也是存在形态，且是真实的存在形态；而正视历史现场，正是考察五六十年代浪漫主义应有的态度。

第二个尴尬，理论形态的尴尬导致浪漫主义批评"缺席"，考察资源匮乏。文学批评与理论建设属于两个不同的层面，二者关系密切互相借重，相辅相成。五六十年代缺少浪漫主义倡导和理论研究，也缺少浪漫主义文学批评。浪漫主义"碎片"散布在各种创作形式中，但缺少相关的解读和阐释。其时的批评园地横亘着诸多打着时代政治标签的价值标准和批评尺度，批评者根据所给的价值尺度进行批评，重点考察作品的思想倾向是否符合社会主义政治要求，艺术批评成为可有可无的"程式"。创作方法虽然重要，但社会主义现实主义君临一切，既替代了现实主义也挤走了浪漫主义；倘若作品表现出浪漫主义特色，则其批评多集中在是否符合社会主义方向的判断之中；倘若创作存在明显的浪漫主义元素，则或者被忽略，或者"上升"到社会主义的高度进行政治学的阐释和评价，即便是中外文学史上著名的浪漫主义作家作品，如古代的屈原、李白、苏轼、辛弃疾，外国的雨果、惠特曼、拜伦、雪莱，现代文学史上的郭沫若、沈从文，也都得不到浪漫主义解读，更没有通过浪漫主义批评引起理论的关注和讨论，进而加强浪漫主义理论建设。更有甚者，竟对著名浪漫主义作家如屈原、郭沫若作出现实主义的概括分析！

这就决定了五六十年代的浪漫主义文学处于被遮蔽和自在状态，对其做浪漫主义阐释，既缺少"理论资源"可征，也缺少"批评资源"可用。我们的研究，从某种意义上说带有"追授"的意思。

第三个尴尬，自觉的浪漫主义创作匮乏。如前所述，五六十年代浪漫主义包含在社会主义现实主义和"两结合"中，包含的结果是失去独立位置，被作家忘却或搁置。即使创作中运用了浪漫主义方法，也被"归功于"社会主义现实主义原则指导，"归功"于"两结合"，没有哪个作家自觉地汲取浪漫主义艺术资源。即便是有所借鉴，也不会说自己的创作借鉴了浪漫主义艺术经验。而在"全盘苏化"的语境中，苏联文学大量译介出版，广有市场。有些创作受苏联文学影响十分明显，甚至与苏联作品存在隐潜的"互文"关系——这本是文学创作的大忌，但当时却能得到鼓励，可以炫耀，可以增加保险系数，甚至被当作政治进步的表现——而苏联文学用社会主义现实主义遮蔽了浪漫主义。

在政治这根弦绷紧的情况下，一边是杏花村，一边是地雷阵，没有作家愿意踩着地雷阵去寻找艺术资源。举凡重要作品，都要汲取众多艺术资源，否则难成翘楚，但在"借鉴说"上却有讲究。梁斌创作《红旗谱》，说受了30年代革命文学的影响，这已经很不错了。事实上，只靠中国革命文学传统和苏联文学资源很难成就创作的伟大。因在接受影响问题上心存顾虑和芥蒂，作家借鉴的资源空间十分狭窄，致使当时的创作无法达到应有的高度，取得人们期待的成绩。在关闭世界文学大门、封锁自我的语境中，作家的艺术视野受到限制，很难写出上好的作品。而学习苏联社会主义现实主义这个原本存在问题的范式，其结果更惨。五六十年代文学创作和发展中存在的问题有些与苏联文学影响密切相关。浪漫主义的被忽视和扭曲，缺少借鉴和追求的自觉，也源于此。

面对种种尴尬，我们的研究常常感到底气不足。学术研究站在前人肩膀上方有高度，但前人的"肩膀"在别处，"支点"与我们的考察并不搭界。既缺少可以借鉴的批评资源，也没有可以登高望远的理论阶梯。面对近乎荒芜的研究现场，我们只能试着走进历史现场，走进作家作品，寻找浪漫主义元素及其变异，竭尽全力将浪漫主义在社会主义现实主义、"两结合"、"二为"方向等强势理论夹缝中艰难存活的尴尬处境和复杂形态如实地呈现出来。这固然很难，但我们不放弃走进历史现场、逼近创作和理论现状的努力。

第二章　文学浪漫主义与政治
浪漫主义"协奏曲"

本章拟对五六十年代中国浪漫主义文学发展情况进行考察。在风雨苍茫的史海上搜寻浪漫主义的潮起潮落,在斑驳陆离的乱象中探究其发展轨迹,昭示其阶段性风貌特征。这是艰苦而漫长的过程,也是遗憾和落寞相伴的过程。深刻变革的社会现实和昂扬奋发的时代精神原本是浪漫主义高歌猛进的良机,但走近细看却是别样风景:"有名""无名"均处境尴尬,形体骨感畸形屡现,个性浪漫主义和审美浪漫主义发展空间狭小逼仄,人文浪漫主义昙花一现,革命浪漫主义奇花独放大道独行——考察有些费力也有些沮丧。为何会出现这种境况?浪漫主义为何无法多元发展异彩纷呈?详细情况将在其他章节中作出说明。在此,我们只就其发展轨迹做动态考察。这种考察很难尽兴,但我们不放弃接近实况的努力。

浪漫主义是复杂的概念,包罗甚广。抛开时代、民族因素不说,相同时空也有不同的内涵特质,呈现出不同的创作形态,如政治浪漫主义、经济浪漫主义、革命浪漫主义、文学浪漫主义、古典浪漫主义、现代浪漫主义、原始浪漫主义以及文化、教育、宗教、生态、人文……浪漫主义;就主体精神生活而言,则有爱情、理想、青春、幻想、信仰、个性……浪漫主义。其中,种属概念间杂,各种形态相对独立又互相渗透,发展过程坎坷诡异。我们看重标志着浪漫主义本色的个性浪漫主义和审美浪漫主义,但在政治浪漫主义高度发展的20世纪五六十年代,隆居文坛的却是革命浪漫主义。在高度政治化的时代语境中,政治浪漫主义对文学浪漫主义的影响直接而深刻,致使后者的本色特点被严重遮蔽和扭曲。

悲剧在于,文学浪漫主义并非单纯被动地呼应。它适应和受制于政治浪漫主义，也回应并促进了政治浪漫主义的形成和发展。五六十年代文学浪漫主义和政治浪漫主义结合实实地捆绑在一起，频频地"联袂演出"——所谓"联袂演出"，绝非并列组合，也不可能是并列组合，既然是从属关系，就注定了前者配合后者而表现出积极推助或强作欢颜的姿态。在政治浪漫主义的强势作用下，文学浪漫主义只能俯首臣服。主从关系决定了"联袂"演唱的是高亢而暗哑的"协奏曲"。

一、时代变革为"协奏曲"提供了肥沃土壤

五六十年代中国浪漫主义文学生存发展面临"无名"和"有名"两种状态。无论哪种情况，都顽强地显示着存在。从理论上说，浪漫主义是时代精神和主体情绪的表现，在历史大转折且被高度认同的时代，表现得尤为强烈。"浪漫主义乃是一种情绪，它其实复杂地而且始终多少模糊地反映出笼罩着过渡时代社会的一切感觉和情绪的色彩。"① 五十年代是中国社会深刻变革、疾速转型的时代，也是政治革命取得巨大胜利、中国人民欢欣鼓舞的狂欢时代。翻天覆地的变革，日新月异的发展，阳光灿烂的现实，无限美好的未来以及开国大典、抗美援朝、恢复经济、农业合作化运动、三大改造、农业发展纲要、五年经济规划、颁布宪法……接二连三的政治运动激发了热烈鼎沸的时代情绪，政治浪漫主义和文学浪漫主义获得良好发展空间。即便是历史大车超速运转而脱轨抛锚，即便是急速转向将很多人抛到路旁山谷，时代空气中也充满浪漫主义理想和激情。

置身于这样的时代氛围，作家——无论来自解放区还是国统区，也无论思想感情是否被有效清洗，对时代变革是否理解接受，政治热情大都十分高涨，创作欲望也很强烈。哪个作家不想把自己欢快激昂的情绪迅速地表现出来？无论为表示思想进步还是想推动时代前进，是自觉的情绪发动还是被动的政治表态，只要能写，谁都不甘心落后。诚如老舍所说，"我热爱这个新社会。我渴望把自己所领悟到的赶紧告诉别人，使别人也有所领悟，也热爱这个新社会。

---

① ［苏］高尔基：《俄国文学史》，缪灵珠译，上海译文出版社 1979 年版，第 71 页。

政治热情激动了创作热情，我非写不可，不管我会写不会。"[①] 他觉得纵使有司马迁和班固的文才和知识，也无法写出新社会的新气象，无法表达他对新中国的满腔热爱。基于此类语境和心境，以抒发激情、表现理想、歌颂领袖、赞美现实为主题的浪漫主义创作应运而生。作家们行走在政治运动频繁、社会变革剧烈的道路上，有些运动煽动起积极昂扬的情绪，也有些运动挫伤情绪打压积极性，抑或让他们无所适从甚至惊惧不已，但从整体上看，那是不缺少浪漫主义的时代——自然，浪漫主义的内涵和质地另当别论。

政治是推动社会前进的发动机。历史行进多是政治推动的结果。在政治绝对强势的时代，主体心灵世界被清空漂白，复杂的自我因政治高压而变得简明单纯，众声喧哗的时代广场上独有配合政治宣传的音乐回响。原本复杂的世界变得简单划一，本是人学的文学成为政治的工具。而浪漫主义是强调自我、表现主观、主张自由的，自我应该是争天绝俗、吞吐大荒、个性张扬的。主体意识既被漂白，浪漫主义也就失去附依。研究者据此认为，五六十年代没有浪漫主义文学。这种解读有一定道理，但不太符合实际。事实是，政治高压清空了主体生命的"私我"内容，而社会政治内容却被突出强化，并作为强势的内涵表征炫示于众。这固然是创作主体的悲剧，但在当时的语境中，没有多少人感到悲哀。绝大多数作家高调扬弃"私我""旧我"，自觉地从政治的高度和角度认识社会、设计人生。知识分子改造运动中的检讨和表态不全是违心的。在时代语境和人生信念的作用下，他们都想实现思想感情的"革命化"，争做符合时代政治要求的人。而在主体政治化的时代，政治自我也是自我，且是真实的自我，内涵虽然简明单纯，却没有影响浪漫主义建构。相反，促成了浪漫主义的时代性变异——革命浪漫主义借势潮涌。

推翻旧社会、建设新中国是一场深刻革命，涉及各个领域，但首先是政治革命。政治革命制约着社会历史走向，影响着个体的命运荣辱、利益得失和思想情绪。革命旨在促进国家独立富强和民族团结复兴，巩固和发展社会主义政治经济体制，让劳动人民过上幸福生活。无论过程和结果如何，宏图大业设计，方针政策颁布，政治变革实施，都紧紧围绕这一宗旨进行。是故，每项政治活动都能激发起主体的政治热情，形成热烈奔放的时代情绪。革命和浪漫是孪生兄弟，代表主体意愿的革命最容易激发浪漫主义情绪。欢乐的现实，光荣

---

① 老舍：《生活，学习，工作》，载《北京日报》1954 年 9 月 20 日。

的过去，理想的未来，燃烧的激情，构成五十年代初期政治浪漫主义的主旋律，也是文学浪漫主义的主旋律。

无论基于舆论宣传还是亲眼所见的事实，作家们普遍觉得身处政治光辉普照、经济迅速发展、幸福指数攀升、理想火花四射的美好时代。有些运动打压了他们的社会情绪，致使他们声音嘶哑，说话变了腔调，但整体上说，豪迈兴奋的情绪恒居上风。共和国初期，国家在旧社会废墟上建设社会主义事业，领袖和人民同甘苦，毛泽东和朱德衣着朴素，亲切和蔼地出现公众场合，这种亲民利民情怀赢得人民的热爱，也受到作家敬重。北京市政府在经济十分困难的情况下调拨财力人力治理龙须沟，感动了老舍也感动了其他作家。他们用劳动人民的心理感受发展变化的社会现实，没有理由不热血沸腾，热情歌颂。多少年后研究者回望那段历史，分析研究对象当年的生活命运和思想感情，往往给予悲剧性解读——用悲剧性审美思考否定时代变革中的情感表现和生活诉求，固然透着深刻，但与历史当事人看取变革、感受生活的眼光和心态迥然不同。研究者超越历史强调当下意识，却忽视了复杂的历史现场和原初的时代情绪。"先入为主"的成见无法对当时的主体情绪作出历史主义考察，也无法对政治浪漫主义和文学浪漫主义"协奏曲"作出符合实际的分析。

考察政治浪漫主义和文学浪漫主义的互动关系，考察文学浪漫主义的致因机制及存在形态，就要放弃成见，走进历史现场，感受原生态的历史变革，感受当时的生活现实和创作现场。我们不可能对当时的政治变革及其影响逐一考察，只能聚焦选点，勾勒政治浪漫主义与文学浪漫主义的互动线谱。自然，根据选题需要，我们选择的是政治浪漫主义高亢的点，也是文学浪漫主义勃兴的点。从研究的角度说，"以点带面"固无不可，但毕竟无法复原整体形态，而静态的考察忽视了变化过程，同样存在纰漏。譬如说，五六十年代有些政治运动打压了主体情绪，挫伤了创作积极性，影响了浪漫主义发展，这种情形也许更能说明时代表征，但超出了我们的研究视野。我们关注的是，开国大典、抗美援朝、"百花年代"等提神鼓劲、激发浪漫主义情绪的政治事件；"大跃进"虽然虚假荒唐，但在当时的确发挥了煽动情绪、激发理想的作用，营造了热烈的浪漫主义氛围，且对于考察五六十年代浪漫主义发展转折具有举足轻重的意义，故也在考察范围内。

定向性研究向来有侧重，有侧重就有疏漏。所谓回到历史现场，其实是研究者的奢望。谁都无法穿越时空复原历史，任何研究都有无法找补的局限。我们力求设身处地地阅读感受，尽可能多地捕捉真实的历史信息，最大限度地厘清五六十年代文学浪漫主义和政治浪漫主义协奏演变的轨迹。

二、开国大典激发了诗人的浪漫豪情

中华人民共和国成立是中国几千年历史的巨大变革，无论何时说起这场变革，也无论共和国成立后发生了什么，都无法低估这场变革产生的广泛而深远的影响。中国共产党领导中国人民经过几十年浴血奋战赶走了帝国主义侵略势力，推翻了黑暗腐败的国民党统治，结束了经久不息的战乱，建立了劳动人民当家作主的新中国——共和国开动各种舆论工具宣传革命胜利的历史意义，毛泽东用诗一般的语言宣告新中国的光明前景。"中国的命运一旦掌握在人民自己的手里，中国就将如太阳升起在东方那样，以自己的辉煌的光焰普照大地，迅速荡涤反动政府留下来的污泥浊水，治好战争的创伤，建设起一个崭新的强盛的名副其实的人民共和国。"[①]充满激情的声音传遍各个角落，赢得社会各界的广泛共鸣。海外华人激动万分，很多人放弃海外优越的生活和工作，毅然回国参加新中国的革命和建设事业。在举国欢庆、生机盎然的革命时代，谁都相信战争和黑暗已成为过去，光辉灿烂的现实即将展现在面前。这是滋生浪漫主义的心理基础。这种基础坚实深厚，伴以轰轰烈烈的社会实践和强大的舆论宣传，产生了巨大感染力和征服力。三座大山都推翻了，恢复和建设还成问题吗？无论政治浪漫主义狂飙突进还是革命浪漫主义文学轰然崛起，都符合强大的事理逻辑。

新中国如何建设？人民政府怎样治理千疮百孔的战争创伤？苦难的中国人将过上什么生活？宏伟的蓝图能否实现？这些还都是未知数，但他们亲身经历了旧社会旧政权的黑暗腐败，对贫穷落后屡受欺辱的历史有切身感受，对饥饿灾荒、物价飞涨、名教授鬻书买米的现实有切身之痛。所以，当毛泽东宣布"中国人民从此站起来了"的时候，他们有激动兴奋的充分依据，断无抵触怀疑的理由。在此前后发生的北平和平解放、人民军队进城、前方频频传来的捷

---

① 《毛泽东选集》第四卷，人民出版社1991年版，第1467页。

报、政治协商会议召开等重大事件，更营造出浓浓的政治氛围，激发了澎湃的社会热情。社会主义政治大船在新中国诞生的礼炮中昂然航行，新中国文学在欢呼共和国成立的波涛声中隆起，政治浪漫主义和文学浪漫主义埙篪共鸣。

率先表现浪漫主义时代情绪的是革命作家。他们有革命斗争生活经历和经验，为创建共和国作出了贡献，新中国是他们的理想、信念乃至生命寄托。共和国成立前后，他们放开喉咙纵情歌唱，浪漫主义文学波涛汹涌。郭沫若饱蘸激情高歌《新华颂》，抒发了豪迈的浪漫诗情；胡风傲骨嶙峋，个性张狂，长诗《时间开始了》却充满歌颂祖国、赞美领袖的深情；彭燕郊望着国旗抒发情怀，奔放出"黑暗的日子里被压抑的"积郁；[1]何其芳擅长低吟独诉，但受开国大典的气氛感染，引吭高歌，纵情欢呼盛大节日——《我们伟大的节日》热烈奔放，辞采张扬，既是诗人真情实感的倾泻，也是时代情绪的浓缩和爆发。这种时代情绪延续了很长时间，十多年后神州大地还回荡着歌唱新中国的旋律。

共和国成立是历史和人民的选择，情绪昂奋、热烈歌唱、充满遐想是那时代几乎所有人的情感取向。郭沫若、胡风、何其芳等作家基于革命信仰和追求而纵情歌颂，自然应然；那些对国民党统治不满、对旧中国失望的民主人士，那些政治倾向不十分明显、没有党派倾向、钟情于文学艺术或者沉湎于学术的作家学者，那些因某些原因曾对共产党及其所领导的革命心存疑虑的作家学者，也纷纷汇入时代大欢唱潮流，足见共和国的巨大感召力。老舍是不关心政治的作家，且远在美国，得知新中国成立的消息，以难以抑制的激动告诉友人：我们的国家成立了，我将离开这里回国。回国后，迅速创作诗歌、散文和戏曲表达欣喜若狂的心情。很多游走于政学两界的知名人士，在翻天覆地的社会变革面前情绪振奋，甚至诗情汹涌。据载，1949年叶圣陶、柳亚子、宋云彬、郑振铎等从香港北上，应邀参加即将召开的政治协商会议。柳亚子"满怀喜悦，满心振奋"，写了很多旧体诗，表达激动的心情。"六十三龄万里程，前途真喜向光明。乘风破浪平生意，席卷南溟下北溟。"[2]这是老知识分子的新情怀。几十年后叶圣陶为当年的日记写短序，说遥想当年，他们年过半百，面对即将诞生的新中国，"兴奋的心情却还像青年"。他们满怀激情地北上，对新中

---

① 彭燕郊：《最初的新中国的旗》，见周良沛编序《中国新诗库》第八集，长江文艺出版社2000年版，第594页。

② 傅国涌：《1949：中国知识分子的私人日记》，长江文艺出版社2005年版，第299页。

国充满无限期待和美好憧憬。①

开国大典掀开了共和国文学的第一页，也催生了以颂歌为主旋律的浪漫主义文学思潮。随着社会主义革命和建设事业的深入开展，政治浪漫主义不断提供新的讴歌对象和表现内容，而创作主体的思想情绪也总在高沸点上激烈跳动，文学浪漫主义伴随着政治浪漫主义风雨兼程。

三、蘸着感情的潮水谱写新时代的美好诗篇

共和国成立后开展了一系列旨在巩固新政权、确立新体制、走进新时代、建设新生活的重大政治举措。社会主义、人民民主专政、生产资料公有制等在中国史无前例，在世界上也只有在苏联等极少数国家试行。中国共产党按照苏联经验绘制社会主义发展蓝图，国家政治想象化作轰轰烈烈的社会实践，运动不断，新潮迭起。社会主义政治经济体制的形成性工程维护了社会主义制度，保障了人民生活权益，也期许了美好未来。变革实践、辉煌成就和政治宣传改变了世道人心，形成了与旧时代迥然不同的新思想、新风尚、新生活、新文化。政治浪漫主义激发了昂扬的时代情绪，为文学浪漫主义提供了肥沃土壤。

共和国成立后，在稳定秩序、恢复经济方面取得显著成就，古老土地上显示出勃勃生机。数字显示，1950 年工农业总产值比 1949 年增长 23.4%，1952年工农业总产值达到 810 亿元，比 1949 年增长 77.5%。随后制定第一个五年计划，形成过渡时期的总路线，巨大的变革成就和宏伟的发展蓝图振奋人心，人们相信"新生的人民共和国，尽管面临许许多多困难，但它是一个充满朝气和希望的国家，一个具有巨大生命力的国家，必定能够克服任何困难，实现自己的既定目标。"②政治浪漫主义理想和激情得到各族人民的热烈回应，并迅速化作浪漫主义诗情。"颂歌潮"发生新的变化：歌唱经济建设成就，歌颂新中国和缔造者，歌颂社会主义祖国是时代文学主题，而豪迈的气魄，豪放的风

---

① 叶圣陶：《旅途日记五种·北行日记》，生活·读书·新知三联书店 1987 年版，第 118 页。

② 中共中央文献研究室编，逄先知、金冲及主编：《毛泽东传：1949—1976》（上），中央文献出版社 2003 年版，第 78 页。

格，澎湃的激情，高亢的声调，则是各种创作的主旋律。

毫无疑问，政治经济变革取得了巨大成就，也制造了很多悲剧，挫伤了很多人的情绪。但总体上说，新中国营造了和平安静的生活环境，保障了劳动人民的生活权益，改善了社会关系，赢得大多数人的拥护。而诸如妇女翻身、农民学文化、惩治贪污腐败、斗争地主恶霸、普及科学知识、自由恋爱、移风易俗……这些新风尚新气象，更容易产生并且也的确产生了浪漫主义诗情。在急速前进的时代和沸腾的生活面前，作家们纷纷离开自己的园地，关闭了表现自我的"频道"，辛勤地耕耘劳动人民生活的广阔天地。邵燕祥歌颂社会主义建设英雄，丁玲欢呼"中国的春天"，郭小川赞美"火热的斗争生活"，巴金赞美"大欢乐的日子"，曹禺喜迎"明朗的天"，老舍专赞"新北京"，高兰说起自己的生活连声道："好！好！好！"……共产党人在交出让大多数人满意答卷的同时也激发了大多数人的政治激情，在要求作家封闭个人生活园地的同时也吸引他们走向沸腾的人民生活现场。作家的感情和时代感情、人民感情融合在一起，在抒发了时代豪情的同时也表现了个人感情，其创作显示出革命浪漫主义特点。

下面且结合农村题材创作进行简要分析。

新中国成立前后，农村发生了一系列变革。每一场变革都具有改变中国历史、挑战严峻现实的性质，也都带有鲜明的政治浪漫主义色彩。土地改革把土地从少数人那里夺过来，分到没有土地或只有极少土地的农民手里，让耕者有其田，实现广大农民的梦想。运动过程中固然存在严重问题，如依靠农村流氓无产者对土改对象采取粗暴、残忍、野蛮的方式方法，践踏文明，危害深广。几十年后很多作家从人道主义、人性和文明进步等角度反思那段历史，表现出批判性和否定性倾向，如张炜的《古船》、莫言的《生死疲劳》等。而从政治革命、体制改革、人民翻身、财富均衡等角度看，符合无产阶级革命的宗旨；而且土改对促进农村经济发展、改善人民生活、提高抵御自然灾害的能力等也确实起了作用。新中国成立时，新解放区有三亿多无地少地的农民，三年时间完成了土地改革，把约七亿亩土地和巨量的生产资料分到农民手里，充分表现出共产党人服务于民的决心和气魄。规模巨大的土地革命铲除了小农经济的根基，调动了广大农民的积极性，古老的农村出现生机和活力。1952年经济指标增长77.5%，其中农业总产值增长53.5%。变革震惊世界，振奋人心，政治浪漫主义激情因此滋生。作家们满怀激情地讴歌土地革命，记录时代变革的脚步,抒发革命浪漫主义豪情。丁玲在广阔的背景上再现土地改革的生活现场,《太阳照在桑干河上》表现了土地改革前后中国农民的思想风貌和农村发展前景;周立波以豪迈的气魄生动地描绘了消灭封建土地所有制的伟大斗争,《暴风骤雨》表现了在共产党领导下中国农民冲破封建罗网,朝着解放大道迅跑的革命热情;《让生活变得更美好吧》洋溢着翻身农民的欢声笑语,作家方纪陶醉在自己勾画的美丽图景中,竟然暗自笑出声来。

成立互助组,培育合作社,实现农业合作化,打破传统的个体经济形式,建立集体经济体制,推动中国农业由小农经济向社会主义集体经济转变,是一个递进过程。变革内容不同,对促进社会发展产生的影响就不同,农民的回应也不相同。在农村生产力水平低下、生产资料短缺、生产工具落后、抵御自然灾害能力薄弱的情况下,实行生产互助,把个体农民组织起来,有助于解决上述问题;在互助组基础上成立合作社,扩大生产规模,也符合农村发展实际和部分农民的心愿。在此基础上制定农业发展纲要,绘制未来生活前景,得到人民群众拥护,激发了社会主义热情。政治浪漫主义热情催生了文学浪漫主义诗情,王汶石描写农业合作化高潮前夜农村生产劳动的情景,展示了农村领导干部昂扬热烈的革命情绪,《风雪之夜》是一篇政治色彩浓厚、浪漫主义特色鲜明的作品;柳青的《创业史》否定了旧中国农民发家致富的梦想,以抒情的笔墨描绘了新中国农民的精神风貌和美好前景;秦兆阳用"火车"象征农业合作化高潮到来时的农村,《在田野上,前进!》写"没有什么东西能够挡住它的进路,连广阔的田野也因为它的奔跑而欢喜得旋转起来,抖动起来……"

政治浪漫主义列车在古老土地上奔驰,因速度过快而违背了社会发展规律。1956年下半年,国内经济出现生产资料和生活资料紧张的情况,诸多社会矛盾也暴露出来,许多省份出现农民退社现象,社会不满情绪积聚。问题的症结在于冒进,在于干部好大喜功,官僚主义严重,经济关系没有理顺,小农思想没有解决。在此情况下却成立高级合作社,农村变革的列车开足马力,在脱离轨道的路上高速行驶。1958年全国4亿农民,74万个农业合作社,只一个月的时间就动员90%以上的农户加入人民公社。"一大二公"严重脱离实际,却被视为社会主义发展方向,甚至视其为共产主义经济模式。新中国成立不到10年时间,中国农村就从原始落后的小农经济飞跨到人类社会的最高级形式——共产主义经济,贫穷苦难的土地上升起共产主义卫星。政治浪漫主义的主观想象发挥到极致,文学浪漫主义紧随其后给予诗意描绘和热情赞美,《艳阳天》《金光大道》等众多作品带有鲜明的革命浪漫主义特征，也表现出明显的时代局限性。

四、"大跃进"狂潮涌动与文学
浪漫主义隆起

"大跃进"是50年代中国政治浪漫主义的极端表现，也是文学浪漫主义获得生存发展权、革命浪漫主义狂潮汹涌的拐点。

"大跃进"期间的文学浪漫主义主要表现在两个方面：民间创作和作家创作。民间创作以民歌为主，有些是劳动群众在劳动过程中搜集和编唱的，起着缓解疲劳、调节情绪、鼓舞干劲的作用，这类民歌语言夸张但情感朴实，形式简单，节奏明快，带有原始浪漫主义色彩，如"天上没有龙王，地上没有玉皇，我就是龙王，我就是玉皇，喝令三山五岳开道，我来了!"有些民歌则是为政治任务编写凑数邀功的，语言生硬，形式单调，内容苍白，情感虚假，借用了浪漫主义外壳，却背离了浪漫主义精神。作家创作表现在形式风格和创作情绪两方面。在一天等于20年、跑步进入共产主义的语境中，作家按捺不住创作欲望，以"大跃进"的干劲写作，放出灿烂当时、但缺少生命力的文艺"卫星"——文艺卫星放到天上，注定缺少根基和生命力。对作家创作产生直接影响的是毛泽东倡导的"两结合"——说是"两结合"，但在特定语境中，浪漫主义受到更多的重视，创作的浪漫主义特色也更鲜明。如《十三陵水库畅想曲》《降龙伏虎》《烈火红心》等。

"大跃进"期间的浪漫主义文学有两点值得注意。首先是民族形式和民间资源得到重视。无论人民群众的自发创作还是有组织的编写，也无论群众编创还是作家写作，都很重视民族形式和民间资源。因毛泽东的高度重视和积极提倡，大跃进民歌被视为中国诗歌的发展方向。某些诗人推波助澜将其提升到比李白、杜甫、拜伦、雪莱都高伟的程度，比五四以来的自由诗还重要的程度，大有用民间艺术形式取代文人创作之势。这当然是政治情绪作用下的偏激；但民间艺术形式确有刚劲清新、简洁明快、质朴勇猛、原始风味等可取之处，对文人创作也确有值得吸取借鉴的地方。对比当时的文人创作，如四平八稳的新闻纪实，味同嚼蜡的政治表态，空洞浮泛的豪言壮语，等等，民间形式的夸张和想象，原汁原味的泥土风情以及劳动群众的语言艺术和叙事经验，都对丰富、提升和激活文人创作大有裨益。《降龙伏虎》《十三陵水库畅想曲》就因借鉴民族形式和民间艺术资源而增强了艺术感染力，并鹰扬当时。

其次，浪漫主义因被提倡而获得合法地位进入"有名"状态。尽管前面冠以"革命的"名号将其限制在政治革命范围之内，与政治浪漫主义紧紧拧在一起，导致其内容空泛、情感虚假，但毕竟取得了堂皇发展的资格，对加强主观抒情、丰富艺术表现具有推助作用。浪漫主义从 20 年代后期就受到贬抑，几十年间时运不济，堂而皇之地提倡、公开的理论探讨和创作实践却是在"大跃进"期间。这是浪漫主义的发展机遇——发展走向虽然无法看好，但这不是浪漫主义本身的问题。

五、"小阳春"气候与人文浪漫主义
灵光闪现

因为毛泽东的提倡，浪漫主义获得与现实主义"并驾齐驱"资质和契机。浪漫主义的想象、夸张和主观抒情较之现实主义更能发挥主体创造精神，很多以写实见长的作家也加入到浪漫主义创作队伍。如曾因《漳河水》闻名诗坛的张志民，50 年代后期改变抒情方式，创作了政治抒情诗《祖国颂》，显示出走向主观抒情的努力；有些作家自觉实践"两结合"主张，在写实基础上加强主观抒情性，作品的浪漫主义元素明显增多。而意识形态在强化政治浪漫主义时代氛围的同时，也有力地促进了文学浪漫主义的发展，1959 年国庆 10 周年期间的创作尤其明显。庆祝共和国成立 10 周年是巩固政权、振奋人心、展示成就、鼓舞斗志的政治事件，文学浪漫主义因此获得扩充地盘的机会——这是逻辑发展的一个重要因果链。

事实上，伴随着国庆 10 周年而来的是严峻的社会现实。"大跃进"的严重后果很快就表现出来，社会发展规律以铁的逻辑对违背者实施报复和惩罚，大饥饿如洪水巨浪席卷全国，城乡人民在饥饿线上挣扎。从一般意义上说，求真务实的政治实践和理性意识强化都与浪漫主义不相宜。但也有例外的情况。实事求是的思想路线和方针政策恢复了常态，理顺了关系，放宽了政策，扩大了民主，活跃了知识分子的思想情绪，反倒给浪漫主义提供了发展机遇。文学浪漫主义就此出现反弹。

经济低谷期的浪漫主义反弹与知识分子政策调整有关。1962 年年初，文化部、中国戏剧家协会在广州召开全国话剧、歌剧和儿童剧创作座谈会。会上，知识分子"脱帽加冕"——摘掉"资产阶级知识分子"帽子，加上"劳动人民知识分子"之冕。这对知识分子而言带有"第二次解放"的意义。知识分子是思想活跃的群体，一旦获得些许自由空间，就会释放艺术才华，创作出显示艺术水准和个性风格的作品。60 年代初"小阳春"局面的形成便是"解放"的结果。

"小阳春"激活了作家的人文精神。知识分子被压抑 10 年时间，鲜有自由演说的空间，"脱帽加冕"之后，面对饥民遍地、经济危机、民气不振的严重现实，他们深深忧虑却又不止于忧虑，试图为摆脱困境贡献智慧和才华，遂创作鼓舞情绪、振奋民心的作品，为低迷的主体注入强心剂——犹如屈原因楚国危机用浪漫主义创作昂首问天，悲愤招魂；鲁迅于世纪初介绍西方浪漫主义意在救国救民；40 年代抗战最困难的时候，吴组缃等知识分子试图翻译浪漫主义文学振奋国民精神——或许无济于事，但这是中国知识分子的真诚努力，表现的是人文浪漫主义精神的复苏。据统计，当时全国众多剧作家以"卧薪尝胆"为题材创作，其意图非常明显，就是要借历史影响现实：越王勾践面对国破家毁、自己被囚禁的艰难处境，没有灰心丧气，他卧薪尝胆，积聚实力，最后完成复国大业。剧作家们就是要告诉国人，无论国家民族遭遇多大灾难，只要奋发图强的精神在，就一定能够战胜困难，复兴大业。曹禺的《胆剑篇》在同类题材作品中影响大、成就高，其昂扬向上的浪漫主义诗情在社会情绪低迷的困境中发挥了重要的审美作用。

基于人文浪漫主义精神的苏醒，有些作品具有更丰富的自我内涵，更接近个性浪漫主义。如曾卓，索性耕耘自己的园地，其创作诗情低沉而浓郁。他在飘着雪花的黄昏触景生情，思念别离 6 年的妻子，倾诉了苦难岁月中那汪真切幽深的诗情；[1] 他在旷野星空中"醒来"，"狂风暴雨似地拷问"自己的一生，

---

① 曾卓：《雪》，周良沛编序《中国新诗库》第八集，长江文艺出版社 2000 年版，第 359 页。

抒发了渴望用真实的眼泪沐浴灵魂，"张开双臂迎接生命中又一个黎明"的幽幽深情；[①] 在无边的孤独寂寞中，他将最美好的情思献给妻子——那个在苦难困境中静静地等他、微笑着迎接他归来的妻子，表现出真挚而深切的感情。[②] 并非所有诗人都有曾卓这般经历和体验，且这种"柔和而哀伤"的诗原本就没有发表的可能，但曾卓的创作委实映射出"小阳春"天气里很多作家的创作心态。

这说明，在政治浪漫主义暂处"非强势"的语境中，对作家干预较少，创作稍有自由，浪漫主义就有生存空间。同时也说明，五六十年代的浪漫主义其实是"常态"与"非常态"的错位发展。在政治浪漫主义强势作用下，文学浪漫主义在革命政治层面高速发展，其实是"非常态"表现。相反，政治浪漫主义"非强势"状态下，如"百花年代"和"小阳春"气候，浪漫主义恢复"常态"，但放置在五六十年代语境中考量则是"非常态"表现。这是味道苦涩的悖论，令人深思，也倍感遗憾。

"小阳春"气候持续时间很短。1962年之后，极左政治路线再度泛滥，思想文化领域刀光剑影，更多知识分子受到打击，夏衍、田汉、阳翰笙等身居高位的老作家都在劫难逃，威风八面的文坛"霸主"周扬也无力回天。作家噤若寒蝉，无论怎样随声应和都动辄得咎，更难言浪漫。浪漫主义的主观表现、叛逆精神、自由创造等被视为社会革命的反动遭到讨伐。虽然也有作品情绪高扬，讴歌理想，赞美时尚，但大都情绪虚假，内容空洞，语言概念化，创作心态僵硬。这已经不是浪漫主义艺术的扭曲变形，而是主体精神的扭曲变形。据说，1964年2月3日中国戏剧家协会在全国政协礼堂举办迎春晚会，两千多文艺界人士参加。与会者衣着较为讲究，会场气氛较为喜庆，带有些许旧时礼仪——这是组织者借迎春晚会缓解紧张情绪，增添些人情味，居然有人写信给中宣部领导，指责会议"着重的是吃喝玩乐，部分演出节目庸俗低级，趣味恶劣"。由此引发了"迎春晚会事件"，导致文艺界大整风。而告发者竟然是"具备一般文人的自由心性和相当的浪漫气质"的某著名诗人！[③]

---

① 曾卓：《醒来》，周良沛编序《中国新诗库》第八集，长江文艺出版社2000年版，第355页。
② 曾卓：《有赠》，周良沛编序《中国新诗库》第八集，长江文艺出版社2000年版，第357、358页。
③ 参见涂光春：《五十年文坛亲历记》（上），辽宁教育出版社2005年版，第177—178页。

六、荒唐年代的情绪泡沫
与觉醒者的泣血呼唤

政治浪漫主义持续狂热发展，且越来越超出浪漫主义疆界，带有疯狂混乱的性质。很多人如惊弓之鸟，在惊恐中等待悲剧降临。"文化大革命"开始后，作家遭受批判斗争，被赶进牛棚，关进监狱，剥夺创作权利，更遑论浪漫。个别作家"高举""紧跟"，引吭高歌声嘶力竭，但那是政治邀宠献媚，既非文学创作，更非浪漫主义。风雨如晦，文坛上众声喧哗，那是造反派的战斗文学或幼稚的文学青年对荒唐岁月的赞美诗。"文化大革命"期间有多少"东风吹、战鼓擂"之类的诗歌散文？有多少简单粗糙的戏剧小说积极配合狂热的政治运动？皆是混乱时代卷起的激情泡沫。

从酝酿到爆发再到结束，"文化大革命"长达十余年。其间，政治浪漫主义由狂热而荒诞，文学浪漫主义苟延残喘滑向两个极端。既有荒诞树上的谎花开放，也有觉醒者的泣血呼唤。

十几年是颇有长度的岁月，对个体生命而言，尤其如此。或者由单纯的少年步入青年，或者由青年步入中年，以此类推。岁月漫漫匆匆，生命幽忧如梭。只要活着，总要表达、宣泄。于是便有了穆旦的《智慧之歌》《演出》，曾卓的《悬崖边的树》《无题》，绿原的《重读〈圣经〉》，牛汉的《悼念一棵枫树》《华南虎》，还有食指的《海洋三部曲》，黄翔的《野兽》《火炬之歌》以及郭小川的《团泊洼的秋天》和丙辰四月的天安门诗歌，还有很多"地下文学"。这类作品没有地方发表，也没有人敢发表。它们属于"潜在写作"，如地火运行。惟其如此，表达的才是真实的思想感情，塑造的是人格精神雕像，是燃烧着生命的文学，也是悲情哭诉乃至泣血的文学。

与五六十年代的流行色相比，这类作品情感低沉，感伤，幽怨，凄惶，愤怒，倔强，是震撼心灵的个性浪漫主义，也是凄美动人的审美浪漫主义。食指（郭路生）在举国混乱和狂热时代表现了觉醒者悲凉迷茫的情绪，感叹"像秋风卷走一张枯叶"，困惑于"命运的海洋"把个人的小船带向何方："地狱呢，还是天堂……"（《海洋三部曲·给朋友们》）？在举国热烈欢呼知识青年上山下乡运动的狂热岁月，他在列车开动时刻感受到的却是深切的离愁别绪，"我的心骤然一阵疼痛,一定是 / 妈妈缀扣子的针线穿透了心胸"(《这是四点零八分的北京》)。在经历了各种磨难、遭受命运残酷折磨和无情戏弄之后,他无视甚嚣尘上的时代文学"规矩",执著于内心诉求,无所顾忌地宣泄悲情:"我还不如一条疯狗! / 狗急它能跳出院墙, / 而我只能默默地忍受, / 我比疯狗有更多的辛酸"(《疯狗》)。

食指出身革命干部家庭,受过良好的革命传统教育和革命文学影响,带有50年代出生的那代人的精神特质。所以,他悲情而不绝望,迷茫而求索,自诩"枯叶"却倔强地憧憬和希望。于是有了如下诗句:"我的一生是辗转飘零的枯叶, / 我的未来是抽不出蜂王的青稞; / 如果命运真的是这样的话, / 我愿为野生的荆棘高歌"(《海洋三部曲》)。他是觉醒者,也是勇敢的反叛者。在生命被无形的锁链结结实实地捆绑着而只能苟延的环境中,他为了"挣脱无形的锁链","跳出墙院""更深刻地体验生存的艰难","情愿放弃所谓神圣的人权"做"疯狗"或"枯叶"。其浪漫主义"诗力"在于,体验痛苦,咀嚼灾难,争天绝俗,执著追求,在于坚信历史的灰尘终有一天会被清除,未来会对他作出"热情、客观、公正的评定":

> 当蜘蛛网无情地查封了我的炉台,
> 当灰烬的余烟叹息着贫困的悲哀,
> 我依然固执地铺平失望的灰烬,
> 用美丽的雪花写下:相信未来。
>
> 当我的紫葡萄化为深秋的泪水,
> 当我的鲜花依偎在别人的情怀,
> 我依然固执地用凝露的枯藤,
> 在凄凉的大地上写下:相信未来。
>
> 我要用手指那涌向天边的排浪,
> 我要用手撑那托住太阳的大海,
> 摇曳着曙光那枝温暖漂亮的笔杆,
> 用孩子的笔体写下:相信未来。

《相信未来》是一首洋溢着悲壮而激越情怀的浪漫主义抒情诗。诗中表现的新的美学精神在"文化大革命"结束后广为传播，并在一定程度上宣告了新的美学精神的崛起。

食指与曾卓、穆旦以及郭小川等创作的出现，意味着政治浪漫主义及其对文学的高压钳制即将结束，意味着文学浪漫主义与政治浪漫主义开始撕裂，并预示着勇敢的探索者即将迈开大步，在布满荆棘的道路上为文学浪漫主义开辟崭新的道路，预示着寒冬过去，一个新的历史和文学时代即将到来。

第三章 "常态"与"非常态"的错位发展

　　众所周知，屈原、郭沫若是古今著名的浪漫主义诗人，但在浪漫主义命运尴尬的 50 年代，却有研究者视其为现实主义作家。如 1953 年史学家陆侃如撰文《我们为什么纪念屈原?》，认为屈原"勇敢地以人民诗歌为师的精神，勇敢地揭露统治者罪恶的精神，使他成为中国文学史上古典现实主义杰出的代表之一"[①]；而丁易著《中国现代文学史略》则说："过去都认为郭沫若是一个浪漫主义作家，这种看法是不全面的，郭沫若作品中是有着浓厚的浪漫主义色彩，但他生长在中国的半殖民地半封建的社会中，他的浪漫主义就和西欧资本主义文艺中的那种消极的浪漫主义有所不同，他的作品充满了狂热的反帝反封建的爱国主义精神，这是一般的浪漫主义所没有的。这种精神是根源于中国现实社会的，是从现实出发并反映了现实的，因而他的作品虽然有着浓厚的浪漫主义色彩，但基本精神还是现实主义的。"[②]如此解读屈原、郭沫若，足见浪漫主义的尴尬处境。

　　这种情形盛行当时且累及当下——无论是当时还是现在，都有很多浪漫主义创作被贴上现实主义标签被"强行"阐释，海量的研究著述中，几乎没有几多作家作品被纳入浪漫主义框架并进行正面解读。这种现象与五六十年代浪漫主义文学的尴尬命运相关，也与研究者的"成见"和惯常的研究"程序"有关。按照"程序"，研究者将浪漫主义当成固定不变的"教条"，"预先限定"标准，而后根据"先入之见""专门去寻找'浪漫主义'"。因为"这些先入之见可能

---

① 　陆侃如:《我们为什么纪念屈原?》,《文史哲》1953 年第 3 期。
② 　转引自冯光廉、谭桂林:《论现代浪漫主义文学的早夭及其研究》,《东方论坛》1994 年第 4 期。

与事实不符",① 所以研究很容易违背事理逻辑。英国理论批评家玛丽琳·巴特勒摒弃成见和程序，从事实出发，对 1760—1830 年的英国文学及其背景进行细心梳理，还原了英国浪漫主义文学形成、发展的历史形态及其背景，取得了令人信服的成果，也积累了可资借鉴的经验。摒弃"成见"和"程序"，从复杂的事实出发，细心品读即可发现，中国五六十年代的浪漫主义文学其实取得了可观的成就，值得深入研究。

一、革命浪漫主义成为时代文学"常态"

浪漫主义是开放性、包容性极强的概念，也是疆域辽阔、层次众多、内涵复杂、变动不居的概念，总被不断充实和修正。时代和民族不同，其内涵和表征不同；相同时代、同一民族内不同的作家、理论家对于浪漫主义也会有不同的理解，甚至同一作家、理论家因年龄阶段和生活境遇不同对于浪漫主义的理解也存在差异。浪漫主义可以是时代文学思潮、形态和现象，也可以是创作原则和创作方法；可以是社会政治层面的，也可以是思想文化层面的；可以是伦理道德层面的，也可以是婚姻爱情层面的；可以是审美形式的，也可以是宗教信仰的；可以是精神气质的，如诗性人生和纯真心态，也可以是性格禀赋的，如狂狷傲岸，拒绝世俗，淡泊超然；可以是积极奋进的，如勇敢无畏，百折不挠；也可以是感伤低沉的，如耽于幻想，敏感多思，低迷缠绵；可以是整体性的，也可以是局部的……开放的视野收获丰硕的果实。五六十年代中国浪漫主义尽管处境尴尬、存在缺陷，但那澎湃的激情、高昂的姿态、豪迈的理想和洋溢的诗情，都属于浪漫主义范畴，无论从主体的创作精神考察还是就作品的艺

---

① 在玛丽琳·巴特勒看来，哲学批评家"易有的特点之一就是倾向于把作家的心智看得比一般人的心智更有逻辑、更连贯、更学究气，并偏重文学中与非理性成分相对的理智的部分，同时预先设定整部作品是在清醒的心智控制下完成的。另一特点是往往介绍把一种思想立场表述得非常连贯一致的人——对浪漫主义者而言，这人物（比如说）可能是哈特莱或者是卢梭、葛德文、康德或柯尔律治，然后用他系统的理论来解释一整批作家的作品。一个连贯一致的'浪漫主义运动'之所以出现恐怕得力于诸如此类的学术运作。"（见玛里琳·巴特勒：《浪漫派、叛逆者及反动派——1760—1830 年间的英国文学及其背景》，黄梅、陆建德译，辽宁教育出版社、牛津大学出版社 1998 年版，第 289—291 页。）

术表现而论，都有可观的创作呈现出浪漫主义特征。

如前所述，五六十年代是易于激发浪漫主义激情、诱发浪漫主义理想、创作浪漫主义作品的时代。"中国人民站起来了"的庄严宣告让作家们热血沸腾。郭沫若、胡风、何其芳、高兰、林庚、石方禹……新老作家纵情歌唱，推出共和国第一股浪漫主义文学思潮。郭沫若的《新华颂》形式整饬，格调沉雄，诗情充盈，虽然没有《女神》那般气吞万里如虹的磅礴气势和如天狗咆哮的汪洋恣肆，但"江河海洋流新颂"，他以"颂诗"的情调和豪情揭开了共和国浪漫主义诗歌的序幕。何其芳将"我"和"我们"的热烈抒情融合在一起，《我们最伟大的节日》用充满激情的语言、夸张的表现形式和频繁涌现的感叹号渲染浓烈气氛，充分表现了浪漫主义诗情、热度和感染力。"欢呼啊！歌唱啊！跳舞啊！/到街上来，到广场上来，到新中国的阳光下来，/庆祝我们这个最伟大的节日！"这是壮观的庆祝现场激发的热烈情绪，也是共和国门槛上的浪漫诗情。朗诵诗人高兰的《我的生活，好！好！好！》《用和平的力量，推动地球前进》等作品热烈豪放高亢，思想敞亮激扬，节奏铿锵有力，语言富有感染力，是嘹亮的浪漫主义奏鸣曲。青年诗人石方禹登高远望，视野开阔，《和平的最强音》喊出了时代"最强音"，抒发了新时代浪漫主义激情。

共和国成立掀动波涛汹涌的浪漫主义诗潮，带有奠基石的作用。时代画卷展开后取得的巨大成就如政治体制变革、抗美援朝胜利、经济建设发展……均激荡着主体高亢的激情和诗情，为浪漫主义文学提供了足够肥沃的土壤。作家们踏着革命和建设的脚步前进，随时变化抒情内容，举凡农村土地改革及农业合作化运动，城市工业建设成就及规划，志愿军战士保家卫国的感人事迹，等等，都在时代政治宣传和理论指导下快速地进入诗人们的表现视野。尽管社会主义现实主义的强光遮蔽了浪漫主义，尽管"现代"没给"当代"留下多少浪漫主义文学资源，尽管当时作家们处在被改造的尴尬境地动辄得咎，且频繁开展的"政治—文学"运动的打压也让他们心有余悸，但在宣传热力作用下，作家们还是表现出澎湃的创作激情。而时代宣传在将作家引领到革命和建设的前沿阵地、让他们感受工农兵火热的生活现场的同时，也不断为他们酝酿浪漫主义诗情的机遇。五六十年代浪漫主义有三大"暴涨期"。开国大典前后，浪漫主义诗情豪迈激越；"双百"方针颁布前后，浪漫主义百花齐放生机盎然；"两结合"提出后，革命浪漫主义市面火爆。尽管"暴涨期"存在或时间短或虚泛问题，却助燃了浪漫主义情绪，也催生了浪漫主义文学。

　　浪漫主义的创作主体是从延安及其他革命根据地走来的作家和在共和国政治诗学语境中走上文坛的青年作家。后者如王蒙、邵燕祥、白桦、公刘、刘绍棠等，他们创作经验有限，审美积淀单薄，却又自觉地响应时代号召深入生活现场，热烈欢呼革命斗争胜利和经济建设成就，赞美如火如荼的新生活，憧憬美好未来，其创作表现出青春浪漫主义特点。前者如郭小川、贺敬之、柳青、王汶石、曲波等，他们的创作表现出鲜明的革命浪漫主义倾向。其中，有些作家立足变革时代的农村现实，表现翻身农民的欢声笑语，谱写未来农村发展的畅想曲；有些作家回望硝烟弥漫的烽火年代，塑造意志非凡的战斗英雄，讲述富有传奇色彩的革命故事。

　　浪漫主义色彩最鲜明者是政治抒情诗。贺敬之的《放声歌唱》《十月颂歌》、张志民的《祖国颂》、柯岩的《雷锋》以及徐迟的《祖国颂》、韩北屏的《祖国颂》、纳·赛因朝克图的《狂欢之歌》等长篇政治抒情诗如江河决堤一泻千里，似钱江大潮浪涛汹涌，风格固然有别，但大都表现出热烈高亢、激越豪放、气势磅礴、雄浑瑰丽的时代特征。而对马雅可夫斯基诗体形式的借鉴和浪漫主义手法如渲染、铺陈、排比和夸张的张皇运用，则在强化抒情效果的同时也加强了浪漫主义特色。"热情澎湃的政治抒情诗……是祖国河山的回声，是世界的回声，是亿万人民合唱的交响乐。热情澎湃的政治抒情诗是时代的先进的声音，时代先进的感情和思想。它是鼓舞人心的诗篇。它以雄壮的响亮的歌声，召唤人们前进，来为社会主义事业进行创造性的劳动。热情澎湃的政治抒情诗是我们社会主义时代的喉舌。热情澎湃的政治抒情诗是最有力量的政治鼓动诗。"[①] 徐迟虽然没有对其作出浪漫主义的评价，但其表述本身就包含着政治抒情诗般的浪漫激情。

　　徐迟不作浪漫主义评价的原因值得寻味。他是颇具浪漫主义气质的诗人，应该读出其中的浪漫主义韵味，而且其时"两结合"的口号正被热炒，浪漫主义已经走出"遮蔽"进入"有名"状态，无须讳谈；与前述对屈原、郭沫若不作浪漫主义解读既非同语境，也非同原因。政治抒情诗是"特殊"诗体，是否归属浪漫主义存在异议，徐迟不作浪漫主义"标码"显示出严谨和审慎。其实，不仅政治抒情诗，五六十年代的浪漫主义大都是"非常态"的——既不同于欧洲文学史上的浪漫主义，也不同于中国文学史上的浪漫主义。浪漫主义最深刻

---

① 　徐迟：《祖国颂·序》，见诗刊社编《祖国颂》，中国青年出版社1959年版，第3页。

的内涵在于表现自我，创作自由，个性表达。而五六十年代的浪漫主义，如上所述，虽不能说没有自我、自由和个性，但多数在社会政治层面上，而且是顺向阐释，缺少足够深刻的自我和足够充分的自由。究其实，五六十年代浪漫主义文学主体也正如毛泽东所倡导的，是"革命的"浪漫主义。

前面论述中我们曾有三个"尽管"，每个"尽管"背后都指向了"非常态"表征，指向了革命浪漫主义——浪漫主义与革命是孪生兄弟，很多浪漫主义带有革命性特点；五六十年代提倡的是社会主义浪漫主义。我们说浪漫主义遮蔽在社会主义现实主义强光之下，遮蔽着发展只能产生服从社会主义需要的浪漫主义；说没有留下资源其实是割断了现代传统，在社会主义政治经济体制下产生特殊形态的浪漫主义；说作家被牵制着还要纵情高歌则意味着缺少足够深切的自我内涵，而只能歌唱时代所允许的革命浪漫主义进行曲。

但革命浪漫主义也是浪漫主义。因其中既表现出充沛的浪漫主义激情，也饱含着对社会理想的讴歌，对火热现实的礼赞，对革命历史生活的深情描绘以及在讴歌、礼赞和描绘中表现出的崇高的美学品格和豪迈的抒情姿态——这些都是浪漫主义的重要元素。这些元素在将作品带进浪漫主义疆域、使其成为浪漫主义文学园地的显赫存在的同时，也冲淡或取代、遮蔽和改变了传统浪漫主义。在革命烈焰熊熊燃烧的时代语境中，"非常态"的浪漫主义傲慢地雄踞文坛十数年，成为咄咄逼人的浪漫主义"常态"，复将审美浪漫主义和个性浪漫主义逼至"异端"困境，偶尔出现也被视为"异端"遭到棒喝。

"常态"与"非常态"的颠倒和错位，凸显了特殊社会政治语境中浪漫主义文学的尴尬运命。

二、政治话语规约下革命浪漫主义特色鲜明

五六十年代的革命浪漫主义乘着时代政治东风迅速发展，格调高亢而强势，特点突出而鲜明。概略地说，主要表现为如下几个特点。

首先，人文内涵匮乏的经验主义浪漫主义。五六十年代浪漫主义作家与欧洲相比，哲学基础单薄而社会实践经验丰富，艺术修养羸弱而创作热情高涨。如蒋孔阳先生所分析的那样，欧洲浪漫主义作家大都有深厚的哲学基础，法国

的卢梭是哲学家，雨果是有哲学思想的作家，乔治·桑、夏多布里昂也有较好的哲学背景；德国浪漫主义是在哲学意识弥漫的背景下产生发展的，席勒、歌德、布瓦诺都是著名哲学家；18世纪末至19世纪初的英国分崩离析，诗人思考严峻的社会现实，湖畔诗人、拜伦、雪莱大都表现出较好的哲学素养。哲学基础赋予他们对社会和人生、历史和现实、人文与自然非凡的洞察力、概括性和表现力。其创作既有历史表现的深刻性也有现实批判的广泛性，既有社会概括的丰富性也有自我表现的独特性，其作品流芳百世。中国五六十年代浪漫主义作家多数是从血与火的战争年代走过来的，经验和热情是其创作的原动力。他们把文学当作服务于社会、表现政治倾向和革命热情的载体，用革命斗争经验和政治热情"蒸煮"历史和现实，作品缺少足够丰富的历史内涵和鲜明的个性主义特点。革命历史题材的创作，简化历史现实编织战争传奇，塑造了朱老忠、杨子龙、史更新、刘洪等革命英雄形象，无意中链接了浪漫主义基本元素和民间资源，并因此受到读者的青睐热捧，却忽视了战争中的人性拷问、生命尊严和人文关怀，忽视了风花雪月和自我关怀等内容，缺少情感深度和审美张力；现实题材的创作则受限于种种清规戒律，缺少历史内涵和人性内容，像斯大林要求的那样"通过脚手架看大楼"，描绘民族国家的社会乌托邦，表现社会理想和政治愿景，而其理想和愿景也都带有浓厚的经验主义色彩，甚至是革命斗争经验的延续。

与欧洲浪漫主义相比，经验主义浪漫主义表现出明显的局限性。法国大革命之前浪漫主义是革命的助动力，而革命之后则转向了对革命本身的批判和反思；中国五六十年代的浪漫主义则始终扮演着促进革命前进的角色。因为缺少哲学基础，其存在无力分辨时代列车驶向何处的盲目性，存在误将毁坏当革命歌颂的盲目性，而且"革命"当道，罔顾其他，其创作缺少丰富的人文内涵和审美张力。由此形成"反效果"，越是潮涌偏离"常态"越远，"非正常"特点越明显，作品生命力越短促。

其次，激情豪迈的颂歌型浪漫主义。"江河海洋流新颂"——共和国还没正式成立，郭沫若便以一曲《新华颂》为五六十年代文学敲定了基调，"颂歌"成为该时期浪漫主义文学的主旋律。五六十年代是政治经济思想文化全面变革时期。举凡国家繁荣富强、人民当家作主的政治理想，经济建设的伟大成就，人民生活的巨大变化……都激发了从贫困、落后和屈辱中走来的作家的浪漫主义激情和想象，他们抑制不住兴奋纵情欢呼，大批颂歌型浪漫主义创作涌现出来。其缤纷现状无须概述，抒情诗更无须多说，在此谨撷拾以叙事为主的散文、小说和戏剧的几个碎片略做说明。丁玲纵情欢呼"中国的春天"，兴奋地告诉人们，"我到处看见的都是阳光，我到处都感觉得到生的气息、生的力量和生的喜悦。我曾经悲叹过、忧愁过的中国，现在到处都是欢乐，到处都听到雄壮的歌。"①戈扬说"在这片土地上，没有荒地，没有水灾、旱灾，没有害虫、害鸟，没有伤人的野兽，不但人不会受到可怕的疾病危害，连动物植物都不会受到可怕的疾病危害。""在这片土地上，到处都是桃红柳绿和金黄色的庄稼，到处都是新市区的新住宅，在这片土地上，所有的老人都受到尊敬，所有的孩子都受到爱护"，并自豪地宣称，新中国正"向新的高潮前进"②。江雁觉得"我们的时代，是一个充满了幻想的时代！在广阔的社会主义大革命风暴里，在六亿人民力争上游的劳动中、战斗中，生活啊，奔腾着，充满革命的浪漫气息，荡漾着青春的激情。工人用铁锤猛追英国，农民双手把大山劈开。他们高喊着：我们就是玉帝，我们就是龙王，喝令三山五岭开道——我来了！多么雄伟的气魄！多么豪壮的气势！这就是我们时代的精神！"③方纪满怀信心地憧憬着社会主义集体农庄的美好前景，用诗情洋溢的笔触描绘中国农村，热切地祈愿"让生活变得更美好"④。田汉的《十三陵水库畅想曲》则畅想未来，热情洋溢地描绘 20 年后中国社会的灿烂现实⑤……这些作家的作品抒发了浪漫主义激情，也传递着浪漫主义转型变异的信息——此浪漫主义非彼浪漫主义，与中国古典和现代以及欧洲经典浪漫主义相比，五六十年代的创作是抒发时代情绪、

---

① 丁玲：《中国的春天》，见方志敏、丁玲等散文集《中国的春天》，中国教育工会广州市委员会编印，1953 年，第 27 页。

② 戈扬：《向新的高潮前进》，《文艺报》1956 年第 3 期。

③ 江雁：《幻想的时代》，《诗刊》1958 年 6 月号。

④ 方纪在 1950 年发表的小说《让生活变得更美好罢》中写道，过不了几年，中国农村就会发生天翻地覆的变化，"影林村的房屋变新了；街道整齐干净了（再不堆着柴草和牛粪了）；周围的树木长起来了；田野里轰隆轰隆响着拖拉机的声音；汽车在街道上掀着喇叭；公园里开着花；俱乐部里跳着舞；歌声从四面八方传来"，那时候，"郭东成驾着拖拉机耕地；何青臣和赵双印在一个集体农场里工作；陈二庄成了养猪英雄；赵明云当了合作社经理；而何永，就是这个集体农场的主席……"作品载《人民文学》1950 年第 5 期。

⑤ 田汉：《十三陵水库畅想曲》，载《剧本》1958 年第 8 期。作品第十三幕写道：20 年后，游人穿着绫罗绸缎到十三陵水库库区游览，坐"原子艇"，住星际宾馆，过共产主义生活，少年不知"慈禧太后"、柳条管、窝窝头，麻雀、耗子、臭虫、蚊子成为"稀有动物"，个人主义成为"稀有思想"，台湾已经解放，我们的现代工业、农业和科学文化都赶上美国超过英国。

表达社会理想的颂歌型浪漫主义。这是"非常态"的显赫标志。

再次，反对个人主义成就了革命浪漫主义。浪漫主义蔑视陈规，挑战程序，反叛束缚，崇尚自由，创作主体具有狂放不羁的野性精神和马踏尘泥、争天绝俗的个性情怀。浪漫主义文学的核心内容是个性主义和表现自我。无论欧洲原创意义上的浪漫主义还是被改造的中国现代文学史上的浪漫主义，也无论不同时代和民族的作家、理论家对浪漫主义作何种理解，表现自我这一核心内容都是亘古不变的宗旨。中国五六十年代尊崇唯物主义反对唯心主义，张扬集体主义反对个性主义，由此形成的时代舆论和价值标准限制了表现自由和表现空间，动摇了传统浪漫主义基石。自我是浪漫主义的核心，自由是浪漫主义的精髓。当作家写什么、怎么写都被限制在特定程序中的时候，浪漫主义也就失去了灵魂。鉴于此，倘若从"先见"和"程序"出发去寻找浪漫主义，则五六十年代就没有浪漫主义可言，很多研究者正是由此出发得出了否定性结论①。"先见"和"程序"的不可取就在于忽视了两个重要事实——

第一，主体意识是复杂的，多层次的。时代高压关闭了情感个性空间，却又打开了社会理性空间，消弭了主观自我，又催生了社会自我。个性浪漫主义几无容身之地，革命浪漫主义却拥有辽阔的发展地盘。那时代很多作家的思想倾向和人生追求与时代要求高度一致，其创作抒发的是真挚情感，表现的是真实愿望——在主体高度政治化的时代，公共的也是主观的，群体的也是个体的，时代的也是自我的。故他们的创作仍属于浪漫主义范畴，是集体主义浪漫主义，或者说是革命浪漫主义的审美表现。与欧美传统浪漫主义相比，其侧重于主观理性内容。这种理性内容是主体情感的时代化和革命化，包含着社会责任，政治理想，革命激情，信仰义务，牺牲奉献等。对其得失优劣，可以分析但无法怀疑和否认。因为社会革命、政治情绪和意识形态在任何国家和时代都无法与文学艺术绝缘。英国、德国和法国浪漫主义作家都曾经服务于当时的政

---

① "文化大革命"结束后，很多五六十年代的"过来人"回顾噩梦般的生活经历，反思知识分子改造等运动给他们造成的心灵磨难，否定了极左路线和荒唐时代及当时自己的作为，但这是历经"绝地"之后的醒悟，当年极少人有清醒的认识；众人沉浸在埋葬"旧我"、融入集体、获取新生命、群体无意识的"欣喜"和憧憬美好理想的虚幻中，并且在虚幻中营造了革命浪漫主义。"先见"和"程序"用现在的尺度丈量当年那些人的认识，把他们几十年后的觉醒当作当年的觉悟，进而否认他们"欣喜"情绪中包含着真实的自我内容，动摇了他们创作的浪漫主义根基。

治，表现群体意识。如英国的雪莱、皮科克、华兹华斯、柯尔律治都曾积极投身于社会政治，并对有些诗人退缩到个人小天地、淡漠社会感到不安和不满。诚如亚里士多德所说，人是政治的动物。艺术的作用存在于且服务于特定的社会群体。故在生命高度政治化的时代，抒发革命激情、表现政治理想也是浪漫主义的重要表征。

第二，"先入之见"和"程式化"分析还表现在对那时代作家生活和情感经历的误读。当时很多作家经历了战争和灾难走进共和国时代，这种生活和情感经历决定了他们"走进后"的思想取向和情感姿态，也决定了他们的创作追求与时代要求保持着天然联系。意识形态以强大的逻辑力量操控着文学的功能特点，作家们不同程度地经历了从自由主义"个人"到劳动人民中"一员"的转换。毫无疑问，这种"转换"付出了巨大代价，牺牲了很多内容，其中最重要的内容是主观自我、文学故我和自由创作。但牺牲掉之后是否就意味着主观自我和自由空间的全部消失？在创作追求、表现内容和艺术形式被限定之后，主观自我是否存在？抑或说，当他们将自我融入时代和人民之中，其创作由"我"转换成"我们"之后，他们的作品是否还具有浪漫主义特征？

这是毋庸置疑的。因为那时代的作家具有特殊的生活和情感经历，特殊的人生追求和自我构建。他们转换中的"牺牲"是被动的也是主动的，是无奈的也是自觉的，是痛苦的也是欣喜的。"转换"是除旧布新。虽然"除去"了生命意识中最可宝贵的东西，吸纳了"异己"的社会理性内容，但也包含着胸襟开阔、视界扩大的成分。现在看来得失不成比例，但当时的很多人不这么认为，报纸上那些畅谈思想改造的大块文章所透露的"欣喜"情绪并非全是虚情假意。因为人是社会学意义上的人，作家原本就应该与人民保持血肉联系。五四时期傅斯年提倡"为公众的福利而自由发展个人"的人生观，反映了时代青年的理想追求。[①] 五六十年代的作家经过民族和阶级的血火洗礼，其人生觉悟远比这高阔。经过脱胎换骨的改造之后，他们充当时代代言人，人民代言人，包含自觉自愿的成分。个人与时代和人民的一致性决定了他们在"代言"的同时也"自言"，在"听将令"呐喊的同时也包含着自我诉求。或许是他们的错觉，但那是错觉丛生的时代；这种理解或许肤浅，但符合实际——那原本

---

① 傅斯年认为："人生观念应当是：为公众的福利自由发展个人"。见《人生问题之发端》，《新潮》1919 年第 1 卷第 1 号。

就是喧嚣浮泛的时代。如此——自我还在，浪漫主义内核尚存。而时代赋予的精神"高度"让他们自然地运用浪漫主义表现艺术，故其创作呈现出比个性浪漫主义还要激昂高亢的革命浪漫主义表征。

三、"非常态"的个性浪漫主义顽强生成

浪漫主义从不整齐划一。自我、自由、个性是浪漫主义的本质属性，无论在何种层面上，在任何时代，这些"属性"都决定了浪漫主义无论是创作实践还是精神现象都是复杂多元的。考察五六十年代的浪漫主义文学，既要重视作为时代"常态"的革命浪漫主义"主流"，也要顾及强光遮蔽下顽强地生存发展的个性浪漫主义"支流"。拉长放宽了说，那时代的"常态"其实是"非常态"的特殊表现，而"非常态"才是浪漫主义的"正常形态"，才是最宝贵的收获。在此我们结合诗人诗作略加说明。

这是自然而然却被"先入之见"和"程式化"分析忽视的事实：对于人类历史而言，五六十年代是倏忽瞬间，但对于个体生命而言却是一段颇有长度的路程。在此期间，政治有宽松民主、自由开放的时候，生命个体也有抢抓机遇、尽情表现、实现自我的诉求。他们珍惜生命才华，也珍惜难得的宽松时光，只要条件允许便奋力耕耘。耕耘工农兵生活的广阔天地，也耕耘自己的园地；抒发时代情绪，也表达自己内心的声音。欣逢"盛世"放声歌唱，催生了革命浪漫主义创作潮；而感慨生命、喟叹自我则诱发了个性浪漫主义。"前者"是五六十年代浪漫主义文学的主色调，后者生成于时代大潮夹缝里，是坚硬的意识形态地壳下奔突的生命烈焰，也是喧嚣的时代文坛上无法忽视的风景。两者之间还有辽阔的交叉地带，活跃着很多青年作家，如王蒙、邵燕祥、白桦、刘绍棠等，或者诗意盎然地描绘和歌颂现实，或者豪情满怀地憧憬和预期未来，或者弹奏时代"竖琴"为"太阳伴奏"，或者如李白风赞美的"芳泉"，勇敢地"突破岩石的重重封锁"，以"自己的姿态"流向人间。昂扬的时代豪情，欢快有力的节奏，雄壮紧凑的旋律，流畅通俗的语言以及抒情强度和抒情风格，均表现出复杂混沌的浪漫主义特征。老作家林庚的《新秋之歌》糅合了"沧海明月"和"雨露凋伤"之美，高兰的《我的生活，好！好！好！》则情绪豪

放高亢，节奏铿锵有力，也都是混合着"集体"和"个体"的浪漫主义文本。

在此要说的是个性色彩鲜明的"后者"[①]。譬如何其芳，面对天安门广场30万人的欢呼海洋，他激情汹涌创作出《我们最伟大的节日》，抒发奔放洋溢的激情。此后，他致力于行政事务和理论建设，但那颗诗心却鼓动着，"把一生献给祖国"的生命躁动着。他想在自己的河流里"勇敢航行"，却又担心"桅杆吹断""在波涛中迷失道路"。他觉得感情深邃如海，表达路径却"狭窄"且要求"苛刻"。他困惑茫然，有些焦躁羞愧，甚至感到惊恐。他谨慎地探索抒情渠道，小心翼翼地释放深密情愫，留下了《回答》《听歌》《我好像听见了波涛的呼啸》《海哪里有那样大的力量》等诸多洋溢着个性浪漫主义诗情的作品。还有蔡其矫，是主流作家队伍的重要成员。在生命备受"体制"限制的困境中，他仍然自由随性，游走四方。其创作，如《川江号子》《大海》，在题材选择、主题发掘、抒情方式和表现方法的诸多方面超越了时代规范，拒绝时俗，追求自由，赞美英雄，歌颂力量，张扬个性，表现自我，显示出个性卓异的浪漫主义特征。

说到五六十年代的浪漫主义文学，自然绕不过"七月"和"九叶"两个诗派。"七月"诗人在50年代命运悲惨；但悲剧到来之前却有过发自内心的浪漫主义歌唱。如胡风的《时间开始了》感情炽热如烈火熊熊燃烧，抒情方式夸张渲染铺排气势恢宏，抒情内容广博深厚，语言风格热烈沉雄，是波澜壮阔的浪漫主义交响乐。其他诗人虽遭受打击却诗心未泯，曾卓的《有赠》用湿润的、流动的诗句表达了痛苦的期待、重逢的喜悦和被接纳时的感激之情，"口中喷出痛苦而又欢乐的歌声"；绿原的《又一名哥伦布》想象独特，运思宏阔，语言素朴，情感真切，意蕴复杂，显示出个性浪漫主义的独特魅力；鲁藜保持着坚定的理想信念和积极乐观的人生追求，《他爱他的大粪场》《割稻篇》《园丁》等在艰辛的劳作中体验诗意，以主观战斗精神升华劳动对于人生的价值，难能可贵。

"九叶"诗人虽无牢狱之灾，但精神上备受压抑，只在"百花年代"鼓起现代个性浪漫主义的艺术风帆。穆旦忠实自我，忠实个人感受，真诚地表现出时代要求在心灵深处的复杂感受。《葬歌》交织着"回忆"与"希望"、"埋葬的欢乐"与"告别的痛苦"的复杂情绪，是"百花年代"现代个性浪漫主义的

[①] 关于他们创作的浪漫主义的表征，我们将在后面专门论述，在此谨简略说明，以保持本章逻辑思路的完整性。

灵光闪现。杜运燮是激情四溢的理想主义诗人，《解冻》用温热的诗句描绘出一幅春风吹拂、诗意萌动、百花即将绽放的美丽情景，表现了诗人抑制甚久、期待解冻、热情欢歌、憧憬未来的浪漫主义情绪。而唐湜即使在困厄之境也不停止"幻美之旅"，《划手周鹿之歌》独辟蹊径，在神话传说的框架内纵横驰骋，用"恣肆的浪漫抒情"书写民间爱情故事，抒发苍凉悲怆的浪漫主义诗情。

"七月"和"九叶"两派诗人，生活道路和创作道路虽然坎坷悲惨，却在艰难的境遇中为五六十年代的个性浪漫主义提供了值得珍视的文本。

以上对五六十年代浪漫主义文学的"常态"和"非常态"作了粗略梳理，昭示了浪漫主义创作的复杂景观。"错位"发展形成"错位"效果，作为"常态"的革命浪漫主义将"小我"变成"大我"，其表现内容具有了广泛性，但也削弱了独特性，与传统浪漫主义相比，其影响力、生命力受到极大影响。传统浪漫主义大都因个性充分卓异而著称，其创作无论豪放还是忧郁、高蹈还是"堕落"均与世俗人生格格不入，并因特立独行、逆天纵情而引起广泛关注，掀起了轩然大波，显示出巨大审美冲击力。而革命浪漫主义文学源于革命也限于革命，是国家政治浪漫主义、无产阶级浪漫主义。尽管作家在情感抒发和艺术表现方面做足了文章，但抒情和表现的公共性使其消失在迅速改变的公共视野。而在"大我"林立的时代，何其芳、穆旦等诗人略显微弱的个性歌吟反倒穿越时空显示出空谷绝响的艺术效果。

第四章 "百花年代"开启
浪漫主义新气象

"百花年代"作为一个文学年代的"美称",是指中共中央把"百花齐放,百家争鸣"作为发展科学艺术方针并付诸实施的年代。人们习惯上称"百花齐放,百家争鸣"为"双百"方针。"双百"方针正式颁布的时间是 1956 年 5 月 2 日,但从酝酿讨论到颁布实施有个过程。截至 1957 年 6 月 8 日《人民日报》发表社论《这是为什么?》,毛泽东发动"反右"斗争,"百花年代"持续了一年多时间。在此期间,浪漫主义虽无"名分",却在"百花齐放"的艺术景观中放射出耀眼的光彩,值得特别注意。

一、"春天来了","一百种花都让它开放"

"双百"方针的颁布有着坚实的现实基础。经过抗美援朝战争,中华人民共和国已经稳稳地屹立在世界东方,世界进入和平发展阶段,战争的可能性虽然存在,但很小;苏联和东欧国际社会主义阵营发生的激烈动荡促使中国共产党人总结无产阶级专政的经验教训,探索符合中国实际的社会主义道路的问题尖锐地摆在面前。在国内,经过几年艰苦卓绝的努力,已经初步完成了以公有制为主要内容的农业和城市工商业的改造,社会主义政治经济体制已经形成,生产力和生产关系发生了深刻变革。在中国农村,延续了几千年的小农经济经过短短几年的改造实现了农业合作化。毛泽东认为,大规模的阶级斗争已经结束,当前摆在中国共产党人面前的任务,便是调动"党内党外、国内国外的一

75

切积极因素，直接的、间接的积极因素"，提高"中国工业化的规模和速度，科学、文化、教育、卫生等项事业发展的规模和速度"，迅速"把我国建设成为一个强大的社会主义国家"。[①]

建设繁荣富强的社会主义国家是一个宏伟目标，需要培养和造就大批知识分子，充分调动他们的社会主义积极性。1956年1月中共中央召开知识分子会议，周恩来认为经过思想改造，绝大多数知识分子"已经是工人阶级的一部分"，是可以信赖和依靠的对象；毛泽东则在讲话中明确提出，要在比较短的时期内造就大批高级知识分子和更多的普通的知识分子。[②] 要调动知识分子的积极性，就要解放思想，放宽政策，为他们营造宽松民主的生活和工作环境。毛泽东虽然没有明示，但他所说的"现在春天来了"，"一百种花都让它开放"，在宪法范围内，"各种学术思想，正确的、错误的，让他们去说，不去干涉他们"，[③] 无疑包含着自由民主、畅所欲言的意思。而他本人则率先垂范，虚心听取不同意见。当年2月，苏联学者对他在《新民主主义论》中关于孙中山世界观的观点有不同看法，中国陪同人员认为有损毛泽东的威望，要求反映给苏联方面，毛泽东知道后特意写信给刘少奇等中央领导，说"这是对学术思想的不同意见"，"不应加以禁止"，不要向苏共方面反映此事，并且指出，"如果国内对此类学术问题和任何领导人有不同意见，也不应加以禁止。如果企图禁止，那是完全错误的。"[④]

"双百"方针的正式提出是在1956年，但其作为审美思想早就存在于毛泽东心目中，或者说是他一贯的思想。1951年4月中国戏曲研究院成立，毛泽东题词"百花齐放，推陈出新"。如果说后者着眼于戏曲实际，前者则是他恒定的审美思想。1953年，中共中央批准成立中国历史问题研究、中国文字改革研究和中国语文教学研究三个委员会，负责历史问题研究委员会的陈伯达向毛泽东请示工作方针，他讲了四个字："百家争鸣"，后来这四个字成为整个科

---

① 《中国农村的社会主义高潮·序言》，《毛泽东文集》第七卷，人民出版社1999年版，第44页。

② 中共中央文献研究室编，逄先知、金冲及主编：《毛泽东传：1949—1976》（上），中央文献出版社2003年版，第469页。

③ 中共中央文献研究室编，逄先知、金冲及主编：《毛泽东传：1949—1976》（上），中央文献出版社2003年版，第491、492页。

④ 中共中央文献研究室编，逄先知、金冲及主编：《毛泽东传：1949—1976》（上），中央文献出版社2003年版，第487页。

学研究工作的方针。1956 年 4 月 28 日，政治局召开扩大会议，毛泽东更直接
地提出，"艺术问题上的百花齐放，学术问题上的百家争鸣，我看应该成为我
们的方针"。① 其后，陆定一在科学家和文学家、艺术家会议上对方针的内涵
做了权威性阐释——"在文学艺术和科学研究工作中有独立思考的自由，有辩
论的自由，有创作和批评的自由，有发表自己的意见、坚持自己的意见和保留
自己的意见的自由"。② 学界概括为：艺术上不同风格流派的作品可以自由发表，
科学上不同的观点可以自由争论。

"双百"方针在社会各界产生了巨大影响。其影响力在于，它的颁布和实
施是与正确处理人民内部矛盾③、协调"十大关系"、调动一切积极因素致力于
经济文化建设同时进行的，是与中央所开展的以反对教条主义为主要内容的整
风同时进行的。④ 允许说话、允许批评、鼓励不同意见发表，旨在整顿工作作
风，调动一切积极因素，加速建设科学文化事业。在毛泽东看来，能否处理好
人民内部矛盾，是否能贯彻"双百"方针，是党的事业能不能向前推进的重要
问题。他高度重视，全力推进，坚定不移。1957 年 3 月 12 日，他在全国宣传
工作会议上讲话，明确表示，"双百"方针有利于国家的巩固，不要怕放，不
要怕批评，不要怕乱，不要怕牛鬼蛇神，也不要怕毒草。⑤ 全国宣传工作会议
之后，他乘车到杭州，途经天津、济南、南京、上海，四天时间，讲话四次，
主题就是阐述"双百"方针与正确处理人民内部矛盾的关系，把"双百"方针
视为处理内部矛盾的方针。他甚至提出，不仅科学艺术问题上要"放"，涉及
政治是非问题，只要不属于反革命一类，也让他们自由讲话。毛泽东一路讲

---

① 中共中央文献研究室编，逄先知、金冲及主编：《毛泽东传：1949—1976》（上），中央文献
出版社 2003 年版，第 491 页。
② 陆定一：《百花齐放 百家争鸣》，载《人民日报》1956 年 6 月 13 日。
③ "双百"方针是要正确处理的 12 个内部矛盾中的第 8 个问题，其中还包括长期共存、互相
监督等问题；据说，这个问题与第一个问题即"两类矛盾：敌我阶级之间、人民内部的矛盾"
是其中最重要的两个问题。
④ 整风就是要整主观主义、官僚主义和宗派主义，而主观主义的重点是"教条主义"，这也是
对作家影响最大、伤害最多、干扰最直接的问题；关于整风问题，毛泽东计划 1957 年准备、
1958 年、1959 年推开，但毛泽东意识到问题的严重性和迫切性，遂提前发动整风。1957 年
4 月 27 日中央发出《关于整风运动的指示》并于 5 月 1 日由《人民日报》发布，标志着全
党整风全面铺开。
⑤ 中共中央文献研究室编，逄先知、金冲及主编：《毛泽东传：1949—1976》（上），中央文献
出版社 2003 年版，第 640 页。

来，传递了全面贯彻"双百"方针、让知识分子讲话的强烈信号。知识分子倍感振奋，热血充盈。

既有热情的正面引导，也有猛烈的当头棒喝，毛泽东力促"双百"方针贯彻落实。开始时党内有些人缺乏积极态度，即使《人民日报》也反应平淡，甚至有人对"双百"方针颁布实施后出现的"鸣放"现象进行抵制。如 1957 年 1 月 7 日《人民日报》发表了陈其通、陈亚丁、马寒冰、鲁勒等人《我们对目前文艺工作的几点意见》的文章，认为"双百"方针实施之后，文艺界出现了很多消极现象，"描绘出一幅吓人的黯淡的图画"，说"要压住阵脚进行斗争"。马寒冰、李希凡则对揭露官僚主义的《组织部来了个年轻人》作了非艺术性批评。对此，毛泽东十分不满。1957 年 3 月 8 日，他特意邀请沈雁冰、巴金、老舍等文艺界人士座谈，直言有些批评简单粗暴，属于教条主义批评，妨碍文艺批评开展。① 他说王蒙有小资资产阶级思想，但"他是新生力量，要保护"，批评李希凡、马寒冰等人的文章没有保护之意。4 月 10 日召集陈伯达、胡乔木、周扬、邓拓等人开会，对《人民日报》提出严厉批评，说他们"不懂政治"，对"双百"方针"无动于衷"，是"死人办报"，批评他们对陈其通等人抵制鸣放的文章迟迟不做回击，甚至斥责他们"多半是和中央的方针唱反调，是抵制、反对中央的方针，不赞成中央的方针的"。同时指出，要改善党与知识分子的关系，"允许他们自由发表意见"。②

毛泽东以恢弘的气魄和高度的热情全力推行"双百"方针，频频传递开放自由的信号，旨在打消知识分子的顾虑，激发他们的社会政治热情，鼓励他们自由演说、大胆鸣放。"毛主席的讲话，像春天的太阳发出的温热，使停止的冰河解了冻，知识分子的爱国激情冲开了大大小小的冰块、冰磋，沛然莫之能御地冲激下来，变成一股浩荡的激流。已经没有什么东西可以阻碍这股激流的通行了……"③

在冰河解冻、自由民主空气高涨的时代氛围里，作家的主体意识高扬，文

---

① 中共中央文献研究室编，逄先知、金冲及主编：《毛泽东传：1949—1976》（上），中央文献出版社 2003 年版，第 633 页。

② 中共中央文献研究室编，逄先知、金冲及主编：《毛泽东传：1949—1976》（上），中央文献出版社 2003 年版，第 664 页。

③ 倪鹤笙：《读〈知识分子的早春天气〉》，载《人民日报》1957 年 4 月 27 日；转引自洪子诚著《1956：百花时代》，山东教育出版社 1998 年版，第 25 页。

坛上出现了"百花竞放"的喜人景象,也出现了沉然可见的浪漫主义潮涌。

二、春风吹拂,知识分子心灵得到解放

新中国成立后,文艺界发生了很多事件,开展了很多运动,如关于对电影《武训传》的讨论和《红楼梦》的研究问题,如胡风事件等,均得到众多作家、批评家的积极响应。但有多少真诚自愿的成分?在何种程度上触动了知识分子的心弦?唯对"双百"方针是发自内心的拥护。因其顺应了知识分子追求自由的天性和期盼解放的愿望,有深刻的现实和心理基础。

在此之前,作家头上顶着资产阶级或者小资产阶级的帽子,被迫接受改造。在触及灵魂的改造中,尤其是发生在文艺界的改造运动,使他们受到沉重打击。"翻身""解放"是当时的流行语和中心词,而他们非但没感到"翻身""解放",反而受到诸多束缚甚至压迫,思想装在套子里,感情锁在冰窖里,个性得不到伸展,才智得不到发挥,价值得不到实现,说话行文只能在狭小空间里表示顺向性意见。"双百"方针肯定了他们的地位,打消了顾虑,解放了思想,并赋予他们说话的自由和权利。凭借生活经验和生命直觉,他们感到社会主义文艺事业的航船要回到符合艺术发展规律的道路上来,回到民主、科学、开放、自由的道路上来。这是他们熟悉和渴望的生活和创作环境,纷纷表示衷心拥护、热烈响应,故"百花年代"的浪漫主义,主要表现为作家思想情绪的兴奋昂扬——浪漫主义最重要的内容是主观主义,其表征是心灵开放、个性飞扬。经过毛泽东的大力倡导和意识形态的广泛宣传,春天降临神州大地,作家们怀着兴奋的情绪热烈欢呼"第二次解放"——心灵解放。有诗人兴奋地说,春风"吹过的地方,一切都在唱!/我有了新活力!我有了新生命!"[1]

心灵解放因作家命运遭际的差异而反应不同。有的畅所欲言,对简单粗暴的管理和批评发表意见;有的振作精神、恢复"旧我",回到个人熟悉的创作世界;而风华正茂的青年作家则乘风破浪,表现出"干预生活"的勇猛势头。《文

---

[1] 杜运燮:《解冻》,见周良沛编序《中国新诗库》第九集,长江文艺出版社2000年版,第710页。

艺报》1956年第1号刊载的漫画《万象更新图》生动地传递出春天降临、万象更新的信息。漫画系集体创作，作者有丁聪、叶浅予、米谷、华君武等10位漫画家。画面上近百诗人、作家、理论批评家济济一堂，个个神采飞扬。郭沫若骑着硕大的和平鸽，翱翔于画面上方的正中，显示出旗手的尊贵；作家协会大院上方挂着"向社会主义进军"的匾额，主席、副主席们或接待来访，或在灯下埋头创作。刘绍棠赶着胶轮大车行走在乡间大道，车上坐着赵树理、马烽、魏金枝等。有些人在"包修金笔"的摊前排队修笔，他们是搁笔已久的作家。张天翼弹琴，在优美的旋律中冰心、严文井、陈伯吹、叶圣陶、金近和孩子们围成一圈跳舞。军旅作家刘知侠手持钢笔如驳壳枪，蹲在杜鹏程驾驶的火车上……图画配有袁鹰、马铁丁、袁水拍的解说词：《作家们，掀起一个创作的高潮》。[①] 强大的作家阵容和崭新的精神风貌，传达出"万象更新"的时代精神，也表现了艺术家们的热烈情绪和美好期待。

我们结合实例探析知识分子心灵解放的情形。费孝通1957年3月发表《知识分子的早春天气》，两个月后又作《"早春"前后》，反映了众多知识分子从"乍暖还寒"时小心翼翼地等待观望、到春天来临时精神振奋的心灵历程，作为知识分子思想感情变化的晴雨表已被广泛征引。在此要说，朱光潜结合自己的切身体会谈"双百"方针的意义，反映了众多知识分子的遭遇和心声。"在'百家争鸣'的号召出来之前，有五六年的时间我没有写一篇学术性的文章，没有读一部像样的美学书籍，或是就美学里某个问题做一番思考。其所以如此，并非由于我不愿，而是由于我不敢。我听到说马克思列宁主义是共产党的指导思想，为着要建立马克思列宁主义的指导思想，就要先肃清唯心主义的思想。而我过去的美学思想正是主观唯心主义，正是在彻底肃清的思想之列。在'群起而攻之'的形势之下，我心里日渐形成很深的罪孽感觉，抬不起头来，当然也就张不开口来。不敢说话，当然也就用不着思想，也用不着读书或进行研究。人家要封闭我的唯心主义，我自己也就非尽力自己封闭唯心主义不可。"话中多有怨言"腹语"，流露出憋屈情绪，而这种敞开心灵、坦陈心曲的话，正是值得珍视的精神元素。其在宣泄幽怨的同时，更振奋昂扬地说，"'百家争鸣'的号召出来了，我就松了一大口气。……我们喜形于色，但不是庆幸唯心主义从此可以抬头，而是庆幸我们的唯心主义包袱从此可以

---

① 相关内容参考了洪子诚：《1956：百花时代》，山东教育出版社1998年版，第51、52页。

用最合理最有效的方式放下"。① 他解除思想包袱，轻装上阵，试图在美学前沿奋力开掘。

"喜形于色"、跃跃欲试是"百花年代"众多作家的思想情绪。老舍此前紧跟着时代奔跑且领跑，并因此屡获殊荣，似无束缚的积怨，却也像诸多被钳制不能发声的作家那样有深切的"解放感"。"双百"方针还没颁布他就满腔热忱地期盼"文化发展及早到来"，② 及至"双百"方针颁布实施，更是欢欣鼓舞，"看吧，自从百花齐放这个口号被提出来以后，文坛上多么活跃啊。不少搁笔已久的人，又兴高采烈地拿起笔来。这是非常可喜的事。想想看，有什么比会写而不写更难过、更难堪呢？有什么比本已不写而又写起来更兴奋更喜欢呢？"③ 他甩掉思想包袱"谈悲剧""论自由"，放开胆量针砭时弊，将心灵解放的情态表现得充分淋漓。④

诚如《万象更新图》所描绘的那样，"百花年代"文学园地生机盎然。周作人、沈从文、张恨水、陈慎言、张友鸾、金寄水等被新时代"扔掉"的作家在"双百"方针感召下重新回到文坛，他们情绪高涨，甚至雄心勃勃，准备放开手脚大干一场。如冯文炳，有人视其为浪漫主义作家，他的《竹林的故事》别具风格，洋溢着淡淡的浪漫主义情调。在鸣放甚欢的日子里，他回首过去几年无所作为有些感伤，面对"百花齐放"的局面又兴奋异常，犹如"大旱望暴雨，我像枯苗一样期待着雨水的润泽"。"百花齐放"如春雨般滋润了他枯萎的心田，激发了其创作欲望和灵感，他计划创作两部长篇小说，写中国几代知识分子的道路和个人的生活经历，以此为线索"反映江西、湖北从大革命开始，经过抗日战争、解放战争、到解放后土改、农业合作化为止社会面貌的变化"。⑤ 但他最终没有实现创作计划，即使创作出来是否还能保持浪漫主义色彩也很难说，但计划本身就表现出可贵的浪漫主义情绪。与"计划胎死"的冯文炳不同，诗歌因篇幅短小，即刻显示出心灵解放的风采。《诗刊》在"百花年代"创刊，久疏诗坛的老诗人纷纷登场，汪静之、饶孟侃、

① 朱光潜：《从切身的经验谈百家争鸣》，《文艺报》1957年第1期。
② 老舍：《万户更新》，《北京日报》1956年1月15日。
③ 老舍：《三言两语》，《文艺报》1957年4月21日。
④ "百花年代"老舍撰写了《论悲剧》，对悲剧这种艺术形式长期被禁锢深表不满；同时在座谈发言中一再说，不要用行政命令的方式领导文艺，不要干涉作家创作，要给作家创作自由。
⑤ 沛德：《迎接大鸣大放的春天：访长春的几位作家》，载《文艺报》1957年第11期。

陈梦家、孙大雨、梁宗岱都有新作发表，"九叶"诗人灵光闪现，"七月"诗
人诗心荡漾……他们的创作并非都属于浪漫主义范畴，但他们诗情爆发本身
就营造了群星闪烁的浪漫景象。

三、冰河解冻，浪漫主义文学暗潮涌动

　　心灵解放付诸创作实践，出现姹紫嫣红的文学景象。"是花的都在开，有
芽的都绽出来"，他们"不再满足于枝叶间的碎粒阳光，／投向那云稀太阳高
的蓝空"，"拿出最好的"诗歌唱春天春风。[①] 在"万象更新"的局面中，浪漫
主义暗潮涌动。"革命"和"个性"浪漫主义创作放射出缤纷斑斓的光彩。

　　革命浪漫主义是五六十年代浪漫主义文学的"常态"，"百花年代"尤其光
鲜亮丽。在那个众声喧哗、放声歌唱的时代，无论工业生产的宏伟蓝图还是农
村社会主义远景，也无论是经济建设成就还是文化建设高潮，都颇有成效地营
造了欢乐、激情、理想和幻想的浪漫主义时代氛围。作家们充满激情地描绘和
赞美现实生活，欢呼和期待美好未来，抒发幸福豪迈的感情。他们的歌颂和期
待、欢呼和描绘多在社会政治层面，具有坚实而深厚的现实和情感基础：基于
"昨天的历史"和"今天的现实"形成的鲜明对照，基于新旧社会的生活经历和
情感体验。因基础坚实，显得热烈而真切，并以此而表现出革命浪漫主义特征。

　　激情和理想是浪漫主义的基本元素，歌颂和憧憬是革命浪漫主义的基本
内容。戈扬深情地说，"在这片土地上，没有荒地，没有水灾、旱灾，没有害
虫、害鸟，没有伤人的野兽，不但人不会受到可怕的疾病危害，连动物植物
都不会受到可怕的疾病危害。""在这片土地上，到处都是桃红柳绿和金黄色
的庄稼，到处都是新市区的新住宅，在这片土地上，所有的老人都受到尊敬，
所有的孩子都受到爱护。"[②] 现在看来，如此描写现实纯属乌托邦臆想，而出自
这个很早参加革命的女性作家之手，却透着真诚。如此主观臆想并非个别作

---

① 杜运燮：《解冻》，见周良沛编序《中国新诗库》第九集，长江文艺出版社2000年版，第
709页。

② 戈阳：《向新的高潮前进》，载《文艺报》1956年第3期。

家，几乎是众作家的"集体想象"。巴金也曾经深情地说，"今天再没有人关在自己的破屋里流泪呻吟了，今天再没有人冤死在黑暗的监牢里了，今天再没有人饿死、冻死在大街上了，今天再没有人为着衣食出卖自己的肉体和心灵了，今天再也没有人在外国冒险家的面前低头了"。① 老舍更是被毛泽东在农业合作化问题报告中所规划的宏伟蓝图所激动，欢欣鼓舞之余感慨"生在毛泽东时代的人民是多么幸福，多么值得骄傲啊！"他用饱含激情的笔墨渲染出"北京城里外，到处锣鼓喧天，鞭炮齐鸣，到处是一片欢笑"的景象，呼吁作家以昂扬的精神迎接经济建设和文化建设两个高潮的到来。② 并坚定地表示"我们一定要前进，前进，再前进，永远欢欣鼓舞地去建设我们的美丽无比的伟大祖国！"③ 戈扬和巴金、老舍来自不同的"管制区域"和"主义阵营"，有"革命"和"民主"、主流和非主流之分别，却表现了同样的思想感情。虽然单纯浅显，但不乏真诚。④

这是社会政治层面的浪漫主义情绪。浪漫主义的诸要素如理想、激情等源于社会政治内容，充满激情和幻想却又囿于激情和幻想。此种创作是"二为"方向和社会主义现实主义的延续。概因"百花年代"起势汹涌，收束迅捷，众作家还没调整好心态便戛然而止，所以创作中还保留着前几年的习惯和痕迹，放飞的心灵也只能在即时性较强的散文随笔中匆忙地表现出来。这是"百花年代"浪漫主义的表现形态之一，很强烈，很显眼，但缺少足够充分的审美魅力。

心灵"解放"催生个性意识张扬和审美意识自觉，于是便有足以显示"百花年代"浪漫主义成就和质地的个性浪漫主义。受"双百"方针鼓舞，作家们认真探索新路，希望为文学高潮的到来贡献才华，为时代文学增添色彩。延安作家不薄功利而重视艺术，如郭小川"迷途知返"在战火硝烟中寻求诗情，创作了《白雪的赞歌》《深深的山谷》《一个和八个》等"真正的诗"⑤；青年作家

---

① 巴金：《谁没有这样的幸福的感觉呢?》，载《文汇报》1954 年 9 月 30 日。

② 老舍：《万户更新》，载《北京日报》1956 年 1 月 15 日。

③ 老舍：《前进，前进，再前进!》，载《光明日报》1956 年 5 月 9 日。

④ 今之论者夸大了那段时期意识形态的作用，也低估了知识分子的胸怀和操守，认为他们的赞美和歌颂、描写和抒情是运动和舆论压力下无可奈何的违心之作，描写失真，感情虚假，其创作是"伪浪漫主义"。其实不尽然。当时创作中固然有虚假成分，但也有现实和心理基础，有饱满的感情投注。在允许说真话的"百花年代"，他们仍然如此说，足见其表达内容的真实性和心态的复杂性。

⑤ 《郭小川 1957 年日记》，河南人民出版社 2000 年版，第 246 页。

大胆"干预生活"，如王蒙用抒情的笔墨赞美青春、生活和理想，《组织部来了个年轻人》充满激情和诗意，其快乐和感叹，酸楚和失落，迟疑和献身，青春和自信，无奈和忧伤都是"诗情之弦的拨响"[①]；宗璞、邓友梅勇敢地突破禁区向爱情和人性的深处奋力挖掘，《红豆》《在悬崖上》对爱情生活作了真实而生动的描绘，还原了爱情的复杂和诗意，他们的创作具有感伤沉郁的浪漫主义魅力；刘绍棠的《西苑草》颠覆了流行的爱情模式，让革命积极分子伊洛兰与"自由散漫"的蒲风分手，既是对思想僵化、感情冷硬的伊洛兰的惩戒和否定，也包含着对蒲风的深切同情，后者离开"僵化冰冷"的伊洛兰，却得到热情美丽的黄家萍的爱情。农业社会变革及灿烂前景激发了作家们的创作热情，秦兆阳、王汶石高奏农村社会主义革命畅想曲，农村干部在"风雪之夜"兴奋地规划农业合作社发展蓝图，古老的土地上充满生机活力，青年人欢声笑语朝气蓬勃，老年人挺直腰杆憧憬美好的幸福生活，象征着共和国建设的火车在广阔的田野上"骄傲地狂喜地奔跑着，吼叫着"[②]。大规模的工业建设吸引了诗人的目光，邵燕祥赞美"到远方去"的青年建设者的志向和情操，田间放下"赶车"的鞭子拿起马头琴，歌颂钢铁工人"哪里有草就放牧，哪里有水就安家"的浪漫情怀和"要高山低头、海河让路"的革命豪情；少数民族生活的边疆，拥有广袤的土地，迷人的风景，奇异的风俗，动人的歌声，浪漫的爱情，原本就是浪漫主义的沃土温床，随军支边的诗人和少数民族作家以热情洋溢的笔墨描写变革中的边疆现实，讴歌边疆人民崭新的生活和精神风貌，如闻捷吟唱"天山牧歌"，公刘赞美"西蒙的早晨"，白桦写边防战士与当地姑娘的浪漫爱情，傅仇赞美大山深处藏族青年理想和情操……"百花年代"的个性浪漫主义异彩纷呈！

曾卓"怀着真正的鹰的心"高唱"生命的歌"，《呵，有一只鹰……》塑造了鹰的形象，它"俯望着闪光的彩色的大地"在辽阔的天空盘旋飞翔，"它健壮的翅膀有时牵引着狂风暴雨，/ 有时驮负着阳光白云"，显示出"蓝天骑士"的雄姿，表达了对自由的向往。[③]"九叶"诗人因创作追求不合时宜疏离诗坛有年，且诗心屡屡受挫，笔墨生疏，但他们感受到春天将至的诗意，于是"激

---

① 《王蒙自传》第一部，花城出版社 2006 年版，第 141 页。

② 参见王汶石的《风雪之夜》和秦兆阳的《在田野上，前进!》的相关描写。

③ 曾卓的《呵，有一只鹰……》写于 1957 年，其时，他因"胡风案"被囚禁。此诗写于监狱里还是保外就医期间，不详。但期待自由飞翔的心情却得到生动淋漓的表现。见张志民主编《中国新文艺大系·诗集（1049—1966)》，中国文联出版公司 1990 年版，第 448 页。

情推着联想，联想拉着激情"，① 为诗国上空增添了璀璨的浪漫星光。穆旦在
"希望"与"回忆"、"埋葬"与"更新"之间抉择，《葬歌》《去学习会》《九十九
家争鸣记》等作品表现了浪漫主义诗人真诚浪漫却又审慎忧郁、热情期待却又
困惑迷茫的心绪。杜运燮以敏锐的诗心捕捉并表现了时代性特点，《解冻》洋
溢着浓郁的浪漫主义诗情。"春风伸出慈爱的手，温柔而有力，/ 推醒了沉睡的，
抹掉不必要的犹豫，/ 使一个个发现新的信心而大欢喜。"春风"吹过草根，吹
过了年轮，/ 吹过思想的疙瘩和包袱"。诗人"兴奋的眼光像蝴蝶般闪烁"，奏
响"新风格的交响乐"，欢呼春天到来，欢呼春风催绿新生命。似乎还有些疑
虑和羸弱，但格调明快欢欣昂扬，"野花没有被忘记，它也不自卑，/ 迎风歌唱
着丰盛的光和热"。与同时期的浪漫主义创作相比，"九叶"诗人的创作正如"姑
娘摘下的花朵"："它陌生，但是也美！"②

四、"冲出硬壳"，直面创作和批评中的问题

与百花绽放比翼齐飞的是理论探索。历史大转折时期的理论批评对文学创
作和发展具有举足轻重的作用。为适应社会主义文学建设和发展需要，理论批
评不仅扬弃了中外文学传统，而且对"五四"以来的新文学也进行了"革命性"
的酷评。在按照马克思主义文艺理论、《讲话》精神开展社会主义文学理论建
设和批评的实践中，因清除彻底、限制过严而束缚了作家、理论家的头脑，很
多人"弃旧"却无法"从新"，深感压抑。"双百"方针强力实施，自由民主空
气浓郁，被教条主义、机械论、庸俗社会学等禁锢的理论批评阵地被翻开，被
遮蔽多年的浪漫主义浮现出来。周扬"旧话"重提，③ 表现出文坛领袖的审慎，

① 杜运燮：《雪》，载《诗刊》1957 年 5 月号。
② 杜运燮：《解冻》，见周良沛编序《中国新诗库》第九集，长江文艺出版社 2000 年版，第709 页。
③ 周扬 30 年代介绍"社会主义现实主义"时曾经涉及其与浪漫主义的关系问题，文章的正题目是"关于'社会主义的现实主义与革命的浪漫主义'"。他意识到其间的纠结，但在当时的理论语境中没有展开论述，即使论述也很难深透。此时"旧话"重提，并且结合文学实际强调其作用，但仍然"强调得好像不够"。见《关于"社会主义的现实主义与革命的浪漫主义"——"唯物辩证法的创作方法"之否定》，载《现代》杂志 1933 年第 1 期。

却又显示出理论家的识见——或者说既表现出理论家的识见，也显示出文坛领袖的审慎。无论怎么说，他都肯定了浪漫主义"独立流派"的地位。"对于社会主义现实主义，我还有一点感觉，就是对浪漫主义强调得好像不够。高尔基把浪漫主义作为社会主义现实主义的一个因素和一个部分包括在里面，这是很好的，把浪漫主义和现实主义这两个向来都是对立的概念统一了起来。但是我又觉得，浪漫主义在历史上也是一个独立的流派，对它的估价似乎还不够，过去在这方面有所忽略，提倡得比较少。"[1]青年美学家施昌东对否定和抹杀浪漫主义的理论批评也表示了明显不满，认为浪漫主义"也能塑造典型、表现性格、反映真实"。受时代语境限制，他用现实主义的尺度评价浪漫主义，为其辩护，虽然显得无力，但肯定浪漫主义的倾向却十分鲜明。[2]

比较而言，"百花年代"的浪漫主义主要表现在作家、理论家开放而舒展的个性风采方面。

新中国成立后将作家、理论家纳入政府体制，依据其资质和声望划分行政级别，确定地位、岗位和待遇，散状自由的作家就此成为体制内干部，担负起建设社会主义文艺事业的职责和任务。《万象更新图》中的理论批评家如茅盾、周扬、邵荃麟、冯雪峰、刘白羽、林默涵、孔罗荪、夏衍、陈荒煤、陈沂等，都在社会主义文艺阵地上扮演着重要角色。他们被固定在岗位上，按照角色要求表演，根据《讲话》规划文学创作和理论建设，殚精竭虑。他们多数受过"五四"文学传统和西方文学精神影响，有着良好的艺术操守和理论素养，工作尽职尽责，却没有促进文学事业繁荣发展。对此，他们自己感到憋屈，高层领导也颇有意见——毛泽东、刘少奇都曾明确地表示对文艺工作的不满，《人民日报》发表社论说"我们文学事业的落后状态是无可讳言的，我们还很少看到真正激动人心的、具有高度思想性和优美艺术形式的文学创作。"[3]这对他们来说无疑是重锤猛击。

他们无可奈何。在他们的理论思考和批评实践中，既有毛泽东及《讲话》精神的理论指导，也有苏联斯大林时代创作和理论的参照；既有社会主义文学现实主义准则规范，还有建设新中国、巩固新秩序的政治要求。他们不属

---

① 周扬：《关于当前文艺创作上的几个问题》，《周扬文集》第二卷，人民文学出版社 1985 年版，第 414 页。

② 施昌东：《试论浪漫主义的创作方法》，《学术月刊》1957 年第 4 期。

③ 《人民日报》社论：《作家们，努力满足人民的期望！》，1956 年 3 月 25 日。

于自己,在被时代政治同化的思想意识中,他们只能"那样"进行理论建设和开展文学批评。但现在,自由民主的强力信号唤醒了他们埋在深处的审美追求和理论自觉,他们"冲出硬壳",翻开黑土,勇敢地探讨文学创作和理论批评中的问题。探索如何改进领导文艺工作方式、怎样提高作品的思想性和艺术性、如何处理歌颂与暴露、世界观与创作方法的关系以及如何塑造社会主义新人形象、创作的题材、风格、手法多样化等问题。锋芒所向,直指教条主义、官僚主义和宗派问题——这是毛泽东为开展党内整风所规定的内容,直指庸俗社会学理论、行政干预以及创作中的公式化、概念化、图解政策、粉饰生活等现象,直指文学批评中的简单粗暴及打棍子、扣帽子、套框子等恶劣风气,甚至有的批评还指向被视为"最高准则"的社会主义现实主义!而尊重创作规律、尊重作家的劳动、干预生活、表现人性、人情、人道主义等也得到正面的阐释和提倡。如同创作中出现"百花齐放"的繁荣景象,理论批评也呈现出"百家争鸣"的良好势头,有些理论思考和批评实践如周勃的《论现实主义及其在社会主义时代的发展》、陈涌(杨恩仲)的《关于社会主义的现实主义》、钱谷融的《论"文学是人学"》、巴人(王任叔)的《论人情》、刘绍棠的《我对当前文艺问题的一些浅见》、《文艺报》评论员(钟惦棐)的《电影的锣鼓》等,均表现出反叛性、探索性、自由言说甚至昂首问天的理论激情和主体精神的浪漫诗性。且对黄秋耘的批评实践和秦兆阳的理论探索略做分析。

黄秋耘 30 年代毕业于清华大学中文系,50 年代初担任《南方日报》《羊城晚报》编辑,"百花年代"前夕奉调北京任《文艺学习》的编委。他思想活跃,自由放言,勤奋地耕耘文学批评这片土地,发表了《锈损了灵魂的悲剧》《不要在人民的疾苦面前闭上眼睛》《一部用生命写出来的书》《犬儒的刺》《刺在哪里》等文章,就当时很多敏锐问题和创作积弊发表了尖锐的意见。他尖锐地批评《新观察》主编戈扬的《向新的高潮前进》,说"只要是常常深入到生活去的人,谁都会看到这样或那样的民间疾苦。好些人有眼泪,并非因为笑得太过分,而是因为困难和不愉快的遭遇在折磨人。谁也不能否认,今天在我们的土地上,还有灾荒,还有饥馑,还有失业,还有传染病在流行,还有官僚主义在肆虐,还有各种各样不愉快的事情和不合理的现象。"他说,"作为一个有着政治良心和清明理智的艺术家,是不应该在现实生活面前,在人民的疾苦面前心安理得地闭上眼睛、保持缄默的"。① 黄秋耘以对人民命运的深切关心、对生活的高度热情和"己饥己溺、民胞物与"的人道主义、"死守真理、以拒庸愚"的"大勇主义精神"揭穿"美丽的谎言和空虚的偶像"，指斥粉饰现实的虚假描写，针砭"明哲保身的犬儒主义"。其澎湃的理论激情和直面现实、蔑视俗规、秉笔直言的勇气表现出批评英雄的个性风采。

秦兆阳是延安培养出来的革命作家，时任中国作家协会机关刊物《人民文学》副主编。他极力张扬现实主义，用现实主义的"广阔道路"质疑和抵制社会主义现实主义。受到批评后，他"认可"了社会主义现实主义，但仍"处心积虑"地对其作"宽泛"阐释，"社会主义现实主义不是一条狭窄的路子。它是能够充分发挥创造性，能够创造多种风格，能够描写各种题材的极其广阔的道路；它本来就饱含着极大的、发动积极因素和广泛团结的可能性。因此，我们支持作家们和批评家们在文学的道路上做各种各样的探索"。② 诚如洪子诚先生所说，"极其广阔""包罗众多"其实模糊了社会主义现实主义的那些"质的规定性"。③ 而失去了"质的规定性"也就弱化甚至失去了规范和限制作用。秦兆阳"深文周纳"，变着法子消解社会主义现实主义的"准则"意义并在副主编这个重要位置上，编发了《组织部来了个年轻人》《本报内部消息》《在桥梁工地上》等"背离"社会主义现实主义"准则"的作品，表现出力拒时弊、坚持自我、大道独行的浪漫主义精神。

"吊诡"的是，他那么执著地提倡现实主义，却又以抒情的笔墨热情讴歌农业合作化运动，信心满满地憧憬社会主义高潮的诗意现实——长篇小说《在田野上，前进！》充满浓郁的浪漫主义诗意！但往深处想，"吊诡"不"诡"，因为他原本就是一个富有个性的浪漫主义诗人。

"百花年代"转瞬即逝。1957 年夏天，狂风暴雨劈面而至。无论周扬审慎而又深度的反思还是施昌东努力而乏力的辩护，也无论是黄秋耘以"大勇"精神在文艺园地挺枪跃马，真刀真枪地劈权剪枝，还是秦兆阳广开"文路"，将社会主义现实主义的道路铺设得宽宽的，抑或戈扬单纯乐观的憧憬，废名的宏大计划，青年作家的激情干预，"九叶"诗人的"灵光"闪现，朱光潜"喜形

---

① 黄秋耘：《不要在人民的疾苦面前闭上眼睛》，载《人民文学》1956 年第 9 期。

② 见《人民文学》1957 年第 1 期"编者的话"。

③ 洪子诚：《1956：百花时代》，山东教育出版社 1998 年版，第 137 页。

于色"地走向美学前沿,老舍甩掉包袱到禁区探险……都随着"百花年代"的结束而终结。无论独立探索的个性浪漫主义还是异彩乍现的革命浪漫主义,也无论是浪漫主义创作还是理论批评,都昙花一现,且被视为"毒草""毒箭"遭受无情批判。呜呼!

第五章　苏联文学的影响与 20 世纪 50 年代的青春浪漫主义

　　20 世纪中国文学受苏联文学影响广泛而深刻。进入 50 年代之前，苏联文学，无产阶级文学，社会主义现实主义，乃至"拉普"文学……都曾经影响甚至"指导"过中国现代文学建设和发展，高尔基、法捷耶夫、肖洛霍夫、绥拉菲莫维奇、爱伦堡、普列汉诺夫……如雷贯耳地响彻在中国作家耳畔，有力地影响着他们的创作。"走俄国人的路"是现代中国的社会选择也是文学选择。诚如周扬所说，"伟大的苏联文学在中国人民的生活中占有重要的地位，并给予了中国文学以巨大的影响。中国人民，不论在新中国成立之前或者在已经取得伟大胜利之后，总是经常地从苏联文学中吸取斗争的信心、勇气和经验……没有十月社会主义革命的伟大影响和苏联的援助，中国人民革命的历史性的胜利是不可想象的。同样，没有由十月社会主义革命所诞生的苏联文学的伟大影响和示范，中国人民文学在今天的成就也是不可想象的。"[①]在此基础上形成发展的中国"当代"文学承袭了这一接受顺势，学习借鉴的大门更加畅通开阔。[②]

---

① 周扬：《社会主义现实主义——中国文学前进的道路》，《周扬文集》第二卷，人民文学出版社 1985 年版，第 183 页。

② 新中国成立之初，开明出版社出版"新文学选集"。冯雪峰为《鲁迅选集》作序，题为《鲁迅生平及其思想发展的梗概》，全面阐述鲁迅生命思想发展和创作成就，高度评价鲁迅"为中国文化和中国人民经由新民主主义的共产主义的胜利前途"作出的伟大贡献，说他亲身参与了毛泽东的事业，并特别移动视野，说鲁迅"是社会主义苏联和全世界进步人民的忠实朋友，一个真实的国际主义者"。可见"社会主义苏联"在当时政治文化生活和文学理论批评中举足轻重的地位（见《文艺报》1951 年第 4 卷第 11、12 期）。

一、苏联文学激发了时代青年的浪漫激情

新中国成立后，学习苏联经验既是国家政治经济建设的策略，也是文学事业建设的策略。为建设社会主义文学大厦，中国关闭了通向世界文学的很多窗口，却敞开大门面向苏联。中苏文艺界来往频繁，交流广泛细致；中国作家协会的机关刊物《文艺报》《人民文学》连篇累牍地介绍苏联创作和理论，影剧院频繁地演出苏联电影戏剧；即便是《人民日报》也发表了很多有关苏联文学艺术的文章。很多苏联作家作品和理论文章被介绍过来，为青年作家阅读接受提供了方便。为加强苏联文学的社会影响力，有关部门还组织青年开展阅读苏联作家作品的活动。如 1955 年团中央就曾发出号召，要求青年团员阅读苏联作家尼古拉耶娃的中篇小说《拖拉机站长与总农艺师》，使该书发行量高达百万册，娜斯佳的天真热情和理想主义影响了广大青年及其他群体。而安东诺夫的小说《第一个职务》则让青年王蒙"心潮澎湃"。作品写女大学生尼娜在建筑工地的工作和生活，她的"艰难与勇敢，眼泪和欢笑，沉醉与长进"让王蒙沉迷神往。后者曾打算放弃工作，报考大学学习建筑专业，然后像尼娜那样在建筑工地上献出自己的"热情与才能"。① 苏联文学的影响力可见一斑。

50 年代青年作家的阅读内容不限于苏联文学，但在相对多元的阅读对象面前，苏联文学无疑是最重要的选择。既因其符合共和国的现实需要被推荐阅读，更因苏联作家所遵循的"社会主义现实主义"被当作新中国文学创作的"最高准则"。青年作家是时代号召的积极响应者。阅读苏联文学对他们来说，既是审美需要也是政治欲求。他们从苏联文学中汲取政治思想资源，也汲取包括浪漫主义在内的艺术资源。苏联文学中的众多元素如理想、激情、自信、乐观、奉献、勇敢、爱情、壮丽以及美好的生活、英雄的事业、崇高的理想、坚定的信念等是最富有吸引力的审美元素，激发了中国青年热爱祖国、热爱生活、追求理想、英勇进取的精神力量，也激发了青年作家的浪漫主义想象、幻想和审美理想。

---

① 王蒙：《半生多事》，《王蒙自传》第一部，花城出版社 2006 年版，第 121 页。

相对于当时中国作家创作的简单平淡，朴实无华——50 年代初期，中国作家面临时代要求和创作追求的巨大矛盾，在艰难的创作机制调整过程中，他们的艺术才华无法发挥，创作普遍存在简单平实的问题；相比之下，苏联文学更具有艺术创造力。俄罗斯民族是拥有普希金、果戈理、屠格涅夫、托尔斯泰、契诃夫、陀思妥耶夫斯基等伟大作家和辉煌的文学艺术的民族，即使进入苏联时代出现过"拉普文学"，即使受到"社会主义现实主义"影响，苏联作家也表现出该民族特有的浪漫主义精神气质，创造了绚丽辉煌的艺术世界。王蒙曾经说，他喜欢苏联文学飞流直下三千尺的艺术描绘，喜欢缤纷的幻想和色彩、激情和浪漫，而中国作家如赵树理那般朴实无华的描写无法让他满足。[①] 王蒙的阅读接受反映了众多青年的审美心理，也透露出他们颇具浪漫主义色彩的接受倾向。

应该特别提到苏联歌曲对青年的影响。共和国初期，伴随着苏联电影、戏剧和其他艺术的大量引进，苏联歌曲唱响中国大地。其抒情内容和音乐旋律或者热烈奔放，或者轻柔舒缓，或者低沉忧伤，或者激越悲壮，均成为中国青年当时音乐生活乃至整个娱乐生活中最生动、最重要、最醇美的精神食粮。《青年团员之歌》热情奔放，雄壮有力，旋律优美，略带伤别，却又坚定豪迈，抒发了卫国战争期间苏联青年告别母亲、走向战场、勇敢杀敌、保卫国家的深切感情。《小路》写在苏联卫国战争的硝烟中，一位年轻的姑娘沿着弯曲的小路追随爱人走向战场。她忘记了战争的残酷和死亡的恐惧，歌唱广阔的原野，悠长的小路和纷飞的雪花，向往遥远的前方，表现了苏联青年追求爱情、保卫祖国的美好心灵。《喀秋莎》写在春光明媚的景色衬托下，喀秋莎站在峻峭的岸上，思念离开家乡、保卫边疆的情人；而守卫边疆的年轻战士也思念家乡美丽的姑娘。明媚的春光、美好的爱情和高尚的情操融为一体，明快的节奏、简捷的旋律和热烈的抒情融相得益彰，令人心神荡漾。50 年代广泛流行的苏联歌曲还有《莫斯科郊外的晚上》《高高的列宁山上》《海港之夜》等。苏联歌曲将勇敢的战斗、崇高的思想、远大的理想和美好的爱情、诗意的景色融为一体，优美而不纤弱，深情而不缱绻，如甘泉般滋润心田；而切切的思念、淡淡的忧伤、沉沉的祈愿，更强化了作品的抒情性和感染力。比《义勇军进行曲》《大刀进行曲》《歌唱祖国》《社会主义好》等中国革命进行

---

① 王蒙：《半生多事》，《王蒙自传》第一部，花城出版社 2006 年版，第 120 页。

曲的高亢粗壮、奋发激昂、铿锵有力更具有艺术魅力，更容易流行，也更容易让人动情动容。

这是过来人的心灵体验——

五十年代成长的一代中国人，尤其是那个年代当过大学生的人，无不把当时的苏联看成是中国美好的明天。莫斯科这个城市作为苏联的心脏更是人们向往之城，那是神圣得不能再神圣的地方，要是今生今世能到一回莫斯科，能在红场唱一曲《喀秋莎》什么的，那么死了也值。当我们重新唱起那时流行的苏联歌曲《莫斯科郊外的晚上》和《高高的列宁山上》等优美的歌曲，我们似乎就回到了青年时代，热血就好像要沸腾起来，诗情画意的青春旋律又在眼前重现，浪漫而崇高的理想又激荡起我们的情怀。

我清楚记得我年轻时候写在日记本扉页上的"箴言"共有两段，一段就是那时人人皆能背诵的保尔·柯察金的话"人最宝贵的东西是生命，生命属于人只有一次。一个人的生命是应该这样度过的：当他回首往事的时候，他不会因虚度年华而悔恨，也不会因为碌碌无为而羞耻；这样，在临死的时候，他就能够说我整个的生命和全部的精力，都已经献给世界上最壮丽的事业——为人类的解放而斗争"……

今天，当人们回顾五十年代那段生活时，有人一定会用"虚幻"、"狂热"、"盲从"、"左派幼稚病"等词语来加以批判，似乎一切都不好。不，不是这样，不这样简单。"虚幻"、"狂热"、"盲从"、"幼稚"等这些诚然都有，但同时还有"奋进"、"积极"、"乐观"、"理想"、"友谊"、"集体主义"等。那是青年人的感情状况，你不能用几个名词就将它否定掉。①

歌曲虽非纯文学，但包含着文学成分。苏联歌曲伴随着优美的旋律流过他们的青春岁月，在激发感情、净化心灵、助燃理想方面发挥着比文学更显著的

---

① 童庆炳：《旧梦与远山：一代文坛教父童庆炳回忆录》，转引自《齐鲁晚报·青未了》2015 年12 月 26 日第 8 版。

作用。① 苏联歌曲与苏联文学一样，并非都是浪漫主义艺术，但很多抒情歌曲却让青年在沉迷和陶醉中滋生浪漫情怀。他们向往歌曲描绘的生活情景，心仪歌曲所表现的思想感情，崇拜歌曲所塑造的形象。时代青年唱着苏联歌曲奔赴偏远荒凉的地方，奔赴祖国最需要的地方，为共和国的建设奉献青春。青年作家受歌曲感染，激发了浪漫诗情，倾情描绘沸腾的生活场景，塑造单纯、热情、乐观的青春形象，赞美青年建设者的献身精神。诚如郭小川诗中所写，他们把"斗争"当作"生命"，当作"最富有的人生"，"以百倍的勇气和毅力向困难进军"，"用实际行动"证明自己"是真正的公民"。②《到远方去》是脍炙人口的诗，作品写"我"告别天安门和心爱的同志到戈壁荒滩参加社会主义建设，"在我将去的铁路线上，/ 还没有铁路的影子。/ 在我将要去的矿井，/ 还只是一片荒凉。"但"没有的都将会有，/ 美好的希望都不会落空，/ 在遥远的荒山僻壤，/ 将要涌起建设的喧声"。邵燕祥热情地塑造了青年建设者形象，生动地表现了他们远大的志向。虽然"告别"对象有所不同，但细读即可发现，在人物塑造、情感倾向和理想表达等方面闪烁着苏联文学的影子，甚至满本诗集都透露着受苏联文学影响的信息。③

　　苏联文学给中国青年作家的青春岁月留下了美好而深刻的人生和审美记忆。半个多世纪之后，历经坎坷的王蒙回忆起当年的阅读感受，仍动情地说，苏联

---

① 足以成为佐证的是，2014 年 7 月初，中国老舍研究会的部分学者去圣彼得堡大学参加远东国际老舍学术会议，其中有几位是五六十年代的大学生，他们在苏联歌声中度过了大学生涯。对他们来说，最大的心愿之一就是到歌声诞生的地方"朝圣"，寻访那弯曲悠长的小路和喀秋莎曾经站过的峭壁，仰望列宁山，感受莫斯科郊外的夜景，唤醒美好的记忆。会议结束到酒店参加宴会，他们希望听到苏联学者和服务员用俄语歌唱《喀秋莎》或者《莫斯科郊外的晚上》，但俄罗斯青年人不会唱这些老掉牙的歌曲。于是他们自己唱，放开喉咙歌唱他们熟悉的苏联歌曲。尽管声音嘶哑，有时忘词，唱不对调，但他们唱得动情，唱得忘我，唱得沉醉痴迷。他们的歌声让俄罗斯服务员感动和震惊。因为年轻的她们几乎没听过这些歌曲。学者们有些失望。但兴犹未尽，他们就一曲接一曲的唱，唱了很久很久。其实，他们已经八十上下，超过了"歌唱的年龄"；唱歌对他们来说就是寻找和温习年轻时代的感受。他们深情而由衷地感叹：那时候的苏联歌曲真美！这段"插曲"既是苏联文学影响的历史回声，也是其影响下那种难以忘怀的心理情绪的佐证。而"回声"和"佐证"所透露的是苏联文学所助燃的浪漫情怀。

② 郭小川：《投入火热的斗争：致青年公民，并献给全国青年社会主义建设者积极分子大会》，见周良沛编序《中国新诗库》第八集，长江文艺出版社 2000 年版，第 672 页。

③ 邵燕祥：《到远方去》，新文艺出版社 1955 年版。其中有《到远方去》《在夜晚的公路上》《无月的夜》《内地来信》《十二个姑娘》《我们的钻探船轰隆轰隆响》等作品。

文学"给了一个十九岁的中国男孩以温柔的按摩,刚强的敲击,缤纷的花瓣,明亮的灯火,精神的豪饮与思想的自足自爆大力丸直到后来的伟哥。尤其是法捷耶夫的《青年近卫军》与奥斯特洛夫斯基的《钢铁是怎样炼成的》,还有巴甫洛夫的《幸福》与美女作家潘诺娃的《旅伴》……"[1]"苏联包括社会主义的东欧文学曾经怎样地说服了我感动了我,包括《金色的布拉格》《绞刑套着脖子时候的报告》,还有东德伟大女作家安娜·西格斯的《死者青春常在》,它们都曾经感动着 19 岁的我……他们使我相信人间有正义,有英雄,有友谊,有伟大也有文学:高尚的文学,美好的文学,尊严的文学与温柔的文学,不是丑态毕露,不是恶相丛生,不是虎狼蛇蝎,不是百无聊赖欲复仇糜烂。"[2]具有这种感受的绝非王蒙一人,也并非王蒙那一代人,而是处在 50 年代时空中的众多读者。

正是受苏联文学影响,青年作家径直地走上由热烈、单纯、乐观、理想、奋斗、牺牲为"基石"铺就的革命浪漫主义的创作道路。

二、苏联文学的影响与青年作家创作的
浪漫主义表征

青年作家缺少足够丰富的文学修养和创作经验,没有时代要求与创作追求之间的矛盾冲突,却有强大的审美接受顺势;有些青年在苏联文学影响下形成审美意识、萌发创作冲动、走上创作道路,其创作或明或暗地闪烁着苏联文学的光影。

毋庸讳言,在苏联文学全面而深刻的影响中,无论理论倡导还是创作批评,都缺少浪漫主义"名分"。但在"社会主义现实主义"理论指导下创作和发展的苏联文学原本就饱含着丰富的浪漫主义元素——苏联从 30 年代开始提倡"社会主义现实主义"创作方法,并在提倡中有意识地遮蔽浪漫主义,如斯大林所说,作家应该看到"脚手架"就能描绘出"大楼"的样子,无须再提浪漫主义。苏联很多作品是根据政治"脚手架"描绘社会主义生活"大楼"的革命浪漫主义创作。

---

[1] 王蒙:《闷与狂》,北京联合出版公司 2014 年版,第 124 页。

[2] 王蒙:《闷与狂》,北京联合出版公司 2014 年版,第 125 页。

虽无浪漫主义"名分"，但浪漫主义元素十分丰富，与共和国初期单纯、欢快、热情、理想、豪迈的时代情绪相结合，成就了青年作家创作的浪漫主义特色。如周扬所说，"在这个文学中，我们看到了世界上从所未有的一种最先进的、美好的、真正体现了人间幸福的社会制度，看到了人类最高尚的品格和最崇高的道德范例。苏联文学的强大力量就在于：它是站在共产主义思想的立场上来观察和表现生活，善于把今天的现实和明天的理想结合起来，换句话说，它的力量就在社会主义现实主义的方法。"① 周扬说的"社会主义现实主义的方法"的那些内容，多数是浪漫主义元素。在周扬说话的当时，没有浪漫主义"名分"的苏联文学艺术"已经不只是作为中国作家和艺术工作者学习的范例，而且是作为以共产主义思想教育和鼓舞广大中国人民的强大精神力量，成为中国人民新的文化生活的不可缺少的最宝贵的内容了。苏联的作品，如《铁流》《毁灭》《土敏土》《静静的顿河》《被开垦的处女地》《钢铁是怎样炼成的》《青年近卫军》《日日夜夜》《俄罗斯人》《前线》等，早已为中国广大读者所熟悉。苏联的文学作品中所描写的苏联人民的高尚典型，不仅被千千万万的中国读者所热爱，而且永远活在中国人民的心中了。保尔·柯察金、丹娘、马特洛索夫和奥列格已经成为我国无数青年的表率。"② 受苏联文学影响，很多青年作家表现出澎湃的青春激情、热烈的生活向往、纯真的革命情操、浪漫的人生追求、强烈的创作欲望和美好的理想憧憬，他们不经意却又径直地创作了革命浪漫主义元素充盈的作品。概言之，主要表现在如下几个方面——

首先，革命理想主义。苏联的社会主义道路和建设"成就"③ 是中国作家的美好憧憬和热切希望。热情单纯的青年作家们相信苏联的今天就是共和国的明天，他们神往苏联作家所描写的生活现实，把保尔·柯察金、丹娘、马特洛索夫和奥列格当作"表率"，把献身祖国、为共产主义奋斗终生当作人生追求。

---

① 周扬：《社会主义现实主义——中国文学前进的道路》，《周扬文集》第二卷，人民文学出版社 1985 年版，第 182 页。

② 周扬：《社会主义现实主义——中国文学前进的道路》，《周扬文集》第二卷，人民文学出版社 1985 年版，第 85 页。

③ 多少年后证明，他们的成就是粉饰虚夸的，是按照社会主义政治蓝图或曰"脚手架"描绘出来的，其实际情况十分糟糕，如王蒙所说："他们可能有时候误把向往写成了现实，有时候误把愿望写成了颂歌，有时候误把参差写成了凶险的敌情，误把想象的简易逻辑写成了时代的威严与科学的命令，他们太热衷于以文学做'命令'法典的背书。"（见王蒙：《阿与狂》，北京联合出版公司 2014 年版，第 124 页。）

苏联文学沸腾了青春热血，点燃了革命理想，进而成就了创作的浪漫主义理想。积极进取，向往光明，相信未来，憧憬理想是王蒙、刘绍棠、郭小川、邵燕祥、闻捷、李季等作家创作的重要内容和抒情倾向。如"石油诗人"李季所写，青年人离开舒适的城市和秀丽的水乡涌向荒无人烟的大漠，在于他们深爱"无边的戈壁"，把"玉门油矿当作自己的家乡"，把戴一顶铝盔（当石油工人）作为"最高的奖赏"。①"离开"和"远去"是当时比较流行的叙事和抒情模式。"离开"的是家乡和亲人，"远去"的是荒山僻壤。在这一模式中，"离开"没有犹豫和伤别，"远去"更充满欢欣、憧憬和希望。这是时代青年的远大志向，也是青年作家对于革命理想叙事的钟情。

其次，革命乐观主义。苏联文学中洋溢着革命乐观主义精神，《毁灭》《青年近卫军》以及《钢铁是怎样炼成的》等均表现出征服困难、战胜敌人、无往不胜的乐观主义精神，表现出革命虽有流血牺牲，革命事业虽会遭遇挫折，但无论怎样曲折坎坷，最后胜利都属于人民、属于革命的坚定信念。这种精神和理想信念与中国传统的"大团圆"结局，与鲁迅特意在夏瑜坟头上添加"光环"基于相同的道德诉求和审美心理，无论作为审美理念还是创作模式都根深蒂固。这是苏联文学革命乐观主义易于接受、迅速"发酵"的深层的心理原因，其浅层而直接、也是更为强势的原因则在于，苏联文学的革命乐观主义与中国革命取得胜利的伟大现实和对这一历史现实的广泛宣传所形成的深厚的政治文化土壤形成了默契，与庆祝革命胜利的狂欢情绪融合在一起，形成了强烈的审美共鸣和巨大的顺接力量。苏联文学的革命乐观主义精神和信念占据了天时地利人和，为青年作家走向革命浪漫主义提供了范式，并激发了其审美自觉。青年作家沉浸在欢快时代和审美氛围中，其创作洋溢着乐观向上的情绪。虽然不都像王蒙创作《青春万岁》那样用"青春的金线和幸福的璎珞"编织"美好的日子"，作品充满欢声笑语，但讴歌光明、欢呼解放、赞美现实、歌颂共和国是他们创作的主旋律，盛世欢歌奏响在各种题材中。50 年代流行"新旧社会对比""战斗中成长""铺陈发展变化""憧憬未来"等创作模式，作家的艺术思维在"昨天""今天"和"明天"的时间线上穿梭，其表现内容和抒情主题因作家和题材不同而存在差异，但革命的代价、战争的残酷、敌人的凶残、环境的恶劣、现实的严峻、人性的复杂、劳动的艰辛、暴力、阴谋、背叛等负面

---

① 李季：《最高的奖赏》，《李季文集》第二卷，上海文艺出版社 1983 年版，第 215 页。

内容大都被简化和省略，或者充作简易的"铺垫"粗描淡写，省出笔墨倾心表现革命乐观主义情绪——青年作家的乐观情绪更加单纯强烈。

再次，革命献身精神。苏联文学——无论写卫国战争题材还是和平建设生活，大都表现了青年为保卫祖国、建设社会主义而忘我奋斗、英勇献身的精神。苏联作品塑造了许多光辉形象，保尔·柯察金（《钢铁是怎样炼成的》）、丹娘（《丹娘》）、奥列格以及尼娜（《第一个职务》）、娜斯佳（《拖拉机站长和总农艺师》）是50年代中国青年崇拜的偶像。如童庆炳所言，他们把保尔·柯察金那段名言当作"座右铭"，立志把青春生命献给世界上最壮丽的事业，满怀豪情地到偏远的地方去，到条件最艰苦的地方去，到祖国最需要的地方去。李季、邵燕祥歌颂了远离家乡亲人到戈壁荒原去采油、炼钢、筑路、开发的青年建设者的远大志向和壮丽情怀。闻捷描绘了欢快的劳动场景和温馨的牧歌生活，把美好的爱情"奖赏"给热爱劳动、献身祖国建设事业的有志青年。有些农村题材的作品如《春种秋收》（康濯）则写知识青年放弃城市生活和读书上学到农村去，把青春献给社会主义新农村建设（某些作品存在"非智化"倾向）。这些青年建设者形象既源于时代风尚，也刻着苏联文学形象影响的痕迹。但中国与之存在差异。批判个人主义思想意识，否定自由、个性和自我等小资产阶级情趣，讴歌为民族解放和社会主义建设而献身的社会主义新人，是五六十年代文学的时尚。在此时尚中，最自我、最私密的婚姻爱情生活被国家、使命、责任、理想、革命、劳动等内容"押送"到公共空间，生活的诗意、牧歌的情调、两性的缠绵等却被严重忽略，而青年的献身精神及苏联文学形象的影响却得到充分表现。而这也说明，50年代青年作家的创作植根于中国舆情和民情，却"忽略"或"省略"了苏联文学的人性内容和艺术情调——青年作家在"本土化"创作过程中凸显的是"中国特色"的革命浪漫主义"品相"。

且以"送行"和"告别"为例略做说明。苏联作品"送行"和"告别"的是妈妈和爱人，家乡和亲人，抒发的是亲情和爱情，表现的是人性和人情，因而亲切深切，富有感染力。中国作品前来送行的是"心爱的同志"，告别的是"天安门广场"。《到远方去》写出发前"我"想的是革命英雄刘胡兰，想唱她没有唱完的歌，走她没走完的路。"远行者"告别的话是：在河西走廊的戈壁荒滩会想起你，"不管什么时候，只要想起你，/就更要把艰巨的任务担在双肩"；并与"送行者"约定："记住，我们要坚守誓言：/谁也不许落后于时间！/那时我们在北京重逢，/或者在远方的工地再见！""送行"和"告别"紧紧围

绕"革命"做文章,典型地反映了社会现实和时代舆情影响下中国青年作家的
创作特点以及与苏联文学的差异。

最后,革命英雄主义。苏联文学中,对青年最具吸引力、影响最大的是描
写卫国战争的作品,如《青年近卫军》《卓娅和舒拉的故事》《钢铁是怎样炼成
的》《静静的顿河》《铁流》等,大都属于英雄叙事。有些作品描写苏联经济建
设生活,如《拖拉机站长和总农艺师》《第一个职业》等,虽非英雄叙事,但
对中国读者而言,也饱含着革命英雄主义元素。这些作品在国家、民族、青
春、爱情层面上生动地描绘了苏联青年为保卫祖国、实现远大理想而放弃个人
生活、放弃爱情、牺牲生命、英勇斗争的革命英雄主义精神。就像保尔·柯察
金坚定的革命信念、顽强的斗争意志和崇高的革命情操感动了无数青年,激励
着他们的人生选择,苏联文学的英雄叙事和"准英雄叙事"对青年作家的性格
塑造、人生追求和审美创造产生了深刻影响。反映工农业建设生活的创作致力
于表现青年建设者向困难进军、与天地奋斗、创造人间奇迹的英雄气概和钢铁
意志。他们移山填谷在秦岭上修筑公路(戈壁舟《命令秦岭让开路》);他们苦
战沙漠,在荒原上筑起防护林带,硬是让风沙找不到过夜的地方(公刘《风在
荒原上游荡……》);他们架起了第一条超高压送电线,传递了新中国"工业化
时代独具的诗意"(邵燕祥《我们架设了这条超高压送电线》);边防战士在"深
深的林海里"站岗巡逻,既有矫健灵活的雄姿,也有凝固如山的坚定(白桦《轻!
重!》)。经历过战争生活的青年作家的创作,如峻青的《黎明的河边》、刘真的
《英雄的乐章》以及杜鹏程的《保卫延安》、曲波的《林海雪原》等作品,致力
于英雄形象塑造,表现革命战士坚定的信念、顽强的意志、勇敢的战斗、非凡
的胆略和过关斩将、无往不胜的英雄性格和英雄气概——虽然"删削"了战争
生活的很多内容,如人性的复杂,如灵魂的拷问,如战争的残酷,如生命的尊
严以及人性和人道主义等,但在刻画英雄性格、彰显英雄事迹、讴歌英雄精神
方面做足了文章,也因此呈现出革命浪漫主义色彩。

这四个方面是捆绑在一起、有"血缘"关系的"近亲",并且紧紧地镶嵌
在"革命"框架之内,显得简单而突出。苏联文学不都这样。但在特定的时代
文学氛围中,中国作家尤其是中国青年作家所感受和接受的主要是这些,所呈
现和讴歌的也主要是这些。

"这些"构成了他们创作的浪漫主义叙事风格和抒情内容,既说不上丰富
也谈不上厚重。相反,受时代舆情和自身修养的限制,其特点和局限均鲜明突

出——有思想高度但缺少真知灼见，视野阔大但内容空泛，声调高亢但缺少震撼力，热烈豪放但缺少感动力，共性突出但缺少个性，形象高大但缺少生命内容，词气浮露但缺少韵味和意境……如此等等，特点与局限共存，将50年代青年作家的革命浪漫主义创作醒目地呈现在读者面前，悬挂在20世纪文学发展史的链条上。

　　这当然是站远了考察，拉长了审视。距离造成审美差异，有助于客观评价，但也容易产生隔膜。后来者无法置身历史现场，感同身受当年的阅读接受，这是可以理解的。但同样应该理解的是，青年作家创作中虽然存在某些明显问题，却真实地记录了他们思想感情发展变化的历程，也留下了艺术追求和探索的轨迹。他们相信过也感动过，而且相信和感动基于耳闻目睹的社会现实，无论怎么说都无法"用几个名词就将它否定"。"五十年代社会主义的蓬勃兴起和大规模的建设，创造了一个崭新的我国历史上从未有过的盛世。它标志着社会主义社会正在诞生，腐朽的旧社会正在崩溃，为创建这个新的革命大业，在当时六亿人民中间蕴藏着不可估量的热力，到处燃烧着爱国主义、英雄主义和革命乐观主义精神的火焰。我们的党为了保证社会主义的胜利前进，组织了千千万万的先进人物投入这场伟大的斗争。我们处于举世瞩目的社会主义革命和建设的壮丽时代，诗人们莫不以歌唱这个新时代而感到自豪。"[1] 他们"呈现和讴歌"的这些内容，既与苏联文学影响和营养有关，也与或者说更与他们亲身感受的社会现实密切相关。

　　问题显而易见：是时代局限，也是个人局限，还是革命浪漫主义自身的局限——革命浪漫主义给青年作家提供了宏大的叙事模式和抒情格调，也给他们框定了表现内容和艺术方法，他们只能按照时代给定的模式和方式创作。"给定"是综合性的时代指令，复杂而鲜明，强大似无形。在其作用下，青年作家的思想感情、创作才华和艺术想象只能囿于"革命"和"需要"的框架内。而"革命"和"需要"，在五六十年代往往是具体的政治运动或方针政策，甚至是主观意志，而不是复杂的历史现实、鲜活的社会生活和丰富的人性内容。故革命浪漫主义其实是掏空、洗净、提纯的浪漫主义。这样的浪漫主义源于苏联文学影响和营养，却比苏联文学更加突出和纯净。

---

[1]　唐祈：《论邵燕祥诗歌创作》，《西北民族学院学报》1982 年第 4 期。

下 编

20 世纪五六十年代浪漫主义文学创作论

第六章　时代变革揭开了浪漫
抒情的新篇章

20世纪五六十年代，尤其是50年代初期，文学在声势浩大的时代舆情裹挟下高速前进，并形成浪花飞溅的革命浪漫主义潮流。

尽管时代革命的暴风雨将现代诗学的理论秩序冲击得七零八落，将创作道路和艺术蓄势冲击得毫无章法，复将其牢牢地绑在政治运动的战车上，创作规律、诗学风范横遭践踏；尽管时代革命的暴风雨将作家从自由无序的战争废墟上推到飞速前进的革命强光下，让他们在频繁的政治风暴中栉风沐雨，自由精神、个性追求以及生活自主和自我意识均被严重剥蚀，但文坛上仍然充盈着澎湃的诗情、昂扬的情绪、热烈的颂歌、崇高的理想、狂欢的态势和绚丽的色彩，而这些也就构成了50年代革命浪漫主义的文学特点，并且这种特点没有因时代政治的强行干扰、作家队伍的减员而受到太多影响，即使到60年代，也仍然汹涌着革命浪漫主义诗情。甚至当文学的抒情特点、批判功能、表现空间受到严格限制、作家的艺术表现力大受影响之后，以歌赞为基本内容的革命浪漫主义特点仍旧突出——当然，艺术感染力和生命力也因此而大受影响。

一、时代变革促进革命浪漫主义强势发展

五六十年代革命浪漫主义文学持续强势者，有深厚的历史、现实、政治、文化基础和同样深厚的主体心理基础。相对于风平浪静的时代环境，浪漫主义更适宜挣脱束缚之后的狂欢和胜利到来的庆典。50年代正是这样的时代。推

翻国民党政权、创建人民共和国、工农当家作主、消灭剥削制度、镇压反革命、耕者有其田（土改）都带有"解放"的性质，而其后所取得的经济建设成就、人民生活水平提升以及意识形态宣传勾画的灿烂前景则激发起逐浪翻滚的狂欢情绪，也为革命浪漫主义文学的生成发展奠定了坚实的基础。

中国共产党领导中国人民经过几十年浴血奋战推翻了三座大山，建立了劳动人民当家作主的共和国，翻身得解放——这是当时广泛宣传教育、人们坚信不疑的事实。"解放"，是那时候流行最广泛的词语，无论上层还是下层，官场还是民间，大都接受这一事实。尽管面前还是千疮百孔的烂摊子，尽管经济形势严峻、人民生活还很困难，但亿万群众满怀激情地敲打着锣鼓、扭着秧歌走上广场街头纵情狂欢，享受"解放"的幸福和欢欣。因为对多灾多难的中国人民来说，盼望"解放"已经很久很久了。"正如五星红旗的来之不易，迎接这面旗帜的歌者们，也无不身披着历史的风霜，经历过艰难的跋涉。他们，不论是曾经战斗在解放区，是生活在大后方、敌占区，或是海外什么地方，有的为民族的解放，长期浴血奋战，有的为民主、为进步而奔走呼号，有的负过伤，有的坐过牢。"[1]谁都无法忘记这些时间和数字：从1840年鸦片战争开始，中国人民就遭受欺辱，割地赔款，落后挨打，屈辱地生活，一百多年时间，几代中国人被压迫得喘不过气来；从民国开始，这种屈辱的现实也持续了近40年时间，政局动荡，军阀混战，国共争端，日本侵略，战争灾难，经济崩溃，民不聊生，中国人民在黑暗中艰难生存。但现在，"终于过去了／中国人民的哭泣的日子，／中国人民的低垂着头的日子"。[2]回首往事，何其芳仰天长嘘；感受现实，中国人民纵情狂欢。毛泽东庄严宣告："中华人民共和国成立了，中国人民从此站立起来了"，"谁也不会误认为，只是毛泽东个人的一行抒情诗，升上天安门万里晴空的五星红旗告诉人们，那是神州大地上的一声春雷，是亿万人民的同声欢呼，同声歌唱！'被人瞧不起的东亚病夫'，挺起胸膛，唱起豪迈的进行曲，这声音是何等的惊天地、泣鬼神啊！"[3]在举国欢庆的日子里，无论哪个年龄和"诗龄"段的作家，都抑制不住热烈激动的情绪。因为"每一个中

---

① 张志民：《导言》，张志民主编《中国新文艺大系·诗集（1949—1966）》，中国文联出版公司1990年版，第7页。

② 何其芳：《我们最伟大的节日》，《何其芳全集》第一卷，河北人民出版社2000年版，第510页。

③ 张志民：《导言》，张志民主编《中国新文艺大系·诗集（1949—1966）》，中国文联出版公司1990年版，第1页。

国人，都知道这个时刻是怎样来临，懂得这个时刻的分量！近一个世纪以来，有出息的中华儿女，前仆后继，流血牺牲，以几代人的青春和生命所换取的那个名分，终于拿到手了！'人民'这个字眼，堂堂正正地写上了共和国的国号。一个崭新的大时代开始了！诗人们，作为时代的歌手，老一代、新一代，无不热血沸腾！他们几乎在同一个清晨，都甩干了久积于笔端的血水、泪水，饱蘸欢乐的酒浆，写起光明之歌、解放之歌、建设之歌。"① 郭沫若的《新华颂》、何其芳的《我们最伟大的节日》、胡风的《时间开始了》、石方禹的《和平的最强音》、袁水拍的《在一个黎明》、胡天风的《我们的旗》等，都带有为共和国浪漫主义诗歌奠基的意义。

这种浪漫豪情得以延续，既有强大的外力作用，也有不断"维新"的内驱力。对于个体作家而言，浪漫豪情固然无法持之以恒，但对时代文学来说却贯穿五六十年代始终。因为无论什么时候都会有作家和着时代节拍歌唱。无论后人"有端的怀疑"还是"理性的挑剔"，这都是振奋人心的时间和数字：1950年国家工农业总产值比 1949 年增长 23.4%，而 1952 年经济指标比 1949 年增长 77.5%；短短三年时间完成了三亿多农民的土改运动，铲除了封建经济的根基，实现了"耕者有其田"的伟大创举，古老的中国出现新的青春活力。且不说"钢水、石油流到了广场，/ 棉花、麦穗像无边的波浪"，② 单是抗美援朝的胜利，就足以点燃作家炽热的情绪。共和国刚刚成立，国家经济十分困难，与美国相比，国民经济、钢产量和武器装备都存在巨大差距，③ 年轻的共和国毅然出兵朝鲜，显示出中国人民的胆略和气概。抗美援朝战争打出了共和国的威风和中国人民的志气，打破了美国军队不可战胜的神话，百年来积贫积弱、遭受凌辱的中国人民扬眉吐气。这些钢铁一般的时间和数据以及背后翻天覆地的伟大实践，是革命浪漫主义诗情爆发的现实基础，也是诗人发自内心的激情深情。

---

① 张志民：《导言》，张志民主编《中国新文艺大系·诗集（1949—1966）》，中国文联出版公司1990 年版，第 1 页。

② 何其芳：《我们的革命用什么来歌颂》，《何其芳文集》第一卷，人民文学出版社 1982 年版，第 256 页。

③ 中美数字对比：钢产量是 8772 万吨对比 60 万吨，经济实力是 2800 亿美元对比 100 亿美元，武器装备上美国有原子弹等先进武器，中国连像样的飞机都没有。简单的对比即见实力悬殊。以上数字参见中共中央文献研究室编，逄先知、金冲及主编《毛泽东传：1949—1976》（上），中央文献出版社 2003 年版，第 81 页。

很多人至今对 50 年代的浪漫主义文学心存怀疑甚至非议。究其原因，除对浪漫主义持狭义理念之外，就是对情感内容的真伪存在疑虑。浪漫主义的核心是表现自我，自我内容真伪的确是大问题。因为阅读当年的作品存在巨大的心理障碍，所以怀疑作家的情感基础是否坚固，进而怀疑浪漫诗情是否符合事理逻辑。因为经典浪漫主义创作的艺术魅力穿越时空，具有永恒的艺术生命力；而仅仅数十年时间，当年的创作就产生了阅读障碍，出现艺术生命的危机。就此而言，疑惑有足够的依据。回到历史现场，考察作家的心理情绪，足可解惑释疑。

其时的作家大都经历了战争和灾难，贫穷和饥饿，黑暗和阴冷，很多人颠沛流离，甚至在生死线上挣扎。这不是政治宣传的浮言虚语，而是无可争辩的事实。老舍是著名作家，中华全国文艺界抗敌协会的"大管家"，抗战中他只身流亡重庆，艰难地维持"文协"工作。他节俭能写，生活要求不高，应该无衣食之忧，却因为营养不良患了贫血病，头晕目眩，无法写作。洪深困居重庆赖家桥，贫病交加，一家三口服药自杀幸被救起。傅斯年声名显赫，但有时却靠菜团子维持全家三口的生命。董作宾家贫揭不开锅，靠别人接济。梁思成、梁思永兄弟重病缠身无钱治疗，朋友们鼎力救助求援于朱家骅（国民政府中央研究院院长）、翁文灏（国民政府经济部部长兼资源委员会主任委员），直至蒋介石"特批"医疗费用，才渡过难关。这些惨状发生在抗战期间，苦难的账可以记在日本侵略者发动战争的账户上，但毕竟是中国知识分子的亲身经历。抗战结束后，战乱依旧，国民党统治下，民主斗士闻一多惨遭杀害，朱自清被饿死，陈寅恪靠卖书维持生活，美国士兵在大街上公然强奸中国女生……这是作家熟知的事实。"望着望不透的夜晚的黑暗／像望着人类的深厚的苦难"[1]——这是镂刻在作家心灵上的痛苦感受。共和国翻开了历史新页，没有贫困折磨，没有饥饿威胁，也没有列强欺辱。"人民掌握了自己的命运／再也听不见孟姜女的哭声"。[2]

作家学者被纳入国家工作人员序列，享受干部待遇——尽管这个体制存在影响作家创作自由和才能发挥之弊端，但生活有保障，地位得到肯定，理想得以实现却是事实。他们从自己和人民生活变化中感受到了新社会的温暖。从黑

---

① 何其芳：《讨论宪法草案以后》，《何其芳文集》第一卷，人民文学出版社 1982 年版，第 225 页。
② 冯至：《宜君县哭泉》，《冯至选集》第一卷，四川文艺出版社 1985 年版，第 202 页。

暗中走来的人最珍惜光明，哪怕微弱；从寒冷中走来的人最珍惜暖光，哪怕是丝纱裹体。这种心理感受激发了作家欢呼歌唱的浪漫情绪，真诚强烈，无可挑剔。"比起饥饿，寒冷和流离／谁能说不该唱赞美的歌"？[①] 共和国阳光初现，作家们就按捺不住纵情高歌；待到阳光普照大地，虽然感到强光刺眼，但依然热烈欢呼。因为他们已经将自己融入国家、民族和人民群众之中，已被时代大潮裹挟着踏上热情高歌的创作道路。如诗人高兰所说，诗人的心，已经"全部为光明所照耀"。[②] 情感立场决定情感建构和思想倾向。他们因国家繁荣昌盛、民族挺直腰杆而欢呼，为劳动人民翻身做主而欢呼。这是共和国初期作家的思想境界和情感胸怀，也是适应时代需要、热情创作的政治觉悟和理性选择。

共和国初期的"颂歌潮"奠定了五六十年代的创作基调。其后，文坛上走马换将，你方唱罢我登场，但以颂歌为主调的革命浪漫主义绵延不绝，即使遭遇狂风暴雨也高歌不止。

作家的情感是敏感而脆弱的，浪漫主义作家的心理似乎更敏感脆弱。那时候作家的浪漫激情为何如此坚韧？他们遭遇了那么多运动的刺激、经历了那么多的"险情"、失去（牺牲）了那么多珍贵的东西——自我、个性、自由，等等，为何仍旧激情燃烧，放声歌唱？上述因素——民族的和个人的历史情感力量、现实政治的力量和迅速刷新的共和国画卷所激发的现实力量以及作家的经验和体验、自觉与自在的心理力量之外，还有更深厚的内容。

我们结合创作内容具体分析。

在汹涌澎湃的共和国诗潮中，歌唱党和领袖是重要内容。这是歌颂共和国诗情的具体化，源于中国传统文化心理作用——历来改朝换代，都是颂谀成风，颂诗充斥朝野；现代作家经过"五四"新文化运动和西方现代文化洗礼具有自我意识，传统文化心理受到遏制，但没有、也无法清除，在某些作家那里还顽强地发挥着作用。而领袖的建国功绩、治国方略、传奇经历和人格精神更以巨大的魅力赢得作家的尊敬和崇拜。在领袖崇拜的时代氛围中，他们放弃现代理性精神引吭高歌，致使歌颂党和领袖的诗潮汹涌且持续高涨。毛泽东领导人民推翻了国民党统治缔造了新中国，是民族英雄、伟大领袖，他生活简朴，

---

① 何其芳：《讨论宪法草案以后》，《何其芳文集》第一卷，人民文学出版社1982年版，第228页。
② 高兰：《我的生活好！好！好！》，张志民主编《中国新文艺大系·诗集（1949—1966）》，中国文联出版公司1990年版，第378页。

不居功自傲，不讲究吃穿，不奢侈浪费，始终保持人民情结；为有效地保鲜民主政治，避免脱离人民群众，发动了"三反""五反"运动，惩处贪污犯刘青山和张子善，确保执政党艰苦奋斗的工作作风和生活作风，确保为人民服务的宗旨和本色不变，深得民心。这与旧社会国民政府高官领袖形成鲜明对比。他们没有忘记：香港沦陷前夕，孔祥熙的女儿携带小狗、浴盆、马桶乘飞机逃离，而陈寅恪等著名学者却滞留机场；民国政府官员营私舞弊、贪污腐败、草菅人命的累累劣迹，经媒体张扬，人所共知。专制独裁与开明政治形成鲜明对比。作家们热爱新社会，拥护人民政府，信任共产党，崇拜人民领袖，发自内心。毛泽东是人民的"大救星"成为各界人民的共识。郭沫若颂其为"新中国的太阳"，[1] 何其芳称其为"领导"和"先知"，[2] 冯至更是感恩戴德，称颂共产党毛主席"你是我们的再生父母，/ 你是我们永久的恩人"。[3] 即便是倔强高傲的胡风也对其推崇备至，用极具个性化的语言修辞献上最赤诚、最热烈的赞颂——毛泽东是列宁斯大林"最伟大的学生""神话里的巨人""中国第一个光荣的布尔什维克""中国大地上最无畏的战士""中国人民最亲爱的儿子"，说他"抬起巨人的手势 / 大自然的交响涌出了最强音 / 全人类的希望发出了最强光"……[4]

　　50年代浪漫主义文学的另一内容——憧憬美好未来，同样具有坚实的情感基础。新中国如初升的朝阳光照四方，作家们感觉到了温暖；而意识形态宣传用火热的语言点燃了希望。意识形态宣传本身就带有理想和浪漫色彩，大转折时代的意识形态预支的前景更加瑰丽诱人——毛泽东关于农业合作社的热情介绍和1956年《全国农业发展纲要》所描绘的宏伟蓝图激发了几乎全社会的浪漫诗情——柳青、王汶石、秦兆阳、方纪等众多小说家作了诗意描绘，敏感而多情的诗人在憧憬中放声歌唱。"我们的祖国多么富强 / 到处都要建立巨大的工厂，/ 到处都要建设美好的村庄；/ 征服洪水，改造沙漠，/ 可爱的祖国像

① 郭沫若：《新华颂》，《人民日报》1941年10月1日。
② 何其芳：《我们最伟大的节日》，《何其芳文集》第一卷，人民文学出版社1982年版，第216页。
③ 冯至：《我的感谢》，《冯至选集》第一卷，四川文艺出版社1985年版，第172页。
④ 胡风：《时间开始了·欢乐颂》，《胡风的诗：〈时间开始了〉及〈狱中诗草〉》，中国文联出版公司1987年版，第8、20页。

花园一样。// 我们都有远大的理想，/ 幸福的生活像灿烂的朝阳"①——沙鸥"快乐地歌唱"，众多诗人快乐地歌唱。

毋庸置疑，其中既有发自内心的情感表达，也有顺势应景的政治表态——当政治神话符合时代发展要求、人民意愿的时候，他们表达的是真情实感，而在政治神话违背科学发展规律和人民意愿的时候，它们抒发的是虚幻和空泛的思想情绪。问题在于，他们被时代大潮裹挟着前进，几乎站不稳脚跟，把握不住命运，无法辨识政治神话能否实现，所能做的就是"诗解"意识形态内容。现在看来，很多抒情流于空洞肤浅，缺少艺术感染性和生命力，这是"栖息"在情感意识浮层的革命浪漫主义文学的宿命。但不能因此就怀疑作家情感的真实性，也不能轻易地否认革命浪漫主义曾经有过的潮涌。

二、革命理想实现，"老诗人"吹奏新乐章

中国现代新诗为共和国诗歌准备了足够庞大的诗人队伍，也准备了数量可观且有创作潜力的浪漫主义诗人。新诗30年每个时期都有值得赞叹的浪漫主义诗人诗作。但如前所述，数十年战乱不已，民族多灾多难，诗人负载着启蒙救亡重任创作，浪漫主义诗歌命运多舛，时常处于被打压的窘地，且在共和国成立前夜被革命阵营彻底清理，无论诗人队伍、创作传统还是诗歌理论都没有为"当代"浪漫主义留下多少资源。但诗歌的抒情性和主观性、表现功能和自由精神都与浪漫主义"盘根错节"，所以每个阶段都有浪漫主义诗潮涌现，无论情况多复杂，诗坛上都洋溢着浪漫主义诗情。共和国成立后，在为政治服务、无论为工农兵服务的语境中，在社会主义现实主义口号影响下，浪漫主义陷于"无名"状态，其诗学核心遭到严格封杀。但挑战与机遇并存，打压与抬举并行，高涨的时代情绪和创作激情却又营造了浓厚的浪漫主义氛围。浪漫主义诗歌在复杂的社会诗学语境中生成发展，并呈现出奇异的形态和风貌——革命浪漫主义凯歌高唱，个性浪漫主义和审美浪漫主义遭遇冰霜侵袭发出深沉的

---

① 沙鸥：《我们快乐地歌唱》，晨枫主编：《百年中国歌词博览》，安徽文艺出版社2011年版，第220页。

叹息。

　　五六十年代在人类历史长河中只是一瞬间，但对于个体生命来说却是一段颇有长度的历程。共和国成立的时候，诗人队伍的主体是三四十岁的中青年诗人，还有些则是刚刚走上诗坛的热血青年。固不能说每个诗人都能"激扬文字"，但大多数处于诗情澎湃的年华。更重要的是，几乎每个诗人都充满为共和国放声歌唱的热情。虽然很多诗人因时代要求与个性追求产生矛盾选择封笔，或者受到政治运动打压失却创作权利，但只要条件允许便奋力耕耘。他们耕耘工农兵生活的广阔天地，也耕耘自己的园地；既抒发时代情绪，也表达内心呼唤。诗坛上熙熙攘攘，并非都具有浪漫主义气质和诗性追求；相反，多数诗人自觉遵循的是现实主义精神，但特殊的时代情绪营造了特殊的抒情环境，也诱发了浪漫主义诗情，即便是现实主义诗人创作中也包含着充盈的浪漫主义元素。且对那些"诗龄"稍长、位高名重的老诗人的创作略作考察。

　　郭沫若是现代文学史上著名的浪漫主义诗人，也是浪漫主义气质充分的诗人。共和国成立后他身居高位公务繁忙，没有时间亲临生活现场，只能在方针政策和报刊材料中了解社会，感受现实，"诗源"枯竭，诗情虚泛，却仍保持着旺盛的创作欲望。开国大典的礼炮还没响他就创作了《新华颂》，热情歌唱祖国、人民、党和领袖。虽然没有《女神》那般气吞万里如虹的磅礴气势，也没有天狗咆哮般的酣畅淋漓，但形式整饬，格调沉雄，诗情充盈。"江河海洋流新颂"，他以"新颂诗"的情调和革命豪情揭开了共和国浪漫主义诗歌的序幕。在其后的时间里，他紧跟时代跑步前进，密切配合政治宣传，浪漫激情大都被政治理念稀释化解。他写了很多，显示出超人的创作才气——如《牵牛花》《人民英雄纪念碑》气势宏伟如旧，想象夸张依然，表现能力丝毫未减；但他将浪漫诗情和才气嫁接在政治理想的观念树上，显得空洞虚夸，诗意匮乏。他的其他诗作因为政治理性没有经过深切的情感融化和精心的艺术转化，缺少浪漫主义诗歌所必备的个体生命的灌注、自由奔放的艺术表达和自由创造的元素，诗情更弱。浪漫主义诗人的创作缺少浪漫主义元素，这是令人扼腕的话题。

　　但从另一方面看，郭沫若写诗本身就带有浪漫主义表演性质。他的《学文化》《防治棉蚜虫》以及《百花齐放》等，都算得上浪漫主义表演——抽取了浪漫主义核心内涵的形式主义表演，甚至可以说是过于随意的滑稽表演。而放浪形骸，傲岸不拘，任性绝俗，率意而为，原本就是浪漫主义诗人的本真性情；安分守己、循规蹈矩、拘谨持重则与浪漫主义相去甚远。"五四"时期郭沫若有过争天绝俗、肆意放纵的出色表演，其狂飙突进精神名垂史册。50年代他的表演既无法放浪形骸纵情任性，也缺少青春生命爆发的诗性激情。他将"浪漫"付诸写作实践，既是践踏诗学精神、创作追求和艺术规律的率性妄为，也是对浪漫主义气质和才华的肆意挥霍，说明当一个浪漫主义诗人被政治逼到狭小角落、还不甘心退出，还想以写作表现自己存在的时候，就会扭曲变形，滑稽可笑。这些表演在后人看来是自炫——喜剧，闹剧，荒诞剧，滑稽剧，留下的是供人嘲笑的谈资，但在当时，却因为身份尊贵、表演认真而引人注目，且产生了很大影响——影响诗歌走向牺牲诗学迎合政治需要的道路。

光未然也是热烈奔放的革命诗人。他的《黄河大合唱》气势磅礴，充满革命浪漫主义豪情。共和国成立后，他致力于社会主义文艺建设，在编辑、评论方面投入很多精力。1958年发表《屈原》。这是一首热烈沉郁、气势恢宏的长篇叙事诗，诗人激情澎湃，纵情宣泄，以雄奇的想象、瑰丽的语言渲染气氛，以超豪华的铺陈排比强化抒情力度，构成悲壮雄浑的艺术画面和强势激进的抒情节奏，表现出强烈的浪漫主义色彩。"啊，安息吧诗人！／大地走完了它痛苦的航程，／江河流尽了它血泪的呻吟，／春风播送着那战斗的歌声，／祖国迎接着她明日的新生。／啊，莫让啊，／莫让二千二百年后，／莫让他三楚后代的诗人，／再重复你那悲愤的歌声啊！／啊，诗人安息吧！／啊，安息吧诗人！"[①]这部作品创作于1940年，抒发了与《黄河大合唱》相赓续的爱国情绪；1958年发表固然含有纪念屈原诞辰的意思，但"反右"运动刚刚结束，很多诗人被打压和放逐，其时发表故不能说以古喻今，但阅读其中诗句，很容易想到当时某些诗人的命运——今天阅读更容易产生这种联想。当然，诗人是共和国文学事业的建设者，断不会如此"影射"。但这首诗的发表，的确为50年代浪漫主义增添了嘹亮的一笔。

在诗人林立的共和国诗坛上，高兰是献诗歌颂较早的一个。他是"朗诵诗人"，30年代就以饱蘸激情的朗诵诗闻名，共和国刚刚成立，就以饱蘸激情的笔触表现了时代变革给他的生活、工作和思想感情带来的变化。"我的生命像是张饱了的白帆，／像一碧万顷的波涛！""我沉浸在工作的怀抱，／我卷入了工作的高潮"，"我不分昼夜地工作，／我不愿时间空过一分一秒，／唉！假如，

---

① 光未然：《屈原》，载《人民文学》1958年第6期。

一天／有四十八小时该多么好!"①《我的生活好! 好! 好!》是一首朗诵诗,热烈豪放高亢,语言铿锵响亮,较充分地表现出革命浪漫主义特点。其后,他又创作了《用和平的力量,推动地球前进!》《向北京,颂英雄》《鸭绿江上红旗飘》《让生命发出声响》《向工农兵劳模致敬》《英雄的朝鲜,让我向你高歌》等诗情澎湃、激越豪迈的朗诵诗,雄浑嘹亮如晨钟号角,响彻共和国诗坛上下,催人奋进。

与高兰的激情汹涌、放声歌唱相比,林庚的诗宛若时代洪流侧畔的山谷涌泉,无夺人之势却有迷人之美。林庚是著名学者,也是久负盛名的诗人。开国之初发表了《人民的日子》《解放后的乡村》以及《战士的歌》《念一本书》《除夕》等作品,其后几乎每年都有新作。作为学者诗人,他致力于古代诗歌研究,有深厚的理论修养和高度的诗学自觉,因熟悉并自觉运用现代诗歌的表现艺术甚至被视为现代派诗人,注重吸取民间艺术资源尤其是民间歌谣的表现艺术。强大的艺术格局使他比较妥善地处理时代要求与个人追求的矛盾,合着时代节拍创作却又不完全放弃自我。他在"写什么"问题上积极入时,创作内容带有鲜明的时代性,是跟随时代前进且脚步比较靠前的诗人;但在"怎么写"和"表现什么"方面却尽可能地保持创作个性。

《新秋之歌》②是一首意蕴多重的作品。他用众多意象片段咏唱"新秋",耐人寻味。初读觉得格调明亮、欢快向上,是"应景"之作,细品方知情绪沉沉旨意深远。"我多么爱那澄蓝的天／那是浸透着阳光的海",这是表现对新秋蓝天的热爱,抒发个人感情;"年轻的一代需要飞翔／把所有的时光变成现在"则是激励青年奋进的诗句,多少年后还能唤起学子的共鸣。接下来,"原野的风""吹起一支新的乐章","吹得果实发亮","让一支芦苇也有力量",这些表现"世界变了模样"的诗句,采用了写实和隐喻交融的手法,给人敞亮易解的感觉,呈现出"沧海明月"的艺术效果。诗的后半却是"雨露凋伤",显示出"晚唐的美丽"的意境韵味。"金色的网织成了太阳／银色的网织成了月亮"可以看作写实,抑或说赞美现实,但"谁织成那蓝色的天／落在我那幼年心上",却将诗意带入辽远的境界,而"谁织成那蓝色的网／从摇篮就与人作伴"则让

---

① 高兰:《我的生活好! 好! 好!》,张志民主编《中国新文艺大系·诗集 (1949—1966)》,中国文联出版公司 1990 年版,第 378 页。
② 林庚:《新秋之歌》,载《人民文学》1961 年第 11 期。

人感到困惑，最后"让生活的大海洋上／一滴露水也来歌唱"更是耐人寻味：
"歌唱"固然是欢快的情绪，"让歌唱"则透露了某种神奇力量，而"一滴露
水"的意象却又带来悠悠隐隐的感伤；生命极其短暂的"露水"和"幼年""摇
篮"连在一起形成颠覆性的意象，动摇了前面的"沧海明月"，增添了几分怅惘。
作品将现代艺术的表现手法和时代颂歌的内容嫁接在一起，在革命诗歌响彻神
州大地的诗坛上显示出迷人的力量。

其实，岂止《新秋之歌》，他的《马路之歌》也非欢乐明快之歌，"为什么
这里不要唱歌"是看似明了却又令人费解的"天问"。林庚对中国古代浪漫主
义诗歌有独到的见解。在他看来，"浪漫主义精神实质是高瞻远瞩的，是有理
想而不同于流俗的，是具有英雄性格的"，[①] 这是就建安风骨而言的。其实，他
作于共和国时代的某些诗歌又何尝不充满拒绝流俗的浪漫主义精神呢？

与高兰、林庚追着时代前进相比，其他一些"老诗人"似乎显得有些理性
和甚至迟钝。没有理由怀疑他们的思想感情，只因时代发展太快无法形成诗
意，或许没有觅到合适的抒情契机。时代要求与个性追求之间的矛盾让他们
"诗田"荒芜，而诗心没有泯灭。在阳光灿烂、百花盛开的时候，他们偶有兴
致写诗抒怀，便留下值得珍视的作品。李广田 50 年代主要从事教育管理工作，
繁重的行政事务占用了时间和精力，没有时间酝酿诗情，诗心也被事务性工作
磨钝了。他在环境宽松、诗心苏醒之际创作了《春城集》，抒发了时代豪情，
也表现了时代情绪在内心深处的"倒影"。[②] 他说自己是一棵"树"，因经受风
雨侵袭而"枝叶扶疏"，甚至于"木叶尽脱"；但也感到"舒畅和坚实"，因为
接受了大地和阳光的哺育。他希望血液更替，却又流露出"我不知道我什么时
候可以休止，因为我自己并不属于自己"的叹息。作品构思奇特，情感真实，
以树自喻，借树抒情，有昂扬的时代内容，也包含着隐隐的感伤情绪。属于素
朴的浪漫主义。

在五六十年代那个颇有长度的路程上，不乏像林庚、高兰、李广田这样留
下诗章的"老诗人"，他们的作品昭示了那个热情高涨却又运动连连的时代扼
杀了不止一代诗人的天才创造的事实。比如冯至，曾被鲁迅誉为中国"最优秀"
的抒情诗人，在浪漫主义诗歌创作方面有过出色的表现，是共和国成立后还能

[①]　林庚：《陈子昂与建安风骨——古代诗歌中的浪漫主义》，《文学评论》1959 年第 5 期。

[②]　李广田：《一棵树》，载《边疆文艺》1957 年第 5、6 期合刊。

够创作且有创作欲望的诗人。他取出"血红的心""纵情歌唱"，而生活境遇和社会地位变化却导致浪漫诗情式微。他政治热情饱满，努力用诗歌表现生活感受，创作了《韩波砍柴》《黄河二题》《登大雁塔》等诗篇。他努力突出时代特点，也极力遮掩和淡化个人情绪，使其创作缺少足够丰富的人生内容，也缺少浪漫主义诗歌的必要元素。

冯至的创作具有典型性。在强调诗歌的"反映"和"再现"功能、限制个人表现的语境中，很多浪漫主义诗人放逐自我，放弃浪漫主义创作精神，努力耕耘工农兵生活的广阔天地，表现工农兵思想感情。其创作也像冯至撰写的赞颂国际友谊的杂记那样，随着国际关系的变化和友谊的消失，所写情景如"幻灭的美梦"，作品则"好像是经过地震的房屋，墙壁透风，屋顶漏雨，失去了它落成时的光彩。"①

在举国欢呼的日子里，郭沫若、何其芳、胡风、高兰等诗人放声歌唱，显示出引领时代风骚的气势，但随着时代列车的高速前进，新生活画卷急速展开，他们的脚步渐显迟缓。歌唱共和国的浪潮过去之后，没有被政治运动赶下诗坛的"老诗人"还想踏浪前行，却很难再有充满激情的创作。如何其芳所说，很想"像鸟一样飞翔，歌唱"，却又感到"翅膀沉重。"②抗美援朝时期还偶见"老诗人"倾吐胸中块垒，但在讴歌大规模开展的社会主义革命和建设的诗人队伍里，已经罕有老年诗人的身影。

年龄固然是重要原因，与年龄相关的是他们的生活内容、生活环境发生了变化，社会地位、舞台角色发生变化。他们有的身居高台位尊权重，很快被角色异化——如郭沫若、何其芳、张光年是社会主义文学大厦的设计者和领导者，要带头响应时代号召，践行社会主义文艺观，无法尽情地释放自我；有的光环缠身，失去了自我和个性如冯至；有的被打入底层失去创作权力如"七月派"某些诗人；有的在被改造的尴尬中求生存，只能在时代环境宽松的时候，偶尔伸展艺术触角如"九叶派"诗人。尤其是共和国成立后，很多有成就的诗人进入高校、研究所、出版社、报刊等单位。"单位"是行政体制，他们的工作、生活、组织、家庭以及个人的思想、感情、言行等也要接受"体制"的严格考

---

① 冯至：《诗文自选琐记》，《冯至选集》第一卷，四川文艺出版社 1985 年版，第 26 页。
② 何其芳：《回答》，《何其芳文集》第一卷，人民文学出版社 1982 年版，第 223 页。

察，既缺少深入现实、体验生活、考察民情、酝酿诗情、从事创作的时间和空间，也缺少思想和创作的自由。单位的高墙和体制的铁栏阻隔了诗人与社会的联系，也切断了他们接地气、酿诗情的资源，更切断了他们表现自我的"诗源"。"两源"枯竭的诗人在逼仄的时空中惨淡经营，其所写多数是缺少个性的应景之作。创作需要激情宣泄，酣畅淋漓，无拘无束，浪漫主义创作尤其要自由率性地倾吐块垒、表现自我，而创作和抒情环境，理论提倡和批评引导以及频繁的文艺政治运动，都限制着诗人们的创作和抒情自由，也限制着浪漫主义个性表现。

随着诗人队伍逐渐流失，个性浪漫主义诗歌出现源涸流断的严重局面；幸好五六十年代浪漫主义诗坛上，涌现出了青年诗人群体。

第七章　青年诗人踏着时代节拍纵情欢唱

　　"青年诗人"是很难界定的群体。五六十年代有一定历史长度，对个体而言，开始是青年，到后来便步入中年或者接近中年。"青年诗人"既是生命年龄，也可以是"心理年龄"乃至"创作年龄"。有些诗人年长阅历丰，但在青春共和国情绪影响下"心龄"宛若青年，创作激情与浪漫诗情无减，推出青春洋溢的作品，是共和国诗坛上的"大青年"。创作"心龄"与人生经历相关，与个性气质相关。青春浪漫主义诗歌的主体是青年作家，却又不限于这个群体。此处所谓"青年诗人"，指的是"年龄""心龄"和"诗龄"都年轻的诗人，考察重点是他们带有浪漫主义色彩的作品，时间集中在五十年代初期——共和国青春情绪纯净透明、欢快昂扬的时期。

一、点燃青春的火把"给太阳伴奏"

　　青年诗人敏感而易于激动，往往在人们还没反应过来的时候就已经站在变革时代潮头，甚而诗情澎湃，呐喊出声。共和国刚刚成立，青年诗人就合着时代变革的节奏发出嘹亮的欢呼声。他们的创作也许挤不上诗坛高地产生大影响，却是时代大合唱的重要内容，也是当时浪漫主义诗潮的重要构成。

　　在欢呼共和国成立的声浪中，胡天风及时创作了《我们的旗》[1]，"以翻天

---

[1]　胡天风：《我们的旗》，《大刚报》1949 年 10 月。

覆地的姿态"抒发"百年来被奴役的人民，/ 已经英雄地站起来了"的时代豪情，表现"像爱护自己的眼珠"一样爱护旗帜，誓死保卫五星红旗的钢铁誓言。豪迈的抒情和英勇的誓言是作品浪漫主义的重要元素。罗飞坦言自己的"生命和诗都属于党"，属于共和国，要把青春热血献给党和共和国："我献出 / 汗液劳动 / 使我们的党茁长 / 使共和国得到党的营养。"① 略显直白的诗句描绘了青春共和国生机盎然的城市景色，传达了时代变革的信息，表达了其诚挚热烈的心愿。"我们是平凡的人 / 但我们是 / 不可侵犯的人 / 因为我们的名字 / 就叫 / 人民"——面对燃烧到鸭绿江边的战火，石方禹喊出了共和国"和平的最强音"。② 诗言志是古老的命题，欢呼共和国诞生的众多诗篇中，大都包含着抒情言志的内容；为共和国而献身是时代青年的共同心声，胡天风的铮铮誓言和罗飞热血殷殷的抒情，都包含着昂首阔步进入新时代，把青春热血献给共和国的壮志豪情。

浪漫主义是表现的艺术，关注"将要发生"的事情。青年，尤其是高度认同时代变革并期待更大发展的青年，更喜欢思考在即将展开的生活画卷中青春如何度过、热血如何挥洒的问题。而歌颂青春理想、憧憬美好前景就成为青年诗人创作的重要内容。

胸怀共产主义远大理想，做社会主义事业建设者是青年的共同追求。青年诗人是青年情绪的引发者和表现者。李白凤以"桥"和"灯"为意象，表达了共和国青年"用自己的脊梁联接起大路""用自己的脂膏照亮别人的前程"的壮烈情怀。③ "骑马挎枪走天下，/ 祖国到处都是家"④——既是青年军人的豪迈誓言，也是时代青年的普遍志向；热爱劳动，服从需要，献身祖国，是新中国青年的崇高理想，也是青年诗人的浪漫诗情。或者歌颂农村青年，扎根农村做社会主义新农村的建设者，或者表现边疆青年，响应号召在祖国最需要的地方生活和工作，或者鼓励青年到远方去，到最艰苦的地方去，到大规模的建设工

---

① 罗飞：《献给党的诗》，引自张志民主编《中国新文艺大系·诗集（1049—1966）》，中国文联出版公司1990年版，第303页。

② 石方禹：《和平的最强音》，引自张志民主编《中国新文艺大系·诗集（1049—1966）》，中国文联出版公司1990年版，第76页。

③ 李白凤：《桥和灯》，《李白凤新诗集》，河南大学出版社2014年版，第244页。

④ 张永枚：《骑马挎枪走天下》，张志民主编《中国新文艺大系·诗集（1949—1966）》，中国文联出版公司1990年版，第272页。

地去，把青春热血献给祖国——抒情内容有异，但都洋溢着热烈浓郁的诗情。木斧的《雪花飞舞》是盐业工人热情劳动的赞歌，也是时代青年理想的颂歌。诗人用鼓风机蒸汽云腾、盐粒到处跳动、漫天的磅礴大雾以及乳白色纱巾飘动描绘盐场工人劳动的情景，在讴歌"袅袅上升的沸腾生活"的同时，也表达了心"在厂房里跳动"、理想在"劳动中飞翔"的美好志向。① 庄凤写青年建设者"生来就是要把世界改造"，他们扎根小城，致力于小城建设，"用防风林给你做一个绿色的口罩，／用运河的蓝带为你束腰；叫发电站吐放千万颗明珠，／挂一串项链在你胸前闪耀。／／再叫拖拉机翻起郊野的沃土，／让喷泉像细雨一样洒着遍地鲜花；／林立的烟筒日日夜夜喷烟吐雾，／在你身后织一片灿烂的云霞……"② 这是青年建设者的远大志向，也是青年诗人的美好憧憬。

激情和理想是浪漫主义的重要元素，青年诗人诗作表现了澎湃的激情和丰富的理想内容，但浪漫主义色彩却不十分鲜明，这在于他们的情感内涵和理想表现既有突出的时代特点，也带有鲜明的审美局限。激情、理想、志愿、思想、情操、人生道路选择，工作和生活向度等均与祖国、人民和社会主义建设事业紧密结合，而缺少深切的情感体验和独特的生命内容。而浪漫主义的基石恰恰是主体自我。按说，这种情感抒发和理想表达无法作出浪漫主义解读。我们将其纳入浪漫主义视阈解读者，皆因那是把个人融化在时代熔炉、与国家紧密地焊接在一起的时代，是国家需要就是个人理想、个人追求与时代要求无缝对接的时代，是生命主体被高度政治化、彻底清除个人思想意识的时代。青春生命热烈单纯，脱离了低级趣味，抛弃了个人诉求，个体生命等同于社会政治热情。时代政治化解了个体生命欲求，也规范了审美表现和艺术追求。在强调人民性、扬弃个体性的语境里，最需要个性的诗创作也须放弃个性。他们知道"不要弹奏不合时宜的竖琴"，③ 也懂得"只有给太阳伴奏才壮丽非凡"④——这是学者诗人睿智的概括。是故，青年诗人的时代性抒情也包含了个体生命内容，并因"献出"或"等同"，"规范"或"规避"，其创作所表现的是豪迈、

---

① 木斧：《雪花飞舞》，张志民主编《中国新文艺大系·诗集（1949—1966）》，中国文联出版公司 1990 年版，第 58 页。

② 庄凤：《给小城》，张志民主编《中国新文艺大系·诗集（1949—1966）》，中国文联出版公司 1990 年版，第 139 页。

③ 李白凤：《珍珠和泥土》，《李白凤新诗集》，河南大学出版社 2014 年版，第 246 页。

④ 刘征：《天鸡戒》，《海燕戒》，山东人民出版社 1980 年版，第 72 页。

热烈、奔放、激越、崇高、乐观、英雄主义等革命浪漫主义特征。

当然，也有个性特点较为鲜明的理想抒情。50年代有阔大的时间和空间，诗人是富有个性的群体，无论怎样规范都无法划一。李白凤以"泉水"喻人生，表现了"以自己的姿态"贡献于祖国的人生追求。诗人写"涓涓滴滴"的泉水"突破岩石的重重封锁"，"流过草丛，流过村舍"，"不论山路如何崎岖"都以"自己的姿态流向人间"，"流向太阳升起的地方"。"泉水"没有黄河那般波澜壮阔的气派和咄咄逼人的声势，也没有长江那般烟波浩渺的宽阔胸襟和"鲸吞日月"的气概，其可贵之处在于，虽然细弱，虽然封锁重重道路崎岖，但锲而不舍，始终以"自己的姿态"流淌着。这是对个体生命的礼赞，也是执念于个性的表现。耐人寻味的是三个问句："终于以自己的姿态流向人间么？""谁会相信你跟黄河长江的方向一致呢？"和"流向太阳升起的地方吗？"硕大的问号降低了抒情热度，却强化了抒情深度和力度。虽被怀疑，虽然艰辛，但"泉水"仍然坚持自己的姿态，显示出难能可贵的生命自觉和个性精神。李白凤是青年诗人和学者，在百花盛开的时代语境中表现出诗人的浪漫诗性和学者的理性精神，明知不能"弹奏不合时宜的竖琴"，却仍然坚持个性抒情——《芳泉》① 是"百花年代"的浪漫主义奇葩。

随着大规模工业建设的全面铺开，古老的大地上马达轰鸣，捷报频传，落后的农业帝国吹响了向工业化进军的号角。青年诗人和着时代节拍创作，建设成就成为抒情对象，有些作品激情奔放，气势恢弘，表现出浪漫主义特点。戈壁舟的《命令秦岭让开路》② 写志愿军战士回国后担负秦岭筑路任务，他们移山填平山谷，架桥连接大河两岸，高山开洞跑火车，建设者创造了人间奇迹，诗人讴歌了革命英雄气概。井岩盾借北国边陲的小屋的今昔反映时代变革——低矮的小屋经历过无数凄风苦雨，看过牧民哆嗦着双手点燃潮湿的柴草，听过因生活艰辛而忧郁的叹息；社会主义建设者来到这里，在草原上建起巨大农场，"满眼是无数翻飞的红旗，/好像一些艳丽的花瓣，/好像一些燃烧的火炬"。③ 甘永柏写人民解放军在荒无人烟的雪山上修起公路，在搭着帐篷的地方盖起了

---

① 李白凤：《芳泉》，《李白凤新诗集》，河南大学出版社2014年版，第234页。

② 戈壁舟：《命令秦岭让开路》，张志民主编《中国新文艺大系·诗集（1949—1966)》，中国文联出版公司1990年版，第37页。

③ 井岩盾：《放牛人的小屋》，张志民主编《中国新文艺大系·诗集（1949—1966)》，中国文联出版公司1990年版，第39页。

楼房，从此"雪山放射出灿烂的光芒"，"幽谷的泉水带来春天的歌唱"①。武汉长江大桥是当时宏伟的建筑成就之一，1957年10月竣工。毛泽东欣然赋诗，青年诗人引吭高歌。弘征歌赞"一条虹桥从天上铺到人间"，"共和国的列车正飞奔前进"②；洪洋描绘了人们走上桥头热烈欢呼的场景，并想象古代诗人李白、杜甫、苏轼"活转"过来，他们眼里流露出惊叹，脸上漾起了微笑，用豪放的诗句赞赏英雄后辈，庆祝美好时光，就连扬子江也掀起波涛，用"金黄的浪峰和白色的浪花"热情欢唱。③

与讴歌建设成就相关的是赞美建设者。共和国成立后价值标准和道德观念发生了深刻变化，劳动成为重要的价值尺度和道德标准，普通劳动者受到热情歌赞。诗人把深情的歌献给劳动者，献给社会主义新人，赞美他们的劳动热情和高尚情操以及纯洁的爱情和美好的志向。这是五六十年代诗歌颇为流行的主题，也是青年诗人百歌不厌的浪漫诗情。

白煤描绘了太阳落山时的浪漫情景：紫红色的云霞像匹匹柔软的锦缎，缭绕的炊烟像条条飘动的手绢，云烟轻轻飞起，载着测量队员的歌声、笑声飞上云端，手绢随风飘摇含着深情向远方召唤，诗人幻想"但愿它能化作一只白鸽／飞向祖国遥远的天边／告诉亲人，告诉祖国／我们又度过了紧张的一天"。结尾意味深长，启人遐思："炊烟呵，倘若有个姑娘会问起／古田溪边的测量队员／那么，你就谈谈我们的生活吧／想必会减轻她对我们的思念"④。诗人赞美测量队员远离家乡建设祖国的无私情怀，也牵出了家乡姑娘高尚纯洁的爱情。梁南热情歌颂青藏高原上电话兵流血流汗、吃苦耐劳的精神。他们"踏着世界屋脊，拨开洗面的浮云，／在气喘、昏迷、咯血中，／冒着风雪"竖起电线杆。"风暴吹不动，狂雪也压不倒"，山顶上，河岸边，渡口处，悬岩上"到处留下电话兵威武的形象！"⑤ 傅仇把热情的赞歌献给"共产主义的伐木者"，被誉为"森林诗人"。《告别林场：献给共产主义的伐木者》⑥ 写伐木工人"在祖国第一个五年计划的

---

① 甘永柏：《欢呼早起的太阳》，《第一颗星》，作家出版社1957年版，第63页。

② 弘征：《每当我走上长江大桥》，张志民主编《中国新文艺大系·诗集（1949—1966）》，中国文联出版公司1990年版，第107页。

③ 洪洋：《掀起你的波涛吧，扬子江！》，《长江文艺》1957年10月号。

④ 白煤：《缕缕的淡蓝色的烟呵》，张志民主编《中国新文艺大系·诗集（1949—1966）》，中国文联出版公司1990年版，第101页。

⑤ 梁南：《电话线》，《诗刊》1957年2月号。

⑥ 傅仇：《告别林场：献给共产主义的伐木者》，《人民文学》1954年12月号。

开头"走进原始森林，采伐了第一批大树，"建设了新型厂房、学校、社会主义道路"，在深情告别林场时，想象着"到二十一世纪"，新时代的伐木工人上山的时候，"有一座新的无比茂盛的森林，／留给你们采伐，建设共产主义的高楼"——伐木工人具有远大的理想情怀。《蓝色的细雨》① 写藏族青年阿里在大山深处的原始森林伐木，他忘情地劳动，献出了青春甚至美好的爱情。诗人借爱情写劳动，表现少数民族青年建设者献身祖国的理想和情操，和闻捷的《天山牧歌》一样，是赞美劳动和爱情的诗歌。

五六十年代是"二为"方向规范创作、主导诗学的时代，为工农兵服务、为政治服务的理论强光普照文坛上空，影响甚至决定着诗歌走向。青年诗人在工农兵生活的广阔天地里奋力耕耘，边疆风情，浪漫青春，远大志向，豪迈情怀，忘我劳动，美好理想……是浪漫诗情的重要元素。这些元素属于社会政治范畴，也包含着抒情者的主观内容。因为青年诗人与歌颂对象一样，是缺少私密空间和个人追求的"社会"青年。世界观决定创作内容并不科学，情感立场决定艺术表现也值得商榷，但在强化世界观改造、要求站稳阶级立场的语境中，诗人把"自我"融入工农兵生活，耕耘的广阔天地也饱含着个人园地——当然，限于时代语境，他们表现的是社会政治层面上的思想感情，所提炼升华的是社会政治层面的诗意诗情。是故，青年诗人诗作也如当时的诗歌主潮那般，具有鲜明的革命浪漫主义表征。

二、"灯火灿烂的夜晚"与"破裂人心的号声"

尽管浪漫主义与青年密切相关，尽管青年处在浪漫激情的年龄段，尽管诗是抒情文体，但青年诗人的创作不都是浪漫主义。以上所述算是浪漫主义元素较为丰富者，事实上很多青年诗人诗作虽有浪漫元素却无法作出浪漫主义解读。这与时代诗学导向有关，也与诗人的创作追求和个性气质相关。有人耽于理想，长于抒情、想象和幻想，也有人执著于现实，长于客观再现和如实描绘。追求和气质不同，创作风格也就不同。以上评点算是"诗海撷珠"，既不

---

① 傅仇:《蓝色的细雨》,《西南文艺》1956 年 4 月号。

能反映五六十年代浪漫主义诗歌全貌，也因分类需要有意识地"忽略"了某些典型。在青年诗人中，浪漫主义特点较为显著、个性抒情较为明显的是如下几位。

公刘是思想较为深沉且想象力强健的诗人，良好的诗学修养和语言表现力使诗作诗意浓厚，意境卓异。《上海夜歌》[①]是想象奇特、意境奇丽、意象奇幻、表现奇绝的作品，内涵算不上丰富深刻，诗情也欠浓郁热烈，但几组意象将大上海的夜景描绘得极具诗情画意。《五月一日的夜晚》视野开阔，意境悠远，诗意的捕捉、提炼和表现也值得点赞，结尾那句"为了享受这一夜，我们战斗了一生！"[②]浓缩了时代性主题，表现了普遍性感受，诗意幽深而绵长。公刘擅长写个人感受，其感受大都关联着祖国建设，饱含着时代内容；他奋力耕耘时代生活的广阔天地，塑造建设者形象，借以抒发豪迈情怀。《山间小路》[③]写边境战士沿着蜿蜒的山间小路巡视了3年，每天攀爬其间而不觉崎岖难行者，在于他"心上有一条平坦大道，/时刻都滚过祖国前进的车轮"。诗人在崎岖与平坦、简单重复与丰富充实、艰苦与快乐的比对中凝练诗情，表现战士高尚的爱国情怀和美好的心灵世界。《风在荒原上游荡……》[④]的副标题是"献给绿化祖国的青年团员们"，写青年团员在荒原植树的笔墨不多，通过游荡荒原的风的形象说明他们生活和劳动条件十分艰苦，衬托其乐观情绪和美好理想以及建设成就，热情赞美青年建设者。公刘的诗意境卓然，形象优美，诗意葱茏，带有审美浪漫主义色彩，但内容属于革命浪漫主义。

与长于联想、讲究意境的公刘相比，白桦善于构思，巧于故事。50年代初期他参军驻守云南边陲，对边疆哨兵生活的体验较深。《轻！重！》[⑤]写边防

---

① 公刘：《上海夜歌》，见张志民主编《中国新文艺大系·诗集（1949—1966）》，其中写道："时针和分针/像一把巨剪，/一圈，又一圈，/铰碎了白天"；"夜色从二十四层高楼上挂下来，/如同一幅垂帘"；"上海立刻打开她的百宝箱，/到处珠光闪闪"；"六百万人民写下了的壮丽诗篇；纵横的街道是诗行，/灯是标点"，第44—45页。

② 公刘：《五月一日的夜晚》，张志民主编《中国新文艺大系·诗集（1949—1966）》，中国文联出版公司1990年版，第45页。

③ 公刘：《山间小路》，张志民主编《中国新文艺大系·诗集（1949—1966）》，中国文联出版公司1990年版，第44页。

④ 公刘：《风在荒原上游荡……》，张志民主编《中国新文艺大系·诗集（1949—1966）》，中国文联出版公司1990年版，第46页。

⑤ 白桦：《轻！重！》，张志民主编《中国新文艺大系·诗集（1949—1966）》，中国文联出版公司1990年版，第98页。

战士站岗放哨，在轻与重的比照中刻画战士形象，表现他们保家卫国的战斗豪情："我们活跃在深深的林海里，/就像是一群无声又无息的黑影"，"我们站立在神圣的国境线上，/每一个哨岗都是一座不移的山峰！"《你在等待着谁》和《春天的嫩茶》①讲述浪漫的爱情故事。前者写牧场姑娘深夜煮茶煎饼，等待巡逻的边防战士，通过姑娘的问询和解释，既表现了巡逻战士的艰苦生活和英勇精神，也表现了人民群众对边防战士的深厚情谊；后者写采茶姑娘暗恋战士，用头巾包好嫩茶丢在他身边，战士没有体察姑娘的情意，晚会上让领导把头巾还给姑娘。姑娘纯真的爱情、细腻的心思和羞怯的表达生动感人，战士的"麻木"不察和热情关心也得到生动表现。无论是在雪夜深情等候还是用头巾嫩茶传情，"两个姑娘"都是诗人的浪漫主义想象。所写虽系"他们"的故事，表现的却是诗人对边疆战士的深情礼赞。通过"他们"抒情，是五六十年代诗学语境中较为时尚的抒情模式，闻捷、李季、李瑛等青年诗人也在这一模式中苦心经营。白桦笔下迷人的边疆风景、动人的爱情故事、青春的情操、明净的心灵以及朗润的情调是革命浪漫主义诗潮涌动中颇具特色的风景。

蔡其矫是从延安走来的革命诗人。受雨果和普希金影响开始诗歌创作，他喜欢惠特曼和聂鲁达，曾翻译过他们的作品。这种审美取向源于浪漫主义精神气质，也决定了其诗创作的浪漫主义特点。共和国成立后疏于行政事务而痴迷创作和漫游，青春共和国情绪在其《回声集》《回声续集》和《涛声集》中得到"别样"表现——与那些"给太阳伴奏"者相比，他更倾情于主观抒情，且喜欢"弹奏不合时宜的竖琴"。彼时，浪漫主义被遮蔽在社会主义现实主义强光中，他却依然坚持不弃。他摆脱世俗性羁绊痴迷于创作，成就斐然，艺术上乘，却没产生相应的反响，甚至还因《川江号子》等作品受到批判。其遭遇，诠释了浪漫主义的尴尬命运，也锁定了他在浪漫主义诗歌链条上的重要位置。

《川江号子》②写川江号手为了生存，终生搏斗在百丈悬岩下的急流漩涡。他们"一阵吆喝，一声长啸，/有如生命最凶猛的浪潮"，显示出川江号手的英雄气概。他们"宁做沥血歌唱的鸟，/不做沉默无声的鱼"，命悬一线的劳作和千年泣血的悲壮表现出与命运搏击的勇气。但他们碎裂人心、气壮山河的呼

---

① 白桦：《你在等待着谁》《春天的嫩茶》，张志民主编《中国新文艺大系·诗集（1949—1966）》，中国文联出版公司1990年版，第99页。

② 蔡其矫：《川江号子》，张志民主编《中国新文艺大系·诗集（1949—1966）》，中国文联出版公司1990年版，第456页。

号却无人倾听，英雄气概和悲剧命运形成强烈对比。在对比中歌颂新社会是那时创作的基本模式，蔡其矫似乎也"陷入"其中，作品最后说，新时代的钻机在江上和山上开始"回应"他们的号声，预示着其命运或将改变。但诗人拒绝流俗，作品旨在表现川江号手强悍的生命张力和恢弘的英雄气概，是悲壮精神和豪迈意志的赞歌，是力与美的赞歌。新时代或许能改变他们的命运，但也意味着川江号子的消失，英雄气概和力与美的消失。川江号手的生活命运固然悲烈，但他们的悲壮追求和泣血长啸的精神气概更值得弘扬。新时代"巨鸟"和"深沉歌声"的到来意味着川江号子的消失，也意味着沉雄壮美的生命长啸即将远去。这是命运和精神、审美与政治的矛盾错位。破裂人心的川江号声与深沉的钻探机声、旧时代的挽歌和新生活的福音形成对比，并在错位对比中表现了复杂深沉的思想情绪。

蔡其矫的很多作品在题材选择、主题发掘、抒情方式和审美创造方面超越了时代倡导和规范。他拒绝时俗、追求自由、赞美英雄、歌颂力量的创作从主体精神到诗美风格都表现出个性浪漫主义特征。

在青年诗人中，邵燕祥也是浪漫主义抒情特点较鲜明的诗人。共和国成立前，他曾参加地下党组织的外围活动，也曾经写诗揭露旧中国的黑暗，表现出青年诗人的反叛精神和浪漫诗情。共和国成立后，他在中央人民广播电台的《祖国各地》栏目工作，到很多地方采访，报道经济建设成就。在颂歌充盈的时代文学语境中，他创作并出版了《歌唱北京城》《再唱北京城》两个诗集，热情歌颂共和国成立后北京和全国各地发生的巨大变化，有些创作带有"诗报告"的特点。他用诗的形式和语言"报告"我们架起了第一条超高压送电线，"使灿烂的灯火更加灿烂"；[1]"报告"我们在鞍山建起了大型炼钢厂，"炼钢炉里倾泻着火的瀑布"；"报告"我们有了自己的汽车制造厂，中国开始用自己的汽车走路；"报告""中国人民用自己的双手 / 掌握了自己的命运。/ 我们的土地也开始了新命运"[2]……邵燕祥的创作多以具体的现实事件为抒情对象，却又不限于事件叙述；澎湃的政治激情，昂扬的时代情绪，铿锵有力的节奏，雄壮浑厚的旋律，通俗流畅的语言以及抒情强度和抒情风格等均表现出青春浪漫主义

---

① 邵燕祥：《我们架设了这条超高压送电线》，洪子诚、程光炜、李怡主编《中国百年新诗大典》第 10 集，长江文艺出版社 2013 年版，第 272 页。

② 邵燕祥：《我们爱我们的土地》，洪子诚、程光炜、李怡主编《中国百年新诗大典》第 10 集，长江文艺出版社 2013 年版，第 255 页。

特征。

塑造青年建设者形象，表现他们的理想、情操和志向是时代诗歌的主题，也是邵燕祥诗创作的重要内容。他因工作便利多次走进火热的生活现场，接触了很多有成就的青年建设者，在对他们深情歌赞的同时也抒发了革命浪漫主义豪情。"我们的年纪十八、十九，/顶多不过二十挂零，/有一个波涛汹涌的大海，/歌唱在每个人宽广的前胸。"① 他们有的去机器轰鸣的矿井，有的走向偏远的沙漠去垦荒，有的参军打仗冲锋陷阵。他们怀着美好理想"到远方去"，"去唤醒沉睡在地心的力量"，用青春的热血建设共和国大厦。在他们将要去的"远方"，还有齐肩高的蔓草，或者吵闹的蛙鸣，但"那怕什么！/我们正是在工棚周围筑起城市，/在骆驼队旁边，/让火车发出自豪的吼声"。② 于是便有了这铿锵豪迈的诗句："在我将去的铁路线上，/还没有铁路的影子。/在我将去的矿井，/还只是一片荒凉。//但是没有的都将会有，/美好的希望都不会落空。/在遥远的荒山僻壤，/将要涌起建设的喧声。"③ 这是一代青年建设者豪迈的誓言和远大的志向。

邵燕祥对共和国的现实和未来倾注了火热的激情，是共和国青春情绪的有力表现者。但随着时代发展，共和国青春情绪日趋复杂，他对某些社会现象也产生了困惑和不满，并因爱之深痛之切而进行揭露和批判——像王蒙等青年作家那样怀着满腔热忱暴露共和国肌体上的病象。《贾桂香》以青年女工贾桂香的死揭露了现实生活的灰暗面，显示出青年诗人直面现实的勇气，也彰显了浪漫主义批判精神。诗人困惑不解："到底是怎样的一股逆风，/扑灭了刚刚燃点的火焰？/海阔天空任飞翔的地方，/折断了刚刚展开的翅膀！"面对"不忍"说出的悲剧，他愤懑地说："告诉我，回答我：是怎样的，/怎样的手，扼杀了贾桂香!?"④ 这是本于良知的愤怒追问，却被视为"恶毒的子弹"，倾泻对社会主义制度的"深刻的仇恨"⑤，而他也因此被打成右派停止创作。这是诗人叛逆性创作的结局，也是浪漫主义诗歌的命运——必须沿着颂歌的主干线前行，而

① 邵燕祥：《在夜晚的公路上》，周良沛编序《中国新诗库》第 10 集，长江文艺出版社 2000 年版，第 1031 页。
② 邵燕祥：《我们爱我们的土地》，张志民主编《中国新文艺大系·诗集（1949—1966）》，中国文联出版公司 1990 年版，第 255 页。
③ 邵燕祥：《到远方去》，作家出版社 1956 年版，第 67 页。
④ 邵燕祥：《贾桂香》，周良沛编序《中国新诗库》第 10 集，长江文艺出版社 2000 年版，第 1045 页。
⑤ 洪永固：《邵燕祥创作的歧途》，《诗刊》1958 年第 3 期。

绝不允许"弹奏不合时宜的竖琴"，表现愤怒和批判情绪。

50年代文学上空笼罩着浓厚的苏联文学空气。青年诗人创作中带有明显的苏联文学影响的痕迹。且不说邵燕祥的《在夜晚的公路上》《到远方去》，即使《贾桂香》也与苏联流行的"干预生活"有直接关系。苏联"干预生活"的创作使很多青年诗人由新生活的歌唱者转化为批判者，既直接影响了他们的诗歌创作，也间接影响了他们的生活命运——邵燕祥、公刘、流沙河、梁南、白桦、李白凤等很多诗人因"百花年代"的叛逆性表现而被打成右派，失去创作权利或者声音沙哑。他们略带个性的浪漫主义探索受到当头棒喝，而充满时代豪情的革命浪漫主义也大受影响。

第八章 政治抒情诗的浪漫主义 纵谈横议

政治抒情诗是五六十年代诗坛上一道显赫的风景。其以公汹涌的激情、高亢的旋律、恢弘的气势在诗坛内外产生了很大影响，是该时期革命浪漫主义文学的重要构成。

一、政治抒情诗及其发展繁盛略说

何为政治抒情诗？政治抒情诗是"最鲜明、最充分的抒发了人民之情"的"崭新的诗歌形式"。在政治抒情诗中，"诗人是一个公民，他和共和国的精神，全民的精神是一致的"；政治抒情诗是"亿万人民的合唱交响乐"，表现"时代的先进的声音，时代的先进的感情和思想"；政治抒情诗是"最有力量的政治鼓动诗"，"以雄壮的响亮的歌声，召唤人们前进，来为社会主义事业进行创造性的劳动"。[①] 徐迟无意为政治抒情诗下定义，只结合当时"热情澎湃的政治抒情诗"对其重要特点作了诗性概括。简言之，政治抒情诗指抒情对象、抒情内容和抒情旨趣均政治化的诗。在这类创作中，诗人站在民族国家立场上表达对方针政策、政治事件、社会思潮的情感态度和思想倾向，旗帜鲜明地服务于国家政治需要。诗歌内容是高度政治化的情感抒发和思想表达，多数作品表现出鲜明的革命浪漫主义特色。

一般地说，创作政治抒情诗并非理智性选择，须放弃自我、自由和个性，

---

① 徐迟：《祖国颂·序》，诗刊社编《祖国颂》，中国青年出版社 1959 年版，第 3 页。

还要面临化解政治理念、遮蔽阐释论证等高难度问题。但20世纪五六十年代很多诗人纷纷加入政治抒情诗的创作队伍，使这一诗体得以发展繁盛。

从创作队伍上看，政治抒情诗的作者多是那些具有革命经历和觉悟、信仰和经验，自觉地把自己与祖国和人民密切地关联在一起的革命诗人，多数是读着"红色鼓动诗"走上革命诗歌创作道路进而转向政治抒情诗创作的。如郭小川、贺敬之、韩北屏、张志民、田间、王亚平以及魏巍、闻捷、柯岩等。他们是诗人，更是革命战士，是政治化、革命化程度很高的"战士诗人"，是清除了个人主义"杂质"，如毛泽东所说是高尚、纯粹、脱离低级趣味的革命诗人。如公刘所说，"因为我是士兵，我才写诗；因为我写诗，我才被称为士兵"。战士与诗人的高度融合使他们把创作当作履行职责的方式。创作队伍构成决定了政治抒情诗所抒之情既是时代的和人民的，也是诗人自我的，甚至是发自内心的。他们是五六十年代诗坛上最活跃、最显赫的群体，影响一代诗风。

政治抒情诗发展繁盛与当时的社会和文学语境密切相关。概略地说，主要有三种因素。其一，共和国成立后发生的巨大变革以及意识形态的强大作用，使50年代乃至80年代前期，中国都处于政治激情饱满的时代，且没有因为物质生活困难、社会秩序混乱而减弱，浓郁的政治浪漫主义情绪为政治抒情诗发展提供了浓厚的时代氛围。其二，在高度政治化的时代，每个生命个体都生活在政治空气弥漫的语境中，诗人是政治化程度颇高的群体，从诗学观念到批评标准、从道路选择到具体创作，均须接受"文学政治化"理念指导，并在其作用下习惯而自然地走上政治诗学的道路。其三，在此语境中，诗人"为什么写""写什么"和"怎样写"都要服务于现实政治，而在其创作受到限制的情况下，政治抒情诗得到发展机遇。革命诗人致力于政治抒情诗创作，缺少革命斗争生活经历的诗人，如沈从文也写诗抒发政治感情；抒情诗人创作政治抒情诗，以叙事诗闻名的诗人如张志民、闻捷等也加入其中，满怀豪情地抒发政治豪情。政治抒情诗人创作队伍的庞大决定了政治抒情诗的发展繁荣。

需要说明的是，其一，在这种语境中，几乎所有诗都表现政治内容，但并不是所有的诗都是政治抒情诗，如前所述，政治抒情诗有特定的诗体特征；其二，并不是所有的政治抒情诗都具有浪漫主义特点，但就抒情内涵、抒情强度和抒情方式而言，政治抒情诗的革命浪漫主义元素要比其他诗体丰富得多；其三，此处所论，皆为浪漫主义色彩比较鲜明的政治抒情诗。

二、浪漫主义政治抒情诗的纵向梳理

五六十年代浪漫主义政治抒情诗创作发展虽有起伏，但总体来说气候适宜，呈现出逐渐兴盛、蔚然壮观的趋势。

浪漫主义政治抒情诗是在欢庆共和国成立的热烈情绪中涌现的。开国大典前后，郭沫若的《新华颂》、胡风的《时间开始了》、何其芳的《欢呼我们伟大的节日》、徐放的《新中国颂歌》、王亚平的《迎接——中华人民共和国》、天蓝的《中华人民共和国像太阳般升起》、田间的《天安门》以及聂绀弩的《一九四九年在中国》、冯至的《我的感谢》、胡天风的《我们的旗》、石方禹的《和平的最强音》、严阵的《祖国》等诸多政治抒情诗喷涌而出，形成浪漫主义政治抒情诗的第一个冲击波。诗人怀着满腔热忱欢呼共和国成立，歌颂党和领袖，抒发了激越昂扬的政治豪情。"让一切纪念的钟声敲响起来／让一切欢乐的锣鼓鸣奏起来／让一切威武的礼炮拉开火来／让一切庆贺的汽笛叫唤起来／让我们祖国庄严肃穆的大地／为着这欢乐而幸福的时辰欢腾起来呵"，迎接中华人民共和国诞生的盛大而欢乐的时刻。[①] 胡天风于开国大典次日创作了《我们的旗》，表现了无数工农兵挥动旗帜欢呼共和国成立的壮观情景，阐释了红色旗帜"以翻天覆地的姿态发出怒吼"，向全世界庄严宣告"百年来被奴役的人民／已经英雄地站起来了"的时代意义，同时也表现了誓死捍卫共和国旗帜的决心。[②] 汹涌澎湃的激情和英勇豪迈的抒情姿态以及气吞万里如虹的气势，有些像"五四"时期立在地球边上放号的郭沫若；所不同的是，郭沫若当年抒发的是个人和民族的"积郁"，而政治抒情诗主要抒发民族国家的政治激情，显示的是革命浪漫主义表征。

共和国成立后全面迅速地推进政治经济体制改革和大规模工农业建设，在很短时间内取得举世瞩目的成就。抗美援朝取得胜利，鼓舞了中国人民的情绪；新中国用和平方式完成了对工业、手工业和资本主义工商业的社会主义改

---

① 天蓝：《中华人民共和国像太阳般升起》，周良沛编序《中国新诗库》第7集，长江文艺出版社2000年版，第67页。

② 胡天风：《我们的旗》，载汉口《大刚报》，1949年10月，见张志民主编《中国新文艺大系·诗集（1949—1966）》，中国文联出版公司1990年版，第317页。

造，创造了国际社会奇迹；农村土地改革和农村合作化运动如火如荼，实现了"耕者有其田"的千年梦想；政治经济形势稳定，四大阶级联合，经济恢复和发展迅速，工业大发展，农村大变革……中华民族像巨人般地矗立在世界民族之林。党和领袖赢得了全国人民的信赖、拥戴和敬仰。政治抒情诗追踪时代前进的脚步，迅速变换抒情对象和抒情内容。朱子奇漫步天安门广场，眼前一派幸福、欢快、自由、和美的景象，"头上是晴朗的天空——天空蓝盈盈，/脚下是平坦的大路——大路亮堂堂……/这空中飞翔的每只鸟都展着快乐的翅膀，/这路上行走的每个人都浴着幸福的阳光"。"十月的早晨，晨风吹动杨槐树沙沙响，/宽阔的长安街上人声热闹喧嚷……"工人从机器隆隆的车间走来，脸上带着劳动的微笑；农民从丰收的田野和山地里走来，白头巾的英雄结两边翘起；海军空军战士走来，帽带飘飘帽花闪耀，"老人领着他心爱的儿孙们走来"，"朋友和情人亲密地谈笑着走来"，天安门广场成为全国各族人民和世界友人歌舞联欢的海洋。① 王莘的《歌唱祖国》、沙鸥的《我们快乐地歌唱》、光未然的《在祖国和平的土地上》描绘并歌颂了共和国灿烂的现实和光辉的前景，配以豪迈雄壮的旋律唱响大江南北。"在祖国和平的土地上，/生活天天向上升。/青年人怀着远大的理想，/老年人越活越年轻。……勤劳勇敢的五万万人民，/组成一个大家庭。/从首都通向遥远的边境，/到处是建设的歌声。/我们开辟了幸福的道路，/一心奔向光辉前程。"② 诗人在抒发革命政治豪情的同时，也表现了浓厚的浪漫主义诗情。

歌唱共和国的冲击波过后，围绕中国共产党第八次全国代表大会及相关的政治事件涌现出新的政治抒情诗，形成第二个冲击波。

1955 年 12 月国家制定的 12 年农村发展纲要和次年毛泽东发表的《中国农村的社会主义高潮·序言》，描绘了未来农村发展蓝图，提出迅速发展科学教育文化事业以适应社会主义建设高潮的需要，鼓舞了全国人民的政治情绪。中国共产党第八次全国代表大会的召开引起诗人的热切关注。"八大"提出，生产资料私有制的社会主义改造完成后，国内主要矛盾是人民对于建立先进的工业国的要求同落后的农业国的现实之间的矛盾，是人民对于经济文化迅速发

---

① 朱子奇：《我漫步在天安门广场上》，周良沛编序《中国新诗库》第九集，长江文艺出版社 2000 年版，第 1080—1083 页。

② 光未然：《在祖国和平的土地上》，晨枫主编《百年中国歌词博览》，安徽文艺出版社 2011 年版，第 225 页。

展的需要同当前经济文化不能满足人民需要的状况之间的矛盾。这一矛盾的实质，是先进的社会主义制度同落后的社会生产力之间的矛盾。解决这个矛盾的办法是正确处理人民内部矛盾，解放社会生产力，开展大规模的经济建设。这预示着，战争思维和战争话语即将成为过去，党和国家的工作重点开始转移到经济文化建设上来，也预示着，一个繁荣昌盛、安定团结的社会政治局面即将到来，落后挨打百年的中华民族即将实现伟大复兴。"八大"前的政治经济实践和"八大"规划的宏伟蓝图扫除了多年来政治运动郁积在心灵上的"块垒"和"惊悸"，激发了诗人的政治热情和创作激情。朱子奇的《碧绿碧绿的宝石一样的海南岛啊》、石天河的《请你签名》、何其芳的《讨论宪法草案以后》、吕剑的《公民的歌》、汪静之的《血液银行》、邵燕祥的《我爱我们的土地》……有的以具体政治事件为抒情对象，有的以经济建设为抒情对象，均政治热情高涨，诗情浓郁。魏巍的《写给同志也写给自己》为祝贺中国共产党第八次全国代表大会而作。作为"贺礼"，他歌颂党的丰功伟业，向党奉献赤诚的"关心"。"我不担心大海的暗礁，/我相信舵手们的眼光，/在晓雾漫漫的大海，/我们能浩荡地远航。我也不担心险恶的风浪，/我的同志是英勇无双，/当黑云卷着恶浪涌来，/我的同志会加倍坚强。"他担心的是骄傲自大，脱离人民。"任何敌人都不能战胜我们，/只有骄傲可以毁坏自己！"诗人以此告诫同志也告诫自己，要始终保持和人民群众的联系，保持艰苦奋斗的本色。"人民，这就是共产党员的上帝，/所有的上帝都比不上他那样神奇"①——抒发的是诗人对党的赤子之情。

第三个冲击波因庆祝共和国成立 10 周年而起。与前两次相比，这次冲击波不仅成就突出，影响广泛，而且浪漫主义色彩鲜明，在五六十年代政治抒情诗发展中具有重要意义。

这次诗潮汹涌有多方面原因。1957 年"反右"斗争强化了政治的核心地位，也强化了政治对文学的统帅作用，进而将文学的表现空间牢牢地限制在政治视阈；1958 年"大跃进"的狂热失序发展激发了全社会的政治热情，而违背科学发展规律的想象和幻想既是政治浪漫主义的激素也是土壤；"两结合"口号恢复了浪漫主义的合法地位，使备受抑制的浪漫主义元素发挥作用，而"革命"

---

① 魏巍：《写给同志也写给自己——祝党的第八次代表大会》，引自李瑛、张永健主编《南湖放歌：献给中国共产党成立八十周年朗诵诗选》，长江文艺出版社 2001 年版，第 83、84 页。

这一前置词更将表现对象集中在政治范围；共和国十周年庆典更以巨大的热力吸引着诗人加入政治抒情诗阵营。善写抒情诗的诗人纵情高歌，以写实叙事闻名的诗人也放弃得心应手的叙事抒情直抒胸臆，如闻捷的《祖国，光辉的十月》《东风催动黄河浪》、张志民的《祖国颂》、田间的《颂歌》……诸种因素形成合力，促成政治抒情诗发展繁盛。

这次冲击波内容丰富而集中。丰富，是说共和国成立 10 年在革命和建设的很多方面取得了辉煌成就，可歌颂宜抒情的内容很多，而缔造共和国的数十年革命历程也是庆典的"富矿"，为诗人提供了纵横驰骋的抒情内容和空间；集中，是说虽然众声喧哗，但抒情主题是庆祝共和国成立 10 周年，抒情的经纬度和主题比较集中。庆典前后的长篇政治抒情诗数量众多，全国各地的抒情短章"更是多不可数"。[①] 在这样一个庄严时刻放声歌唱，就情感基调的热烈豪迈激昂、艺术表现的气势恢弘和形式手法的铺排渲染的充分而言，符合浪漫主义尺度的委实不少。中国青年出版社踏着十年庆典的节拍出版了《祖国颂》[②]，内收长篇政治抒情诗 7 首，是当时政治抒情诗的重要收获。

诗集中郭小川和贺敬之的抒情长诗将在他们的专章中介绍，在此谨对其他诗人诗作略做点评。张志民的《祖国颂》[③] 用黑暗苦难的历史衬托共和国的 10 年辉煌，歌颂共和国的辉煌成就，赞美劳动人民，显示出开阔的艺术视野，八百多诗行如江河奔腾，显示出浪漫主义气势和力量。诗人说为了寻找最光辉、最确切、最有分量的字眼曾经辗转反侧，而"用长城作尺度——才能计量你的宽广，用峡谷作喉咙——才配为你而歌唱"，既有深情也有新意，确属神来之笔。纳·赛因朝克图是少数民族诗人，《狂欢的歌》[④] 是同名长篇抒情诗的一章，楼梯式的方式使浓厚强烈的感情得到很好的表达。"让我们放开喉咙 / 用洪亮的声音 / 齐声歌颂！ / 歌颂我们 / 恩情如山的 / 英明的党！"诗人高举"斟满美酒的金杯热烈地歌颂"，犹如众多马头琴伴奏合成的多声部交响乐，抒发了热烈汹涌的政治感情。田间被誉为"擂鼓诗人"，其中包含着诗行短促、节奏铿锵、音韵响亮的意思，激情澎湃的《颂歌》也与抗战前后的擂鼓叫战一样，

---

① 徐迟：《祖国颂·序》，诗刊社编《祖国颂》，中国青年出版社 1959 年版，第 5 页。
② 诗刊社编：《祖国颂》，中国青年出版社 1959 年版。
③ 张志民：《祖国颂》，诗刊社编《祖国颂》，中国青年出版社 1959 年版，第 35—67 页。
④ 纳·赛因朝克图：《狂欢的歌》，《祖国颂》，中国青年出版社 1959 年版，第 68—79 页。

将喷火的感情凝聚在精短的诗行里;《颂歌》[①]是组诗,有风格"清丽"的《星星》《火炬》《大泉》,也有铺垫排比、句式繁复的《红日》。诗人夸赞"一天等于二十年"的"新日历",憧憬红日高照、四季如春的人民公社,赞美生活在乐园、"赛过神仙"的男女社员,浓缩了"大跃进"时代的情绪,抒发了战天斗地的革命豪情,也留下虚饰浮夸的时代痕迹。韩北屏的《祖国颂》[②]精心选择"城市""土地""人民公社""民族""边疆"几个点,蘸着激情纵情歌颂党和领袖。"历史上谁能梦想这样的豪迈? / 壮举只有出现在毛泽东时代! / 巨大的成就还不能满足我们。/ 红旗高举,胜利跟着胜利来"。这是那个时代所有人的信念。徐迟的《祖国颂》[③]以编年史的形式讴歌共和国十年所走过的辉煌道路。他是充满激情的诗人,十年间走过很多地方,亲眼看到共和国发生的巨大变革,纵情"欢呼共和国更巍峨雄壮,/ 欢呼共和国更灿烂辉煌! / 六亿五千万勤劳勇敢的人,/ 凝聚成一股更强大的力量!"

充满激情的理想和热切的期待并没得到兑现,残酷的现实却如彻骨寒风骤然而至。诗人没有因沉重打击而降低热度,也没有在饥饿煎熬中深刻反思。饥馑的年代刚刚过去,又燃烧起炽热的政治热情,政治抒情诗又迎来发展机遇,并且蔚然荟郁,形成第四个冲击波。

看似费解的事实,其实自然而然。因为浪漫主义者原本就充满激情地生活在理想世界。考察这次冲击波的形成,概与知识分子政策得到初步落实、压在头上的帽子暂时摘掉大有关系。当代知识分子虽屡遭磨难、"恶冠"压顶,一旦"脱帽加冕"就激情满怀,就政治热情高涨,就高歌抒怀。郭小川、贺敬之等诗情勃发,进入创作黄金时期并收获了丰硕的果实。其他诗人诗作,仅张志民主编的《中国新文艺大系·诗集》(1949—1966)中,就有柯仲平的《纪念延安讲话二十年》、柯岩的《雷锋》、阿红的《淮河啊》、冰夫的《秦淮河,我的姐妹》、李野光的《歌声》、邹荻帆的《洪湖颂》、青勃的《延河颂》等豪情万丈的政治抒情诗。

诗人多以"河"为抒情对象。邹荻帆的《洪湖颂》在新旧对比中歌颂流血牺牲的革命先烈,歌颂勤劳勇敢的洪湖儿女和党的英明领导,抒发了发扬革命

[①] 田间:《颂歌》,《祖国颂》,中国青年出版社 1959 年版,第 80—94 页。

[②] 韩北屏:《祖国颂》,中国青年出版社 1959 年版,第 114—130 页。

[③] 徐迟:《祖国颂》,中国青年出版社 1959 年版,第 132—154 页。

传统、建设"共产主义通天桥"的政治豪情。[1] 冰夫的《秦淮河，我的姐妹》写昔日灯摇桨响的秦淮河被日寇、汉奸、财主粗野的魔爪撕毁"裙裾"，只能仰脸抛笑、俯首献媚。新中国成立后秦淮河"白帆牵旭日，水泵吐银辉，东岸莱田闪金波，西岸稻秧泛青翠"，流水映红旗，欢声伴笑语，沃土飘香沁肺腑。诗人通过对秦淮河的倾情诉说揭露旧社会歌颂新时代，抒发了热烈的政治激情。[2] 阿红则借淮河抒发游子对家乡的思念，他思念"喷香的麦仁糟"，"黄亮的鏊子馍"，家乡的村落，"诱眼的渔火"，包含着亲情私情；但情感内核则是通过新旧对比揭露旧社会的"血泪与饥饿"，赞美眼前的"千里美景"，赞美为祖国繁荣富强而在各地奋战的淮河儿女宽广的胸廓。[3] 青勃歌颂延河，它是革命圣地，具有非凡的品质和意义：世界上哪一条河都没有延河"明亮"，"浩荡"，"宽广"和"源远流长"，汹涌的河水"洗涤出一个新中国"，"六亿五千万颗红心"连成延河的河床。"我们的热血是你澎湃的支流，谁要阻止你前进就叫他在浪底灭亡"。[4] 借物抒怀咏志和新旧对比是那时政治抒情诗乃至所有文学的创作模式。

政治抒情诗紧贴着政治运动创作。柯岩配合学雷锋运动而创作。《雷锋》虽不如贺敬之的《雷锋之歌》响亮，但也表现出鲜明的革命浪漫主义诗情。诗人写雷锋虽然死了，名字却占据了千万人的心灵，他"活在祖国灿烂的笑容里，活在日月星辰的记忆中，活在工人阶级的事业里，活在党对党员的要求中，活在母亲对儿童的希望里，活在教师对学生的教导中，活在青年前进的脚步里，活在少先队员的理想中"……雷锋精神"敲响了少数人的俗梦"并向世界昭告"中国的党培育了什么样的英雄"。[5] 袁鹰的《初谒井冈山》也属于政治抒情诗范畴，因追求形式严格划一，弱化了情感抒发力度，但大量的夸张排比，铺陈渲染，

---

[1]　邹荻帆：《洪湖颂》，见张志民主编《中国新文艺大系·诗集（1949—1966）》，中国文联出版公司 1990 年版，第 219—222 页。

[2]　冰夫：《秦淮河，我的姐妹》，张志民主编《中国新文艺大系·诗集（1949—1966）》，中国文联出版公司 1990 年版，第 240—241 页。

[3]　阿红：《淮河啊》，张志民主编《中国新文艺大系·诗集（1949—1966）》，中国文联出版公司 1990 年版，第 241—242 页。

[4]　青勃：《延河颂》，张志民主编《中国新文艺大系·诗集（1949—1966）》，中国文联出版公司 1990 年版，第 288 页。

[5]　柯岩：《雷锋》，张志民主编《中国新文艺大系·诗集（1949—1966）》，中国文联出版公司 1990 年版，第 319 页。

却营造出足够浓郁的革命浪漫主义氛围。韩北屏长期从事文化外交工作，其创作多数是"涉外"题材，《喜相逢》借非洲友人之口歌颂中非友情，在中苏对比中描绘共和国"在历史长途上开辟道路，/ 为人们做出光荣的表率"的"仪态"。[①] 楼适夷怀着肃穆的感情凭吊延安，说延河奔突汹涌向祖国大地输送青春的血液，宝塔卓立挺起民族钢铁般的脊梁，表现毛泽东在延安走过的路和留下的文献文物凝聚成延安精神，其光芒照亮千秋万代[②]——这是那时候常见的修辞方式。

以上对浪漫主义特色较为显著的政治抒情诗作了粗略梳理。可以看出，随着政治空气日趋浓烈和国民政治感情的逐渐升温，政治抒情诗也逐渐繁盛。但"繁盛"在很大程度上是量的剧增，并不意味着艺术质量提升。因为抒情内容逐渐宏大而浮泛，个性元素逐渐稀薄，浪漫主义诗情逐渐空疏。越到后来，政治抒情诗越明显地表现出"假大空"的品性，至"文化大革命"发展到峰顶。

三、政治抒情诗的浪漫主义特征概要

政治抒情诗作为颇有影响的时代性诗体，在其发展过程中逐渐形成了浪漫主义表征。主要表现在如下几个方面。

首先，抒情气势宏大。抒情气势是对政治抒情诗的情感内容、表达方式和语言风格的综合考察，涵盖抒情浓度和热度、高度和厚度以及由此形成的抒情语势。"政治抒情诗"抒发的是时代政治豪情，背后是国家和人民。诗人站在时代制高点上鸟瞰历史发展，纵览世界风云，阐释政治理念。虽然歌赞的政治理想能否实现尚属存疑，是否符合人民愿望还是未知，但他们信心满怀且气魄宏大。既为革命和建设成就而豪迈，也对未来充满信心和期待，对方针政策坚信不疑——这是抒情气势宏大的外因。诗人的思想取向、情感立场、诗学理念、创作追求和思维模式与革命政治理念融为一体，即便是对政治实践和方针

① 韩北屏：《喜相逢》，载《诗刊》1963 年第 2 期。
② 楼适夷：《延安曲》，见张志民主编《中国新文艺大系·诗集（1949—1966）》，中国文联出版公司 1990 年版，第 448—449 页。

政策、政治期许和未来目标心存疑虑，在政治觉悟和理性意识作用下也要克服自己，把思想感情统一到现实政治上来。"意识形态是信仰和价值的体系。相信它的人常常以为它是客观的"①，并且从理想的角度表现它。而当诗人认定意识形态宣传就是对历史的正确概括、对现实的英明决策和对未来的科学规划而符合人民的意愿的时候，就会竭尽全力配合宣传。这时诗人不再是生命个体，而是方针政策的宣传者和人民群众的代言人，凝聚了国家和人民的资源力量。他们真理在握，豪气冲天，气势如虹，"豪迈放纵。豪以内言，放以外言。豪则我有，可盖乎世；放则物无，可羁乎哉！"②从革命战争的硝烟中走来的革命诗人拥有这种精神气势，试图加入主流队伍取得肯定的诗人也努力追求这种精神气势。由此决定了政治抒情诗气势宏大的特点。

其次，风格崇高壮美。按照美学词典解释，"崇高是以人力反抗自然、以人性反抗兽性、在挑战拼搏抗争中获得的精神愉悦，是实践主体的巨大精神力量的表征"。宽泛地说，崇高美与奉献、牺牲、永恒、博爱、勇敢、道义、使命等关联在一起，与悲剧连在一起。但五六十年代避谈悲剧，抑制个人主义强调集体主义，抑制人性倡导人民性。崇高美少了个性内容和悲剧元素，强化了理想、信念、勇敢、斗志、奉献、胜利等内容。其崇高美主要源于以下三个方面。一曰抒情对象宏大。政治抒情诗歌颂党和领袖，歌颂祖国和无产阶级，恒以祖国、党和领袖、人民、社会主义、共产主义为抒情对象，即使涉及具体事物也要和重大的政治事件联系起来，宏大的抒情对象赋予作品高伟的抒情内容和崇高美的品质；二曰抒情空间宏大。政治抒情诗以国家和人民为抒情经纬，将中国共产党成立后所经历的革命斗争和巨大胜利，新中国成立后的社会变革和辉煌成就，国家民族的美好未来等纳入抒情视野，诗人在宏大时空中纵横驰骋，指点江山，臧否人物，吞吐大荒，激扬文字，成就了宏大崇高的境界和品格；三曰抒情语言宏大。诗人运用具有崇高雄浑豪放等品格的语言修辞，铺陈排比，渲染造势，以强化抒情气势和表现效果，突出抒情对象的崇高品质和美学内涵。红旗、朝霞、青松、晨曦、灿烂、绚丽、凯歌、高山、海洋、激流、战鼓、斗争、胜利……这类"最光辉、最有分量的字眼"是五六十年代政治抒情诗比较普遍的语

---

① ［英］玛里琳·巴勒特：《浪漫派、叛逆者及反动派》，黄梅、陆建德译，辽宁教育出版社、牛津大学出版社1998年版，第197页。
② （清）杨廷芝：《二十四诗品浅解》，孙昌熙、刘淦校点《司空图诗品解说二种》，齐鲁书社1980年版，第104页。

言选项，运用率恒居高端。"东风！／红旗！／朝霞似锦……／大道！／晴天！／鲜花如云……"（贺敬之《十年颂歌》）壮美的语言经过精心编排堆砌，展示了雄浑壮丽的画卷，营造了浓厚的抒情氛围，强化了视觉效果，表现出崇高美的艺术风格。

再次，主体抒情强力。抒情强力主要表现在情感宣泄与阐释理念相融合，表现为形象思维和逻辑思维相结合。政治抒情诗多为观念性内容，比较空泛抽象。观念阐释和逻辑论证是诗所拒绝的。诗用形象思维和情感思维，逻辑论述和观念阐释属于政论文体的功能和属性。政治抒情诗创作将两种不同属性的文体融合在一起，将观念性内容情感化，抽象性思想形象化。这是政治抒情诗的文体属性，也是诗人创作必经的"过程"。所谓"融合"便如胡风所说发挥"主观战斗精神"，将政治性内容融化在主体情感里，化作浓郁的情感内容和生动的艺术形象。这不是几个抒情字眼和感叹号就能生效的。诗人须花费巨大气力遮蔽和化解证明阐释的痕迹，须强力抒情以突出形象确保诗情浓郁，须有拥抱重大抒情对象的胸怀和气魄，须有开掘诗意、凝练诗情、创造意象、营造意境和化解包括政治理念、方针政策、标语口号在内的各种材料使之成为诗情内容的能力，创作方能超越政治抒情的"先天性"局限，表现出应有的感染力。

而这也决定了政治抒情诗的文体特征。为强化抒情效果，诗人往往运用铺陈、排比、渲染、烘托、夸张等抒情方法强化抒情效果。张志民的《祖国颂》第二节每段的开头都是"我欢呼呵！"第五节每段开头都是"我爱呵！"几个段落排比出现，显得节奏紧凑，整体性强，抒情效果突出。这是政治抒情诗的抒情策略和结构表征。与此相关的是，政治抒情诗虽然也有抒情短章，但代表诗体成就和风格的是长篇抒情诗。长篇抒情诗犹如多声部交响乐，气象万千，意象丰赡，其抒情如长江黄河，波涛汹涌，酣畅淋漓，具有很强的包容性。马雅可夫斯基的阶梯式给政治抒情诗创作以很大启示和帮助。诗人将政治概念、标语口号、豪言壮语等语码镶嵌在波澜壮阔的诗行中，有时起到强化抒情效果的作用——贺敬之《放声歌唱》《十年颂歌》都有信手拈来的神来之笔。阶梯式为化解"非诗性"语言入诗提供了方便——句子成分复杂，可以表达复杂的思想感情，也可以化解标语口号入诗的"尴尬"，且抑扬顿挫，曲折回环，有助于增强旋律感和音乐美。贺敬之、郭小川以及纳·赛音朝克图等诗人的创作较好地表现了这一诗体特征。

严格地说，上述几个方面并非都是浪漫主义的"直系"内容，但在"政治意识"填充个体心灵空间的革命抒情时代，上述内容却又无可非议地表现了政治抒情诗的革命浪漫主义特色。

四、政治抒情诗的浪漫主义析疑

以上对政治抒情诗的创作发展及浪漫主义特点作了粗略分析。难尽人意，也意犹未尽。政治抒情诗是否具有浪漫主义特性恒有异议。有人认为抒情内容浮泛、虚空，是"伪"浪漫主义，甚至对抒情主体的诚挚也持有异议。关于政治抒情诗的浪漫主义问题还需进一步分析。

或曰：政治抒情诗表现的是群体性情感和政治理想主义，而浪漫主义最大的特点和最基本的要素是个体性和主观性，政治抒情冲淡和遮蔽了个体内容而无关浪漫主义。这种说法注意到某些事实，但对政治抒情与浪漫主义的理解过于狭隘，且存在先见或偏见。政治是群体利益的集中表现，群体是众多个体的集合，群体与个体有对立也有统一。群体是个体的群体，个体是群体的个体。如玛里琳·巴勒特所说，"群体意识在一个思想层次上表现为意识形态"。[1] 政治中包含着个体内容，个体情感中包含着政治情感；政治抒情中包含着个体内容，个体抒情中也包含着政治内容。人是社会关系的总和，其中包含着政治关系；人是社会的人，人性中包含着政治成分，在高度政治化的年代政治成分更加突出。个人与群体是绑在一起的，正如个人与国家民族是绑在一起的。"绑在一起"固然限制了个人自由，但在国家民族生死存亡的时代，每个个体都坚信国家的也是个人的，民族的也是个人的，因而对于国家、民族情绪的政治表达是真诚的。但离开国家民族"生死存亡"这个前提，绑在一起是否还是"命运共同体"？对于国家民族的高度关注或者说将国家民族抬高到"同化"个体生命的程度，个体对于国家民族情绪的表达是否还保持着那份真诚？固然不能一概而论，但对五六十年代的很多诗人而言，那份热烈真诚是无法轻易否定的。

---

[1] ［英］玛里琳·巴勒特：《浪漫派、叛逆者及反动派》，黄梅、陆建德译，辽宁教育出版社、牛津大学出版社1998年版，第197页。

事实上，浪漫主义从来都不是纯粹的个体和唯美现象，也从不与政治绝缘。无论作为社会文化思潮还是个体审美表现，浪漫主义都有丰富的政治内容甚至政治意图。个性浪漫主义和审美浪漫主义虽然比较"疏淡"，但也包含着政治内涵。中国现代浪漫主义在其滥觞期就表现出明显的政治企图，梁启超、鲁迅盛赞"摩罗诗力"意在救国救民，而郭沫若正如学者所说，其最大的贡献"是将浪漫抒情政治化"①。他无论高张浪漫主义大旗还是视浪漫主义为"反动"，都基于明确的政治目的。蒋光慈白天革命，晚上写作，为革命创作，为爱情革命，身上充盈着西方浪漫主义诗学和人生内容，足以说明革命政治与浪漫激情可以高度融合。②三四十年代打压浪漫主义，针对的是个性和审美浪漫主义，社会和政治浪漫主义无论在延安还是敌占区都有长足发展，并延续到五六十年代。"所以谈现代文学的抒情性，只把眼光放在清风明月上是有其局限的。"③王德威也曾感叹，"政治化了的浪漫主义革命发挥了'摩罗诗力'，引领时代风骚时，对于'生命节奏'、'灵境'、'神性'的沉思注定显得无关紧要"了。④而恰在个性和审美浪漫主义衰微之时，以政治抒情诗为主干的革命浪漫主义获得了长足发展。

西方也是如此。诚如王德伟所说："西方至法国大革命以降的浪漫主义美学也形成了另外一种主要抒情资源。这浪漫主义一方面直指主观、惟我的情操，也同时开出革命天启的憧憬"，⑤"不论是华兹华斯，还是拜伦，或者是普希金等等，在一开始都有一个强烈的政治蓝图，一个乌托邦的理想。""浪漫主义是革命的一个组成部分"。⑥"到了20世纪的中国，从晚清开始一直到创造社，西方引进的浪漫主义成为中国启蒙以及革命主体安身立命的一个重要的文学表

---

① 王德威：《"有情"的历史：抒情传统与中国文学现代性》，《抒情传统与中国现代性：在北大的八堂课》，生活・读书・新知三联书店 2010 年版，第 31 页。

② 王德威：《"有情"的历史：抒情传统与中国文学现代性》，《抒情传统与中国现代性：在北大的八堂课》，生活・读书・新知三联书店 2010 年版，第 141 页。

③ 王德威：《"有情"的历史：抒情传统与中国文学现代性》，《抒情传统与中国现代性：在北大的八堂课》，生活・读书・新知三联书店 2010 年版，第 348 页。

④ 王德威：《"有情"的历史：抒情传统与中国文学现代性》，《抒情传统与中国现代性：在北大的八堂课》，生活・读书・新知三联书店 2010 年版，第 41 页。

⑤ 王德威：《"有情"的历史：抒情传统与中国文学现代性》，《抒情传统与中国现代性：在北大的八堂课》，生活・读书・新知三联书店 2010 年版，第 348 页。

⑥ [英] 玛里琳・巴勒特：《浪漫派、叛逆者及反动派》，黄梅、陆建德译，辽宁教育出版社、牛津大学出版社 1998 年版，第 8 页。

征：我是浪漫为我的，也因此我是革命启蒙的，我更是具有现代意义的"。① 中国五六十年代赓续了延安传统，出现了比法国大革命后更坚决更彻底的"变调"——个性和审美浪漫主义传统资源短缺，而以政治抒情诗为主体构成的革命浪漫主义发展繁荣。

或曰：50年代政治抒情诗属于颂诗，抒情内容主要是歌颂共和国，歌颂党和领袖，歌颂社会主义政治经济革命，而与文学史上以叛逆性、批判性、独立性为主旨的浪漫主义精神有巨大差异。颂诗是否具有浪漫主义表征？如果有，在何种层面和意义上表现出浪漫主义特征？其实，批判与赞美是主体精神的两大情感倾向，也是浪漫主义的两大功能。浪漫主义是破坏诅咒的利器，也是建设和赞美的工具。与批判相比，颂诗所体现的浪漫主义精神稍显薄弱，这是事实；但歌颂属于浪漫主义也是事实。关键在于歌颂了什么，是否值得歌颂，是否真诚地歌颂。五六十年代的政治抒情诗与时代政治顺向而行，导致批判功能弱化和歌颂功能强化，导致抒情对象并非传统浪漫主义的自我、自由、个性等内容。这是由诗人思想感情高度政治化所决定的。对很多诗人而言，选择创作政治抒情诗，抒发政治豪情，是他们"义无反顾"的选择，也是政治抒情诗浪漫主义艺术的宿命。

浪漫主义是自由无拘的表达，推崇自由而拒绝限制，追求诗性而远离世俗，并因此成为革命家的"烫手山芋"。在推翻旧统治、破坏旧世界的革命斗争中，浪漫主义是革命的同盟军，浪漫主义文学是革命的利器，思想革命、社会革命都需要浪漫主义这个武器。因其有感染力和煽动性，艺术效果明显，教育作用显著。革命成功之后，这个武器便显示出负面作用：浪漫意味着散漫，自由等于无视纪律，尊个性等于藐视集体，重个人而轻视群众……五六十年代恰是强调政治纪律的时代。时代要求统一思想、统一意志、统一行动，要求清除个人主义私心杂念，并且为此开展大规模的思想改造运动，以确保思想统一，感情纯正。在这种理论语境和创作环境中，政治抒情诗自然缺少创作和表现的自由。而自由是浪漫主义的精神内核。那么，缺少自由创造的政治抒情诗是否具有浪漫主义体征？

毋庸置疑。浪漫主义是多层次的，其内容非常复杂。自由也是多层次的，

---

① 王德威：《"有情"的历史：抒情传统与中国文学现代性》，《抒情传统与中国现代性：在北大的八堂课》，生活·读书·新知三联书店2010年版，第351页。

有宽泛无际的自由，也有限定空间的自由；有无条件限制的自由，也有有条件限制的自由；有绝对的自由，也有相对的自由。在抒发时代豪情的偌大空间，也会有相对的表现自由，甚至表现自我的自由。在获得革命话语权、自我政治化之后，诗人在政治框架内寻找自由空间，并且也的确找到了自由表现的空间——政治拥有辽阔的经度和纬度，拥有立体的时间和空间。诗人在走出个人世界之后走向工农兵生活的广阔天地，这里既存在自由选择的空间，如群体如何借助自我表现出来，自我与群体的主从和比重等，也存在自我本身的层次和纬度，生与死，爱与恨，永恒与死亡等内容。辽阔的时空和复杂的经纬关系为诗人提供了想象和幻想的广阔视阈，也提供了展示才华的广阔空间，甚至可以说这个空间比单纯的自我还要开阔。政治抒情诗失去了"精神内核"或许浮浅，却获得更多更强烈的革命浪漫主义元素——至于得与失的"性价比"如何，另当别论。

拓宽一点，试用李欧梵的分析对政治抒情诗的浪漫主义做进一步解读。李欧梵把现代文学的浪漫主义分成两类："普罗米修斯型"和"少年维特型"。[1]前者指启蒙文学和革命文学，如古希腊的普罗米修斯，盗"天火"解救国家民族的灾难。很多作家以解救民间苦难为己任，怀着崇高的理想和信仰从事文学创作，冒着生命危险"盗取天火"，并且在无边的暗夜里将"天火"播撒民间。这是崇高的浪漫主义情怀——其浪漫在于为理想而叛逆，为信仰而奋斗，抛头颅、洒热血在所不辞。他们中的很多人既是文学浪漫主义，也是实践浪漫主义——在不同环境中以不同方式致力于推翻旧世界的斗争。理想实现之后，他们走进新时代从事新工作，业已形成的经验思维仍发挥作用，普罗米修斯精神依旧赓续，仍然竭尽"盗天火""启民智"的职责。他们把"天火"也就是时代政治，抑或意识形态，抑或方针政策"洒向"民间，把自己领会到的精神内容宣传给群众，让群众分享和呼应。尽管"天火"有时会限制和焚烧自己，但只要有机会，他们就要为之奋斗，牺牲自己以服从时代需要。就此而言，非但创作内容具有浪漫主义品格，创作抒情本身也饱含着普罗米修斯的浪漫主义精神。

而这也决定了中国五六十年代的浪漫主义既不同于欧洲，也异于中国现代——缺少"少年维特型"的浪漫主义，缺少感伤主义。时代不允许，没有流

---

[1]　参见李欧梵著，王志宏等译：《中国现代作家的浪漫一代》，新星出版社 2010 年版。

露感伤情绪的条件是主要原因，但就政治抒情诗而言，诗人似乎缺少足够强烈的抒发个人感伤情绪的诉求。诗人超越了自我，把自我与国家和人民连在一起，甚至为国家利益牺牲自己——普罗米修斯精神销蚀了个人情绪，而胜利的现实也销蚀了他们的感伤，甚或说，"绑在一起"提升了思想境界和情感高度，他们不会轻易地消极和感伤。这与把个人与时代对立起来，以己之力与时代抗衡的少年维特的境遇和感受迥然不同。从个人的角度说，他们失去了自我是失败，是悲哀，是大感伤；但从社会政治层面上说，国家日新月异，劳动人民生活幸福，他们有欣喜狂欢的情绪，而无感伤的理由。这是那个时代的逻辑，他们相信并遵循这一逻辑。这是政治抒情诗人的境界和姿态，也是他们的可悲和可敬之处。由此导致中国五六十年代的浪漫主义与欧洲、与中国"现代"具有不同的特点，也导致不同的审美效果和艺术生命。

政治抒情诗放弃或曰失去自我、自由和个性等最重要的东西，虽然拥有宏大、崇高、激情、理想等崇高美的品格，但缺少恒久的艺术感染力和生命力。

第九章　"战士诗人"郭小川
浪漫主义创作论略

　　"战士诗人"是一个耐人寻味的组合。主体的行为习惯、思维方式和个性追求分居两端，相互矛盾：战士的天职是服从，诗人的天性是自由；战士的习惯是听从将令，指哪打哪，绝不含糊，诗人的秉性是本于内心，忠实自我，拒绝约束；战士遵守纪律，维护组织原则，诗人自由率性，放任情感诉求；战士本于外，讲究的是忠勇，诗人本于内，旨趣在于诗性。"战士诗人"的矛盾组合决定着郭小川的创作选择，也决定着创作的浪漫主义特色。

一、在"战士诗人"心理作用下
铺展创作道路

　　如果从 30 年代写诗算起，郭小川在诗歌道路断断续续走了 40 年的路程，而"职业诗人"的创作经历是 1955—1976 年。"文化大革命"期间他笔耕不辍，顽强地延伸创作道路，虽有"困兽搏击"的辉煌，但整体而言，创作生命也像自然生命那样被折磨得垂垂无力。如果不是意外地结束生命，他或许像很多"归来诗人"那样焕发艺术青春，但天不惜才，竟让他在黎明到来之际离开人世。算起来，郭小川诗歌创作的路程其实很短。他以辉煌的成就达到了那个时代浪漫主义诗歌的高峰，而跋涉的脚步却充满艰辛。

　　艰辛源于战士和诗人的矛盾组合。作为忠诚的革命战士，他把诗歌当作战斗武器，根据革命斗争需要进行创作；作为才华卓异的诗人，他把创作当作抒情达意的方式，努力追求艺术形式完美。是服从时代"将令"还是特立独行？郭小川时常处于尖锐的矛盾撕扯中，创作过程也是两种心理力量暗自博弈的过程。

郭小川矛盾心理的形成，与生活成长经历和社会文化影响密切相关。他出生在中学教师家庭，自幼接受古代文学熏陶。"九一八"事变后日军侵占热河，全家逃往北平，少年郭小川开始感受到国破家败的酸辛。窘迫的生活和民族的忧患激发了感时伤怀、忧国忧民的诗情，他用诗歌抒发爱国热情，揭露现实黑暗，呼吁国人开展民族解放运动。《女性的嚎歌》《平原老人》等作品显示出少年诗人的艺术才气，也激发了写作热情。但他没有顺延诗歌创作道路，卢沟桥事件爆发后，他投奔八路军，生活道路和思想感情发生深刻变化。"弃诗从军"——其创作诗情刚刚舒展就被逐渐形成的战士襟怀遮蔽起来。

但这种遮蔽是不彻底的。郭小川参军后主要从事教育和宣传工作，虽然无暇写诗，但工作本身却与文学并不隔膜。他曾在"奋斗剧社"工作，剧社隶属于政治部，创作和演出都要服从民族解放斗争需要，这种艺术理念对他影响很大很深。尤其是到延安后，他在延安马列学院、中央研究院、中央党校三部等处学习，研修马列主义和文艺理论，聆听过毛泽东在延安文艺座谈会上的结论讲演，学习地点和研修内容对他产生了深远影响。抗战胜利后，他有 10 年时间离开文艺团体，当过县长，打过游击，当过报纸编辑，多数时间从事宣传工作，直到 1955 年奉调中国作协担任秘书长。从参军到任职"作协"，他在部队和地方生活工作了 18 年时间，比童年、少年的学生经历还长。部队生活经历和周围环境、工作内容和职业性质都以巨大力量影响着他的性格造型，从诗学观念上说，他接受了毛泽东文艺思想影响，重视文艺的战斗功能，用以歌颂党和领袖，虽然创作有限，但"战士诗人"的创作意识却已形成。无论拿枪与否，他都以革命战士的标准要求自己，听从党组织召唤，在革命斗争的前沿阵地冲锋征战，故诗论中常把诗歌当成武器，强调其战斗功能特点。他说："我所向往的文学，是斗争的文学。我自己，将永不会把这一点遗忘，而且不管什么时候，如果我动起笔来，那就是由于这种信念催动了我的心血。即使因为别的事情不能动笔，作为一个爱文学的人，我将随时随地为促进这样的文学而支付自己的有限精力。"[1]

---

[1] 郭小川：《月下集·权当序言》，《郭小川全集》第五卷，广西师范大学出版社 2000 年版，第394 页。

这个"爱文学的人"内心深处总是充盈着文人诗性。无论工作岗位怎样变化，他始终没放下笔杆子，繁忙的斗争生活间歇也喜欢舞文弄墨。在中南局工作时还曾与陈笑雨、张铁夫合作，以"马铁丁"为笔名写作"思想杂谈"，对青年进行思想教育。杂谈和诗歌是两种不同的文体，写作思维迥然有别，但选题立意的思维习惯影响着诗歌创作。"初登"诗坛创作组诗《致青年公民》，思辨性特点和对青年进行思想教育的意图就十分明显。

《致青年公民》适应了思想单纯、政治热情高涨的青年读者的审美诉求，发表后引起很大反响，郭小川非常兴奋。"当我因为走上文艺岗位而重新写作的时候……社会主义建设和社会主义革命的伟大号召已经响彻云霄"，"蘸满了战斗的热情，帮助我们的读者，首先是青年读者生长革命的意志，勇敢地'投入火热的斗争'"[1]。但"盛名"之下，他殊不满足。他"越来越懂得……文学毕竟是文学，这里需要很多很多新颖而独特的东西，它的源泉是人民群众的生活的海洋，但它应当是从海洋中提炼出来的不同凡响的、光灿灿的晶体。"[2] 他用诗人眼光打量作品，发现创作意图损害了诗意，"我情不自禁地以一个宣传鼓动员的姿态，写下一行行政治性的句子，简直就像抗日战争时期在乡村的土墙书写动员标语一样"。[3]"情不自禁"正反映了"宣传鼓动员"思维习惯的强势作用。客观地说，《致青年公民》并非如"书写动员标语"，他如此酷评，是因为创作成功唤醒了久被压抑的诗性意识。在其作用下，他不仅对作品作出苛刻的评价，甚至觉得"创作上遭遇了极大的危机"，[4] 诗人意识之旺盛，于此可见。

"酷评"和"危机感"意味着"战士诗人"的主导性心理发生位移，意味着他要规避"宣传鼓动员"的创作"姿态"按照诗学要求探索创作道路。其后，他将诗心沉入历史，在战争硝烟中寻找诗情诗意，创作了《白雪的赞歌》《深深的山谷》《一个和八个》等叙事诗。他把对现实人生的诗性思考转化到历

① 郭小川：《月下集·权当序言》，《郭小川全集》第五卷，广西师范大学出版社 2000 年版，第 394 页。

② 郭小川：《月下集·权当序言》，《郭小川全集》第五卷，广西师范大学出版社 2000 年版，第 394 页。

③ 郭小川：《月下集·权当序言》，《郭小川全集》第五卷，广西师范大学出版社 2000 年版，第 394 页。

④ 郭小川：《日记》，《郭小川全集》第八卷，广西师范大学出版社 2000 年版，第 469 页。

史故事叙述和生活经验表现中，以避免直抒胸臆的空洞、现实题材的浮泛和政治口号直接入诗的弊端。这种策略性选择取得明显效果，他十分快意，甚至说创作《一个和八个》是"幸福的时刻"。因为这是他"真正用心写诗"，其中饱含着太多深刻的人生体验。作品写一个被诬陷的革命者的悲剧。他说故事是好友张海默提供的一个真实故事，而自己在部队工作时对这类故事也"屡有所闻"，①且自己对党内斗争的残酷性和被冤屈的痛苦无助也有切身体会。据说，在延安"整风"运动中，他曾经受到诬陷，而新婚妻子杜惠则在"抢救运动"中被怀疑是特务，关押两年半时间。这些惨痛的事实给他留下深刻烙印，是他"冒险"而"用心"创作的情感基础和倍感畅快的心源。

　　《一个和八个》的"横空出世"与他当时的思想情绪有关。他在"作协"工作期间，深度参与了对胡风、冯雪峰、丁玲等作家的"政治斗争"，参与了"反右"斗争。他知道很多事情的真相及前因后果，也知道这些运动给当事人带来多大伤害。但他没有犹豫和姑息，而是以迫击炮般的语言轰击对象，以表明革命战士的坚定立场。被诬陷者转而成为清查者或者说"诬陷者"，命运发生戏剧性大逆转。无论对运动本身还是运动对象他都没说过什么，因为他是忠诚的战士；但诗人的良知却让他隐隐心痛，并对自己在"作协"的工作产生了深度怀疑——"恻隐"之情转化为"用心"之作。"我为什么写了一些杀人犯？为什么让他们都被'感化'过来？这也反映了我当时的复杂的思想感情。"他说他"对于周围的许多人都是很讨厌的。我觉得，这批人钩心斗角，追名逐利，有时又凶暴得很，残酷得很，简直没有什么好人（我指的是一些作家，而且不是明确地包括周扬一伙）。生活在这里，甚至像生活在土匪窝里一般。我想，在这样一种环境里生活，一定得有一种'出于污泥而不染的坚贞性格'，一定要忍辱负重，委曲求全，从自己做起，才能有些用处。"②他要借助这个故事艺术地表现深切的愤懑情绪。

---

① 郭小川在 1959 年写的检查中说："远在二十年前，我就听了这样一个故事：'王明路线'或'张国焘路线'肃反时，押了一批犯人，都是被冤枉的好同志。一次，敌人围攻时，这批'犯人'就起而抵抗，大部分壮烈牺牲，只剩下几个人逃生。这同样的故事，后来还听说过几回。我在延安参加审干，就有意写一篇文章（小说或散文），企图用以说明那些被斗错了的同志，一直没有动笔。"（《我的思想检查——在作协十二级以上党员扩大会上》，《郭小川全集》第 12 卷，广西师范大学出版社 2000 年版，第 29 页。）

② 郭小川：《在反右斗争前后：我的初步检讨之七》，《检讨书：诗人郭小川在政治运动中的另类文字》，中国工人出版社 2001 年版，第 143、144 页。

　　但他知道这是高难度的冒险之举。革命者的悲剧是组织造成，他既要写革命者经受的严酷考验，表现其悲剧命运和高尚品质，又要维护组织威信和威望，不能揭露悲剧制造者也无法追究悲剧根源。创作如高空走钢丝，稍微失衡就会葬身深渊。聪明的郭小川将故事归咎于"王明路线"或者"张国焘路线"的肃反悲剧，并为寻求保险系数做了很多铺垫，但还是没有逃过批判者的法眼，他为此受到猛烈批判。他在创作中以蒙受沉冤作命运前提，表现革命者的忠诚，吊诡的是，严峻的现实却要考验他的忠诚。

　　郭小川知道政治斗争的残酷性，努力调整"战士诗人"的心理矛盾，以多种面孔示人。在行政事务和政治斗争中他恪守战士职责，冲锋陷阵毫不犹豫；在诗歌创作中，遵守创作规律，勇于突破，力求写出自己满意的诗篇。战士斗志和诗人意识交替着发挥作用。他走在革命斗争和诗歌创作两条路线上，在处理行政事务、赶写战斗檄文的同时，沉下心来寻求突破，攀登诗歌艺术高峰。叙事诗《白雪的赞歌》《严厉的爱》《深深的山谷》大都写战争年代的人生和爱情，虽然没有超越时代规范让爱情无条件地服从革命信仰，没有说明只有革命者才有纯真的爱情和壮丽的人生，但诗中最感人的内容却是人物真实的内心世界，是人生受挫后的动摇和逃避、爱情受挫后的失望和痛苦等消沉情绪。抒情诗《致大海》和《望星空》几乎无遮拦地抒发惆怅和迷茫的情绪。前者要借大海圣水"洗涤洗涤我的残留着污迹的心灵"，后者则流露出与浩瀚无际的宇宙相比，个人渺小、人生短暂的情绪——尽管这是欲抑先扬的叙事策略，其本意是要歌颂"人定胜天"的力量，表现"建设美好、幸福的人间天堂"的时代主题，但空泛的时代主题敌不过个人情绪的深切流露，后者更有诗性和魅力。

　　走在心仪的道路上，郭小川十分惬意。他曾经得意地记录创作《白雪的赞歌》的心情："又写了几行诗，思索着《白雪的赞歌》的修改问题。整天为创作冲激着。又愉快、又美丽，生活常常有这样幸福的时刻。"①这是诗人追求冲淡战士自觉、在审美天地快意耕耘的创作心境。

　　这种心境只沉下心来创作时才有，而他沉下心来创作的时间却不多。50年代后半期他情绪烦躁、低沉和愤懑，糟糕的环境和烦心的事情如影随形地纠缠着他。几年前他兴致勃勃地到"作协"任职，带着领导的殷切期望，也怀揣推动社会主义文艺事业发展的梦想。但几年下来，他感到"作协"工作与他所

---

① 《郭小川1957年日记》，河南人民出版社2000年版，第246页。

期望的相差太远。他知道"作协"是革命事业的一块阵地，也不怀疑这块阵地上存在矛盾斗争。在他看来，"作协"应该最大限度地调动作家的创作积极性，推助社会主义文艺事业发展，但实际经历的却不是那么回事。他无力改变现实，还要在斗争中充当急先锋，打击那些"离经叛道"者。他感到苦恼，进而提出调离"作协"。但等待他的却是批判，而在强大的批判阵势面前他只能一次次检讨。在遭受若干次批判、做了若干次争取之后，他终于摆脱了给他许多痛苦和烦恼，也满足了其创作欲望助他取得显著成就的工作环境。1962年他调到《人民日报》做特邀记者。

当年批判郭小川的发言乱云纷飞，无数充满火药味的"子弹"射向他，击中要害的便是"个人主义"，这很有见地。事实上，支撑他跟"作协"撕破脸皮、执意离开的确实是"个人主义"。经过各种运动之后，他的自我意识逐渐觉醒，他不愿意充当政治斗争的杀手伤害别人，也不愿意把自己的才华和精力消耗在毫无疑义的行政事务中。他想当诗人，对攀登创作高峰、成为大诗人充满自信，且欲望强烈。他淡薄利益，但颇"好名"，特别看重诗人声誉，创作富有个性特点的作品是他的人生追求，并且形成具有支配作用的心理力量。他说作家的"精神状态一定非常崇高，他永远和生活联系在一起，而且用共产主义的锐利的目光去观察和理解一切；然而，他却有他自己的独特见解。这样作家的作品一定是服务于人民的，忠实于社会主义现实主义的原则的；然而他有的是自己的风格，自己的特色，即使他的作品不署名，你也可以大致猜中是他的。"[1] 尽管被浮言流云遮盖着，但他的目标追求却昭然若揭。离开"作协"后，他向着理想目标阔步前进。

特邀记者身份给外出采访体验生活带来方便和自由。他西出阳关，东至大海，走遍共和国很多地方。他广泛搜集材料，从容酝酿诗情，放飞想象羽翼，大胆突破和探索，创作了《厦门风姿》《乡村大道》《甘蔗林——青纱帐》《林区三唱》《西出阳关》《昆仑行》等脍炙人口的作品。这些作品，就选材立意而言，体现了战士和记者的思维特点：关注生活现实，注重宣传性和及时性，甚至可以说是"诗报告"——他以诗的形式报告新闻典型，配合意识形态宣传。这当然是"剥离"诗情的表述，事实上诗情是无法"剥离"的。这些诗篇绝非简单

---

[1]　郭小川：《〈月下集〉权当序言》，《郭小川全集》第五卷，广西师范大学出版社2000年版，第396页。

的配合宣传，是他对人民生活和精神面貌的诗情提炼，是时代精神的个性化阐释和审美表现。其抒情，或者深沉绵长如新辞赋体《甘蔗林——青纱帐》，或者热烈高亢似战鼓响雷如《林区三唱》，均镌刻着个性彩印。他博取民间艺术资源和中国诗歌传统，创造了多种诗体，如民歌体、新格律体、新辞赋体、自由体、半自由体、新散曲体等。他以考究的语言、独特的思考、热烈的情感、奇特的想象和多彩的诗体向着诗歌创作高峰前进。

但郭小川没有达到他所渴望的高峰。这有自身原因，更与时代相关。时代如同"毁灭的巨指"残酷地拨弄着诗人的命运。就在他从容创作、全力攀登之际，"文化大革命"爆发了，他和众多作家一起陷入灾难的深渊。暴风雨初期，他还试图高举红旗追随时代前进，努力寻求生活和写作机会，而等待他的却是旷日持久的迫害。他痛苦、困惑、焦躁、恐惧、无奈。在被严加管制的日子里，他内心深处积聚了岩浆般愤懑的情绪。《团泊洼的秋天》《秋歌》是诗人才华和诗情的爆发，也是战士忠勇精神的诗性表达。郭小川用这两首诗，完成了他悲壮人生的隆重谢幕，也诠释了战士与诗人的矛盾融合。

二、"革命""个性""审美"
浪漫主义相消长

"战士诗人"的思维方式和人生追求是"异质体"，虽然"焊接"在一起，终究互相拒斥。其矛盾组合导致郭小川创作道路的艰难崎岖和人生遭际的悲剧性内涵，为后世留下阔大的阐释空间——"纯诗人"虽然壮烈但在当时缺少作为也缺少阐释空间，"纯战士"虽忠勇可嘉但缺少独立的生命内涵也缺少阐释价值。世界上没有纯粹的战士或诗人。郭小川的意义在于，矛盾复杂的心理格局导致多元性审美选择，20年创作是革命浪漫主义、个性浪漫主义和审美浪漫主义相消长的过程。这个过程可以分作四个时段。

第一时段，"初登"诗坛，创作组诗《致青年公民》，抒发了革命浪漫主义豪情。50年代初革命浪漫主义强势崛起，中国共产党人领导人民推翻"三座大山"，建立了中华人民共和国，并以恢弘的雄心壮志致力于社会主义革命和建设，在政治浪漫主义狂飙突进的时代，社会主义文学也呈现出全新的气象。

在社会主义现实主义"指导"下，革命浪漫主义文学盛行朝野。在此语境中，郭小川创作了《沿着社会主义的轨道飞奔》《向困难进军》《把家乡建成天堂》《在社会主义高潮中》《让生活更美好吧》《闪烁吧，青春的火把》等作品。战士自觉和诗人意识处于混合状态，他既重视情感宣泄也重视思想表现，比较而言，因长期从事宣传工作，且以宣传战士自居，战士的革命自觉稍占优势，诗性追求处于遮蔽状态。他用创作履行职责，配合时代需要对青年进行革命思想教育——教育他们树立正确的人生观和价值观，正确处理事业与爱情、个人与集体、困难与奋斗等问题的关系，"点燃青春的火把"，为社会主义革命和建设贡献青春。思想内容是典型的政治理性，但经过了情感融化，表达富有诗性。"让我们／以百倍的勇气和毅力／向困难进军！不仅用言词／而且用行动／说明我们是真正的公民！在我们的祖国中／困难减一分／幸福就要张几寸，困难的背后／伟大的社会主义世界／正向我们飞奔。""我们宁愿做个萤火虫，永远永远，朝着光明的去处走，／即使在前进的途中，焚身葬骨，也唱着高歌，不回头。／我们憎恶那种自私自利的庸人——活着，只是为了生前的享乐和死后的阔气的仪殡。／不！我们纯洁的心灵，不能蒙上一粒灰尘，我们每一滴血汗，都是为了贡献给我们所深爱的人民！"这些滚烫的诗句承载着汹涌的激情、崇高的理想、豪迈的誓言、远大的志向连同别具特色的（楼梯式）抒情方式喷涌而出，是当时诗坛上备受瞩目的革命浪漫主义诗作。

从创作《白雪的赞歌》开始到50年代结束，是郭小川创作的第二时段。在此期间，郭小川"绕开"现实走进历史，在熟悉的生活和经验领域选材立意，并以充盈的诗心创作了《白雪的赞歌》《深深的山谷》《月下》《严厉的爱》《一个和八个》等叙事诗，以及《致大海》《望星空》等"真正的诗"。他诗情饱满，自由地放飞想象的翅膀，尽情地施展艺术才华。《一个和八个》艺术地处理高难度高风险的题材，表现极其隐秘的自我意识；《白雪的赞歌》等叙事诗直面革命和爱情的矛盾和痛苦，描写革命人生的艰难曲折，揭示人性的复杂矛盾；两首抒情诗感慨人生短暂和无奈，流露出迷茫消沉的情绪。这些都是极其深刻的"人学"问题，也是当时严格限制的内容。他似乎忘记了配合宣传，更"罔顾"清规戒律，任凭诗心纵横，其创作与仰望星空感叹人生短暂、面对大海袒露矛盾复杂的心绪一样，表现出个性浪漫主义特点。

但郭小川的"妄为"是有限的。他笃信革命文学理论，延安生活经历和经验制约着诗学理念和创作追求，无论"罔顾"还是"妄为"都离不开"二为"

方向这个前提。时代意识形态如警钟长鸣,战士自觉时刻规范情感抒发和诗意表现,给诗人意识抒发造成很大障碍。他不得不曲折迂回,不得不遮遮掩掩,不得不欲抑先扬,表现了再批判,明知批判却要表现,基于批判的表现和为了表现不惧批判扭结在一起,很难区分何为因果哪是创作旨趣。

这种情形在《望星空》中得到深刻体现。这首诗因人民大会堂落成而作,旨在赞美大会堂建设的辉煌成就,歌颂建设者的创造精神。这不是困难的选题,因为大会堂有足够丰富的歌颂内容,依题而作无须花费太多精力。但他足足耗费半年时间,三易其稿,苦心经营。艰辛源于战士与诗人的内心冲突。他漫步天安门广场,仰望茫茫星空,深深感到宇宙的永恒和人生短暂,星空的广袤和人类的渺小。"在伟大的宇宙的空间,/人生不过是流星般的闪光,/在无限的时间洪流里,/人生仅仅是微小而又微小的波浪"。他知道表现这种情绪有害有碍却又难以抑制,在抒发真情实感和表现社会理性之间犹豫难决。最后采取欲抑先扬的抒情策略,前两节抒发惆怅低沉的情绪,表现对于浮夸虚假豪情的讽刺和否定;后两节从壮丽的星空回到人间现实,赞美雄伟的大会堂和沸腾的战斗生活,表现征服自然宇宙的豪迈气概和"要把广漠的穹隆,/变成繁华的天安门广场"的宏伟理想。《望星空》洋溢着沉郁的个性浪漫主义诗情,也充盈着昂扬的革命浪漫主义豪情。

第三时段指 60 年代初期他到《人民日报》社任职后的创作。其创作还是意识形态的"顺向"表现,还是汪洋恣肆地抒发豪情,却没有前期的空泛浮躁,而探索诗体形式、讲究抒情艺术的意图比较明显。他广泛吸取中国古代诗歌和民间艺术的表现方法,力求形式风格多样化。他汲取汉赋的表现艺术,创造了"新辞赋体",作品如《厦门风姿》《甘蔗林——青纱帐》等,以长句为基本形式,铺张渲染,反复咏叹,节奏起伏跌宕,诗句华丽炫美,给人以雍容华贵、意象万千的审美效果。与早期的"楼梯式"相比,"新辞赋体"组织得更加严密齐整,每行两句二十个字左右,每段四行,行与行、段与段之间大体对称,形成相对独立的抒情单位。在学习新民歌、以通俗朴实为时尚的风气中,表现出高贵华美的风姿。学习民间艺术以及散曲、小令的形式和手法创造了"新散曲体",如《林区三场》《西出阳关》等。诗行长短不等,诗句短促有力,节奏跳跃有致,语言朴实,旋律铿锵,声调朗朗,语气词的大量运用,有效地加强了抒情效果。无论"新辞赋体"还是"新散曲体",也无论"长廊语"还是"短诗句",大都形式完美,是其走向审美浪漫主义的重要标识。

郭小川"文化大革命"期间受尽折磨，心灵遭受重创，但对革命信仰却从不怀疑。他依然保持战士的忠诚，无论允许与否，都用创作表达革命战士对时代风云的思考。他以困兽犹斗的决绝创作了备受关注的《团泊洼的秋天》和《秋歌》，创作进入第四时段。

资料显示，郭小川当时是高层督办的"重案"，被押送到天津静海的团泊洼接受审查。他被诬陷，遭磨难，有冤情无处申诉，心悲苦无人知会，于孤独绝望之境创作了这两首质地坚硬的诗，表明心志。研究界对这两部作品作过很多阐释，其中颇多善意而过度的阐释。其实，这两首诗旨在表现战士的忠诚，其经典名言如对战士的"性格""抱负""胆识""爱情"和"歌声"所做的颇有力道的阐释以及"是战士，决不能放下武器，哪怕是一分钟；要革命，决不能止步不前，哪怕面对刀丛"，等等，就是困境中忠诚的诗性表达。他把战士的品格推向极致，也将诗人的才情发挥得淋漓尽致。这两首诗是革命浪漫主义、个性浪漫主义和审美浪漫主义的高度融合——郭小川经历了倾斜和调整，最后以三浪漫主义的融合终止了创作道路。这是诗人才情的完美诠释，也是战士生命的悲壮谢幕。

由此可见，"战士诗人"终究是统一的。统一的心源是战士的忠诚和诗人的坦诚。忠诚和坦诚使他的诗歌创作无论顺向高歌还是"逆向"宣泄，都是"战士诗人"生命的燃烧。生命内涵具有多重性，燃烧火焰也放射出不同光彩。郭小川的燃烧，在不同生活境况中呈现出不同的表征。因系生命燃烧，故无论革命浪漫主义、个性浪漫主义还是审美浪漫主义，都能引起强烈的社会反响和审美效应。

三、郭小川浪漫主义创作的审美力度

阅读郭小川的诗，感受最强烈的是审美力度。所谓"审美力度"，也就是鲁迅所说的"诗力"，是诗中所表现的情感冲击力和思想穿透力，是咄咄逼人的霸气、冲天怒吼的豪气和毋庸置疑的硬气。

审美力度源于主体的精神高度和心理优势。有高度、有优势才有气势。在郭小川看来，"气势……主要指革命感情的豪壮"。这是"战士诗人"的时代性认知。他是从硝烟战火中走进新中国的战士，从延安走来的主流诗人，参与了打败敌人、夺取政权的战争，这种资质赋予他胜利者的精神高度和心理优势，其创作每每表现出高歌唱英雄、举杯庆战功的豪气和硬气。无论《致青年公民》号召青年投入火热的斗争，还是《林区三唱》为林区建设功臣摆酒庆功，抑或带有"墓志铭"色彩的晚期"二秋"（《团泊洼的秋天》和《秋歌》），所表现的都是胜利者的豪气、霸气和硬气，也显示出擂动战鼓、催促奋进的精神高度和心理优势。诚如诗中所言，他虽然"渺小"却"感到力大无穷"，因为背后"是雄强勇健的亿万群众"；虽然"愚笨"却又"百倍聪明"，"因为领我教我的，是英明伟大的领袖毛泽东！"（《秋歌》）具体说来，郭小川诗歌的浪漫主义审美力度主要表现在如下几个方面。

首先是情感冲击力。精神高度和心理优势让郭小川恒居时代高端，具有傲视天下，指点江山，真理在握，舍我其谁的豪气、霸气和硬气。他少年时代有过国破家寒的痛苦体验，新中国成立后经历了人民翻身解放的胜利狂欢，个人和祖国命运的巨大变化使他激情高涨；而发展变化的时代及其意识形态更为他的强势抒情提供了深厚资源。他激情如江河决堤，滔滔滚滚；如地火运行，烈焰灼灼。50年代初期，他赞美青春，热切地呼吁青年公民积极投身到火热的建设中去，批判讲究穿着打扮、花前月下、无所作为的青春享乐主义者，用渲染、烘托、繁复、排比、想象夸张、直抒胸臆等方式抒发革命浪漫主义豪情。"青春不只是秀美的发辫和花色的衣裙，在青春的世界里，沙粒要变成珍珠，石头要化作黄金；青春的所有者也不能总在高山麓、溪水旁谈情话、看流云，青春的魅力应当让枯枝长出鲜果，沙漠布满森林；大胆的向望、不倦的思索、一往直前的行进，这才是青春的美，青春的欢乐，青春的本分！"（《闪耀吧，青春的火把》）在经历了政治斗争的风雨摧残、生命力衰竭的情况下，他仍点燃生命烈焰表现"战士诗人"的壮烈豪情，"战士自有战士的性格：不怕污蔑，不怕恫吓；／一切无情的打击，只会使人腰杆挺直，青春焕发。／／战士自有战士的抱负：永远改造，从零出发；／一切可耻的衰退，只能使人视若仇敌，踏成泥沙。／／战士自有战士的胆识：不信流言，不受欺诈；／一切无稽的罪名，只会使人神志清醒，头脑发达。／／战士自有战士的爱情：忠贞不渝，新美如画；／一切额外的贪欲，只能使人感到厌烦，感到肉麻。／／战士的歌声，可以休止一时，却永远不会沙哑／战士的明眼，可以关闭一时，却永远不会昏瞎。"他甚至说，即使到了"老态龙钟"的年龄，心"还像入伍时那样年轻"；即使死后化作烟气，也要像硝烟"火药味很浓很浓。"《团泊洼的秋天》《秋歌》因酣畅淋漓的抒情而表现出强劲的审美冲击力。

其次是思想穿透力。郭小川十分重视作品的思想性，这是他诗学主张的核心内容，有时看得比感情还重要。"在文学这个领域里，要能站得住脚，就是说，要赢得广大的读者，必须开阔一个新的天地，既是思想上的，也是艺术上的。如果不能使自己的作品具有鲜明的特色，使人家有一新耳目之感，那是不会有什么结果的。"[1] 他甚至说"抒情并不是诗的目的(不是抒发了感情就够了)，创作目的在于宣传思想"。[2] 其作品热烈奔放，汪洋恣肆而非煽情滥情者，就在于思想的骨质作用。他所表现的思想大多是意识形态的附和性内容，但并非汗漫而谈，也非"喏喏"之声。无论理论主张还是创作实践，他都重视思想个性，说思想不等同于"现成的流行的政治语言的翻版，而应当是作者的创见"。并且强调指出，"创见"应该是"作者自己的，是新颖而独特的，是经过作者的提炼和加工的，是通过一种巧妙而奇异的构思自然而然表现出来的"。他说，"没有一般，即没有我们共同的共产主义世界观，当然没有我们的社会主义文学；但是没有特殊，即作者的独特的风格和独特的艺术文学，也不会有什么社会主义文学，至少是没有好的社会主义文学"。[3] 在他看来，"提炼加工"就是要使思想得到富有个性的表现。

综合其理论和创作，其"个性表现"涉及内容和形式两个方面。就内容而言，思想个性是独特的生活经验和生命体验。他忠于并努力表现自己的生活和生命体验，且不说叙事诗《致大海》《望星空》以及《团泊洼的秋天》《秋歌》等个性印痕深刻的作品，即便是组诗《致青年公民》《林区三唱》这类表现普泛性思想的作品也带有个人生活和生命的印记。这既与他采用第一人称抒情叙事相关，更重要的是将生活经验和生命体验"加工提炼"出独特的诗性内容。就其形式而言，郭小川是勇于探索、善于创新且具有创新能力的诗人。其创作往往因强健且独具特色的艺术表现而显示出很强的穿透力，超越革命浪漫主义而表现出个性浪漫主义的力量。

所谓"独具特色"，说到底是思想内容的个性表达。郭小川是思想和感情

---

[1] 郭小川：《致晓雪》，《郭小川全集》第七卷，广西师范大学出版社 2000 年版，第 248 页。

[2] 郭小川：《致郭小林》，《郭小川全集》第七卷，广西师范大学出版社 2000 年版，第 418 页。

[3] 郭小川：《致郭小林》，《郭小川全集》第七卷，广西师范大学出版社 2000 年版，第 396 页。

的统一论者，言志与抒情并举，忠诚与真诚同重。在他看来，"感情，在文学作品中，尤其在诗中，占有特殊的地位。思想和感情是不能分开的。有人说，感情是思想的翅膀，很有道理。不管是哪个阶级的诗，感情（抒情）都是它的特质，问题仅仅在于是哪个阶级的感情而已。""诗也是表现感情的，当然也表现思想，但感情可以说是思想的'翅膀'，在诗中，思想靠感情而飞翔。没有感情，尽管有思想，但也不是诗。当然，我们的'情'，是无产阶级之情，是人民之情。既然是'情'，就必须是从心的深处发出的，无法伪装，伪装的都没有真情实感。"① 郭小川的表述带有鲜明的时代印记，有些观点固不足取，但他对思想和情感关系的理解却是有洞见的。其创作寓理于情，把思想表现与真挚而深切的感情抒发融为一体，且达到出神入化的境界，既有效地避免了思想入诗的生硬，也有效地避免了情感宣泄的浮泛。故此，其创作的审美力度其实是情感感动力和思想穿透力的融合统一。

再次是美感气势。气势是诗人审美创造的气度和魄力，由开阔的胸襟、思想的高度、情感的强度、自信的程度以及思维运势、表达能力、语言风格等构成。郭小川注重和讲究气势，习惯和擅长于强势表达，以斩钉截铁的强势语气表现独特的思想感情，给人以咄咄逼人的审美震撼力和冲击力。他自居或者说雄居时代潮峰，信仰坚定，旗帜鲜明，言辞锐利，果敢断言，其创作，尤其是政治抒情诗充满霸气、豪气和硬气。他将气势归结为"严密的逻辑"。他的逻辑是简捷的"三段论"，国家的、政党的、领袖的、阶级的、政治的……利益和意志是前提，用简捷的逻辑关系表现富有时代特点的思想和思考，作出"这就是"的逻辑推论，形成泰山压顶、江河决堤之势。他的逻辑推论不一定"严密"，结论也很值得怀疑，但他借助"逻辑前提"的高度和力量强势推论，显示出真理在握、毋庸置疑的坚定性和绝对性。即便是逻辑判断存在明显偏颇和谬误，如将"斗争"视作生命和最富有的人生，将战士的抱负概括为"永远改造，从零出发"等等，也是那样气势逼人。

郭小川诗歌的气势与语言风格密切相关。他的语言有的含蓄委婉蕴藉宛若小桥流水、杨柳岸晓风残月，有的忧伤沉郁如低沉幽怨的小夜曲，清丽悠扬。但就整体而言，高亢激昂，势大力沉，质地坚硬，骨感强壮，颇有"银瓶'爆裂'水浆进，铁骑突出刀枪鸣"的气势。他追求气势也善于营造气势，就语言

① 郭小川：《致郭小林》，《郭小川全集》第七卷，广西师范大学出版社 2000 年版，第 418 页。

风格而言，虽然不拒绝平实素朴和清丽优雅，但更喜欢敲战鼓打响雷，营造大阵势。组诗《致青年公民》学习马雅可夫斯基的楼梯式，用抑扬顿挫、铿锵有力的诗句表达强烈的思想感情，显示出汪洋恣肆、酣畅淋漓的艺术效果；学习汉赋用较多的修饰语、形容词组成豪华瑰丽的"长廊体"，创造雍容华贵、诗意绵长，节奏舒缓绵软却又有高山流水汩汩淙淙的审美效果，如《厦门风姿》《甘蔗林——青纱帐》《团泊洼的秋天》；而那刚健有力、诗句简短的小调如《林区三唱》则选用清脆炸响的字词创造节奏明快、旋律急切、语势强劲的抒情效果，如战鼓猛擂号角劲吹，令人精神振奋，血脉偾张，具有强烈的审美震撼力。

郭小川诗歌的审美力度与传统浪漫主义有明显差异。中外浪漫主义诗人大都逆天绝俗，傲然独立，离经叛道，显示出卓异的个性气质。屈原昂首问天，李白笑傲人生，苏轼惊涛拍岸，辛弃疾气吞万里；拜伦放浪形骸，雪莱狂狷自由，歌德、席勒狂飙突进，费希特"敢于昂首向着那可怕的陡峭的山峰，向着那气势磅礴的瀑布，向着雷声滚滚、电光闪闪、漂浮于大海之中的云朵，说道：我是永恒的，我要抗拒你的威力。"① 这种"诗力"正是近现代中国所缺少的。所以鲁迅欣赏摩罗诗人打破传统的"诗力"，郭沫若礼赞破坏旧世界的"匪徒"，胡风倡导用燃烧的激情融化冰冷的现实。传统浪漫主义"诗力"是与社会抗衡的逆天力，对现存秩序的破坏力，肩住黑暗世界闸门的抗争力和立在地球边上怒吼的"狂妄力"。郭小川借鉴传统浪漫主义的抒情方式形成了"三气"（豪气、霸气和硬气）鼓胀的审美力度。其审美力度源于时代政治列车呼啸前进的惯性力，歌颂国家和领袖意志的群体力，维护和巩固政治秩序的助动力和鼓舞斗志、激发豪情、追求理想的顺风力。

因为郭小川是"战士诗人"。他不可能违拗政党意志独立于社会，也不可能违规越矩表现逆天之思，抒逆天之情，发逆天之声，而只能在意识形态允许的范围内表现"独具特色"思想感情。这是时代决定的，也是"战士诗人"的身份决定的。在备受限制和规范的语境中，独立自由的空间十分有限。但他似乎没有感到狭窄，因为他是忠诚的革命战士，原本就没有独立世外的意愿，即使受到无情迫害残酷折磨，仍保持足够的忠诚；他是主流诗人，即使有个人的思想情绪，也被战士的理性自觉抑制着；即使"情不自禁"地流露出消沉情绪，

① 蒋孔阳：《德国古典美学》，商务印书馆1980年版，第131页。

也终会感到"阵阵心痛"和"悔愧无穷"(《秋歌》)。所以，无论是在广袤的宇宙空间表现人生感悟的抒情诗，还是在战争背景下表现对爱情与革命、忠诚与背叛多重思考的叙事诗，大都在革命逻辑的"前提"之内。

而这也决定了，郭小川的创作首先是革命浪漫主义，然后才是个性浪漫主义和审美浪漫主义，或者说在革命浪漫主义框架内显示出个性浪漫主义和审美浪漫主义特色。

浪漫主义"属性"的差异导致艺术生命的参差。传统浪漫主义"诗力"大都影响当时，流传后代，具有恒久的艺术生命力。郭小川的浪漫主义虽然质地坚硬、气势磅礴、"三气"冲天，但缺少传统浪漫主义的生命力。其创作显赫于当时，但时过境迁，其影响力、震撼力早已羸弱甚至消失。

当然，生命力羸弱和消失的不啻郭小川的创作，整个五六十年代甚至更晚近者如社会转型时期的某些浪漫主义创作，也鲜有传统浪漫主义那种晴天炸雷的审美效果和持久的艺术生命力。这正是革命浪漫主义屡被遮蔽和冷落的原因，也是浪漫主义的时代性悲剧。郭小川拼尽了气力和才气，但终究难逃革命浪漫主义的宿命——宿命，谁都难逃。

第十五章 贺敬之的革命浪漫主义情怀和创作特色

无论对五六十年代诗歌创作作出怎样的评价，用什么样的标准考量那段文学历史，贺敬之都是绕不开的存在；无论是否承认五六十年代存在浪漫主义，对那个时段的浪漫主义作出怎样评判，都无法否认，贺敬之诗歌表现出鲜明的革命浪漫主义特色。本章拟就此进行粗略考察。

一、深切执著的革命浪漫主义理论情怀

贺敬之是诗人，也是具有理论修养的理论家。其诗歌创作和理论主张都表现出鲜明的革命浪漫主义特色。

50 年代前期，在浪漫主义没有"名分"、几乎无人问津的理论语境中，贺敬之的理论探讨就表现出浪漫主义倾向。《谈提高作品的思想性：给 ×× 同志的信》写于 1950 年，文章讨论如何提高作品的思想性，批评公式主义和把标语口号当作"思想"写进作品进而导致的庸俗化现象，与浪漫主义本无关系，但他有意识地将话题引向浪漫主义视阈。他反对将思想生硬地塞进作品，反对客观主义地堆砌材料，提出要通过"感情溶化"将思想和材料化为诗情和血肉形象。在他看来，整个创作过程都要经过感情溶化。"所谓'思想'，是必须被感情所具体化了的；所谓'生活'，是必须被感情所血肉化了的；所谓'生活与

思想'结合，便是通过感情的溶化和升华而达到的形象化与单纯化"。① 强调主观作用，反对自然主义和公式主义，反对标语口号，是贺敬之把脉共和国初期创作问题之后开出的"药剂"，其核心是"感情溶化"。他没有使用胡风那套理论术语、理论主张，却与胡风的"主观战斗精神"有惊人的相似。② 而推崇主观精神作用正是浪漫主义理论的核心内容。

贺敬之心系浪漫主义，在情感和理智上，在理论和创作中，都表现出鲜明的浪漫主义理论情怀。他说得很到位也很明确，浪漫主义是人类生活和精神的反映，文学史从不缺少浪漫主义。"人民劳动着、斗争着，同时也希望着、幻想着"，就产生了浪漫主义。③ 劳动斗争不停止，希望幻想也不会停止，浪漫主义永不会终结。什么主义都会死亡，浪漫主义不会。浪漫主义是一条"壮丽的、积极的"、"万古长青、向前发展"的红线，贯穿古今；即便是最严格的现实主义诗人杜甫，其作品也有可观的浪漫主义笔墨；戏剧从古代的《窦娥冤》到正在演出的《白蛇传》，浪漫主义红线也很鲜明。他反对忽视浪漫主义的作家理论家，说他们的文章只提人民性和现实主义，"偶尔提一下浪漫主义这个字眼也是那么不在话下的样子。好像多说几句浪漫主义就有损于我们伟大的传统似的。这是不正常的现象"。④

那么，浪漫主义为何遭受如此不公正的待遇？史家和批评家为什么忽视浪漫主义存在？贺敬之在《谈歌剧的革命浪漫主义》⑤ 中引用高尔基的理论，把浪漫主义分成"积极的"和"消极的"两种，认为有些人不加区别，反对消极浪漫主义，连浪漫主义也不敢谈了。那么，为什么会混淆"积极"与"消极"，并导致"整体"忽视？他认为源于有些诗人思想改造不彻底，生活贫乏，创作时请浪漫主义"帮忙"，结果成为"帮乱"——革命激情成了"虚张声势的革命空喊"，革命理想、艺术想象成了"知识分子式的想入非非"，浪漫主义成为

① 贺敬之：《谈提高作品的思想性：给××同志的信》，载《人民戏剧》1950年第1期。
② 贺敬之40年代曾投稿给胡风主办的刊物且被采纳，1951年在胡风主持的"泥土社"出版了诗集《并没有冬天》。无论胡风邀稿还是贺敬之主动联系，都富有意味地说明了他与胡风之间的联系。由此导致的另一结果是，几年后胡风被打成反革命集团头子，整个"七月诗派"遭受劫难，而延安培养起来的红色诗人贺敬之也因此被推到悬崖，险些掉进万劫不复的深渊。这是"题外话"，反映了贺敬之理论倾向的某些方面。
③ 贺敬之：《漫谈诗的革命浪漫主义》，载《文艺报》1958年第9期。
④ 贺敬之：《漫谈诗的革命浪漫主义》，载《文艺报》1958年第9期。
⑤ 贺敬之：《谈歌剧的革命浪漫主义》，载《剧本》1958年第7期。

小资产阶级知识分子的个人狂热和歪曲生活的创作方法。缺乏激情，缺乏理想和想象，生活平庸，灰色乏味，运用浪漫主义艺术方法就会变成虚假的浪漫主义。贺敬之推崇浪漫主义，却没有超越时代触及忽视浪漫主义的真正原因。

贺敬之推崇浪漫主义不遗余力。他认为浪漫主义具有非凡的艺术效果和不可替代的作用。他说，浪漫主义用独特的方法反映现实，"给人以千里之目，使人'更上一层楼'。使得诗人足以'落笔惊风雨，诗成泣鬼神'，给人以震撼人心的雷霆万钧的力量。"[1] 这种艺术效果是其他"主义"无法企及的。他因此断言，"积极的、革命的浪漫主义对于一个民族的文学，特别是诗歌的发展来说，绝不可能、也绝不会是可有可无的东西。"[2] 贺敬之的浪漫主义理论情怀委实浓厚。

但这种理论情怀没有得到应有的表现。作为革命诗人，他自觉服从革命理论倡导和宣传，不因为理论爱好出格冒险，尤其在 50 年代那个颠覆传统、建设社会主义文学艺术大厦的语境中，于公于私都表现出应有的谨慎。50 年代前期，浪漫主义遭受挤压没有"名分"，他尊崇却不倡导，如前所述，其理论主张包含浪漫主义元素却不"冠名"。这是文学的纪律，也是革命的自觉。毛泽东提出"两结合"口号后，他大受鼓舞，连续写了四篇文章，怀着浓厚的理论兴趣畅谈革命浪漫主义问题，宣泄多年的理论积郁。

《关于民歌和"开一代诗风"》[3] 是一篇关于"大跃进"民歌的文章，撰写时"两结合"刚刚发布，贺敬之还不能真正理解它的理论内涵及其意义，但他不肯忽视这个新的理论动态，也不肯失去为浪漫主义张目的机会，遂将"大跃进"民歌与革命浪漫主义联系起来，在盛赞新民歌的同时试探浪漫主义问题。由于初次面对且属于"附议"，理论触角比较局促，他引用周扬的话，在二元对立的思维框架中批判"虚张声势的革命空喊"和"知识分子的想入非非"，试图复原浪漫主义的"真面目"。其后便是《谈歌剧的革命浪漫主义》[4]，其时"两结合"公布才十几天时间，他从歌剧创作正面切入，既表现出理论嗅觉的敏感，更显示出对浪漫主义的热切关注。其所论，并非广泛讨论的"两结合"，而是专门探讨浪漫主义问题。"浪漫主义之所以成为浪漫主义，一定有两个不可缺

---

① 贺敬之：《漫谈诗的革命浪漫主义》，载《文艺报》1958 年第 9 期。

② 贺敬之：《漫谈诗的革命浪漫主义》，载《文艺报》1958 年第 9 期。

③ 贺敬之：《关于民歌和"开一代诗风"》，载《处女地》1958 年第 7 期。

④ 贺敬之：《谈歌剧的革命浪漫主义》，载《剧本》1958 年第 7 期。

少的条件：一个是激情，另一个是想象（或：理想）。它要求特别适合于抒发感情、表现激情的某种形式；它就要求那更易于发挥想象、理想的某种形式。如果这种形式可以不为表面生活真实的'形似'而限制，可以更多地运用夸张、幻想的方式，可以更好地表现出强烈的感情、发出更响亮的声音、显出更鲜明的色彩，那么，这种形式就是浪漫主义所特别重视的。"[①] 其阐述虽然带有时代局限，但环顾当时的文学创作和理论建设，却并非泛泛而谈。

紧接着，贺敬之又撰写了《漫谈诗的革命浪漫主义》[②]。这是代表其浪漫主义理论思考深度和时代局限的文章。所谈内容较为丰富，主旨是在古今比照中阐述革命浪漫主义的意义。他认为，首先，浪漫主义必须有理想。任何时代的诗人都有理想，屈原、李白、白居易、陆游都有理想，但他们的理想是怀念过去，把人拉回到坟墓；社会主义时代的诗人应该面向未来，"对美好未来的理想"，也就是革命理想，共产主义理想。其次，浪漫主义诗人必须胸怀开阔。古代浪漫主义诗人都有开阔的心胸，革命诗人必须有共产主义者的广阔胸怀，这样才能表现出集体英雄主义精神气概。再次，浪漫主义不是自然主义写实，而是"运用夸张、想象、幻想的形式"，[③] 想象的翅膀高高飞翔，天上地下，高山大海，仙境梦境，古往今来……古代诗人的浪漫主义是个人英雄主义，有孤独感；只有"无产阶级革命和社会主义建设时代，革命浪漫主义才能达到最充分最完满的表现"。[④] 因为革命时代的诗人"实践工农兵方向，把诗从个人主义的、苍白的知识分子的梦幻和感伤中解放出来，抛弃了资产阶级的、小资产阶级的可怜又可憎的'浪漫主义'的同时表现出革命浪漫主义。"[⑤] 贺敬之反对小脚婆姨的保守主义，反对资产阶级或小资阶级的个人主义，强调"革命浪漫主义"。

难能可贵的是，贺敬之还谈到浪漫主义的核心——"自我"问题。这既是理论问题也是创作实践问题，是历史问题也是现实问题。曾经困扰着很多诗人，却没有人敢于正视，即使有人涉及，也会毫无疑义地取消小资产阶级"自我"，代之以工农兵的思想感情，显示出高度的革命自觉。贺敬之直面这一敏

---

① 贺敬之：《谈歌剧的革命浪漫主义》，载《剧本》1958 年第 7 期。
② 贺敬之：《漫谈诗的革命浪漫主义》，载《文艺报》1958 年第 9 期。
③ 贺敬之：《漫谈诗的革命浪漫主义》，载《文艺报》1958 年第 9 期。
④ 贺敬之：《漫谈诗的革命浪漫主义》，载《文艺报》1958 年第 9 期。
⑤ 贺敬之：《漫谈诗的革命浪漫主义》，载《文艺报》1958 年第 9 期。

感问题，并作出符合时代要求而又不违背创作规律的回答。"当然，诗里不可能没有'我'，浪漫主义不可能没有'我'，即所谓'抒情主人翁'。王国维所说的'无我之境'是没有的。问题在于，是个人主义的'我'，还是集体主义的'我'、社会主义的'我'、忘我的'我'。革命浪漫主义就是考虑何者为我，我为何者的最好试题。"①这种阐释在当时和后来却产生了很大影响，堪称贺敬之对浪漫主义理论的时代性贡献。

《关于写真人真事》②讨论的是纪实文学创作，似乎很难跟浪漫主义扯上关系。贺敬之却将浪漫主义理论触角扩展到这一领域，提出写真人真事也不排除浪漫主义。他说，浪漫主义是一种精神，而不是单纯的幻想、夸张、传奇等表现手法；革命浪漫主义首先要表现革命理想主义精神，写真人真事也应该表现这种精神。因为真人是具有理想主义的英雄人物，具有高度的共产主义精神品质的英雄人物，真事有时代表了生活中积极向上的新生力量，也可以充满浪漫主义激情。这些话颇有道理。年底岁末这篇文章虽系浪漫主义理论思考的"余续"，却非"狗尾"。他所说的浪漫主义是一种精神是有深度的命题，可惜局限在"革命理想"视阈未能展开。

现在看来，贺敬之的浪漫主义理论似乎没有多少创新之处，并且存在着将鲜活的理论限制在革命框架之内的缺陷。但考虑到50年代的政治语境和浪漫主义的尴尬处境，其借"两结合"东风为浪漫主义争取合法地位而付出这般努力，对浪漫主义理论作出某些切中肌理的阐释，是难能可贵的。

二、奔放张扬的革命浪漫主义创作个性

在诗歌创作道路上，贺敬之坚持革命浪漫主义艺术方法，其创作表现出奔放张扬的个性，是当时诗坛上重要的革命浪漫主义诗人。

五六十年代是反对自由主义和个人主义，强调统一思想认识、推崇集体主义的革命时代。主观自我、个性自由等浪漫主义的核心构成被视为个人主义、

① 贺敬之：《漫谈诗的革命浪漫主义》，载《文艺报》1958年第9期。
② 贺敬之：《关于写真人真事》，载《剧本》1959年第1期，写于1958年12月17日。

自私自利的代名词而遭到猛烈扫荡。在此时代文学语境中，贺敬之却敢于表现"自我"，张扬个性，且这个"自我"不是抒情主人公，也不完全是"我们"的"我"，而是包含着独特的情感体验和独立的人生思考，与诗人高度融合的"自我"。《回延安》《放声歌唱》《雷锋之歌》中的"自我"，都可以作如是观。文学是个性的艺术，惟个性才有感染力和生命力。贺敬之的诗之所以引起很大反响，在某种程度上源于"自我"，源于创作个性。

难能可贵的是，贺敬之"无所顾忌"地放开喉咙纵情歌唱，"无拘束"地释放"自我"能量，显示出张扬任性的创作姿态。他五六十年代的作品不多，每次创作都尽可能地放飞想象，舒展创作个性。在诗坛内外到处是地雷陷阱、其他诗人谨慎地探索展开的情势下，其表现格外出格。他似乎没有什么忌惮，个人的生活经历、思想感情和自我抒情，这些都是众诗人小心、小心、再小心的内容，他却扯着嗓子歌唱，其所表现的，既是浪漫主义情怀，也是自我的勇气。如他所说,50代的生活工作处境其实是十分艰难的。《放声歌唱》是在因"胡风案"受牵连、动辄得咎的情况下完成的，"发声"已十分困难，如此"放声歌唱"，没有足够的勇气是无法做到的。在视社会主义现实主义为"最高原则"，公开遮蔽浪漫主义，且因某些创作脱离现实，虚假空泛，致使浪漫主义声名狼藉的语境中，他坚持浪漫主义创作方法，淋漓酣畅地宣泄情感，张扬个性，显示出足够的情怀和勇气。

勇气源于思想高度和情感强度。革命赋予了贺敬之思想高度，也赋予了浓烈的感情。在革命话语充斥的时代，他站在时代制高点上观察思考，全身心地感受时代变革，经过周密思考和反复酝酿，形成符合时代需要的思想诗情，无所顾忌地告诉世界。他在纪念中国共产党创建 35 周年生日中放声歌唱奉献厚礼，从学习雷锋活动中提炼"人生的路如何走"的重大命题，从王杰日记中抒发"回答今日之世界"的壮烈情怀，从知识青年乘车西去的列车窗口中展示时代风云的变革和一代青年的精神风貌……这是革命诗人的豪迈情怀，也是汪洋恣肆的浪漫主义创作姿态。

具体说来，贺敬之张扬浪漫主义创作个性基于两个追求。首先是对于诗学规律的追求。五六十年代他有较长时间养病，身体好的时候忙于事务性工作，有精力和余力的时候创作戏剧和诗歌，没有太多时间和精力思考诗学问题，理论研究和批评文章不多。而为数不多的理论文章如前所述，表现的多是对革命浪漫主义诗学的理解，以及在革命浪漫主义框架之内对诗学和政治学关系的阐释，对诗歌创作规律的坚持，对"情感融化"的强调，对于公式主义和庸俗化现象的批评，对自我抒情和个性表现的执著。作为革命者，他无条件地服从时代需要，这是他的政治信仰和政治生命；作为诗人，他坚持自己认定的诗学理论和创作追求。有次，他和友人聊天，谈到"感动"问题，朋友说，在下乡和下厂期间曾多次感动，但在写作过程中，对"感动"心存禁忌，怕是"我"在感动，而不是"工农兵"在感动。如果把"我"的感动写出来，岂不糟糕？现在看来，这是幼稚可笑的心理，但真实地反映了当时的创作心态；贺敬之举例意在强调思想改造必须和创作实践结合起来，固无深刻之处。但他说"必须把思想认识、生活形象化为自己的东西，变成情感的血肉"[①]却是十分重要的。在公式主义、概念化盛行的时候，他提出反对公式主义和庸俗化以提升作品的影响力和感染力，也是对诗学规律的尊重和坚持。

其次，对于浪漫主义创作精神的追求。50年代前期文艺界学习苏联，将"社会主义现实主义"作为"最高原则"指导理论建设和创作实践，浪漫主义因历史和现实的诸多原因处于"无名"状态，无人提及，无人正视，更无人提倡。在此语境中，贺敬之自然不便公开提倡，但如前所述，无论创作实践还是理论思考都以浪漫主义为旨趣。如对"自我"的坚持，有次他写信回答友人提出的问题，说"除去技巧的重要之外，更重要的是要在诗（其他艺术作品也在内）中表现出'我'来。"有位朋友看后大吃一惊："你怎么居然写这样的话？……'我'吗？为什么不说'工农兵的思想感情'呢？"[②]贺敬之举例意在说明，作家要将思想化为情感有血有肉地表现出来，提高作品的思想性和艺术感染力。我们所看重的是，在别人看后"大吃一惊"的环境中，他对浪漫主义诗学理论的强调和坚持。

这就出现了难以解释的"悖论"：在强调集体主义、铲除个人主义的语境中，在他将个人主义斥之为"鬼哭狼嚎"、自觉远离的心境中，贺敬之如此热衷于表现自我、张扬个性，为何能在诗坛上站得直、行得通、唱得响？对其作品中的"自我"该作何种解释？其实，贺敬之说得很明白，他所说的"自我"是"集体主义的'我'、社会主义的'我'、忘我的'我'"，其创作所表现的是革命浪漫主义个性特征。

---

① 贺敬之：《谈提高作品的思想性：给 ×× 同志的信》，载《人民戏剧》1950 年第 1 期。
② 贺敬之：《谈提高作品的思想性：给 ×× 同志的信》，载《人民戏剧》1950 年第 1 期。

贺敬之敢于为"自我"辩护，且在创作中坚持表现而没有受到批判棒喝，在于他是革命诗人。在他那里，"自我"与人民、"小我"与"大我"实现了高度融合，融合得天衣无缝。他的生活工作、思想感情、理想信念和创作追求，无论社会学层面还是诗学层面，都与时代意识形态高度一致。贺敬之出身贫困，13岁因抗战爆发开始流亡，16岁投奔延安参加工农兵革命斗争实践，接受革命理想信念教育。在个体思想意识和审美意识形成的重要年龄段，他在延安革命大熔炉里锻炼成长。经过"革命化""冶炼"，他成为思想感情高度革命化了的诗人，或者说他的主观世界原本就是一个激情燃烧的革命熔炉。他所说的"情感溶化"，就是经过革命情感熔炉的"溶化"。他有这种觉悟，也有这种自信。他自恃与时代要求无距离，所以敢于敞开胸怀直抒胸臆，张扬个性风采；所以敢于任性而为，甚至敢开"顶风船"——他逆风而行旨在用独特的方式推助时代政治运动，而不是添堵释放负能量，也不是特立独行，更不是对着干。

说白了，他放声歌唱是以独特的方式歌唱时代歌颂党，张扬个性，其实是以富于个性的创作表现时代精神。"小我""大我"相融无间，个人荣辱与党的事业合二为一，这是他放声歌唱的内在动力和原始情感。他敢于放声歌唱，能够放声歌唱，也愿意放声歌唱，而时代也需要他放声歌唱。放声歌唱，这形象性的创作姿态，正诠释了贺敬之五六十年代革命浪漫主义的个性特点。

贺敬之有些作品是逆境中的创作。逆境恰恰提供了表现忠诚的机遇。他在逆境中放声歌唱，就是要宣告他是革命诗人，忠诚于党的革命事业，个人和诗都顺应时代要求成长。这是贺敬之个性张扬的深层密码。退一步说，倘有悖逆，在时代大合唱中发出不和谐音，他也不会畅行无阻，更不会驰骋纵横。革命斗争生活赋予他革命信仰和感情，也赋予他政治斗争经验，他知道歌唱什么，表现什么。在逆境中，他更审慎地洞察时势，处理复杂关系，选择化险为夷的策略。表现自我，张扬个性，看上去是"险棋"，但通过回顾个人生活道路现身说法，把自己的成长进步归功于党的培养教育，如同在歌唱雷锋的同时表现自我，借以阐发革命人生道路问题一样，都是化险为夷的艺术策略，也都用革命理性为自己设置了"保险系数"。

因为他追求和坚持的是"革命"浪漫主义。这在浪漫主义"无名"状态下不会与时代要求冲突，在"两结合"口号提出后，因符合毛泽东的理论主张无论怎样强调都不过分——理性的贺敬之坚定地走在革命浪漫主义创作道路上，走得畅通无阻，走得轰轰烈烈，走得恣肆张扬。归根结底，他原本就是革命浪漫主义诗人。

三、热烈豪迈的激情与强健的想象和联想

贺敬之是一个充满激情并且推崇激情的诗人。在为数不多的理论文章中，强调浪漫激情的文字占相当篇幅，且居于理论主张的核心位置。"诗的题材或者也可以这样说，就一个字：情。写什么都好，都是为着吐出这个情来……"[①] 创作过程是激情燃烧的过程，"如果作者在写作时不是充满燃烧的热情并且自己首先感动的话，那么，怎么能去感动读者和观众呢?"[②] "爱，爱得强烈；恨，恨得入骨。爱者欲其生，恨者欲其死。爱者欲其成神，恨者欲其变鬼"——才有诗意。[③] 热烈奔放的激情抒发是成就其浪漫主义创作特点的基石。诗主情，缘情而作，这是基本常识，也是普遍现象。贺敬之的独特处在于，即使在抒情诗人中，其激情的浓烈和抒情的自觉也是突出的。

在五六十年代的抒情诗中，贺敬之表现抢眼者在于情感浓度、厚度和力度。所谓情感浓度是指浓烈程度，是就诗人情感的积聚浓缩而言。那是易于动情而且特别煽情的时代。新生的共和国开动宣传机器，调用各种力量宣传辉煌的胜利、灿烂的现实和美好的未来。火热的宣传煽动起几乎整个社会的激情，即便是共和国领袖毛泽东也屡屡激情勃发，用诗情洋溢的语言勾画未来蓝图。贺敬之参与了民族解放、共和国创建的血与火的战斗，并且将胜利和成就、宣传和服务视为生命。无论宣传报道的新闻事实还是意识形态期许的未来他都深信不疑，也都能激发真挚热烈的感情，如其诗所写，面对伟大现实，他时常热泪奔流，血沸千度，情绪亢奋。这种情感发自内心，因为"在党的怀抱中长大成人，我的鲜红生命写在这鲜红旗帜的皱褶里"。这就不难理解"假使我有一万张口呵，我就用一万张口齐声歌唱!""让我一身化成千万个人吧，给我语

---

① 贺敬之：《真实情感与典型化》，载《人民日报》1962年8月26日。
② 贺敬之：《谈提高作品的思想性：给××同志的信》，载《人民戏剧》1950年第1期。
③ 贺敬之：《谈歌剧的革命浪漫主义》，载《剧本》1958年第7期。

言的大海，声音的风云！让我同时能在祖国的每一寸土地上劳动——歌唱！"
也无须怀疑"我曾用真情实感去歌颂光明事物——我们的党、人民和社会主义
祖国"的真诚。① 他将酝酿日久的感情浓缩在有限的语言形式中，浓得化不开，
满得盛不下，似烈酒火焰，显示出熊熊燃烧的艺术效果，给人以强烈的感染
力。如《放声歌唱》开始便是"无边的大海波涛汹涌……呵，无边的大海波涛
汹涌——，生活的浪花在滚滚沸腾……呵，生活的浪花在滚滚沸腾——"。此
类抒情，在贺敬之创作中比比皆是。即便是在相对舒缓的抒情中，也表现出豪
放奔腾的抒情个性。如用信天游的形式创作的《回延安》——民歌形式限制了
汪洋恣肆、气势如虹的抒情方式，但并没有影响倾情宣泄，"手抓黄土我不放，
紧紧儿贴在心窝上"，"几回回梦里回延安，双手搂定宝塔山，""满心话登时说
不出来，一头扑进亲人怀"……其情感浓度与诗情连绵千里、浪涛滚滚咆哮的
《放声歌唱》相比并不逊色。

　　情感厚度是就情感内涵而言。贺敬之视野开阔，立意宏远，以古今中外为
坐标和参照，将抒情对象置于革命历史发展进程中，在历史与现实的联系中抒
发豪迈的革命情感。这似乎是延安作家共同的思维特征。延安生活和情感经历
对他们来说刻骨铭心，是取之不尽、用之不竭的精神和创作资源。而政治觉悟
和革命自觉既铸就了他们的思维模式，也框定了艺术视野。有此资源，无论呼
应政治宣传还是支撑艺术创作，都足够丰富，无须跳出框架往返古今中外开掘
其他资源。即使偶然跳出，在古今中外时空中采撷材料，也不会跳出太远，而
且有相当明确的针对性和目的性。"涉外材料"被牢牢地拴在规定好的主题支
柱上。视野开阔而非自由发散，基于限制而服从宣传。这就决定了他们的思维
范式：在创作中借助革命历史说事，或者由灿烂的现实想到悲壮的历史，意在
借助革命历史及相关材料说明现实；或者用黑暗的过去比照光明现实，说明现
实的辉煌；或者挖掘现实的历史资源，用历史的艰苦卓绝说明现实的必然。作
家的思维在现实与历史的联系中穿梭往来，在历史与现实的联系中开掘诗意。
正如《白毛女》的运思模式：旧社会把人逼成鬼，新社会把鬼变成人——用黑
暗历史比照光明现实，既是五六十年代文学的主题模式，也是延安作家的思维
模式。

　　抒情力度是就抒情效果而言，特指对读者的艺术感染力和思想穿透力。贺

---

① 《贺敬之诗选·自序》，载《当代》1979 年第 2 期。

敬之将深思熟虑的思想包含在浓厚的情感中，让读者在阅读过程中受到感染，并在感动之余获得思想启迪。如面对雷锋这一形象，他想到的不是响应号召学习榜样做好事，而是思考人生问题，追问"人，应该怎样生？路，应该怎样行？"思考"我们的花园里会不会还有杂草再生？梅花的枝条上会不会有人暗中嫁接有毒的葛藤？"与同时期众多作品相比，《雷锋之歌》表现的是颇有深度和力度的人生和社会问题。《西去列车的窗口》讴歌 60 年代城市知识青年响应号召到边疆从事社会主义建设这一极富时代意义的政治主题。他匠心独运，选择青年们乘车西去的窗口抒情。列车飞速前进是时代的象征，而小小"窗口"则关联着"祖国的万里江山，革命的滚滚洪流"，承载着历史的重任，见证着革命青年的决心，也深含着老战士对新青年的期待和关怀。贺敬之将广阔的时代背景、错综的抒情对象、宏大的政治主题、深刻的思想内容纳入窗口之内。雨果说"想象就是深度"。贺敬之依靠想象和联想沟通历史和现实，拓宽了抒情和表现空间，赋予作品以超强的艺术感染力和思想启迪。

热烈奔放的激情需要相应的抒情方式，并借助相应的抒情方式表现出来。贺敬之诗歌的创作基于情感浓度、厚度和力度，而得力于和表现为浪漫主义抒情方式。没有匠心独具的蓄情造势，没有瑰丽丰饶的语言风格，没有浓郁的抒情氛围，没有强烈的节奏旋律，没有声势浩大的抒情气势，就没有情感的浓度、厚度和力度。贺敬之钟情于浪漫主义，无论民歌体还是楼梯式，轻抒情还是宏大叙事，均采用浪漫主义抒情方式，进而成就了豪迈雄浑的艺术风格。

浪漫主义抒情方式丰富多彩，贺敬之广泛汲取，创造性运用，而最看重、最擅长、也是最能显示其创作特点的是夸张、想象和联想。"诗人有最大的权利运用'不平凡'的情节，运用夸张、想象、幻想的形式。"[1]浪漫主义"要求那特别适合抒发感情、表现激情的某种形式"，"要求那更易于发挥想象、理想的某种形式。""特别适合"的"某种形式"便是浪漫主义夸张、想象和联想。这种形式"可以更好地表现出强烈的感情、发出更响亮的声音、显出更鲜明的色彩。"[2]夸张、想象和联想是所有创作都采用的抒情和表现方式，贺敬之用于表现革命浪漫主义情怀，发挥到极致，成为其创作的突出特点。

---

① 贺敬之：《谈歌剧的革命浪漫主义》，载《剧本》1958 年第 7 期。

② 贺敬之：《谈歌剧的革命浪漫主义》，载《剧本》1958 年第 7 期。

贺敬之每次创作都穷尽所能，倾其所有，在熟悉的时间和空间放纵幻想、想象和联想。他像屈原驾着骏马，披着花环，走遍大地，走上天国，像无数神人宣讲伟大理想那样，为抒发革命浪漫主义豪情，他借助想象、幻想和联想，穿越时空，把现实和理想、现在和过去联系起来，由此及彼，由表及里，在生活广度和思想深度上创造奇异的抒情世界。他让现实中根本不可能的情形变得可能，从无关联的事物中发掘相关联的诗意。如在《放声歌唱》中，他"请伟大的马克思、列宁走上我们党代表大会的主席台"，"请未来世纪的公民聚集在我们建设的蓝图上"，幻想"古代诗人们"向我们"投下""羡慕的眼光"。在《东风万里》中，他让开天辟地的盘古、治理九水的大禹来到人间，为我们"今日的英雄牵马坠镫"，情愿"在炼钢炉当一名徒工"。他把革命历史意象与共和国现实置于同一时空，强调其间的精神联系，说明革命历史传统怎样影响着现实斗争，而现实成就又是如何回应光荣的革命历史。这是被流传甚广、赞誉多多、引用广泛的诗句，也是充分显示贺敬之思维能力和特点的诗句："在农业合作社的麦场上，正飘扬着秋收暴动的不朽的红旗！在基本建设的工地上，正闪耀着延安窑洞的不灭的灯光"。《雷锋之歌》写"长征路上那血染的草鞋"、"淮海战场上那冲锋的呼号"化进"苍松的年轮"，转化成"飞入工地的夯声"。"革命历史"因为"联系"了"当今现实"而具有现实意义，贺敬之的创作则因时空跨度而显得内涵深厚。

贺敬之借助想象、幻想和联想将思想主题、政治口号等抽象概念予以具象化甚至形象化的呈现，凭空增添了浓浓诗意，从而有效地避免了政治抒情诗理念大于形象、抒情空洞浮泛等"先天性"不足，其创作具有很强的艺术感染力。如他将党组织人格化，歌颂其伟大平凡的劳动者本色，使重大歌颂对象和表现主题得到富于诗意的表现。《放声歌唱》写在庆祝共产党35岁生日、欢呼社会主义革命和建设取得重大成就的时候，"我们的党，没有在酒杯和鲜花的包围中，醉意沉沉，党，正挥汗如雨！工作着——中国在共和国大厦的建筑架上！"他写共和国改变了历史面貌："看五千年的白发，几万里的皱纹，一夜东风全吹尽！"他写祖国历史和民族命运发生变化："而你呵，命运姑娘，你对我们曾是那样的残酷无情，但是，今天你突然目光一转，就这样热烈地爱上了我们，而我们也爱上了你！而你呵，历史同志，你曾是满身伤痕、泪水、血迹……今天，我们是你这样地骄傲！我们给你披上了绣满鲜花、挂满奖章的新衣！"想象和联想搭建起形象的桥梁，无形的理念变成可感可视的具体形象，使抽象的政治性命题开掘出令人惊奇的诗意。

想象、幻想和联想是诗人最基本的创作能力，每个诗人都充分发挥这种能力创造属于自己的艺术世界。贺敬之的特点在于，作为革命浪漫主义诗人，其想象、幻想和联想服务于革命事业需要，致力于歌颂党和社会主义建设事业。在诗学被政治学严重扭曲的时代，"需要"给他的想象、幻想和联想绑上了翅膀，而热烈充分的革命话语则给他强大助力，如海阔鱼跃，似天高鸟飞，成就了贺敬之诗歌思想的宏大远阔和感情的浓厚充沛，也成就了他豪放奔腾的创作个性。

四、理性意识将浪漫情感控制在规范的疆域

事实似乎并非如此简单。很多内情被杂乱的现象掩盖着，现象有真有假，有深有浅，在言论欠自由、创作有限制的时代，更是如此。人的情感意识是复杂的，每个生命个体都要扮演众多角色，无论角色限制还是生存发展需要，都会以多种情感意识处世。既有积极响应周围环境的热情也有消极适应外界要求的无奈，有由衷的呼应也有被动的顺从。贺敬之的创作也是如此。表象地看，与火热的时代情绪高度一致，但拨开遮掩，便不难发现某些秘密隐情。

贺敬之情感超常充沛，理性意识也强健过人。他纵情任性却又不单是纵情任性。纵情任性属于表象，是其用浪漫主义表现方式刻意创造的表象。表象背后是强健的理性力量的有效控制。理性赋予他强劲的观察力，使他对复杂问题有独特的思考，且因表现独特而赢得读者赞赏。同时，也赋予他驾驭情感和渲染造势的能力。他情感汹涌但谨慎放纵，始终围绕歌颂党和社会主义展开，见解独特却操持有度，始终不超出意识形态框架和宣传需要。革命斗争生活的经历和经验强化了理性意识，在那个复杂多变、险象环生、动辄得咎的斗争环境中，他能够比较好地处理政治学与诗学、服从需要与自由创作、自我与人民、诗人与使命、个性表现与时代精神的关系，走在悬空的钢丝上没有出现危险和惊险，戴着镣铐却跳出了富有个性的舞蹈。

在这点上他似乎高出郭小川。郭小川始终处在战士和诗人的矛盾中，矛盾尖锐对峙，他调和得非常艰难，融合得非常痛苦，且常常出现偏移，并

因此受到批判，被勒令写检查。而贺敬之虽然在清查胡风"反革命集团"斗争中危及政治生命，但他以清醒的理性意识处理各种关系，并且以《回延安》《放声歌唱》抒发情怀，坦陈自己的生活经历和思想感情，侥幸躲过一劫。强健的理性意识有效地控制着创作选择：他知道为什么写，也知道写什么和怎么写，知道表现什么也知道怎么表现；他展示个性风格，但懂得尺寸，知道适度。其创作机制始终在理性力量的掌控中运行，创作道路也得以稳健延伸。

贺敬之是浪漫主义诗人，但并非一般的浪漫主义诗人；他是革命浪漫主义诗人——"革命"保证了政治生命安然无恙，而"浪漫主义"则满足了审美追求。"革命"在前，框定了浪漫主义范围和性质。他虽然激情澎湃、热沸千度，虽然幻想、想象和联想能力强健，但思维并非如野马脱缰任意驰骋，疆界开阔也非纵横天际没有边涯。无论情感抒发还是思想表现，都万变不离其宗——服从革命需要。他放得开收得拢，始终围绕意识形态宣传展开幻想、想象和联想的翅膀。"服从需要"像无形而强有力的钢丝线，将幻想、想象和联想牢牢地拴在"革命历史——辉煌现实"这段时空。他在这段时空纵横驰骋，寻找抒情和表现对象，发掘所包含的诗意。即使偶然跳出边际，到古今中外广袤的时空采撷用以强化抒情和表现的材料，也限制在特定范围，抒情线索始终沿着历史——现实——未来的线路穿梭运行。他站在为现实服务的制高点上，回顾历史，放眼现实，想象未来，尽其所有，倾其所能放声讴歌。他的创作中心明确，主题突出，此其一。其二，浪漫主义是主观主义和自由主义的结合，核心是自由地表现自我。贺敬之的"自由"是服从革命需要前提下的自由。这个"前提"对很多人来说是限制和拘谨，压抑和局促，而对他来说非但没有形成局限，反而成为张扬自我的动力和能量。因为那是革命政治充分的时代，他从时代政治沃土里汲取了丰富的思想资源和情感能量，汲取了鲜活的素材和题材。这些内容激活了思维，赋予了高度，转化为思想，融化成诗意，鼓动起幻想、想象和联想的翅膀——翅膀插在革命政治无所不在、统帅一切的时代舆情上，基础坚实，资源雄厚，形成强大的内驱力，所以显得更加强健。他顺应着时代前进，幻想、想象和联想的翅膀借力发力飞得更高更远。

贺敬之的浪漫主义是对时代舆情的顺向阐释和创造性运用，在当时得到广泛回应和强烈共鸣。但这回应和效应是有条件的。时代激情、革命思想和政治理想虽具有强大的统摄力和影响力，但毕竟是社会思想意识，容易变化，易于蒸发。随着社会基础发生变化，其回应和效应也大打折扣。贺敬之怀着赤诚的革命情思表现了那个时代的激情，其创作也随着那个时代的远去失去了曾经的艺术感染力。特定时代的产物必定为特定时代所限制，创作的时代性也受制于时代性。政治抒情诗的艺术感染力很难持久。贺敬之的政治抒情诗表现自我，张扬个性，抒发激情，表现力强健，具有一定的超越性，但无法超越"先天性"限制。时过境迁，辉煌不再，艺术感染力式微，是不争的事实。

第十一章　何其芳在自己的"河流里" 艰难航行

　　无论从哪个方面说，何其芳都应该以豪迈的姿态在五六十年代诗坛上纵情歌唱。他有执著的追求，更有足够的资质。他具有思想高度和倾情歌唱的理性自觉。在五六十年代文学队伍里，他是数得着的有革命经历的著名诗人，即使在主流作家队伍里也是被信任、受重用的健将。在共和国头二十多年的时间里，他始终保持着明敏的诗心和抒情的欲望，甚至还曾想在自己的"河流里""勇敢航行"。但欢歌笑语充斥的诗坛上很少看到他的身影。他与胡风、艾青等诗人迥然不同，后两位因被剥夺创作权利而哑然失声，而何其芳则处于诗坛主流靠前的位置，有创作权利却没有足够丰硕的成果。他有为共和国唱完"胸脯里的血"的追求，繁忙的行政事务没有完全把写诗从日程表上"挤走"，理论研究也没有彻底"压死诗的幼芽"，即便是凶险莫测的时代风云也没有"吹断桅杆"。但他为共和国诗坛只贡献了少许作品。整体上看，他没有真正融进时代文学语境，也没有完全践行他所服膺的理论主张，他审慎而执著地保持着自己擅长的抒情风格，古诗坛上留下的是踽踽独行的身影。这是与新中国文学理论研究和建设阵地上尽职尽责、奋力前行的健将迥然不同的身影。远远望去，令人慨叹，也值得回味，是解读"何其芳现象"的重要切口。

一、纵情欢呼"我们"最伟大的节日

　　何其芳是唱着胜利的豪歌走进共和国的。在那个举国欢庆、豪气冲天的时

173

代，他曾经表现出与其诗性气质迥异的热烈豪迈的诗情。这源于他的生活和情感经历。1938 年他以著名诗人的资质参加革命队伍。十几年的革命斗争经历改变了生活道路和人生追求，扩大了思想视野和情感格局，他由"个人主义知识分子"变成了革命诗人，拥有把自己与时代革命、与劳动人民紧密地融合在一起的创作经历和理性自觉。40 年代创作的《夜歌》，与早期的"汉园诗"相比，诗风发生了显著变化，缠绵悱恻、低沉幽怨的个人抒怀变为讲述快乐故事、抒发人民感情、表现时代革命精神的"金声玉振"。如他所说，他痛苦地突破自己，提高自己，将自己的歌声汇入时代的巨大合唱里，"在那里面谁也听不出 / 我的颤抖，我的悲伤，/ 而且慢慢地我也将唱得更高更雄壮！"[1] 共和国成立的庆典刚刚结束，他就为天安门广场 30 万群众热烈欢呼的场景和毛泽东那充满热力、感染力和穿透力的豪迈宣言所感染，创作了情绪高亢的《我们最伟大的节日》。

《我们最伟大的节日》情感充沛，视野开阔，想象丰富，诗情浓烈，情绪昂扬，是歌唱共和国诗歌的佼佼者。诗人以燃烧的激情描绘广场群众热烈欢庆的壮观场景，用热烈夸张的语言形式渲染欢庆气氛，高亢豪放的抒情基调增强了作品的感染力，随处可见的感叹号似战鼓猛敲振奋心灵。"欢呼啊！歌唱啊！跳舞啊！/ 到街上来，到广场上来，到新中国的阳光下来，/ 庆祝我们这个最伟大的节日！"[2] 这是庆祝开国大典激发的热烈情绪，也是立在新中国门槛上发自内心的浪漫诗情。从参加革命到共和国成立，何其芳在革命道路上奔走、奋斗了十多年时间，目标就是建立新中国。抗战胜利后，他就满怀激情地创作了《新中国的梦想》，热切地期盼百年来中国人民的梦想早日实现。现在梦想成真，他感时抒怀，振臂欢呼，其响彻寰宇的欢呼给读者留下了跟随时代疾步前进的革命诗人身影。

但他走得太快跟得太急了。《我们最伟大的节日》有些急促，语言张扬粗糙，遣词用句欠考究，结构粗疏松散，形式不够齐整，辞气略显浮露，带有"急就章"的痕迹——这是社会疾速变革时期诗人诗作的通病。诗人政治热情饱满，急切地想把对新中国、新生活的感受表现出来，大多来不及精雕细刻；而基于

---

① 何其芳：《夜歌》（四），《何其芳全集》第一卷，河北人民出版社 2000 年版，第 381 页。

② 何其芳：《我们最伟大的节日》，《何其芳全集》第一卷，河北人民出版社 2000 年版，第 513 页；以下引文均出自于此。

社会宣传需要，报纸杂志对语言形式的要求也无法严格。故共和国初期很多作品显得幼稚肤浅，很多创作经验丰富、艺术修炼颇好的诗人诗作均没达到应有的艺术水准。比较而言，《我们最伟大的节日》算是好的，有些段落诗情沉郁，富有艺术感染力。如他借助 30 万双手臂高举呐喊的热烈场景展开想象，打开百年历史的残章碎页，历数旧中国的苦难和黑暗，痛斥民族悲剧的制造者，表现人民群众的热切期盼和伟大斗争，揭示共和国成立和中国人民站起来了的历史意义，使 30 万人民纵情欢呼、诗人激情宣泄具有坚实的现实基础和心理依据。第三节连用四个"终于过去了"形成排比段落，从不同角度抒发对新中国的殷殷深情，内容丰富，诗情沉郁，显示出浪漫主义艺术感染力。

诗的题目是《我们最伟大的节日》，显示出抒情立场的宽泛性。他将"我"扩展为"我们"，或者说将"我"和"我们"融合在一起，抒发"我们"的感情，或曰用"我们"的名义抒发时代性情感内容，意味着经过革命斗争生活洗礼，他的思想感情发生了深刻变化，"个人主义"的"自我"被"我们"即劳动人民的思想感情冲淡甚至替代。这是近 10 年间何其芳的创作追求和情感积淀。早在《夜歌》（二、三、四）、《生活是多么广阔》《平静的海埋藏着波浪》等诗中，他就再三表示离开狭小的个人生活圈子，和那些"汗流满面"的劳动群众走在一起。而在《解释自己》中更明确地表示，要把"个人主义的自我"赤裸裸地暴露在光天化日之下，并解释说"我谈说着我／并不是因为他是我自己／而是因为他是一个中国人／一个可怜的中国人／而且我知道他最多／我能够说的比较动人。∥我并不把'我'大写／像基督教大写着'神'。／我只把他当作一个具体的例子，／一个形象，／通过它／我控诉，／我哭泣，／我诅咒，／我反抗，／我攻击，／我辩护着新的东西，／新的阶级！"①《我们最伟大的节日》标志着诗人已经完成了抒情立场的转变，跳出了"自我"情感的幽洞。这种抒情特点带有普遍性，共和国成立后广泛流行；固不能说这种抒情模式为何其芳所创，但《我们最伟大的节日》的确产生了广泛影响，预示了 50 年代革命浪漫主义诗歌的抒情特征。

《我们最伟大的节日》的抒情立场宽泛，但不失抒情个性。抒情个性在此主要指抒情方式和抒情内容，突出表现是在新旧对比中表现爱恨情仇。作品用大量篇幅诉说旧中国给人民带来的苦难，痛斥阻碍新中国成立的反动势力，说

---

① 何其芳：《解释自己》，《何其芳全集》第一卷，河北人民出版社 2000 年版，第 439 页。

明推翻旧社会、建设新中国的历史必然性。这既是诗人情感的自然流露，也是配合社会宣传的理性自觉。因为建立新中国既是他的崇高理想、坚定信念和矢志不渝的人生追求，也是期盼很久、为之付出巨大代价换来的伟大现实。"每一个中国人，都知道这个时刻是怎样来临，懂得这个时刻的分量！近一个世纪以来，有出息的中华儿女，前仆后继，流血牺牲，以几代人的青春和生命所换取的那个名分，终于拿到手了，'人民'这个字眼，堂堂正正地写上了共和国的国号。一个崭新的大时代开始了！诗人们，作为时代的歌手，老一代、新一代，无不热血沸腾！他们几乎在同一个清晨，都甩干了久积于笔端的血水、泪水，饱蘸欢乐的酒浆，写起光明之歌、解放之歌、建设之歌。"①何其芳倚在新中国的门柱上，感慨万千。十多年革命理论的熏陶，他内心深处已经装满了这些锥心刺骨的时间和数字：从1840年鸦片战争开始，中国人民就遭受欺辱，割地赔款，屈辱地生活，一百多年时间，几代中国人被压得喘不过气来；从民国开始，这样的历史也持续了近40年时间——近40年间，政局动荡、军阀混战、国共争端、日本侵略、战争灾难不断，中国人民在黑暗中艰难生存。这些"时间"和"数字"曾经是他重要的抒情内容。现在，这一切"终于过去了"——四个沉郁苍凉的慨叹句包含着多么强烈深厚的情感！尽管共和国刚刚成立，幸福新生活还没开始，但他对未来充满信心，坚信站起来的人民即将建设一个没有贫困折磨，没有饥饿威胁，也没有列强欺辱的中国。由眼前的壮烈情景憧憬未来，他觉得欢庆的呐喊要"把这个古老的城市喊得变成年轻！／把旧社会留给我们身上的创伤和污秽／喊掉得干干净净！"他豪情满怀，"我们已经走完了如此艰辛的第一步，／还有什么能够阻拦／毛泽东率领的队伍的浩浩荡荡的前进！"——"黑暗的过去""伟大的现实"和"美好的未来"是《我们最伟大的节日》的情感结构和抒情逻辑，发自内心，表现出鲜明的抒情个性，同时具有很强的普遍性和时代性，在五六十年代诗坛上广为流传。

《我们最伟大的节日》的另一抒情内容是歌颂毛泽东。这也是那个时代几乎所有文学的重要内容，源于那个时代比较普遍的心理情绪。偶像崇拜是中国文化的传统心理，对何其芳乃至很多诗人来说，领袖崇拜既源于传统文化积淀更源于革命实践。在中国人民改变落后挨打命运、争取民族独立富强的道路

① 张志民：《中国新文艺大系·诗集·导言》，《中国新文艺大系·诗集（1949—1966)》，中国文联出版公司1990年版，第1页。

上，毛泽东表现出杰出的政治军事才能，确立了伟大领袖的地位，也夯实了被崇拜的基础。延安诗人的崇拜尤其坚实，很多诗人纵情高歌，以歌颂党和领袖为主要内容的革命浪漫主义诗潮汹涌且持续高涨。何其芳对毛泽东的推崇由来已久，几年前就有诗说"五千年积累的智慧，/ 一百年斗争的英勇，/ 在他身上成熟，/ 在他身上集中，/ 我伟大的民族 / 应有这样伟大的领袖出现！/ 多少重大的关键，/ 多少严格的考验，/ 他的路线总是胜利的路线！"[①] 现在，共和国宣告成立，"预言"成为现实，其崇拜心理和赞誉之情更加强烈和真诚，而从欢呼现场到回顾历史、再到歌颂领袖，是自然的抒情逻辑。诗中说毛泽东是"先知"，他的名字是"中国人民的力量和智慧"，是"中国人民的信心和胜利"，并表示"我们多么愿意在毛泽东的照耀下 / 把我们的一生献给我们自己的国家！"这是积聚了多少年的情感认知，热烈而真挚。

《我们最伟大的节日》的抒情立场、情感结构、领袖颂歌和新旧对比的抒情方式均带有为当代浪漫主义诗歌奠基的意义。当然，参与奠基的还有其他诗人诗作。如郭沫若的《新华颂》、胡风的《时间开始了》、聂绀弩的《一九四九年在中国》、徐放的《新中国颂》、朱子奇的《我漫步在天安门广场上》、王亚平的《迎接——中华人民共和国》、胡天风的《我们的旗》以及高兰的《我的生活，好！好！好!》、石方禹的《和平的最强音》等，均是响彻当时、影响后来的革命浪漫主义诗作，也是五六十年代浪漫主义从传统的个性浪漫主义演变成具有时代特点的革命浪漫主义的重要标识。

但在"奠基"仪式初步完成、众诗人按照这种抒情模式构建共和国诗歌大厦的时候，何其芳却陷入创作困境。他虽然没有完全终止诗歌创作，但在断断续续的坚持中走上与革命浪漫主义迥然不同的道路，留下的是个性浪漫主义者困惑迷茫、艰难探求的身影，"何其芳现象"也因此有更深层的意义。

二、"平静的海埋藏着波浪"

究其实，何其芳是情感沉郁的诗人。他希望拥有高声呼喊的气势，也曾尝

---

① 何其芳：《新中国的梦想》，《何其芳全集》第一卷，河北人民出版社 2000 年版，第 505 页。

试呼喊，但纵情欢呼、豪迈高亢终不是他的长项，即使在激情燃烧的时候也夹杂着忧伤情绪。他也曾努力把"自我"融入劳动人民当中，代表人民抒情，抒发人民感情，但那也不是他的长项。他不缺少融进去呼喊的真诚，也不是没有开阔的胸襟，但精神气质决定了那不是他的抒情风格。虽然很不情愿，但"狂热的叫喊"终究敌不过"软弱的叹息"。所以，在振臂欢呼"我们最伟大的节日"的时候，他也由此及彼迅速将笔触转向"在长长的黑暗的夜晚一样的苦难里"，而表现中国人民哭泣着、低垂着头生活的苦难岁月和推翻国民党统治、取得革命斗争胜利的悲壮路程也就成为重要的抒情内容。而且与浮泛、抽象、生硬的热烈欢呼相比，这种感伤、忧郁的抒情即前面所说的"有些段落"才是最沉实、最具有魅力的诗句。它强化了作品的情感深度和厚度，也彰显了诗人抒情个性的强度和韧度。从何其芳创作道路上看，这种富有个性色彩的抒情沿袭了《预言》《夜歌》的抒情风格，也预示了未来诗歌创作道路的艰辛。

热烈欢呼"我们最伟大的节日"之后，何其芳的时间和精力主要忙于诗歌之外的行政事务，忙于清点文学队伍和理论现场，忙于批判违背时代要求的"错误"观点，忙于同不合时宜的观点论战，忙于规划社会主义文学理论大厦和指导新旧诗歌的欣赏接受，写诗在他的工作和生活日程上常"被挤掉"。①但诗心时常鼓动着，"把一生献给祖国"的热情和使命躁动着。他不想做纯学者和行政工作者，觉得"为了我们年轻的共和国"，"应该像鸟一样飞翔，歌唱"，"一直到完全唱出你胸脯里的血"。②"为了实现我们的心愿，我们能作出些什么贡献"是他的"问责铭"，以此督促自己，警醒自己。他努力感受生活，酝酿诗情，捕捉诗意，时常处于"前创作"状态。但他沉郁、忧伤的诗心与昂扬呼喊的时代情绪很难契合，且擅长的隐喻、象征、欧化的抒情方式与工农兵喜闻乐见的形式也存在很大距离。他觉得感情深邃如海，炽热如火，但抒情表达的路径却"狭窄"且"苛刻"，个性化的创作追求与时代要求很难适应。似乎有些吊诡——他参与了时代文学语境的营造但自己却无法适应，在欢呼革命

① 何其芳曾写诗概括自己的工作和生活："白天我从宿舍到机关，/办公，开会，上班，下班，/在书桌上磨破我的袖子，/晚上我熬夜到两点，三点"，感慨"故纸堆能压死诗的幼芽"。因为没有时间深入生活，缺少诗情发动，他说写诗只是埋在心里的"种子"，始终不能"壮大到破土而出"（见《写给寿县的诗》，《何其芳文集》第一卷，人民文学出版社1982年版，第267页）。
② 何其芳：《回答》，《何其芳文集》第一卷，人民文学出版社1982年版，第223页。

和建设取得胜利的时代情绪里,他显得有些困惑和茫然。他觉得在"伟大祖国,伟大时代,应该有不朽的诗歌讴歌",而现实却是"歌声微茫";他或许知道"歌声微茫"的原因,但找不到解决办法;或者说,他知道解决办法,但没有足够的力量和勇气突破。他焦躁不安,感到羞愧,甚至是"惊恐"。他被巨大的矛盾痛苦纠结着,遂创作《回答》,剖析自我,坦陈矛盾,试图回答"为什么这样沉默"的问题。诗人开始就说:

> 从什么地方吹来的奇异的风,
> 吹得我的船帆不停地颤动:
> 我的心就是这样被鼓动着,
> 它感到甜蜜,又有一些惊恐。
>
> 轻一点吹呵,让我在我的河流里,
> 勇敢的航行,借着你的帮助,
> 不要猛烈得把我的桅杆吹断,
> 吹得我在波涛中迷失了道路。

作为来自延安接受过革命理论教育、政治热情高涨的革命诗人,他为共和国成立及成立后的巨大变革感到兴奋和"甜蜜",愿意在时代诗歌道路上引吭高歌,直到唱尽"胸脯里的血";但作为一个有理论修养、审美追求和创作个性的诗人,他愿意在个人的"河流里""勇敢的航行","不愿使自己的歌颂流于空泛"。尖锐的矛盾使他"茫然"和"惊恐"。因为"奇异的风"过于猛烈,他害怕吹断桅杆,害怕"在波涛中迷失了道路"。他的"惊恐"并非多余,他知道自己身上带有"浓厚的旧时代气息",虽竭尽全力却无法克服,因为那是天赋气质;而时代要求却非常"苛刻",稍微出格就会遭到棒喝,对此他有深刻的教训和太多的警示,甚至自己在理论主张和批评实践中就表现得十分"苛刻"。他不愿意按照"苛刻"的要求随声应和,却又为没有诗歌贡献于伟大时代而感到"羞愧"。他被这种矛盾撕扯了近两年时间,始终无法拆解和平衡。1954年劳动节前夕,他似乎有了答案,但他的"回答"却是那样含混无力——

　　　　我的翅膀是这样沉重，

　　　　像是尘土，又像有什么悲恸，

　　　　压得我只能在地上行走，

　　　　我也要努力飞腾上天空。

　　知其不可而为之，牺牲自我适应时代，是那时代众多诗人的理性选择。何其芳的选择更自觉，情绪也更强烈——他是有革命经历和官方立场的主流诗人。但无论自觉还是强烈，都抵不过诗性气质。何其芳是矛盾的复合体。《回答》的思想价值在于真实而深刻地表现了矛盾纠结的情绪，对认识何其芳和那个时代诗人的创作心理具有典型意义。

　　从艺术上看，作品最感人、最珍贵的魅力在于保持了个性化的抒情风格，用缠绵悱恻的韵律、感伤忧郁的情调、欧化的语言、象征隐喻的方法表现真实深切、无可奈何的情绪。他一唱三叹，反复辩诉，渲染烘托，铺陈比兴，长歌低吟，苦情欢诉，委婉细致地表现了转折时期个性浪漫主义诗人进退维谷、左右徘徊的心理矛盾。这是纯正诗人的思想情绪，源于自我，发自内心；也是真正的艺术表达，语言幽雅，意境深邃，旋律沉郁，诗性葱郁。其抒情如深山溪水，涓涓流淌，浅唱低吟，绵延回环，偶见波涛涌起，瞬间便浪花低语，终究是诗情迷离。但"深山""溪水"云云，意在说明诗性灵动，其实诗人的情思是复杂、混沌且深厚的，既非纯净透明，也非清澈见底，而表达更显得艰难费力。他是感伤的诗人，抒发感伤情绪，但其感伤似乎源于莫名，且交织着甜蜜，伴随着冲动，理性萎顿无力，情感交错如丝。他用熟悉的语言形式倾诉纠结无解的苦痛情思，似乎回到个性抒情的"河流里"。而最动情处，莫过于岁月流逝而自己没有收获的感慨，莫过于试图振奋精神有所作为却被沉重而莫名的压力遮蔽着无法飞翔的无奈。这是最抒情的诗句，打动过很多心灵：

　　　　一个人劳动的时间并没有多少，

　　　　鬓间的白发警告着我四十岁的来到。

　　　　我身边落下了树叶一样多的日子，

　　　　为什么我结出的果实这样稀少？

　　　　难道我是一棵不结果实的树？

　　　　难道生长在祖国肥沃的土地上，

我不也是除了风霜的吹打，

还接受过许多雨露，许多阳光？

如此坦陈忧伤惆怅，在那个火样的时代极其罕见。“平静的海埋藏着波浪”——是他 40 年代初一首诗的题目，用于说明《回答》十分准确。事实上，无论是情感内容还是抒情方式，我们都听到了《预言》《夜歌》中反复弹奏的那美妙而感伤的歌声，感受到他极力掩饰、力图割舍却又掩饰不住、割舍不掉的诗情。

就情感强度、理想表现、想象奇特而言，《回答》的浪漫主义色彩既不强烈也非璀璨，但就情感的主观性和表现的个性化而言，它是五六十年代诗坛上弥足珍贵的个性浪漫主义文本，也是解读“何其芳现象”的重要文本。《我们最伟大的节日》开拓了 50 年代革命浪漫主义诗歌的先河，而《回答》却在个性浪漫主义河流里航行。看上去有些吊诡，却又自然而然。诗人长于感情，理性自觉总是敌不过情感倾向，社会理性倘不能真正化作个性意识，力量更弱。这就难怪，这首诗写了两年时间，而他的“回答”还是那样忧伤缠绵，含混无力。惟其如此，才更值得珍视。

三、在自己的“河流里”艰难航行

在接下来的时间里，何其芳的大部分精力操劳于行政事务，致力于理论批评和研究，并且表示“暂不写诗”。但无论是行政事务还是“故纸堆”都无法抑制诗心摇荡。尽管他无法像许多诗人那样深入人民生活的海洋，在时代变革的激流里寻找诗意，却没有放弃“寻找”的努力。而只要诗心未泯，生活中总有不少事情触动情思，他也总能获得诗意萌动的机遇。从 1954 年的《回答》到 1977 年生命结束，他断断续续写作，时有诗作呈现，即使在“文革”期间，也是如此。他创作了诸如《讨论宪法草案以后》《听歌》《我好像听见了波涛的呼啸》《海哪里有那样大的力量》《号角》《西回舍》《张家庄的一晚》《我们的革命用什么来歌颂》《欢呼我国第一颗人造卫星上天》《堂堂的中国回到联合国》

《北京的早晨》《北京的夜晚》《深深的哀悼》《我控诉》《怀念我们敬爱的周总理》《我想起您，我们的司令员》等诗篇。^①在共和国诗坛上，留下蹒跚斑驳的踪迹。其创作，有旧地重游，回忆战争岁月或往昔生活工作的情景；但更多的是呼应时代，表现社会变革激发的心灵感受。其抒情风格，有如"夜晚喷泉细声飞射"的"低咽"，偶尔还会出现初恋少女般的"忧愁"和"温柔"，甚至青春血液"奔腾"的欢快和热烈，但更多的是"与天相接巨大波浪"的"高昂"。^②

何其芳怀着把歌声"融入"时代大海的理性自觉探索前进，按照时代要求在人民生活的天地里寻求诗情诗意，按照流行的语言形式抒情达意。理性自觉或许压倒审美倾向，却敌不过创作规律，因为诗情发动源于报纸宣传，因为缺乏"与天相接"的生命体验，故诗歌中常有拉直嗓子高声叫喊的苍白诗句。如"从东海滨到雅鲁藏布江，从内蒙古草原到海南岛丛林，都歌唱毛泽东，歌唱共产党"的平庸赞誉，如"钢水、石油流到了广场，棉花、麦穗像无边的波浪"的夸张写实，如我们"几十年走完好几个世纪"，"什么样的奇迹我们不能创造？什么敌人我们不能打败"的豪言壮语，^③如"屈原的辞赋，李白的诗歌，/这一切高峰又算得什么，/比起今天劳动人民/改天换地的创造和劳作"^④的时代性浮夸……还有很多政治性更强而诗性更弱的诗句。因为谨慎，他常常抑制个人抒情，即使某些本该抒情的时候，也不敢放开手脚抒写原本幽深绵长的诗情。如《夜过万县》，诗人凭栏眺望故乡热土，萌发了"江面的红绿灯标/好像在依依送人"的意境，^⑤但平淡的写实语言"荒废"了应有的诗情意境；他回到曾经工作过的南开中学，睹物思人，本该诗情洋溢，也只是"记忆里有些事物/已经不复看见，/众多的新的建筑/却在我眼前出现"。^⑥固不能说枯燥乏味，但诗情意境的单薄却是不争的事实。

但这不是何其芳创作的全部。倘如此，便无所谓"何其芳现象"，也失去了研究意义。

---

① 新中国成立后何其芳的诗歌还有若干，详见《何其芳文集》，人民文学出版社 1982 年版，第一卷中的相关诗篇。

② 何其芳：《听歌》中的诗句，《何其芳文集》第一卷，人民文学出版社 1982 年版，第 235 页。

③ 何其芳：《我好像听见了波涛的呼啸：献给武汉市和洪水搏斗的战士们》，《何其芳文集》第一卷，人民文学出版社 1982 年版，第 230 页。

④ 何其芳：《写给寿县的诗》，《何其芳文集》第一卷，人民文学出版社 1982 年版，第 263 页。

⑤ 何其芳：《夜过万县》，《何其芳文集》第一卷，人民文学出版社 1982 年版，第 243 页。

⑥ 何其芳：《重游南开》，《何其芳文集》第一卷，人民文学出版社 1982 年版，第 244 页。

比较而言，何其芳赓续了"我抒情"（有时是"我们"）的方式——"我看见""我听到""我走过""我回忆""我梦见"，而且这个"我"并非"我们"的省略，在很大程度上是写自己的生活经历和思想情感。读其诗，可以感受到诗人思想情感的隐忧和变异，听到内心深处的沉吟和呼唤，看到诗人在非文学非诗歌的语境中，为了兑现唱出"胸脯里的血"的承诺，排解日子落叶般凋落、果实没结多少的焦躁情绪，进行着怎样艰辛的尝试和求索；惊异于在那个强力要求按照工农兵喜闻乐见的艺术形式创作、消弭抒情个性的语境中，他有时或袒露方向迷失、桅杆吹断的隐忧，表现"用什么来歌颂"的困惑和"失掉彩笔"的疑虑。他谨慎幽忧地走在自己的道路上，诗情比较单薄，"短板"也时或出现——在那个"险象环生"的斗争语境中，没有翻车沉船便是万幸，希望他保持个性浪漫主义特点（哪怕像《回答》那样"欲舍还留"），正如希望诗人漠视工农兵生活天地、全力耕耘自己的园地，是不现实的。何其芳的可贵之处就在于，在耕作共和国现实生活的同时没有完全荒废"自己的园地"，在抒发时代情感的同时也尽可能多地表现自己，在与时代气氛相适应的同时也尽可能多地保持缠绵细语的抒情个性，在表现社会理性的同时也表现了个人的情感意识。概言之，在革命浪漫主义昌隆兴盛的诗坛上，何其芳的创作保持了诸多个性浪漫主义元素，如自我抒情，如抒情风格，如隐喻象征，如低沉诉说，还有迥异于时代的忧伤情绪的淡淡流露，等等。

难能可贵的是，在某些作品中，他比较完好地保持着表现自我和惯用的抒情方式。如《有一只燕子遭到了风雨》《海哪里有那样大的力量》《听歌》等。《燕子》写"有一个人是这样忧伤，/好像谁带走了他的希望；/是什么歌声这样快乐，/好像从天空降落到他心上？//还有什么更感人，更可贵，/比较同情和援助的手臂？/是什么，是什么这样沉重？那是一滴感谢的泪！"①《力量》似乎比较明快，说"生活的快乐、劳动的愉快""能够像风一样吹开""人的忧伤"；但其中也有"我也曾把我浸在海水里，/再让日光沐浴着身体"和"独自躺在沙滩上"遐想童话故事的描写，有海水的咸味是因为美人鱼"沉默的爱情""一直不曾被人理会"而伤心流泪的阐释②。这些都是较为典型的"何氏"抒情。

---

① 何其芳：《有一只燕子遭到了风雨》，《何其芳文集》第一卷，人民文学出版社1982年版，第232页。

② 何其芳：《海哪里有那样大的力量》，《何其芳文集》第一卷，人民文学出版社1982年版，第233页。

作者注释说，"从前学写小说，曾为其中人物所唱歌曲拟作歌词二首。小说后来未能写下去，歌词亦未必可以谱曲，但因是试用曾被人讥讽为'闭门造车'的现代格律诗体，故存之。"① 小说何时"试做"？缘何中断？歌词为何保留下来？他这时改定是"为了忘却"而纪念那难以割舍的情绪，抑或因环境宽松而萌发"旧情"意欲回到过去？是为"微茫"的时代歌声贡献音量，还是在稀少的果实筐里增添诗的数量？他都没有明说。

直到多年后，才逐渐有人透露出些许端倪。何其芳去世后，陈荒煤发表悼念文章，随后有某位女士写信给荒煤，说新中国成立后，她与何其芳有过一段交往，他们"一起谈诗，谈论写作；一起划船，一起散步，一起坐在公园的参天古树旁看蓝天上静静飘着的云朵"。并且说《有一只燕子遭到了风雨》和《听歌》是为她写的。② 此言大致可信。这应该是何其芳繁忙枯燥的生活中最惬意的时光——《听歌》写，"我听见了迷人的歌声"，那样快活，那样年轻，"低咽""像夜晚的喷泉细声飞射"，"高亢""像与天相接的巨大的波浪"，"温柔""像少女的眼睛含着忧愁"，感觉"就像早晨的金色的阳光，/ 因为快乐而颤抖在水波上，/ 春天突然回到了园子里，/ 花朵都带着露珠开放。"虽然那些美好的浪漫逸事散失在喧嚣的历史尘埃，但可以想见，与这位女性倾情交往激活了何其芳深邃隐秘的情思，使他"青春的血液在奔腾！"③《燕子》像是寓言，意象明丽却又迷离，燕子遭到风雨，得到同情和援助，又高高飞起，与快乐的歌声，沉重的眼泪，带走的希望，心灵的忧伤，组成看似有序却又错乱、逻辑关系明确却顺序颠倒、大跨度跳跃的意象群。何其芳用擅长而久违的方式流露出忧伤和快乐、幽深而隐秘的情绪。

行文至此，联想到他的《回答》。《回答》的"回答"曾经让许多研究者感到费解。诗人回答的对象是谁？是时代对诗人的要求，还是广大读者的期待？抑或具体期待者？很多时候认为，答案是前两者——回答时代要求和广大读者。这种理解符合当时的情景——如周扬就曾经充满期待地问艾青，在沸腾的生活面前我们的诗人为何"沉默无诗"？何其芳是读者喜爱的诗人，《我们最伟大的节日》之后，两年时间没有新诗面世。时代催促、读者殷殷，他本人也承

① 《何其芳文集》第一卷，人民文学出版社 1982 年版，第 232 页。
② 刘伟：《"书生作吏"：文坛"掌门人"的反思》，载《炎黄春秋》2016 年第 6 期；材料源于严平著《潮起潮落：新中国文坛沉思录》，人民文学出版社 2016 年版。
③ 何其芳：《听歌》，《何其芳文集》第一卷，人民文学出版社 1982 年版，第 235、236 页。

受着在热烈喧嚣的时代面前"沉默无诗"的压力。这种理解说得过去，却显得过于笼统，似乎应有具体的回答对象。否则，便无法解释这些情意缠绵而又扑朔迷离的诗句——"你愿我永远留在人间，不要让／灰暗的老年和死神降临到我的身上。／你说你痴心地倾听着我的歌声，／彻夜失眠，又从它得到力量。／人怎样能够超出自然的限制？／我又用什么来回答你的爱好，／你的鼓励？呵，人是平凡的，／但人又可以升得很高很高！"因对诗人当时的生活和情感世界存在认识盲区，或者因种种原因造成审美联想力欠缺，故有困惑却屡被忽略。比照女士祖露的"隐情"和《燕子》《听歌》的内容，困惑似乎可以迎刃而解。"回答"的对象具有多重性，既是回答时代要求和广大读者，也是或者说更是隐晦地回答女友。正是后者使诗人保持了强烈的抒情个性，并赋予作品鲜明的个性浪漫主义特征。

《有一只燕子遭到了风雨》《海哪里有那样大的力量》是何其芳 1956 年 9 月改定的"拟歌词"，《听歌》写于 1957 年 3 月。这是值得注意的时间。因为只有在这宽松自由的"百花年代"，置身社会主义文学理论建设前沿阵地、行政事务和理论思考等杂事缠身的何其芳才有兴趣翻箱倒柜找出旧作修改，才能够保留咀嚼个人感触、品味失落和幻想的抒情内容，也才有勇气坚持"夜歌"时期沉郁、忧伤的抒情方式和欧化的语言风格，也才如此含蓄而大胆地描写欢快迷人的个人生活、披露深切隐蔽的个人情思。是故，无论对考察何其芳的诗情演绎还是梳理五十年代个性浪漫主义诗歌链条的延展，都是值得珍视的文本。其后，诗坛上杀气弥天，文艺界运动不断，何其芳仍以理论战士的姿态出现在论坛上，全力维护社会主义文艺的主流地位和威严，诗歌创作几乎在日程表上完全"被挤掉"。

他仍不甘心，直到"文革"灾难到来之前——1965 年 10 月 5 日下午，他还创作了《我们的革命用什么来歌颂》。如题目所示，他想表达的是"我们""歌颂""革命"的途径和方式问题，其中有"我的歌呵，如果你的沉默／不过是炸药的黑色的壳，／什么时候一声巨响，／迸射出腾空而起的烈火"的期待和自信，说明诗心未泯；而其追求则是"我把我的歌加入这集体，／像一滴水落进大海里，／再不抱怨它的微弱，／也不疑惑我失掉了彩笔"的理性自觉。① 虽说"不再抱怨""也

---

① 何其芳：《我们的革命用什么来歌颂》，《何其芳文集》第一卷，人民文学出版社 1982 年版，第 255、256 页。

不疑惑"，但抒情风格本身就说明他没有完全"融入大海"，也没有真正"失掉彩笔"。他依旧保持《预言》和《夜歌》的抒情风格——当然也没有放弃"融入"的努力。

何其芳如此执著地坚持，原因固然很多，如诗性气质、诗学意识，在此我们看重的是"外在"因素——他的工作单位和性质。共和国成立后，他担任中国科学院文学研究所所长，长期在研究机关从事文艺理论研究。因工作单位性质限制，他无法像其他诗人那样经常接触人民生活现实，从中捕捉诗意，酝酿诗情，影响了诗歌创作，但也避免了个人情感被公共情感侵蚀和代替，像那时所提倡的那样——知识分子工农化，他得以更多地保持诗人的"自我"，保持了更多的抒情个性。事实上，"作协"系统的作家有"融入"生活现实的方便，也强化了失去"自我"的条件，很多作家置身于人民生活的海洋，但也在生活海洋里失去了"自我"，在获得创作源泉的同时失去了个人生活园地；而很多"学院派"作家长期耽于与人民生活保持距离的"深宅大院"，浸淫于文学知识的海洋，虽然也要接受思想改造，但相比而言更清醒或曰超脱，故保留着更多的"自我"。他们可能没有创作机会和资源，但凡有机会写作，所表现的便不是完全迷失的"自我"，如穆旦、林庚等人的创作。何其芳亦然。他虽然致力于革命文学理论研究和倡导，但其内心深处，理性自觉与情感倾向、社会觉悟和审美追求以及工作内容和个人气质均存在巨大矛盾。矛盾带来痛苦，但远胜于失去"自我"后的简单"快乐"。

从某种意义上说，这是他作为从延安走来的革命诗人却没有完全"融入"主流诗人队伍的原因所在，也是他没有像巴金、老舍、曹禺等作家那样放弃"自我"、用创作记录时代变革的原因所在，还是何其芳内心矛盾的社会成因——发挥着重要作用的社会成因。在那样的时代语境中，像何其芳这样有足够的革命资质而又特别纯真的诗人，虽然"桅杆未断"，却铁定无法在自己"河流里""勇敢航行"。

第十二章　胡风理论和创作的
浪漫主义解读

胡风是鲁迅的学生，以此为荣自傲，很多主张与左翼阵营相左，并因此发生纠纷乃至论战。他以悲剧英雄的精神固守自我，中流砥柱，在政治诗学强势的 50 年代却如堂吉诃德战风车，在社会和文学舞台上扮演了悲剧角色。胡风是一个复杂的存在。对其诗学理论和创作个性可以作多种解读，在我们看来，其内核更接近浪漫主义。

一、"主观战斗精神"——现实主义
还是浪漫主义？

胡风极力标榜现实主义，甚至以现实主义"护法者"自居，但理论主张的质性内容更接近浪漫主义。对此，革命文学阵营看得很清楚。1948 年香港革命文艺界对胡风开展"围剿"和"清算"，批判的靶子就是他宣扬"主观唯心主义"——"主观唯心主义"自然不是浪漫主义，但其理论内核和胡风的阐释都倾向于浪漫主义。彼时，胡风和"七月派"其他诗人都没意识到开展批判的严重性，甚至觉得"问心无愧"。他们强调"主观战斗精神"，强调表现自我，但创作实践始终与劳动人民的苦难现实和革命斗争紧密相连。"他们尽管风格各异，在创作态度和创作方法上却又有基本的一致性。那就是，努力把诗同人联系起来，把诗所体现的美学上的斗争同人的社会职责和战斗任务联系起来"。① 为此，胡风撰写了《论现实主义的路》，回答对他的批判。

《论现实主义的路》是理性与激情的倾泻。他梳理自己的理论思路，倾诉积蓄多年的块垒，心情快意而通畅，也有些焦虑和狂躁。他似乎意识到该书出版后将会产生"炸响"，预感到会有什么事情发生，遂在扉页上引用但丁《神曲·境界》中的话表明心境："谁知道哪一方面有较平坦的山坡，可以不用双翼而攀登上去么？我跑到一个沼泽里面，芦苇和污泥绊住我，我跌倒了，我看见我的血在地上流成了一个湖。"② 面对强大的论敌，他表现了宁肯"血流成湖"也要坚持"主观战斗精神"的坚定立场。且不说理论倾向，单是这"题记"就生动地表现了浪漫主义理论英雄的悲壮精神。③ 其理论阐释也如创作，拒绝严谨冷峻的逻辑分析，燃烧着主观精神阐释论证，语言表述充满激情而富有个性。酣畅淋漓的理论搏击和情感宣泄过后，他期待着即将到来的时代变革，并因对变革后的命运无法预测而产生了深刻狂躁的情绪。

胡风是倔强而自信的。他自恃真理在胸，对未来做了足够充分的心理准备；而应邀北上参加全国文代大会和政协会议，更增强了他的信心。他1949年初沿着"满天星满地花的道路"来到北国，气候寒冷彻骨，胡风却热情洋溢。"虽然地上盖着雪层，空中吹着寒风，但我好像从严冬走进了和煦的春光里面。土地对于我有一种全新的香味，风物对于我有一种全新的彩色，人物对于我有一种全新的气质"。④ 胡风说，"在我自己，是大半生追求这个革命，把能有的忠诚放在渴求这个革命的胜利上面的人，现在身受了这个胜利，应该在一个作家的身份上站在人民面前拥护这个革命，歌颂这个革命，解释这个革命的。""在政协会议期间及新中国成立后，宏大的幸福感把我的心情提升了起

---

① 绿原：《白色的花·序》，《当代》1981年第3期。

② 见胡风：《论现实主义的路》扉页，泥土社1951年版。

③ "题记"是写在著作出版时的文字，犹如灵魂和眼睛，高度浓缩了作者的写作旨趣和心境。胡风喜欢为自己的著述写题记，或者自撰，或者引用，文字大都像《论现实主义的路》的"题记"那样，激情饱满，诗情洋溢，表现出浪漫主义创作精神和个性追求。如第一部诗集《野花与箭》的题记是："因为，历史的大路伸展在我的眼前，可敬的友人们且已一面做着榜样一面引我踏上了；只不过所苦的是，我肩头重重地压着'过去的幽灵'，走一步哼一步，不得不拖泥带水地挣扎着罢了。"《为祖国而歌》的题记则是，"战争一爆发，我就被卷进了一种非常激动的情绪里面。在血火的大潮中间，祖国儿女们底悲壮行为，使我流感激的泪水，但也是祖国儿女们底的卑污行为，使我流悲愤的泪水。于是，我底暗哑了多年的咽喉突然地叫了出来。"胡风的"题记"包含着丰富而深刻的信息，表现出激情洋溢的浪漫主义诗性气质。

④ 《胡风杂文集》，生活·读书·新知三联书店1987年版，第439页。

来"。① 共和国成立前后，他沉浸在"宏大的幸福感"中——这强化了他的理论信念，也注定了悲剧命运。

胡风始终坚信自己的理论主张是正确的，与鲁迅精神甚至与毛泽东文艺思想是一致的，符合无产阶级革命文学发展要求。他试图用自己的理论影响新时代文学大厦的构建——起码，也要在共和国文学大厦构建中占一席之地。就像他始终坚信自己革命斗争路向正确、为共和国成立做过很大贡献一样，他也坚信自己的理论主张和文学实践为推翻旧中国、催生共和国作出过很大贡献；就像他以无产阶级文学的"正头香主"自居和自恃、用远甚于他的批判者的激烈言辞批判所谓"反人民""反现实主义"的理论和创作那样，他以鲁迅亲传弟子和革命功臣自居，甚至以毛泽东文艺思想的知音自居，理直气壮地加入胜利欢呼的队伍里，加入共和国文学创作和理论大厦的建设中。但其倾向，却与新时代文学的建设形态和发展路向相去甚远。

胡风为自己的论著取名《论现实主义的路》，极力维护和张扬现实主义精神，且跨入共和国门槛后，在处境尴尬的情况下撰写长篇文章——《关于几个理论性问题的说明材料》，旗帜鲜明地批评违背现实主义的理论和创作现象，但深入考察即可发现，其理论内核即"主观战斗精神"却是浪漫主义。他虽然主张"诗底声音是由于时代精神的发酵，诗底情绪的花是人民底情绪的花"②，却又明确指出，"作家对待生活的态度是创造底源泉"，"被对象的真实性拥入了作家内部的作家的'自我斗争'或'自我扩张'是创造底源泉"。③ 表述不甚严密，犹如创作不讲究语言形式，惟求自由率真表达，常常出现偏激和偏颇，导致不同语境中的表达出现矛盾——这是浪漫主义诗人的"通病"，但将他对"诗底声音""诗底情绪"的理解与两个"源泉"放在一起比照便可发现，其理论的确包含现实主义内容，但又无可争议地突出了主观精神的作用，并坐实了其理论的浪漫主义倾向。

胡风是诗人而非纯理论家，其理论主张多数源于创作实际，或者源于自己的创作感受，或者基于对某种创作现象的批评，或者用于指导青年作家创作。其"主观战斗精神"主要是就创作过程而言，思考的是在创作过程中作家与社

---

① 《胡风三十万言书》，湖北人民出版社2003年版，第55页。

② 《胡风评论集》（中），人民文学出版社1985年版，第350页。

③ 胡风：《关于解放以来的文艺事件情况的报告》，《新文学史料》1988年第4期，第62页。

会现实、与创作对象之间神秘而复杂的关系，"创作论"是理论的核心内容，也是浪漫主义特点最充分的内容。在他看来，"创作过程，总是作家底内心要求某一点和对象发生了血肉的感应，从这突进了对象内容，和对象搏斗，和对象一同搏斗，逐渐深入了历史内容彼此相连的内部，这才达到了创造劳动的高度，从作家底全部经历吸来了能够吸来的、生发了能够生发的东西，最后产生了作品。"① 伟大作家的创作"所经受的热情的激荡或心灵的苦痛，并不仅仅是对于时代重压或人生烦恼的感应，同时也是他们内部的、伴着肉体的痛楚的精神扩展的过程。"② 他特别欣赏下面这段话，1945 年他把这段话写在《希望》第4 期的封面上，可见其思想理论的浪漫主义表征——

> 对于没有生活就没有作品的问题，人们举出来的例子总是这样说：高尔基如果没有在俄罗斯的底层里混过，高尔基就不会写出那样的作品。今日的苏联，不，今天的世界也就没有那样的一个高尔基。但有一个更重要的问题人们没有提出：俄罗斯当时有多少码头工人、多少船上伙夫，多少流浪子，为什么在这之中只出了一个高尔基？高尔基有没有天才我们不能肯定，但高尔基能够用自己的艺术的脑子非常辩证法地去认识，去融化，去感动，并且把自己整个的生命都投入到这个伟大的感动中是铁一样的事实。这就要看自己的主观条件来决定了。在这里，我很高兴举出一个例子，就一块磁石说吧，磁石在主观上决定自己是磁石之后，它就能够吸收了。不然，对于一块石头，钢铁也要失去存在的价值！中国的作家直到今天还说自己没有认识生活，没有和生活发生关系，我觉得这不免是一种嬉皮笑脸的态度。其实中国作家（尤其是年轻的）早就和生活紧紧配合了。问题是缺少许多像磁石一般能够辩证法地去吸收的脑子。③

胡风强调主观战斗精神，注重主观对于创作对象的"拥抱和燃烧"作用。他认为，没有主观精神的作用，无论"客观写实主义"还是"主观先验主义"，

---

① 胡风：《关于解放以来的文艺事件情况的报告》，《新文学史料》1988 年第 4 期，第 92 页。
② 胡风：《关于解放以来的文艺事件情况的报告》，《新文学史料》1988 年第 4 期，第 61 页。
③ 胡风：《关于解放以来的文艺事件情况的报告》，《新文学史料》1988 年第 4 期，第 53 页。

都不能创作出有生命的艺术形象。前者与他的理论主张大相径庭，自不必说；后者显示出理论批评家的敏锐眼光和批判勇气。"主观先验主义"看似注重"主观经验"，与胡风所强调的主观战斗精神相接近，其实相去甚远；它是用"先于"或者"外于"主观的"经验"和"观念"指导创作，类似恩格斯所说的"席勒式"创作方法——作家创作听命于主观之外的某种理念，为表现"先验"的理念而放弃真实的人生体验，放弃主观精神的真实表现，放弃主观战斗精神的作用，进而对现实作出非真实的描写。这种"主观先验主义""把人物当成时代精神的传声筒"，在革命文学理论建设和创作实践中广泛流行。因与"社会主义现实主义"颇有相似之处——在这个理论口号中，"社会主义"便是"先于"现实、也"先于"主体精神的"主观先验主义"，或者说在创作过程中起着"主观先验主义"的作用，故50年代更加张皇。在时代文学语境中，"主义"高于个性，"要求"大于追求，宣传重于艺术，文学被视为工具，创作图解观念的现象日趋严重，导致公式化、概念化盛行。在学苏、崇苏的舆情中，胡风似乎对"社会主义现实主义"心存"敬畏"，但他对"主观先验主义"批评的每一项都指向这个在当时被视为"最高准则"的口号，对其表现出强烈的愤慨和深切的隐忧："一边是生活'经验'，一边是作品，这中间恰恰抽掉了'经验'生活的作者本人在生活和艺术之间受难（Passion）的精神！这是艺术家的悲剧，然而在现在却正是一个太普遍了的悲剧"。[①]"主观先验主义"既背离了现实主义，更阉割了主体的创作生命——这是胡风所不能容忍的。

在他的理论世界里，创作是复杂的"感性的活动"，是主观拥抱和燃烧创作对象、并与之融化为一体的过程。在此过程中，作家"不能是让客观对象自流式地装进来的'一个工具'，一个'唯物的'死的容器。"[②]"从对于客观对象的感受出发，作家得凭着他的战斗要求突进客观对象，和客观对象经过相生相克的搏斗，体验到客观对象的活的本质的内容，这样才能够'把客观对象变成自己的东西'而表现出来。"[③]谁能说，这些贴满了现实主义标签的理论不是浪漫主义！

执此而言彼，源于复杂的历史事实。郭沫若早在无产阶级文学倡导之初就

---

① 胡风：《关于几个理论性问题的说明材料》，《胡风全集》第一卷，湖北人民出版社1999年版，第492页。这里所说的"太普遍"的悲剧原指1937年胡风撰写《略论文学无门》时的创作情形，50年代胡风"旧话重提"，含有当时比抗战前更严重的意思。

② 胡风：《略论文学无门》，《胡风全集》第二卷，湖北人民出版社1999年版，第522页。

③ 胡风：《略论文学无门》，《胡风全集》第二卷，湖北人民出版社1999年版，第523页。

将浪漫主义视为"反革命的文学"①，30年代革命文艺界将与"浪漫主义斗争"作为左联的"新任务"之一写进"决议"，②而华汉（阳翰笙）的《地泉》则被视为"革命的浪漫谛克"标本受到严厉的批评③。胡风是无产阶级革命文学的自觉拥护者和积极建设者，左翼作家联盟的重要成员，对这些理论主张无论赞成与否，都不能不对浪漫主义及相关理论心存禁忌。他的"主观战斗精神"既避开了已成为"众矢之的"的浪漫主义，又突出了浪漫主义的核心精神，既可以纠正左翼阵营的理论偏激，也有助于补苴浪漫主义的缺失，抑或无深文周纳之意，却表现出青年革命理论家的良苦用心。"主观战斗精神"不等同于浪漫主义，但无论文字阐述还是主观意图，两者都有众多重叠交叉的内容。胡风原本就是浪漫主义气质的理论家，他可以"无视"浪漫主义的理论主张，但改变不了自己的浪漫气质。他那狂放不羁、傲视群雄的个性，藐视世俗、吞吐自是的骨气，张扬自我、耿耿谔谔的性格，在希望与绝望中勇于苦斗的精神以及独战风车、哪怕"血流成湖"也不放弃的追求，还有剑走偏锋、我行我素的语言风格，激情汹涌、恣肆淋漓的语势，有些玄奥、有些拗口、有些臃肿的表达方式，都源于浪漫主义个性气质。

作为一个浪漫主义气质的理论家和诗人，胡风的创作似乎没有引起特别关注，而燃烧着主观精神的理论个性、倔强的性格特征以及他作为"七月派"领袖的地位和贡献反倒成为人们关注的对象，并因此遮蔽了诗创作的光辉。其实，胡风的创作也是成就斐然、个性突出的。共和国成立前后，他满怀对毛泽东的崇敬、对新社会的热爱、对新生活的赞美创作了《时间开始了》，抒发了热烈昂扬的浪漫主义豪情。

二、《时间开始了》：雄浑豪壮的浪漫主义交响乐

胡风的诗创作是他理论主张的具体实践，也是个性气质的生动表现。他是

---

① 郭沫若：《革命与文学》，《郭沫若全集》第16卷，人民文学出版社1989年版，第41页。

② 左联执委会决议《中国无产阶级革命文学的新任务》，1931年11月通过；转引自严家炎主编：《20世纪中国文学史》（上册），高等教育出版社2010年版，第304页。

③ 瞿秋白：《革命的浪漫谛克》，见《瞿秋白文集》文学编第一卷，人民文学出版社1985年版，第457页。

倔强任性且激情燃烧的诗人，这成就了诗创作的浪漫主义特点，同时也决定了诗情浮露、缺少蕴藉——像中外文学史上许多浪漫主义诗人的创作那样，特点显赫而缺憾突出，正所谓成于此，也亏于此。

30年代胡风推出第一本诗集《野花与箭》，作品躁动着深沉的忧患意识和强烈的战斗情绪，有从真切的生活感受中激发出来的生命强力，也有因独自搏击而产生的忧愤孤寂情绪。源于现实生活和人民情绪的"野花"与诗人主观战斗精神的"箭"没有艺术地融为一体，以至于像当时的很多革命文学作品那样豪言壮语充斥，说明他急于表达但欠缺艺术心力。这本是胡风极力反对的，但这个理论巨人在创作实践中却屡作"矮子"。同样的情况也出现在《为祖国而歌》中，诗人为民族抗战而作，表现了忧思民族生死存亡和急切战斗的情绪，却因压迫过于沉重和情绪过于急切而影响了创作心态，他显得有些匆忙峻急，"感激的泪水"和"悲愤的泪水"都没有与抒情对象"完全融合"，作品显得激情有余而内蕴不足，情绪躁动而章法散漫。《时间开始了》也存在这样的问题——他急于表达强烈躁动的情绪，却没有将其融化在抒情对象的艺术描写上，也没有找到合适的切入点和表达形式，显得情感炽热而艺术粗糙，自我强力扩张但艺术形式散漫，辞章绚丽但有架空情感之嫌。

就此而言，胡风的确不是优秀诗人，起码不是成熟的诗人——借用他论田间的话说就是，他虽然"前进到对象（生活）底深处"，也"获得向生活深处把握的力量，也就是把握生活底思想性和拥抱情绪世界的力量"，但他过分倚重主观战斗精神，有力量但不讲究艺术，是"一个完成了自己却不够完美的诗人"[1]。他没有将思想感情放在得体而精致的艺术形式里。从某种程度上说，这或许是浪漫主义艺术的"通病"，中外浪漫主义文学史上常有情感泛滥不拘章法的例子。因为他们过分倚重自我和自由，并不在意结构、技巧和形式。

《时间开始了》共五个乐章。其中《欢乐颂》《光荣赞》和《英雄谱》创作于1949年11月至12月，第五乐章《胜利颂》完成于1950年，《青春曲》当时没有完成。第一乐章《欢乐颂》所写是巨大而欢乐的场面——1949年7月1日在北京体育场举行庆祝中国共产党成立28周年大会，3万人到场，会议开始前暴风雨突降，人们雨中静坐不动，暴风雨过后庆祝会开始，毛泽东来到会

---

[1] 胡风：《关于诗和田间的诗》，转引自周良沛编序《中国新诗库》第七卷，长江文艺出版社2000年版，第890页。

场，全场欢声雷动。胡风感受到热烈气氛的冲击，激情如烈火，他张开胸怀拥抱热烈的欢呼场景和燃烧的时代情绪，"发出了被我们历史的艰巨而伟大的行程和我们人民的高尚而英勇的品德所引起的心声"。创作时"痔疮剧疼"，却沉浸在创作的欢快中，他说他"体验到了生平最大和最强烈的欢乐，内心充满了对领袖的崇敬和对祖国的热爱"，"我的心像海涛一样汹涌。多么幸福的时间！我差不多每时每刻都活在一股雄大的欢乐的音乐里面。"① 他以强健的主观战斗精神"写下去"，即便是发表受阻、情绪受挫也保持着炽烈的创作激情。"写的时候，整个历史，整个宇宙都汇成了一个奔腾的海（《欢乐颂》）、奔腾的大河（《光荣赞》《安魂曲》），阳光灿烂的海（《欢乐颂》）在我心里响着，有时候甚至感到了呼吸窒息似的燃烧。"②《时间开始了》是诗人主观战斗精神燃烧、激情偾张和勇猛搏击的结晶。

《时间开始了》是歌颂毛泽东丰功伟业和雄才大略的诗章。在此前后，颇有几首歌颂毛泽东的长篇力作，如聂绀弩的《一九四九年在中国》③、徐放的《新中国颂歌》④、王亚平的《迎接——中华人民共和国》⑤ 以及何其芳的《我们最伟大的节日》等。胡风以汪洋恣肆的激情讴歌毛泽东，气魄之宏大，情绪之热烈，声调之高亢，评价之高伟，辞采之瑰丽，均超出群伦，以至于《欢乐颂》发表

---

① 胡风写给妻子梅志的信，转引自韦泱：《胡风与〈时间开始了〉》，《中华读书报》2010 年 7 月 28 日。

② 胡风 1951 年 1 月 16 日给牛汉的信，见《胡风诗全编》，浙江文艺出版社 1992 年版，第 749 页。

③ 据载：聂绀弩在香港创作了一首题为《一九四九年在中国》的长诗，该诗收入诗集《元旦》，香港求实出版社 1949 年 7 月出版。全诗 600 余行，分为"比喻""我们""答谢"三章。"答谢"的第三节题为"给毛泽东"。诗中写道："毛泽东，/ 我们的旗帜，/ 东方的列宁、史太林，/ 读书人的孔子，/ 农民的及时雨，/ 老太婆的观世音，/ 孤儿的慈母，/ 绝嗣者的爱儿，/ 罪犯的赦书，/ 逃亡者的通行证，/ 教徒们的释迦牟尼、耶稣、漠罕默德。地主、买办、四大家族、洋大人的活无常，/ 旧世界的掘墓人和送葬人，/ 新世界的创造者、领路人！……"

④ 载 1949 年 10 月 1 日《人民日报》第 7 版。全诗约 200 行，诗中第四节歌颂了毛泽东，"从此 / 中国亮了，/ 从此 / 世界的东方也亮了。/ 今天 / 中国是张灯结彩的中国，/ 世界是欢腾鼓舞的世界 / ……这是几千年，/ 这是近百年，/ 这是中国人民 / 世界人民 / 斗争的成果；/ 这是马克思、恩格斯、列宁、斯大林 / 和毛泽东的思想成果。/ 从今天，/ 在中国的历史上 / 要写着毛泽东，/ 在世界的历史上，/ 要写着毛泽东……"

⑤ 载 1949 年 10 月 2 日《人民日报》副刊"星期文艺"。全诗约 200 行，其中有"敬礼吧！/ 面向掌握历史车轮的舵手———毛主席！/ 马列主义的实践者，/ 苦难人民的救星，/ 中国无产阶级革命的导师！/ 我们———全国的人民 / 用颠不倒、扑不灭的信心，/ 用山样高海样深的热爱，/ 迎接年轻的中国！/ 迎接建设的年代！……"

后"惊住了一切人",这是胡风所希望的效果。《人民日报》"编者按"说:"这部长诗是作者创作上的一个里程碑。他怀着对中国共产党和社会主义祖国的纯真情愫,抒写一曲充满感激和幸福的赞歌,感情的灼热,几乎达到可以燃烧的程度。"① 诗人绿原称赞说,"他仿佛在履行自己对历史所负的不可推卸的义务:他不得不写这几篇长诗,不得不唱出亿万人所想唱的歌。同时这几篇长诗也似乎不得不由他这位'曾经沧海'的诗人来写。不妨从全国范围回顾一下,当时歌颂人民共和国的诗篇实在不算少,但从眼界的高度、内涵的深度、感情的浓度、表现的力度等方面进行综合衡量,能同《时间开始了》相当的作品未必是很多的。"②《时间开始了》是时代诗坛上雄浑豪放的浪漫主义交响乐。

《时间开始了》长达 4600 余行,五个乐章各有千秋,均洋溢着浓郁的浪漫主义诗情。第三乐章《青春曲》由五个单元组成,用不同的抒情"主体"表现诗人对共和国的热烈情怀。《小草对阳光这样说》用儿童的口吻表现祖国新生、春天到来的感受;第二曲《晨光曲》用青春的生命抒发情怀,可惜当时没完成;第三曲《雪花对土地这样说》用雪花投入大地的意象表达献身新生祖国的壮烈情怀,"我要让铁蹄在身上踏过 / 我要在石头上碰碎头颅 / 我要还原成你身上的一滴水 / 我要还原成你心里的一滴血 / 我要把我的血肉当作肥料 / 献给你去孕育神圣的新的生命";第四曲《月光曲》的抒情主体是经历过风雨沧桑的中年人,如今恢复了青春漫步在"开花的祖国的大地"上;第五曲《睡了的村庄这样说》化身睡熟了的村庄,在安静祥和的气氛中憧憬未来。诗后附言曰:

> 一九五一年四月二十一日之夜,京沪列车在山东平原上向北京疾驰前去。凭窗望去,在深厚温柔的夜色之下,平原上之村庄,除间有耀耀之灯光一点,俱沉睡于安静之中。曾在残酷斗争中英雄不屈的村庄,现在火热的劳动中创造和平与财富,使改造祖国的伟大工程和抗美援朝的神圣事业汲取得无穷力量的村庄,将要成为美丽如花的祖国儿女的村庄,使我遐思,使我沉醉,使我感到一个新中国人的骄傲与幸福。浑然涌来的幸福感让我流出了如上的诗句一串,到京后,录示

---

① 《关于〈时间开始了〉》,见《人民日报》副刊"人民文艺",1949 年 11 月 20 日。

② 见《胡风诗全编》,浙江文艺出版社 1992 年版,第 776 页。

友人，也曾朗读，得知此幸福感并非个人所仅有。①

补写这部分时，胡风的情绪已经受到挫伤，但热烈昂扬的浪漫主义诗情却贯穿到底。

第一乐章《欢乐颂》为第一届中国人民政治协商会议开幕而作。抒情对象是具有巨大历史意义的盛会——中国共产党联合各民主党派人士共商建国大计。会上确立了毛泽东中华人民共和国领袖的地位。对此，胡风感到无比兴奋，抒以热烈赞美和深切崇拜之情。一般说来，颂歌要陈述歌颂对象的丰功伟业，胡风独辟蹊径，用火热的激情拥抱抒情对象，在燃烧对象的同时热烈歌颂。这体现了浪漫主义诗人的抒情特征，也反映了胡风强大而固执的个性——哪怕抒情对象是历史巨人，也要将其纳入强势扩张的主体精神之内。作品中的毛泽东是抒情对象，也是主观抒情过程中形成的情感形象，既非客观形象也非艺术形象。他用独特的语言创造了抒情世界，并用"海纳百川"的意象赋予毛泽东吞吐大荒、俯仰宇宙的精神世界。毛泽东站在沸腾着的海的最高峰，向全世界宣布——

> 让从地层最深处冲出来的
> 让从连山最高处飞泄下来的
> 流到这里来
> 让从巍峨峥嵘的岩石中搏斗过的
> 流到这里来
> 让沾着树木花草香气的
> 流到这里来
> 让映着日光月色星影云彩的
> 流到这里来
> 让千千万万的清流含笑地载歌载舞地
> 流到这里来。②

胡风对于毛泽东的崇敬和赞誉是真诚的。他用自己的抒情方式和语言风格

---

① 胡风：《胡风的诗：〈时间开始了〉及〈狱中诗草〉》，中国文联出版公司 1987 年版，第 78 页。
② 胡风：《胡风的诗：〈时间开始了〉及〈狱中诗草〉》，中国文联出版公司 1987 年版，第 6 页。

表现了对毛泽东的理解和主观感受，符合其创作理念也符合诗创作规律，但他却遭遇了远比创作规律还要强大的现实问题。

歌颂，也存在是否得体的问题。有学者认为，胡风用"夸张的热情歌颂毛泽东和其麾下的革命实践"，这"颇有赋诗以明志的意图"，"以证明自己的理论与时代的统一性"，说明他的诗学理论即主观战斗精神是可以唱赞歌的，以期摆脱因理论主张分歧而屡遭批判的尴尬局面。胡风创作《时间开始了》，是在"很难从理论角度为自己作有效的辩护"的情况下，用夸张的创作表明心志。① 这种推测不无道理，但不可夸大概全。胡风是耿直狂傲的诗人，他忠实于自己的诗学主张，如此浓墨重彩赞颂革命领袖，源于虔诚而热烈的崇拜之情。这种感受来源于毛泽东所创造的伟大现实。无论他后来有怎样的过失，在共和国成立的时候，他都无愧于伟大领袖的赞誉。历史已经证明他是时代伟人。他的丰功伟业和人格魅力征服了社会，征服了人民，也征服了狂傲不羁的诗人胡风。胡风的不被认可，是性格和理论的悲剧，也是个性浪漫主义的悲剧，或许还可以说是时代文学乃至整个时代的悲剧。

胡风真诚而热烈的歌颂没有得到回应。他想在新中国文坛上多做些事情，表示自己显赫的存在并影响时代文学的发展，但他倔强的性格和与文艺界高层之间的历史纠葛影响了他的存在和发展，他的欢呼赞美很快被喧嚣的时代声浪无情地淹没。抒情诗的第一乐章《欢乐颂》在《人民日报》登载后反响热烈，其后的诗章却被停止刊载。他愤怒、抗争，终无结果，而时代文学的大船却越来越向着远离他的方向行驶。他忧心如焚，怒火烧心，书写"三十万言"的意见书悲愤陈情，但他的辩解和坚持却被视为挑战，"他跌倒了，他看见他的血在地上流成了一个湖"——《论现实主义的路》的"题记"竟成为谶语。"七月"诗派的其他诗人也因他受到株连，失去创作权利。

随着"胡风案"的发生，"七月"诗派这脉混合着个性主义和集体主义的浪漫主义诗潮在新中国诗坛上刚刚潮涌就被打得七零八落，个性卓异的诗人风流云散。其后，他们经受着炼狱般的生活磨难，少数诗人以非凡的意志坚持下来，将诗创作当作精神支柱，寄托情志，抒发感情，表现出特殊的浪漫主义诗情，而鹰扬中国新诗坛近 20 年的"七月"诗派却折戟沉沙。

① 王德威：《抒情传统与中国现代性：在北大的八堂课》，生活·读书·新知三联书店 2010 年版，第 59 页。

第十三章 "七月"诗人"炼狱"的 "光点"和"小花"

　　胡风和"七月"诗人是迎着激烈批判的暴风雨跨进新中国门槛、怀着欢欣鼓舞的热烈情绪走进共和国的。共和国成立后,"七月"诗人受热烈欢快情绪感染,"忍不住"像孩子一样跳舞欢歌。[①] 胡风创作了《时间开始了》,曾卓出版了散文集《痛苦和欢乐》,还有《呵,有一只鹰》等诗作,绿原有诗集《诗人》《站在伽利略面前》《从 1949 年算起》出版,鲁藜 50 年代出版过《毛泽东颂》《时间的歌》《红旗手》《希望》,牛汉创作了《彩色的生活》《祖国》《在祖国面前》《爱与歌》,阿垅出版过《诗与现实》《人与诗》《诗是什么》,另有《国庆日》《冬眠》等发表……其他诗人也均有诗集出版或新作发表。由此可见,他们堪称共和国初期诗坛上十分活跃的诗人,如曾卓诗中所写,他们像雄鹰那样在辽阔的蓝天自由飞翔,[②] 放声歌颂党和领袖,歌唱新中国,赞美新生活,诗情澎湃地铺展生活和创作的路。然而,突如其来的政治风暴将他们打入冰层。

　　"七月"诗派虽非"主观唯心主义",却强调主观战斗精神,注重表现自我,是坚持个性主义的诗群。"诗的主人公正是诗人自己,诗人自己的性格在诗中必须坚定如磐石,弹跃如心脏,一切客观素材都必须以此为基础,以此为转机,而后化为诗。不论字面有没有'我'字,任何真正的诗都不能向读者隐瞒诗人自己,不能排斥诗人对于客观世界的主观抒情;排斥了主观抒情,也就排

---

①　绿原:《快乐的火焰》,周良沛编序《中国新诗库》第 10 集,长江文艺出版社 2000 年版,第 95 页。

②　曾卓:《呵,有一只鹰》,见张志民主编《中国新文艺大系·诗集 (1049—1966)》,中国文联出版公司 1990 年版,第 448 页。

斥了诗"①——他们看重主观自我对于诗的作用,强调诗的自我属性;但同时认为,诗人的自我不是孤立的存在,诗的表现内容也不是"与世隔绝的孤芳自赏或顾影自怜的独白";自我是与人民血肉相连的自我,诗的内容应该是诗人对于社会的义务和责任,即便是最私密的爱情内容也应该"折射出时代和人民的精神光泽"。"脱离了自己所处时代的血肉内容——中国人民在共产党的号召和领导下同国内外敌人进行生死搏斗的血肉内容,是不可能产生真正的诗的;同样,脱离了后者,即脱离了诗人为人民斗争献身的忠诚态度,把人民大众的解放愿望当作自己的艺术理想的忠诚态度,也是不可能产生真正的诗的"。②他们既非"公而忘私"的革命浪漫主义,也非"诗情独幽"的个性浪漫主义,更非"形式至上"的审美浪漫主义。在语言广场化、个性社会化、思想感情高度统一的时代语境中,他们的创作融合了时代与自我,表现经过主观燃烧的时代情绪,其创作视野开阔,情感丰厚,带有鲜明的个性浪漫主义特点。这里仅就田间、曾卓、绿原和鲁藜等诗人诗作做简要分析。

一、曾卓:孤独倔强的"悬崖树"

"七月"诗人大多游移在主观自我和抒情对象之间,是"二元论"者。他们尊崇主观战斗精神,这是诗创作的主动力,没有这个主动力,对象永远是客观存在的对象,而不是写作对象,更不是写作内容;而主观精神必须源于社会现实,源于人民生活,没有现实生活,主观无从燃烧和拥抱,战斗精神失去凭藉,创作就失去原动力。他们强调主观精神和创作对象高度融合,而在融合互化的把握上,诗人各有侧重。曾卓是个比较"自我"的诗人。

曾卓从小酷爱文艺,14岁写了第一首诗《生活》,其中说"生活像一只小船,航行在漫长的黑河。没有桨也没有舵,命运贴着大的漩涡。"③这是写实,概括了他的少年生活;也是"谶语",暗示了他多年以后的命运。抗战期间流亡重

① 绿原:《白色的花·序》,《当代》1981年第3期。
② 绿原:《白色的花·序》,《当代》1981年第3期。
③ 曾卓:《生活》,转引自周良沛编序《中国新诗库》第八集,长江文艺出版社2000年版,第271页。

庆，民族抗战烽火激发了诗情，创作了《来自草原的人》《母亲》等脍炙人口的诗篇。他与胡风交往不多，但受胡风理论影响甚深。他坚持"用真实的眼泪沐浴自己的灵魂"（《醒来》），抒写人生道路上不同时段生活和情感的痕迹。他的人生充满坎坷，吞下了灾难痛苦，却酝酿了深切的诗情，表现了积极向上的生活追求和情感倾向。其创作带有自叙传的色彩，表现出真诚、坚强、无私无畏的人格精神。

曾卓少有诗名，但作品数量不多。1944年出版诗集《门》，近40年后才有《悬崖边的树》出版，但这没有影响他著名诗人的声誉。50年代初担任《长江日报》社副社长，出版散文集《痛苦和欢乐》。他没有过多地加入大欢乐的歌唱队伍，但思想情绪与时代精神交相契合。1955年因"胡风案"牵连，经历了牢狱之灾和劳动改造，遭受了肉体的磨难和灵魂的煎熬，却没有改变他的诗学理念和创作追求，无论在何种情况下，都"张开双臂迎接生命中的又一个黎明"。《寂寞的小花》表达了孤独寂寞的情绪，却也包含着坚韧的生命力。《我期待，我寻求》则有"不要遗弃我啊，神圣的事业，伟大的集体，我是你呼唤期待的浪子，我是你寻求战旗的士兵"的诗句，抒发了昂扬奋进的情绪。《是谁呢》《醒来》《两只小船》《我能给你的》《感激》等也是感人至深的诗作。

《有赠》是写给妻子的诗，源于自己的亲身经历和刻骨铭心的感受。"胡风案"之后，他被关进监狱，保外就医两年后又下放到农村，1961年回到武汉。妻子没有离弃，也没有怨恨，默默地等待着他归来，用温暖的爱情抚慰他那颗伤痕累累的心灵。作品生动地表达了夫妻相见时复杂而痛切的心灵感受——期待的痛苦，重逢的喜悦，被接纳的感激以及殷殷衷情。

> 在一瞬间闪过了我的一生，
> 这神圣的时刻是结束也是开始。
> 一切过去的已经过去，终于过去了，
> 给了我力量、勇气和信心。
> 你的含泪的微笑是一座炼狱，
> 你的晶莹的泪光焚冶着我的灵魂。
> 我将在彩云般的烈焰中飞腾，
> 口中喷出痛苦而又欢乐的歌声。

《悬崖边的树》表现的是大灾难面前倔强不屈的灵魂。作品写于1970年，诗人在"文化大革命"期间遭遇政治狂风暴雨侵袭，生命犹如临近深谷悬崖，面对粉身碎骨的险境，他拒绝坠落，无所畏惧，表现出积极抗争和昂扬向上的情绪——

> 不知道是什么奇异的风
> 将一棵树吹到了那边
> ——平原的尽头
> 临近深谷的悬崖上
> 它倾听远处森林的喧哗
> 和深谷中小溪的歌唱
>
> 它孤独地站在那里
> 显得寂寞而又倔强
> 它的弯曲的身体
> 留下了风的形状
> 它似乎即将倾跌进深谷里
> 却又像是要展翅飞翔……

临近深谷悬崖与展翅飞翔的情态形成强烈对比。树的姿态、遭遇和处境是诗人生活命运的真实写照，也是诗人孤傲倔强精神的真实表现。作品感情深沉，坚定有力，用悲怆的声音歌唱出生命强力。牛汉曾说："他的诗即使是遍体伤痕，也给人带来温暖和美感。不论写青春或爱情，还是写寂寞与期待，写遥远的怀念，写获得第二次生命般的重逢，读起来都可以一唱三叹，可以反复地吟诵，节奏与意象具有逼人的感染力，凄苦中带有一些甜蜜。它们极易引起读者的共鸣。他的诗句是湿润的、流动的，像泪那样湿润，像血那样流动。"[1]

曾卓的创作风格既有"七月"诗派的整体特点，也有自己的个性特色。感情真挚且细腻深沉，意象单纯但韵味丰富，内涵深刻令人回味，情与理，具象与抽象，灵魂与形象，很好地融合在一起，带有忧伤沉郁的浪漫主义表征。

---

[1]　牛汉：《一个钟情的人》，收入《学诗手记》，生活·读书·新知三联书店1986年版，第79页。

二、绿原:"又一名哥伦布"

　　无论在"七月"诗人中还是诗人林立的现当代诗坛上，绿原都是不容忽视的存在。他因《童话》诗集得到胡风赏识，编入《七月诗丛》而成为"七月"派的成员，受胡风人格精神和诗学理论影响很大。武汉解放前参加地下党组织，从事革命活动。共和国成立后担任《长江日报》文艺组副组长，1953 年调到北京，在中宣部负责国际宣传。凭借深厚的诗学修养和丰富的创作经验，他对 50 年代初期的创作和理论持有异议，参与了胡风撰写《关于解放以来的文艺实践情况的报告》的讨论意见。受"胡风案"株连，被关进监狱长达七年。他以坚强的毅力自修德语，阅读历史、哲学、文学著作和马列经典，获释后从事德语文学翻译和研究，以"刘半九"的笔名出版了大量译文集。诗集有《人之诗》《绿原自选诗》等。

　　绿原"生活在中国的苦难的土地上，生活在中国人民的炽烈的斗争中"。[1]早期童话纯真迷离，用探寻的眼光打量复杂的世界；中期诗作写于磨难，是痛苦煎熬浸泡的诗句，凝聚着血泪，风格悲怆沉郁，却又表现出自信、追求、坚韧的精神力量；晚期苦尽甘来，沉浸在与翻译对象心灵交流的惬意中，诗的内涵深厚，具有很强的思辨色彩。他的创作随着时代变革和人生体验的变异而变化，随着美学追求的变化而不断超越。前后风格有别，但向祖国和人民奉献诚挚诗心的创作追求贯穿始终。

　　像"七月"派其他诗人那样，绿原的诗源于个人生活感受却又映射着社会现实，诗情发自内心却又关联着时代情绪和人民的喜怒哀乐。"努力把诗和人联系起来，把诗所体现的美学上的斗争和人的社会职责和战斗任务联系起来"[2]，是绿原对"七月"诗人创作宗旨的高度概括，也是他始终不渝的创作追求。在遭遇诸多磨难、恢复创作权利后，他仍坚持认为"诗人的坐标是人民的喜怒哀乐"，"人民的代言人才是诗的顶峰"。[3]他甘愿当一朵蒲公英，

---

① 绿原:《白色的花·序》，《当代》1981 年第 3 期。
② 绿原:《白色的花·序》，《当代》1981 年第 3 期。
③ 绿原:《听诗人钱学森讲学》，《诗刊》1980 年第 3 期。

"把最后一点微甘的苦汁分泌出来",种植在党的"园地里"。① 这些表述带有时代痕迹,却是在腥风血雨中走上诗坛、自觉地把生命荣辱与祖国和人民紧密相连的革命诗人发自内心的生命诉求和诗学追求,绿原的创作始终贯穿着这种精神追求。

《又一名哥伦布》是在遭受迫害、失去自由的艰难境遇中创作的,时间是1959年。此时他被关锁在阴冷的铁窗已有几年时间,生活单调枯寂,看不到希望,也绝无生趣。悲伤、孤独、寂寞、焦躁折磨着心灵。凭借着坚定信念和坚毅意志,他战胜了孤独和绝望,在虚无中发现存在,在无聊中寻找意义。虽然"形销骨立、蓬首垢面",却始终手捧"雅歌中的雅歌"阅读。他不知道苦难的日子还有多久,也不知道能否熬到尽头,每天都沉浸在阅读中。他在阅读中提炼出哥伦布在茫茫大海上航行的诗情和意象。但他与哥伦布迥然不同。哥伦布是航海家,海上航行有众多水手相伴,海面上有惊涛海浪狂风暴雨,有船翻人亡的危险,但为寻找新大陆他愿意冒险——哥伦布无寂寞孤独之苦,有冒险刺激之乐,他却相反。牢狱之灾是被冤枉的,铁窗生活是孤独的,没有生命尊严和活动自由,"四堵苍黄的粉墙"限制着身体,折磨着精神。但阅读填充了孤独和寂寞的"时间海洋",开阔了知识视野也开阔了胸襟,增加了学识也提升了人生境界。他忘记了被冤屈的痛苦和失去自由的悲愤,觉得自己与哥伦布有相似的诗情意境。哥伦布在无边无际的大海上航行,他在人类智慧的海洋里航行;哥伦布航行有诸多刺激,他每天阅读都有收获;哥伦布航行为寻找新大陆,他"航行"是寻求真知和真理;哥伦布终于实现了自己的理想,阅读滋养精神,他感到充实和淡定。他坚信:自己也会坚持到胜利!在此心境中,他创作了《又一名哥伦布》。

这个哥伦布形销骨立
蓬首垢面
手捧一部"雅歌中的雅歌"
凝视着千变万化的天花板
漂流在时间的海洋上

① 绿原:《献给我的保护人》,见周良沛编序《中国新诗库》第10集,长江文艺出版社2000年版,第108页。

他凭着爱因斯坦的常识

坚信前面就是"印度"——

即使终于到达不了印度

他也一定会发现一个新大陆。

这是炼狱生活的深刻体验和精神升华的诗性表现。作品诗性浓郁，想象独特，运思宏阔，语言素朴，情感真切，意蕴复杂，显示出个性浪漫主义的艺术魅力。

三、鲁藜：总把自己当做泥土

将鲁藜纳入考察视野，在于他是浪漫主义精神充盈的诗人，而不在于有多么出色的作品。在我们考察的视野之内，他并没有超出"现代和新时期"高度的创作。五六十年代，他先是在兴奋喜悦中忙于行政事务，没时间静下心来创作，后因"胡风案"剥夺了创作权利，偶有作品也无法与"现代"比肩；恢复创作权利后虽有优秀诗篇但超出了本书的考察范围。但无论生活经历还是心灵历程，鲁藜都是值得重视的。就后者而论，他历经磨难却始终保持坚守信念、忠实自我、憧憬理想、积极乐观的个性追求。其生活道路、心灵历程和创作追求，均显示出与"七月"诗派其他诗人不同的特点。

鲁藜自幼随母侨居越南，1932年回国，没受过多少教育，依靠天赋创作了优美诗篇得到胡风赏识，被视为"七月"派成员。但他与胡风及"七月"派的关系比较疏淡。他1938年到延安，空间距离阻隔了他与胡风及"七月"派的联系和关系，延安的生活环境、文艺整风运动和《讲话》精神的灌输和渗透，也弱化了胡风理论对他的影响。与主观战斗精神强烈的"七月"诗人相比，鲁藜的创作更倾向于描写人民生活现实。与抑制自我、耕耘工农兵生活广阔天地的延安诗人相比，鲁藜的创作有较为突出的主观性。他用主观精神烛照社会现实，形成主观意识与社会现实的高度融合，而区别于以"再现"和"反映"为主要功能的创作。他"以血写诗，为爱而战"，像"七月"诗人那样表现出浪漫主义情怀，即使是符合延安要求的创作也带有较强的抒情性。组诗《延河散歌》被誉为"传遍世界的福音",表达了对革命的向往和对献身者的赞颂,带有理想主义色彩;其中的《泥土》短小精悍,朴实无华,饱含着深刻的哲理和沉郁的感情,"泥土精神"更是他人格精神的生动体现。

当然,主观情绪也好,人格精神也罢,都包含着时代革命的内容。在战争思维作用下,鲁藜创作的时代革命内容被严重忽视,他与胡风的那点关联却被无限放大——他曾在胡风主办的刊物上发表过诗,经胡风编辑出版过《醒来的时候》《星的歌》《锻炼》等诗集,他因此受到株连。

新中国成立后,他作为主流文学队伍的重要成员兴奋而自豪地走进新中国,加入社会主义文学建设事业,曾出版《毛泽东颂》《红旗手》《英雄的母亲》等诗集。他满怀激情地写作,赞颂祖国新生和民族解放,歌颂革命领袖和党。他借助雪花飘落赞美新社会新气象(《雪之歌》),歌颂骆驼"高昂着头"向着"无穷无尽光辉的未来"的姿态(《骆驼》)。他的赞美歌颂是个性的,也是诗性的。个人情绪与时代精神融为一体,诗情浓郁而不显得空泛,肤浅但不缺少真诚。他秉承了现实主义的写实精神,汲取了象征主义的表现手法,但基本精神却是浪漫主义。有社会浪漫主义元素,但主体倾向却是个性浪漫主义。他忠实于自我,执著于主观表现,其创作是个体生命和人格精神的审美自传。他自比绿草,"我是绿草。/ 我的装束很朴素,/ 也没有美丽的花朵……/ 可是,我是春天的信号,/ 人们看见我而高兴;盛夏,劳动的人们 / 喜欢躺在我怀里憩息,/ 到秋天,我就枯萎,/ 我准备火种给严寒的世界。"[①] 鲁藜战争年代的诗真诚地书写了革命根据地火热的战斗生活,是时代暴风雨中吹奏出来的革命欢歌;和平建设年代的诗,既有新中国成立初期的热情欢唱,也有株连后地狱般生活的苦情悲歌。

鲁藜因"胡风案"株连蒙冤入狱,劳动改造了二十多年时间,身体和精神遭受双重折磨,但没有改变拥抱现实人生、追求真善美、热烈燃烧自我的创作追求。在繁重的劳作中,他创作了《他爱他的大粪场》《割稻篇》《园丁》等写在"地狱边沿上"的诗。这些作品欠缺足够精细的艺术打磨,却表现出坚定的理想信念和积极向上的人生追求。他把劳动当作人生乐趣,在艰辛的劳作中酝酿诗情,以主观战斗精神升华苦难人生的诗意。"我的双手变得粗大又强壮 / 拿着钢笔像握着洋镐 / 我再不去寻觅那纤弱的灵感 / 我直接投入深广的人生 / 敲开

---

① 鲁藜:《草》(二),周良沛编序《中国新诗库》第八集,长江文艺出版社 2000 年版,第 200 页。

那现实的冻土层／去发掘诗句"①——他在人生的"冻土层"里发掘诗意。这不是简单的乐观主义，也不是苦涩的黑色幽默，而是信念坚定的浪漫主义诗人真实的生命体验和人格精神的表现。他的生命是一首悲壮的诗，在痛苦的深渊里"浮出彩霞的光彩"；面对苦难的生活，他像散淡的云，"早晨／我披着玫瑰紫的围巾／飞向原野去迎接日出／／黄昏／我穿着灿烂的金衣／伫立湖畔去欢送落日"。②在经历了民族灾难和个人苦难之后，仍然保持着坚定的人生信念，也仍然保持着昂扬的浪漫主义诗情。

鲁藜有些诗短小精悍，是主观诗情的浓缩和凝结。精练的文字浓缩了丰富的人生感悟，简洁的意象包含着深刻的内容——有人生况味令人咀嚼，有诗情甘醇涵养心灵，更有哲理箴言启悟人生。他张开火热的胸怀拥抱山川河流，花草虫鱼，日月星辰，拥抱历史和现实，社会和人生，燃烧出盎然诗意，凝结成浓浓诗情。其创作有坚实的社会内容，深厚而不虚妄；有苦难的人生体验，沉实而不狭小。因为浓缩，没有汪洋恣肆的激情宣泄，没有渲染夸张的强势突出，没有浓墨重彩的艺术描绘，但诗人对现实的洞察、对人生的感悟、对信念的坚守、对理想的追求却洋溢在字里行间，尤其是逆境中的乐观情绪、久经磨砺的坚强意志和昂扬向上的人生态度，更见诗人的浪漫主义精神境界。"老把自己当作珍珠／就时时有被埋没的痛苦／／把自己当作泥土吧／让众人把你踩成一条道路。"③鲁藜有浓厚的"泥土"情结，多次凝练泥土意象和诗情，而"泥土"也就成为他的人格追求和精神写照。

鲁藜热爱生活，赞美生命。他写过且赞美过许多花草土木，如蚯蚓、骆驼、雪、云、小草、贝壳、蜂、刺猬等。这些花草土木是他的抒情对象，也是他人格精神的自况。借助这些事物表达了昂扬向上的人生追求。他沉落底层二十多年，历经暴风雨摧残却依然"充满希望"笑对人生，均源于"作泥土"的人生志向。他说，二十五六年的苦难岁月，"我是真正依靠我所倡导的'作泥土'的精神度过来的。我的精神没有崩溃，是因泥土和大地永远连在一起，是我获得支持的力量的源泉。"④这种精神固然不能说就是浪漫主义精神，但与浪漫主义所张扬的执著自我、昂扬向上、九死不悔的个性精神密切关联。鲁藜

---

① 鲁藜：《园丁》，《新港》1981 年第 6 期。
② 鲁藜：《云之歌》，周良沛编序《中国新诗库》第八集，长江文艺出版社 2000 年版，第 227 页。
③ 鲁藜：《泥土》，周良沛编序《中国新诗库》第八集，长江文艺出版社 2000 年版，第 188 页。
④ 鲁藜：《关于〈泥土〉的一封信》，《今晚报》2004 年 8 月 31 日。

用他的生命书写了悲壮的浪漫主义诗行。

四、田间:"一个没有完成自己的诗人"

人们习惯上把田间称作"七月"派诗人,其实他与"七月"派在很多方面存在差异。① 比如在发挥主观战斗精神、用燃烧的激情拥抱现实、执著地表现主观方面,他就远不如其他诗人那样坚决。与其他诗人相比,他视野外向,疏淡自我,更重视抒情对象的表现。他被称为"播鼓诗人"并声誉隆然,在于他的诗富有激情,节奏感强,如战鼓催征,有力度,有感召力。在血与火、铁与诗的时代,他注重发掘和表现民族英勇抗战的精神,注重激发和催生民族抗战的热情。这种精神虽然也要靠主观去感受和发现,燃烧和融化,变成诗性内容表现出来,但诗的内容多是对象本身的精神点赞。当年胡风曾经提示他"应该争取和'对象的完全融合',在和生活的结合道路以及结合强度上更向前进,""前进到对象(生活)底深处",② 但他习惯于"从人民对于政治事变的突发的感应里面把政治动员融化进去",而没有"获得向生活深处把握的力量,也就是把握生活底思想性和拥抱情绪世界的力量"。所以"现代"诗坛上的田间"还是一个没有完成自己的诗人"。③

进入新中国之后,田间沿着"没有完成"的路走进了被胡风称为"主观先验主义"盛行的诗人队伍,与坚持主观表现的"七月"诗派拉大了距离。在其他诗人艰难地调整自我以适应时代需要的时候,他却迈开大步,兴致勃勃地推出应景入时的诗篇,创作重心越来越偏向对象而疏于自我,并再度"抛弃了知识分子底灵魂"(胡风语),以"新人"的姿态出现在共和国诗坛上。他原本就

---

① 事实上,田间原本就与"七月"派关系疏远,说他是"七月"派成员也有些勉强。他在胡风主持的"七月"派刊物上发表过作品,其诗集纳入"七月诗抄"出版。这种情况与艾青有些相似,属于"七月"派的"编外"或曰"非代表性"诗人。

② 胡风:《关于诗和田间的诗》,转引自周良沛编序《中国新诗库》第七卷,长江文艺出版社2000年版,第890页。

③ 胡风:《关于诗和田间的诗》,转引自周良沛编序《中国新诗库》第七卷,长江文艺出版社2000年版,第890页。

是"没有完成自己"诗人，现在抛弃了"已经成就"的那些，在"二为"方向指导下"开始写诗"——这是那时代很多作家的选择，田间似乎更自觉也更彻底。他不仅按照时代理念大幅度地修改《赶车传》，使之符合当时的历史发展观，而且为表现共和国经济建设成就，还到内蒙古白云鄂博工业建设基地和云南边疆少数民族生活地区体验生活，在建设者和少数民族身上寻找诗情。他辛苦努力颇有收获，《赶车传》有效地演绎了意识形态对于中国农村发展变革的历史阐释，而他写白云鄂博工业基地建设、写云南边疆少数民族生活和精神面貌的诗也成为时代诗坛上引人注目的收获。他成为那时广有影响的诗人，其间的是非曲直现在已经看得比较清楚，他的积极努力是时代悲剧的"蹩脚注释"，带有警示训诫的意义，无须细说；从考察浪漫主义的角度看，其创作的个性主义特点更趋微弱浅显，革命浪漫主义表征却更加鲜明突出。

曾经有人称田间是"集体主义英雄"，意在说他的诗表现的是集体主义情绪，符合创作实际。当年田间和艾青齐名，但诗界对他们的评价是差别的。闻一多说田间"所成就的那点，却是诗的先决条件——那便是生活欲，积极的，绝对的生活欲"，[①] 含有说其诗欠成熟、欠完美的意思。茅盾则说他追求"刚劲雄浑"但"过犹不及，结果得到的只是'负'"。[②] 新中国成立后他"吐故纳新"，积极配合需要，以政治观念代替自己对生活的观察和体验，延续胡风当年说的"从人民对于政治事件的突发的感应里面把政治动员融化进去了的鼓动小诗"的创作套路。他没有找到适合自己的表现方式，表现内容也并非血肉体验。但他有足够强烈的政治热情和创作热情，总是满怀激情地放声高歌，虽然"他的感觉和情绪，还只是在生活对象上面跳动的"，[③] 却真诚热烈，而肤浅和空泛正印证了革命浪漫主义的特点。

田间是勤奋而进取的诗人。或许接受了胡风等人的批评，或许成名后欲超越自我，抗战后期就开始致力于艺术形式探索，追求完美，同时加强生活概括能力，丰富作品的思想内涵。他把"每一首诗"都当作"世界的一个缩影"，[④] 如《赶车传》把"车"当作时代象征，赶车人代表各个阶层，但意图过于宏伟，

---

① 闻一多：《时代的鼓手》，《生活导报·周年纪念文集》1943 年 11 月号。
② 茅盾：《叙事诗的前途》，《文学》1937 年第 2 期。
③ 胡风：《关于诗和田间的诗》，引自周良沛编序《中国新诗库》第七卷，长江文艺出版社 2000 年版，第 891 页。
④ 田间：《田间诗抄·小引》，人民文学出版社 1959 年版，第 1 页。

结果是"过犹不足"。他说他要为真理而歌,而不是单纯为现实照相,并且说愿意做最艰巨的工作,不愿意在一首诗里偷巧地放上几个美丽的字。这在新作和修改后的《赶车传》中都有良好的表现。关键是他没有"更前进到对象(生活)底深处",实现与创作对象的深度融合。据说,他到佤伲人生活的原始部落访问了几个小时,就"宅在"疗养的地方用了十几天的时间创作了长诗《佧佤人》。这是一个颇具典型性的创作"掌故","浓缩"了五六十年代田间的诗创作,更昭示了肤浅的原因。当年闻一多说他成就了诗创作的"先决条件"——"生活欲",现在他连这个条件也丢弃了。

但谁能说田间的创作情形只是个案?

胡风和"七月"派诗人没有惊天动地的丰功伟业,五六十年代更没有做成什么。但他们在那个时代,在欢声笑语、嘤嘤呜呜的声浪中,在文学受政治浪潮裹挟,在客观、形式、教条、公式、主观先验等"主义"盛行、批评棍棒满天飞舞的语境中,在文学充分发挥"镜子"功能、众作家关闭自我心灵世界的闸门、把精力转向广阔天地以再现现实为旨归的创作氛围中,他们却恪守独立的人格精神,坚持自我,忠诚信念,执著于自己的审美追求。即便是在看不到希望的黑暗中,仍然信奉并践行自己的诗学主张,以地火奔腾般的热情拥抱抒情对象。他们以非常情况下的创作,为虚妄的文学时代立此存照,为个性浪漫主义塑像剪影。他们的创作,是"闪耀在生命炼狱中的光点,开放在生命炼狱边的小花",是非常时代诗歌精神的丰碑。

第十四章 "九叶"诗人的"矜持"与穆旦创作的浪漫主义解读

"九叶"诗人属于知识分子群体，多数接受过系统的高等教育，对英美文学尤其是欧美"现代派"诗歌有浓厚兴趣和较多了解。他们的大学是在战乱中度过的，走上社会后国家仍处在战乱中，失序的社会局势影响了他们的生活和工作，但与一般人相比，他们的家庭出身、学校教育、社会地位和生活工作环境仍然拥有诸多优势。他们与为生存温饱而奔波的诗人不同，与为推助革命胜利奋力呐喊的诗人也迥然不同。他们清高、自恃、自负、风雅、孤傲。这些社会和心理优势使他们矜持自处——正如穆旦所说，"矜持"是他们的"眼睛"①——他们娇贵"眼睛"，谨慎度势，大都保持着稳重而平静的心态。

他们忧国忧民，在民族大义面前毫不含糊，抗战期间不少人投笔从戎。他们是书生，只能按照书生的方式参与社会，把是非埋在心里，写在诗里，矜持地保持着独立清高的姿态。他们尊重自我，珍惜自由，拒绝干扰和侵犯，在生活中如此，在创作上更是如此。开阔的知识视野和系统的文化教育形成了自觉的诗学理念和美学追求，他们不愿意接受无法理解的东西，也不愿意违心地服膺"荒谬"的东西。进入新中国之前，他们曾经遭受包括"七月"

---

① 穆旦 1956 年曾创作《葬歌》，表现知识分子思想改造的艰难。他"希望"埋葬旧我、成就新我，却又"留恋"过去。过去留下许多美好的"回忆"，形成对于"希望"的消解力量，其中"矜持"是最强大的心理力量——"矜持本是我的眼睛"，是"回忆"中"最美丽的女儿"，也是知识分子最宝贵的品格。诗人不忍心"把她舍弃"，也就不能轻易地信从"希望"。"希望"和"回忆"的矛盾纠结说明告别旧我的痛苦和犹疑，也道出了"埋葬"的艰难。穆旦还曾创作《妖女的歌》，说为了表示对于"妖女"的"爱"，"我们""一把又一把"地献出"自由、安宁、财富"，最终把"丧失"变成了"幸福"，这是失去"矜持"的结果。两诗对照阅读，足见"矜持"在穆旦心目中的重要位置。

诗派在内的左翼阵营的批判,但不愿回应那些毫无意义的笔墨官司,也不想象"七月"诗人那样辩驳,而只想走自己的路,由着自己的心性做人做事。即便是有人为自己的诗学信守辩护,对狂啸的文学主潮和创作表示不满,忧虑文学现状和诗歌发展,如唐湜、袁可嘉等,但与"七月"诗派相比,反击不激烈,坚持不张扬。

这是矜持的心态使然。心态之外,还在于他们是松散的派别,因诗学理念和创作追求大致相同而被视为"派",但"中国新诗派"因创办《中国新诗》而得名,"九叶派"则系多年后的"追授"。事实上,他们没有组织形式,也无权威和核心。每个诗人都是独立创作的生命个体,矜持地维护着自己的天地。

一、"九叶"诗人的"矜持"与灵光闪烁

"九叶"诗人怀着矜持的心态走进新社会,进入新体制。他们凭借自己的知识职能工作生活,有落寞之感,也有发展之忧,但心态平静。他们关心时代,却很少走进激流潮峰,也不轻易涉足时代文学的漩涡和争端。他们不像"七月"诗派那样以革命功臣和文学"正统"的姿态出现在社会和文学舞台上,他们缺少相关的资质,也缺少彼种心态。他们或许对当时的理论和创作心有不满,但没有"七月"诗派那种批评矫正的雄心或曰野心。他们在文苑诗坛上没有权势,也就没有指手画脚地规划时代文学发展线路的欲求。在庆祝胜利、赞美新时代的欢呼声中,他们矜持地驻足一侧,很少发声。改天换地的社会变革及变革后开展的各种政治运动——举凡劳动人民翻身、土地改革、"三大改造"和知识分子思想改造等,都将他们推到被动尴尬的境地——动摇了他们的家庭根基,损害了他们的经济利益,也影响了他们的生活工作和思想感情。他们属于"争取"和"改造"对象,只能矜持地观察思忖,审慎地选择站位,审慎地呼应弃从。

在格局森严的诗人队伍中,他们无法像延安诗人那样以主流自居,心高气傲,迅速创作时代需要的作品,为时代文学示范,影响诗歌走向;也不能像"七月"诗人那样,积极出版新作旧作,填补转型时期的诗坛空缺,试图引领诗风走向,甚至欲与甫定的时代文学"范式"如周扬主编的《人民文艺丛书》比肩抗衡——50年代初期,"七月"诗派大都有诗集出版,是那时代诗坛上重

要的诗歌现象和阅读内容。"九叶"诗人自知不合时宜，没有创作和出版的动念。他们是有诗学见解和艺术追求的诗人，对当时的创作现状和文坛是非有想法和看法，但反应平静或曰冷漠。《"五四"以来新诗发展的一个轮廓》[1] 是反映主流态度和学界倾向的重要文章，梳理"现代"30 年诗创作的成就和发展轮廓，却忽视了他们的存在和贡献。他们对此或许愤愤不满，却未置然否。他们感受到了时代要求的强大力量，也目睹了很多作家诗人因不合时宜而折戟沉沙的悲剧，而心仪诗人卞之琳的遭遇更给他们深刻教训。[2] 他们不敢造次，只以缄默的态度面对。在急剧变革的时代，在战争思维活跃、战时语言流行的语境中，他们矜持地维护自己的尊严和体面，审慎地争取生存和发展空间。

"九叶"诗人大多延续了新中国成立前的职业，在高校教书，或者在报刊杂志、出版社当编辑。这些地方不是避风港，但疏远了文坛，也疏远了文坛是非。他们的"单位"自然要受时代政治影响，存在诸多纷争，但与"招蜂引蝶"的文坛相比，无论人事关系还是利害冲突以及话语争端都相对简单。他们在自己的岗位上按部就班地工作，把诗心掩埋起来，不求闻达于诗坛，但求无过于社会。时代的巨手拨弄着诗人的命运，中国教育界多了一些教师，文化界多了一些编辑研究人员，中国诗坛上少了一些天才诗人。中国个性浪漫主义诗人队伍原本就不很壮阔，因为他们的退出更显稀少。当然，从大处说，首先是中国知识分子的集体"缺席"，他们的"退场"仅仅是知识分子失落的一个很小的方面。

就五六十年代个性浪漫主义诗人队伍而言，在整体性流失中也还存在些许"残留"。单就"九叶"诗人而言，也偶尔有诗人现身诗坛。如杜运燮，曾就读于西南联大外语系，读书期间应招入"飞虎队"和中国驻印军当翻译。1940年开始发表作品，著有诗集《诗四十首》《晚稻集》《南音集》等。他接受过系统的高校教育，有宽阔的文学视野和较为复杂的社会经历，是综合知识素质较高、融会贯通能力较强的诗人。他既不像其他"九叶"诗人那样用智性代替感性，也不像其他派别的诗人那样因过度抒情导致思想内涵稀薄；其创作融合了

---

[1] 臧克家：《"五四"以来新诗发展的一个轮廓》，《文艺学习》1955 年第 2 期。

[2] 1951 年 1 月，卞之琳发表《天安门四重奏》（载《新观察》第 2 卷第 1 期），借助天安门的变化歌颂新中国，因追求节奏和谐、排列整齐、结构严密而将一些字句省略和倒置，遂有读者发表文章予以批评，说作品支离破碎，恍惚迷离，批评说"把诗变成难懂的谜语"。参见程伟、忠爽、启宇《我们首先要求看得懂》，李赐《不要把诗变成难懂的谜语》，载《文艺报》1951 年第 8 期。卞之琳随即做了检讨，表示接受批评，加深"对读者负责的精神"。

感情意识和理性内容,将对立的审美形态如崇高与滑稽糅合在一起,把"重大、严肃、悲剧性的内容与滑稽、幽默、戏剧性的风格"① 糅合在一起,创造别具韵味的审美效果;将现实主义与现代主义融合起来,用现代主义艺术形式表现具有现实意义的社会问题,其创作既有现代主义的多重意蕴,也有现实主义的社会内涵;而昂扬蓬勃的自我、集中凝炼的意象又表现出浪漫主义精神。他热情歌颂筑路人辛苦勤劳的精神,憧憬"红色黎明的降临"(《滇缅公路》);赞美恒河朴质魁梧的身躯和丰沛的生命力,期盼被喜马拉雅高照的人民"将永远自由沐浴的快乐"(《恒河》);热情讴歌"指点怒潮狂飙"的闪电(《闪电》),热切呼唤"冲破冰冻严寒的春雷"(《雷》);他扩张自我,表现"满天阴霾的夏日"的"暴风雨"和"粉碎一切的太阳"的精神力量(《孕》);到了晚年,还因"心灵深处猛烈爆炸"而张开翅膀在稿纸上自由地翱翔(《闲不住的翅膀》)。

杜运燮 50 年代曾在新华社国际部工作。那是强调政治纪律、舆论高度一致的机关。工作单位的性质在一定程度上影响着个体的思想性格,他知道自己的创作追求不符合时代标准,故自动辍笔。但在"百花年代"却诗情喷涌,创作了带有时代性标志的《解冻》,为自己、也为"九叶"诗群留下了显赫的一笔。

《解冻》以轻松欢快的节奏和情调表现了诗人的命运遭际和情感历程——有春天到来的兴奋,有"推醒沉睡""抹掉犹豫""解除疙瘩"的动念,有"自我肯定的勇气"和深埋过去、"冲出硬壳"、从头创造的决心。在连"野花"也"迎风歌唱着丰盛的光和热"的春天里,他热烈欢呼春天到来,期待"新生活""新生命"开始。他诗情荡漾,感情饱满,用温热的诗句描绘出一幅春风吹拂、诗意萌动、百花即将绽放的美好情景,表现了抑制甚久、期待解冻、热情欢歌、憧憬未来的浪漫主义诗情。从艺术表现上看,"新式步犁翻开黑土"的意象铺陈运用了现代艺术手法,却没有过去那般驳杂抽象,意象丰富而主体意象集中,思维开放但旨趣凝聚,而温热感情的汩汩流泻和欢快心绪的灵动飞扬也增强了浪漫主义色彩。作品真实地表现了"百花年代"知识分子的情绪,也深切地表现了久被压抑的"九叶"诗人的情感经历和理想追求——他们为百花将绽的春天欢欣鼓舞,"不再满足于枝叶间的碎粒阳光",意欲鼓荡风帆,将自己的歌声"投射到那云稀太阳高的蓝空"。

浪漫主义诗人大都天真纯情,理性抵不住理想的诱惑,矜持总被"幻境"

---

① 游友基:《论九叶诗人杜运燮的诗歌艺术》,《福建师范大学学报》1997 年第 3 期。

破解。杜运燮被"解冻"的景象所感动，"九叶派"其他诗人也被春天将至的情景感动。但残酷的现实粉碎了美丽的童话，美好的诗情和美丽的憧憬只是昙花一现。他们还没有放开喉咙便被江河冰封，而随着"百花年代"的逝去，"九叶"诗人也重归沉默。

二、穆旦："紧紧地和中国人民、土地连在一起"

穆旦是"九叶派"的重要诗人，也是 20 世纪诗歌发展史上的重要诗人。对其诗歌的解读，大多着眼于 40 年代和 70 年代，他 50 年代的创作多被忽视，即使论及也限于《葬歌》等篇目。本书对他 50 年代的创作权做浪漫主义解读。这种解读，借用穆旦的话说便是"小卒碎语"，为研究提供某种"非典型"的思路。

穆旦其时的生活境遇殊不正常，甚至可以说身处逆境，备受压抑。但在短暂的"百花年代"，他却积极响应"鸣放"的号召，怀着赤热的情怀登上诗坛，留下若干记录变革年代知识分子心灵轨迹的诗篇，是特殊诗学环境中现代个性浪漫主义诗歌的重要收获。其表现与生活经历和浪漫主义气质密切相关。

穆旦是才华横溢的诗人。诗歌创作经历了勇于探索、曲折发展的道路。在道路延伸过程中，浪漫主义始终如影随形，时代语境不同，特点隐显强弱也不相同。他在南开中学读书时开始写诗，受雪莱风格影响甚深，具有浓郁的浪漫主义抒情性。抗日战争爆发后随清华大学迁徙至昆明，就读于西南联大，接受了奥登、叶芝、艾略特、里尔克等西方现代诗歌影响，创作了《从空虚到充实》《赞美》《诗八首》等重要作品。这些诗表现出鲜明的现代主义倾向，他也因此成为颇有名气的现代派诗人。1942 年年初响应国民政府"青年知识分子入伍"的号召，投笔从戎，以中校翻译官的身份参加中国远征军，进入缅甸抗日战场。经历了印缅大撤退和野人山战役，以此为题材创作了《森林之魅》《潮汐》以及相关联的《阻滞的路》《活下去》。这些作品表现出深厚的浪漫主义情绪，但遮蔽在现代抒情方式和艺术手法背后。抗战结束后参加"中国新诗派"的活动，50 年代在南开大学任教，自知创作追求与时代潮流相左，遂致力于文学翻译。他的翻译集中在浪漫主义和现代主义两方面。这多少透漏出时代文学风气影响下穆旦的审美兴趣,并在一定程度上影响了他50年代的诗歌创作。

学界普遍认为,穆旦是现代特点鲜明的诗人,说他真正做到了用"现代的诗形"表现"现代人在现代生活中所感受的现代情绪"。袁可嘉说,"穆旦是站在40年代新诗潮的前列,是名副其实的旗手之一。在抒情方式和语言艺术'现代化'的问题上,他比谁都做得彻底"。① 但这个在"现代"诗歌道路上"走得最远"的诗人,进入50年代后却一度"疏远""现代"而"回归"抒情传统。他的"疏远"和"回归"并非纯属时代文学语境所致——时代语境自然对其创作形成很大限制,但这是回国之后的事,而"回归"的突出表现却是他大洋彼岸的创作。《美国怎样教育下一代》和《感恩节——可耻的债》表明,这位"探险者"并非固守在"现代"这一条道上。究竟何种原因促使他"回归",我们无法详察,但说与其生来的传统审美意识和爱国情绪密切相关大体是不错的。穆旦在西南联大读书时才大量接触"现代"诗歌,在此之前接受的是以"缘事抒情"为基本特征的中国古诗和现代自由诗,"美国写作"的"回归"源于早年形成的审美积淀,源于眷恋祖国的情怀对审美创造的潜在影响。而后者正是他毅然回国的原因。

这在穆旦去国和回国动因的逆差中可以看到某些端倪。穆旦是在"新世纪"即将来临时出国留学的。直接原因是与先期到美国的爱人相伴读书;但也不排除对国事失望而选择"逃离"。抗战结束后,国共两大政治军事集团展开殊死搏斗,他接受印缅远征军时期的上司、时任国民党青年军师长的罗又伦的邀请到沈阳创办《新报》。他没有鲜明的政治倾向,但对"内战"及其带给人民的灾难有深切的体验和强烈的愤忧,对于即将莅临的"新世纪"表现出深深的怀疑。1948年8月他写诗四首,抒写了对于"迎接新世纪"的感受,说"世界还是只有一双遗传手",遗传下来的是"永不移动的反复残杀"和"理想的诞生的死亡",无论"剧情"发生什么变化,其内容是一样的,"行动的还占有行动,/ 权利驻进迫害和不容忍 // 善良的依旧善良,/ 正义也仍旧流血而死"。"谁是最后的胜利者?"——"是那集体杀人的人"。在他看来,这是"历史令人心碎的导演"!他不相信"新世纪"降临能够改变中国现实,更担心自己的"懒惰而放心"酿成更大的悲剧。② 这或许是他选择出国——"走出这个地方"的

---

① 袁可嘉:《诗人穆旦的位置》,《穆旦诗文集》第二卷,人民文学出版社2007年版,第332页。
② 穆旦:《诗四首》,《穆旦诗文集》第一卷,人民文学出版社2007年版,第289—292页。

间接或更深层次的原因。

穆旦是善于独立思考且具有批判精神的爱国诗人。他失望于中国社会现实但心系祖国，虽然对刚刚成立的共和国缺少认识，去国后却又心向往之。留学期间，他通过各种渠道了解新中国成立后的变革，并坚定了回国的决心，积极准备回国事宜。[1] 他攻读英国文学学位，却选修了俄国文学，并且像抗战开始后迁徙大西南途中背读英语词典那样背读俄语单词。固然不能夸大选修专业的主观意图而将其与政治倾向硬性地联系起来，但在美苏尖锐对立的语言环境中，他的选择确实包含着学好俄语为祖国建设备用的成分。无论走到哪里，"他的心和双脚总是紧紧地和中国人民、土地连在一起的。"[2] 老友杜运燮的话可以说知根知底。这就决定了穆旦回国的心理动因与去国形成鲜明的逆差：去国的直接原因是跟周与良相伴共读，间接原因是对国家现实失望而选择去美国读书栖身；回国的主要原因则是为祖国服务的热情和对于新生的祖国的向往，间接原因很多，对于美国社会文化的拒绝却是很紧要的因素。

他的创作隐约地流露出这种情绪。《美国怎样教育下一代》中说，美国的报纸、商业广告、电影、无线电、连环图画、色情表演以及黑衣牧师，等等，极力宣扬堕落奸诈，耻笑贫穷和正当追求，向青少年灌输强盗逻辑和厌世思想，严重地毒害着美国儿童。邻居的孩子小彼得"腰里怀着枪，走路摇摇摆摆，/ 每天在街上以杀人当游戏……妈妈的规劝是耳边风，/ 姐妹看见他都害怕地躲开"。但他并非英雄，"谁打倒他，他便绝对地服从。"他"不念书，不吃饭，/ 每天跟着首领在街头转。"满脑子是"你怎么活下去？怎样快掘金？/ 怎样使出手段去制服别人？"[3] 他对此表示强烈不满和深切忧虑。所以不满和忧虑，则基于传统的价值理念——穆旦是个"现代"诗人，也是传统意识很浓厚的诗人，"站在那些充盈着现代精神的诗作背后的，是整个的中国文化的厚土层。"[4] 写于同一年份的《感恩节——可耻的债》仍是传统观念影响下的传统写作。作品揭露"贪婪的美

---

① 周与良在《穆旦的诗和译诗》中说："他时刻关心新中国的情况，就是在撰写学文论文的紧张情况阶段，还一次次阅读毛泽东的《论新民主义论》等文章。"他与杨振宁、李政道等人组织"中国问题研究小组"，关心国内的情况。他不习惯美国生活，苦于写不出好诗，"他总是说在异国他乡，是写不出好诗，不可能有成就的"。引自《穆旦（查良铮）年谱》，见《穆旦诗文集》第二卷，人民文学出版社 2007 年版，第 364 页。

② 杜运燮：《穆旦著译的背后》，《穆旦诗文集》第二卷，人民文学出版社 2007 年版，第 312 页。

③ 穆旦：《美国怎样教育下一代》，《穆旦诗文集》第一卷，人民文学出版社 2007 年版，第 294 页。

④ 谢冕：《一颗星亮在天边》，《穆旦诗文集》第二卷，人民文学出版社 2007 年版，第 341 页。

国商人"和"腐臭的资产阶级"把自己的幸福建立在"土人"的贫困和痛苦之上,靠明抢暗夺获得财富,靠枪杆和剥削取得成功。他强烈地谴责说:"有多少人饿瘦,在你们的椅子下死亡?"美国商人和资产阶级把自己的成功归功于上帝,并且创设"感恩节",把他们的"明抢暗夺"视作上帝的"恩赐",大肆庆祝"卖光自由"、庆祝"枪杆和剥削的胜利"。对此强盗行径,诗人出离愤怒,尖锐地指出"感恩节是一笔可耻的债"![1] 作品暴露了美国的社会矛盾,揭露了上层社会的罪恶,戳破了美国自由民主的神话,其思想倾向与当时国内所开展的抗美援朝遥相呼应。

但穆旦对美国写作并不满意,他为找不到创作灵感、写不出好诗而苦恼。而这也是促使他排除各种障碍、毅然回国的重要原因。[2]

从艺术手法上看,去国前的《诗四首》将复杂的社会现实纳入主观情绪的表现之中,用"现代"艺术手法表现复杂的个性意识,思想复杂厚重,感情愤懑强烈,意绪迷茫斑驳,意象零散跳跃以及深切的怀疑、幽深的悲伤等,均显示出现代诗歌的艺术特色。而与欧美现代派不同的是,作品塑造的是独立不移、清醒自觉、追问历史、审判现实、拒绝时俗的自我形象,诗人迷惘无奈但痛切愤懑,困惑悲观却又决绝自觉。因此,虽然被"现代"手法遮蔽着,却仍能感受到凝重的浪漫主义旨趣。美国写作则不然,作品以传统的"缘事抒情"为主,语言素朴晓畅,词锋尖刻凌厉,思维逻辑连贯,情感浓烈浮露,思想直白无隐,没有象征、暗喻和意象,没有抽象、哲理和玄思,通过具体描写直接表现思想感情。其所显示的是素朴纯真的浪漫主义诗情。现代主义与浪漫主义都重视自我表现,穆旦40年代的诗现代派色彩过于浓艳遮蔽了浪漫主义;美国写作与其相反,传统色彩鲜明冲淡了现代色彩,只在表现自我、主观抒情层面上保持了些许个性浪漫主义质素。

穆旦回国后的诗与美国创作略有不同,而与40年代的风格有些接近。看似吊诡,其实具有一定的普遍性。穆旦像很多中国诗人那样去国更感故土亲,

---

① 穆旦:《感恩节——可耻的债》,《穆旦诗文集》第一卷,人民文学出版社2007年版,第296页。
② 两首诗发表于《人民文学》1957年第7期。发表前诗人是否为适应"时令"做了修改?是否是从英文翻译过来的?如果是翻译过来的是否还保持着当年写作的原色?均无说明。因此可以理解为"原作照登"。但诗人在关于"感恩节"的注释中有"现在"美国资产阶级也在使用(明抢暗夺)这一套办法,"岂非也在向世界的各民族开刀"这种带有"时令"特色的话,显然是发表时的语言。

在国外亲近"传统"方式，在国内浓厚的汉语诗学环境里却倾向现代艺术手法。当然，与40年代相比，穆旦50年代的创作还是"传统"了很多；而与"九叶派"其他诗人相比，却又透着大胆执著——"九叶"诗人大都因无法适应时代要求而退出诗坛，即使偶尔登坛写作，也表现出顺应时代文学大潮的迹象，如陈敬容的《假日后送女返学》等；穆旦却"我行故我"，坚持用"现代"艺术手法。在强调"二为"方向、"咸与惟新"的语境中，他如此不弃"旧术"，实属另类。考虑到穆旦当时的处境，其坚持更是难能可贵——穆旦怀着服务于新社会的殷殷之情回国，但封建家庭出身、国民政府远征军中校翻译官、接受国民党军队资助创办《新报》和美国新闻处就职以及留学美国的经历——都是被清查和怀疑的实据。种种"历史问题"集于一身，回国后一直处于被压抑状态。而发生在《红楼梦》座谈会上的"外文系"事件也敲响了警钟。[①] 但他和大多数知识分子一样，积极追求进步，并在诗歌创作中表现出适应时代需要、弃旧更新的理性自觉。而在忠实自我、表现主观、按照自己习惯的方式创作的艺术追求却没有完全放弃。

沧海横流方见英雄本色。穆旦或许算不上英雄，他真诚浪漫却又审慎忧郁，热情期待却又困惑迷茫，在"希望"与"回忆"、"埋葬"与"更新"之间痛苦抉择。在创作过程中，在抒情方式上，他无视时代文学"法规"，固守自由表达的创作精神，显示出现代个性浪漫主义英雄的品质。

三、诗中"承载着整个民族的忧患"

穆旦50年代的诗歌集中在"百花年代"，有《葬歌》《问》《我的叔叔死了》《去学习会》《三门峡水利工程有感》《"也许"和"一定"》《九十九家争鸣记》七首。这说明，在沉默的日子里，他诗心未泯，迫于各种压力不敢发声；而一旦气候

---

① 1954年李希凡、蓝翎发表关于《红楼梦》研究的文章，得到毛泽东的赞赏，引发了关于《红楼梦》研究的讨论。南开大学中文、外语两系召开讨论会，穆旦发言刚说了一句，就被召集人阻止，穆旦当即离开会场。在场的另一教授说，"这样不对，要让大家把话说完"。召集人大发雷霆。此被视为"外文系事件"，后来被当作穆旦"历史反革命"的重要依据——参见周与良：《永恒的怀念》，《穆旦诗文集（代序）》第一卷，人民文学出版社2007年版，第7页。

宽松，他便诗情爆发，短短几个月时间就写了七首，这是一个高产的数字。如果算上这期间发表的《不应有的标准》《评几本文艺学概论中的文学的分类》《普希金的〈寄西伯利亚〉》《漫谈〈欧根·奥涅金〉》等文章，足可以说，他身上积蓄了极其惊人的诗情和学问。在快慰于"双百"方针阳光初照的同时，也为"百花年代"的短暂而感到幽深的悲凉！

虽然写作时间比较集中，但作品所表现的情感内容和艺术风格却不一致。它们从不同的角度表现了一个浪漫主义诗人"解冻"后独立思考、忧伤沉郁、孤傲倔强的个性风采，也显示出探索多种形式、寻求更大表现空间的积极努力。《"也许"和"一定"》《三门峡水利工程有感》有感于具体事实而发，社会内容丰富——"丰富"在于没有止于具体事实引发社会感想，也没有"把诗的目标限定于现实图景的反映或再现"，而是从这里出发，指向了"情绪和现实"的"深层"。"他的诗总是透过事实和情感的表象而指向深远。他是既追求具体又超越具体并指归'抽象'。他置身现实，却又看到或暗示着永恒。"[1] 前者意在回击国外敌对势力对社会主义中国的"诽谤"，或者说针对国际上敌对势力的"诽谤"而作，但"意图"和"情绪"却在忠实自我的棋盘上打了"交手仗"。诗人用"也许"承认敌对势力的"诽谤"——我们的报纸宣传存在虚假，统计数字的"列车开得太快"，"官僚主义"糟蹋了良好的社会制度等问题；而后用"一定"驳斥"敌人"的"诽谤"，揭露"敌人"原子弹、盟约的无耻谎言以及金钱、暴虐、腐朽等的虚伪和罪恶，说明"敌人"总有一天会"化为灰尘"——这是豪言铮铮的逻辑判决。不能说"判决"没有力度，但有意思的是，"一定"的判决和"也许"的事实旗鼓相当，甚至还没有"也许"更真切具体有说服力！说明诗人对现实确有不满情绪并持批判态度，但他不能、也不想张皇批判，却基于回击"诽谤"表现出来；固不能说回击"诽谤"是"借灵堂哭凄惶"，但他忠实自我、表现真实感受的创作追求却在"也许"的退步、蓄势中流露出来。这是穆旦的真诚可敬之处，也是诗歌价值所在。

后者有感于三门峡水利工程而作，意在歌颂新中国的建设成就，表现感奋自豪的情怀，同时也表达了对其造福人民的期待："长远的浊流""将化为晴朗的笑，而它那心窝 / 还要进出多少热电向生活祝祷！"但诗人的感慨是，黄河

---

[1]　谢冕：《一颗星亮在天边》，《穆旦诗文集》第二卷，人民文学出版社 2007 年版，第 337 页。

几千年携泥带沙的"郁积"掩盖了它"曾有过的美丽"，扭曲了它的性情，使它变得"愤怒，咆哮，波浪朝天空澎湃"，不仅"给自己带来灾害"，也给中华民族带来灾难。但写黄河历史似乎并非真正意图，也不是最深切的感慨。他由黄河想到中华民族，由黄河积郁成灾的历史想到钳制人口的社会现实，借题发挥，感慨"千年郁积""没有出头"，"广阔的智慧"被"压抑、挫折"，"泛滥为荒凉、忍耐和叹息"以及"多少生之呼唤都被淹没"。这是所指和能指十分广泛的艺术暗示，指向压抑人才、扼杀智慧的残酷现实，指向"郁积"导致的严重后果，表现了对钳制思想智慧的强烈不满和深切忧虑。就此而言，这首看似应景表态、选题具体"突兀"的"赞歌"，其实是真正的穆旦特色——借助"具体"表达丰富的自我，表现深邃而愤懑的情绪。就艺术表现来说，两首诗巧妙地运用了现代艺术手法，灵光才气辉煌耀眼；而真正与流行诗歌拉开档次者在于"绝对的精神世界"的深刻而真实的表现，真正体现了作品艺术魅力的是横空绝响的现代个性浪漫主义精神。

代表穆旦50年代创作成就和艺术风格的是正面书写生活感受、人生思考和社会关怀的作品。从创作宗旨上看，此时的创作与40年代相比似乎没有太多变化，仍用现代艺术手法抒发自我感受，表现主观思考；但创作情态的变化却显而易见。穆旦是有独立思考能力、自我意识很强的诗人，也是脚踏人民生活大地、积极追求进步的诗人。诚如谢冕所言，"在这位学院诗人的作品里，人们发现这里并没有象牙塔的与世隔绝，而是总有很多的血性，很多的汗味、泥土味和甘草味。"[1] 走在50年代的人生道路上，他被时代大潮裹挟着前进，也自觉地跟随着时代发展的节奏调整自我，紧跟着时代前进——这是那时代知识分子的共同心态和姿态，很多老知识分子如梁漱溟、冯友兰等都表现出这种心态和姿态，何况穆旦这样的青年知识分子呢？因为出身经历和生存发展需要等原因，他必须接受时代改造，其顺应心理不比别人单薄多少。但诗人的"矜持"又让他固守自我，拒绝随俗。他在"固守"与"顺应"之间徘徊。"作为中国的知识分子，穆旦庄严承担了自己的一份责任：一方面，他以实际行动贡献着拳拳报国之心；另一方面，他又无情地解剖自己（他诗中不止一次诅咒'平衡'，而且要'埋葬'另一个'我'）以期使自己能与他生活的大时代相谐。但生活的惯性追逼这颗痛苦的灵魂，不能允许并试图抹杀作为独立诗人的自由渴

---

① 谢冕：《一颗星亮在天边》，《穆旦诗文集》第二卷，人民文学出版社2007年版，第336页。

望以使之就范。"[1] 创作便是他追随时代前进道路上的发言表态,便是镌刻着现代个性浪漫主义诗人苦味沉郁的心路历程。

《我的叔叔死了》表现经过思想改造、知识分子人性扭曲的心理情绪。叔叔死了,按照伦理关系和对于叔叔的感情,理应悲痛流泪,这是人之常情;但在清除封建思想意识、批判资产阶级"人性论"的时代语境中,"我"却担心犹疑,害怕哭泣被当作封建主义思想意识"复辟"受到批判;更可怕的是,竟然还产生"欢欣""想笑"的想法;吊诡的是,又不敢笑,也不能笑,疑心"这里"——滋生笑意的革命情感里藏有"毒剂"。诗人在哭、笑两难之间"平衡",在自我本性与社会标准之间徘徊取舍。"两难"的选择和焦躁的"平衡"抽空了人性内涵,让人变得冷漠而迷惘,甚至觉得麻木如树。"枝叶缓缓伸向春天,/从幽暗的根上升的汁液/在明亮的叶片不断回旋"——树活着,而且茂盛,但毕竟是树,而人不是树!"叔叔死"的"本事"成为考量知识分子人性的天平,也是考量时代风云的晴雨表。而奇异的联想和怪诞的幻想连接了意象碎片,开启了通往隐喻世界的隧道,使作品的情感内涵变得复杂深刻。短短诗行道出了痛苦荒诞的情绪,诉说了时代高压下"人性如树"的残酷现实。这是一首表现知识分子心灵变异的"带血的歌"!

《葬歌》表现的也是"两难"情绪——积极适应时代要求、真诚地埋葬旧我却又难以埋葬的"两难"情绪。诗人经历了各种运动的教育,看到了阳光明媚的现实和新中国发生的巨大变化,产生了埋葬旧我、蜕变更新、"过过新生活"的"希望"——这是本诗的写作旨趣,他说《葬歌》抒写"我们知识分子决心改造思想与旧我决裂"的情绪。晚年还坚持说"那时的人只知道为祖国服务,总觉得自己要改造,总觉得缺点很多,怕跟不上时代的步伐……"[2] 但他在旧轨道上走得太远,思想包袱沉重,情感意识陈旧,加上与生俱来的自尊和"矜持",清高和自负,构成"希望"的抵触情绪,即埋葬旧我的阻力。所以"希望"虽好,但力量似乎并不强大,走在"希望"的路上,他觉得"漂泊"和"茫然",甚至"以眼泪洗身"与"希望"相对的是"回忆"。"回忆"留恋"过去",留恋"旧我",倍感温馨。"回忆"激活了经验,颠覆

---

① 谢冕:《一颗星亮在天边》,《穆旦诗文集》第二卷,人民文学出版社 2007 年版,第 342 页。

② 郭保卫:《书信犹在,诗人何处寻》,转引自《穆旦诗文集》第二卷,人民文学出版社 2007 年版,第 369 页。

了"希望"——担心"希望"是骗子，诱骗"自我"消失。"回忆"虽然"过时"，却是不可忽视的力量。"希望"和"回忆"的矛盾纠结说明告别的痛苦、犹疑和"埋葬"的艰难。所以反复沉吟："你可是永别了，我的朋友？／我的阴影，我过去的自己？／天空这样蓝，日光这样温暖，／安息吧！让我以欢乐为祭！"这是作品的情感基调，也是理性自觉，但诗人自己也觉得，他缺少"埋葬"的底气。在"希望"与"回忆"两种力量较量中，他感到"希望"的弱小和"回忆"的强大。两种力量"如此"不对等，既不符合时代标准也有悖于理性自觉和创作意图，但作为浪漫主义诗人，他恪守忠实自我的创作追求，不能不如实地表现痛苦纠结。穆旦"从不掩饰"他"无边的痛苦"；但他知道且担心如此这般地表现落后的思想情绪容易造成误解，引发歧义，甚至会给自己带来麻烦。所以最后说——

> 这时代不知写出了多少篇英雄史诗，
> 而我呢，这贫穷的心！只有自己的葬歌。
> 没有太多值得歌唱的：这总归不过是
> 一个旧的知识分子，他所经历的曲折；
> 他的包袱很重，你们都已看到；他决心
> 和你们并肩前进，这儿表出他的欢乐。
> 就诗论诗，恐怕有人会嫌它不够热情：
> 对新事物向往不深，对旧的憎恶不多。
> 也就因此……我的葬歌只算唱了一半，
> 那后一半，同志们，请都助我变为生活。

这是诗人真实的思想情绪和坦诚的心理秘籍。

与同属"九叶派"的诗人唐湜相比，穆旦鲜有恣肆酣畅的情感宣泄和玄思幻想，鲜用瑰丽的语言描绘堂皇景观和浩大场面，因为他从现代主义道路的"远处"走来，"现代"的抒情方式和艺术经验过于"丰富沉重"，即使回转到传统的抒情轨道上，也在艺术思维惯性作用下"无视"时代提倡而表现出与众迥异的个性特色。作为纯真的诗人，他始终重视自我，忠实个人感受，真诚地表现时代要求在心灵深处的复杂感受。"穆旦始终坚持用自己的语言、自己的方式传达他对他所热爱的大地、天空和在那里受苦受难的民众的关怀。"① 既无法像流行诗歌那样顺应时代抒发革命豪情,也不能像唐湜创作《划手周鹿之歌》那样,借助民间传说的故事框架尽兴地想象,宣泄淤积的浪漫主义激情,他以自己习惯的抒情方式表达真实的自我,表达特殊时期内心的矛盾纠结。某些作品宛若40年代的创作,现代主义的抒情方式和艺术手法冲淡了激情,弱化了理想,浪漫主义特色显得复杂隐晦和模糊沉凝。这是现代个性浪漫主义在当时所能呈现的色泽。

与表现痛苦茫然情绪相关的是表现艺术的选择。穆旦属于情感丰富的思想型诗人。其"心灵承载着整个民族的忧患",也寄托着整个民族的期盼。他"特别主张要写出有时代意义的内容",并且认定"首先要把自我扩大到时代那么大,然后再写自我,这样写出的作品就成了时代的作品","有血有肉"的作品。但他很清楚,他的主张并不"通用"。② 对当时盛行的诗风,穆旦是清楚的,他也想"打开窗户"吸纳"原野的风",按照时代要求的语言风格欢呼歌唱,但他不知道如何歌唱!他因此感到痛苦和焦虑。旧艺术不能运用,新形式不会运用,他哀叹"那婉转的夜莺/已经飞离你的胸怀",却又茫然无助:手中"这支尖细的笔,/怎样聚敛起空中的笑声?"《问》表现了想改变自己、按照时代要求创作,却又茫然无奈的情绪,表现了"夜莺"飞离胸怀,自己无力"聚敛空中的笑声"的焦虑。这是现代个性浪漫主义诗人的痛苦迷茫和深切困惑。

浪漫主义是诗人心灵深处发射出的光。心灵之光照亮书写对象的每一个角落,对象的存在以及存在形态均取决于心灵之光。浪漫主义诗歌注重抒情,人物、情节、场景等均为表现主观而存在,并因情感深厚而支离零散。如前所述,穆旦无论所写为何——场景还是事件,形象还是意象,具象还是抽象,都源于内心世界这个"发光体",都因这个"发光体"过于强烈而缺少完整的现实形态。《去学习会》和《九十九家争鸣记》略有不同。这两首诗有感于具体事由而作,场景具体完整,铺排事件占较多笔墨,大有写实之状。表面上看,虽然换了"口径说话"③,但"说"的内容仍打着鲜明的穆氏标记。

《去学习会》写于1957年春天。正是"双百"方针强力推进、自由东风劲

① 谢冕:《一颗星亮在天边》,《穆旦诗文集》第二卷,人民文学出版社2007年版,第336页。

② 穆旦:《致郭保卫信》,《穆旦诗文集》第二卷,人民文学出版社2007年版,第188页。

③ 穆旦:《致郭保卫信》,《穆旦诗文集》第二卷,人民文学出版社2007年版,第188页。

吹、知识分子思想最活跃的时候。"春天呵！吹来了一阵熏风，/人的心都跳跃，迷醉而又扩张。"承载了民族苦难、情绪有些沉郁的穆旦鼓荡政治热情，欢欣鼓舞地"去学习会"，还带着笔记本，准备记录学习收获。也许经历了"外文系事件"的挫折，也许是对虚假表演、谗言套话、形式主义等的厌倦和排斥，他乘兴而来，学习会的气氛和与会者的表现让他兴味索然。人们"阅读，谈话，争辩，微笑和焦急"，他无法融进其中，更想不起值得记录的内容——"笔记要记什么？天空说些什么？"借着缭绕的烟雾思绪飞到会议室外，在蓝天、草地、街道、小桥之间荡漾，而"小鸟的歌唱""爱情的笑颜"更让他诗心神往。作品最后写，"心里是太阳，脚步是阳光下的草/向下午两点钟，向学习会走去"。这是通俗易懂却又耐人寻味的诗句，写实的笔墨与怪诞的心理相得益彰，道出了真情，流露了无奈。就整首诗来看，开会学习的庄重形式和开会期间产生的心理内容、春风迷醉的"去"和荒诞不经的"学"、"走去"与"逃离"、场内烟雾与场外风景、记和无所记、阳光和小草等均形成鲜明的反差，表现了对于无休止的会议学习的厌倦和抵触情绪。而"去学习会"这相当通俗、似无诗意的题目便也因此令人深思——"前去"还是"去掉"？

与《去学习会》的内容风格相近的是《九十九家争鸣记》，甚至可以说后者是前者的展开和深化。前者表现"去"的厌倦，后者是"记"的无聊，也是厌倦情绪产生的原因。前者写参加学习会却于烟雾缭绕中神游场外，后者写学习会上的具体情境；前者因思想逃离"记无所记"，后者"逃无所逃"记写实情，表现的是"鸣放"期间开会发言的场景，道出了经过各种运动，知识分子顾虑重重、言不由衷的情形。[①]"争鸣会"现场济济一堂，发言热烈。有的发言一贯正确毫无见识，有的条理分明半真半假，这些发言却受到领导奖励；有人放

---

① 反右斗争开始后，穆旦因此诗受到批判，曾经写《我上了一课》，检讨思想问题，其中说："我写那首诗的主要动机是如此的：当时党号召解除顾虑、大鸣大放，可是还有个别不敢鸣放的现象，我想对这种落后现象加以讽刺。当时想到有几种'怀有顾虑'的情况，就把这几种情况凑在一起，编造成一个故事，使故事充满了否定性细节。这些细节原是指个别现象，而且是通过一个被讽刺的落后人物的角度来掌握的。可是，想不到，因此就构成一幅图画，显得整个是阴暗的了。""我的思想水平不高，在鸣放初期，对鸣放政策体会有错误，模糊了立场，这是促成那篇坏诗的主要原因。因此，诗中对很多反面细节只有轻松的诙谐而无批判，这构成那篇诗的致命伤。就这点说，我该好好检查自己的思想。"这是因受到批判而从检讨错误的角度说的，但也多少透露出诗人的写作动因（穆旦：《我上了一课》，载《人民日报》1958年1月14日；见《穆旦诗文集》第二卷，人民文学出版社2007年版，第106页）。

胆直言,给领导提意见,却被指责为"人身攻击"和"宗派情绪",被扣上"帽子"。"争鸣会"现场没有谁再"敢说半个不是","百家争鸣"成为"应声虫"和"假前进"表态舌战的闹剧。"我"虽然有话要说,却因"患着虚心的病","盘算好了要见机行事",会议即将结束,主席点名要"我"发言,讽刺的是,"我"对别人说假话套话嗤之以鼻,这时竟大言不惭,顺口就是冠冕堂皇的表态和恭维的套话!诗人在讽刺他者的同时也讽刺了自己。诗后有"附记",但无论"非典型"的自我贬低抑或"已是时过境迁"的托词虚饰,均属"此地无银"。语言调侃风格幽默,貌似轻松随意,但词锋犀利,切中肌理,情绪愤懑,令人深思。诗人自诩"小卒"碎语,"无足轻重",而其所揭示的却是极其深刻的问题。惊悸、忧虑、愤懑、沉郁的情绪在调侃嘲讽的现场实录中表现出来,彰显了清醒的自我意识和天真实诚的品性,表现了诗人屡受打压、无辜无奈却还保持着直面现实、敢于自剖、追求真理、勇于批判的精神。

穆旦50年代的创作保持了最宝贵的社会良知和同样宝贵的艺术个性,彰显了"自由不羁的诗魂"。他拒绝"陈旧形象"和浮泛抒情,拒绝光滑琉璃、"一团诗意"的风格。明知自己的抒情方式和语言风格不合时宜,仍恪守自我,执著于艺术的"纯正",用"非诗意的"语言写作个性卓异、"有血有肉"的诗,用"形象和感觉"创作"新鲜而刺人"的诗。[①] 这是一个思想型的天才诗人在诗歌创作道路上不甘平庸、锐意创新、自由不羁、恪守自我的审美追求和精神品格。他的诗如飞驰天幕的彗星,在"百花年代"的诗国划出一道靓丽的彩虹,为50年代诗坛奉献了弥足珍贵的灿烂。

---

① 穆旦:《致郭保卫信》,《穆旦诗文集》第二卷,人民文学出版社 2007 年版,第 190 页。

第十五章 唐湜的"幻美之旅"
与"潜在宣泄"

唐湜是"九叶派"诗人。在"九叶"诗人中，他没有穆旦在现代诗歌道路上走得远、影响大，也没有袁可嘉的理论批评受关注的程度高，不像杜运燮那样一首《解冻》成为特殊时代的标签而时常被人提念，但无论创作还是理论批评都成就卓著。在我们考察的时域，他坚持个性追求，传承并发展"九叶派"诗歌的个性浪漫主义精神，其理论和创作都值得关注。

一、浪漫主义诗美追求及"幻美之旅"

浪漫主义诗人大都带有唯美主义倾向，唐湜亦然，并因此被称为"唯美的现代诗人"。[①] 尽管生活和创作道路历经坎坷，他却执著地坚持现代个性浪漫主义追求，"要找寻自己渴望着的美／要找寻自己渴望的诗之美"。[②] 其生活和创作道路是广纳博取、"找寻"诗美的过程，甚至可以说整个生命历程都是含蕴复杂的"幻美之旅"。

唐湜是从浪漫主义诗歌道路上开始"幻美之旅"的。他出生于浙江温州农村一个小学教师家庭，自幼喜欢读书，迷恋中国传统文学，对民间文学、神话传说尤感兴趣。抗战开始后参加救亡运动，受训期间与好友密谋投奔延安，因

---

① 谢冕：《一位唯美的现代诗人———唐湜先生的诗和诗论》，《诗探索》2004 年春夏卷。
② 唐湜：《九叶诗人："中国新诗"的中兴》，上海教育出版社 2003 年版，第 200 页。

机密泄露被关进"劳动集中营"。两年后出狱开始诗歌创作,1943 年考取浙江大学外文系,接受了欧美文学陶冶,醉心于浪漫主义诗人拜伦、雪莱和济慈的诗歌。他们"浪漫主义的激情引起了我狂放不羁的幻想",[1] 强化了浪漫主义气质。读书期间对现代派诗人里尔克、艾略特的诗歌以及卞之琳的《西窗集》、冯至、梁宗岱的译诗产生了浓厚兴趣,曾参与《诗创造》和《中国新诗》的编辑工作,与杭约赫、辛笛、陈敬容经常往来。无论醉心于传统浪漫主义还是倾情于现代诗歌艺术,他都坚持对美的追求。

共和国成立后,他到北京编辑《戏剧报》,参与社会主义文艺建设。在频繁的文学政治运动中,唐湜的"幻美之旅"厄运连连。他因"胡风案"受到牵连,1957 年被打成"右派",1958 年流放到北大荒农场劳改,1961 年带着肺病和精神伤痕回老家温州。为了生存,他曾跟着民间艺人流浪江湖,在浙东山乡渔村漂泊;也曾在房屋修建队当工人,挣钱养家糊口。困厄之境,唐湜仍嗜诗如命,很多诗人辍笔炼狱,他却孜孜矻矻,写诗不止,以"诗探求作自己精神的支柱",以写作"填补生命的空白"。[2] 凭借对诗美的虔诚和执著,他创作了 20 多首叙事长诗,2000 多首十四行诗,还有 500 多首格律诗;另有理论鉴赏集《意度集》《新意度集》等。

唐湜是诗人,也是颇有理论深度和鉴赏慧眼的诗歌评论家,曾对中国现当代诸多诗人诗作做过富有特色的评论。他的理论之树植根于中国诗学传统厚土,更带有西方现代诗学理论的前沿性和新锐性;他的批评如创作,注重自我,忠实于自己的审美感受——"我所批评的只是我自己";他有深切的创作体验,其评论大都精准到位。他拒绝"学院派"批评文章的程式和风格,自觉博取李健吾的翩然风度、胡风的沉雄气魄和钱锺书的学识修养,尝试"美的批评",即"以抒情散文的风格来抒写评论"。[3] 其批评文笔优美,风格独具,曾因《意度集》得到钱锺书的激赏,说他的批评"能继我的健吾学长的《咀华》而起,且大有青出于蓝之概!"[4] 唐湜的批评鉴赏是其"幻美之旅"的别中收获,也是中国现当代诗歌批评史上一道独特的风景。

唐湜诗歌的浪漫主义风格本于气质秉性,植根于广袤深厚的文学沃土。他

---

① 唐湜:《我的诗艺探索》,《唐湜诗卷》(下),人民文学出版社 2003 年版,第 1015 页。

② 唐湜:《我的诗艺探索》,《唐湜诗卷》(下),人民文学出版社 2003 年版,第 1015、1022 页。

③ 唐湜:《我的诗艺探索》,《唐湜诗卷》(下),人民文学出版社 2003 年版,第 1018 页。

④ 唐湜:《我的诗艺探索》,《唐湜诗卷》(下),人民文学出版社 2003 年版,第 1017 页。

自幼沉浸在中国文学海洋，饱受古典文学艺术熏陶，深谙古典诗歌艺术的神韵，却拒绝平仄格律之束缚，追求自由，放飞心灵，形成了张力强健的审美意识和痴迷幻美的审美情趣。而对民间文学的浓厚兴趣则在拓宽其艺术视野的同时，更给他的审美意识增进了原始创力、民间野性和传奇因素。与精致细密的文人传统不同，民间文学源于社会底层，带着生活泥土，简约质朴，充满生命强力和审美张力；其内容多表现反抗暴力压迫，争取自由幸福的理想。民间食草族因自身力量羸弱而崇拜英雄侠义，因生活中无力满足需求而长于憧憬幻想，在想象和幻想中编织富有传奇色彩的故事，期盼正义战胜邪恶和有情人终成眷属，带有天然的浪漫主义旨趣。这些特点都给唐湜留下了深刻影响，增强了他单纯而质朴的浪漫主义气质。除古典文学和民间文学两大资源之外，还有欧美现代艺术的滋养。诚如他说，"年轻时，我从西方吸取过些浪漫蒂克的梦幻，一些朦胧的色彩，或一些古典的意象，一些现代的象征。"[1] 丰富的艺术资源成就了深厚的诗学修养，为他的"幻美之旅"增添了多样色彩。

现代派和浪漫主义都强调表现自我，但质地、格局、倾向以及表现形式均存在很大差异。浪漫主义的自我承担责任、肩负使命、舍生取义、追求崇高，而现代主义的自我则解构传统、重视理性、表现颓废、消解崇高。唐湜是在诗歌创作"途中"接触现代派诗歌并对其产生兴趣的，接触之前既有较坚实的民间文学和文人文学基础，也有切实的创作经验。"途中"接受的内容溶解在业已成型的审美意识中，增添了新质，却没有改变审美意识的底色。他心仪现代派诗歌，[2] 在其受到非议的时候，极力为其辩护；他重视感觉思维，有些作品意象斑驳，内涵繁复。但他不是严格意义上的"现代派"诗人。他重视思想表现，也长于激情抒写；重视意象营造，但其意象较为完整集中，作品形象鲜明——这就拉开了与"现代派"的距离。他广纳中国文人诗歌传统、民间艺术旨趣和现代诗歌艺术精神，形成了质直刚健、激情宣泄、个性飞扬的浪漫主义特色。在浪漫主义处境尴尬的诗学语境中，他公开表示，效法卢梭，"做个最后的浪漫主义者！"[3]

唐湜是时代意识很强的浪漫主义诗人。他"幻美"且"唯美"，尊崇诗歌艺

---

[1] 唐湜：《我的诗艺探索》，《唐湜诗卷》（下），人民文学出版社 2003 年版，第 1023 页。

[2] 《划手周鹿之歌》最初取名曰《划手周鹿的爱与死》，作者坦诚这是"里克尔式"的命名。该诗创作时间是 1958 年，可见他对现代诗歌艺术之沉迷。

[3] 唐湜：《最后的浪漫主义者》，《唐湜诗卷》（上），人民文学出版社 2003 年版，第 456 页。

术规律,是"诗坛圣火的点燃者"、诗歌艺术神圣性的守护者和"纯净的诗美"
的追求者。但他不隔膜现实,他说自己"不是生活在真空的诗的王国里";"我
们都是人民生活里的一员,我们渴望能虔诚地拥抱真实的生活,从自觉的沉思
里发出恳切的祈祷,呼唤并响应时代的声音。"甚至还像胡风那样呼吁诗人"到
旷野去,到人民的搏斗里去,到诚挚的生活里去。"① 如袁可嘉所说,"九叶"诗
人"注意反映广泛的现实生活,不囿于个人小天地,""他们的作品表现他们感
受到了的时代脉搏,人民的苦和乐"。② 尽管阴差阳错,唐湜没有走进革命队伍
成为主流诗人,但强调必须拥抱现实、贴近时代的主张却与主流诗人相差无几。
40 年代末,其创作还曾表现出抒写时代变革、迎接新中国诞生的倾向。他自觉
地以"惠特曼式的歌唱迎接"人民战争的胜利,③ 表现"人们已经醒来""人们已
经起来"的时代律动,呼唤"在混凝土的底层里,一个新人类的黎明已经发亮"
的灿烂前景。④《背剑者》呼应渡江战役,描绘了壮阔的江面上,"背剑的复仇
者兀然挺身"划破江波的战斗雄姿,表现了"一切的街,转向黎明;一切的窗,
开向白日"的时代憧憬。《给女孩子们的诗——写给一个三八节晚会》为学校女
生庆祝"三八节"而写,诗中说"黑暗幽沉的时代"即将过去,祝福她们"从
幽闭的房间里 / 出来,在荒凉的旷野上 / 作向太阳的广阔的呼吸"——带有迎接
新时代诞生的意思。与倾向暧昧的"九叶"诗人相比,唐湜满怀热情地拥抱新
时代,即便是融不进主流诗人队伍,也应该成为五六十年代诗坛上活跃的诗人。

然而,热切期待的"幻美之旅"很快出现"短路"。其实,在他情绪飞
扬、抒写欢乐情绪的时候,潜在危机已经隐然可见。他抒写的欢乐"是一片深
渊",且来自"柔曼的少女的心",这很容易被视为"个人情绪";他表现时代
精神,却因形式特别而容易引起误解;他重感觉,重意象,将欢乐的情绪幻化
成"五彩的贝壳",幻化成远山的风烟,其描写诗意葱茏而富有张力,却又给
人朦胧含混难以捕捉、意境美好无从把握的感觉;意象固然丰赡美轮美奂,但
语言风格却不符合工农兵喜闻乐见的时代要求。唐湜追求表现的艺术,但诗不

① 唐湜:《我们呼唤——代序》,《中国新诗》1948 年第 1 辑;系唐湜为《中国新诗》写的序言;
　 在这些充满浪漫主义激情的表述中,可以依稀听到他所敬重的"七月派"领袖胡风那"沉雄"
　 的声音。
② 袁可嘉:《九叶集·序》,《读书》1980 年第 7 期。
③ 唐湜:《我的诗艺探索》,《唐湜诗卷》(下),人民文学出版社 2003 年版,第 1019 页。
④ 唐湜:《手——敬悼朱自清先生》,《唐湜诗卷》(下),人民文学出版社 2003 年版,第 740 页。

逢时——现代抒情艺术与"二为"方向旨趣相左。

危机还源于诗学理念的分歧。抗战结束后，他尖刻地批评说，诗坛上盛行的"旧瓶装新酒式的形式主义者与落后的手工业式的经验主义者或技巧主义者，以结合千篇一律的文字技巧与浮薄表象的社会现实，甚至新闻主义式的革命故事为能事，并企图以此统治整个文坛。"[1] 现在，担心成为现实，他所批评的种种果真在"统治整个文坛"，并将很多无法适应者逐出文坛！他的忧虑和愤懑绝不亚于当年，但既不能率性抨击，也不敢轻易"试探"别的方法和途径——卞之琳的"试探"是深刻的教训，[2] 他只好像其他"九叶"诗人那样退出诗坛。在北京那几年，他几乎停止了诗歌创作——诗人自述，1954 年他离开京城到南方旅行，回来后写了《南方乐章》，是关于南国风物的小素描，借以抒写自己"在京华索居中对故乡的眷恋"，《诗刊》已经排版，因他无意中卷入胡风"反革命集团案"而被抽下。[3] 有此遭遇，在"百花齐放"的日子里，他没有像穆旦那样深情地歌吟，也没有像杜运燮那样热情地表现"解冻"的信息。[4] 他把诗歌当作生命，却在最好的创作年华长时间没有创获，原本热情奔突的"幻美之旅"居然在期待远航的时候"短路"，沉默和中止的背后包含着多少痛苦纠结！

但不管怎么说，躁动的诗心没有泯灭，甚至可以说狂躁不已。沉默在于，他是唯美主义诗人，生性浪漫自由，"幻美"的诗心与昂扬暴烈的时代无缘。他在众声喧哗中失语，却在逆境苦难中慷慨悲歌。苦难酝酿诗情，厄运成就诗人，越是处境艰难，唐湜的诗情越是蓬勃汹涌。"反右"斗争之后，他命运多舛，生活艰辛，"幻美之旅"却愤然起航。他长期生活在社会底层，靠繁重的体力劳动维持生计，既没有被打倒击垮，也没有因物质和精神的双重磨难泯灭诗心。他咀嚼着苦难，在"幻美"的旅途上奋力搏击。在现实生活中，他是仅仅能够维持最低生活水准的贫困者，是饱受屈辱无力抗争的苦力和弱者，但在诗歌创作道路上，在"幻美"的精神王国里，他"真力弥漫，万象在旁"，是

---

① 唐湜：《论〈中国新诗〉——给我们的友人与我们自己》，《华美晚报》1948 年 9 月 13 日。

② 关于卞之琳《天安门四重奏》发表后受到的批评，参见第九章第一节的相关注释；唐湜欣赏卞之琳的诗歌，《西窗集》曾经让他着迷，对于卞之琳诗歌的遭遇，自然会有些感慨。

③ 唐湜：《我的诗艺探索》，《唐湜诗卷》（下），人民文学出版社 2003 年版，第 1015 页。

④ 唐湜说在此期间，他曾经试着写过论吕剑和苏金伞的诗歌评论文章，"却又覆没于政治风暴，片纸不存"。见《诗人与评论家》，《新意度集》，生活·读书·新知三联书店 1990 年版，第 42 页。

一个胸怀日月、傲视群伦、勇敢无畏的勇士,是无所禁忌、奋力开拓、元气淋漓的英雄,是"观花匪禁,吞吐大荒"、"前招三辰,后引凤凰"、极具想象力和创造精神的现代个性浪漫主义诗人。苦难的人生与美好的诗情形成巨大反差。正如《唐湜诗卷·序言》所说——

> 然而在他的多数作品里,却常常充盈着的对生活的热爱,对美好事物的向往,对真善美的弘扬,对民间传说中爱情的美丽坚贞,历史上民族战争的悲壮激烈,人性搏斗的开合张弛,以及对诗友的缅怀,对幻美的追踪……甚至时时有欢乐,处处有阳光!唐湜当然不是在感情上隐遁,在精神上逃避,在拼搏中后退。我想,不管他是有意识还是无意识,他实际上是以诗美的凝华来对应现实的黑暗,以对缪斯的忠诚来藐视命运的播弄,以精神的向上和高昂来抗议人间的丑恶!他的人格是笔直的,但他的申诉却是通过诗美的追踪向人世发出的一道折射。他的所有的痛苦,悲凄,怨愤,焦虑与郁结,都经历了过滤,发生了嬗变,实现了纯化,因而升华为欢乐,温煦,缱绻,梦幻,宏伟和壮烈!他作为美的宗教的信徒,超脱了红色宗教裁判的火刑!这岂不就是"唐湜现象"的独特之处吗?①

困厄之境著华章。唐湜的艺术思维超越了现实苦难,也挣脱了时代文学的种种羁绊,在"幻美"的诗国里自由翱翔。被打成"右派"后,他从民间传说、历史故事中发掘诗情,创作了数首"南方风土故事诗"和"历史叙事诗",表现出深切雄浑的个性浪漫主义精神。《划手周鹿之歌》被视为他"一生中最精彩的写作",代表了成就和特色。

二、《划手周鹿之歌》的浪漫主义表征

《划手周鹿之歌》根据温州民间传说而作。开始创作是 1958 年,那是"大

---

① 屠岸:《诗坛圣火的点燃者》(代序),《唐湜诗卷》(上),人民文学出版社 2003 年版,第 2 页。

跃进"引发政治高烧、新民歌得宠、众作家激情满怀地创作共产主义文艺的时代。此时，唐湜刚戴上"右派"帽子，即将发配到遥远的北国劳动改造，心灵备受煎熬。就像当年鲁迅在令人窒息的苦闷中挖一小洞暂得喘息一样，唐湜被痛苦的泥浆充塞着，几乎无法喘息，于是凿开"幻美"的洞天，创作了这部抒情叙事长诗。《划手周鹿之歌》"是在1958年京华寂寥的日子里深深怀念着南方阳光下故乡时写的。那是初夏的一个清晨，黎明的阳光给了我一片朦胧的诗意，叫我拿起久已苦涩的笔梦幻似的去抒写一个故乡人民流传的传奇的故事"。他希望用幻美的想象和"对故乡风物的怀恋，去扑灭咬噬人的忧伤，在行云流水的诗意的抒情中忘却一切。"在创作过程中，他"把南方海滨风土的描绘，民间生活的抒写，拿浪漫主义的幻想色调融合起来"，把自己的感受和幻想融入民间传说的创造性改写中，把自己在逆境中遭受的压抑和苦难灌注到诗歌中，借助人物的命运遭际表现出来。

《划手周鹿之歌》是他在"艰难生涯里酿出来的一点蜜"，[1] 主观写实性很强。如开始"我只要一打开楼上的窗子，/ 就能看见风帆一片片打窗边驶过；""我记得小时候在海滩上拾过贝壳，捉过海蟹，/ 还看到大风车鱼因为潮水忽儿褪去，在海滩上绝望地喘气"。这是表现孩提时的经历和思乡情绪。被发配到"北方白雪的荒山"后，他中止了写作，三年后的夏天回到故乡续写后面部分，于是就有了第六节开始的"你好，南方的夏天的早晨"以及"在山顶上眺望我亲爱的故乡"的诗句。主观抒情是成就作品浪漫主义特色的一个方面；另一方面，也许是更为重要的方面，他没有咀嚼苦难抒写悲愤，而是致力于表现纯洁的爱情和美好的理想，抒写"黎明的阳光给予的朦胧诗意"。作品所表现的是拒绝世俗影响、笑傲苦难人生、坚持诗美追求的个性浪漫主义精神和威武不能屈、独立不可移的英雄主义浪漫主义品格。其浪漫主义表征主要有如下几个方面。

其一，强烈的主观抒情性。诗人曾经将自己的创作分为"恣肆的浪漫抒情"、新浪漫主义和古典主义三个阶段。按照这种划分，《划手周鹿之歌》在时间上属于"新浪漫主义和古典主义"交叠阶段的创作，但汹涌澎湃的激情宣泄更像"恣肆的浪漫抒情"。其创作情形也证明了这一点——唐湜说，犹如"久

---

[1] 唐湜：《泪瀑·前记》，《泪瀑》，人民文学出版社1985年版，第2页。

涸的喷泉一时喷涌上来,一星期就写了六百行"。① 浪漫主义执著于自我,唐湜恣意抒写主观情绪,甚至不回避"自己潜意识里的秘密"。他知道"潜意识里的秘密"不能直说,诗人自我不宜袒露,但他不肯改变诗学理念和创作追求,遂在自己的"幻美世界"尽情抒写。他激情如潮,呼啸恣肆,气势如虹,一泻千里。浪漫主义是情感的艺术。他的感情就像飞云山上涌现的"强大潜流",借助幻想情景的艺术描绘酣畅淋漓地宣泄出来。"早晨呵,我在你的光辉里看到了亲爱的故乡,/ 翠马呵,我在你的声音里听见了故乡秋天的歌唱! // 我的故乡呵,是在阔大的堤岸上面,/ 我的故乡呵,是在海水的奔涌之间!"这些燃烧的诗句是诗人在悲苦的日子里对于童年想象的追忆,对于青春激情的赞美,对于纯净爱情的讴歌,对于生命自由的向往,是"幻美"途中自我意识真实而生动的表现。这是作品显在层面上的浪漫主义表征,也是浪漫主义的基本特征。

其二,牧歌情调。民间传说寄托了民间生活理想,牧歌是重要内容。牧歌原指牧民、牧童在放牧过程中随意哼唱的歌瑶,泛指以农村生活情趣为题材的诗歌和乐曲。无论原意还是演绎泛指,都是单纯而富有诗意的情调。牧歌是唐湜向往的情调。他曾经创作《魔笛》,歌颂深受希腊人热爱的原始牧神潘,赞美他用牧笛与音乐之神阿波罗比赛的勇气,赞美他用神奇多彩的魔笛吹奏牧歌,他说"牧歌是最有生命力的原始牧人的音乐"。② 他还曾经创作《牧歌》,撰写过《维吉尔的"牧歌"》,表示对维吉尔所创造的旖旎的牧歌生活的热切向往。《划手周鹿之歌》取材于一个流传甚广的民间爱情故事。传说中周鹿是个美少年,过着漂泊的生活,他发明了水车,是砍伐森林、划木排的能手,也是种庄稼的好手,还是水手眼里的海神。他勤劳智慧,勇敢多情,动人的歌声赢得很多少女的芳心,甚至被视为爱神。因系民间口口相传,划手周鹿的故事枝繁叶乱。唐湜看重的是牧歌架构。他剪去枝叶,"挑了他的单纯的爱与为了爱的悲剧的死来描绘",③ 突出了周鹿与小孤女"这单纯的浮雕式的悲剧"。周鹿"神奇的歌声"打动了单纯善良的小孤女,他们产生了爱情。小孤女的叔叔即乡绅却攀附权贵把小孤女许配给一个嗜赌成性、纵欲成病的官少爷。小孤女抗

---

① 唐湜:《诗人与评论家》,《新意度集》,生活·读书·新知三联书店 1990 年版,第 42 页。

② 唐湜:《魔笛》,《唐湜诗卷》(上),人民文学出版社 2003 年版,第 496 页。

③ 唐湜:《划手周鹿之歌》,《唐湜诗卷》(上),人民文学出版社 2003 年版,第 41 页。

争无力，孤苦无援，在幽愤中病倒。她思念心切，焦急如焚，化作一只翠鸟寻找在远方劳动的周鹿。周鹿回来后与小孤女参加端午祭神仪式，他们相拥着沉入海底。作品情节线索简单清晰，人物关系单纯简明，"恢复"了"民间牧歌与牧歌人物的质朴、单纯的本色"，[①] 使原本凄苦的爱情悲剧得到诗化的表现。

牧歌之美在于情。用悲怆激昂的基调抒写纯美的故事，使悲剧故事忧伤而不凄惶，是《划手周鹿之歌》的魅力所在。唐湜简化了故事情节，淡化了悲苦内容，纯净了人物性格，强化了抒情性。无论爱情的倾诉还是相见的欢愉，抑或分离的思念；也无论人物内心表现还是情景描绘，抑或自然环境铺排，都在沉郁而热烈的抒情中完成。如写周鹿和小孤女赶来参加祭神即他们沉海的仪式——

> 周鹿，搀扶着翠眉的姑娘，/ 跨上他的欢腾、辉煌的龙舟；// 她手里捧着一束点燃的香，/ 鬓上插着一朵红艳艳的月季花；// 她把自己打扮成一个新娘，// 来奔赴这水波上金色的婚礼；// 她笑着，望着浑身闪耀着阳光的周鹿，/ 跟她一起来赴这婚礼的快活的新郎；// 他打她手里接过金色的香，/ 像接过一张请他同赶婚宴的喜帖；// 他们的眼光默默相望着，/ 凝合成了一片无声的合唱！// 呵，不能让人间的婚礼把我们结合在一起，/ 那就叫水底的音乐把我们的灵魂凝合为一；// 叫水波来完成我们的爱的旅程，/ 叫水波来完成我们的青春的航行！// 也叫水波来歌唱我们的爱的抗议，/ 叫水波来歌唱我们的青春的胜利！// 生命在一个人就只有一次，/ 那就该是最动人最壮烈的一次；// 青春像电光一样一闪就过去，/ 那就该有电光一样璀璨的欢愉！

在诗人笔下，相爱的人双双沉海，不是悲苦无奈的殉情，不是青春生命的结束，而是隆重热烈的婚姻仪式，是有情人享受美好爱情生活的开始。这一仪式经过铺陈渲染，洋溢着青春、热烈、欢庆的气氛。悲剧故事转化成牧歌结局，表现了诗人对于美好生活、青春爱情的诗意憧憬。

其三，"奇幻光彩"。奇幻色彩是民间故事的基本要素，也是传播广泛、流传千古的重要元素。划手周鹿的故事在南方广为流传，即源于此。唐湜说"一

---

① 唐湜：《划手周鹿之歌》，《唐湜诗卷》（上），人民文学出版社 2003 年版，第 41 页。

个故事在民间流传着,就像珍珠含在珍珠贝里,时间会给抹上一层层奇幻的光彩;我们把蒙上的灰尘拂去,就会耀出一片夺目的光华。诗人冯至的《帏幔》与《吹箫人》给了我一些启发,我更想学习诗人里尔克抒写东方传说的精神,写出一些彩画似的抒情风土诗篇"。①《划手周鹿之歌》保持了故事原有的"奇幻光彩",并通过夸张渲染、铺陈涂彩使之突出加强。

"奇幻光彩"主要表现为人物的奇异性。人物被赋予奇异的经历和能力,甚至神化。周鹿和小孤女既是性格鲜活的生命个体,也是神性灵异的文学形象,他们的行踪、劳作、歌唱、爱情、智慧、力量均具有奇异性。周鹿"在森林的曙光里长大",打小就在山间采伐森林,"能机灵地与顽强的自然搏斗",如翠鸟在天空、山里、海水里自由飞奔,像飞鸟在林间"纵声歌唱"。他的歌声如古希腊原始牧神潘手中的魔笛,具有迷人的神力。奇异性人物为想象和幻想带来诸多方便。凭借想象和幻想,诗人营造了奇幻的场景,如周鹿恍惚中看到东海海底世界的神奇壮观,如随着周鹿隆隆的擂鼓声海面上出现的壮烈情景,均具有奇幻色彩。作品写周鹿在祭神的喧嚣和轰雷般的波涛声中拥着新娘跳上龙舟,擂着鼓槌向大海深处驶去——

> 呵,我们的周鹿拿他生命的画笔,/要给我们画出最浓艳的一笔!//他的最后、最壮烈的一笔,/他的最后、最壮烈的一击!//他睁大了那火焰似的眼睛,/望着滚滚压来的海浪,举起了双槌;//呵,海洋,我生命的故乡,/我要奔向你无比辽阔的胸怀!//你给我的童年孕育过金色的想象,/你欢乐的水涡也叫我舒展过自己的臂膀;//多少次,我像水鸟样在你的胸脯上浮游着,/多少次,我像水鸟样在你的深心里沉潜着!//这忽儿,我可要在你的胸怀上/唱出我最后的一支歌,欢乐之歌;//我要唱出我青春的怀恋,/拿我的爱,我的生命!//我要唱出最初一次燃烧的恋情,/拿我的爱,我的生命!//我要唱出最后一次燃烧的搏斗,/拿我的爱,我的生命!

隆重的祭神仪式成为主人公庄严的婚礼,沉海的悲剧伴随着龙舟大赛的热烈欢呼,祭神、龙舟赛、殉情、婚礼……喜剧与悲剧交织在一起,宏伟壮烈的场景

---

① 唐湜:《泪瀑·前记》,《泪瀑》,人民文学出版社1985年版,第2页。

和葱茏缱绻的诗意高度融合，都为作品涂抹上浓烈的奇幻光彩。而色彩的"原料"则是诗人在严峻的现实面前不屈服、不自馁、不悲观、不绝望情绪的恣肆宣泄，是诗人追求真理、热爱生活、与命运抗争精神的淋漓表现。

牧歌需要简单质朴，奇幻追求神异绚丽，二者虽然都指向浪漫主义，但两者没有太多关联和交叉。诗人是如何将简单的爱情故事演变成一首色彩瑰丽、激情喷发的长篇抒情诗的呢？他在单纯的爱情故事里填充了怎样的内容使作品富于"奇幻光彩"和牧歌情调呢？他在"填充"过程中运用了怎样的方式？这就说到其四——神秘性。民间传说的故事框架比较简单，容易转化成牧歌建构；神秘和"奇幻"比邻，并存在"血缘"关系。如前所述，唐湜广泛吸收了文人诗歌传统、民间艺术营养和"现代派"诗歌的表现艺术，成就了深厚的诗学修养，也赋予依靠想象营造场景、表现思想、抒发感情的能力。在对故事改造过程中，他删削枝蔓，拂去灰尘，突出了人物和故事的神秘性。唐湜说，"民间风土传说就该有一些离奇的神秘感"。[1] 神秘表现在很多地方，如赋予人物"动物性"，"拿波涛上的马来象征周鹿的男性美，男性雄健的性格；拿江上飞游的小翠鸟来象征小孤女的女性美，女性灵活、柔和的性格"，[2] 既增加了奇幻色彩，也为天马行空、自由创造提供了方便，是神秘性的重要构成。小孤女被许配给官宦子弟后，幽愤病重，幻梦离魂，化作小翠鸟"在奔腾的飞云江上扑腾着"飞翔，她"从一个波谷飞向另一个波谷"，飞行途中"看到"周鹿挥舞大斧砍伐树木的壮美情景；而周鹿则从翠鸟身上"看到"了他心爱的小孤女，从她那焦急的眸子里预感到出现危机，他扎个大排箭似地飞到小孤女身旁；而祭神仪式开始前，周鹿"恍恍惚惚"地和小孤女来到海底世界，看到海底世界的神奇绮丽，既为他们殉情沉海做了铺垫，也在"恍恍惚惚"中为故事增添了神秘的光圈……作品最后写为实现爱情理想，周鹿和小孤女把祭神当作青春的航行和庄严的婚礼，在声势浩大的仪式中昂扬地沉入海底。超自然、同生死的悲剧性结局更给故事披上了浓厚的神秘色彩。

奇幻的想象连接了"简单"和"神异"，为抒情描写营造了偌大空间。在单纯的爱情故事框架内，诗人大笔如椽，铺陈排比，泼墨渲染，创造了恢宏的抒情场景，酣畅淋漓地表现人物的心理世界，使人物单纯却性格鲜明，情节

---

[1]　唐湜：《诗人与评论家》，《新意度集》，生活·读书·新知三联书店1990年版，第42页。

[2]　唐湜：《划手周鹿之歌》，《唐湜诗卷》（上），人民文学出版社2003年版，第41页。

简单而生动，画面绚丽且凝重，节奏热烈而急促，场面浩大而隆重，色、光、声、情的渲染描绘不仅炫示了故事的奇幻性和神秘感，而且悲情沉郁，气势磅礴，充满艺术魅力和审美张力。作品最后写周鹿和小孤女双双沉入海底，诗人的"幻美之旅"放射出"夺目的光华"。浩大的祭神仪式开始后——

> 周鹿高高地举起了大鼓槌，/ 轰轰地擂起大鼓，擂着水波；// 风呼呼地在海上飞奔，/ 轰雷追着闪电，岸然向海上轰来；// 轰在山谷样翻滚着的白浪上，/ 轰起了海底最深沉、强大的潜流；// 疯狂的风暴，深沉、强大的奔流，/ 合成了一片山峦样突兀的九级浪；// 白鲸似的巨浪一个个涌来，/ 怒吼着，张开大口吞下了龙舟；// 划手们绝望地钻进了漩波，/ 急急地泅向那绿色的希望之岸；// 可没有周鹿，他伴着他的新娘，/ 从容地奔向那一去不复返的故乡；// 可没有我们的鼓手，他伴着他的新娘，/ 从容地奔向了那蓝色的甜蜜的梦乡；// 他还在海底伴着他的新娘，/ 叫他的龙舟箭似地穿过激流，// 射向海底下蓝瓦瓦的天穹，/ 射向闪亮的镶着珠贝的宫阙；// 他还在海底擂着他的大鼓，/ 发出那战斗的生命的欢呼，// 化入一片珍珠贝似的海浪，/ 化入一片红珊瑚样欢笑的音乐；// 化入一片无边的汹涌涛声，/ 化入一个无涯涘的海洋乐章！

奔突的激情，奇异的想象，浓烈的色彩，高亢的旋律，宏大的场面，悲壮的英雄主义情怀，对美好爱情的热烈憧憬……这哪是殉情？又何谈死亡？分明是诗人对爱情、青春和生命的礼赞！对强权暴力的庄严挑战。奇异性和神秘性是《划手周鹿之歌》的魅力所在，也是作品浪漫主义魅力的重要成因。

袁可嘉在《九叶集·序》中说，"在艺术上，他们注重知性与感性的融合，象征与联想的运用，幻想与现实的渗透。他们一部分较好的作品往往能把思想感情寄寓在活泼的想象和新颖的意象之中，然后通过烘托对比来取得总体效果，显示出一种厚度和密度，一种韧性和弹性。他们在古典诗词和新诗优秀传统的熏陶下，吸收了西方后期象征派和现代派（如里尔克、艾略特、奥顿等）的某些表现手段，丰富了新诗的表现能力。"[①] 这话用于说明唐湜的《划手周鹿

---

① 袁可嘉：《九叶集·序》，《读书》1980 年第 7 期。

之歌》乃至整个诗创作都是十分恰当的。

　　就诗人成长和创作规律而言，50 年代应该是"九叶"诗人收获的季节，也应该是现代个性浪漫主义诗歌丰收的季节。但 50 年代的文学气候和土壤没有提供基本的生存空间。"九叶"诗人忠实自我，重视表现，疏远政治，倚重象征意象的审美追求与"二为"方向的时代要求相去甚远，故即便他们没在政治斗争的狂风暴雨中整体性地折戟沉沙，也大都在诗歌创作的道路上偃旗息鼓。无论穆旦、杜运燮"百花年代"的灵光闪现，还是唐湜"困厄之境"的"潜在宣泄"，都是极其珍贵的收获。他们的存在表现了中国诗人弥足珍贵的浪漫主义诗心，也昭示了现代个性浪漫主义的顽强生命力。至于"唐湜现象"本身，更是内涵丰富、深刻独特、值得深思的文学史范本。

第十六章　谱写革命战争生活的
英雄乐章

在共和国成立前夕召开的全国第一次文代会上，周扬曾满怀激情地向作家们提出努力创作革命战争题材文学的问题。他说："假如说在全国战争正在剧烈进行的时候，有资格记录这个伟大战争场面的作者，今天也许还在火线上战斗，他还顾不上写，那么，现在正是时候了，全中国人民迫切地希望看到描写这个战争的第一部、第二部以至许多部的伟大作品！它们将要不但写出指战员的勇敢，而且还要写出他们的智慧、他们的战术思想，要写出毛主席的军事思想如何在人民军队中贯彻，这将成为中国人民解放斗争历史的最有价值的艺术的记载。"[①]周扬的讲话，是对革命战争题材创作的时代性期待，同时也"预设"了书写内容。他或许无意划定疆域，但其"预设"却对革命战争生活书写具有指导意义。五六十年代革命战争叙事很少超出周扬"预设"的范围。创作者的表现领域和表现方法各不相同，立意和旨趣相差无几：毛泽东人民战争思想和中国共产党领导英明正确，用革命思想武装起来的战士和人民群众不可战胜，民族解放和人民革命战争胜利是历史发展的必然趋势。作家们调用自己的生活积累和艺术修养全力表现这些内容，复杂残酷的战争叙事充满革命乐观主义色彩。英雄无敌，革命必胜；有失败挫折但没有悲观情绪；战争固然残酷，有血腥、暴力和死亡，但没有悲剧；敌我两军阵线分明，敌强我弱，但势必发生逆转；敌人貌似强大实则色厉内荏，革命战士始终处于不败之地；即便是"铁壁合围"，即便是大军压境，也总能找到克敌制胜的办法；拥有革命理想信念的军民用长矛大刀、抬枪土炮战胜强大的侵略者，战胜国民党正规军。这是

---

① 周扬：《新的人民的文艺》，《周扬文集》第一卷，人民文学出版社 1984 年版，第 529 页。

五六十年代革命战争叙事的基本模式。其中，包含着诸多浪漫主义元素。本章主要就革命战争题材长篇小说的浪漫主义表征作粗略考察。

一、战争题材长篇小说浪漫主义的成因

革命战争在此特指中国人民在共产党领导下进行的旨在争取民族独立、阶级解放、推翻旧世界、建立新中国为主要内容的战争，主要是抗日战争和解放战争。五六十年代的革命战争叙事主要表现这两次战争背景上的社会历史内容。长篇小说《风云初记》《新儿女英雄传》《保卫延安》《林海雪原》《平原枪声》《烈火金刚》《敌后武工队》《苦菜花》《铁道游击队》《红日》《吕梁英雄传》《红岩》等是五六十年代的重要收获，在当时和后来都产生了较大影响。

革命战争叙事的浪漫主义主要表现为英雄主义浪漫主义。这一特点的形成取决于多种因素，而审美传统和现实要求、创作者的生活积累和情感经验起着重要作用。

首先，描写革命战争生活、塑造革命英雄形象是现实政治需要。共和国是在革命斗争烈火中诞生的，进入和平建设年代，无论宣传新中国成立意义还是巩固新生政权，都需要展示革命者浴血奋战的历史过程，表现艰苦卓绝的历史功绩，弘扬光荣传统，对广大人民群众进行革命传统教育。文学艺术被视为重要的宣传形式。"全中国人民迫切地希望看到描写"革命战争题材的创作，从中接受革命历史教育，周扬的话道出了时代要求。"有记录资格"者亲身经历了革命战争，胜利后满怀深情和豪情地回望惊心动魄的战争岁月和辉煌的斗争历史，也希望把过去的经历和感受告诉读者，让他们继承先烈遗志，珍惜和平幸福的新生活。时代要求和个人诉求相结合形成强大的创作热情，尽管力不从心，创作过程艰辛备至，他们仍义无反顾地担当起"记录伟大战争生活场景"的重任。革命战争叙事因此发展繁荣，并因亲历者深情而豪迈的革命情绪灌注而增添了诸多浪漫主义元素。

其次，革命战争叙事的浪漫主义源于悠久的审美传统和延安文学创作走势。金戈铁马是国人重要的审美内容，远比杏花春雨更受欢迎。中国文学史上，战争题材、军事斗争、武侠传奇众多，《三国演义》《水浒传》《封神演义》

《说岳全传》《杨家将》以及众多侠义小说形成了英雄演义、传奇故事、武打格斗、惊险猎奇、摆阵斗法等创作和审美传统。在走向世界的文学大潮中，这些传统曾被挤兑到边缘。中国现代作家追求深刻而轻视通俗，重视现代而远离传统，追求功利而鄙视消遣，英雄传奇和民间传统受到贬抑。这种格局和走向在战争到来之后发生变化。抗战开始后，作家们把文学当作救亡图存的武器，英雄传奇和民间艺术形式因拥有深厚的审美土壤而受到重视。国统区作家大力提倡民间通俗文学，或许是权宜之计，延安重视英雄传奇和民间文艺却是工农兵必需的方向。新中国赓续延安文艺方向，革命战争叙事占据天时地利人和，获得较大发展空间，且向英雄主义大幅度倾斜。50 年代初期周扬为社会主义文学奠基，主编了《中国人民文艺丛书》177 部，其中写抗日战争、人民解放战争（包括群众的各种形式的对敌斗争）与人民军队（军队作风、军民关系等）的作品 101 部。这个惊人的数字表明，革命战争生活已经广泛地进入创作视阈，并在作家队伍形成、创作经验积累以及阅读兴趣养成等方面具备了深厚基础和强有力的创作定式。五六十年代革命战争叙事正是在此基础和定式作用下开始的。粗读作品即可发现，战争题材、英雄传奇、民间形式、民族风格等审美传统既影响着艺术形式和语言风格的发展演变，也影响着革命英雄主义浪漫主义特点的建构和形成。

再次，作家生活经历和情感积淀作用。革命战争叙事的创作者大都经历过革命战争的艰难困苦和生死考验。战争生活环境，尤其是延安生活环境，改变了他们的生活道路和思想感情，也改变了他们的人生观和生死观——或者完成了从自由主义知识分子、小资产阶级知识分子、革命同情者和追随者到革命知识分子的转变，或者完成了从农家子弟到革命战士、再到革命干部的转变。如萧军是个性倔强的知识分子，几年的延安生活之后，完成了从个人英雄主义向"新英雄主义"的转变；而他所说的"新英雄主义"的核心内容就是"为人民服务"，表现在创作上则是践行"二为"方向。其他知识分子与之相比似乎转变得更彻底，思想倾向和情感立场、审美情趣均融入革命集体，且在革命战争胜利后成为信仰坚定、品质过硬、纪律严明的文艺工作者。他们以胜利者的姿态回忆那些生命倒悬、刀光剑影的岁月，充满英勇豪迈的浪漫主义激情。作为革命文艺工作者，他们的回忆和书写，既是文学创作更是社会宣传，服从革命需要是政治觉悟和社会自觉，发掘革命传统、巩固新生政权是创作旨趣，情感表现和审美追求是个人情趣，而个人情趣必须无条件地服从革命需要——这是革命战争叙事者的精神品格。

这种精神品格的养成也与他们的文学知识单薄相关。有些作家缺少足够丰富的文学知识和艺术修养，更缺少文学创作的历练和经验。曲波只读过五年半私塾，冯志读过四年小学，刘流只在幼年读过两年私塾，梁斌是师范生，峻青只读过几年小学就去做童工，马烽小学没毕业，西戎中学没读完，刘真连小学都没读过……他们大都是热血青年，抗战开始后投身革命，在民族独立和阶级解放的革命战争中成长，也在革命战争中接受文化教育，如曲波曾在胶东军政大学学习，冯志在华北大学中文系学习，马烽和西戎在鲁艺附设的部队艺术干部训练班学习。他们生活经验丰富，情感体验深切，爱好文学喜欢写作。他们有话要说却不知如何诉说，因而容易接受时代指令"按需"创作——包括写什么和为何写，也包括怎么写。他们自由诉说的能力单薄，更缺少独立创作和"反着说"的意识，故对囿于狭小表现空间的时代要求和创作现状很容易接受。

在一般情况下，他们无力也无意跻身文坛，但社会主义文学建设需要造就了这群特殊作家。按照当时的说法，中国共产党领导全国人民推翻了三座大山，创建了劳动人民当家作主的新中国，落后挨打、贫困屈辱百年的中国人民站起来了，面对如此伟大的社会变革，他们艺术修养单薄而"强闯"文坛者在于，他们在战争中经历和经受了生死考验，亲眼看到自己的同志、战友、亲人在身边倒下，在欢呼革命胜利的热烈气氛中，无论对生者还是死者，都如当年鲁迅所说"觉得寝食不安"，产生"企图流布"的冲动。冯志说："我所以要写《敌后武工队》这部小说，是因为这部小说里的人物和故事，日日夜夜地冲击着我的心；我的心被冲击得时时翻滚，刻刻沸腾。我总觉得如不写出来，在战友们面前似乎欠缺点什么，在祖国面前似乎还有什么责任没尽到，因此，心里时常内疚，不得平静！"[1]峻青则说，如果不把英雄们的事迹写出来，他的心一天都不会宁静。曲波每到风刮雪落的季节，都本能地记起当年战斗在林海雪原上的艰苦岁月，遂以巨大勇气克服艺术修养欠缺的障碍，耗费多年精力和心血创作《林海雪原》，扉页上动情地写道："以最深的敬意，献给我英雄的战友杨子荣、高波等同志。"简短的文字背后蕴含着深切而强烈的感情。基于这般情感动力，他们开始了并不擅长的文学创作。

胜利者的姿态、深切的生活体验和单薄的艺术修养决定了他们的创作具有

---

① 冯志：《写在前面》，《敌后武工队》，解放军文艺出版社 1991 年版，第 1 页。

豪迈的英雄气概、浓郁的生活气息和饱满的革命激情，属于英雄主义浪漫主义范畴；而意识形态的强化指导和社会主义现实主义创作方法的贯彻执行以及革命文艺工作者的审美自觉，则在将其与一般英雄主义浪漫主义区别开来的同时，也锁定了风格属性：革命英雄主义浪漫主义。

二、基于革命理想和理念的简化叙事

战争生活是复杂残酷的。无论抗日战争还是解放战争，游击战还是正规战，正面冲突还是敌后战线，平原战火还是山区野战，战事发生在城市还是乡村，都涉及复杂的政治军事经济文化问题，都会因伤及生命而牵连到家庭伦理及复杂的社会关系。参战双方，无论士兵还是军官，勇敢者还是怯懦者，胜利者还是失败者，牺牲者还是幸存者，也无论正义者还是侵略者，施暴者还是抗争者，都是性格复杂的生命个体，其背后都有复杂的家庭生活和社会背景，生死成败都会引起连锁反应。战争期间，敌我对垒，却并非阵线分明，动摇反正，投降变节，朝秦暮楚，脚踏两只船，背靠三面墙，各种情况都存在——人是复杂多变的，战争中的人和人际关系也复杂多变，战争持续时间越长就越复杂。革命战争是共产党领导的人民战争，人民的主体是农民，他们对战争的态度是复杂的，既有民族救亡和阶级解放的大义，也有维护家庭、珍惜生命、顾忌个人名利的本能。他们心理世界的复杂性决定了战争形势和伦理关系的错综复杂。革命战争叙事者对其复杂性和残酷性有深刻认识和切身感受，但他们的创作却"删繁就简"，呈现出单纯、简明、理想、乐观、形而下、必然律、程式化的革命浪漫主义表征。

叙事简化源于"二元对立"的思维模式。在思想意志高度统一的时代，革命战争叙事者无论作为体制内工作者还是革命文艺战士，都因政治斗争经验丰富而缺少在更高层面上对战争生活进行独立思考和自由创作的能力。而机械论、形而上、庸俗社会学则在限定他们的思想和思维的同时，复将他们引导到"二元对立"的框架之中。在其思维模式作用下，他们将人物划分敌、我、群三大板块、两大阵营。战争发生、战情发展、战场局势、战斗结局都按照既定的思维模式规划设计，且敌我阵线分明。我方是正义力量的代表和化身，代表国家民族和人民群众的愿望要求，打击侵略者和国民党反动势力，得到人民群众的拥护和支持；人民群众是战争伟力中最深厚的实践根源和叙事资源，也是我方的坚强后盾；敌人是邪恶势力，烧杀抢掠无恶不作，外表强大其实色厉内荏，武器精良却勾心斗角，士气低落毫无战斗力。两大阵营、三种力量决定着革命战争叙事的基本内容，显示着人物设置、矛盾冲突、故事情节和战争走势。敌军顽强挣扎最终失败，我军越战越勇凯歌高奏，人民群众欢欣鼓舞迎接解放。两大阵营、三种力量在作家"规划的战场上"逐鹿厮杀，细节局部有很多差异，但基本套路和表现内容大致相同，如用粗略的笔墨描写惨烈的战斗现场、牺牲和死亡，用节俭文字写眼泪哭泣、风花雪月和儿女情长，用漫画般的手法将敌方人物写得愚蠢丑恶、粗暴残忍、毫无人性，用美化乃至神化的笔触把革命英雄写得英勇顽强、智慧超群、高大健美……创作者游走在简化的战争废墟上，弹奏豪迈激昂的革命浪漫主义协奏曲。

战争是不可复原的，任何描写都无法复原战争场景，也无法复原战争背后错综复杂的矛盾关系。任何战争叙事都要简化，任何创作都是战争的简化书写。问题的关键在于，为何简化？简化了什么？简化之后留下了什么？

简化基于理念，旨归宣传。意识形态对革命战争及其胜败原因做过权威性论述，其思想观点被视为"历史结论"广泛宣传，进而成为战争叙事的指导思想和理论根据。叙事者如此简化或许有违历史真实和生活体验，影响叙事者诉说，但他们是特殊群体而非纯粹作家。革命战争将他们锻炼成革命战士和文艺工作者，并赋予他们顾全大局、遵守纪律、服从需要、配合宣传、牺牲自我的觉悟和自觉，把根据时代要求抒情达意当作理所当然的事情，把简化战争生活、表现战争理念也当作理所当然的事情。所以，即便是意识形态与自己的战争生活体验存在很大距离，他们也要接受和服从。而理念既定，则排兵布阵、关系权衡、人物设置、故事情节及其发展结局也就有了框架和模式。虽然革命战争生活的书写资源如海，叙事者的情感积累若山，但他们的创作却限定在规范里，缺少深刻的人性和人文内涵。《林海雪原》《烈火金刚》《铁道游击队》《敌后武工队》等均属于单纯的革命浪漫主义。

细究之，革命战争叙事将复杂的战争生活和深切的战争体验"轻易"简化，还源于叙事者的审美创造经验欠缺。如前所述，多数叙事者的审美意识植根于古典小说甚至民间文学土壤。刘流的文学修养源于幼时观看的民间草台演出，曲波熟稔并欣赏《说岳全传》《三国演义》。《三国演义》《水浒传》《说岳全传》《封神演义》等古代战争小说动辄两军交战，摆开阵势，扎下阵脚，战将比武，擂鼓厮杀，鸣金收军。穿插军师斗智，法师斗术，道士斗法，神仙斗宝等内容，心仪者大智大勇，武功超群；厌弃者有勇无谋，昏庸无能。这样的战争叙事写的是武艺武功，比的是勇敢智慧，追求的是热闹有趣，导致的是战争描写模式化，人物性格定型化，故事情节简单化。无论"三国""水浒""说岳"，还是"杨家将""封神"以及诸多"武侠"小说，均存在将战争、战场和战斗简单化、程式化、趣味化的问题。这种审美传统影响着艺术修养不深、创作能力不强、表现手法不多的写作者，虽然他们所经历的现代战争与冷兵器时代的武打格斗迥然不同，但将复杂战事简单化、暴力厮杀游戏化以及死亡血腥趣味化的叙事模式却在众多因素作用下承袭下来。

简化寄托着作家的社会期望和审美期望，其结果是将战争生活审美化。叙事者在胜利的喜悦中回首过去，却无法正视战争中的失败、苦难、死亡、痛苦、眼泪、杀戮、恐怖、血腥、暴力和卑污。他们在刀光剑影中摸爬滚打，提着脑袋冲锋陷阵，能不知道战争生活的残酷复杂吗？能不知道敌人凶狠兵力强大吗？能忘记先烈流血牺牲、夺取胜利付出的沉痛代价吗？但作为革命文艺工作者他们只能写胜利，打死了多少敌人，打退过多少次进攻，战士如何英勇顽强地冲锋，人民群众怎样全力支持……希望读者从创作中看到过五关斩六将的辉煌战功，看到革命武装力量以最小牺牲换取了最大的胜利——这既是写作者的心愿，更是时代要求。所以他们尽可能地将复杂的战争生活简单化以配合宣传，尽可能地将残酷的战争审美化以加强教育作用。至于因为简化而造成的战争叙事失真和审美内涵单薄，形象缺少血肉和艺术魅力，则是他们没有想到、或者说即使想到了也无法做到的。他们所能做的就是，努力将革命战争生活简化，简化，再简化。

简化凸显了革命乐观主义情绪。这是胜利者自然而然的情绪，也是革命理想信念所赋予的战争情绪。战争期间，他们依靠这种情绪树立了顽强意志和必胜信心，从而战胜了艰难困苦，战胜了强大敌人，也战胜了失败后的痛苦，挫折后的气馁，昂首挺胸地走进共和国时代。在胜利的凯歌中，乐观主义情绪更加高涨，也更容易将深切的战争体验简化和美化，更容易忽视和回避走麦城的经历和体验，而努力打捞战争记忆中振奋人心的事实。他们用革命理想和激情将闪光的战斗碎片串联在一起，渲染夸饰，构建气吞山河的革命战争史诗。于是我们看到，无论双方力量对比如何悬殊，敌人实施"铁壁合围"还是"大扫荡"，是"地毯式围剿"还是"重兵清乡"，我军都有办法转移群众打击敌人，挫败敌人阴谋取得战斗胜利；也无论革命力量遭遇怎样的破坏，伤亡多么惨重——家破人亡，妻离子散，战友牺牲，同志遇害，革命战士也都保持旺盛的斗志，勇敢地投入战斗。叙事者把失败挫折遮蔽在革命乐观主义情绪中，遮蔽在成长壮大的欢快和胜利的欢呼中。革命战争叙事是洋溢着乐观主义情绪的浪漫主义。

其实，五六十年代革命战争叙事的问题不在于简化。简化是作家筛选素材、处理题材、提炼情感经验和生活体验的必要手段，原本没有问题，甚至文学史上很多作品因"简化"而成为经典。无论是西方文学源头的古希腊神话还是中国古代文学源头的《诗经》，都是"简化"的经典。现代创作也出现过简化的典范，如汪曾祺便将人际关系、复杂生活和人物性格做了简化书写，人物纯净如诗，性格透明如镜，关系简单如初，但生动可爱、充满灵气，故事情节点到为止，却生动感人富有诗意，反比那些有复杂人物和故事情节的作品更具有艺术魅力。《林海雪原》《烈火金刚》《铁道游击队》等作品中的人物也并非因简化而简单。相反，因为简化，突出了性格特征，提升了人物高度，更显浪漫主义英雄气概。如杨子荣、史更新、刘洪等，他们超人的作为、非凡的意志、崇高的品质、生动的故事都给读者留下了深刻印象，并在相当长的时间里发挥着革命教育和审美愉悦作用。

肯定这些形象性格鲜明具有影响力，并不意味着其时的革命战争叙事没有问题。五六十年代革命战争叙事的问题是显然而严重的，核心问题在于把无限复杂的战争内容装进有限的理念框子里，进而导致历史、人性和人文内涵的大量流失。简化的革命战争叙事所表现的审美品格和审美情趣，也正如五六十年代的其他叙事一样，属于"革命的"浪漫主义。

三、残酷战争生活的传奇性书写

五六十年代的革命战争叙事多数带有传奇性。叙事者在人物塑造、故事叙述和爱情描写等方面广泛运用传奇手法，加强作品的艺术魅力。而传奇性也就成为其时战争叙事浪漫主义的重要构成。

传奇作为小说重要的审美特征，在中国有悠久的历史传统和广泛的读者市场。从《左传》《史记》中经志怪志异、唐传奇到明清小说，均具有浓厚的传奇色彩。唐人将小说称为"传奇"本身就透露出这种文体的审美旨趣。在多元的审美阅读史上，"传奇"始终是吸引读者的重要元素，作家也始终把传奇当作重要的审美情趣。现代小说学习西方，将书写日常生活作为现代性的重要标准，传奇被视为通俗性、传统性、民间形式而备受轻视，只在武侠小说和民间形式中才有位置。如前所述，革命战争叙事主体多数是读着民间通俗文学形成审美情趣开始创作的，传奇是自然而然地选择。受"文艺方向"和服务宗旨的制约，他们既不能在"猎艳"和"言情"上放开手脚，也无法在神异鬼怪的道路上游走太远，只能在传奇上放开手脚。而这也决定了，他们的创作，无论革命战争岁月的浪漫故事还是英雄人物的壮烈事功，都属于革命传奇。所谓革命传奇，是说他们的传奇叙事限定在配合革命宣传的范围之内，无论怎样传奇，都必须配合意识形态宣传，有利于对人民群众进行革命传统教育。

事实上，战争生活本身就具有传奇性。战争打破了既有的社会和家庭生活秩序，把灾难和死亡推到每个人面前，在生死危亡面前选择人生道路，在机遇和危险中构建人事关系，很多新的选择和组合都带有偶然性和传奇性。战争期间世事难料，生死未卜，也为传奇创作提供了偌大时空。这也是中国战争小说以及武侠小说居多的原因——游侠武打是在审美愉悦的原则下将搏斗厮杀简单化和程式化，在冷兵器时代具有一定的现实依据。现代战争同样充满冒险惊险、勇猛残暴、刀光剑影、生死恩怨、凶杀打斗，同样具有传奇性。中国革命胜利在很大程度上就是传奇——就像当时广泛宣传、家喻户晓的那样，中国共产党领导以农民为主的革命队伍，依靠小米加步枪神出鬼没地战斗在敌人后方，经过浴血奋战赢得抗日战争胜利，随后又经过三年苦战推翻了蒋家王朝，建立了新中国。这本身就是惊天地、泣鬼神的革命奇迹。而在局部战场和具体战斗中，革命军民更是将以弱胜强、以柔克刚、运筹帷幄、决胜千里、栈道陈仓、谋略奇袭等招数运用得出神入化；至于地道战、地雷战、游击战、运动战、麻雀战、武工队、锄奸队等更富有传奇色彩。革命战争为传奇书写奠定了坚实基础，作家在此基础上发挥艺术想象力编织传奇故事，塑造传奇人物，为作品增添情趣。胜利者有这种资质，也有这个条件，凭借丰富的生活经验和艺术旨趣为作品涂抹了浓厚的传奇色彩。

传奇既有深厚的审美传统，也有坚实的现实心理基础。传奇基于现实满

足，"传奇总是关心着愿望和满足"^①。期待满足是人的天性。概因人世间平淡
琐碎事居多，即使战争生活照实写来也无法满足现实愿望和审美需求。所以须
创造传奇人物，编写传奇故事，描绘传奇场面以满足多方面的需求。战争是胜
利者的战争，胜利者在回忆中夸饰过五关斩六将的辉煌战绩实属正常心理，传
奇是战争叙事的惯常手法——《林海雪原》《铁道游击队》《烈火金刚》《敌后
武工队》《苦菜花》等均表现出很强的传奇色彩。《敌后武工队》写抗战时期
一支小分队插入敌后开展工作，他们的机智勇敢演绎了很多惊心动魄的传奇
故事；《苦菜花》写母亲和她的孩子们在抗战中的生活和命运，其悲欢离合的
故事带有传奇性；《铁道游击队》写游击队战士把敌人控制严密的铁路线当作
战场，他们扒火车，炸桥梁，神出鬼没，就像钢刀插在敌人胸膛；《烈火金刚》
写史更新、丁尚武带领民兵深入虎穴解救被关押的妇女，神出鬼没地炸毁敌人
炮楼，肖飞独闯县城，机智勇敢地与敌人周旋，搅得敌营鸡犬不宁……

　　战争破坏了家庭伦理秩序，众多青年男女在战争风云裹挟下走上战场，其
间的男欢女爱、恩怨情仇，无论生死缠绵的凄美还是惊心动魄的悲壮，都牵肠
挂肚，富有传奇性。战争创造了盛产英雄美人的环境，也是激发想象和幻想的
岁月。英雄救美，柔肠侠骨，生离死别，闺中相思，铁血柔情，巾帼侠胆……
均是战争叙事的沙漠绿洲，也是战争叙事的"调味剂"。战争中的风月传奇有
深厚的创作和审美传统。五六十年代的创作虽有严格规范，但同样存在"风月
传奇"的土壤——辉煌悲壮的战争期间，有多少青年儿女告别家庭走上战场，
漫长的艰难岁月产生了多少英雄美人的"风月"故事。尽管清规戒律严明，对
人性和人情描写限制严格，作家描写男欢女爱谨慎而节制，但这毕竟是生活的
基本内容，也是小说创作不可或缺的元素。无论大规模的战争叙事如《红日》
还是隐蔽战线的生死较量如《野火春风斗古城》，均穿插了爱情故事。当然，
由于规范和限制，革命战争叙事的"风月传奇"没有得到很好表现也是不争的
事实。《红日》中副军长杨波和华静的爱情淹没在战火中，"情话"被战局冲淡；
《苦菜花》写娟子与姜永泉的爱情受到残酷战争的摧残，德强与星梅的爱情被
挤到狭小的角落没有充分表现；《敌后武工队》中魏强和汪霞的感情欲遮还掩，
远没有展开；《铁道游击队》中刘洪与芳林嫂的爱情点到为止，与惊险的战斗
故事相比月淡星稀；《烈火金刚》的几组爱情关系被抗日烈火和金刚性格所冲

---

① 吉利恩·比尔：《传奇》，肖遥、邹孜彦译，昆仑出版社1993年版，第14页。

淡，流水无情花似有意……战争"挤扁"了儿女感情，规范限制了花好月圆。但这些爱情故事却如深山老林绽放的奇葩和无际沙漠偶现的绿洲，为作品增添了浪漫主义魅力。

传奇色彩最浓厚的是《林海雪原》。作家曲波文化水平不高，但熟读《三国演义》《水浒传》《说岳全传》等古典小说，由此决定了作品的审美风格。作品写少剑波带领一支小分队深入林海雪原，与凶狠残暴的敌人开展惊心动魄的斗争，集英雄传奇、故事传奇、环境传奇和风月传奇于一体。作者沿袭古典小说的套路设置人物，杨子荣、刘勋苍、栾超家、孙达得和高波如"五虎将"，烘托着年轻的指挥官少剑波。"五虎将"个个身怀"绝技"，在几次重要战斗中分别发挥作用。刘勋苍勇猛力大，生擒刁占一，袭击虎狼窝，活捉许大马棒；栾超家擅长攀援，飞越绝壁，如神兵天降，为袭击奶头山立下战功；孙达的腿长善跑，吃苦耐劳，千里奔走传递情报，是智取威虎山的功臣；杨子荣装扮成土匪打进座山雕内部，机智勇敢地与凶狠的土匪周旋，巧妙地应对突如其来的险情，为踏平威虎山、消灭座山雕立下奇功。敌人阵营的人物虽有丑化之嫌，漫画之简，但座山雕、许大马棒、定河道人、马希山、侯殿坤、小炉匠栾平等残暴、凶恶、狡诈的人物也颇具传奇色彩。作品用夸张、传奇的手法描写英雄的超强作为，无论斗智还是斗勇，文戏还是武打，雪原周旋还是搏击厮杀，都是曲折生动的传奇故事。而袭击奶头山，攻占虎狼窝，风雪山神庙，智斗小炉匠，智取威虎山，大战四方台，绥芬草原大周旋……更是曲折惊险，紧张神秘，传奇色彩浓厚。为强化人物和故事的传奇性，作品还用渲染夸张的手法描绘林海雪原的环境，如茫茫林海，皑皑雪原，深山老林，神奇的奶头山，凶险的威虎山，魔窟四方台，风雪山神庙，绥芬大草原……小分队在如此广阔的背景和神秘的环境中追杀惯匪残敌，充满神秘性和凶险性。"风月传奇"略显薄弱，但也增添了色彩和魅力。少剑波精心挑选36名战士组成剿匪小分队，特殊的战斗任务决定了必须特别优秀者才能入选，却又不得不选入卫生员白茹，于是多情美丽的卫生员与智勇双全的儒将少剑波产生了爱情。在紧张残酷的战斗间隙，穿插他们隐秘的爱恋描写，虽然十分含蓄，但爱情故事仍如万绿丛中一点红，素雅而富有魅力。而发生在惯匪残敌内部的风月故事，也于风骚肉腥弥漫中透露出奇异，并与上述人物、故事、环境等传奇一样，是作品浪漫主义的点缀元素。

五六十年代革命战争叙事既不同于传统的武侠传奇，也区别于一般的英雄传奇。根本性区别在于它是"革命传奇"。革命是中心词，具有巨大的限制性和统摄力，传奇描写必须限制在革命范围之内，服从革命审美规范。如此，既决定了叙事者的情感立场和作品主题，也决定了传奇的内容和审美旨趣。革命是共产党所领导的人民革命，战争是符合毛泽东军事思想的人民战争，英雄是革命战斗英雄，传奇必须服务于表现革命斗争。而在对革命理解狭隘且简单机械的语境中，革命战争叙事遇到很多障碍，传奇也显得拘谨，缺少人性内容，缺少亲情表现，缺少人文内涵。作家把英雄牢牢地绑在革命事业上，紧紧地拴在表现革命宗旨上，革命利益高于一切，他们的生死恩怨、所作所思必须符合革命要求，符合表现革命主题的需要。要求影响了性格刻画，服从限制了传奇表现，挤瘪了人性内容，挤窄了爱情空间，挤扁了人物形象，挤干了故事情节。如少剑波与白茹、魏强与汪霞、刘洪与芳林嫂……都缺少足够丰富的情感深度和生命内容，缺少杏花春雨般的诗意柔情。

缺陷影响了艺术境界和成色，也决定了风格属性：革命战争传奇受制于、也表现为革命浪漫主义。

四、"简化"生命内涵突出革命英雄品质

战争是英雄用武之地，英雄形象是战争叙事的基本构成。中国历史上战争频繁，文学史上英雄辈出。英雄形象是文学史人物画廊的强势阵容，也是最受读者欢迎的审美元素，有些英雄人物如关云长、武松、杨家将、岳家军等已经成为中国传统文化的代名词。即便是某些有性格缺陷的人物、反面人物以及武侠人物也在中国传统文化中具有相当大的影响力。中国人崇拜英雄，并在创作中形成了塑造英雄人物、刻画英雄性格的经验和传统。革命战争叙事满怀革命豪情书写战争"神话"，塑造了众多革命英雄形象，丰富了革命浪漫主义内容。

英雄是指那些性格、意志、胸襟、事功、能力均超出常人的特殊人物。革命战争叙事中的英雄人物除上述性格外，还具有崇高的信念、严明的纪律、忠诚的党性和坚定的立场等革命品格。在庸俗化、简单化的时代文学语境中，革命内容很丰富也很具体，且条件苛刻，门槛很高。"革命"提高了入选标准，也净化了性格心理。将一般英雄品格限制在外，复将诸多革命品质添加在英雄

人物身上。英雄人物必须时时处处、从外到内都符合革命要求，拒绝缺点瑕疵，致使英雄"升华"为高大完美、缺少七情六欲和生命表征的人。他们缺少血肉，也缺少性格魅力。"一个战士，只有当他把自己的心，自己的生命，紧紧地和党和人民和革命事业联系在一起的时候；只有当他随时准备为党为人民为革命事业贡献一切，必要时不惜牺牲自己宝贵生命的时候；只有在这种时候，他的精神境界中，才可能出现真正的革命英雄主义和旺盛的革命乐观主义的光辉。"① 这是那时候的基本标准。

但并非所有英雄都符合这些条件。因为创作者大都是战争亲历者，他们的历史记忆和情感积累虽然敌不过意识形态要求，敌不过服从"二为"方向的自觉，敌不过时代批评的利剑，但那些刻骨铭心的东西终究要发挥作用。既然是创作，就要对创作规律给予应有的尊重——尽管他们对创作规律的认识有限，把握失度，但创造的英雄人物并非都是革命理念"全副武装"的形象；在突出"革命"品质的前提下，有些人物也表现出一般英雄的性格特征。概略地说，革命英雄人物的精神品质主要表现在如下三个方面。

首先，坚定的革命理想信念。这是五六十年代革命英雄与一般英雄的根本区别。后者的思想行为较为普泛，或者为个人名誉，或者为家族利益，或者怒为红颜，或者生死尊严，或者保家卫国，或者忠君殉道，或者杀富济贫，或者除暴安良……多数出于良知和道义，因而令人崇拜。革命英雄的思想品质主要表现在革命范围，也限于革命范围。革命是他们行为的出发点和原动力，也是精神力量的源泉。革命英雄在战争中经过培养锻炼成为具有政治觉悟、忠勇超群的优秀战士。"在战斗中成长"概括了那时代革命英雄的成长道路，也概括了英雄之为英雄的环境和条件。中国是农业国家，农民占绝大多数，革命英雄多数是农民或农家子弟，具有思想和性格局限。作家的艺术重心就在于表现他们克服缺点错误、提高革命觉悟、为民族独立和阶级解放而英勇战斗的过程。朱老巩为维护四十八村农民利益而大闹柳树林，同地主老财斗争献出生命，那是个人主义英雄；朱老忠在接受革命思想之前与冯老兰的斗争属于个人复仇，表现的是个人英雄主义品质和朴素的阶级觉悟，只有在党组织领导下参与"反割头税"斗争才是革命英雄行为。朱老忠父子都是英雄，但性质、意义和结局均不相同。革命英雄也许存在性格缺点，但必须具有崇高的革命理想信念，这

① 胡采：《读峻青〈胶东纪事〉》，上海文艺出版社1961年版，第9页。

是革命英雄的基本条件。他们救民于水火，救国于危难，抛头颅洒热血，宗旨和动因就在于革命理想信念。把革命英雄置于生死危难之中，置于失败和挫折境地，考验其信仰觉悟是寻常的叙事策略。沧海横流方显英雄本色，人民生死安危才是考验英雄本色的沧海横流。《烈火金刚》《林海雪原》《敌后武工队》《苦菜花》等均有基于革命觉悟深入虎穴、解救群众的描写。

其次，坚强的革命意志。革命英雄既要有革命理想信念，还要有坚强的革命意志。英雄之所以为英雄在于他们有超乎常人的意志，革命英雄的意志源于坚定的革命理想信念和坚定不屈的革命意志。革命战争经历了由弱到强的发展过程，在此过程中，有挫折和失败，逆境和低潮，生活艰苦、环境恶劣、形势严峻、生死考验是必经的过程。烈火炼真金，凶险见英雄，无论作为考验英雄的策略还是促其成长的条件，乃至追求情节发展曲折、设置悬念吊读者胃口，创作者都会设置艰难困苦的境遇，让英雄在挫折失败、灾难死亡中磨炼意志。挫折失败叙事是塑造英雄的常用手法，英雄在挫折失败中成长是常见的套路。少剑波经历了高波等人牺牲的打击（《林海雪原》），杨晓东有过金环牺牲的痛苦（《野火春风斗古城》），刘太生的牺牲让魏强痛苦不已（《敌后武工队》），史更新、丁尚武身负重伤，只能躲在地道里（《烈火金刚》）……这些描写对刻画性格、塑造人物起了很好的作用。

比较典型的是《红岩》。作品在解放战争即将胜利的背景上写国民党监狱里共产党人的斗争生活，塑造了许云峰、江姐、成岗、华子良等用共产主义理想信念武装起来的革命英雄形象，表现了他们危难境遇中坚贞不屈、英勇战斗的顽强革命意志。成岗被捕后遭到严刑拷打，即使被注射药物、心智处于迷糊状态也以顽强的意志严守党的秘密；许云峰面对死刑毫无畏惧，坚定的自信和爽朗的笑声让特务头子徐鹏飞惊惧发抖；江姐经历了丈夫头颅挂在城头的巨大悲痛和竹签钉进手指的残酷折磨，在胜利即将来临时走向刑场，"她异常平静，没有激动，更没有恐惧与悲戚。黎明就在眼前，已经看见晨曦了。这是多少人向往的时刻啊！此刻，她全身心充满了希望与幸福的感受，带着永恒的笑容，站起来，走到墙边，拿起梳子，在微光中，对着墙上的破镜，像平时一样从容地梳理她的头发"。她平静地与难友们告别，鼓励他们坚持斗争，迎接胜利，勇敢地面对死亡。"如果需要为共产主义的理想而牺牲，我们每一个人，都应该、也可以做到——面不改色，心不跳。"革命英雄的精神意志是钢铁铸成的，经得起任何考验和打击。

再次，高尚的精神品质。五六十年代的革命战争叙事多数正面表现革命英雄的精神品质。这与忌讳悲剧、淡化人性的政治诗学语境有关。两军交战，无论敌我实力有多大悬殊，也无论是遭遇战还是阵地战，英雄都处于不败之地。《烈火金刚》《铁道游击队》《敌后武工队》《平原枪声》……大都高奏英雄凯旋曲。敌强我弱实力悬殊是历史事实，创作者避免写遭遇战和阵地战，避免写敌我正面冲突，而选择地道战、地雷战、游击战，写机动灵活的战略战术如夜袭和智取，写发动群众建立根据地，写人民群众的掩护和支持，为胜利增加砝码，为表现英雄壮举创造条件。为突出英雄人物的精神品质，叙事者往往把他们置于个人和集体、亲情和革命、自由与纪律等矛盾中，让英雄克服个人主义思想情绪和狭隘的农民意识，克服个人英雄主义情绪和莽撞、急躁、怯懦等性格缺陷，成为胸怀宽广，意志坚强，无私无畏，强敌面前不畏惧，灾难面前不退缩，死亡面前不胆怯，遇到危险冲在前，身陷囹圄不变节，经得起严峻考验，担当起革命重任的革命英雄。这种叙事简化了战争生活内容，也简化了英雄性格。

为有效地表现英雄的精神品质，革命战争叙事大都远离家庭而选择社会叙事，把英雄置于硝烟弥漫、腥风血雨的社会舞台上表现他们的精神品质。往往是，英雄因为各种原因离开家庭投奔革命队伍，他们没有或者少有家庭生活和个人感情，全身心地致力于革命斗争事业。这种大切口、单向面的叙事有助于突出英雄的精神境界，也容易提纯人物的生命内涵，使英雄可敬不可亲。人是社会关系的总和，其中最重要的是家庭关系和亲情关系；英雄难过美人关也难过亲情关，家庭和亲情最能检验人的精神品质。革命英雄叙事将英雄从这些关系中拔将出来，他们也就失去了真实而丰富的生命内容。从某种意义上说，前面所谓战争生活的"简化"，最突出的表现就是英雄活动舞台的简化——简化人际关系和人物心理，简化伦理内容和生命内涵。《敌后武工队》《铁道游击队》《林海雪原》《烈火金刚》《平原枪声》虽然不是简化的极致，但人物的生命内涵、性格的复杂性以及人性、人情和人道主义情怀均无法得到应有的表现。英雄成为骨感突出、缺少血肉的扁平形象，作品也因此缺少足够丰富的艺术魅力——这是革命英雄浪漫主义的宿命。

第十七章　峻青的惨烈凝重和刘真的
细事深情

与长篇小说相比，短篇小说的浪漫主义元素似乎比较单薄。比较而言，峻青和刘真的创作算是突出的。他们都是战争的亲历者，少年投身革命战争，一个在胶东战场，一个在太行山区，在不同地域经历着战争烽火磨炼，在生死考验中锻炼成长。因为战争生活经历、人生体验和创作追求等存在很大差异，他们的战争叙事也存在明显区别。峻青渲染烘托，壮烈凝重；刘真童心未泯，轻松愉悦，都表现出浪漫主义特点，但风格旨趣迥然有别。

一、峻青用血水浓情渲染战争惨烈
歌颂英雄精神

峻青小说的代表作是《胶东纪事》或曰《黎明的河边》——两个集子的作品有较多重叠，内收《黎明的河边》《马石山上》《党员登记表》《最后的报告》等十多个短篇，多数作品描写 40 年代胶东半岛抗日战争和解放战争生活。数量不多，影响颇大。谈到创作缘由，峻青在《胶东纪事》"后记"中说——

胶东是我的故乡，是出生和养育过我的地方。我有幸生长在这一个伟大的时代里，我亲眼看到我的故乡，在我们党的领导下，从重重苦难中挣扎奋斗而终于站了起来。在那些艰苦的日子里，多少父老弟兄在我的身边倒下去了，多少英雄儿女的壮烈事迹深深地刻在我的记忆里，每一想到这些为了党和人民的共同事业而慷慨地贡献出了自己的宝贵生命的人们，我的心就情不自禁的激动起来，发生了一种要用文学创作来表现他们的强烈冲动，这种冲动促使我写出了这些作品。

我的创作是出于一种不可抑止的激情，我所写的英雄人物是我所熟悉的和热爱的，但是我并没有完全把他们写好，我的作品中所表现出来的离他们那本来光芒四射辉煌灿烂的伟大形象，还相差很远。我所写出来的，只不过是他们万道光芒中的一道而已。此外，在数量上也还写得太少。许许多多日夜在强烈地激荡着我的英雄人物和动人的事迹，都远远地没有把它们写出来，而我所写出来的这一点点，也只不过是千千万万件当中的寥寥数件而已。因此，就经常有一种负债似的沉重之感，在压迫着我，使我惶恐不安。……①

《胶东纪事》和《黎明的河边》出版时间相隔 5 年，都在"后记"中写下了这段话，可见这段话刻骨铭心，是战争留给他的永恒的记忆，也是其创作的原动力。

这种创作心态决定了其战争叙事不是客观地复原战斗场景，而是怀着深切缅怀和无比崇敬的感情回忆他所"熟悉和热爱"的人物，在热烈抒情中完成人物塑造、故事叙述和环境描写。而这也决定了其创作表现出鲜明的革命浪漫主义风格。主要表现在如下几个方面。

首先，壮烈豪迈的英雄气概。峻青的战争叙事是英雄叙事，每篇小说都倾情塑造精神崇高的革命英雄形象。运用渲染、夸张、集中、凸显等浪漫主义艺术手法表现敌人的凶狠残暴，营造凶险恶劣的社会和自然环境，并将革命战士置于个人生命和人民安危的紧要关头，让他们作出生死抉择，经受磨难，以表现革命战士为了党的事业和人民生命安全而英勇斗争的崇高精神，是峻青善用和惯用的叙事策略。其革命战争叙事大都集中在抗日战争和解放战争最困难的时期，前者写抗战进入相持阶段，侵略者对胶东根据地实行"铁壁合围"；后者写大部队转移到主战场，还乡团对胶东革命群众进行残酷报复。严峻的局势考验着革命者的情感立场、战斗意志和精神品质，峻青为人物和故事设置了足够典型的环境。《最后的报告》写胶东解放战争即将胜利，"我"奉命去执行炸

---

① 峻青：《胶东纪事·后记》，人民文学出版社 1959 年版，第 289、290 页。

毁潍河大桥、阻止敌人溃逃的任务，临行前给上级党组织写"最后的报告"。其中说："现在，残匪正在拼命西逃，为了切断溃敌的退路，我们今夜奉命炸毁潍河大桥。我深以党给予我这一重大任务为荣。我很小就失去了父母，党把我教养成人，又使我成为一个光荣的无产阶级先锋队的战士，我无时无刻不在怀念着我们党的事业和党所交给我的任务。我准备着，为完成这一光荣任务而献出我的一切，只要任务能够完成，我决不遗憾只差一刹那间就没有看到胜利的明天和亲爱的你们。"[1] 在执行任务过程中，身上挨了两三枪，仍紧紧地抱着炸药包卧在桥上，炸药在怀里嗤嗤的冒烟，敌人吓得撒腿逃跑，"我"却笑起来。[2] 为完成党交给的战斗任务而英勇豪迈地奉献生命，身负重伤、临近死亡"却笑起来"，生动地表现了革命战士的崇高精神和英雄气概。《马石山上》写一个班的战士在完成掩护部队转移任务的归途中遇到敌人包围马石山，数千群众困在里面。他们可以避开敌人寻找部队，因为已经完成了任务。但他们毅然决定，杀进重围，救出群众！他们谁都清楚，这种选择意味着死亡。但事关人民群众生命安危，义无反顾。作品写道——

> 班长问战士："我们是不是人民的队伍"，在得到肯定回答之后，班长说："可是，同志们，你们看，这满山遍野的老百姓，天一亮，敌人就要屠杀他们了。同志们，我们能把他们丢给敌人屠杀吗？我们能眼看着他们走投无路上吊自尽吗……"
>
> "不能，不能，我们带他们突围！"还没等到班长说完，小张和小刘就大声地喊道。
>
> "对，带他们突围！死也不能丢下他们！"大家一齐喊道。
>
> "好，同志们，大家的决心很好，可是决心要下到底，不许动摇。要知道：现在几万敌人紧紧地围住了我们，我们的人少枪少，也许把群众掩护出去以后，我们自己倒出不去。同志们，到那时候，你们怕不怕？"
>
> "别说了，班长。"大老桥从人丛中站出来，大声地说。"怕什么？孬种才怕哩。谁没有自己的亲人，谁没有老婆孩子，我们能眼看着他

---

[1] 峻青：《最后的报告》，《胶东纪事》，人民文学出版社 1959 年版，第 92 页。

[2] 峻青：《最后的报告》，《胶东纪事》，人民文学出版社 1959 年版，第 143 页。

们遭殃吗？这还有什么说的？我是共产党员，为了国家，为了人民，
就是粉身碎骨也不怕，一定要掩护群众突围！"①

战士们数次杀进重围带领群众冲出包围圈，六名战士先后献出生命。在他
们重返包围圈解救最后一批群众的时候，天将大亮，敌人即将发起进攻，他
们暴露在敌人眼前。弹尽路绝之际，战士们决定用最后一颗手榴弹自杀殉国。
战士王魁要在石头上刻上"八路军五旅十×团二营四连一班班长宫炳山，率
领全班战士，在此山掩护群众突围，战至弹尽援绝，壮烈牺牲。"这是可以理
解的心情，但班长觉得英雄留名，不是革命战士所为，于是在石头上刻下：
"一九四二年十一月二十四日，日本侵略军和国民党部队，血洗马石山，屠杀
我和平人民数千人。乡亲们，记住这笔血债，永远地记住。为保卫和平，保卫
幸福的生活，勇敢地斗争吧！"②"刻字"表现了战士们崇高的精神品质。他们
砸烂武器，四人站在一颗手榴弹周围，高呼共产党万岁，壮烈牺牲。"雄壮的
口号声和手榴弹的爆炸声""震荡着马石山巅"，"在那钢铁似的陡峭的悬崖上，
在那黑黝黝的深谷里，久久地荡漾"。峻青的革命战争叙事显示出雄浑悲壮的
革命浪漫主义风格。

其次，曲折惊险的故事情节。峻青是善于编织故事、营造惊险氛围的作
家。其作品故事情节大都险象环生，惊心动魄。其编织艺术在于，善于和惯于
设置敌强我弱的严峻情势，创造突发性事件和险情，激化矛盾，恶化环境，营
造惊险窘迫、激烈紧张的战斗氛围，运用渲染、激变等浪漫主义艺术手法，在
战斗形势突发多变、故事情节曲折发展中表现战士英勇顽强的钢铁意志和革命
英雄主义气概。《马石山上》《党员登记表》《最后的报告》等作品的故事大都
山重水复、曲折惊险而富有艺术张力，《黎明的河边》更是用急迫的时间和紧
张的空间创造了风云激变、险情迭出、扣人心弦的故事情节。作品写由于叛徒
出卖，潍河以东地区的游击队被打垮了，上级组织派"我"和老杨前往河东开
展工作。小陈家在潍河岸边，组织选派他担任护送任务。任务很明确，必须在
黑夜奔走40多里路程，穿过敌军据点密集、还乡团严密控制的敌占区，在黎
明前渡过潍河，否则不仅无法完成任务，还会十分危险。严峻的形势和艰巨的

---

① 峻青：《马石山上》，《胶东纪事》，人民文学出版社1959年版，第13、14页。
② 峻青：《马石山上》，《胶东纪事》，人民文学出版社1959年版，第36、37页。

任务营造出紧张空气，穿越途中更是险情连连。先是突降暴风雨，他们与巡逻的敌人发生了遭遇战，激战中三人失散；好不容易聚集到一起准备出发，向导小陈却迷失了方向；辨清楚方向，却耽误了穿越封锁区、天亮前渡河的时间，暴露在敌人严密管控地段。犹如在敌人心脏游走，随时有生命危险。他们来到潍河边，发现隐藏在树丛里的渡船因河水暴涨被冲走。他们到小陈家里想办法，却发现小陈家已经遭劫，还乡团抓走小陈全家严刑拷打，又放出小陈父亲让他找小陈劝降，并用小陈母亲和弟弟做人质。小陈父亲决定带领"我"和老杨凫水过河。此时天已大亮，过河途中险象环生。敌人押着小陈母亲和弟弟来到河边，以他们作掩护向岸边逼近。小陈目睹母亲和弟弟遭受暴敌折磨，承受着巨大愤怒和痛苦，坚守掩护过河阵地，却因敌人狡黠而放不开痛击敌人的手脚。战斗形势艰难而激烈，小陈打退了敌人的数次进攻，最后壮烈牺牲。艰巨的任务、危险的局势、凶残的敌人、突生的变故、恶劣的环境、激烈的战斗如荆棘虎狼布满过河途中，故事情节扣人心弦，衬托出人物的英勇悲壮，彰显了革命浪漫主义的艺术魅力。

需要说明的是，峻青注重故事情节，却不止于编织故事情节；故事情节是塑造人物的"载体"。虽然这个"载体"时常"喧宾夺主"影响形象刻画，但作家渲染烘托本身就具有很强的感染力。而在故事情节的展开和发展过程中，他还常常倾情宣泄澎湃的激情，故事情节也因浓情灌注而富有审美内涵和艺术张力。《黎明的河边》写，正当"我"被陈老爹背着凫水过河的时候，留在河岸上掩护的小陈打完最后一颗子弹，跳出战壕，扭住一个匪徒跳进潍河。"我"受到极大震动，痛苦地闭上眼睛，内心深处剧烈地翻腾：

> 我不是一个感情脆弱的人，在十多年来残酷的战争生活中，我见惯了死亡和鲜血，见惯各种各样使人激动的事情。我已经习惯了在最易激动的时刻抑制着激动的情感，在最最悲痛的时候，也不落一滴眼泪。可是现在，我流泪了，我激动了，我想：如果此刻我能够凫水的话，我一定要踏破重重的波浪，去把小陈找着。哪怕是找到汪洋大海的最底层。多么好的同志啊！这个才十八岁的孩子，他并不认识我，甚至连我的家乡住处姓名都不知道，却为着我的安全慷慨地献出自己的青春的生命。
>
> 生命，这一生中只有一次的青春的生命啊！还有什么能比它更值

得宝贵，更值得珍惜的啊！可是，"同志"和"任务"，却胜过了自己的生命！

这是怎样的一种人啊！世界上还有什么样的感情能比这个更为崇高，更为纯洁，更为伟大啊！还有，老大娘和小佳、老大爷……①

热烈的抒情文字提升了英雄境界，增强了艺术感染力。峻青小说的故事情节是经过感情的血水浸泡过的，沸腾着，燃烧着，充满热力。

再次，悲壮凝重的叙事风格。战争是残酷的，无论抗日战争还是解放战争，对共产党领导的人民军队而言，都经历了艰难困苦的殊死搏斗，付出了巨大牺牲。诚如峻青所言，党所领导的人民是在"重重苦难中挣扎奋斗"站起来的。他在创作过程中敢于冲破当时的清规戒律，冒着"宣扬战争恐怖"、渲染"苦情悲剧"的风险，忠实于自己的生活经验，用浪漫主义艺术手法描写战争的残酷性和惨烈性，写敌人的凶狠残暴和革命战士的流血牺牲。《马石山上》《党员登记表》《最后的报告》《黎明的河边》《老水牛爷爷》中的主要人物都牺牲了自己的生命。但他没有也不敢彻底突破时代文学防线，他写了英雄人物的死亡，却没有勇气直面悲剧。他在写英雄牺牲的同时极力提升牺牲的价值，营造悲壮的氛围，意在说明英雄用生命保证了人民生命和革命利益不受损害，革命事业获得更大发展。《黎明的河边》写，小陈和母亲、弟弟牺牲了，他父亲却把"我"和老杨护送过河，河东岸的武工队很快发展壮大，打了几次胜仗，振奋了群众情绪，并有效地牵制了敌人，支援了外线作战的部队。《党员登记表》中的黄淑英牺牲了，她保护了几十个党员的生命，保存了党组织，让他们安全地度过了困难重重的黑暗时期，赢得革命战争的胜利。《马石山上》写十名战士牺牲了，他们掩护了数千群众转移，保护了人民群众的生命安全；并且写"当年被炮火轰遍了的马石山上，现在已经长满了蓊郁葱茏的树木，当年被战士们掩护突围出去的小孩，现在已经长成了大人。他们有的在强大的解放军的行列里警惕地保卫着国防，有的在辽远的边疆建设着新的城市，有的在灼热的炼钢炉旁为国家创造着新的生产记录，有的驾驶着拖拉机在肥沃的田野上耕耘着黑油油的土地……"②他们当年没有留下名字，但人民没有忘记他们，有人

---

① 峻青：《黎明的河边》，《胶东纪事》，人民文学出版社 1959 年版，第 69、70 页。
② 峻青：《马石山上》，《胶东纪事》，人民文学出版社 1959 年版，第 38 页。

将他们的故事编写成诗歌戏剧，广为流传。有人用最好的石头在马石山上雕刻他们的伟大形象供人凭吊瞻仰；而"那英雄的巨像，昂着头，挺着胸膛，笑眯眯地凝视着辽阔的祖国山河，凝视着那解放了的快乐的土地和快乐的人民。"①《最后的报告》写江荻帆被抓进监狱，没有被俘的感觉，"仍然感到胜利者的骄傲"；即使那些被押上屠场的革命群众，"老人、小孩、年轻的姑娘，他们全都蓬着头，赤着脚在默默地走着。然而，他们都是那样的坦然，气壮，他们都昂着头，挺着胸，昂然地望着东方"②——解放军大反攻的方向。这样写足以冲淡死亡的悲痛，作者还嫌不够，又写道："步兵，骑兵，辎重兵，千军万马，浩浩荡荡地，扬起了漫天的黄尘，从马仲民、江荻帆的墓前，跨过了波浪滔滔的潍河，向西，向南，向一切尚没解放的祖国的土地上进军！"③在突出战士牺牲意义的同时，为作品增添壮烈豪迈的气势。

峻青用饱蘸激情的笔墨描写英雄精神和辉煌战功，将死亡的悲痛转化为热情洋溢的歌颂，冲淡了悲悼情绪，强化了壮烈气氛。同时，他还善用和惯用回忆的叙事策略，通过改变叙事时空"超越"死亡和痛苦——他精心设计"前言"和"后记"，将"历史场景"变为"现实场景"，既淡化了作品"本事"的惨烈悲情，也有利于表彰人物的精神和事功。所以，渲染战争残酷没有产生恐惧悲惨的审美效果，而死亡却创造了雄浑壮美、气吞山河的感染力和振奋力。峻青的战争叙事表现出凝重悲壮的革命浪漫主义风格。

二、刘真用童心热趣记写战争生活的细事深情

与峻青雄浑悲壮的风格相反，刘真的战争叙事呈现出轻松幽默的风格。这与她的战争经历和情感体验有关，更与她坚持描写熟悉生活、表现真情实感的创作追求有关。她和峻青都习惯于第一人称叙事，峻青作品中的"我"主要是

---

① 峻青：《马石山上》，《胶东纪事》，人民文学出版社1959年版，第39页。
② 峻青：《最后的报告》，《胶东纪事》，人民文学出版社1959年版，第144页。
③ 峻青：《最后的报告》，《胶东纪事》，人民文学出版社1959年版，第146页。

叙述者，很难感觉到个人生活和性格特征；而刘真作品中的"我"几乎与她本人重叠——自叙传的痕迹非常明显，其生活痕迹和个人性情在作品中得到生动表现。

刘真9岁参加八路军——很多人还在父母面前淘气、玩耍、撒娇、哭鼻子的年龄，她却离开家人走进阔大而陌生的成人世界，走上硝烟弥漫的战场，用稚嫩的身体承担着民族解放和阶级翻身的重任，用童稚的心灵接受革命战争硝烟的洗礼。她在革命战争中成长，生活内容是递送情报，演戏宣传和读书学习。这种生活经历和成长环境，决定了她的文学修养和创作内容——她文化程度不高，知识视野有限，其创作基于自己的生活积累和切身感受，无论采用第一人称还是第三人称，所写内容大都是自己熟悉的，有些作品的叙述者是她自己，而《核桃的秘密》《英雄的乐章》中叙事者的名字就是刘真、刘清莲。她塑造了张玉克、李云凤、好大娘等大人形象，而标志其创作成就和特点的则是带有鲜明个人印记的刘真、长生、小赵、小荣等小八路形象。这些形象构成了独特的战争生活世界。她似乎不是刻意创作——事实上她缺少足够强健的艺术想象和塑造形象的能力，只是尽其所能把战争生活感受如实地表现出来，而原生态描写正是作品的浪漫主义魅力所在。

刘真战争叙事的浪漫主义与战争生活经历和创作心态相关。她在战争中经历了艰难困苦，也得到很多关心照顾，收获了革命队伍的温暖和亲情。这种生活和情感经历决定了她怀着满满的深情回望战争岁月，描写战争年代对她影响深刻的人和感受深切的事。她忠实于战争生活体验，用从小离家投身革命队伍的小八路的眼光和深切感念的情怀构建艺术世界。这里有硝烟弥漫的战火，有革命战士的英勇战斗，有战争岁月的艰难困苦，有敌人的暴力屠杀和战士的流血牺牲，也有忧伤悲切的爱情故事，还有民族历史高端处的深情悲诉……但主旋律却是革命队伍的温情和关爱，是革命战士之间纯洁的关系和真挚的感情，是革命战士崇高的人生追求和无私的心灵世界，还有小八路这一特殊群体的生活志趣和成长轨迹。其革命战争叙事呈现的是艰苦卓绝而又温情浓浓的光影，表现的是轻松乐观的浪漫主义情绪。

刘真所写内容，有战争生活的艰辛和流血牺牲，但没有特别惊险的故事和激烈的战斗，没有紧张复杂的人际关系，更没有浮泛的革命理念和豪言壮语。她似乎游离于时代语境，罔顾苛刻的革命要求和严明的创作纪律，只是专心致志地叙写生活经历和体验。她沉浸在自己的故事里，饶有兴致地表现战争生活的流年趣事，如同笔下那些小八路，既不觉得孤苦可怜，也无须担惊受怕，在粗糙凌厉的时空由着自己的心性成长。她由着心性创作，固不能说达到率性自由的境界，但她似乎不懂清规戒律，也不知道路途凶险，就像那些小八路——"少不更事"，无知无畏，赌气任性，率性自然。她无意追求博大崇高，也缺少深刻的理性自觉，她只想用革命友情、温情、人情以及爱情构建弥漫着战争硝烟但充满乐观情趣的文学世界。①

刘真读书有限，但多年的文工团生活却赋予她很好的艺术感悟和语言表达能力。而独特的生活经历和生活感受及其照实书写，弥补了知识修养的欠缺，成就了创作个性，在时代文坛上为自己赢得一席之地。她用朴实的文字创作了《好大娘》《核桃的秘密》《我和小荣》《长长的流水》《英雄的乐章》等作品，将人们带进那个生动活泼、单纯热情、昂然向上、充满友爱和真情的战争岁月。

刘真战争叙事的可贵在于表现真情。她在战争生活中度过人生最宝贵的少女时期。战争生活留下了极其宝贵的记忆，什么时候想起来都会激情满怀，而女性所特有的细密多情更让她时常深情涌动。故虽系儿童视角，轻松幽默，却掩饰不住深情流泻。其抒情风格和方式却与峻青有很大差异。峻青追求酣畅淋漓的宣泄效果，气势浩荡，汪洋恣肆，且将抒情与议论相结合，把英雄壮举提高到时代政治高度，其创作表现出雄浑悲壮的革命浪漫主义特点；刘真表现为女性柔情，细密绵长，如太行山流水，有山泉飞溅，但更多的是细水长流，涓涓汩汩。她的抒情也包含着时代政治内容，但整体而言源自内心，带有青少年女性的生命体征，清澈纯净，活泼自然，故更接近个性浪漫主义。

刘真的抒情方式简单率真。有时与故事情节和心理描写结合在一起，自叙传的视角为抒情提供了很多方便，情由境生由心出，真诚深切，沁人心脾，滋润心田。有时写到动情处把持不住，疏离故事情节直抒胸臆。如《长长的流水》写"我"由太行山转战冀南平原，离开生活战斗了多年的太行山，走到靠

① 《英雄的乐章》写完后作者想征求意见，修改后再发表。但"反右倾"和"反对文艺界修正主义"运动兴起，作品内定为批判对象，未经作者同意就发表出来当作批判靶子。批判文章连篇累牍，批判者认为作品"字字血泪，满篇心酸"，所表现的是"资产阶级没落、颓废的感情"，张玉克和清莲的爱情"是资产阶级个人主义的情投意合"，作品是"个人主义私情的挽歌"，"是宣扬资产阶级人道主义的'乐章'"和"资产阶级个人主义的悲歌"。从这些批判词中可以领略当时的创作形势和刘真创作的内容，也可以感觉到她与当时的语境确乎隔膜。

近家乡的地方，动情地写道："三天的行军，在最后一个高高的山顶上，忽然看见了辽阔的华北大平原。一条条小路，通向战场，通向家乡的河边。家乡啊，我的平原！回头再望望亲爱的太行山，在重重高山的后面，在一道深深的山谷里，柿子核桃的树荫中，有一座石板盖的小屋。我的大姐，还默默守在那个小窗前，静听着高山的瀑布，日夜不停地往下流，流向村庄，流向遥远的树林中。"① 而在某些拨动生命琴弦的创作选题中，则自始至终激情荡漾，人物伴随着抒情走来，逐渐清晰高大，故事随着感情潮水流泻，曲折蜿蜒，叙述如泣如诉，作品宛若抒情诗。如《长长的流水》开篇便是："十三四岁的时候，我是多么不懂事啊"；《英雄的乐章》开头和结尾都有大段的抒情笔墨。她在浓厚的抒情气氛中谱写英雄乐章，青年战士的爱情故事和悲壮生命伴随着深切而忧伤的抒情缓缓幽幽的阔展，虽无酣畅淋漓的审美快意，但情深意切，具有很强的艺术感染力。这是刘真创作的精品。

刘真的战争叙事用"小"视角透视了大世界，表现了较为丰富的思想内容。《核桃的秘密》写小时候因想吃核桃而不得形成了核桃"情结"，看见核桃就勾起馋虫垂涎欲滴。趁别人午休的时候，"我"跑到老乡家的树上偷摘青核桃，被视为违反群众纪律的严重事件，民兵带着老乡找上门来兴师问罪。"我"无地自容，羞愧不已，以至于"如果我有翅膀，我要飞到天边一个人也没有的地方去。如果地有缝，哪怕地底下是万丈火焰，我也要钻。假如钟表能代表时间，我要把表针一拨千万转，让它一跑几十年"②——如此逃避窘境的想法，可笑而苦涩，因为"我"毕竟是个孩子。这种轻松的悲情叙事反映了战争期间部队生活的艰苦，也表现了革命队伍纪律严明。老大娘宽厚地安慰"我"，还送"我"四个大核桃，则写出了人民群众和人民军队的深厚情谊，写出了根据地人民善良美好的人性和人情，有效地冲淡了严肃和尴尬。作品对"我"心理感受的描写更是增色添趣。"我"因吃青核桃而嘴青舌黄，同小组的人以为得了黄疸病，焦急地嘘寒问暖，七手八脚把"我"抬到床子上。随后写道：

> 大家都走了，一切都平静下来，我假装糊糊涂涂的样子，喘气也和平常不一样。小组长坐在我床边，半天，她自言自语的，用很低

---

① 刘真：《长长的流水》，《刘真短篇小说选》，花山文艺出版社 1983 年版，第 88 页。
② 刘真：《核桃的秘密》，《刘真短篇小说选》，花山文艺出版社 1983 年版，第 53 页。

的声音说："唉！战争，使这么小的孩子离开了爹娘，从山东到山西，中间有多么远的路程啊。日本鬼子的炮楼，封锁沟，爬山过水，她和大人一样，从枪眼里钻过来了。她背着她的小背包，走哇走的，夜，那么深了，正是孩子们睡好觉的时候，可是她……别人问她：累吗？她总是摇摇她的小头说：不！就是这个'不'字，给了大同志多少安慰和鼓励。现在，她病了，她妈妈在家一点也不知道。"①

这是感情深厚的苦情叙事：年少离家，颠沛流离，枪林弹雨，深夜行军，"生病"后母亲不在身边……孩子的情形着实可怜；但又是"苦情趣说"。因为"我"并没有生病，"病相"皆因偷吃青核桃所致；大姐不知情觉得可怜，"我"心里有鬼也不敢说出实情。羞愧有趣的心理描写淡化了成长的"苦情"，但儿童细事中却蕴含着丰富的战争生活内容。

儿童情趣是刘真战争叙事的审美特征。这取决于她的叙事视角和叙述口吻。她以儿童的视角打量战争生活，看取成人和儿童的世界，叙述故事；也以儿童的心理揣摩人物心理，理解人际关系，塑造人物形象。其语言和口吻都带有儿童特点，天真单纯，情趣横生，即使任性顽劣也透着可爱。《长长的流水》写"我"参加革命多年后，被党组织送到冀南区党校学习，结识了枣南县妇救会主任李风云大姐。她是一个资历较深的革命者，抗战前就领导了济南的学生运动，被捕过三次，抗战开始后投身革命队伍。"我"与大姐同吃同住，得到她无微不至的关心，也受到严格管教。管教最严的是生活卫生和督导学习。"我"在敌占区跑交通多年，性格粗野惯了，忍受不住约束，产生了逆反心理和对抗情绪，对她没有好感，常常在她面前使性子。但无论"我"怎样调皮任性，大姐总是笑着亲切而严厉地管教"我"。于是"我"终于忍不住爆发，在整风中给她提意见。作品写道：

> 可是有一次开会的时候，我怎么也忍不住了。她给别人提意见，总是加上"同志"两个字，说到我身上，一口一个小刘长小刘短的，好像我不算一个干部哩。整风嘛，别人都有个什么阶级意识、立场，什么什么主义，我呢？她真瞧不起我，连个名词儿也不给我下，

---

① 刘真：《核桃的秘密》，《刘真短篇小说选》，花山文艺出版社 1983 年版，第 52 页。

好像我是个偷瓜摸枣的小孩子，就配叫她这么直打直地数落我："小刘不用功，不踏实，连个加减乘除都不会，就有点骄傲自满，不往远处看。革命需要我们干的还多哩，我们又会什么呢？"

散了会，她又教我功课。人家肚里的气还没有消嘛，我就狠狠地对她说："一个鬼子加上两个鬼子，等于三个鬼子，这么一加，那三个鬼子也死不了。"

她又气又笑地说："你这样想？那就什么也别学，等着吧！"

我说了声："当然等着，等到明天早晨，我一顿吃四碗小米干饭，喝五碗野菜汤。"不管她爱听不爱听，我撒腿就跑了。

跑到小河边，我脱了鞋，坐在一块明光光的大石头上，把两只脚丫儿伸进清洁的水里泡着，两手打着拍子，唱起歌来……①

战争年代的儿童心理和情态跃然纸上，令人忍俊不禁。即便是因批判需要"被"发表的《英雄的乐章》，虽系感伤的爱情故事，弥漫着忧伤情绪，也充满儿童情趣，令人忍俊不禁。作品写"我"被分配到宣传队艺术培训班培训——

我们这个组，共有八个女孩子，上级每人每月发给两毛五分钱的津贴。有个叫风琴的，特别好吃，她号召我们说：

"咱们有了这些钱，轮流请客，每天由一个人买两根油条，第二天另一个人买，这样下去，我们可以吃很久。"

听她这么一说，馋虫儿立刻爬到我们嗓门上来了，我们举手通过了她聪明的提议。第一天，她先买来了，用纸包着，神秘地向我们一挥手，我们齐呼啦地跟她跑到村边一个大麦秸垛后面去。她把我们排好了队，又把油条送到我们嘴唇上，叫我们每人咬一口，然后她自己咬一口，还事先发表声明说：

"都少咬一点，吃得太快了，香味儿在嘴里呆的时间短。"

遵照她的指示，每次我们只咬那么一点点。已经轮流吃了三遍，一根油条还没有吃完。

突然，大吼一声，从枣树林子里蹦出一个人来，原来是张玉克。

---

① 刘真：《长长的流水》，《刘真短篇小说选》，花山文艺出版社 1983 年版，第 81 页。

吓得我们蹲在地下，抱成一团，听人家训起我们来：

"你们参了军，都是伟大的抗日战士，看你们吃油条的样子，真给八路军丢人。你们为什么要排队？排起队来是抗日的，不是叫你们吃油条的。"

这时候，我们还有一根多油条没吃完呢，风琴偷偷咬了一口，还让我们轮流咬，我们谁也不张嘴了。风琴比我们大，比我们凶，她气呼呼地站起来，高举着油条说：

"你等我们吃完了再批评不行吗？要把我们吃病了。你负责？"

玉克高举起两个铁拳头：

"我负责？我该把你们这群馋猫打到泥坑里去。你们这样发展下去，前途是不光明的，长大了准是一个一个的馋老婆。你们以为那两毛五分钱来得容易吗？那是老百姓的血汗，是拿来抗日，培养我们长大的。你们该买成本子学文化，买成鞋袜行军，你们这样糟蹋了，有了困难再去找上级？同志！艰苦的战争年月还长着呢！"[1]

儿童心理情趣和艰苦的战争生活形成对比，严明的纪律和淳朴的人际关系相映成趣，构成刘真小说的主色调，缓解了紧张和凝重，冲淡了艰辛和愁苦，在轻松愉悦中表现了革命战争年代美好的人性和人情，洋溢着单纯而乐观的浪漫主义情绪。与凝重悲壮的峻青的创作相比，这种情形似乎更接近战争生活的原生态。

峻青的战争叙事是革命英雄叙事，他运用多种方法创设环境，激化矛盾，突出人物，强化故事效果，表达壮烈浓情，表现出英勇悲壮的革命浪漫主义特征。刘真的战争叙事是生活叙事，她写战争期间的日常生活，表现纯真的人性和人情，缺少刻意创作的力道和用心，但天然去雕饰，显得平淡自然，素朴本真。与峻青相比，刘真战争叙事的革命浪漫主义色彩浅淡，审美浪漫主义特点欠缺，她率性而为，表现了较多的个体生命内涵，可称其为"朴素的"个性浪漫主义。

---

① 刘真：《刘真短篇小说选》，花山文艺出版社 1983 年版，第 174 页。

第十八章　记录农村现实生活的
欢歌笑语

　　中国是农业国家，农民占绝大多数。无论从政治经济上说还是从文化教育上看，中国的问题都主要是农业和农民问题。任何统治者都要花费很大气力解决农业和农民问题，解决的出发点和方式方法不同，结果也不相同。历史上有些统治者采取一些惠民政策，缓和社会矛盾，但没有从根本上解决问题。农民问题很多很多，土地所有权是根本问题。富者连田千百，穷者无立锥之地，土地掌握在官吏和地主手里，广大农民依靠出卖劳力或者租种等方式维持生活。有田的不种地，种地的没有田，既严重桎梏着中国农村生产力的发展，更严重地影响了中国历史的进程。数千年来，中国农民始终生活在水平线下，遭受饥饿、灾荒、战乱的危害，遭受政治压迫、经济剥削和精神奴役——这是毛泽东对农村和农民问题的深刻认识，也是他主政期间施政纲领的理论依据。

　　共和国成立后，中国农村经历了翻天覆地的变革，农民的生活命运和精神面貌也发生了巨大变化。土地改革打破了延续数千多年的小农经济体制和土地耕作模式，结束了农民与土地分离的历史，为农民开通了走向富裕的道路。无论土地改革过程中发生了多少悲剧、喜剧和荒唐剧，也无论后来怎样看待那段历史，以"耕者有其田"为主要内容的土改都对解放农村生产力、变革生产方式具有巨大推动作用，也都对农民和农业产生了巨大影响。①短短几年时间，农村经济发生巨大变革，震惊世界，鼓舞人心，毛泽东和中国共产党赢得广大农民的衷心爱戴和无限信赖。其后，互助组、合作社将土地归拢到集体，形成集体生产、统一种植、按劳分配的经济运行模式，虽因影响农民利益和情绪遇到阻力，却没有动摇农民对社会主义革命的信赖，也没有动摇跟随党和领袖走社会主义道路的决心和信心；或者源于国家开动机器进行强势宣传教育的作用，或者基于政治翻身、经济变革的现实力量的作用；当然也由于草根地位形成的习惯性顺从心理的积淀作用，中国农民在中国共产党强有力的领导下满怀信心地奔走在社会主义道路上。

变革的现实激发了作家的社会热情和创造热情，无论在时代变革中刚走上文坛的新作家，还是历经沧桑、功成名就的老作家，也无论从延安走来的"主流"作家，还是从国统区走进新中国的"支流"作家，大都积极响应时代号召深入农村生活的广阔天地，感受中国农村变革的现实，在热情描写、深情讴歌的同时，也寄予殷切的希望和美好的憧憬。在社会主义现实主义理论指导下，文坛上出现了众多描写和歌颂农村变革的小说，成就突出而显赫。其中，有些则偏重社会主义理想教育，表现出比较鲜明的革命浪漫主义特征。

概略地说，农村题材小说的浪漫主义主要有两种情况。一种是热烈的理想叙事，一种是隐逸的田园牧歌。前者配合意识形态宣传，描写并讴歌变革的乡村现实，成就了革命浪漫主义；后者虽然也要适应时代需要，但叙事者怀着眷恋的情思回望过去，较多地保留了个性内容，成就了审美浪漫主义。在强势统一的时代文学语境中，后者生存发展空间十分狭小，只有极少数作家流露出这般闲情逸致，我们将结合孙犁的创作进行分析。"荷花淀"派的刘绍棠受孙犁影响很大，但年轻缺少定力，情绪燥热，有个性追求，但审美浪漫主义色彩不够鲜明；浩然也受孙犁影响，但更倾向革命浪漫主义，属于主流文学阵容。前

---

① 据统计，"到 1953 年春，全国除若干少数民族聚居地区，彻底废除了在中国延续数千年之久的封建所有制，三亿多无地少地的农民（包括老解放区的农民在内）无偿得到了约七亿亩土地和大量生产资料。这场深刻的社会变革，解放了农村生产力，极大地调动起亿万农民的生产积极性。建立在封建土地所有制基础上的一些陈腐的、落后的东西在相当程度上被革除了。这是在中国土地上发生的一场规模广大、内容深刻的社会大变革，铲除了中国封建主义的根基，使古老的中国农村空前地焕发出青春活力。"（《毛泽东传：1949—1976》（上册），中央文献出版社 2003 年版，第 93 页）。1950 年工农业生产总值比上年增长 23.4%，1952 年达到 810 亿，比 1949 年增长 77.5%；比历史最高的 1936 年高出 20%。

者占据天时地利，且人气热旺，是五六十年代农村叙事的主流，代表人物是柳青、秦兆阳、王汶石等。

革命浪漫主义偏重主观理性，而主观理性受制于意识形态，其表现内容主要是政治倾向、社会理想、革命激情、时代豪情等。概言之，五六十年代农村题材小说的革命浪漫主义特点主要表现在四个方面：抒发革命浪漫主义激情，表现革命浪漫主义理想，赞美走社会主义道路的带头人，高唱革命集体主义的田园牧歌。

一、变革年代，古老土地上燃烧着创业激情

抒情性是五六十年代农村题材小说浪漫主义的一大特点。翻身做主人，耕者有其田，社会主义农村工业化的灿烂前景，苏联创作对集体农庄的诗意描绘，这些眼前的和遥远的、已经实现了的和将要实现的福祉愿景感动着中国农民，也感动着中国作家。中国作家具有浓厚的乡土情结，很多人来自农村，或者与农村农民有着千丝万缕的联系，对新旧中国农民的生活和命运以及精神面貌有较多了解，在悲悯哀痛过去的同时，也对新中国的变化欢欣鼓舞，情绪振奋。诚如孙犁所说，"我走进了乡村，乡村正在进行紧张的、愉快的、千家万户的社会主义改造，强烈的、火热的社会主义激情，崇高的建设社会主义祖国的积极性，在乡村的胸怀里燃烧起来了。这些日子，无论在城市，无论在乡村，都是门贴大喜字，爆竹响连天。无论是青壮年，男人还是女人，都用一种舞蹈的姿势在街头走过。在田野里，那些地界、桑墩，那些看场的小屋，粗浅的土井，一切小农经济的象征，都好像在那里自甘没落地后退着，因为它们知道，就要有更平坦连绵的耕地，更大的水利兴修，更有组织、规模更大的劳动场面在天津的郊区出现了。"①孙犁当时正因对现实人际关系不满而在回忆中创作《风云初记》和《铁木前传》，此番走进农村，"我的关于历史的回忆，也就被种种伟大的现实景象所代替了。"感受着农村火热的现实，他中止了回忆，

---

① 孙犁：《津门小集·津沽路上有感》，《孙犁全集》第二卷，人民文学出版社2004年版，第278页。

开始撰写《津门小集》里的文字，记录并歌颂了津门周边人民生活的巨大变化。像他这样因受感动而深情歌颂"种种伟大的现实景象"的作家，大有人在。

中国农村最深刻的变化是"耕者有其田"。这是中国农民的千年梦想。中国农民生活在底层，他们面朝黄土背朝天艰苦劳作，很多人却没有属于自己的土地。土地革命后，他们或许不能理解翻身做主人的政治意义，但对于成为土地主人却有实实在在的感受。柳青的《创业史》生动地表现了中国农民的心理感受。他写土改期间，梁三老汉分了十来亩稻田，"老汉如同在梦里一般，晃晃悠悠多少日子。他的老脑筋怎么也转不过这弯来。他曾经日谋夜算过：种租地，破命劳动，半饱地节省，几分几分地置地，渐渐地、渐渐地创立起自己的家业来。但是，他没有办到；生宝比他精明些，也没有办到。而现在，人们只要告诉他一声，十来亩稻地就姓梁了。"① 这个可怜的老汉无法相信天上掉馅饼般的事实。他似疯若癫，"每天东跑西颠，用手掌帮助耳轮，这里听听，那里听听。他拄着棍子，在到处插了写着字的木橛子的稻地里，这里看看，那里看看。他那灰暗而皱褶的脸皮上，总有一种不稳定的表情，时而惊喜，时而怀疑。"他时常冒着冬天的冷风在外面跑，罗锅腰的高大身躯孤零零地站在空旷的稻地中间。"常常天黑严了，还在分给他的地边上蹲着，好像害怕地里的土块被人偷走似的"。② 柳青怀着深切的理解和同情表现了梁三老汉那惊喜失态的情绪，《创业史》字里行间洋溢着浪漫主义激情。

农村社会主义革命的深入发展是成立互助组、合作社和人民公社。对广大农民而言，土地归公，集体生产，统一种植，按劳取酬，挫伤了他们的劳动情绪，甚至影响了他们的社会主义积极性。但革命是大势所趋，翻身农民无法左右自己的命运，遂被时代大潮裹挟着汇入农村社会主义经济洪流。中国作家接受了农村社会主义革命教育，在社会主义现实主义指导下表现农村变革的现实，于是出现了大量歌颂互助组、农业合作化运动的作品。现在看来，这些作品把方针政策当作现实依据，把政治期许当作理想目标，把违背常规的主观意志当作发展规律，夸大了农民的革命热情，简化了复杂的社会矛盾和农民的思想问题，对农村和农民做予简单化和诗意化描写。在当时，这是社会主义现实主义的规定性内容，也是作家的社会理想和情感认知。如长期生活在农村、

---

① 柳青：《创业史》，中国青年出版社 1960 年版，第 17 页。

② 柳青：《创业史》，中国青年出版社 1960 年版，第 18 页。

对农村和农民有深切了解的柳青就用抒情的笔墨写下了社会变革时期的心灵感受:

> 我们是我国第一批建设社会主义的人。历史赐予我们这样大的幸福。是我们亲眼看见无数座大建筑物从地面上冒起,通往拉萨的公路怎样修过世界屋脊,通往伊犁河畔的铁路怎样修过乌鞘岭,通往蒙古的铁路又怎样修过没水吃的草原,我们是从报上而不是从历史书上知道的。而且就在我们眼前,成百万成千万的农户带着各种复杂的感情,和几千年的生活方式永远告了别,谨小慎微地投入新的历史巨流,探索着新生活的奥秘!当我们想到我国社会主义建设的每一点成就,甚至于一个农业合作社的一窝猪娃这样一小点社会主义家底的积累,都是多么不容易的时候,从我们内心能不涌起对那些为社会主义而辛苦的人们的热爱吗?①

正是在这种情绪作用下,他创作了《创业史》。柳青的社会和创作情绪带有普遍性。究其原因,在于他们大多数经历了旧社会的黑暗和苦难,对于新中国的变革和巨大成就有深刻的感受。他们懂得"国家得以在国际上这样坚强有力地站立起来,是走过了多么长远崎岖的路,经历了多少前赴后继,奋不顾身的斗争。"②他们满怀激情地歌颂党,歌颂领袖,歌颂新中国,歌颂新生活,歌颂中国农村发生的巨大变革,歌颂中国农民生活和精神面貌的巨大变化。主观感受与时代要求相统一以及"前仆后主"的关系决定了他们的叙事模式,也决定了此类创作属于革命浪漫主义范畴。

柳青在农民生活命运和文化心理的厚土层中发掘和提炼,《创业史》表现的是深切感受和热情思考。随处可见的抒情性文字昭示着创作过程也是激情燃烧过程,频频出现的感叹号说明他对表现内容的高度认同。其抒情和表达方式,或者借助人物心理描写肆意发挥,或者借助场面和情节描写尽情渲染,固不能说汪洋恣肆,却大有波涛汹涌之势。

---

① 柳青:《王家斌》,《人民日报》1955 年 3 月 10 日。

② 孙犁:《津门小集·津沽路上有感》,《孙犁全集》第二卷,人民文学出版社 2004 年版,第 279 页。

党是伟大无比的力量！它现在有效地掌握了中国历史的发展！它的政策影响着每一个中国人的生活——它使饥饿者食饱，使奢侈者简朴，使劳动者光荣，使懒鬼变勤，使强霸者服软，使弱者胆正，使社会安定，使黄堡镇的集日繁华……一个普普通通的庄稼人，只有在执行党的政策中间，人们才真正重视起他来。①

私有财产——一切罪恶的万恶之源！使继父和他别扭，使这两兄弟不相亲，使有能力的郭振山没有积极性，使蛤蟆滩的土地不能够尽量发挥作用。快！快！快！尽快地革掉这私有财产制度的命吧！共产党人是世界上最有人类自尊心的人，生宝要把这当作崇高的责任……生宝不是那号没出息的家伙：成天泡在个人情绪里头，唉声叹气，怨天尤人；而对于社会问题、革命事业和党所面临的形势，倒没有强烈的反映！②

生宝回到庄稼人拥挤的前街上了。他心里恍恍惚惚：这难道是种地吗？这难道是跑山吗？啊呀，这形式上是种地、跑山。这实质上是革命嘛！这是积蓄着力量，准备推翻私有财产制度嘛！整党学习中所说的许多话，现在一步一步地在实行。只有伟大的共产党才搞这个事，庄稼人自己绝不会这样搞法……生宝在街道上的庄稼人里头，活泼地钻行着，觉得生活多么有意思啊！太阳多红啊！天多蓝啊！庄稼人们多么可亲啊！他心里产生了一种向前探索的强烈欲望。③

如此大篇幅、高热度、宣泄式的抒情议论文字随处可见。现在读来，热力已经消逝，表现内容已成为历史烟云，而词气浮露也非艺术上策，既激不起情感共鸣，也很难获得理性认同，但热烈的抒情和议论所表现的创作心态依然值得尊重。

《创业史》被称作现实主义巨著，其实是在社会主义现实主义指导下创作的包含着丰富的革命浪漫主义元素的作品，激情宣泄是浪漫主义的重要表征。作家满怀激情地塑造了梁生宝等积极走社会主义道路的青年人形象，对他们的

① 柳青：《创业史》，中国青年出版社 1960 年版，第 182 页。
② 柳青：《创业史》，中国青年出版社 1960 年版，第 183 页。
③ 柳青：《创业史》，中国青年出版社 1960 年版，第 247 页。

觉悟和热情予以深情礼赞；塑造了农村生产和生活方式转型时期徘徊观望的老一代农民梁三形象，对这位在变革时期痛苦地向旧时代告别的老人给予深切的理解和期待；而对新社会农村青年徐改霞则饱含着复杂而深切的感情。农村变革将她推到人生的"紧要关头"，前面是富有诱惑力的城市生活，她向往城市生活，愿意当新中国第一代女工人；脚下是蛤蟆滩，这里有她的恋人梁生宝，她希望和梁生宝一起在农村生活创业。任何选择都将决定一生的命运，无论怎样决定都很痛苦。柳青的深情灌注使这些形象饱满生动，作品也因此而充满艺术感染力。

其他农村叙事如《在田野上，前进！》《艳阳天》《运河的桨声》等，抒情色彩虽不如《创业史》热烈浓郁，却也时或感受到革命浪漫主义激情涌动。

二、"在田野上，前进"——革命 理想主义交响乐

与革命浪漫主义激情相关的是革命理想主义。事实上，激情与理想原本就存在深刻联系。激情因理想而汹涌，理想因激情而萌动。激情和理想并茂使五六十年代农村小说的革命浪漫主义特点格外突出。

强大的意识形态宣传取得显著效果，社会主义革命理念深入人心。土地革命、互助组、合作社以及人民公社均被视为中国农民走向富裕彼岸的金桥，中国农民在方针政策和政治运动作用下走上了社会主义"金光大道"。这当然是对宣传效果所做的概括，事实上，在政策落实、运动开展、"金桥"铺设的过程中，在将保守务实的农民引领上社会主义道路过程中，花费了很多心血，付出了艰辛的劳动。毛泽东多次用诗的语言描绘了农业合作化的光辉前景，向广大农民预设了金灿灿的未来。[①] 美好前景唤醒了沉睡的土地，也点燃了作家的创作理想。他们遵循社会主义现实主义原则创作，像斯大林所说的那样，根据"脚手架描绘大楼的形状"，根据政治浪漫主义理想描写未来中国农村现实，其创作具有革命理想主义色彩。

---

① 参见《中国农村的社会主义高潮》，人民出版社 1956 年版。

政治浪漫主义催生了文学浪漫主义，农村变革现实和意识形态宣传激发了浪漫主义理想和想象，作家们在想象和幻想中勾画美好的未来。想象和幻想大都在社会政治层面上，既有变革的现实基础，也有思想情感基础。其"基础"搭建在意识形态宣传车上，也"搭建"在历史和现实对比的理念树上，"搭建"在作家的生活经历和情感体验的心田里。因为他们大都从旧中国走来，从战乱中走来，熟悉旧中国的黑暗，对新中国的光明有强烈而深切的感受。而从现实预期未来，根据脚手架设想大楼，正是社会主义现实主义题中应有之义，也是当时农村叙事的基本架构。

还在黑白交替的时候，孙犁就言之凿凿："一切不幸，都是贫困所致，一切幸福，都会随翻身到来！"翻身，是中国农民的崇高理想。"人们追求着理想。在解放的道路上，这理想逐步解除每个人切身的痛苦，寄托他那衷心的希望。"理想将"在每个人的心里生根，越来越充实，越来越大"。[1] 新中国成立使理想成为实现，但这只是第一步。接下来的路该怎么走？时代宣传告诉他们，组织起来，走社会主义道路，建设苏联式的集体农庄。这是时代的选择，并因强力宣传而成为很多人的愿景。方纪较早地描绘了这一愿景。他在《让生活变得更美好吧》中写道，过不几年，中国农村就会发生天翻地覆的变化，"影林村的房屋变新了；街道整齐干净了（再不堆着柴草和牛粪了）；周围的树木长起来了；田野里轰隆轰隆响着拖拉机的声音；汽车在街道上按着喇叭；公园里开着花；俱乐部里跳着舞；歌声从四面八方传来"，那时候，"郭东成驾着拖拉机耕地；何青臣和赵双印在一个集体农场里工作；陈二庄成了养猪英雄；赵明云当了合作社经理；而何永，就是这个集体农场的主席……"[2] 作品发表于1950年，互助组还刚刚萌芽，合作社尚无影子，他从"萌芽"想象到农村未来前景，在热情歌颂互助组的同时，展示了美好的社会主义前景。方纪是诗人，共和国刚刚成立，他就诗情荡漾，用欢快的笔触表现了"让生活变得更美好吧"的热切期待。

方之的《浪头和石头》是描写农业合作化运动的中篇小说。作者调用多种艺术手段营造热烈气氛，表现中国农民走社会主义道路、加入农业合作社的热情和决心，同时批评某些保守落后、用各种借口和力量阻挠合作社发展的思想

---

① 孙犁：《香菊的母亲》，《孙犁全集》第二卷，人民文学出版社2004年版，第182页。

② 方纪：《让生活变得更美好吧》，载《人民文学》1950年第5期。

行为，说明农业合作化是时代激流，汹涌澎湃，势不可挡。他以"探索者"的勇气描写了毛泽东深入农村调查、受到农民热烈欢迎的场景，表达了劳动人民对伟大领袖的衷心爱戴，并且写毛泽东为农民的社会主义积极性所感动，兴奋地告诫农村干部，"红色的高潮快来了！我们应该促进，不可促退；要做浪头，别做石头！"①《浪头和石头》的基本情节和矛盾线索是当时流行的农业合作化叙事模式，电影、戏剧也有类似描写，如海默的电影《洞箫横吹》等。此模式源于上层领导对农业合作化问题的思想分歧，如毛泽东批评邓子恢思想保守；也源于毛泽东积极推进合作化运动的思想理论和社会实践。这类作品大都热情地赞美农业合作化运动，并满怀信心地勾画中国农村光辉灿烂的前景。

在很多人心目中，秦兆阳是现实主义者，长篇小说《在田野上，前进!》②却包含着丰富而鲜明的浪漫主义元素。澎湃的激情，抒情的笔调，对于社会主义前景的热切憧憬和诗意描绘，对于未来理想的热情讴歌，对社会主义道路带头人形象的塑造和歌颂，都是革命浪漫主义的重要元素。尤其是作品后半，写在全省县委书记以上干部会议上，荆国卿代表党中央传达国家过渡时期的总路线和总任务，激情洋溢地描绘了社会主义的光辉前景，"党的伟大的社会主义思想——光芒万丈的灯塔，将要在全国人民中间鼓舞起多么大的热情，产生多么大的力量啊。从此以后，在一个六亿人口的伟大的国家，社会主义建设和社会主义改造的事业将更加突飞猛进了"。③受此感染，略有小农意识和保守思想的县委书记王则昆也欢欣鼓舞。作者借助他的心理变化写道，"农村里很快就会掀起一个伟大的社会主义改造的运动"，"国家、人民，进步得很快。只要是一个活人，只要是还能够考虑一些问题的人，难道会感觉不到时代前进的速度，听不见时代前进的声音吗？所有这些，对于那些坚强的、对于党和人民的事业无限热情的人，是一种最好的兴奋剂，是力量的源泉、欢乐的源泉"。④革命理想即将变成灿烂的现实，王则昆为"时代前进的声音"而激动。

张骏是带领农民走社会主义道路的县委副书记，也是代表农民愿望和要求的正面形象。在回龙河县途中，他想象着农民积极分子听到社会主义总路线精

① 方之：《浪头和石头》，《中国新文艺大系（1949—1966）》（中篇小说集·下册），中国文联出版公司1987年版，第193页。
② 秦兆阳：《在田野上，前进!》，人民文学出版社1982年版。
③ 秦兆阳：《在田野上，前进!》，人民文学出版社1982年版，第470页。
④ 秦兆阳：《在田野上，前进!》，人民文学出版社1982年版，第481页。

神传达之后的情景，激情满怀，沉浸在美好的憧憬中，而作品也在热烈美好的憧憬中结束——

> 党的总路线将要在六亿人民里面激发起多么大的热情啊！这将要形成一股多么大的力量，将要在我们这广大的国土上创造出多少伟大奇迹啊！在将来，在这车窗外边广阔无边的田野上边，就会出现一架一架的拖拉机；就会到处是渠道，到处是水闸，到处是防风林，到处牵着电线，到处是机器的响声，连村庄房屋的面貌都会要变样……那时候，农民们想起了旧时代的日月，想起了个体农民的生活，就会觉得像是在很久很久以前做了一场噩梦一样吧？
>
> 火车，它象征着我们的国家，也象征着我们的农村。他有着坚强的头脑、火热的心、光芒远射的眼睛和无穷的力量。它骄傲地狂喜地奔跑着，吼叫着。"努力工作！努力工作！努力工作！……"没有什么东西能够挡住它的进路，连广阔的田野也因为它的奔跑而欢喜得旋转起来，抖动起来……①

《创业史》《在田野上，前进！》以及《艳阳天》是表现不同时期农村社会主义道路的长篇小说，创作者用激情洋溢的语言为中国农村和农民谱写了雄浑嘹亮的革命浪漫主义交响乐。

三、梁生宝——社会主义农村新人形象

塑造社会主义道路带头人是农村题材小说创作的重要任务，也是革命浪漫主义的重要表征。这与新中国成立后中国农村开展社会主义革命运动、农民生活和精神面貌的巨大变化有关——农村革命需要社会主义新人形象，变革实践中确实产生了这类形象。这类形象塑造有坚实的社会基础，苏联文学影响则起到很大助推作用。

---

① 秦兆阳：《在田野上，前进！》，人民文学出版社 1982 年版，第 487 页。

翻天覆地的农村变革激发了作家的浪漫主义想象和理想，苏联文学影响则为他们的想象和理想插上了"凌空翱翔"的翅膀。互助组、合作社是中国农村社会主义革命的重要内容，被当作劳动人民通往幸福的桥梁，而"桥梁"的设计参照了苏联的集体农庄。在小农经济的汪洋大海上架设通往社会主义的"桥梁"，跨越巨大，困难重重。中国作家的任务就是配合宣传昭示"金桥"及其意义。《拖拉机站长和农艺师》等描写苏联集体农庄生活的创作鼓舞了中国作家，并为他们提供了重要参照。在很多人心目中，中国农村未来就是苏联的集体农庄，而中国式的集体农庄便是农业合作社。方纪描绘影林村的未来前景就明确地用了"集体农场"这个概念。中国作家在苏联文学启发下想象中国农村未来前景，怀着饱满的政治热情塑造农村新人，梁生宝、徐改霞、萧长春、焦淑红等农村社会主义新人身上依稀可见苏联文学影响的痕迹。他们是土生土长的中国农村青年，也是具有苏联文学基因的浪漫主义理想形象。

农村社会主义理想形象有多种类型，体现了浪漫主义精神的理想形象也各式各样。王汶石具有丰富的农村生活体验，也有塑造理想形象、歌颂新生活、表现时代精神的自觉追求。《风雪之夜》创作于农业合作化高潮到来之际，他满怀激情地营造了热烈欢腾的时代气氛，塑造了走在时间和时代前面、推动农业合作化运动前进的区委书记严克勤这一人物。县委农业合作化会议刚刚结束，他顾不上回家团聚，除夕夜心急火燎地深入基层落实明年生产计划。狂风呼啸，雪浪滚滚，寒风凛冽，狂风暴雪"瞬息间要把整个村庄毁掉"，风雪压迫得人张不开嘴，而疾步走在旷野里的严克勤却"悠然自得的唱啊唱的，那歌声时时被风雪打断"，他"似乎不愿向风雪屈服，被打断的歌声又一再高扬起来"。[①] 宏伟计划也鼓舞着农村其他干部，他们通宵达旦地讨论落实中央指示精神，对快步跨入社会主义充满热情和信心，热烈气氛传递出中国农民昂扬的精神面貌，展示了诗意盎然的动人前景。"时针已近五点。黎明临近了，一九五六年的第一个黎明临近了。风雪继续吼着，这时候，多少人，冒着风雪，在乡村的道路上，迎接这个伟大的黎明啊！"[②]

最能体现农村社会主义新人形象和浪漫主义理想的是《创业史》中的梁生宝。

---

① 王汶石：《风雪之夜》，中国青年出版社 1958 年版，第 5 页。
② 王汶石：《风雪之夜》，中国青年出版社 1958 年版，第 16 页。

梁生宝是柳青倾情塑造的形象，也是五六十年代文学形象中的佼佼者。他身上闪耀着革命浪漫主义理想光辉。研究界对其先进的革命觉悟、正直能干的作风和庄家人务实的品性做了深入细致的解读。从浪漫主义的角度分析，其性格特点，首先在于他具有革命理想和为理想而努力工作、勇于牺牲的精神。其理想，往小处说是巩固和发展互助组，让互助组各家各户过上幸福生活；往大处说则是响应党的号召，带领农民走社会主义道路。柳青赋予他改造旧世界、建设新世界的重任，也赋予他很多优秀品质。他吃苦耐劳，克勤克俭，牺牲自我，义无反顾地朝着理想目标前进。革命理想高于一切，没有什么能够阻止他，也没有什么不能牺牲的——包括家庭利益和个人爱情。作品写他去郭县买稻种，"春雨的旷野里，天气是凉的，但生宝的心中是热的。他心中燃烧着熊熊的热火——不是恋爱的热火；而是理想的热火。年轻的庄稼人啊！一旦燃起了这种内心的热火，他们就成为不顾一切的入迷人物。除了他们的理想，他们觉得人类其他的生活简直没有趣味。为了理想，他们忘记吃饭，没有瞌睡，对女性的温存淡漠，失掉吃苦的感觉，和娘老子闹翻，甚至生命本身，也不是那么值得吝惜了"。①

其次，具有为革命事业不畏艰险、奋力前行的意志力。梁生宝互助组在生产条件简陋、生产能力单薄、发展生产遭遇困难，甚至连吃饭都成问题的困境中成立，在错综复杂的矛盾斗争中巩固发展，其中有敌对阶级的阴谋破坏，有富裕中农的公开挑战，有党内蜕化自私势力的冷漠暗战，更有来自养父梁三老汉的赌气使绊以及几千年的习惯势力和思想意识的拖累。这些都对他的互助组形成严重的挑战。但他不畏惧，不退缩，不回避，不争论，不宣战，用实际行动解决互助组的困境，创造条件扩大优越性，以诚挚的热情维护互助组利益，创造实力凝聚力量。依靠这种意志力，他在错综复杂的矛盾斗争中挣脱了各种势力阻挠，巩固和发展了互助组。

再次，具有新时代农民的胆识和气魄。梁生宝是有胆识、有气魄的青年农民，在农村变革的每个阶段都勇敢地走在前头。在土改运动中他担任民兵队长，是土改运动的重要角色，却又不是那号"伸胳膊踢腿、锋芒毕露、咄咄逼人的角色"。他不像郭振山那样虚张声势，踏踏实实地做有益于贫困农民的事情。土改之后分了稻田，他拒绝养父创置家业的要求，组建互助组，让蛤蟆滩

---

① 柳青：《创业史》，中国青年出版社 1960 年版，第 90 页。

农民摆脱贫困，雄心勃勃地创社会主义大业。在巩固和发展互助组过程中，他发扬革命前辈的革命精神，与资本主义自发势力、敌视社会主义的反动势力以及小生产者的保守、散漫、自私等思想意识进行斗争。他具有顽强的斗争精神，也很注重斗争方式。他没有剑拔弩张地与各种势力针锋相对，而是按照上级指示，想尽办法扩大互助组的优势。"靠枪炮的革命已经成功了；靠优越性，靠多打粮食的革命才开头哩。生宝已经下定决心学习前代共产党人的榜样，把他的一切热情、聪明、精力和时间，都投入党所号召的这个事业。他觉得只有这样做，才活得有味儿。"① 这是行之有效的斗争方式，也是勇敢自信的选择。为帮助互助组解决春荒问题，他担着责任和凶险带领一帮人马进山砍竹子，显示出新时代青年的胆识和气魄。

分析梁生宝绕不开他和徐改霞的爱情关系。这也是《创业史》浪漫主义色彩较为浓艳的一笔，值得重视。

中国自古就有"英雄美女"的叙事模式。五六十年代农村叙事承袭了这一模式，并结合现实予以刷新——抬高了英雄人物的思想境界，赋予他们时代革命的内容，增加了作品的革命浪漫主义元素。萧长春背后是焦淑红，她原本是中学毕业生，上学时充满理想，想当诗人、科学家、教师或者医生，但从报上读了农村劳动模范事迹的报道，认识到农村需要有文化的青年，遂响应党的号召，放弃升学考试，回农村参加农业生产劳动。她思想先进，为人正派，大方漂亮，得到很多男青年的爱慕。对自己的婚事，她的想法是：既不嫁给军官，也不嫁给工人，在农村找个情投意合的人。在建设东山坞农业合作社过程中，她与党支部书记萧长春经历了复杂斗争的考验，成为终身伴侣。焦淑红是萧长春革命斗争事业的支持者和知己，对萧长春形象塑造具有烘托作用。

比较而言，徐改霞的处境和心思都比较复杂，对梁生宝的影响也比较复杂。她是个健康纯洁的农村姑娘，受过包办婚约的煎熬，追求进步，学习文化，希望为社会贡献力量。她喜欢梁生宝，暗地里曾产生过嫁给他是很幸福的想法。但梁生宝把全部精力献给了互助组，在互助组极其困难的情况下，没有时间和精力谈情说爱，改霞受到冷落和伤害。尴尬失望中另一种力量牵引了她的心，郭振山出于对她的关心、更出于对梁生宝的嫉恨和拆台，热心地鼓动她到城市去当工人。改霞很想当工人，却又舍不得离开生宝。站在人生的岔道口

---

① 柳青：《创业史》，中国青年出版社 1960 年版，第 91 页。

上，她进退两难。柳青用抒情的语言强调"岔道口"选择的重要性，生动地表现了改霞内心的矛盾：

> 人生的道路虽然漫长，但紧要处常常只有几步，特别是当人年轻的时候。
>
> 没有一个人的生活道路是笔直的，没有岔道的。有些岔道口，譬如政治上的岔道口，事业上的岔道口，个人生活上的岔道口，你走错一步，可以影响人生的一个时期，也可以影响一生。解放前，由于社会影响很坏，好些年轻人不自觉这一点，常常造成生命力的浪费，甚至碌碌终生，对社会事业毫无贡献。解放后的青年团员徐改霞，尽管是个乡村闺女，她早已懂得用怎样的态度对待人生了。
>
> 她的心沉沉地下坠。她感到难受，觉得别扭。她向自己提出一个问题，严肃地寻求肯定的回答。她问她自己：你是不情愿离开这美丽的蛤蟆滩，到大城市里去，参加国家工业化吗？她心里想去呀！对于她，一个土改中出现的积极分子、一个向往着社会主义幸福美景的青年团员，还有比参加工业更理想的吗？①

工业建设的光荣，城市生活的诱惑，吸引着徐改霞。"靠自己的思想，她打消不了参加工业这个诱人的念头"，想征求生宝的意见，希望他明确恋爱关系，留住自己。但生宝以为她已经做出决定，客气地表示支持，冷淡的态度让她痛苦不堪。农村青年对于爱情羞涩而怯懦的表达影响了她与梁生宝的关系，也影响了梁生宝的情绪。

梁生宝从心里喜欢改霞，暗地里把她当做理想伴侣。"他喜爱改霞富于表情的大眼睛；他喜爱她说话很好听的声音；他喜爱她走路很好看的身段和轻巧的脚步……生宝更加喜爱改霞的另一面：聪明，有志气和爱劳动。并不是他有意瞧不起一般的女青年群众，实在说，改霞坚持解除婚约的坚定性，她在农忙时节和来帮忙的姐夫一起下地的吃苦精神，她对公众事务的热心，和她鹤立鸡群地在学生娃们中间上学求知识的落落大方，是闺女里头少有的！她的这种意志、精神和上进心，合乎生宝所从事的社会事业的要求！他觉得：他要是和改

---

① 柳青：《创业史》，中国青年出版社 1960 年版，第 212、213 页。

霞结亲，他俩就变成了合股绳，力量更大了。"①他曾经有机会表示爱意，在县里参加青年积极分子大会的时候他们走在一起，诉说被旧式婚姻捆绑的痛苦和挣脱旧式婚姻羁绊的希望，两颗痛苦的心碰撞在一起，互相安慰。他若主动表示爱恋，改霞不会拒绝，但他不想"乘人之危"。后来生宝陷入互助组事务的忙乱当中，没有时间和精力与改霞交流，也没有太多精力琢磨她的心思。改霞征求他的意见时，生宝觉得"改霞既然有意去参加祖国的工业建设，生宝怎么能那样无聊？——竟然设法去改变改霞的良好愿望，来达到个人的目的！为了祖国建设，他应该赞成她进工厂"，②遂客气地表示祝贺。改霞的羞怯和生宝的大度错过了机会，有情人伤害了有情人。改霞在岔道口上痛苦徘徊，梁生宝则在大度之后心痛不畅。"但每个人精神上都有几根感情的支柱——对父母的、对信仰的、对理想的、对挚友和对爱情的支柱。无能哪一根断了，都要心痛的。在生宝对另一个闺女发生兴趣以前，只要一想到这件事，他就不会畅快的。"③梁生宝和徐改霞的爱情是《创业史》颇具魅力的故事，随着作家的去世，他们的关系也永远地搁浅在"两伤"的海滩上，也"定格"在浪漫想象和诗意思念之中。

梁生宝、萧长春、徐改霞、焦淑红……都是活生生的农民形象，也都是体现时代精神的理想形象。他们听党的话，忠诚党的事业，把党的指示、意志和利益看得重于个人生命。他们身上寄托了新中国农民建设社会主义的革命理想，也寄托着五六十年代中国作家的浪漫主义理想。他们是时代精神的表现者和时代理想的体现者。但随着那个时代的远去，他们身上迷人的光环逐渐失去颜色。这在昭示了政治浪漫主义局限的同时，也显示出革命浪漫主义的局限。

四、"艳阳天"——社会主义农村的田园生活

知识分子远离劳动却喜欢田园生活，欣赏田园风光。他们把农业生产的艰

---

① 柳青:《创业史》，中国青年出版社1960年版，第230页。

② 柳青:《创业史》，中国青年出版社1960年版，第230页。

③ 柳青:《创业史》，中国青年出版社1960年版，第230页。

辛劳作转化成诗意的田园生活，轻弹悠扬的田园牧歌，既是一种创作心境，也是一种诗性的人生追求。维吉尔的《牧歌集》写"琐碎"的农事和并非闲适的乡间生活，影响欧洲文学越千年，经久不衰；陶渊明归守田园，采菊东篱，悠然自得的田园生活和精神境界令中国知识分子心驰神往。20世纪五六十年代作家笔下的田园生活是另一番景象。

社会主义革命消灭了土地私有制，且将作家纳入社会体制之内成为国家干部，从外到内消弭了传统田园牧歌滋生的土壤。中国当代知识分子没有田园，也没有弹奏牧歌的闲情逸致。田园牧歌建立在个体简单的生产生活场景上，而50年代农村实行社会主义经济体制，田园不再为个人所有，劳动也不是个人行为。集体劳动以及由此建立起来的生产生活关系、家庭伦理关系和社会人际关系均发生了深刻变化。诸如劳动内容、劳动过程、分配方式、奖惩办法、出工歇假等生产生活方式在时间、空间的众多方面限制了劳动者的自由。田园或许还见老农荷锄而归，但已经不是中国文人自由诗性的情景；知识分子经过战火洗礼和思想改造，早已失去躬耕南亩的闲情逸致。他们被结结实实地固定在体制之内，或者自觉或者被动均须坚持创作方向，用创作配合革命和建设。他们在工农兵生活的广阔天地辛苦笔耕，自己的生活和精神园地均成为禁区，政治运动接二连三，无论是运动的"动力"还是"阻力"都缺少田园生活情致，也缺少诗性创作心境。

但农村的发展变革仍然吸引着作家的注意力，有关部门则组织作家深入农村生活，鼓励表现农村社会主义革命和生产的发展变化。有些作家扎根农村，熟悉新时代农民生活，创作离不开田园风景和春种秋收，离不开生产劳动和乡村风情。古老的田园生活消失了，但田园还在，泥土犹存，芳草照样茂密，稻花依然飘香。社会主义革命如暴风骤雨，在农村各个角落都引起强烈反响，旧的家庭伦理关系和生产生活关系受到严重冲击，新的关系逐渐形成。互助组、合作社以及人民公社将人们聚集在一起，个体劳动变成集体生产，田野变成农场，田园成为广场，众多男女在一起劳动，人多势众，场面喧嚣，交织成声势浩大的劳动交响乐，在五六十年代农村土地上奏响。作家满怀热情地描写劳动场景，吹奏生产劳动的田园欢歌。

田园欢歌的重要内容是田园风光。中国知识分子情系苍生社稷，欣赏田园风光。五六十年代的知识分子承袭了这一心理传统，对田园风光倾注了更多感情。田园风光是五六十年代乡村叙事的重要构成，无论作为人物活动背景还是事件发生场景，也无论渲染环境还是主观抒情，都需在田园风光中完成。孙犁、刘绍棠、柳青、秦兆阳、浩然等作家的乡村叙事因对田园风光的生动描绘而充满诗情画意。当然，作家秉持"二为"方向创作，风景的选取和着色，光线的明暗分布均包含着社会政治内容。

农村叙事离不开生产劳动，因情趣不同对劳动生活的描写而有田园牧歌和集体欢歌的差异。田园牧歌把劳动当作诗意人生，在劳作过程中寻求诗意实现自我；田园欢歌在更为广阔的时空书写劳动，表现集体劳动的欢歌笑语。田园牧歌的主角是有钱有闲有地的隐士，田园欢歌的主体是劳动群众。牧歌写个人优哉游哉的生活情趣，欢歌写集体劳动的热烈场景。牧歌弥漫着自由闲适的人生情调，欢歌充盈着集体主义和革命乐观主义精神。牧歌是自由随性的诗性生活，欢歌包含着社会目的——表现劳动者热爱集体的思想觉悟，歌颂他们为建设家乡、建设美好生活而吃苦耐劳的品性。牧歌和欢歌是两种不同的情调。

50 年代有人删繁就简，继续写田园牧歌。闻捷创作新时代的"田园牧歌"，《天山牧歌》写青年男女在劳动中收获了快乐，也收获了爱情，姑娘把是否热爱劳动、有没有奖章当做爱情标准；而小伙则是热爱家乡、把青春献给家乡建设的劳动模范。"你爱我一身是劲，我爱你双手能干"，"牧羊人爱牧羊人，就像绿水环绕青山"。在这里，劳动不是单纯的体力劳作，而是考量劳动者思想感情的尺度。闻捷的诗单纯、素朴、明快、清凉且充满情趣，确有传统牧歌情调。有的作家径直地描写热烈喧腾的劳动场景，青年男女在劳动中开展竞赛，你追我赶，载歌载舞，劳动如游戏，旨趣却是革命功利。集体劳动气氛活跃，场面欢畅，关系简单，过程热闹。如王汶石写社员们在寒冬腊月为来年的丰收装配高温沤肥坑，人们干得热火朝天，"拉大车的，推小车的，挑木桶的，扎草把的，来来往往，紧张热闹。天虽冷，不少人却只穿着单裤子。生产委员王振家，甚至敞着衣襟，露着胸膛，就这样，头上还冒着滚滚的汗珠"，[1] 表现了农民的劳动热情和革命觉悟，洋溢着热烈欢快的革命浪漫主义情绪。

生产劳动固然重要，但多数作家并不直接写劳动场景和过程，概因劳动场景和过程就像战场打仗，正面描写比较困难且影响形象塑造。他们把劳动当做"载体"，通过劳动塑造形象，表现劳动者的思想感情和社会觉悟。这是扬长避短的叙事策略，也是创作时尚。比较而言，浩然下的是笨力气。他惯于和擅长

---

① 　王汶石：《风雪之夜》，中国青年出版社 1958 年版，第 3 页。

正面描写劳动场景，《艳阳天》也因此显示出丰厚的生活经验和实感。作品开始写二十几个乡联合挖渠引水的场景，声势浩大而壮观："高山被劈开，棱坎被削平，民工们干得很起劲，沟谷被填满，河床直冲过来，伸进前面的平原上。在这绿色的世界里，它像一条黄色的巨龙，摇头摆尾地游动着，显得特别精神。"民工们"刨土的、开石的、推车的、挑筐的，还有背石头的；你来我往，你呼我叫，加上呼啦啦飘动的红旗，唱着评戏的广播喇叭，热闹非常，真是一幅动人的图景"！① 萧长春和背石头的队伍"从河槽里面往上爬，他们光着肩膀，背着木棍拼成的木架，背架上绑着大块石头，在陡立的坎子上，弯腰哈背、吭哧吭哧地移动脚步。"虽然艰辛备至，但他们兴高采烈，干得热火朝天。热烈的劳动场面"表现了高级农业合作社成立以后的新气魄"，也传递出革命浪漫主义气息。

浩然的劳动叙事侧重于表现集体情绪，其描写带有鲜明的集体欢歌色彩。作品写焦淑红和东山坞的青年们利用午休时间，在乱石丛生的河滩上开荒种树，吃了很多苦，但谁都不叫苦，他们在劳动中开展竞赛，"一边干着活儿，一边谈论着年轻人最感兴趣的事，谈得高兴了，就放开胸怀地大笑一通；或者由一个人随便哼两句歌子，全体都跟着唱起来"，② 欢乐气氛伴随着劳动过程。因为"他们心里充满着春天，春天就在他们的心里边。他们每个人都有自己的欢乐和追求"。他们憧憬着美好的未来，"桃行山被绿荫遮蔽了，春天开出雪一般的鲜花，秋天结出金子一样的果实；大车、驮子把果子运到城市里去，又把机器运回来。那时候，河水引到地里，东山坞让稻浪包围了；村子里全是一律的新瓦房，有像城市那样的宽坦的街道，有俱乐部和卫生院；金泉河两岸立着电线杆子，奔跑着拖拉机……人呢，那会儿的人都是最幸福最欢乐的人了，那些爱闹事儿、一心想走资本主义道路的人，也都觉悟过来了，再不会有眼下村子里发生着的那些怪事儿了……"③ 想到未来，他们心美如初，说着笑着，又唱起来了。歌声越唱越响亮，越唱越有劲儿。他们在欢快的笑声中劳动，在欢快的笑声中收工。浩然就此传递出热烈欢快的时代情绪。

在科技落后、生产工具简单的五六十年代，田间劳动是消耗体力、磋磨肉

---

① 浩然：《艳阳天》，人民文学出版社 2005 年版，第 5、6 页。
② 浩然：《艳阳天》，人民文学出版社 2005 年版，第 171 页。
③ 浩然：《艳阳天》，人民文学出版社 2005 年版，第 172 页。

体、考验意志的体力活。劳动者面朝黄土背朝天，风吹日晒雨淋，下苦力流大汗，劳动是对体力和耐力、意志和态度的考验，也是对情感和思想、精神和境界的检验。因为劳动目的是建设社会主义新农村，是否热爱劳动其实是对互助组、合作社和人民公社的态度问题，是对社会主义革命事业的态度问题。劳动的意义升华到如此高度，对劳动的歌颂也就顺理成章。而诗性的劳动书写也就转化为功利意识明显的革命浪漫主义。

50 年代后期，劳动过程和场面带有浮夸的成分，无论劳动过程还是强度，场景还是结果，劳动者的态度、热情、思想、体力、强力、意志，都带有浮夸的成分。如"大跃进"民歌"凑上太阳抽袋烟，揩块白云擦擦汗"等。小说、戏剧虽然没有这般夸张，但如《十三陵水库畅想曲》《降龙伏虎》所写，劳动强度超出生命极限，劳动过程成为程式，想象夸张超出极致，革命浪漫主义走向歧途。

60 年代后的农村题材创作旨在演绎阶级斗争理论，表现荒唐的现实和扭曲的人性，浪漫主义的革命性想象发挥到极致，田园充满战火硝烟，嘈杂掩盖了欢歌，争斗取代了诗意，浪漫主义精神荡然无存。

第十九章　孙犁在回忆中找寻"善良和美好的东西"

与其他作家相比，孙犁的创作属于别种浪漫。所谓"别种"，是说他也写新时代农村和农民生活，写农民响应时代号召走集体化道路，但与当时流行的创作存在诸多差异——众作家按照时代要求以"道路"为基准表现复杂的农村现实，歌颂农村社会主义革命和建设，孙犁的《铁木前传》和《村歌》却表现了别样的内容和情调。革命战争叙事是孙犁50年代创作的重要构成，《风云初记》《山地回忆》等作品与其他作家作品也存在很大差异——其他作家旨在表现人民战争思想，作品具有鲜明的革命英雄主义特点和传奇性，孙犁意在"记录人的思想和情绪、意志和操守"，表现战争期间真善美的"极致"。

孙犁无意违逆"二为"方向和社会主义现实主义"创作准则"。他经受过革命战争洗礼和延安政治文化影响，其思想感情和审美理性都与时代文学流向无逆，农村变革和历史风云的很多内容也都在孙犁作品中得到"顺向"反映。但他无意跻身时代文学主潮，审慎而又固执地保留着自己的审美追求和创作个性，忠实于生活感受，用自己的方式"顺应"时代要求，创作也带有鲜明的革命浪漫主义元素，但主导倾向却是隐性的审美浪漫主义。这是五六十年代文坛上独具特色的风景和美景。

一、创作基于对过去生活的回忆

孙犁是随着革命队伍走进新中国、走进50年代的。他的"走进"包含了两个重要因素：从硝烟弥漫的战争岁月走进欢歌笑语的和平建设时期，从条件艰苦的山区农村走进陌生的大城市。他"走进"了新时代，情感和思维却"滞留"在旧时代。他当然珍爱新社会新生活，但对高歌猛进的革命现实似乎有些迟钝甚至是隔膜。当年冒着生命危险干革命是基于美好理想，那些经历在生命册上刻下了深刻印痕，他常常陷入深情的回忆之中，甚而把过去当作参照对现实人事进行臧否。如他说，"这二年生活好些，却常常想起那几年的艰苦"。① 在怀旧情绪萦绕中，看到某种颜色都会勾起对于往事的温馨回忆："这种蓝的颜色，不知道该叫什么蓝，可是它使我想起很多事情，想起在阜平穷山恶水之间度过的三年战斗岁月，使我记起很多人。"② 孙犁的许多创作是在这种情绪萦绕中完成的。

战争生活是他创作的资源库和原动力，而回忆则是创作志趣和情感标尺。

战争年代生活艰苦但心存理想，情绪欢快；理想实现后却感到有些"失落"，火热的生活既无法慰藉落寞的心灵也无法填充延宕的心理空间，总觉得不如过去值得眷顾珍惜，他甚至说童年生活就像"航行在春水涨满的河流里"的小船，回忆起来，"心情永远是畅快活泼的"。③ 而《吴召儿》则写，"那几年，我们在山地里……吃树叶黑豆，穿不上棉衣，冬天打一捆白草铺在炕上，把腿伸在袄袖里，同志们挤在一块儿，是睡得多么暖和……我们在那山沟里沙地上，采摘杨柳的嫩叶，是多么热闹和快活。"④ 他怀着深切眷恋的情思回味过去，过滤艰辛苦难，删除丑恶血腥，倾心打捞那些诗意的情境和温爱的人物。"善良的东西、美好的东西，能达到一种极致，那就是抗日战争。我看到了农民，他们的爱国热情，参战的英勇，深深地感动了我。我的文学创作，就是从这个时候开始的。我的作品，表现了这种善良的东西和美好的东西……看到真善美的极致，我写了一些作品。看到邪恶的极致，我不愿意写。这些东西，我体验很深，可以说镂心刻骨的。可是我不愿意去写这些东西。我也不愿意回忆它。"⑤ 孙犁在回忆寻找"善良的东西和美好的东西"，其实是将记忆诗化和理想化。过去的经历并非那般美好，但他"爱美若狂"，将很多人事过滤提纯，修缮美化，用回忆的圆满弥补生活的缺憾，用回忆的诗意抵御现实

---

① 孙犁：《吴召儿》，《荷花淀派作品选》，人民文学出版社 1983 年版，第 146 页。

② 孙犁：《山地回忆》，《荷花淀派作品选》，人民文学出版社 1983 年版，第 157 页。

③ 孙犁：《铁木前传》，《孙犁全集》第二卷，人民文学出版社 2004 年版，第 148、134 页。

④ 孙犁：《吴召儿》，《荷花淀派作品选》，人民文学出版社 1983 年版，第 146 页。

⑤ 孙犁：《文学和生活的道路》，《文艺报》1980 年第 6—7 期。

的烦恼。

而这也意味着，对孙犁而言，回忆其实是对现实生活的"躲避"。他生性平和，喜欢安静，厌倦嘈杂争斗。50年代初期政治运动接二连三，人际关系初现生分、疏离、紧张的端倪，他熟悉的圈子里就有很多"意想不到"的变故，甚至是令人战栗的事实。他深感烦恼和忧虑，并审慎地选择规避。创作亦然。《铁木前传》写农村社会主义革命要求农民走集体化的道路，散漫保守的农民因对"道路"的认识和选择出现分歧，产生了先进与落后、要求与抗拒的矛盾。这种分歧和矛盾渗透到家庭和朋友关系中，原本和谐自然的关系变得非常紧张。他说"这本书，从表面上看，是我1953年下乡的产物。其实不然，它是我有关童年的回忆，也是我当时思想感情的体现。""它的起因，好像是由于一种思想……这就是，进城以后，人和人的关系，因为地位，或因为别的，发生了在艰难环境中意想不到的变化。我很为这种变化所苦恼。"[1] 他用温馨的旧时情景对照"生疏"的现实关系，在怀旧情绪萦绕中完成现实叙事。作品表现了两种生活情境：儿时生活富有情趣和诗意，单纯可爱，令人神往；长大后却因道路选择出现进步与落后的矛盾，人性变得复杂，关系也出现生分。老一辈农民过去感情淳朴真挚，互相照应，彼此交心，患难与共；现在却因与年轻人大致相同的原因导致关系破裂。表面上看，关系破裂是因为黎老东经济条件变好而疏远傅老刚。其实不然，黎老东有求富之意和炫富之嫌，却无嫌贫之心。他的思想停留在旧时代，想发家致富过上好日子，拒绝走集体道路；而傅老刚则紧跟时代前进，积极响应号召走合作化道路。道不同不相为谋。铁、木关系破裂虽与六儿、九儿的表现不同，但实质都根源于"道路"的差异。

孙犁留恋淳朴的人际关系和美好的人性，但失去的已经失去，未来将沿着现实的射线伸延。至于延伸到何处，作品匆匆结束，故事戛然而止。对此很多人感到遗憾，惋惜"铁木"只有"前传"没有"后传"。其实这正是孙犁的高明处，也是作品的魅力和深意所在。且不说他写的就是"前传"，已经完成了预期目的；即使他身体健康还能够续写，也未必顺利"终卷"。因为他不敢想象未来，也不愿意想象未来——未来并不美好，人性不再纯洁，人物也不复可爱——六儿随性而为，不思进取，九儿过于进步，失去纯真；黎老东在发家致富的道路

---

[1] 孙犁：《关于〈铁木前传〉的通信》，《鸭绿江》1979年第12期。

上越走越远，傅老刚则在合作社里找到新的友谊。他们各奔东西，距离越来越大，现有的悔愧、自责和失落感也都将荡然无存。这是爱美者孙犁所不愿看到的。他写"前传"，在记忆的温情里表现关系变化的心灵之痛。他苦恼于现实残缺，更担心未来恶化，他不愿面对恶化。

孙犁说《铁木前传》是有关"童年的记忆"，表明了情感立场，也透露出对现实的态度。作品描写童年生活的文字不多，但美好的记忆总出现在关系变化的忧伤叙事里，无论进步了的傅老刚还是滞后的黎老东，乃至九儿都为那失去的美好而心痛——概因孙犁心痛。作品取材于农业合作社运动，却与时尚迥然不同。对于"运动"他表示了认同，但缺少其他作家作品那种充分肯定、高度赞扬的热情。他意在悲悼纯真人性和淳朴关系的失落，而失落的原因恰恰是"运动"。理性认同抵不过感情的挫伤，正面表现显得抽象无力和"言不由衷"。而温馨的回忆，眷恋的情思，抒情的氛围，诗意的向往，惆怅的感触，失落的心境，冲淡了关于农业合作社的正面描写和服务现实的主题，也疏离了时代文学的主轨道，显示出别样的浪漫主义诗情。

土地改革和互助组是50年代中国农村翻天覆地的革命，牵动了众多作家的神经，也激发了书写热情。无论让"耕者有其田"还是打破传统生产方式、组织起来共同生产，都是前所未有的革命，也都期许了美好理想。孙犁对土地革命、斗争复查和互助组生产的很多内容作了正面描写。他敏锐地注意到，变革改变了农民的生产和生活方式，也改变了风俗民情和伦理关系。《铁木前传》以土改和互助组、合作社作为背景，表现因道路选择和生活变化所引起的乡村伦理关系的变化——淳朴的关系遭到破坏，世俗化因素得到加强，多年的老友成为路人，两小无猜的青年变得生分。青年们走到前台挑战父辈的生产和生活方式，他们要走集体化道路，牧歌式的乡村生活就此变得嘈杂喧嚣。他深情地缅怀过去，悲悼旧时情景，为美好人性和人伦关系的消失黯然神伤。《村歌》是更现实的题材，称其为"回忆"，是说孙犁并非追着时代潮流创作，他所写的现实生活也是"昨天"或者"上午"发生的事，属于"朝花夕拾"。作品注意到互助生产泯灭个性，滋生消极自私的思想情绪，使人际关系紧张。积极参与者如双眉在互助组发展中成长进步，但进步了的双眉反不如以前美好多情。孙犁的"短回忆"抒发了低沉忧伤的感情。

二、满怀深情弹奏温馨的田园牧歌

孙犁淡化战争期间的死亡、灾难和饥饿，淡化新时代农民告别"旧传统"的无奈，却以浓重的笔墨表现冀中农民博大、深厚、辽阔的襟怀，赞美田园风光和农家生活的温情笑声。燕赵多慷慨悲歌，农民厚人伦，重情义。他们热爱生活，遵守秩序，积极乐观，勤劳俭朴，用汗水浇灌家园，用真情维护道义，用从容应对变故。乡村生活中有天灾人祸和妻离子散，有战争和死亡的威胁，有为难事和苦痛心，但他们没有被灾难、死亡、战争、洪水、饥饿和病魔等天灾人祸压弯摧垮，也没有愁眉泪眼和悲切哭诉。他们相信，任何灾难都能扛过去，再大的凶险都能化解。他们恪守简单而厚重的生活秩序，循着几千年的生活轨道踏歌而行。真实的乡村生活当然不是这样，战争年代不是这样，50年代也不是这样。孙犁对此有深切体验，但他刻意简化、美化和诗化乡村社会，用真情和深情弹奏淳朴淡雅的田园牧歌。

与《铁木前传》相比，《风云初记》是"长回忆"。他在回忆中描写熟悉的战争生活，弹奏古朴悠扬的乡村牧歌。战争改变了部分农民的生活和命运，他们走上革命道路，但多数农民依然守护着家园，守护着乡村生活秩序。他们白天在地里耕耘播种辛苦操劳，晚饭之后聚在场院里娱乐休息，冬天有草台班子唱戏，民间艺人表演文艺节目；夏天"农民们坐在风凉的地方，恢复白天的疲劳，庆贺护麦胜利。妇女们刷洗了锅碗，挂上大门，也跟在后面来了。她们一手抱着孩子，一手扯着宽大的麦秸垫子，铺展开了坐在男人的后边。孩子躺在怀里，她们拍打着，哼哈着，什么时候孩子睡实着了，就把他放到草垫上去。"[①]老人在大树下纳凉讲故事，青年人寻找避人处谈情说爱，幽静处则有女人脱光了衣服在河水里洗浴，听到外地行船的击水声，把身子缩进水里，害羞地喊道："不要往我们这里看。"山里人生活贫苦艰难，却没有苦面愁容，作品写牧羊人背着水斗饭袋，抱着牧羊小铲，向着阳光坐在长城墩台上欣赏日落月出的晚景，黑色的羊群在岩石上欢快地跳跃，人和羊沐浴在落日的红光里，诗情画趣，恬静自然。战争风云卷起，自然会产生动荡，改变乡土秩序，但田园

---

① 孙犁：《风云初记》，《孙犁全集》第四卷，人民文学出版社2004年版，第275页。

依旧，生活如常，春种秋收，晨起暮眠，鸡鸣犬吠，牧歌依稀。中国农民认命且乐命，无论什么情况下都随缘淡定，按部就班地生活劳作，有滋有味地生活劳作。孙犁欣赏这种古朴的生活情调，而疏离变革的喧嚣嘈杂。

孙犁也写男女情事。田野多风月，恋爱、相好和偷情是乡村生活的重要内容，也是刻画性格、塑造人物的重要方式。在限制人性、人情的50年代，作家把爱情与革命和劳动连在一起，让爱情服从革命和劳动，且止于思想情感交流而回避身体接触和性爱内容。孙犁写乡村风情接受了"写情不写性"的规约，且耽于表现美好情感的创作追求，其描写含蓄蕴藉，点到即止，发乎情而止乎礼，简化、淡化、纯净化。《风云初记》写高庆山和妻子分别十年，秋分照顾公公，打理家园，含辛茹苦盼到丈夫归来，夫妻相见深情无语。秋分平静地点火做饭，倒出所有白面，放上所有佐料，用全身力量揉面，既没有情话诉说，更没有性事描写。春儿与芒种两情相悦，春儿送芒种参军只说些别后勿忘的话，芒种轻轻抱起春儿的头把嘴放在她脸上，春儿随即推开说"就这样。你走吧，我反正是你的人了！"芒种从此也"负起了一种必要报答的恩情"。他们的爱情因为战争的持久如马拉松长跑般漫长，且受空间限制很少见面，留在心灵深处的是绵绵幽幽的思念。有时他们参加同一场战斗，近在咫尺也不能相见交谈，甚至连对望一眼都没有。"在这样紧张的战争情况和紧张的工作里……他们的心，被战争和工作的责任感填满，被激情鼓荡着，已经没有存留任何杂念的余地。"①

有意味的是另类女性的"风情"。《歌声》写双眉有风姿，爱打扮，好说好笑，经常赶集逛庙会。她会唱也爱唱，因夜间排戏男女杂处而招来风言风语，甚至被视为"流氓"。作品开头写她"出场"，着短裤穿红鞋，"诡异地"引领区长到她家里，风姿隐逸颇有风流女子状。她其实是热情、爽快、能干的青年女性，走上集体道路后，把心上人"逼"去参军，爱情也逐渐冷淡，甚至连闲话也不复存在。《铁木前传》中的小满也是多情女性，她妩媚迷人，聪明多情，向往自由，拒绝束缚，被视为"放荡"女子。因婚姻不幸住在姐姐家，却被当作花瓶招蜂引蝶，遭受诸多歧视和非议。她痛苦无助，与六儿相爱缠绵，无拘无束。作品写他们经常幽会，写他们"贴身站立着"，写"两人钻进绵软温暖的麦秸里"，钻进一个被窝里暖和，写小满偷偷地把嘴唇伸到六儿的脸上，热烈地吻

---

① 孙犁：《风云初记》，《孙犁全集》第四卷，人民文学出版社2004年版，第441页。

他，甚至写她洗脸时"胸部时时摩贴在干部的脸上"……人物举止有些"轻佻"，描写却无越轨笔致。她的坦荡风情和大胆放纵是乡村生活的风流小调，回荡在人际关系开始紧张的空气中，虽然不合节拍，却生动悠扬，富有情趣。

孙犁自然要写矛盾斗争，这是乡村社会的基本内容，谁都无法回避。孙犁有自己的取舍标准，其描写异于他人。《风云初记》写高蠡暴动中地主田大瞎子被打瞎了一只眼，参与者在暴动失败后，有的退守田园居家过日子，有的流落他乡漂泊多年又回来，有的外出寻找革命组织。暴动对象与未逃离者比邻相居能否相安无事？出逃者归来后与暴动对象怎样相处在同一块土地上？类似的故事在梁斌笔下是冯老兰听说朱老忠回到锁井镇发出阴冷的笑声，而朱老忠则说冯老兰就算像座山压在头上也要掀他"两过子"。仇恨刻骨铭心，斗争重新开始，农民在斗争中走上革命道路，地主勾结官府寻隙报复。镇压与反抗、抗争与报复的斗争愈演愈烈，乡村矛盾错综复杂势不两立。而孙犁则用冲淡平和的心态，描写农民没有与田大瞎子化干戈为玉帛，但旧书页翻过去了，生活重新开始。田大瞎子没有寻隙报复，而只要他不为非作歹，农民组织也不对他怎样。彼此心存芥蒂，关系不能和好，却也没有剑拔弩张咬牙切齿。子午镇农民就像作品中的老常，相信人的善良品性，思想感情里"记下了古往今来他能够听到的、给人类增加光辉并给了人类真实广阔的生活信心的典范"。① 由此形成淳朴的风俗民情。孙犁战争小说的基本内容是对简朴的乡村生活、善良美好的人性和淳朴的风俗民情的深情礼赞。

三、诗情最浓是女性

孙犁笔下的人物五光十色，最能代表创作成就和风格的是女性形象。他偏爱女性也善写女性，是女性美的发现者、表现者和赞美者。在他看来，"人生的悲欢离合总是与她们有关，所以常常以崇拜的心情写到她们"，② 写她们在复杂的斗争环境和前进的时代潮流面前，在生死考验和艰苦生活以及被压抑的处

---

① 孙犁：《风云初记》，《孙犁全集》第四卷，人民文学出版社 2004 年版，第 421 页。
② 孙犁：《关于〈铁木前传〉的通信》，《鸭绿江》1979 年第 12 期。

境中，表现出积极向上、乐观自信的精神品格。他倾情塑造的形象有水生嫂、吴召儿、春儿、李佩钟、双眉、小满等。她们是孙犁文学世界美丽动人的风景，寄托着孙犁的社会和审美理想，是孙犁小说浪漫主义特色的重要构成。

有些女性形象从正面表现了孙犁的社会和审美理想。如水生嫂、吴召儿、妞儿、春儿、秋分、九儿等，她们朴实纯净，隐忍坚强，乐观开朗，既有中国女性勤劳贤惠的传统美德，也有时代女性的社会觉悟；既有美丽清纯的外表，也有忠贞坚强的内心。在家里，她们操持家务，生儿育女，孝敬老人，承担着为人妻为人母为人女的重担；走出家门，她们明事理，晓大义，积极向上，跟随时代潮流前进，承担起应尽的社会责任。她们有苦劳有委屈但不抱怨，有担当有贡献却不张扬。无论新道德还是旧道德，社会标准还是审美标准，她们都是值得赞美的形象。最能代表这类形象性情的是水生嫂。她出现在"现代文学"人物画廊中，是这类形象的"老大姐"。她依恋丈夫却支持他带头参军抗战，舍不得丈夫离开，怕影响丈夫情绪却不明说，苇眉子扎破手指的细节表现了她温存蕴藉的内心世界。丈夫走后她默默地挑起伺候老人、养育孩子的家庭重担，以艰辛的劳作成就丈夫抗战报国的志愿。水生刚离开家时，她和几个女人到区里看望，想念丈夫却又找出借口托辞，将思念之情表达得含蓄得体。白洋淀遭遇敌人，她们心急却不慌乱，机智地逃离危险，无意中诱敌深入帮助丈夫打了胜仗。简短的对话，生动的细节，紧张的战斗，淡定的心情，将水生嫂刻画得活灵活现。五十年代塑造的吴召儿、妞儿等形象延续了水生嫂的品性。吴召儿机智勇敢，热情负责，乐观自信，出色地完成了"向导"任务；妞儿心直口快，勤快热情，说话有些"刁蛮"，但心地善良，关心别人，信守承诺，是清纯可爱的少女形象。

春儿、九儿、双眉身上也有水生嫂的基因，但"出生"的时代和文学语境发生了变化，形象性格也发生了变化。孙犁把她们放在社会舞台上塑造，表现出较多的社会内涵。《风云初记》写春儿从朴实的农村姑娘成长为担负革命职责的战士，成长道路上经历了诸多考验和锻炼，她具有勇敢坚强、追求进步的革命品格，也具有热情、温柔、开朗的女性品格。与水生嫂相比，她更多地活跃在社会舞台上，社会理性内容冲淡了女人性情表现。九儿也是这样的形象。小时候她是天真无邪的乖孩子，与六儿玩耍，两小无猜透着可爱，长大后成为追求进步、有社会觉悟的青年。她积极参加青年活动，对六儿的思想落后、性情放荡感到痛心，试图把他拉回到时代发展轨道上。她做了很多努力，表现了时代青年的觉悟，可敬可爱似乎缺少少女灵性。双眉长得漂亮，性格开朗，举止妩媚大方，是招人喜爱的女性。为维护自己的声誉，证明自己清白有能力，她积极争取参加生产组，在生产组里，她处事公道，积极能干，降服了最难缠的生产组成员，把最烂的生产组管理得井然有序。孙犁为表现她的进步花费了很多笔墨，却减少了女性柔情的描写，影响了形象魅力。

概略地说，春儿、九儿、双眉还是孙犁理想中的形象，还是真善美的体现者，但与水生嫂相比，灵性和饱满程度却打了折扣。究其因，是"塑造环境"和"女性标准"发生了变化。在强调社会性、抑制自我、打压个性、拒绝人性和人情表现的时代语境中，孙犁让她们离开家庭走上社会，按照时代标准刻画性格，既拆除了女性"演出"的最佳舞台，也减少了女性表现的空间。"环境"和"标准"发生置换，既是时代潮流的强势推动，也是孙犁的自觉追求，是觉悟和性情的逆差性表现。

小满是有追求、有个性、有见识的女性形象，体现了孙犁的审美理想和探索精神。她出身和成长的环境龌龊，婚姻遭遇不幸，来姐姐家躲避悲剧婚姻，却被歧视性的目光和损害性的舆论包围着、伤害着，内心十分痛苦。龌龊的环境和屈辱的处境让她憋屈愤懑，也让她畏惧无奈。她懂得生活的意义和情趣，循着心性追求有情趣的生活，用聪明才情应付周围环境，躲避试图改变她、催促她"进步"的善意行为；也用聪明才情享受生活，追求快意人生。在驻村干部面前，她的行为似乎有些"轻佻"，但"表情是纯洁的，眼睛是天真的，在她的身上看不出一点儿邪恶"。与六儿相处，看上去有些随意和放纵，但对她来说，既包含着反抗旧式婚姻、反抗周围环境的因素，也包含着寻求寄托和依靠、追求爱情和自由快乐的成分。即便是自由放纵也是可以理解的，因为她爱六儿，想做真正的女人，希望在婚恋中活得自由快意。她拒绝参加青年人组织的社会活动，缺少时代青年积极向上的社会热情和进步追求，是"规范"和"限制"时代的自由主义者，也是革命时代大潮中的逆行者甚至挑战者。其行为，既不符合旧的道德规范——按照旧道德，她有婚姻而不守约束和"妇道"，生活作风存在问题；也不符合新的道德标准——按照新道德，她思想落后，自由散漫，与六儿的爱情没有建立在热爱新生活和集体活动的基础上。无论是社会标准还是审美标准，她应该受到批判和否定，但孙犁没有从众随俗。他同情她的遭遇，愤慨她的处境，欣赏她的美丽，认可她的自由随性，即便是对她的散漫放纵和拒绝进步也没明确表示然否。作品最后写她坐着六儿的大车走了，离开这个不能接受她，而她也觉得无自由不开心的地方。离开是意味深长的选择，回应了作品开头所描绘的自由恬静的生活情景，也表明了孙犁"叛逆性"的道德、社会和审美倾向。小满是道德、社会和审美"三标准"革命时代的"另类"，也是一个内涵丰富、充满魅力的女性形象。

李佩钟也是体现孙犁审美理想和探索精神的"另类"女性。但"另类"的含义与小满迥异。小满的"另类"表现为对道德、社会和审美"三标准"的反叛，而李佩钟却是符合革命要求的女性。所谓"另类"，在于她是出身剥削阶级家庭、带有传奇色彩的革命知识分子形象，也是审美标准革命化时代忌惮的女性形象——既区别于孙犁笔下其他女性，也异于其他作家笔下的女性。

李佩钟颇具传奇色彩。她出身富商家庭，嫁给封建地主子弟，父亲钻到钱眼儿里过日子，"丈夫"当了汉奸专员，"公公"私通敌伪与冀中人民的抗日斗争作对，而她却是热血青年。她勇敢地背叛了出身和家庭，积极投身民族抗战洪流，是一个有觉悟、有作为的革命者。她受命领导农民拆城墙，破坏道路，阻止日寇进攻，工作艰苦，任务繁重，她没有畏难推辞，表现出高度的革命热情和出色的工作能力。更具传奇性的是，她是冀中人民抗日政权的第一个女县长。在处理农民与"公公"的官司中，她坚定地维护农民立场，毫不犹豫地惩罚"公公"，鼓舞了人民革命的斗志，打击了不法地主的嚣张气焰。她爱雅静，有个性，激动时流泪，顺心时唱歌，血肉丰满且有灵性。作品写她当县长后，亲自动手书写"人民政府"牌匾贴在县政府公堂上。看到这几个大字，她心里涌起神圣的感情，暗自表示，要为此献出青春，"用革命的工作，充实自己的幻想和热情"。她是有人性和母性、可亲可敬的革命女性形象。

李佩钟是美的女性形象。她身材苗条，面庞白嫩，眼睛真挚多情，有知识分子的浪漫情趣，爱花，爱雅静，爱唱歌，爱幻想，即使在战争环境中也保持温雅可爱的天性，而略带忧郁的精神气质更增添了女性的柔美。她有很深的感情创伤，需要爱情抚慰，却隐忍退让，独自吞下苦果，笑面示人，表现了坚强的性格和宽厚的襟怀。她爱高庆山，却把爱的追求深埋在心底，热情地为高庆山夫妻安排房子让他们过夫妻生活，表现出善良的品性和高尚的情操。"我自己已经饱尝婚姻问题的痛苦了，我不愿意再把这痛苦加给别人"①，她将痛苦留给自己，且总是带着微笑做她应该做的事情。"女人的青春的一种苦恼，时时

---

① 孙犁：《风云初记》，《孙犁全集》第四卷，人民文学出版社 2004 年版，第 172 页。

刻刻在心里腾起，她努力把它克服，像春雨打掉浮在天空的尘埃"。① 她以坚强的意志力克制住青春的苦恼，全身心地投入到民族解放事业之中，用革命工作的春雨化解爱情的"尘埃"。

李佩钟是悲剧形象。她受过良好教育，有文化知识和革命觉悟，这是她出淤泥而不染、拒不接受包办婚姻的原因。家庭出身没影响人生道路选择，而婚姻却给她带来深深的伤害和巨大的痛苦，是她悲剧性命运的源头。尽管婚姻系其父包办，"丈夫"名存实无，"田家媳妇"更无实际内容，但这毫无内容的婚姻形式却绑定了她的身份，束缚着她的身心。在婚姻问题上她不是独立的自然人。她解除婚姻或许不需要付出多少努力，因为"丈夫"是花花公子并不把婚姻当回事，但追求爱情却要付出比别人都要艰辛的努力。在封建势力极其强大的农村县城，在很多人的心目中，她就是"田家媳妇"，就是结了婚的女人。她有追求的欲望和权利，但别人却不能不顾忌既定事实。事实上，即便是她自己在追求爱情时也无法像独立的自然人那样自由热烈。她在社会舞台上可以凭着觉悟和热情放开做事，而在爱情婚姻问题上却备受限制。她始终无法摆脱没有实质意义的婚姻的束缚，也始终没有获得爱的权利和享受被爱的快乐。她带着无尽的痛苦默默地死去。

李佩钟是很有"戏"的女性形象，但随着清规戒律增多，孙犁遇到很多障碍——家庭出身和婚姻关系以及知识分子身份都决定了不能对她放手描写。这是时代文学的铁律，越到后来限制越严格。孙犁只好淡化处理：先是写她负伤去医院养伤，伤愈后让她到地委机关工作，叱咤风云的女英雄逐渐变得遥远和模糊。作品最后交代人物结局，写她在随部队突围时掉进井里，因无人救助凄惨地死去，写她临死前还用手奋力挖洞，把机密文件保存起来。她是凄惨可敬的女性！孙犁痛惜她的遭遇，理解她的痛苦，欣赏她的美丽，赞美她的真诚、善良和柔美。她集传奇性、悲剧性和美于一身，是富有内涵和艺术魅力的女性形象。

李佩钟死得悲惨，也有些凄凉。作品最后交代人物结局，孙犁为她掬一把同情泪，告慰亡灵，但因心存顾忌还须遮掩和打折扣，甚至"无中生有"地说"在描述她的时候，不是用了很多讽刺的手法吗？"② 细读作品，除变吉哥觉得

---

① 孙犁：《风云初记》，《孙犁全集》第四卷，人民文学出版社 2004 年版，第 127 页。

② 孙犁：《风云初记》，《孙犁全集》第四卷，人民文学出版社 2004 年版，第 445 页。

她问得详细和写介绍信"过于浮饰"(她是善意且热情的)之外,并无讽刺笔墨。所以有此突兀无据的"表白",源于当时的政治和文学形势。这段文字写于 1962 年,在当时情况下,对她正面塑造、热情赞美是颇犯忌、很危险的事情。"讽刺手法""不应该求全责备"云云,也都是孙犁为避免麻烦自挖的"壕堑"。

孙犁的"另类"女性是有灵性和魅力的艺术世界。这个世界生动,浪漫,诗性,多情,是生活美、人性美、女性美的极致。李佩钟和小满的处境和遭遇不同,生命形式和性格命运不同,都给读者带来情趣和故事,带来美、浪漫和诗意的享受。从某种程度上说,孙犁创作的浪漫主义源于这些美丽多情的女性。

四、抒情强化、故事淡化及结构问题

浪漫主义注重主观抒情,而回忆最容易勾起感情。回忆,尤其是对美好生活旧事的回忆,往往伴随着温馨而浓郁的情思。孙犁是诗性气质的作家,他在记忆中撷拾陈年旧事,其创作具有浓厚的抒情色彩。

孙犁情感丰富而细敏,无论平原纪事还是山地回忆,也无论回忆艰苦的战争岁月还是温习刚刚开始的农村变革,大都情深意笃,其创作过程也是抒情过程。他的短篇小说通篇抒情,故事和人物随着情感抒发得到诗性表现,如《吴召儿》《山地回忆》等,整个作品宛如情意幽幽的抒情诗,汩汩流泻,浪花滚滚,被誉为"诗体小说"或者"散文化小说"。其抒情方式,虽然也有如《吴召儿》开头和结尾那般感情直泻的笔墨,但多数是将感情注入故事叙述、人物塑造和景物描写中,在看似平静客观的描写中抒情,显示出清淡简约、委婉蕴藉的特点。长篇小说叙事内容复杂,抒情方法变化多端,有从容平静的叙述描写,也有情到深处的纵笔宣泄,汹涌澎湃的抒情随处可见。《铁木前传》开头大段抒情为故事发展营造了浓厚的抒情气氛,随着人物出场生活画面缓缓展开,抒情笔墨穿插其间。如九儿参加青年打井队感到特别振奋和新鲜,清脆的锤声勾起丰富而诗意的联想。"在她的童年,在战争的岁月里,在平原纵横的道路上,在响起的大队战马的铿锵的蹄声里,也曾经包含着一个少女最初向国家献出的，金石一般的忠贞的心意！"①感时花溅泪，恨别鸟惊心，孙犁创作缘情而起，所写动情之事，常于生活细事的描写中泛起情感波澜。《铁木前传》情感浓郁而复杂，既要正面表现农村变革生活的火热，也要表现这种变革影响了淳朴的人伦关系，使纯净的人性和人情增添了许多杂质；既有对往事的眷顾神往，也有"乐园"消失而产生的淡淡神伤，还有对受伤感情的温情抚慰。美好的回忆，热情的赞歌，失落的忧伤，热切的希望和无奈的叹惋，各种情绪混合在一起，交织成幽怨苍凉的情调，浑厚悠长，回味无尽。

战争生活是孙犁最深刻的记忆和最珍贵的财富，《风云初记》怀着浓厚的情感回忆那段经历，热烈的抒情随处可见。他在回忆中寻找真善美，奋力挖掘蕴含在中国农民身上的精神力量，热情赞美冀中平原劳动人民在民族生死存亡的危急关头，拿起刀枪投身民族救亡运动，写他们经过战斗生活洗礼而成为胸怀大义、视野开阔的战士。孙犁动情地表现他们胸襟开阔、勇敢坚强的品格和蔑视困难、积极乐观的情绪，称他们是民族抗战的基石和胜利的保证。他与笔下人物曾经生死相依，创作过程是回忆过程，也是重新经历的过程。他沉浸其中，置身其内，有时"忘记"所写所感是"他"还是"我"，甚至"忘记"自己是在写小说——他"罔顾"小说的文体特点而任凭感情的火焰燃烧，用热烫的文字讴歌养育英雄人民的那片热土，讴歌善良朴实的农民和淳朴的风俗民情。无论由人物、事件和景色引起的直接抒情，还是将情感抒发与人物心理描写糅合在一起，大都热烈奔放，浓烈厚重。

因为"忘记"是创作还是回忆旧事，"忘记"小说要素和规范，致使创作文体发生"异变"。他忆及故人旧事常常采用散文的手法直抒胸臆，热烈的抒情文字随处可见。情感波涛淹没了作为小说主体构成的人物和故事，导致作品故事不连贯，结构如散文般松散。既有悖于小说文体规范，且词气浮露，失却含蓄之美——是创作之"忌"和小说之"殇"。其长篇多有"犯忌"和"从殇"的地方。但失之东隅，收之桑榆。孙犁的"无节制"抒情失却含蓄之美，却成就并强化了浪漫主义特点。因为浪漫主义的重要特点便是主观抒情性，激情洋溢是浪漫主义所允许的。浪漫主义是强化的艺术。为强化情感表现和审美效果，作家通常用夸张、渲染、铺陈、排比、繁复等超常的方法抒情，创作风格大都热烈浓艳。

---

① 孙犁：《铁木前传》，《孙犁全集》第二卷，人民文学出版社 2004 年版，第 148、134 页。

有强化就有淡化。孙犁强化了主观抒情，淡化了人物关系、矛盾冲突和故事情节。《风云初记》面对那么严峻的形势，残酷的战争，惊险的战斗，艰苦的生活，复杂的矛盾，他都用简约的笔墨平淡写出，没有渲染夸张，没有强化突出，没有英雄壮举，没有苦情惨烈，甚至没有惊心动魄的厮杀和生死离别的缠绵。饥饿灾荒，妻离子散，漫长的等待，无尽的思念，跋涉的艰辛，贫困的煎熬……一切都是那么平实、平静、平常和平淡。如他所说的变吉哥编写的故事，"没有惊人的场面，离奇的故事"，"简单纯朴"，"其貌不扬"。① 如此淡化看似"有悖于"浪漫主义精神，其实正是孙犁浪漫主义创作的特点和堂奥。因为他淡化的是客观写实，强化的是主观抒情。所写人物既是鲜活的生命，也是或者说更是承载着作家情感寄托的人物；所写故事既是实际发生的，也是或者说更是生活经历在心灵世界的留影——留影总要经过筛选，他删除卑劣污垢，只留下美好的东西。淡化不是简单化，而是追求诗化效果所致。《风云初记》《铁木前传》等作品，淡化和诗化了复杂的人性和伦理关系，淡化和诗化了艰苦的战争生活，淡化和诗化了围绕道路问题引发的矛盾斗争，淡化和诗化了错综复杂的故事情节，淡化和诗化了作品人物的思想作为。其创作旨在表现美好的理想和浓郁的诗情。

与强化和淡化相关联的是孙犁小说的结构问题。

孙犁长于抒情而短于结构，成就了短篇也暴露了中长篇的短处。短篇也需要精心结构，但他似乎没有为此劳神，只简要而精致地写出人物和生活，作品便浑然天成。中长篇需要精心结构，将复杂万端的人物故事编织成艺术整体，但他缺少这方面的用心，其创作大都残缺不整。代表孙犁小说艺术成就和境界高度的是短篇小说。而 50 年代孙犁主要从事中长篇创作，限于时代和身体条件多数不尽如人意，《村歌》和《铁木前传》"勉强"终卷，《风云初记》则是仓促收束的"准成品"。

《风云初记》是冀中抗战风云散漫而诗性的呈现。他对人物和故事都倾注了殷殷深情，常常抑制不住激情直抒，致使结构松散。他意在表现冀中农民为保卫家园奋起抗战的爱国热情，人物众多但主要人物和故事地点不很集中，视点在春儿、芒种、变吉哥等人物身上穿梭变换，笔墨随着几个重要人物的活动游移，没有贯穿始终的故事情节和结构线索。他似乎想到谁写谁，所写人物走

---

① 孙犁：《风云初记》，《孙犁全集》第四卷，人民文学出版社 2004 年版，第 140 页。

到哪里画面铺展到哪里，县城、乡村、平原、山区、人物走了很多地方，画面延伸到很多地方。子午镇、五龙堂曾经是聚焦点，春儿、芒种、变吉哥等重要人物的舞台根基都在这里，但他们有的走出去没再回来，有的虽然回来了或者还在原地，但艺术视点已经游移，故事和人物也变得模糊不清甚至被忘记。春儿是较为重要的人物，还在子午镇一带活动，但她没有将留下来和走出去的人物联系起来，也没有生成有关联的故事情节。高庆山、芒种、变吉哥等走出去的人物是伸向远处的射线，他们之间很少生成横向关系，也很少与子午镇再发生联系。芒种牵挂着春儿，但他随部队走出很远，和春儿藕断丝连，近在咫尺也没有相见。如此——人物、故事和地点变动不居，作品结构松散无序。善结构者也要把人物放出去，随着他们的远走扩大艺术表现空间，无论人物走多远都被"内核"紧紧地拴着和牵着。如金庸的《天龙八部》，人物踪迹几乎遍及全国，涉及多个民族的历史恩怨，但始终围绕几个主要人物的命运和家庭矛盾展开，各条线索和故事最终归到一个结上，形成错综复杂的网状结构。这种结构当然不是长篇小说的模式，文学创作也没有模式；但"长篇小说是结构艺术"却是不错的。所谓结构艺术就是用人物命运、故事情节、矛盾线索等构成完整有机的艺术世界。结构完整是衡量长篇的重要标准。《风云初起》是散状结构。孙犁以自己的战争生活经历作画布缘情用墨，风云随着情感抒发飘落舒卷，却没有将它们编织成艺术有机体。

《风云初记》的结构散落与写作时间断断续续有关。[①] 而《铁木前传》写作时间相对集中，却也存在结构松散问题。他把人物和故事紧紧拴在"村里"，"外面"的故事只作幕后处理。"村里"是人物活动的舞台，而舞台却没有发挥凝聚作用，作品结构仍显散乱无序，概因没有主要人物和中心故事，没有矛盾冲突和纲领性线索。作品题目是《铁木前传》，既然是为铁、木二匠作传，黎老东和傅老刚就应该是主要人物，但写他们的笔墨不多，其矛盾和故事比较边缘。重要人物是他们的儿女，但儿女们干了什么？组织起来集体生产共同致富？似乎有这层意思，人物关系变化也与此相关，但就像四儿在黎老东眼里

---

① 《风云初记》前60节写于深泽县，时间是1950年7月至1952年7月，人物活动地点集中在子午镇和五龙堂，相对集中。第61节至90节写于1953年5月至1954年5月，一年时间写成30节，人物、故事和地点都不集中，与前60节的关系也不很紧密，老人物走到新地方，旧故事无法接续。其后因生病搁置，直到1962年春才重新整理，编排章节，重写结尾，成为现在这个样子。作品人事杂乱、结构松散情有可原，且实属必然。

微不足道一样,他所在团体的活动如夜里学习文件,制订生产计划,打井抗旱等均没引起注意,也没有成为牵连众人的核心故事。这条线索既不突出也欠清晰。六儿和小满的关系占了较多篇幅,其作为颇引人注目,但他们是游离时代、游离人群、游离舞台中心的"另类"人物。他们我行我素,自由自在,既不想影响别人,也不愿意接受别人约束——故事生动但没有凝聚力和牵连作用。结构问题其实是人物问题,孙犁让人物各行其是,作品结构自然显得松散。

两部重要作品均存在结构松散问题,与孙犁的精神气质和创作追求密切相关。孙犁诗性气质,爱美若狂,缺少组织复杂材料、拥抱万千气象、创作鸿篇巨制所必备的缜密思维能力,也缺少精心组织和缜密思维的创作追求。短篇创作便是佐证。他的短篇小说被誉为"诗体小说"或曰"散文化小说",这当然是很高且符合实际的评价。但用小说标准衡量,其实也存在结构艺术问题,如《荷花淀》《芦花荡》以及《山地回忆》《吴召儿》均因小说要素的核心地位不突出而更像散文。其实,孙犁原本就不想把作品写得太像小说,也不想让小说范式套住自己。他或许无意识创新,也缺少突破小说文体规范的自觉。但他的诗性气质和创作追求却赋予他自由抒情的创作心境。这是诗和散文的气质和追求,缘情而作,直抒胸臆,罔顾文体特点和要求,即使影响人物塑造、情节安排,导致结构松散也在所不惜。就小说结构而言是散文式的,就创作精神而言却是浪漫主义的,因为结构松散背后是诗性自由的主观抒情和创作精神。

孙犁诗性浓郁而心性细敏,既没有浪漫主义诗人天马行空我行我素的逆天个性,也缺少放声怒吼昂首问天的精神气度。其浪漫主义主观表现有时如"沉静的慈河和透明的琉璃河",在冀中大平原上自由而诗意地流淌,温暖着柔软的细草五谷,摇动着密密的芦苇;有时如"汹涌的唐河和泛滥的滹沱河",洪水奔腾冲破长堤淹没村庄家园,仍澎湃激荡勇往直前。[1] 他或许也想真实地记录现实生活形态,但诗性气质和创作追求使他偏向自由的主观抒情,其创作属于个性浪漫主义。

---

① 孙犁:《风云初记》,《孙犁全集》第四卷,人民文学出版社 2004 年版,第 346 页。

第二十章　王蒙用"青春的金线"
编织"幸福的璎珞"

共和国成立的时候，王蒙还是个不满 20 岁的青年，已有两三年的革命工作经历。他以饱满的革命热情跨进共和国门槛，以浩荡的青春激情迎接新时代到来。其青春生命与共和国融为一体，创作了《青春万岁》《组织部来了个年轻人》等作品。这些创作表现出鲜明的青春浪漫主义特征，为共和国"青春心龄"留下美好的剪影。

一、浪漫主义是青年王蒙自觉的审美选择

王蒙是职业的革命工作者，共和国成立后主要精力集中在青年团工作上。苏联文学点燃了他的创作热情，虽然没有多少时间和精力，也得不到理解和支持，甚至受到批评，影响了晋升，但他仍然如痴如醉，像做地下工作那样"冒险"写作，在创作道路上奋勇拼搏。这本身就具有浪漫和传奇色彩。他很快进入创作境界，无拘束地自由创造，无顾忌地释放艺术才华，放开想象编织绚丽多姿的生活世界，酣畅淋漓地抒发青春浪漫主义激情。他陶醉着，幻想着，想象着，尽情地享受浪漫神奇的精神之旅。[1] 他以充沛的青春激情创作了《青春万岁》《组织部来了个年轻人》等作品，编织出激情、浪漫、欢快、纯净、明

---

[1]　王蒙后来曾经满怀激情和诗意地回忆起当时的创作情态，参见《王蒙自传》第一部和《闷与狂》的相关段落。

丽的青春世界，为共和国的青春岁月留下了美好的剪影，也为自己的青春生命
留下了弥足珍贵的"火焰和花饰"。

王蒙具有 50 年代青年特有的心理特点，也表现出那时代青年的心理特点：
情绪单纯热烈激昂，志向明快高远豪迈，缺少青春叛逆性格，具有服从献身精
神，积极拥抱现实，期待明天更美好。这与他们的"跨时代"经历有关。他们
是从旧中国走过来的，对于旧中国的黑暗、混乱、灾难以及贫困、饥饿等有亲
身经历和切身体会，而对新时代、新生活充满期待。共和国成立后发生的巨大
变革熨平了他们心灵的伤痕，满足了他们的期待，也激发了他们的理想。所以
尽管百废待举，疮痍未愈，他们仍觉得幸福快乐，阳光灿烂，认可现实美好，
相信明天会更好。向苏联学习的时代舆情和革命理论教育在提高他们革命觉悟
的同时也坚定了理想信念。历史转折时代造就了特定的青春心理，苏联文学在
强化时代舆情的同时，也有效地塑造着他们的审美心理。"生活是多么幸福，
生活是多么美好，我愿意永远这样生活，让蓝色的星光照跃着。"这是苏联歌
剧《卓娅》的主题歌，"带来了一种新的情调"，[①] 也表现了时代青年的思想情绪。
这种美好感受和热情期待，是《青春万岁》里少女们的心理情绪。王蒙敏锐地
捕捉并诗意地表现了这种情绪，从而形成了欢快的青春浪漫主义主旋律。

王蒙选择浪漫主义源于多种因素。首先是艺术天才。天才是浪漫主义作家
的内在气质，并不是所有天才都走向浪漫主义，但没有天才很难成就浪漫主义
创作。自由、创造、想象、幻想、自我、情感、崇高——浪漫主义的众多元素
根连着艺术天才，是王蒙创作《青春万岁》时的精神气质。其次，源于苏联文
学的热力影响。共和国初期笼罩着学苏、崇苏的社会和文学空气，浓密而厚
重。苏联文学铺天盖地，影响着共和国文学的建设和发展。苏联文学并非全是
浪漫主义文学，但按照社会主义现实主义创作的很多作品恰如斯大林所希望的
那样，根据建筑脚手架描绘大楼形状，表现出鲜明的浪漫主义风格特点。周扬
曾说，"苏联文学的强大力量就在于：它是站在共产主义思想的立场上来观察
和表现生活，善于把今天的现实和明天的理想结合起来"。[②] 周扬强调的是"社
会主义现实主义创作方法"。该方法遮蔽了浪漫主义概念，但包含着鲜明的革

---

① 《王蒙自传》第一部，花城出版社 2006 年版，第 105 页。

② 周扬：《社会主义现实主义——中国文学前进的道路》，该文为苏联文学杂志《旗帜》所写，
载《旗帜》1952 年 12 月号；1953 年 1 月 11 日《人民日报》转载。

命浪漫主义内容。在周扬说话的当时，没有"名分"的苏联浪漫主义文学"已经不只是作为中国作家和艺术工作者的学习的范例，而且是作为以共产主义思想教育和鼓舞广大中国人民的强大精神力量，成为中国人民新的文化生活的不可缺少的最宝贵的内容了。苏联的作品，如《铁流》《毁灭》《士敏土》《静静的顿河》《被开垦的处女地》《钢铁是怎样炼成的》《青年近卫军》《日日夜夜》《俄罗斯人》《前线》等，早已为中国广大读者所熟悉。苏联的文学作品中所描写的苏联人民的高尚典型，已经不仅被千千万万的中国读者所热爱，而且永远活在中国人民的心中了"。[1] 王蒙曾明确说，苏联小说提升了他的审美情趣，也影响了审美追求。他佩服赵树理"群众化的语言与他对于北方农村的人情世故的洞察与表现"，但殊不满足。在他看来，"对于如火如荼的新中国的描绘，需要激情，需要浪漫，需要缤纷的幻想与色彩"。他说他甚至"对于伟大的鲁迅所讲的白描也只承认那是一种风格，一种手法。可以白描，也可以斑斓绚丽，还可以如诗如梦如云如虹如霞如飞流直下三千尺的瀑布……我们有权力使自己的生活丰富化和浪漫化，永在前线。"[2] "如火如荼""色彩斑斓""飞流直下三千尺"的描绘正是他所仰慕的苏联小说的艺术风格。在苏联文学影响下，青年王蒙毫不犹豫地选定了"诗化，梦幻化，温情化，边缘化与自恋化等超现实化"的创作取向。[3] 他说的"超现实化"不等于浪漫主义，但浪漫主义无疑是其主要内容；他这期间最重要的创作《青春万岁》《组织部来了个年轻人》则是《拖拉机站长与总农艺师》影响下"日常生活诗化"的实践。他说他诗心荡漾，恣肆无忌地"诗化浪漫化"他的"日常经验"，而"把日子与事情写成诗篇，把诗心灌注到日子和事情上去"[4] 则是苏联小说影响的最直接的明证。

强大的影响力促成审美自觉。《青春万岁》出版的时候，王蒙曾说，"我认为毛泽东同志关于革命现实主义与革命浪漫主义的提法是很有价值的。虽然对于二者如何结合以及是否所有的作品都要结合，我还有些困惑，但我认为毛泽东同志的提法比苏联的'社会主义现实主义'是一个进展。强调现实主义，强调写真实，这是完全必要的，可以理解的。但我认为，我们同样不能贬低浪漫

① 周扬：《社会主义现实主义——中国文学前进的道路》，该文为苏联文学杂志《旗帜》所写，载《旗帜》1952年12月号；1953年1月11日《人民日报》转载。
② 《王蒙自传》第一部，花城出版社2006年版，第120页。
③ 《王蒙自传》第一部，花城出版社2006年版，第161页。
④ 《王蒙自传》第一部，花城出版社2006年版，第137页。

主义，不能贬低作家的激情、想象力……表现生活重点和方法，会有各种不同，如实地去表现，按生活本来的面目去表现，这可能是最根本也最重要的一种方法。但不论这种方法如何根本而又重要，这只是方法之一种。还有别一种，例如，不完全是按照生活本来面目，而是按照生活在特定的人心目中的感受，用类似电影的'主观镜头'的方法，既表现人的内心，又表现人的环境、遭遇和生活；既追求客观的真实，也追求主观感受的真实。这也是一种方法。"固然不能说他所说的"别一种"就是浪漫主义，但无疑与他说的"超现实化"一样包含着充分的浪漫主义元素；或者说在创作《青春万岁》的时候原本就是浪漫主义。须知，在80年代初那种理论语境中，在浪漫主义声名狼藉的创作和学术空气中，王蒙对"两结合"、对浪漫主义作出这种表达，既非追赶时髦，也非故作公允，而是对当年创作追求的准确"追认"。①

青年王蒙才华横溢，激情澎湃，具有浪漫主义作家的艺术天赋，但启动创作道路却有些偶然。当时他在《译文》上读到爱伦堡《谈作家的工作》的文章，该文把创作的美丽与神奇写得神乎其神，感动得他喘不过气来。"原来作家的工作是这样美好，创造，构思，风格，设计，夸张，灵感，激情，个性，想象，神秘，虚构，朦胧……所有这些平常要慎之又慎的用语，对于文学都是最最起码的素质"。② 他是血气方刚的青年，具有青年人向往自由、拒绝规范、渴望创造、干出成就、博得大名的心理欲求，但作为负有领导职责的革命工作者，他却要遵守规范，要少年老成，要按部就班，要收敛个性，要服从需要，——巨大的创作激情无法施展，他感到郁闷和躁动。他觉得"事业总是那么伟大，文学总是那么崇高，革命总是那么无私，感情总是那么火热"，③ 而自己却被捆绑在工作职业上，是"那么渺小乃至与卑微"。爱伦堡所说的"作家的工作"给予他巨大诱惑让他产生了创作冲动，他要挑战现实的规范秩序，希望"创造和前进"，希望有更大作为，希望在审美创造中实现自我。他知道要付出代价，但他更知道他的经历和经验乃至生命将因此更有意义。"从此生命的一切都不会糟践，从此生命的强音奏响了，生命的琴弦震动着我的每一天每

① 王蒙:《倾听着生活的声息》,《青春万岁·代序》写于1981年9月,见《青春万岁》,百花文艺出版社1984年版,第13页。
② 《王蒙自传》第一部,花城出版社2006年版,第121页。
③ 《王蒙自传》第一部,花城出版社2006年版,第125页。

一个小时每一分钟"。① 他甚至梦想创作出楚辞、乐府、唐诗、宋词那般不朽的文学作品，为时代留下美好的剪影。这种念头让他"如醉如痴，如疯如狂，如神仙如烈士"，② 他义无反顾地走上创作道路。

酝酿和创作《青春万岁》的时候（1953 年至 1956 年），也是王蒙最振奋、最风光、最激情的时候。他以抑制不住的激情写下了开篇的诗行："所有的日子，所有的日子都来吧，/让我们编织你们，用青春的金线，/和幸福的璎珞，编织你们。"他排除干扰，顶住压力，沉浸在"编织"的兴奋和激动中。他在"白纸上写下了黑字，写下了记忆和心绪，思想和梦幻，写下了诗意和柔情，编织着过往的和可能的一个个最珍贵的日子，岁月留痕，友谊长在，时代交响，一份自己的与伟大祖国时代的见证有可能完成和保持下来"。③ 狂欢的语言和堆积的词汇复原并渲染了创作情景，而语意繁复正说明，无论创作精神还是作品内容都流露出浓郁的浪漫主义诗情。

诗是美好的，但不是所有的诗都是浪漫主义。王蒙创作的诗情无疑包含着丰富的浪漫主义内容。他用诗的语言和音乐的结构将青春、理想、欢快、纯真、向上等元素编织成浪漫主义文学世界，灌注其中的是浪漫主义诗情。他用诗化的语言深情赞美生活，赞美青春岁月，讴歌伟大时代和美好理想，而交响乐的结构则在"合成"作品使之成为疏密相间、错落有致、抑扬顿挫的艺术有机体的同时，也强化了作品的音乐性和抒情性。

二、《青春万岁》将"日常生活诗化浪漫化"

《青春万岁》是王蒙的第一部作品。青年作家起步就创作长篇小说，虽说有强烈的创作冲动和较好的艺术准备，但在如何结构问题上还是遇到了障碍。他苦思冥想，感到困惑甚至苦恼。遂欣赏法捷耶夫的《青年近卫军》，希望写出《青年近卫军》那样的鸿篇巨制，他反复阅读研究，试图获得启悟，但没有

---

① 《王蒙自传》第一部，花城出版社 2006 年版，第 124 页。
② 《王蒙自传》第一部，花城出版社 2006 年版，第 122 页。
③ 《王蒙自传》第一部，花城出版社 2006 年版，第 126 页。

成功。偶然的机会,他去南池子听音乐会,肖斯塔科维奇交响乐给他启迪,正所谓"众里寻他千百度,蓦然回首,那人却在灯火阑珊处",他找到了编织长篇小说的"法门"。①"长篇小说的结构如同交响乐,既有第一主题,又有第二第三主题;既有和声,还有变奏;既有连续,有延伸、加强、重复,又有突转与中断,还有和谐与不和谐音的刺激、冲撞……"② 音乐的启迪使他豁然开朗,兴奋不已。

但我们看重的不是结构上的顿悟,而是他对于结构艺术音乐化的理解。在他看来,结构不是格式和图形,不是谋篇布局的策略,而是"创作感觉",是"对于小说写作的音乐感韵律感与节奏感"。他说这是一种"幸福的感觉"。这种感觉之所以"幸福",在于结构艺术音乐化的背后,是将小说当作抒情艺术,情节结构服从抒情需要,像音乐那样将日常生活诗化浪漫化,像交响乐那样抒发澎湃的感情。他珍惜这种感觉,并由此进入最佳写作状态,情节细节油然而生,他随着情感抒发自由编织,"如若天助,若系天成"。"编织"是美妙的精神漫游,也是一种享受,他沉浸在自由诗性的创作中。《青春万岁》"圆润,晶莹,纯真,热烈,饱满,动人",③ 像一曲欢快优美的交响乐,沁人心脾,令人陶醉。

王蒙青春创作的追求是"日常生活诗化浪漫化"。浪漫主义的众多元素都包含在"日常生活诗化浪漫化"的艺术表现之中。

"日常生活诗化浪漫化"的概括命名源于奥维奇金的代表作《区里的日常生活》。奥维奇金是苏联作家,其作品《区里的日常生活》是揭露官僚主义、暴露真实的作品,与《拖拉机站长和总农艺师》等在中国 50 年代初期文坛上产生了很大影响,对"干预生活"创作起过积极作用。王蒙借用"日常生活"说明自己的书写内容。《组织部来了个年轻人》写的是"区里的"日常生活,《青春万岁》是写中学生的日常生活。两部作品所写的"日常生活"及书写态度不尽相同,但追求"诗化浪漫化"相同。王蒙从奥维奇金的作品题目中获得艺术启迪,从音乐中找到创作感觉,开始对日常生活和经验感受进行诗化浪漫化的"编织"。"我可以表现我的经验,我的成熟,我的政治化,我的非同一般

---

① 《王蒙自传》第一部,花城出版社 2006 年版,第 127 页。
② 《王蒙自传》第一部,花城出版社 2006 年版,第 136 页。
③ 《王蒙自传》第一部,花城出版社 2006 年版,第 136 页。

'文学青年'，我的入世与我的惶惑我的多情我的叹息我的艺术细胞来了，我可以把日子与事情写成诗篇，把诗心灌注到日子和事情上去。"① 这是就短篇小说《组织部来了个年轻人》而言的；而短篇是在《青春万岁》的创作间歇完成的，是在找到最佳状态后觉得还有余力的情况下完成的。因此"日常生活诗化浪漫化"也适合《青春万岁》，或者说原本就属于《青春万岁》。王蒙说这两部作品一脉相承。

《青春万岁》是将中学女生的日常生活诗化浪漫化，也就是把她们的日常生活编织成浪漫的诗。正如"序诗"所写，他"用青春的金线，和幸福的璎珞"编织那些美好的日常生活。在他看来，那些日子"是转眼过去了的日子，也是充满遐想的日子，/ 纷纷的心愿迷离，像春天的雨"那般美好和稍纵即逝；那些日子里有青春的理想、"燃烧的信念"和"渴望在天上飞"的遐想和浪漫；那些日子"是单纯的日子，也是多变的日子，/ 浩大的世界，样样叫我们好惊奇，/ 从来都兴高采烈，从来都不淡漠，/ 眼泪，欢笑，深思，全是第一次"——"日子"本身就充满诗意。他将"那小船上的歌声，月下校园的欢舞，/ 细雨濛濛里踏青，初雪的早晨行军，/ 还有热烈的争论，跃动的、温暖的心……"也都编织成诗。这是王蒙的生活感受，也是写作追求。"写作就是编织这些精彩绝伦的日子。尤其是一九四九年以后的日子，像画片照片，像绿叶，像花瓣，像音符，像一张张的笑脸和闪烁的彩虹，这就是新中国第一代青年的日子。没有比度过体味过这样的日子与编织这样的日子更幸福的了，在编织日子的激动中，我体会到写作是人生的真正的精神享受，是这种享受的峰巅。""我是在写小说，但是我的感觉更像是写一部诗，吟咏背诵，泪流满面。"②

《青春万岁》所描绘的是北京某中学女生的日常生活。青春的激情，抒情的文字，欢快的情绪，诗意的情景，纯真的人物，缤纷的生活，美好的理想，组成一个青春、纯净、明丽、活泼、欢快向上的生活世界。"我们狂欢地跳跃在五星红旗下面，/ 我们快乐地迎接着美丽的春天！"这是她们参加北京中学生营火会时唱的歌曲，也是作品的"主题曲"。营火烧热了她们的心，她们心里盛满了欢乐，洋溢在青春的脸上。她们沐浴在共和国灿烂的阳光里，载歌载舞，幸福快乐地生活。"我们的青春像火焰般地鲜红，燃烧在充满荆棘的原野，

---

① 《王蒙自传》第一部，花城出版社 2006 年版，第 137 页。
② 《王蒙自传》第一部，花城出版社 2006 年版，第 145 页。

我们的青春像海燕般地英勇,飞翔在暴风雨的天空"——这是她们最喜欢的歌词。她们觉得"每一天都是青春的无价的节日","蓝天是为了覆盖我们,云霞是为了炫惑我们,大地是为了给我们奔跑,湖河是为了容我们游水,昆虫雀鸟更是为了和我们共享生命的欢欣。从早到晚,大家远足,野餐,捉蜻蜓,钓鱼,划船,采集野草野花,登高望远……"[1] 这是中学女生的夏令营生活,也是她们的学习生活。"青春的善意和激情,像泉水一样地喷涌不息。那时,一天想唱一百个歌,每个歌都会引起虔诚的思索和感动;一天想记几十篇日记:把自己欣赏,把自己渲染,把自己斥骂。生活里最小的微波——一阵骤雨、一刹清风、一首诗,都会掀起连绵的喜乐伤悲。那时,惹人欢喜、为人效力的愿望压倒了一切,亲热地问一声:'你好',或者开个小玩笑,都表示了无比的聪明和善心。"[2] 这是美好生活在她们青春的心灵上的留影。她们站在新的历史时期门槛上,尽情地享受着明媚的阳光和幸福的生活,热情地谈论着即将开始的"大规模的、有计划地、全面的经济建设和文化建设高潮",[3] 由衷地感叹"生活是多么幸福,生活是多么美好"——这种赞叹频频出现,连同那缤纷绚丽的语言传达了欢欣鼓舞的时代气息,抒发了青春浪漫的诗情。

《青春万岁》"用青春的金线,和幸福的璎珞,编织日子",其"编织要素"是"语言诗化"。所谓"语言诗化",就是富有激情,就是色彩缤纷,就是浪漫自由。用色彩缤纷的语言描绘如诗如画的现实,表现共和国的"青春心龄",是王蒙的语言追求,也是他抵达"日常生活诗化浪漫化"的途径。《青春万岁》处处给人以诗美的享受。如写杨蔷云逛北海公园,觉得到处是春天的气息,就连高大的白杨树的叶子都互相轻轻地撞击,发出愉快的喧响,像是向游客低语它们的欢迎词。她边跑边跳地从白杨中穿过,招手回答"殷勤的杨树,又开始你们不疲倦的问候了么?我没有时间常来拜访,但是,我想你们!"[4] 杨蔷云用抒情的语言谈自己的生活感受,"生活像春天的雨,敲打着少年人的心灵。雨丝织成缭乱的网,当阳光穿过,就显出美丽的彩虹"。郑波用诗的语言抒发未来理想,"在未来的伟大的社会主义建设中,我是去边疆探矿,还是在显微镜

---

[1]　王蒙:《青春万岁》,《王蒙选集》第一集,百花文艺出版社 1984 年版,第 9 页。

[2]　王蒙:《青春万岁》,《王蒙选集》第一集,百花文艺出版社 1984 年版,第 349 页。

[3]　王蒙:《青春万岁》,《王蒙选集》第一集,百花文艺出版社 1984 年版,第 24 页。

[4]　王蒙:《青春万岁》,《王蒙选集》第一集,百花文艺出版社 1984 年版,第 210 页。

底下研究花蕊？是穿着白色的医生的服装，还是手拿着板刷擦粉笔？"[1]中学生活结束后，杨蔷云的心"和天空一样的辽阔，太阳一样的明亮，土地一样的灼热，庄稼一样的葱郁，和矗立的楼房一样的富有新兴的朝气"。[2]她们对生活的理解不同，理想也有很大差异，但用诗化的语言表达却是共同的。王蒙用诗的语言表现日常生活和青春情绪，整部作品洋溢着浓郁的浪漫主义诗情。

"日常生活诗化浪漫化"的重要标志是作品人物的诗化浪漫化造型。作品人物主体是青春烂漫的少女们，她们生活经历和家庭教养有所不同，个性也有些差异，但除个别遭遇坎坷者如苏宁和呼玛丽之外，大都有青春、欢快、活泼、纯净、坦诚、敞亮、浪漫的性格，有青春的朝气、高尚的情操、美好的理想和诗意的追求。她们单纯热情，心无杂念，努力学习知识，时刻准备为祖国建设贡献力量。这个年龄的女孩子，难免有初恋的懵懂，但"谈情说爱"倾谈的是怎样为新中国建设作出贡献，讨论如何用自己的青春装点伟大时代。青年剧院演出《保尔·柯察金》，她们激动得不睡觉，连夜讨论"怎样把自己献给全人类的解放事业"。[3]邱少云的故事感动得她们流泪，"为了这样美好的生活、美好的人、美好的世界，献出生命，这是幸福。我真希望自己也在朝鲜战场上，如果祖国需要我，我绝不吝惜自己的血。生活里有一种最伟大、最崇高、最不朽的东西，它使你像钢铁一样坚强。"[4]这是郑波日记中的话，也是那时代青年真诚的心声。她们渴望为祖国建设献出自己的一切，即便是打扫宿舍卫生，也要与国家建设的美好理想联系起来："亲爱的朋友快快动手，我们要清除所有的污垢，不仅要一个清洁美丽的教室，我们要的是——一个清洁美丽的地球。"[5]这既非玩笑，更不是作秀，而是她们把自我生命融入祖国建设事业的情怀。毕业联欢会上，袁新枝昂首挺胸，激动地说："明天给我们的，到底有多少阳光和花朵，多少责任和期待，这，我们还不大清楚，但是，我们都确定地知道了未来的道路，这道路就是为了祖国，为了社会主义献出一切！"[6]

---

[1] 王蒙：《青春万岁》，《王蒙选集》第一集，百花文艺出版社1984年版，第292页。

[2] 王蒙：《青春万岁》，《王蒙选集》第一集，百花文艺出版社1984年版，第343页。

[3] 王蒙：《青春万岁》，《王蒙选集》第一集，百花文艺出版社1984年版，第340页。

[4] 王蒙：《青春万岁》，《王蒙选集》第一集，百花文艺出版社1984年版，第226页。

[5] 王蒙：《青春万岁》，《王蒙选集》第一集，百花文艺出版社1984年版，第199页。

[6] 王蒙：《青春万岁》，《王蒙选集》第一集，百花文艺出版社1984年版，第355页。

　　这是一组含苞待放的青春女性群像。她们热爱集体，珍惜集体荣誉，没有个人虚荣、私密和诉求。她们热情而真诚，勇于开展批评和自我批评，批评别人开诚布公，检讨自己坦诚无隐。她们主动自觉地请求别人批评帮助，也善意自觉地批评和帮助别人。无论批评还是寻求批评，都纯真无私，诚心诚意。即使无可避免的青春反应、初恋情愫也经过净化诗化，只留下青春少女的纯净诗性。这是郑波拒绝田林求爱信里的话："我还是个孩子，旧社会的困苦耽误了两年的学习，现在……祖国的伟大的建设刚开始，对青年的要求是高得无比的，而自己的知识是这样贫乏、可怜，即使咬着牙念二十四小时的书，我觉得还差很远，又怎么谈别的呢？"①她硬是斩断了爱的情丝，全身心地扑在学习上。她们几乎都有性格弱点和缺点，但在这个互相关心互相友爱的环境中，最后都得到克服，而且没有"成长的烦恼"，只有进步的欢乐。因为"征服自己，才能前进"是她们的共识。郑波春节给老师拜年，希望得到老师的批评指导，真诚地检讨自身存在的问题，热情地讨论班里的学习和工作。而老师也虚心地自我批评，诚恳地征求学生的意见。郑波本应考大学，但为了让更多孩子得到学习机会，服从祖国教育事业需要，放弃高考担任中学教师。她无怨无悔。《青春万岁》的人物，是用"青春的金线和幸福的璎珞"编织的一群天使！

　　诗化浪漫化的另一内容是用诗的语言描绘如诗的现实。她们成长的年代，正是国家民族发生大风暴、大变革的年代。她们亲眼看到了旧社会是怎样崩溃，变成了碎屑，有人如郑波还参与了粉碎旧社会的革命；同时也亲眼看到共和国在旧社会废墟上建立起来，虽然新生活刚刚开始，现实中还存在很多沉渣没有清扫干净，但她们为生活在伟大时代而感到幸福和自豪。幸福，快乐，美好，欢声笑语，是生活的主旋律，也是少女们情绪的主题曲。她们每天都被周围的生活感动着。看纪录片电影《一定要把淮河修好》，她们感到幸福陶醉，久久不能平静；从陶醉中回到现实，觉得"生活比电影还美"。大规模的现代化工业建设让她们热血沸腾。②"不论是天气，不论日月星辰，不论花草虫鱼，不论是我的同学、老师还是街上走过的一个工人，都给我一种浑然一体的激动。我的心像是燃烧着，烧得发焦。最细微的一点声音，对于我

①　王蒙：《青春万岁》，《王蒙选集》第一集，百花文艺出版社1984年版，第292页。
②　王蒙：《青春万岁》，《王蒙选集》第一集，百花文艺出版社1984年版，第131页。

却像雷鸣，像战鼓，像交响乐"——因为时代火红壮美，生活如诗如画。① 在她们眼里——也是在王蒙所营造的艺术生活世界里，到处都是欢快的人群，到处是欢歌笑语。王蒙艺术地表现了美好生活留在她们心灵上的感动，也诗化了美好现实。

伟大的时代、清新的环境、快乐的性格和优美的感情汇合在一起，构成诗的生活氛围。生活自然没有这般美好，旧社会的废墟还没彻底清除，新中国大厦的建设刚刚开始，就像杨蔷云去过的地质学院，有些简单和寒酸。聪慧如王蒙更是敏感地发现了生活中的不足，现实中的消极面，甚至是阴暗面，且他自己的生活和工作中也遭遇过坎坷，常常碰到不顺心的事情。但政治浪漫主义理想和审美浪漫主义追求使他对那些消极现象忽略不计，执意用"青春的金线和幸福的璎珞"编织生活。这是青年革命工作者的政治热情，也是青年作家的审美浪漫主义追求。他编织得那样纯净美好，那样浪漫温馨，那样诗意盎然。诚如他言——"日子因编织而更加美丽，如丝线因编织而成为珍品绝技。"②《青春万岁》也许算不上精品，但无疑是王蒙精心编织的珍品。多少年后王蒙自豪地说："我挽留了伟大的时代，我挽留了美好的青春，我挽留了独一无二的新中国第一代青年的激越，我挽留了生命的火焰与花饰。"③

《青春万岁》出版的时候，王蒙已经步入壮年。遭遇了政治风暴的沉重打击，经历了生命的曲折坎坷，回首俯看旧作，他当然知道其中的不足。"一个穿越过蔽天的松林的人还会注视细小的青草吗？一个经历过海洋的风浪的人还会喜欢树叶上的露珠吗？"但他珍惜如初，或者说更加珍惜。当年写这部作品的时候，他与所写人物几乎同龄，对革命和社会主义事业的理解肤浅幼稚。"她们爱党，爱新社会"，正如"小孩子爱自己的父母，却不见得完全理解自己的父母"，青年王蒙也不完全理解。但他同时认为，这种爱"是可宝贵的，是十分真诚的。50 年代中学生生活中的某些优良传统和美好画面"，是"值得温习，值得纪念"的。④

---

① 王蒙：《青春万岁》，《王蒙选集》第一集，百花文艺出版社 1984 年版，第 225 页。
② 王蒙：《闷与狂》，北京联合出版公司 2014 年版，第 134 页。
③ 《王蒙自传》第一部，花城出版社 2006 年版，第 124 页。
④ 王蒙：《青春万岁·后记》，《王蒙选集》第一集，百花文艺出版社 1984 年版，第 362 页。

三、《组织部来了个年轻人》
拨响"诗情之弦"

　　创作《青春万岁》间歇，王蒙完成了《组织部来了个年轻人》。作品写林震怀着巨大热情和庄重神情到区委组织部工作，就像《青春万岁》里那些中学生，因为时代飞速发展而热血沸腾，而跃跃欲试，而希望尽早投身到火热的建设事业中去；或者说林震就像《青春万岁》中的张世群和田林，响应号召离开学校到火热的生活中去。在《青春万岁》中，他们是社会舞台上的背景人物，打过几个照面，简单的侧影匆匆闪过。现在王蒙把他们独立出来，正面写他们的工作生活，深度反映现实。

　　《区里的日常生活》和《拖拉机站长和总农艺师》给青年王蒙深刻启迪，也激发了现实批判精神，就此形成了《组织部来了个年轻人》的主题——暴露官僚主义思想和工作作风。但现实批判主题被浓郁的浪漫诗情冲淡了，因为他仍然沉浸在《青春万岁》的创作陶醉中，作品也仍然属于激情洋溢的青春写作，依旧是抒情氛围，依旧是青春浪漫，依旧是理想憧憬。他知道生活中有官僚主义，而且工作在党组织的关键部门，但无损于革命事业的辉煌壮丽。对此，王蒙充满信心。他试图清扫美好生活中平庸世俗的空气，消极颓废的空气，让党组织更纯洁更具有战斗力。在王蒙看来，刘世吾的缺点是散布在美好的空气中的灰尘。灰尘存在，但空气是美好的。而这也决定了与暴露批判相比，赞美生活、抒发激情、表现理想是小说的基本情调。理想是崇高的，事业是壮丽的，青春是美好的，生活是蓬勃的，时代是前进的，主题是积极的——这是作品的"主旋律"。

　　但《组织部来了个年轻人》毕竟意在批判。所以洋溢着青春的欢唱和自信，也伴随着困惑和苦恼；有青春的燃烧，昂扬的斗志，但在消极平庸空气的影响下，也有严重的失落和痛苦的无奈——饱含着复杂的情绪。尽管如此，王蒙仍认为《组织部来了个年轻人》是他的诗，其创作冲动"来自诗情之弦的拨响"，很多情节和细节都是诗。"天上落下的似雨似雪，这是诗。三轮车夫说不要钱，这是诗。与老同志交流，这是诗。见到了赵慧文，这更是诗。吃荸荠是诗。吃馄饨是诗。下大雨还是诗。槐花颂是诗。突然出现的炸丸子开锅的小贩的吆喝也是诗。"① 他说《组织部来了个年轻人》是他"心语的符码"，是他的对于世界的"留言"，是他哼唱的一首歌曲，是他微醺中的一次告白，是他献给生活的一朵小花，是他对人生中不如意事的一些安慰。他甚至说是他的"情书"——"写给所有爱我的与我爱的人"。"它又是对于伟大的时代，伟大的新中国，伟大的机遇与伟大的世界，对于大地和江河山岭，对于日月和星辰，对于万物与生命的一种感恩"。② 这里所说的"诗"当然是泛指，是耄耋之年回忆往年旧事产生的诗意朦胧的感觉，不能作狭义的理解。但细读作品，却能感受到语言、情节、环境、气氛均是潺潺流淌的诗情，也就无法怀疑王蒙的感觉，而认可他的自评：那些抒情感慨细节描绘，快乐和感叹，酸楚和失落，欢心和失落，骄傲和流连忘返，爱恋和悔恨，迟疑和献身，青春和自信，怀疑和坚信，疑虑和信心都是诗。尽管林震遇到的和他想象的存在很大差距，尽管他对现实生活中的官僚主义作风和精神麻木等现象无可奈何，甚至有些伤感失落，但这是诗意的忧伤，诗意的无奈，诗意的失落，无损于对青春激情的礼赞和美好理想的憧憬，也掩饰不住对生活的诗意赞美和描绘。

进一步说，王蒙所说的"诗"，是就艺术创作而言，属于审美范畴，区别于意识形态宣传和思想分析。所以他用"诗"概括和评价，既非敝帚自珍，也非矫情自夸，因为他知道创作属于审美范畴，他的《组织部来了个年轻人》是按照"美"的原则创作的文学作品，符合审美法则。这很重要。对于少年时期就参加革命工作的党员作家来说，他"早已完全习惯于对一切精神现象作意识形态的分析"。③ 在强调文学的政治宣传功能，视其为"传声筒"，用以诠释政治概念的理论语境中，配合意识形态宣传对他来说是很容易出现的问题。他写的第一个短篇小说《小豆儿》就具有明显的意识形态特征。但那属于"试笔"。真正开始创作后他就保持高度警惕，避免政治宣传和思想分析，避免直奔主题。他视其为"诗"，既是对创作警觉的强调，也是对警觉结果的认定。

当然，作为"少共"作家，把创作和工作、文学和宣传、诗学和政治学截然分开是不可能的。那是高度政治化的时代，国家政治情绪也是人民情绪，生活中充盈着浓厚的政治气息，"日子"是政治空气弥漫的"日子"，从日常生活

---

① 《王蒙自传》第一部，花城出版社 2006 年版，第 141 页。

② 《王蒙自传》第一部，花城出版社 2006 年版，第 142 页。

③ 《王蒙自传》第一部，花城出版社 2006 年版，第 141 页。

的任何地方切入剪裁都会触及政治内容，正面拥抱时代的创作更无法避开和剥离。"少共"作家的政治意识无可避免地渗透到创作实践中，在人物塑造、情节叙述、环境描写、气氛烘托中表现出来。因此，王蒙回顾当时的创作，并不讳言"甚至连我自己当时也有点混淆了文学与工作与现实的差别"，以为作品要有现实意义。① 也就是说，他虽然有高度的警惕和严格的区别，拒绝"传声筒"和"观念的例证"，但作品的政治色彩仍十分鲜明。正面拥抱现实问题的《组织部来了个年轻人》存在"混淆"问题，书写中学生日常生活的《青春万岁》也存在些许意识形态痕迹。这就决定了其创作既具有鲜明的审美浪漫主义特征，也无可避免地混合着政治浪漫主义元素。任何人都无法超越时代。天才的"少共"作家王蒙亦然，因为当时他实在太年轻，也因为时代政治宣传的作用过于强大。

《组织部来了个年轻人》发表后引起巨大反响，他也十分振奋。强烈的创作欲望促使他在创作道路上疾驰，完成了《青春万岁》之后，还写了被他称为"内心深处流出来的散文诗"的《冬雨》和《尹薇薇》。迹象表明，"文学这辆怪车神车"拖着王蒙大步"向诗化，梦幻化，温情化，边缘化与自恋化等超现实化方向滚去"。但是，他没有"滚"得太远。因为《组织部来了个年轻人》引起轩然大波，他遭到当头棒喝，其后又被打成"右派"。《青春万岁》无法出版，创作权利也被剥夺，创作道路因此出现长时间中断。

被中止创作的不止王蒙一人。邵燕祥、公刘、刘绍棠、白桦等众多青年作家和诗人也先后被剥夺了创作权利。青春浪漫主义文学也因此远离审美浪漫主义轨道，消弭在政治浪漫主义的喧嚣声浪中。

---

① 《王蒙自传》第一部，花城出版社 2006 年版，第 141 页。

第二十一章　郭沫若饱蘸生命汁液
创作《蔡文姬》

　　话剧这种艺术形式移植到中国时间不长，却在 20 世纪中国文学史上占据了重要位置。它脱离中国传统戏曲而跻身四大文学体裁，盖因在发展过程中有过辉煌的历史，出现过很多重要的作家作品，既完善了自身机制，也促进了文学大家族繁荣；既以显赫的艺术成就赢得了较大的审美反响，也为促进社会变革和历史进步发挥了重要作用。虽然世纪末开始沉寂，且无论怎样挣扎都无力摆脱困境再现辉煌，但它在 20 世纪文学史上仍占据不可忽视的位置。

　　五六十年代话剧是风光满园的时代。或许三四十年代，尤其是延安戏剧传统的作用——这种传统就是把戏剧艺术与时代革命紧密地连在一起，无论作家创作还是革命阵营，都重视戏剧的宣传教育作用，将其当作进行革命斗争的武器，寄予厚望；或许话剧原本就是一种社会性比较强、宣传效果明显的体裁，其舞台性、群众性、广场性、教化性和感动力都优于其他体裁，进入 50 年代后受到特别关注，国家将戏剧演出纳入政治文化体制之内，创作者、演出者及相关人员均享受国家体制所提供的优厚待遇，对其发展屡施推助力，促使话剧成为一个很有成就的艺术门类，场面火爆，受众广泛，反响热烈，其风头似乎盖过了其他。虽说时过境迁浪淘尽，留下的艺术珍品、精品十分有限，但走进历史现场，打捞浪漫主义剧作，仍有值得珍视的发现。尽管也曾遭遇政治文化风雨侵袭，浪漫主义屡被打压处境尴尬，且话剧是综合性艺术，"形体"庞杂，自由受限，浪漫艰难，但那毕竟是结束战乱、翻身解放、民气沸腾的狂热时代，是建设发展、根除贫困、播种理想的火红时代。剧作家被火热的政治文化潮流激发了高涨的社会热情和创作热情，创作了抒发时代豪情和革命激情、充满革命浪漫主义理想的剧作。郭沫若的《蔡文姬》、田汉的《关汉卿》以及青年剧作家段成滨、杜士俊等的创作较好地表现了五六十年代话剧艺术的浪漫主义成就和特色。

一、郭沫若的浪漫气质和《蔡文姬》的创作

郭沫若是具有浪漫主义诗人气质的剧作家。这是主导郭沫若生活和心理的原始密码，也是解读其创作艺术堂奥的钥匙，自然也是解读《蔡文姬》浪漫主义特色及成败得失的钥匙。

郭沫若虽然也有理性务实的时候，根据现实环境和个人发展需要选择向背弃从的表现，但比较而言，更率真和诗性，更执着于自我。这种气质有明显缺陷：偏执而少折中，袒露而少隐饰，敏感而缺乏定力，有时因缺少理性控制、率性而为把问题推向极端导致偏颇，有时偏执任性目空一切不计后果显得特别强烈，有时又过于脆弱无力承受外力击打而消极颓唐，有时则过于敏感，变动不居。考察郭沫若一生的作为，在社会活动、文学创作和人际交往中都有"出格"的表现，并因位居高端、才华横溢、表现突出而惹人注目、引发争议、甚至遭到非议和诟骂。但无论悲剧还是喜剧，英雄壮举还是丑态表演，都源于郭沫若的个性气质，是生命本性使然。成败得失，褒贬毁誉，他都不特别在意，因为他原本就藐视习俗，率性而为。中外文学史上很多浪漫主义气质的诗人大都有类似的表现。

郭沫若的诗人气质在五六十年代遇到了表现良机同时也潜藏危机。作为共和国文坛领袖，他端坐政坛和文坛高端，获得很多表演机会。而他也总是激情澎湃，高调出场，扮演着引领时代文学走向的角色。或者因为历史惯性过于强大无法刹车，或者基于内心驱使配合政治宣传，抑或角色使然知其不妥而为之，他与时代意识形态保持高度一致，写了很多"急就章"。他忘了文学是"生命的表现"，或者说在将自我视为资产阶级思想意识强行清除的时代语境中，他要带头响应号召放逐自我，把写作径直地当作敷衍外界、发言表态的方式。无论"忘记"还是"放弃"，也无论视个体生命为"公共财产"还是把写作当做履行职责的形式，他在不少场合都曾把创作当做"寻常事"，漫不经心，率性而为，其作品缺少足够的生命内涵和艺术含量。

创作《蔡文姬》可以视作他止步跟进的表现——不很彻底，但毕竟比那些应景表态的诗好了很多。作品第四幕有个耐人寻味的场面：曹操和曹丕就蔡文姬的《胡笳十八拍》发表感慨。曹丕说蔡文姬的《胡笳十八拍》与屈原、司马迁的文字一样，是"用生命在写，而我们的文字只是用笔墨在写"。这显然是郭沫若的诗学观，甚至包含着他的自评和自检。作为浪漫主义诗人，他推崇"生命写作"，这是他成为伟大诗人的原因。但进入50年代，他却常常疏离"生命"而用"笔墨"写作。"自检"意味着觉醒和修正。《蔡文姬》虽然也有敷衍笔墨，但很多地方是饱含着生命汁液，是垂泪泣血有"磅礴感情"的文字，既饱含着丰富的革命浪漫主义元素，也表现出鲜明的个性和审美浪漫主义特征。

譬如说，作品洋溢着澎湃的激情和诗情，袒露了郭沫若浪漫主义诗人气质。诗性气质的作家偏爱诗，也长于诗性表现。《蔡文姬》插入了很多诗作。有时将蔡文姬《胡笳十八拍》的章节镶嵌在故事情节的发展过程中，强化了作品的抒情性和艺术感染力；有时根据故事情节需要创作诗"嫁接"到人物身上，升华了人物的精神品格，强化了抒情氛围，也增强了浪漫主义色彩。其抒情内容，无论"重睹芳华"的感慨、"宰辅吐脯"的颂喻，还是"春兰秋菊竟放奇葩，熏风永驻吹绿天涯"的赞美和期待，都是郭沫若生命激情的表现。"插入"诗作之外，他还用诗的语言描绘故事和场景，营造诗性气氛。第三幕写蔡文姬归汉途中，因牵挂留在匈奴的儿女寝食不安，深夜漫步长安郊外父亲墓旁。天幕凄清幽婉，新月如钩高悬，墓碑荒冢之间，蔡文姬沉沉入梦。场面如画，往事如烟，情景如诗，蔡文姬在浓郁的抒情氛围中抒发了悠悠深情。她时而仰天长叹，时而掩面而泣。"去时怀土心无绪，来时别儿思漫漫"，"我与儿呵各一方，日东月西呵徒相望"。她"泣血仰头诉苍苍"，忧伤哀怨的生命激情倾泻而出。内心的独白、深沉的回忆和幽怨的弹唱如泣如诉，如歌如吟。这是蔡文姬心灵的倾诉，也是郭沫若生命的"回声"。①

但就整体而言，《蔡文姬》更多地表现了共和国成立后获得的"新生命"内容。

---

① 郭沫若坦言，作品所表现的是自己生活和情感的一段历程——抗战开始后，他响应国家召唤，别离在日本的妻儿，回国参加抗战。蔡文姬归汉的别离苦痛，也正是他当年的情感经历，借创作《蔡文姬》表达出来，故曰生命的"回声"。

二、献给现实的理想主义"蟠桃"

《蔡文姬》创作于"革命的浪漫主义和革命的现实主义"相结合的文学语境中。当时是，被遮蔽和压抑多年的浪漫主义因为毛泽东的高度重视而"咸鱼翻身"，在举国狂热的时代气氛中显示出生机和活力。虽然在倡导和阐释中存在明显偏颇，讨论中多强调浪漫主义的革命性，但毕竟给了浪漫主义发挥作用的机会。这对于原本就钟情浪漫主义的郭沫若来说可谓天赐良机。他不仅"坦白地承认"自己"是一个浪漫主义者"，[①] 而且一改信手而作的态度，创作了代表其时艺术水准、彰显浪漫主义才情的话剧《蔡文姬》。

《蔡文姬》的浪漫主义首先表现为理想主义。浪漫主义者追求理想，也耽于理想。但无论社会还是人生都与理想相距甚远，遂寄情于审美创造。《蔡文姬》是历史剧，郭沫若按照审美理想描绘历史现实，塑造历史人物，寄托自己的理想。他具有丰富的想象力和非凡的创造力，善于在想象和幻想中建构艺术世界，而不囿于对历史现实作真实描绘——尽管为求真实，他在某些具体问题上煞费苦心，力求做到有凭有据。但从某种意义上说，局部细节的真实其实是对整体性虚构的艺术修饰，甚至可以说是历史知识的"炫示"，而"依据"则是刻意追求，意在为"理想"表现寻找合乎情理的历史支点。这是郭沫若历史剧创作的智慧和策略。

郭沫若历史剧创作的态度是"失事求似"。[②] 他无意复原历史真相，旨在寻求历史精神的相似，这是智慧的选择和表述。而所谓"历史精神"，其实是他对历史精神的把握和理解——作为著名的历史学家，他对历史确有独到的见解和敏锐的洞察；但毋庸讳言，他的把握和理解存在很多争议，有的争议还较为激烈。历史剧属于审美创造，自然存在如何"创造"历史人物和事件的问题。郭沫若过于注重主观表现，在表现历史精神和塑造历史人物时存在情绪化和极端化问题，"爱之欲其生，恶之欲其死"。这种"典型化"的方法在文学创作中是允许的，即便出现明显偏颇也可以用艺术策略、表现需要抵挡批评指责。故

---

① 郭沫若：《浪漫主义和现实主义》，《红旗》1958 年第 3 期。

② 郭沫若：《历史·史剧·现实》，《郭沫若选集》第四卷，人民文学出版社 1997 年版，第 427 页。

其历史剧创作没有引起过于激烈的纠纷，为他放开胆量诗性创造保留了偌大空间。

新中国成立后的五六十年代是歌舞升平、颂诗盈盈的时代，也是充满激情和畅想未来的时代。"明天""未来"涵盖了很多充满诱惑、令人神往乃至热血沸腾的内容。热烈的时代氛围和强烈的革命旋律激发了郭沫若的浪漫主义诗情，点燃了创作欲望，也给他深刻启迪——他在历史与现实关联中发现了表现自我、抒发感情、服务现实的契机。他沿着抗战历史剧的道路前进，《蔡文姬》在理想主义作用下走向新的高地。

《蔡文姬》的理想主义表现为对历史人物的理想化描写和热情歌颂。作品主要人物是蔡文姬和曹操。蔡文姬是一个识大体、明大义的才女，也是一个情感丰富、理想远大和敢于担当的女性。她在匈奴生活十多年，有家庭儿女，汉使的到来打破了生活的平静，更在心灵世界掀起巨大波澜。她爱自己的儿女和家庭，但得知曹操要她回中原续修汉书，为国家文化建设做贡献之后，毅然决定割舍儿女私情，踏上归汉之路。她割舍了儿女私情，但无法了却生死挂牵，回归途中因思念儿女而忧郁难眠，情绪不振。她接受了董祀的批评开导，振作精神回到中原，却因小人谗言蒙蔽，致使曹操误解董祀，对蔡文姬也心存芥蒂。她知道后勇敢地面见曹操，坦陈事实真相，并为情绪低落而自责。她洗净了董祀身上的污垢，维护了自我形象，赢得包括曹操在内许多人的理解和尊重。其后，她全身心地投入到整理和续修汉书的劳作之中，为民族文化建设和发展贡献了自己的才华。《胡笳十八拍》倾诉了蔡文姬深沉而复杂的情感，也彰显了其非凡的艺术才华。作品最后，郭沫若用《重睹芳华》表达"春兰秋菊呵竞放奇葩，熏风永驻呵吹绿天涯"的美好意愿，表现了一代才女的阔大胸襟。蔡文姬是郭沫若理想化的女性形象。她舍小家为大家，断私情成大业，具有高尚情操和牺牲精神。她身上既有旧时代女性的传统美德，也闪烁着新时代的精神光辉。

曹操也是理想化的形象。郭沫若创作《蔡文姬》的重要意图是替曹操"翻案"——将古代戏曲中的白脸奸臣塑造成古代政治家的光辉形象。这显示出他丰富的历史知识和挑战世俗的勇气。因为在相当长的历史时期，曹操生性奸诈、残暴、多疑、自私，是人所共知的奸臣。郭沫若要翻这个历史大案，情同逆天，确系冒险。为确保"翻案"成功，他赋予曹操很多崇高的精神品格。作品写曹操是贤明的政治家，体恤兵民，"爱兵如命，视民如伤""锄豪强，抑兼并，济贫弱，兴屯田，使流离失所的农民又重新安定下来，使纷纷攘攘的天下又重新呈现出太平的景象"；写曹操军功卓著，富有仁爱之心。他会用兵但不轻易用兵，尊重人才，珍爱生命，是"圣贤"用兵，用的是"仁义之师"；写曹操远征三郡乌桓，因为三郡乌桓强盛起来后不仅经常侵犯汉土北部，也经常侵犯匈奴，且"把汉人俘虏了十多万户去做奴隶，使北部的边疆连年受到侵害"，他出师亲征，不仅救了十多万户被奴役的汉人，也解放了匈奴人；写曹操的军事行动证明了"王者之师，天下无敌"，就连乌桓的侯王大人们也受了他的感化听从指挥，三郡乌桓的骑兵受到感化成为天下的劲旅；写曹操是有远大政治抱负的丞相，平定天下之后，致力于文化事业建设，用重金赎回蔡文姬重修汉书，为促进文化事业发展作出很大贡献。

为达到"翻案"目的，作品还表现了曹操其他方面的优秀品质。如写他执法如山，一视同仁，子女犯了错误也要加以处分，他自己则知错就改，兼听纳谏；他善解民意，平易近人，宽厚仁义，亲自做媒成就了蔡文姬和董祀这对有情人，让蔡文姬"重展芳华"，表现出长者风范；他生活简朴，穿粗布衣，被面用了十多年，缝了又缝补了又补，不肯替换，因为他知道很多人还没有衣穿——他忧以天下，乐以天下。郭沫若倾其所能，洗干净了曹操身上的历史尘垢，使其成为一个在政治、军事、文治、生活和道德等方面均光彩照人的伟大政治家形象。

在对曹操极尽理想化书写和赞美的同时，作品也对历史现实作了理想化书写和热情歌颂，展示了一个歌舞升平、充满生机的理想世界和"圣朝"景观。战争结束后，中原大地统一，边关稳定无扰，人民安居乐业，到处充满生机和活力。蔡文姬离开中原时"白骨露于野，千里无鸡鸣"，回中原看到的是"'千里无鸡鸣'的荒凉世界，又逐渐熙熙攘攘起来了，百姓逐渐地过上安居乐业的生活。过去的边疆，年年岁岁受到外患侵扰，而今呢，是'鸡犬相闻、锋镝不惊'"。过去是"马边悬男头，马后载妇女"灾难景象，如今是"箪食壶浆，以迎王师"的热烈景观。郭沫若用新旧对比的手法描绘了政治清明、社会安定的历史现实，为曹操高唱热情洋溢的颂谀之歌。

但《蔡文姬》所写，不是历史上的曹操，而是郭沫若历史镜像和审美理想中的形象。曹操身上包含了郭沫若的现实经验和文人意愿，而这经验和意愿与现实生活中的领袖崇拜和颂谀风气密切相关。《蔡文姬》所夸赞的"美政"，也不是曹操治理下的历史现实，而是共和国初期的社会现实。对此，郭沫若深识熟识，如此"美化""粉饰"，就在于作为浪漫主义剧作家，他追求完美，耽于理想，即使将历史和人物推向美的极致也乐此不疲。至于曹操治下的历史现实究竟如何，他清楚但不拘泥。因为对他来说，历史是心造的现实，"颂古"原本就是"美今"。《蔡文姬》是他"献给现实的蟠桃"。

三、重心游移彰显浪漫主义创作精神

《蔡文姬》的浪漫主义还表现为郭沫若忠实自我、藐视世俗陈规的创造精神。郭沫若认为，"创造生命文学的人当破除一切的虚伪，顾忌，希图，因袭，当绝对地纯真，耿直，淡白，自主"。[①] 他本于"内心的要求"创作，罔顾规矩方圆和清规戒律。无论创造旷世奇迹还是不伦不类，也无论失败还是成功，都坚持自己的审美理想，追求淋漓尽致的表现效果。《女神》以狂飙突进的精神创造了新诗形式，奠定了他在中国新诗发展史上的地位；他的小说人物形象模糊，故事情节简单，语言带有主观性——语言、人物和故事，小说的三大要素都取决于主观表现而无视艺术形式和规范，很难说成功。宽容地说，他的小说属于"诗性小说"，有特点但成就不高——批评界常有论者对某些"另类"创作给予"诗性小说"的评价，抬得很高，其实小说就是小说，倘若把小说的基本要素扔掉，放开笔墨独抒胸臆，酣畅淋漓地表达自我，实不足取。郭沫若的小说始终不被看好，就在于它们忽视了小说的艺术特性。对外界评论，郭沫若并不看重。他看重的是主观表现，他写小说也如写诗，原本就是借以抒怀。他顺着诗和小说写作的路向开始话剧创作，其旨趣仍源于情感发动，基于主观表现，仍无视规矩方圆只求表现得酣畅抒发得淋漓。"蔡文姬就是我！——是照我写的。""《蔡文姬》中有不少关于我的感情的东西，也有不少关于我的生活的东西"，[②] 正道出了郭沫若创作的真谛，也道出了浪漫气质对其话剧创作的深刻影响。

《蔡文姬》的浪漫主义正表现为对于"话剧性"的轻视。郭沫若算得上有

---

① 郭沫若：《生命底文学》，《郭沫若论创作》，上海文艺出版社 1983 年版，第 5 页。

② 郭沫若：《蔡文姬·序》，文物出版社 1959 年版，第 1 页。

艺术造诣和创作经验的剧作家，但直到《蔡文姬》似乎还不能十分娴熟地解决"戏剧性"问题，既不能艺术地安排戏剧性的故事情节，也不能有效地组织矛盾冲突。作品有故事情节，而且从刻画蔡文姬的角度看，情节发展过程还比较完整：归汉—归汉途中—归汉之后，符合话剧艺术的"情节律"。但从另一方面看，却没有合理地安排发展和高潮，且显得虎头蛇尾。作品一开始就将蔡文姬推到尖锐的矛盾冲突中：曹操派使臣赎她归汉，她面临"去"与"留"的重大抉择，矛盾冲突由外及内全面爆发。但抉择之后，情节发展趋于平缓，矛盾冲突也被冲淡，虽然也有人命关天的大事，但这一切与蔡文姬已经没有太大的关系。

另外，作者的主观意图是为曹操"翻案"，曹操应该是主要人物——蔡文姬也很重要，但从整体构思上看，她属于"情节"人物，因为"文姬归汉"只是替曹操"翻案"的一个"事件"，写蔡文姬是为了突出曹操，歌颂曹操。作品前三幕把蔡文姬置于矛盾斗争中心，而让曹操幕后"操纵"，这样安排固然艺术，但蔡文姬的"戏"有了，曹操的"戏"却被遮蔽。后两幕让曹操出场，正面表现他"兼听则明"的平民丞相风范，已属强弩之末，没有精彩的戏让他表演。而在话剧中，没戏，人物就很难坚挺起来。因此，从塑造曹操的角度看，情节又不很完善。《蔡文姬》围绕两个中心展开，对曹操先"虚"后"实"，对蔡文姬先"重"后"轻"。从理论上说这样安排很艺术，但戏剧性、情节律和冲突率却受到影响，并且累及人物塑造：前面虚写曹操有"隔靴"之嫌，后面"减少"蔡文姬的戏，人物形象也被淡化。

即便如此，似乎也不可深责。郭沫若原本就讨厌墨守成规——就像作品中曹丕所批评的那样。或者说他原本就不想像田汉等剧作家那样倚重矛盾冲突——郭沫若也看重矛盾冲突，但他制造矛盾冲突的方式与田汉等剧作家不同。田汉剧作的冲突主要是人物与环境的冲突，郭沫若则将笔触伸向人物内心——表现内心世界的冲突。他虽然也写了人物与环境的矛盾，但既不正面展开，也不直接表现人物与环境的对立，他用很少的话交代人物所处的环境，而用很多话表现人物受到外界影响后的内心波澜。《蔡文姬》开始就将蔡文姬推到"走"与"留"的两难境地。无论"走"还是"留"，都不能轻易决定。蔡文姬很想回中原，那里是她的故乡；她也很想继承父业续修汉书，这是她的抱负。但她是女人，在匈奴生活了十几年，有家庭儿女。她顾念儿女，不忍心让家庭分裂，骨肉分离。聪明的郭沫若就是要在这残酷的矛盾中揭示人物的内心世界，刻画人物性格，塑造人物形象。这样处理既塑造了人物，也抒发了主观感情，艺术地表现了自己曾经的生活经历和情感纠结。如此构思，虽欠完美，却算得上别有新意的艺术剪裁，也正表现出他蔑视陈规、勇于创造的浪漫主义精神。

《蔡文姬》延续了《女神》《屈原》的艺术追求和创作精神，比较"充分"地表现了郭沫若的内心世界——当然，五六十年代的表现"充分"既不能与《屈原》相比，更不能与《女神》并论。因为五六十年代的郭沫若虽然还表现出鲜明的浪漫主义诗人气质，但其内心世界已经充塞了过于"充分"的时代政治内容。他所表现的自我不是《女神》时代那个诅咒一切、吞吐日月的自我，也不是《屈原》时代那个为真理而战斗、凝聚着雷电精神的自我，而是被时代精神同化、掺杂了诸多社会理性的革命自我。《蔡文姬》固然包含着个人的生活经历和情感体验，成就了最精彩的诗章，但创作动因却饱含着配合时代宣传、歌功颂德的成分，且属于理性自觉居于支配地位。这是两个迥然不同且很难融合的心理力量，相互冲突，势均力敌，导致重心"游移"。他将两方面的表现内容"融合"在一起，显示出非凡的艺术才气，让人赞叹，也令人遗憾。因为理性自觉冲淡了自我情感表现，也影响了蔡文姬的形象塑造。他达到了替曹操"翻案"的目的，但带有将历史和人物现实化的嫌疑，并因此影响了作品的浪漫主义品位——《蔡文姬》既有丰富的个性浪漫主义内容，也有充盈的革命浪漫主义元素。而之所以"游移"，之所以打折扣，则源于诗性气质的脆弱和偏激，更根源于时代要求的强烈和紧逼。

第二十二章　田汉重操旧业创作
"生命的艺术"

　　田汉是中国现代文学史上重要的浪漫主义文学社团——创造社的发起人之一。这种资质清楚地表明他与郭沫若、郁达夫具有相同的文学主张：表现自我、追求自由，是具有浪漫主义诗性气质的作家。但与郭沫若相比，他缺少吞吐日月、狂飙突进的霸气和劲力；与郁达夫相比，没有裸露自我、暴露隐私的率直和勇气；他稳健而细密，既非完全凭借浪漫诗性的作用为人为文，也很少纵情任性偏执极端。这种个性气质使他选择了话剧作为终身从事的艺术形式，因为话剧是舞台艺术，需要周密而理性地经营。事实表明，这种选择对他来说十分相宜。数十年间，他在话剧园地勤奋耕耘，取得辉煌成就，为中国话剧艺术作出了巨大贡献，是名副其实的"中国话剧之父"。他一生创作话剧、歌剧 60 余部，五六十年代创作了《关汉卿》《十三陵水库畅想曲》和《文成公主》三个话剧，代表艺术风格和创作成就的是历史剧《关汉卿》。

一、点燃生命火焰复原青年时代的梦想

　　作为浪漫气质的剧作家，田汉尊重生命本能和原始律动，将"内心的要求"和"生命的激情"看得重于一切。史料显示，田汉恋爱康景昭时，夫人易漱瑜还没病逝；与黄大琳结婚时，还曾与远在南洋的林维中书信往来互诉衷情；而在与林维中热恋就要谈婚论嫁的时候，安娥又走进他的生活和情感世界，同居

且生有一子；田汉挚爱安娥，却迫于压力与林维中结婚，让安娥忍痛出走；多年后他又选择安娥，与其结为生死夫妇。"怀念着旧的，又憧憬着新的，捉牢这一个，又舍不得丢那一个"。他说他像"暴风雨中的小舟"，漂流颠簸，"毫不能勇猛地向着某一个目标疾驶迈进"。[①] 这是田汉自己对"别恋"和"婚变"的解释，每次变换都有说不出的苦衷和无奈。而他"捉牢这一个，又舍不得那一个"则在道出了多情重情的同时，也说明他并非那种率性而为、罔顾后果的性格。所以尽管有诸多变故，却没有成为广泛传播的"绯闻"，也没有引起太多非议。相反，他与安娥的婚姻爱情反倒赢得众多礼赞。而忠贞不渝的情爱经过发酵变异，成为他戏剧创作的题材内容，也是浪漫主义表征的重要构成。

在社会活动中，田汉也表现出既诗性浪漫又沉稳周密的性格特点。共和国成立前，在风雨如晦、战乱不已的时代，他以坚韧顽强的精神全力推进新戏剧运动，表现出执著于理想的浪漫主义激情。戏剧界鱼龙杂陈，有忧国忧民、重情重义的浩然之士，也有游戏人生、贪图享受的势利小人，要推动中国影视艺术发展，就要与各种性格和背景的人交往，争取各种社会力量的支持。在泥泞中求生存，在困境中谋发展，田汉始终保持着诗性精神和傲岸风骨，始终坚持高伟的社会追求和人生理想。共和国成立后，他担任文化部戏曲改进局和艺术局的局长、中国剧协主席，系政府体制内统领一方的官员。他要按照时代要求整理传统戏曲，清理和改造从业人员，遵从时代将令推进社会主义文化艺术事业的建设，工作具体而繁重。在文学四大门类中，戏剧与社会的关联度高，创作发展的限制多，却仍然取得显赫成绩者，与田汉这个掌门人颇有关联。其关联作用在于人格魅力，源于诗性气质。他居高位却不懂政治，有作为无城府，重情义有追求，敢说话无遮拦，勇担当不饰非。他仗义执言为民请命罔顾左右，热情如火燃烧自己成就别人。他曾写过两篇影响颇大的文章，《为演员的青春请命》和《必须切实关心并改善老艺人的生活》。[②] 如此直言"犯上"，充分表现出浪漫主义诗性气质。田汉以浪漫诗性立身行令，为人为官都遭遇了不少坎坷。

---

① 田汉：《致谷崎润一郎的信》，转引自阎浩岗《创造社作家的"浪漫"性格》，载《文艺报》2013年3月22日。
② 分别载《戏剧报》1956年第11期和《中国戏剧》1956年第7期。

田汉在创作道路上勤奋耕耘、艰辛跋涉历经 40 多年。观念和追求发生过很多变化,但始终不变的是他对生命激情和内心要求的尊重,对爱和美的追求。创造社时期他参与提倡"生命的艺术",却又打出"为艺术而艺术"的旗号,追求唯美主义。思想理论虽然芜杂,但表现自我、追求爱与美的创作精神却是核心。回国后受黑暗现实刺激,走出"为艺术而艺术"的琼楼玉阁,关注现实,表现民生;加入"左联"后参与无产阶级文学的倡导和建设,创作中加强了现实内容,甚至革命倾向,^① 但表现自我、追求爱与美却是贯穿始终的旨趣,创作始终洋溢着浪漫主义激情。共和国成立后,他有激情却找不到宣泄契机,因浪漫主义被遮蔽在社会主义现实主义原则之内,"生命的艺术"被视作资产阶级文艺思想受到批判,表现自我与"二为"方向南辕北辙。作为戏剧界领导他可以为艺人的青春和生命"鼓与呼",但作为剧作家他却无力冲破时代文学的藩篱。因为他自己被困在时代政治编织的金丝笼里。

田汉最苦恼的是没有时间和精力创作。这是众多身居高位作家的共同境遇和苦恼。有人曾经呼吁减少行政事务,给作家创作时间。田汉没有为自己呼吁,却斗胆为青年演员和老年艺术家"请命",其中也包含着感叹"青年梦"破灭和老年将至、事业未竟的苦痛。在印度大使馆举行的一次晚宴上,有朋友对他说:"瞧你头发都快白完了,也写不出什么来了。就写一首旧诗送给我吧。"这话刺痛了田汉。他笑着答应,但"心里却是很沉痛的"。他问自己:你真写不出什么东西了吗?遥想当年,他与郭沫若等人发起创造社,郭沫若推崇并自诩歌德,而田汉则崇拜并自诩席勒。1958 年年初他在莫斯科观看苏联艺术家演出席勒的《玛丽亚·斯图亚特》受到巨大震撼,也受到很大刺激。朋友的话和观看席勒作品演出点燃了田汉的创作欲望,他决心恢复"荒疏已久的行业",开始话剧创作。^②

回到久违的艺术人生,寻找青年时代的理想激情,他生命如歌,热情似火,短短两个月时间就完成了《关汉卿》的创作。而这也决定了《关汉卿》赓续了早年的创作路向,表现出"生命文学"的魅力和个性浪漫主义的特征。

---

① 如独幕剧《乱钟》呼吁"广大工人、农民和市民们联合起来武装自救";《回春之曲》更是径直地表现了爱国青年参加"一二八"战争的内容。

② 参见田汉:《复郭沫若同志》,《关汉卿》,中国戏剧出版社 1958 年版,第 118 页。

二、将想象的翅膀插在个人生活和情感的厚土层

《关汉卿》倾泻了田汉的生命悲情，酣畅淋漓地表现了田汉话剧艺术的浪漫主义特色。

首先，建立在深厚的历史知识基础上的艺术想象力——艺术想象是浪漫主义的重要表征。浪漫主义是表现的艺术，也是想象的艺术，借助想象构建艺术世界，实现抒发感情、表现自我、追求理想的创作目的。《关汉卿》以及其后的《十三陵水库畅想曲》《文成公主》都以想象力强健著称，但艺术效果却迥然不同。

《关汉卿》的艺术想象表现在虚构故事情节和矛盾冲突，以补充历史材料的严重欠缺，为塑造形象、抒情达意夯实基础。《关汉卿》是历史剧，想象的重要职能在于虚构历史事实，营造真实的历史情景，为塑造人物奠定基础。想象虚构旨在最大限度地复原历史现实，使作品达到历史真实和艺术真实的统一。大凡历史剧都追求"统一"，但策略和途径却存在差异。《关汉卿》在史料匮乏的情况下凭借想象填充空白，创造了包罗万象、光鲜耀目的艺术世界，塑造并热情歌颂了以关汉卿为领袖的古代人民艺术家的光辉形象，真实地反映了元朝复杂的社会现实和深刻矛盾，表现了作家为民创作、为民请命的崇高追求，洋溢着创作激情和浪漫主义诗情。

关汉卿虽是历史文化名人，但史书记载很少。田汉为真实地再现这一历史人物的精神风貌煞费苦心。他广泛搜寻和深入研究关汉卿留下来的剧本和散曲，准确地把握其性格特征，同时阅读大量史料，详细研究元朝初期的历史，掌握关汉卿生活的时代特征。他在这方面做的功课和花费的心血达到专业研究人员的程度。在深入考究元初历史史实和社会风貌、准确把握人物生活环境和性格命运的基础上，他放飞想象大胆虚构，创造了很多史无记载、但在历史发展逻辑上却可能存在的故事情节和矛盾冲突。他将关汉卿的一生浓缩在《窦娥冤》的写作中，围绕《窦娥冤》设置人物关系，编写故事情节，组织矛盾冲突。《关汉卿》的故事情节和矛盾冲突围绕"为什么写""怎么写"和剧本写成及演出后的社会反响而展开，颇符合开端、发展、高潮、结局的"结构规则"。他精心设计了关汉卿有感于朱小兰的冤案而创作《窦娥冤》，写作过程中曾被

劝阻，演出后产生巨大反响，因刺痛了权臣阿合马而被勒令改写，关汉卿因拒绝修改而被关进监狱，王著目睹关汉卿与权臣阿合马抗争的情景而心生敬佩，联合高和尚刺杀阿合马……这些人物纠葛、故事情节和矛盾冲突，如田汉所说"也可靠，也不可靠"。如王著联合高和尚刺杀阿合马史有记载，其被射杀前说的话也有记载，而他受关汉卿及其《窦娥冤》影响而高喊"为民除害"等情节则是虚构的，"是田汉同志根据史实，根据人物的道德面貌，和他们当时可能有的接触而想象写成的。如王著临刑前的话很像《窦娥冤》第四折的话，所以任侠好义的王著当时看过《窦娥冤》并认识作者和演员也是完全可能的。"①

难能可贵的是，田汉的艺术想象不仅表现在虚构故事情节以填充史料空缺、在符合历史发展逻辑的前提下完成这部大戏的创作，而且在追求艺术完整和完美、运用戏剧冲突推动剧情发展、塑造人物形象等方面，也取得非凡的艺术成就，达到了艺冠群芳的程度。《关汉卿》人物众多，关系复杂，故事曲折，冲突尖锐，带有传奇性，是结构缜密、波澜壮阔、气势恢宏的浪漫主义艺术整体。

其次，艺术地表现个人生活经验和情感体验。表现主观世界是浪漫主义的核心内容，也是田汉的创作追求。他在文学道路上跋涉了40多年，创作了数十部话剧、戏曲和大量诗词，无论思想内容、艺术形式和创作旨趣是什么也遑论为什么，都能感觉到他生命的叹息和情感的涌动，看到他生活和交往的轨迹，感受到他热爱祖国、关心底层的人文情怀。他没有像郁达夫那样明确提倡和标示"自叙传"，也没有像郭沫若那样坦言蔡文姬"是照着我的生活和情感写的"，但从《梵婀林与蔷薇》《风云儿女》《到民间去》《乱钟》《三个摩登女性》《秋声赋》《丽人行》等作品中，都能够明显地感觉到他的存在。说他的创作是话剧版的"自叙传"或许夸张，但细心梳理即可发现，田汉创作的发展变化也是他生命轨迹的发展变化。这种归纳也许符合很多作家的实际，但在田汉这里表现得特别清晰。因为他始终坚持表现自我的主张，并且在创作中融进了真实的自我。五六十年代提倡反映工农兵生活和思想感情，并强行关闭个人生活和主观世界的大门，在违者得咎的文学语境中，田汉仍坚持表现个人生活和情感体验，难能可贵。而《关汉卿》也因此显示出浓郁的个性浪漫主义特点。

虽然没有明确标识，但谁都读得出，关汉卿身上随处可见田汉生活和感情

---

① 《剧本》记者韦启玄：《田汉同志创作"关汉卿"散记》，载《剧本》1958年第5期。

的影子。关汉卿路见不平仗义执言，创作《窦娥冤》为平民女子申冤诉屈，这种情怀表现在田汉身上就是"为演员的青春请命"和呼吁"必须切实关心并改善老艺人的生活"。青年演员和生活窘迫的老艺人与他并无瓜葛，他了解情况后毅然撰文呼吁关注，很容易想起关汉卿创作《窦娥冤》的起因和初衷。关汉卿在写作过程中遇到阻碍，也得到鼓励，他冒险写作，肆意宣泄愤激之情，这种情景也源自田汉个人。他有过很多冒险创作的经历，并且创作演出后也像关汉卿那样遭受打击——就近而言，两篇"请命"文章之后，风暴来临，他险些被打成"右派"；往远处说，他 30 年代因提倡左翼文学、揭露国民党黑暗统治而被关进监狱，与关汉卿因《窦娥冤》被关进监狱类似。关汉卿在监狱里始终坚持正义立场，经过牢狱迫害后才被保释，田汉也有相同的命运遭遇，经历了相同的痛苦煎熬。田汉把自己的生活经历和情感体验倾注到创作中，"移情"到关汉卿身上。"田汉就是关汉卿"是知情者的共识。

田汉借关汉卿表现自己，也表现戏剧界朋友的生活经历和精神风貌。《关汉卿》塑造了古代艺术家群像，他们身上依稀可见现代艺术家的运命和身影。他们在戏剧人生的道路上与田汉一样经受过专制压迫，也表现出勇于抗争决不妥协的精神品格。如关汉卿身边的歌姬朱帘秀，她因饰演窦娥这一形象被捕入狱，与关汉卿一起经历了牢狱之灾，产生了生死不渝的爱情。她崇敬关汉卿，在其困难时期给予许多关心、鼓励和温情。田汉的生活和情感经历中也有红颜知己爱他敬他帮助他，是他在困难中坚持、在斗争中坚强、在孤独时振作的精神力量。他与安娥的爱情经历更是曲折传奇，感天动地。安娥对他的鼓励支持犹如朱帘秀对关汉卿——关汉卿写《窦娥冤》得力于朱帘秀的鼓动和支持，是他坚持正义立场的精神力量，安娥也给田汉很多温爱，且将他引导上革命道路，是他创作《风云儿女》《乱钟》《到民间去》等作品的精神力量。固不能说朱帘秀便是安娥，但二者确实有诸多神似和重叠的地方。田汉与安娥是患难中的战友，也是相濡以沫的夫妻——这些生活和情感经历在关汉卿和朱帘秀塑造中表现得生动淋漓。

前面我们推崇田汉的艺术想象力，说他在近乎无米下锅的情况下创作了《关汉卿》这部大戏，其实若没有生活经验和情感经历支撑，想象的羽翼就无所附依，即使想象力再强健也不会这般神奇。想象的翅膀有坚实的生活和情感基础才能飞得高，虚构内容与亲身经历过体验过的相关相似才真切、生动、感人。将想象的翅膀植根于个人生活和情感的沃土良田，是《关汉卿》成功的秘籍，也是田汉话剧个性浪漫主义特色的重要成因。

三、"铜豌豆精神"和浪漫诗情

浪漫主义作家大都具有诗性气质，且多是唯美主义者和理想主义者。他们拒绝世俗，追求理想，其创作大都带有理想主义色彩。或者社会理想，或者人生理想，或者爱情理想，或者艺术理想，各有侧重，因人而异。对理想充满信心，诗意描绘，倾情歌颂，成就了豪放的浪漫主义；因现实力量强大，理想受阻，情感受伤，在失望中憧憬，忧伤中期盼，是为感伤浪漫主义。田汉属于前者。其创作多写美好事物和理想人物被毁灭，但悲痛而不哀泣，毁灭激发昂扬向上的情绪，具有惊心动魄、催人奋发的审美力量。在《关汉卿》中，他运用多种艺术手段塑造人物形象：夸张，渲染，烘托，对比，把人物放置矛盾冲突的风口浪尖上拷问，其性格得到多方面表现。《关汉卿》塑造了关汉卿和以他为首的古代艺术家群像，是一曲波澜壮阔的人民艺术家赞歌。

关汉卿是古代人民艺术家形象。其形象基石是人民感情和底层立场，是敢于"为民请命"的精神。熟稔戏剧创作规律的田汉将其置于尖锐剧烈的矛盾冲突中，置于生死攸关的危难关头，通过他在生死安危关口处的抉择刻画性格特征。作品第八幕写关汉卿身陷牢笼，文人败类叶和甫遵从阿合马的旨意前来劝降，让关汉卿按要求修改《窦娥冤》，以挽回因演出扩散而"毁坏"的形象和名誉。关汉卿愤怒异常，挥掌将其打倒在地，坚定地表示："我关汉卿是有名的蒸不烂、煮不熟、捶不扁、炒不爆，响当当的铜豌豆"。所谓铜豌豆就是硬骨头，铜豌豆性格就是为人民请命而英勇无畏、生死危难而矢志不移的坚强性格。田汉为了刻画关汉卿的性格特征，将其放在尖锐激烈的矛盾冲突中进行蒸、煮、捶、炒，显示出话剧艺术家的高超造诣。

关汉卿外出路遇朱小兰冤案，产生了写剧本为其鸣冤的念头，表现了他底层人民的情感立场。朱小兰与他无缘无故，对其冤情难以释怀，为无力搭救而焦虑自责，基于深厚的人民感情。写作过程中，叶和甫前来劝阻，说阿合马势力强大不要招惹他，避免引火烧身，关汉卿拒绝恫吓和利诱，夜以继日地写作，表现了人民艺术家的良知和为民请命的创作追求。《窦娥冤》演出后产生强烈反响，却又节外生枝，权臣阿合马前来施压：照他说的修改《窦娥冤》，然后上演。关汉卿坚持正义立场，维护剧本精神，坚定地表示：宁肯不演，绝不修改！因为他很清楚，修改上演，就失去了作品的批判精神和正义立场，沦为阿谀奉承的工具。阿合马气急败坏地下最后通牒：不改、不演掉脑袋。阿合马权倾朝野，杀人如麻，朋友们为关汉卿的生命担忧，劝他外出躲避，但关汉卿不改不走，坚守斗争阵地。《窦娥冤》原样演出，阿合马恼羞成怒，喝断演出，众艺人试图搪塞揽责，阿合马当场挖掉赛帘秀的眼睛，还要迁怒他人。危急时刻，关汉卿挺身而出，将责任担在自己肩上，表现了他不畏强暴、勇于牺牲的英雄气概。关汉卿被关进监狱，叶和甫奉命前来劝降，他大义凛然，怒斥叶和甫，宁死也不向权贵妥协。因拒绝劝降，自知死期临近，他视死如归，坚定地表示"玉可碎而不改其白，竹可焚而不毁其节"。狱中与朱帘秀相会，他写词相赠，表示"将碧血，写忠烈，做厉鬼，除逆贼"的决心和对朱帘秀生死不渝的爱情，表现了人民艺术家的凛然正气和高贵气节。

朱帘秀也是光彩照人的古代艺术家形象。她是歌姬，重情重义，有正义感，为伸张正义，揭露权贵，不畏强暴，勇于牺牲，关键时刻甚至比关汉卿还要决绝，还要勇于承担。在关汉卿因朱小兰事件愤怒自责的时候，她启发关汉卿以笔做武器揭露权势者强抢民女的暴行；在关汉卿创作《窦娥冤》受挫情绪低落的时候，她鼓励关汉卿放胆创作，并激励他"你敢写，我就敢演！"在关汉卿被勒令改写剧本的时候，她劝说关汉卿离开，自己承担责任和危险，表示"我宁可不要这颗脑袋，也不让你的戏受一点损失"。她因饰演窦娥而被关进监狱，本可托人说项免刑，但她视死如归，宁死不向权贵求情；她知道死期将近，毫不畏惧，坚定地表示死前要像王著那样高喊"与万民除害"。死期迫近，她写"调寄《寄生草》"赠关汉卿，表达了为正义献身的精神和对关汉卿的忠贞爱情："披铁索，听秋雨，梦中浑忘押床苦，梦酣犹作窦娥舞，梦回惊数谯楼鼓。虽然沥血在须臾，同把丹心照千古。"诗词感天动地，气节令人敬重。其他人物如王著、赛帘秀虽然戏份不多，但性格和作为均正义凛然，视死如归；而杨显之、王和卿、欠要俏以及刘大娘一家，也都是通情达理、勇于救苦救难的热心肠。

《关汉卿》塑造了由民间艺术家和下层劳动人民组成的艺术群像，歌颂了在残酷专制下不畏强暴、勇于抗争、团结战斗的英雄群体，表现了高尚的人道主义情怀，汹涌着澎湃的浪漫主义激情。

四、浓郁的浪漫主义诗情

田汉是剧作家，也是浪漫主义诗人。他提倡"生命的艺术"，重视主观抒情，其作品大都洋溢着浓郁的浪漫主义诗情。《关汉卿》主要表现在三个方面。

其一，以诗入剧。田汉是著名的诗词作家，善用诗词抒发感情、刻画人物、渲染气氛，在《关汉卿》中穿插了《蝶双飞》《沉醉东风》《调寄寄生草》等多首词曲。这些词曲镶嵌在情节发展和人物命运的关节点上，强化了抒情性和感染力。如第十三场，众艺术家到卢沟桥为关汉卿送别，朱帘秀演唱关汉卿的"别离曲·沉醉东风"，渲染了生死离别的气氛，表达了她对关汉卿的忠贞爱情和美好祝愿："咫尺的天南地北，/霎时间月缺花飞，/手执着饯行杯，/眼搁着别离泪，/刚道声'保重将息'，/痛煞煞教人舍不得。/好去者，望前程万里！"后因为朱帘秀被允许和关汉卿一起离开大都，众艺术家祝贺他们"蝶双飞"，插入了田汉的"别离曲·沉醉东风"："怨什么天南地北，/愁什么月缺花飞？/收拾起饯行杯，/拭干了别离泪。/祝你们同心并翅，/飞向那江南风景媚。/愿休忘，有阁间憔悴。"众人在诗情沉郁的气氛中为他们送别。

其二，用诗性语言表现人物的内心世界，创造诗情浓郁的抒情场景。所谓诗性语言就是抒情语言，是特定情境中人物发自肺腑的语言，虽然字数错落，缺少韵辙，但具有强烈的抒情性。如第八场，朱帘秀自知死亡迫近，没有惧怕和遗憾，她深情地回顾与关汉卿共同经历的生死斗争和饰演窦娥发生的感情变化，如痴如醉，如泣如诉。赛帘秀因演出《窦娥冤》被挖去双眼，但仍然坚强地面对强权，希望出演更多"与万民除害"的作品。在卢沟桥送别的时候，她深情地说："关大爷，不管您到哪里去，都不要离开我们'有口难言'的百姓们，和我们含冤负屈的女子。为了唱您的本子我被滥官污吏们挖掉了眼睛，可是没有眼睛我就善罢甘休了吗？不，我还能唱，还要唱，只要能够唱出哪怕是一线线光明，我是死也甘心的。关大爷，老百姓要《窦娥冤》这样的戏。您多写吧！"这些话字字动情，声声含泪。

其三，营造如诗如画的场面。关汉卿因触犯权贵被逐出大都，文朋诗友、歌姬群众前来相送。卢沟桥畔，长堤、垂柳、名桥、流水、田野，构成一幅如诗似画的场景。离情别绪洋溢其中，几曲《沉醉东风》更是将诗情推向高潮，增强了作品的浪漫主义色彩。

　　田汉剧作的浪漫主义诗情与郭沫若远不相同。他虽然写诗填词，卓有诗情诗艺，但与郭沫若相比更看重戏剧性。《关汉卿》于诗情画意之外，更多的是写实场面，戏剧性的故事情节和尖锐激烈的矛盾冲突，以及情节推进、矛盾形成、冲突展开所必需的场面描写、关系介绍、因果交代。这些"写实性"内容冲淡了抒情性，也影响了意境营造。他将诗情渗透在戏剧性骨架中，融化在尖锐的矛盾冲突和复杂的人物关系中。但写实性内容冲淡了诗情抒发和意境营造却没有冲淡作品的浪漫主义气息。因为抒情性弱了，戏剧性却得到加强；戏中戏的结构、大起大落的情节、繁杂的人物关系、多重的矛盾线索、扣人心弦的斗争、多舛的人物命运使作品具有传奇性，甚至带有神秘色彩。故与《蔡文姬》的"诗剧"浪漫主义相比，《关汉卿》是"话剧"浪漫主义。

第二十三章 "大跃进"期间话剧创作的浪漫主义解读

50 年代话剧浪漫主义高潮出现在"大跃进"年代。文学史上每种思潮和创作现象出现都有复杂的历史文化背景。"大跃进"期间话剧浪漫主义的訇然涌现与狂热的时代舆情和同样狂热的主体情绪密不可分。

一、"两结合"语境中的话剧创作

1958 年毛泽东提出"革命的现实主义与革命的浪漫主义相结合"的创作方法，得到文艺界乃至整个社会的热烈反响。毛泽东倡导两个"革命的""主义"相结合，是政治家对作家、艺术家的要求，也是基于现实需要对社会主义文艺的倡导，具有现实针对性和时代性特点。当时众多文艺部门举行座谈会，很多头面人物积极发表意见推动讨论，将其提到理论革命的高度热烈赞同、充分肯定，与对"久违"的浪漫主义期待有关。

浪漫主义是重要的理论命题，与现实主义并驾齐驱，共同推动人类文学艺术发展繁荣，却被长期冷漠和遮蔽，影响了作家创作才能的发挥和作品艺术质量的提升。共和国成立后文艺创作严重滞后、日渐式微的原因很多，浪漫主义的"无名"和"缺席"是重要原因之一。人们热切地呼唤浪漫主义，期待创作的主观表现、自由精神、蓬勃激情和理想主义内容。所以，虽说"两结合"，但议论最多的却是浪漫主义，创作实践中最显著的变化是浪漫主义元素得到强化。

　　但"热议"背后最重要的推手是"大跃进"。其时，毛泽东提出工农业生产大跃进，完成年产 1070 万吨钢的目标，并且要在 10 年、20 年的时间内赶上美国、超过英国。意识形态推波助澜，用狂热的语言鼓动社会情绪，政治浪漫主义卷起滔天大浪，营造了如火如荼的社会现实，被绑在政治战车上的文学艺术随着政治车轮的高速运转掀起"共产主义文艺"热潮。那是充满浪漫主义激情、需要浪漫主义表现、也产生了浪漫主义创作的时代。

　　作为政治领袖，毛泽东倡导的"两结合"的前提和重心是"革命"。前提和重心决定着话语疆界和原则，也决定着文学方向和创作内容。因此，无论现实主义还是浪漫主义抑或"两结合"，都限制在"革命的"范围之内。何为"革命"？内容十分丰富，但在统一思想意志的时代语境中，即便是意识形态宣传违背了历史发展规律和人民群众的愿望要求，导致严重错误的社会实践也被赋予革命性质。在此舆情中，"两结合"脱离了文艺发展的自身规律疯狂运行，最后走进死胡同。这是"两革命""两结合"时期中国文艺的悲剧命运和残酷事实。

　　"大跃进"话剧出现在 50 年代末期。1958 年的"大跃进"违背了艺术创作规律，报刊大力倡导"放戏剧卫星""建设共产主义文艺"，《文艺报》连续发表了《文艺放出卫星来》《掀起文艺创作的高潮！建设共产主义的文艺!》的专论和社论，《剧本》紧随其后刊登了《要放出戏剧创作上的"卫星"》《为共产主义的戏剧艺术而奋斗》等文章，营造了戏剧"大跃进"的火爆气氛。在其鼓动下，作家们创作热情高涨，按照"两结合"的创作方法高唱共产主义文艺畅想曲。"大跃进"剧作指创作于"大跃进"期间、写的是"大跃进"年代生活，表现了"大跃进"情绪，接受了"大跃进"浮夸风影响的剧作。"大跃进"剧作数量众多，据相关文章统计，单是工人农民的剧本就"数以万计"。作品参差不齐，绝大多数误将大话空话当作现实予以夸张性描写和肯定性表现，误把不着边际的空想妄想当作理想热烈歌颂不遗余力，豪言壮语充斥，标语口号满篇，人物缺少灵魂和血肉。作家倾尽心血和艺术才华，其创作却如乡间土道跑火车，车翻人毁，糟蹋了农田庄稼，践踏了道路设施。固然不能说全如土法上马炼出的钢铁废品，但能进入艺术殿堂者委实不多；固然不能说都是浪漫主义创作，但具有浪漫主义特点者委实不少。

　　最能代表其时创作风格和成就的是田汉的《十三陵水库畅想曲》和段成滨、杜士俊的《降龙伏虎》。

二、狂热情绪躁动的《十三陵水库畅想曲》

"大跃进"之初，田汉就为重操旧业、实现青年时代的梦想制订了创作计划，但他没有、也不可能完全按照计划创作，也不能在自己熟悉的道路上前进。他身居文坛高位，必须带头响应时代号召创作社会主义文艺，由此导致在创作道路上摇摆波动，甚至脱离轨道。《关汉卿》蘸着生命激情的创作攀上了艺术高峰，而以同样激情完成的《十三陵水库畅想曲》却跌至深谷。两部作品反差如此明显，看似不可思议，正反映了他五六十年代真实而复杂的创作情形。《十三陵水库畅想曲》基于浮躁的情绪和狂热的心态创作，意在配合政治宣传，其艺术质地固然可非议，但从考察浪漫主义的角度看，倒也有值得重视的地方。

十三陵水库是 50 年代北京重大建设工程，前后十多万人参加，毛泽东和中央领导也曾参加劳动。这项工程表现了建设者奋勇争先的劳动热情和革命精神，吸引了国内外众多人士关注，作家艺术家纷纷以此为题材进行创作。田汉在中国青年艺术剧院催促下，"边设计、边勘探、边施工"，利用三五个不眠或者少眠之夜匆匆赶写出这个作品。① 他试图坚持忠实自我的创作追求，巧妙地采用慰问团参观考察的方式切入，借助慰问团的看、听和切身感受展开故事情节，为表现自我提供方便。虽然无法清晰地看到田汉的身影，却在慰问团成员中感受到他的存在。但"大跃进"飓风狂吹，无论多大的艺术定力都无力抗拒，他忠实自我的初衷在创作实践中大打折扣，并顺流而下，走到时代划定的轨道上。《十三陵水库畅想曲》既是"奉命之作"，也是典型的"急就章"，留下了鲜明深刻的时代痕迹。

其一，畅想曲基调热烈高亢但缺少性格刻画。作品意在描绘建设工地万马奔腾的劳动场景，歌颂建设者豪迈的政治热情、奋勇争先的劳动精神和改天换地的英雄气概。开场写担任建设工地总指挥的副政委给来工地慰问的文化代表团介绍工地进展情况，同时巧妙地说明建设十三陵水库的现实意义和灿烂前景。

---

① 田汉：《十万英雄人民的功绩——我为什么写"十三陵水库畅想曲"》，载《光明日报》1958
年 7 月 6 日。

代表团由高级知识分子组成，爱提问题。介绍情况开成了座谈会，善于组织戏剧冲突的田汉顺便提出了异常尖锐的矛盾冲突。雨季将至，还有 90 万土方的任务没有完成。9 万人参加会战，每人每天挑土两方，半月也只能完成 50 万方的任务。能否在雨季到来之前完成建设任务？这是摆在建设者面前的艰巨任务，也是尖锐的戏剧冲突。生物学教授黄仲云为此担心，而副政委却充满信心，提出"跟时间赛跑，与洪水争先"的口号，半月之内完成任务。因为"群众力量只要充分发动起来，是无穷尽的。像解放军某部战士马庆芝那样，每天挑 150 担上坝，最高纪录达到 43.4 方，用卡车装，得走 30 趟；用火车得装两个半车皮。"教授对此提出异议，而副总指挥却说这是"工地浪漫主义"。"拿人来说，工农兵学商，党政军民，老幼男女全动员；拿工具来说，从最简单的锄头、十字镐、扁担，土筐到最新式的铲土机、夯扳机、皮带运输机、羊角碾都用上了"，甚至把慈禧时代的小火车也开过来了。"人们在工地上不是在走，而是跑，在飞。""这真是一个充满政治激情、也就是充满革命浪漫主义的时代。这个时代必然涌现许多奇迹"。为了完成任务，他们将庞大的劳动队伍实行军事化管理，组成众多劳动小组，以十八勇士、黄忠、刘胡兰、丹娘、卓娅等名字命名。各个小组相互学习，相互鼓励，开展人人争先的劳动竞赛。田汉借鉴了美术、音乐、舞蹈、电影等艺术手法，近百名演员轮番登场，营造了规模宏大、场面热烈的舞台场景和气氛，演奏出洋溢着革命豪情的畅想曲，显示出大艺术家的风采。

畅想曲热烈高亢却存在严重问题：锣鼓喧天红旗招展的气势固然火爆，但缺少性格鲜明的人物形象，甚至在熙熙攘攘的人群中无法确定主要和重要人物。后半场聚焦黄仲云、孙惠英、胡锦堂等，略有故事和性格，但与火爆场面相比显得羸弱，行为缺乏逻辑，语言缺乏个性，形象抽象模糊。田汉善写爱情和为爱情献身的女性，但劳动模范孙惠英在负心郎的花样表演面前显得高调有余，真实性和感染力不足。他希望回到自己熟悉的世界，因耽于配合宣传，忙于穿插交代，最终流于浮泛。

其二，夸张手法广泛运用但过火失度。夸张是田汉突出建设者的劳动热情、表现"大跃进"情绪的重要手段。单就手法运用而言，取得显著效果，有些描写渲染夸张，铺排造势，传递出"大跃进"的火热气氛，体现了狂热年代的特点。如写祖孙三代战斗在工地上，有人利用节假日前来参加义务劳动，有人推迟婚期，有人自动延长劳动时间，就连考察团的专家教授也为之感动，主动留下来参加劳动等，反映了人们的劳动热情和奉献精神。这些源于宣传材料的夸张描写，当时或许让人振奋，但现在读来就感到荒唐可笑，因为缺少起码的科学精神和生活常识。创作固然要夸张，浪漫主义离不开夸张，但终有"度"的限制。超出了限制，完全不顾现实可能性和艺术真实性，就会走向反面。局部超出或许无伤大雅，如果多数描写或重要事实夸张失度，艺术大厦就会失去根基容易坍塌。《十三陵水库畅想曲》"误用"虚夸的报刊宣传材料，夸大了主观意志的作用，致使大话空话满篇。譬如劳动强度问题，水库建设依靠人力挑土筑堤，每人每天挑土有限量，这与人的生理条件有关，即便是积极性再高也有限度。而作品说挑土上坝"如跑、如飞"，每天挑土43方还多，2分多钟时间卸土18方，5天完成半月的任务，说妇女劳动模范孙惠英"曾在零下20度的冷天，下到3尺深的水坑里捞沙子，做隔水墙；突破5万大关那天，整整36个小时没有离开岗位。超额300%完成挑土任务"，历史学教授要向慰问团团长挑战，每小时完成15担土的任务……这些都超出了劳动者的身体极限，超出了夸张限度，违背了科学精神，也违背了浪漫主义审美创作精神。浪漫主义允许夸张也需要夸张，但夸张描写必须符合现实逻辑和创作逻辑。《十三陵水库畅想曲》写的是现实人生，而非虚构神话，作品赋予"现实人"以"假想神"的能力，导致夸张失度和描写失信。

更重要的是，无论劳动热情还是劳动强度，都没有转化成故事情节和人物性格，很多内容是说出来、算出来和喊出来的，故作品缺少感人的艺术效果。浪漫主义奇迹成为枯燥无味的假话和缺少感动力的大话。

其三，浪漫主义想象奇异但缺少根基。田汉具有非凡的艺术想象力，这是他创作成功的依据，也是重要的个性表征。在狂热浮夸的年代，他放开胆量，将浪漫主义艺术想象开发到惊人的地步。作品所写是一个近10万人参与的劳动建设工地，且选择参观者的眼睛对其做全景式表现（没有贯彻到底，第九、十一两场的舞台离开了参观视线，兀自表现孙惠英与胡锦堂的"爱情"纠葛），他意在加强现场真实感，却也增加了难度，甚至可以说是非智性选择。但非智性选择没有难倒田汉，更考验了艺术想象力和创造力。他以开放的艺术思维扫描劳动现场，以惊人的想象创造了人鬼同台、追溯历史、畅想未来的艺术世界。作品间接描写毛泽东和党和国家领导人以普通劳动者的身份参加义务劳动，也直接描写元世祖忽必烈开凿通惠河，丞相以下的大臣都拿起锄头、土筐带头参加劳动的情景，直接写明成祖朱棣定都北京、修筑皇陵的场景，用以说明十三陵水库建设的重要性，丰富作品的历史内涵。

第十三场更是异想天开，以"大跃进"的想象描写20年后中国社会和人民生活的灿烂前景，将这部以浮夸和畅想为主调的大型交响乐推向高潮。剧中说，20年后，十三陵水库周围长满了高高的油松、刺桐、白皮松等树木，湖的周围"通山遍野的樱桃、苹果、核桃、杏子、梨子、柿子、葡萄"，美丽的景色吸引了大批游客，游人穿着绫罗绸缎到库区游览。他们坐"原子艇"，住"星际宾馆"，过共产主义生活。"孩子们由于是在比现在远为富裕美好的环境中成长起来的，又受到周到严格的照顾和教训，一个个加倍地健康、活泼。"他们不知"慈禧太后"；柳条筐和窝窝头，麻雀、耗子、臭虫和蚊子成为"稀有动物"；个人主义成为"稀有思想"。台湾已经解放，中国的现代工业、农业和科学文化都赶上了美国，超过了英国。当年慰问团成员、音乐家李翼为小朋友演唱建设十三陵水库的歌曲，最后唱道："我国已建成社会主义，我们是向着共产主义迈进的普通兵。脑力劳动结合了体力劳动，早已不分什么乡来论什么城。我国完全具有现代工业、农业和科学文化，赶过了美来超过了英。我们向月球射出了旅客火箭，岂止是斜倚着白玉栏杆待月明？嫦娥也不悔偷灵药，她不久就要玉兔随身访北京。"

欢快的共产主义畅想曲突出了狂热时代的思想情绪，并因此赢得好评。而田汉本人却感到"畅想"不"畅"。"特别是畅想20年后的部分，当然还想象得不'畅'，也不一定准确。20年后的中国当然早已进入共产主义，在那个新社会，应该具备怎样一种新面貌；国际、国内的情况，人与人的关系如何；以致人们的服装风度该有怎样的发展，是值得我们大家来想象的。"[1] 但他想不到的是，残酷的现实很快就击碎了他的"畅想"，并将他打入万劫不复的深渊，满怀豪情的"畅想"转化为无情的历史嘲讽留存世间。

田汉原本要雄心勃勃地做20世纪中国的席勒，他欣赏并推崇席勒和歌德掀起的狂飙突进运动，欣赏并推崇席勒作品的冲击力和创造力，对其成败得失的把握似乎出现了误区。《十三陵水库畅想曲》缺少生活积累和情感积淀，为配合宣传而匆忙急就，犯了与席勒相同的错误："把个人变成时代精神的传声筒"，[2]"为了观念的东西而忘掉现实主义的东西"。[3] 席勒的错误源于18世纪德

---

① 田汉：《十三陵水库畅想曲·后记》，《剧本》1958年第8期。
② 《马克思恩格斯全集》第29卷，人民出版社1961年版，第572页。
③ 《马克思恩格斯全集》第29卷，人民出版社1961年版，第585页。

意志浪漫主义哲学思潮和个人的审美选择，而田汉呢？"大跃进"年代的飓风，革命浪漫主义倡导，还有狂躁的时代情绪，都是脱轨畅想的推动力量。置身其中，只能接受宿命！

三、民族色彩浓艳的《降龙伏虎》

如果说田汉在"大跃进"狂风劲吹中兴冲冲地步入迷途，在时代文学史和个人创作道路上留下黯淡记录的话，那么段成滨、杜士俊则因缺少足够丰富的创作经验而走上为荒唐时代呐喊的轨道，成为当时引人瞩目的剧作家。他们的《降龙伏虎》是表现"大跃进"年代精神面貌的话剧。"在激情似火的戏剧情节里，不只是表现了当时生活现象的某些特征以及大跃进雄伟的规模和气势等；而是透过这一切，深一步地勾勒了这一精神高涨时期，中国人民斗志昂扬、意气风发的人物风貌。线条粗犷，色彩强烈，调子激越，时代的激情和革命浪漫主义的威势，强烈地打动了观众的心。"作品具有浓郁的山村生活气息和传奇色彩，"民族色彩和时代精神，革命现实主义和革命浪漫主义的结合，应该说是这个戏在创作上的鲜明特色，是它获得成功的基本原因，同时也形成它独树一帜的艺术风格。"[1]

《降龙伏虎》[2]是十三场话剧。剧情为：为实现国家年产1070万吨钢铁的目标，炼钢厂急需铁矿石，龙头山蕴藏着大量褐铁矿石；运矿石要过龙涎河，架桥成为当务之急。尹哲夫和孟丹华夫妻是从省里请来的建桥专家，他们满怀豪情来到龙涎山，对即将开始的新生活充满憧憬和期待。他们考察周围环境，勘探地质情况和流水速度，夜以继日地规划设计，不辞辛苦，不讲条件，表现出那时代青年知识分子献身祖国建设的革命热情。尹哲夫经过科学考察发现龙涎河水位变化无常，流速没有规律，水浪冲击力极大，河底是流沙，要在两个月内架起拱桥，无异于海底捞月。他开始设计的方案是钢骨拱桥，实地考察之后改变方案，提出建造飞跨龙涎河的钢丝绳吊桥。钢丝绳吊桥是百年大计，用工

---

① 文萍：《降龙伏虎——大跃进的颂歌》，《剧本》1959年第11期。
② 载《剧本》1959年第3期，本文所引均出自于此。

省，造价低，比较实际，但需要八个月的时间。而县委决定和群众意愿是：两个月之内必须完成，绝不拖延。青年技术员贺国昌冒险到河底试探，发现河底淤泥下是花岗石，设计了木拱桥。于是出现了"方案"之争。尹哲夫认为，即便河底是花岗石，架木拱桥摇摇晃晃也无法承载运输铁矿石的重量。贺国昌考虑的是能够运输铁矿石，满足几个县的炼铁任务——显然是短期应急行为。尹哲夫坚信群众分得清眼前利益和长远利益及其轻重，对自己的方案充满自信。但群众拥护贺国昌的方案，因为它符合"快、好、省"的"大跃进"精神，建桥工期短，有助于完成年产1070万吨钢的任务。

尹哲夫与贺国昌的分歧在于，是按照科学办事，考虑长远规划，还是"摸着群众的心办事"，完成当前的政治任务。科学选择应该是前者，但在非常年代，天平向着后者大幅度倾斜。《降龙伏虎》充分肯定并艺术地表现了这种选择，是"大跃进"年代革命浪漫主义创作的典型。其浪漫主义特色主要表现在以下几个方面。

浓重的民族风格增强了作品浪漫主义特色。作家吸取传统戏曲和古典小说的艺术手法突出人物性格，在设计人物关系、安排故事情节、营造现场气氛等方面均表现出鲜明的民族风格特征。作品给几个重要人物起绰号，如"飞毛腿""混江龙""浪里白条"等。绰号如标签，突出了性格特征。人物关系及其作为也脱胎于传统戏曲或古典小说，如李玉桃时常提柄大斧，状如穆桂英，她为丈夫揭榜亮斧的场景，金德龙与赵大康争夺招贤榜的场面，李玉桃与赵大康夫妻关系及矛盾冲突等都容易从传统戏曲或古典小说中找到影子。作品开始写为架桥而"清山"，尹哲夫夫妇误入禁区，遭遇猛虎袭击，危急关头赵大康带领猎虎队及时出现，打死老虎，化解险情，其语言和故事均疑似古典小说的相关描写。架桥的关键是桥墩，在水文情况复杂、时间紧迫、任务繁重的情况下，指挥部决定张榜招募英雄，这种方式和围绕揭榜、夺榜展开的矛盾冲突及其解决方式，均脱胎于传统戏曲或古典小说。揭榜夺榜一场戏，舞台上红旗招展，锣鼓喧天，在热烈隆重的气氛中几个重要人物纷纷出场表演。先是李玉桃出场，"嘈杂的妇女吆喝声中，林中挑出一面绿旗，上写'铁龙山公社娘子军'，李玉桃手执一把大斧，从旗下闪出来"——她是替丈夫赵大康揭榜的。紧接着龙山公社水利工程营营长金德隆出场，他"肩膀宽，胳膊壮，双手劈开小顽石，一脚踢开大河浪"，扬言"包下桥墩工程，保证半月完工"。赵大康则应对道："我指山山变金，点水水成银，蛟龙见我绕道走，猛虎见我胆战惊"，表示"全部桥墩工程包给我们，保证十天完成"。他们因争夺而相识，在建桥墩突击队中分别担任正副组长，为完成任务团结奋进，建立了深厚的友谊，并衍生出冲突激烈、解决快捷的戏剧性情节。这些脱胎于传统戏曲或古典小说的故事情节对于表现"大跃进"期间人民群众争先恐后的劳动热情和新社会劳动者的自豪感发挥了很好的作用。《降龙伏虎》戏剧冲突强烈紧凑，场面生动热烈，气氛饱满充盈，具有很强的艺术表现力和感染力。而民族形式和风格则放大了人物性格，也有效地增强了戏剧性和浪漫主义艺术效果。

理想形象塑造洋溢着革命浪漫主义精神。《降龙伏虎》的艺术成就在于塑造了具有降龙伏虎气概和创造能力的理想主义形象。作品借助传统戏曲或古典小说的艺术手法塑造人物、刻画性格，虽系扁平人物或曰类型形象，缺少足够深厚的生命内涵，但性格鲜明突出。如赵大康是一员闯将，他清山猎虎，急切地闯龙涎河找邢书记承担重任，表现了"大跃进"时代青年的劳动热情；他不顾劝阻、无视利害，斧劈"鲁班石"，表现了蔑视神灵的英雄气概和舍身为公的精神。"爹！你骂我也好，打我也好，这块鲁班石我是敲定了！你开口河神爷，闭口河神爷，就算真有河神爷，他也得为大家想想。谁不盼着早一天把矿石运下来？你不盼着炼的铁越多越好？谁不盼着咱们中国越强越好？咱们要跟帝国主义赛跑，就得多快好省，就得赶快把大桥架起来。河神爷要降灾就让他降吧，让他降到我赵大康一个人身上。河神爷，你来吧！我看看你到底有多厉害。"他抢起大斧，把象征河神的"鲁班石"敲去一块。他情绪急切，性格刚猛，违反纪律加班加点工作，受到妻子惩罚而不改其志，只希望尽快扫清建桥障碍，顺利完成国家1070万吨的钢铁任务。而在受到李玉桃惩罚后，则表现了憨厚狡黠的性格特点，是一个令人喜爱的英雄形象。秦二伯是一个紧跟时代前进的革命老人。他性格倔强，急公好义，编小曲唱出了时代精神和人民愿望要求，建桥墩的关键时刻点亮自己心爱的木屋，为建桥抢险照明，表现出老一代农民大公无私的思想品质。而与其相对的是赵大爷，他保守落后，胆小自私，思想意识停留在旧时代，注定处处碰壁。他是一个不合时宜的喜剧人物。金德隆、李玉桃、孟丹华、邢书记等形象也因性格鲜明而给读者留下了深刻印象。

与其他作品不同，作品塑造了正面知识分子形象，肯定了他们的知识优势和为人民建功、为时代立业的精神追求。贺国昌是作品热情歌颂的青年知识分子，有知识也有实际工作经验，是红专兼备、科学性和群众性结合得好的知识分子形象。他心系山里群众，从实际出发，按照人民群众的意愿设计木拱桥，其建桥方案赢得群众认可，工作和品行也得到群众的高度评价。在尹哲夫带着仪器设备闯滩遇险的危急关头，他勇敢地跳进激流，表现出舍己救人的精神。而主动承担责任，把尹哲夫等人赌气闯滩、毁坏仪器设备的事故揽在自己身上，显得胸怀宽厚，义气大度。作为知识分子，他顾及群众情绪和政治任务，也讲究科学态度。为了解七星石汛期水位情况，他黑夜带病找到秦大伯，央求他带着自己去七星石。天黑暴雨，摔在地上爬不起来，仍咬牙坚持，"就是爬，也要爬到七星石"。他冒着生命危险赶到七星石，获得珍贵资料，为建桥赢得了时间，表现出革命英雄主义精神。

如果说贺国昌符合时代标准和要求，其他作品也有类似人物、值得重视但无须特别关注的话，那么，尹哲夫形象塑造则有些"出格"。他有与劳动人民相结合、为老百姓建设桥梁、将自己的知识才智贡献给时代的热情和志向，也有为实现理想而不辞劳苦、努力工作、付出心血和汗水的决心，甚至为了尽快摸清龙涎河汛期情况，他冒着生命危险硬闯湍急的河流险些丧命，说明他也具有新时代知识分子的献身精神。与贺国昌的区别在于，他更重视科学。龙涎河上建桥墩，必须掌握鬼门滩的水文资料。"位于龙涎河上游河段的鬼门滩，水流湍急，浪起漩涡，险滩危石布若星棋，河浪翻腾声，有如雷鸣。"面对如此险恶的自然环境，他心急如焚，恳切地说："大康同志，金营长，你们都知道我们的观测任务完不成，大桥就不能开工。如今我们让这鬼门滩挡了三天三夜啦。假如我们能强渡过去，我带着全部仪器，当天就能完成观测任务，桥就能提前开工，咱们就能赶在洪水前头。"他决心与赵大康、金德隆闯到鬼门滩对面，进行实地勘探。"鬼门滩就是一座刀山，也要征服它"，表现了一个知识分子的坚强决心。在科学精神与主观意志的天平上他选择前者，并因此遭到反对，即使妻子也因他恪守科学立场而疏远他。他痛苦孤立，但并非冥顽不化，迂腐保守，像其他作品中的同类形象那样。觉悟和热情、愿望和追求促使他积极进取，心胸坦诚，他知错就改，与时俱进，经过实践锻炼和批评教育，逐渐得到群众的认可和敬重，也化解了对贺国昌和孟丹华的误会。他是满怀热情地把自己的科学知识贡献给时代和人民需要的先进知识分子，是别种类型的理想人物。

《降龙伏虎》借鉴古典小说和传统戏曲的艺术手法塑造了众多符合时代要求的理想人物，表现了他们降龙伏虎的英雄胆识和革命精神，"是一首向社会主义大跃进的战歌；是一首描写山区人民淳朴刚毅的性格的牧歌；也是一首歌颂党的建设社会主义总路线的颂歌。"①

豪迈的语言特色强化了浪漫主义激情。《降龙伏虎》创作于豪言壮语铺天盖地滚滚而来的年代，也是大话空话热话胡话充斥的年代。时代话语氛围影响并决定着作品的语言风格。建桥而没有机器设备，贺国昌感叹不能赤手空拳与惊涛骇浪搏斗，公社炼铁厂副厂长陈长寿则说赤手空拳也能打胜仗。"架桥墩的事好办，帐篷里有省里来的工程师，帐篷外有咱们哥们，山里山外还有成千上万的社员们，能让龙涎河的水溜子给吓住吗？"而赵大康则说："只要能尽快架起桥来，让山上的百宝把咱们山里改变个模样，我赵大康情愿豁了这条命！"这些都是时代色彩浓艳的语言风格。这类语言热情而空洞，豪迈而浮泛，有助于表现性格特征，凸显时代精神，但夸大了主观意志，背离了科学精神。值得重视的是，有些人物语言，既带着"大跃进"的时代特色，同时也符合人物性格，是特定情境中人物的肺腑之言。如在投票选择设计方案时，秦二伯说："老尹同志！你没摸着我们山里人的心啊，照说，龙头山往外运宝，别说架座钢桥，就是架座金桥也不为过。可是，你知道我们盼着百宝下山盼了多少年吗？盼星星盼月亮，好容易盼到今天，共产党、毛主席都指望我们早点过河，您凭什么弄个钢索链子把我们再拴多半年？"他毫不犹豫地支持贺国昌的方案。而尹哲夫在方案被否定之后，也诚恳地说："我绝不是顽固的保守派，更不是有意挑剔木拱桥的毛病。我首先表示我放弃了钢丝绳吊桥的想法，原因是它跟党和群众的要求相隔太远。但是为了造桥工作，我还有几句心里话……我现在最担心的问题，就是怎么在这样惊人流速的大河里架起桥墩，这是一个复杂的技术问题，我们没有机械设备，也不能赤手空拳跳进河里去搏斗……"贺国昌听说尹哲夫对孟丹华和他接触过多产生误解，对孟丹华说，"那可是把正事想歪了。尹老师很不了解我们山里人的性格啊！我们这些炮筒简子啊！讲究心到口到，一点芝麻大的事也摆在桌面上，走道迈大步，说话大嗓门，干起重活来，肩不晃，膀不摇，天塌下来也压不倒。我们山里人要是爱上哪个姑娘，那就干脆说：'喂，我爱上你啦，你有意见吗？'"这些话生动感人，具有很强的艺术表现力和感染力。

《降龙伏虎》很多方面体现了"大跃进"时代的特点。它集中了众多艺术家的智慧和才华，是五六十年代革命浪漫主义话剧的佼佼者。

---

① 欧阳山尊：《评〈降龙伏虎〉》，载《前线》1959 年第 18 期。

文学是社会风貌的反映，在把文学当作时代精神传声筒的时候，反映更直接。但文学所反映的，是泡沫还是泥沙？是假象还是真情？作家在当时并不十分清楚，他们只是根据需要把看到的、感到的、听到的、遇到的写出来。时代风貌表现为历史进步性，如实描写或许具有生命力；作家处在被扭曲的荒唐年代，如实描写就会随着荒唐时代的被否定而变得苍白无价值。"大跃进"话剧在当时看，透着热情和激动，激起较大反响，但现在看，却浮泛夸饰，空洞乏力。我们将这一现象写在这里，当然不是基于当时的荣耀和地位，而是因为，那确实是绕不开的现象，需要面对而且值得面对。它们从某个方面记载着五六十年代文学曲折和苦涩的历史，也显示着浪漫主义遭到曲解、精神失落而漂泊游荡的轨迹。

参考文献

《马克思恩格斯选集》（1—4卷），人民出版社1972年版。

《毛泽东文集》（1—8卷），中共中央文献研究室编，人民出版社2009年版。

《毛泽东文艺论集》，中央文献研究室编，中央文献出版社2002年版。

《建国以来毛泽东文稿》（1—13卷），中央文献研究室编，中央文献出版社1987—1998年版。

《周恩来论文艺》，人民文学出版社1979年版。

中共中央文献研究室编，逄先知、金冲及主编：《毛泽东传：1949—1976》（上、下），中央文献出版社2003年版。

金冲及：《二十世纪中国史纲》，社会科学文献出版社2009年版。

陈晋：《毛泽东的文化性格》，中国青年出版社1991年版。

龚国基：《诗家毛泽东》，中央民族大学出版社2004年版。

《周扬文集》（1、2卷），人民文学出版社1984、1985年版。

邵荃麟：《邵荃麟评论选集》（上、下），人民文学出版社1981年版。

（清）孙联奎、杨莲芝：《司空图〈诗品〉解说二种》，孙昌熙、刘淦校点，齐鲁书社1980年版。

梁实秋：《浪漫的与古典的文学的纪律》，人民文学出版社1988年版。

朱寨主编：《中国当代文学思潮史》，人民文学出版社1987年版。

朱寨、张炯主编：《当代文学新潮》，人民文学出版社1997年版。

陆贵山主编：《中国当代文艺思潮》，中国人民大学出版社2002年版。

方维保：《当代文学思潮史论》，长江文艺出版社2004年版。

陈国恩：《浪漫主义与20世纪文学》，安徽教育出版社2000年版。

罗成琰：《现代中国的浪漫主义文学思潮》，湖南教育出版社1992年版。

李庆本：《20世纪中国浪漫主义美学》，现代出版社1999年版。

尹昌龙：《1985：延伸与转折》，山东教育出版社1998年版。

曹文轩：《中国八十年代文学现象研究》，北京大学出版社 1988 年版。

钱理群等：《中国现代文学三十年》，北京大学出版社 1998 年版。

钱理群：《1948：天地玄黄》，中华书局 2008 年版。

严家炎主编：《二十世纪中国文学史》（三册），高等教育出版社 2010 年版。

孟繁华、程光炜：《中国当代文学发展史》，人民文学出版社 2004 年版。

包忠文主编：《当代中国文艺理论史》，江苏教育出版社 1998 年版。

洪子诚：《1956：百花年代》，山东教育出版社 1998 年版。

刘小枫：《诗化哲学》，山东文艺出版社 1986 年版。

张旭春：《政治的审美化与审美政治化——现代性视野中的中英浪漫主义思潮》，人民出版社 2004 年版。

孙玉石：《中国现代主义诗潮史论》，北京大学出版社 1999 年版。

温儒敏：《中国现代文学批评史》，北京大学出版社 1993 年版。

周晓风：《新中国文艺政策的文化阐释》，中国社会科学出版社 2008 年版。

蓝棣之：《现代诗的情感与形式》，人民文学出版社 2002 年版。

倪蕊琴主编：《论中苏文学发展进程》，华东师范大学出版社 1991 年版。

胡采：《读峻青〈胶东纪事〉》，上海文艺出版社 1961 年版。

傅国涌：《1949：中国知识分子的私人日记》，长江文艺出版社 2005 年版。

葛洛、刘建清主编：《中国新文艺大系·短篇小说集（1949—1966)》，中国文联出版公司 1989 年版。

孔罗荪、朱寨主编：《中国新文艺大系·中篇小说集（1949—1966)》，中国文联出版公司 1987 年版。

张志民主编：《中国新文艺大系·诗集（1949—1966)》，中国文联出版公司 1990 年版。

周良沛编序：《中国新诗库》（6、7、8、9、10），长江文艺出版社 2000 年版。

洪子诚、程光炜、李怡编：《中国百年新诗大典》，长江文艺出版社 2013 年版。

《胡风全集》（9 卷），湖北人民出版社 1999 年版。

《何其芳全集》（4 卷），河北人民出版社 2000 年版。

《穆旦诗文集》（1、2 卷），人民文学出版社 2007 年版。

蓝棣之编：《九叶派诗选》，人民文学出版社 1992 年版。

蓝棣之编选：《新月派诗选》，人民文学出版社 1989 年版。

《孙犁全集》（4 卷），人民文学出版社 2004 年版。

《王蒙自传》（三部），花城出版社 2006 年版。

《冯至选集》（1、2 卷），四川文艺出版社 1985 年版。

《郭小川全集》（10 卷），广西师范大学出版社 2000 年版。

《唐湜诗卷》（上、下），人民文学出版社 2003 年版。

诗刊社编:《祖国颂》,中国青年出版社 1959 年版。

[美] 李欧梵:《中国现代作家的浪漫一代》,王宏志等译,新星出版社 2005 年版。

[美] 王德威:《"有情"的历史:抒情传统与中国文学现代性》,《抒情传统与中国现代性:在北大的八堂课》,生活·读书·新知三联书店 2010 年版。

[德] 施勒格尔:《浪漫派风格——施勒格尔批评文集》,李伯杰译,华夏出版社 2005 年版。

[德] 海涅:《论浪漫派》,张玉书译,人民文学出版社 1979 年版。

[美] R.韦勒克著,刘象愚选编:《文学思潮和文学运动的概念》,中国社会科学出版社 1989 年版。

[美] M.H.艾布拉姆斯:《镜与灯——浪漫主义文论及批评传统》,郦稚牛等译,北京大学出版社 1989 年版。

[丹麦] 勃兰兑斯:《十九世纪文学主流》(1—6),张道真等译,人民文学出版社 1997 年版。

[英] 玛里琳·巴特勒:《浪漫派、叛逆者及反动派——1760—1830 年间的英国文学及其背景》,黄梅、陆建德译,辽宁教育出版社、牛津大学出版社 1998 年版。

[德] 卡尔·施米特:《政治的浪漫派》,冯克利、刘锋译,世纪出版集团、上海人民出版社 2004 年版。

中国社会科学院外国文学研究所编:《欧美古典作家论现实主义和浪漫主义》(一、二),中国社会科学出版社 1981 年版。

[美] 利里安·弗斯特:《浪漫主义》,李今译,昆仑出版社 1989 年版。

[英] 以赛亚·伯林:《浪漫主义的根源》,吕梁等译,译林出版社 2008 年版。

高尔基:《俄国文学史》,缪灵珠译,上海译文出版社 1979 年版。

[英] 马·布雷德伯里、詹·麦克法兰编:《现代主义》,胡家峦等译,上海外语教育出版社 1992 年版。

[美]费正清:《剑桥中华人民共和国史(1949—1965)》,中国社会科学出版社 1998 年版。

后　记

　　从选定这个题目开始，就知道接下来的研究将面临诸多困难和尴尬。

　　事实上，这种尴尬在选题之前就已经存在了，只是缺少自省和自觉。此前，主研者致力于社会转型时期的浪漫主义文学研究，多次呼唤浪漫主义精神，只得到稀里哗啦地回应。本课题从 2011 年立项到现在，已有数年时间，社会风气、世道民心依然，学术圣地横行的依然是实利主义，无论主体精神还是文学创作，抑或学术研究和理论批评，都鲜有人关心浪漫主义——那似乎是形而上的东西，遥远而不合时宜。且不说文化理想、精神家园建设等舆情方面，单就文学而言，在海量的创作和论著中，有几多浪漫主义元素？

　　但往深处想，在这世俗社会中，人文工作者，研究什么不尴尬呢？

　　是故，虽然明知面临困境和尴尬，仍选定了这个课题。

　　因为，这个社会亟需浪漫主义精神资源。浪漫主义无力改变世道人心，但有助于净化读者心灵。用浪漫主义精神净化心灵，养育真诚醇美的人生追求，或许能够抗拒世俗风气的侵蚀，为世界营造一方净土。倘若这个世界多一些激情和理想、浪漫和诗意的元素，青少年从小受到纯真善良的审美教育，养成"情飞扬，志高昂，人灵秀"的精神品质，世道人心或许能够逐渐改善。

　　人文学者的工作关联着民族国家的文化建设，关联着民族素质提升和精神家园建设。面对精神家园荒芜的现实，总不能沉湎于忧心和焦虑。与其抱怨叹息不如做点具体事情，做些力所能及的建设性工作。面对滚滚红尘滔滔浊浪，学术研究能起多大作用，固不好说，但不应该放弃努力。

　　依靠这微弱的执念，主研者十几年来致力于 20 世纪中国浪漫主义文学研究。但从论证设计、搜集资料开始，就感到较之以往，困难多重、尴尬更甚，及至走近五六十年代文学的历史现场，无论考察创作特点还是理论形态，似乎都深陷窘境。

学术研究须站在前人肩膀上才见高度，但前人的"肩膀"在别处，"支点"与我们的考察并不搭界。既缺少可以借鉴的资源，也没有登高望远的阶梯。面对近乎荒芜的研究现场，我们所能做的，只能是试着走进历史现场，走进作家作品，寻找浪漫主义元素及其变异，竭尽全力将浪漫主义在社会主义现实主义、"两结合"等强势理论夹缝中艰难存活的尴尬处境和复杂形态中如实地呈现出来。很难，但我们不放弃走进历史现场、接近创作和理论现状的努力。

为此，我们为这个课题消耗了多年时间。多数时间用于阅读，因为缺少参考借鉴，只能运用最笨的办法，从阅读开始。

阅读内容有三。一是不同时期出版的各种文集、选集、全集，或者是作家个人的，或者是出版社请专家编选的文体选集或大系，这些文体选集或大系提供了很大方便，是阅读的重要内容。20世纪五六十年代，文学创作虽然说不上繁荣发展，但作品数量却是庞大的。虽然没有全读，但凡觉得带有浪漫主义元素和因素的，大都不会放过；固然不是细读（有些用不着细读），但总要浏览翻阅，以免遗珠漏金。从作品出发，把阐释结论建立在阅读感受上，虽然辛苦，也欠高明，但总比根据第二三手材料归纳议论可靠。

二是当年报纸杂志上的文章。不是所有报刊杂志，只翻阅较为重要的；也不是全面阅读，只根据目录阅读与课题相关的。但凡较为重要的报纸杂志，册册翻阅，寻找和阅读相关作品，寻找和捕捉理论信息。虽然图书资料有限，可供借阅者无多，但翻阅那些泛黄的书页仍耗费了很多时间，且有些是无效阅读时间，有时翻阅一本书找不到多少可采用的信息。但"无效"阅读也有助于走进文学历史，有助于感受当年的创作氛围和理论批评现场，对于较好地理解当时的作家创作大有裨益。

三是相关的研究著述。研究五六十年代文学的著述浩如烟海，面对海量的研究文字，固然无法一一阅读，且在海量生产的文字面前，全面阅读既不可能也无必要，因为视野有限，条件有限，时间有限，精力有限；也因为研究有主题，阅读有疆界，与浪漫主义无关的研究无须光顾。但比较重要的著述总要翻阅。重要与否，取决于与课题的相关程度，但凡与浪漫主义研究沾边者，如思潮史、文学史、专题史，包括硕博论文在内的浪漫主义色彩鲜明的作家作品研究，等等。阅读非浪漫主义研究著述，有助于提高阅读阐释能力，也有助于拓宽阅读研究视野，书海荒野上也可以搜寻到与浪漫主义相关的信息。

读了多少文字已经无法统计，但那一定是一个庞大的数字。

是否遗珠漏金？那是可能的，甚至是肯定的，研究条件和视野均有限。

就此而言，"走进历史现场"其实是大话空话，或者说是研究的雄心和野心。历史既是无法"走进去"的，但是，"走进去"是研究者应有的态度，也是必做的功课。只有"走进去"，才能感受到真实的历史现场，对作家真实的内心世界有深切的体验，进而对当时的创作作出符合实际的理解和判断。

我们没有"走进"那个特殊的年代，但海量的阅读帮助我们"走近"当年，近距离地感受作家心态和作品成色，并且收获了这些文字，完成了这部书稿。

这些文字在 20 世纪五六十年代文学研究的海量著述中是微不足道的，但是经过汗水和心血浸泡的，每个字每句话都凝结着我们的心血。现在呈现在读者面前，怀着惴惴的心期待着批评指正。

感谢在国家社科基金立项、审读和结题中给予帮助的各位老师，感谢帮助发表阶段性成果的诸位老师，感谢我们所在单位的领导老师，尤其要感谢严格认真的责任编辑李惠编审，没有各方面的帮助支持，很难完成这次艰辛漫长的研究之旅，也就没有这部还不很完善的著作。

作　者

2019 年 3 月